Bragelonne

10 ANS – 10 ROMANS – 10 EUROS

En 2010, les éditions Bragelonne ont fêté le dixième anniversaire de leur création. À l'origine, une petite bande de copains, des bouts de ficelle, les moyens du bord et beaucoup de passion.
La maison est très rapidement devenue le premier éditeur francophone de littératures de l'imaginaire grâce au soutien des libraires et à la ferveur de centaines de milliers de lecteurs en France, en Belgique, en Suisse, au Québec… et ailleurs.
Grâce à vous !
Grâce aussi à des auteurs et à leurs agents qui nous ont fait confiance à un moment où nous avions encore tout à prouver.
À vous, à eux, merci, merci du fond du cœur.

Pour les dix ans, nous avons fêté cet événement avec une opération qui a connu un immense succès. Aussi avons-nous décidé de la réitérer : une édition spéciale – unique en son genre et à tirage limité – de dix romans-phares publiés durant nos premières années d'existence, au prix exceptionnel de 10 euros pour qu'ils puissent être partagés par le plus grand nombre.
Les anniversaires, c'est encore mieux quand on les fête plusieurs fois.

Avis aux collectionneurs !

Sélection 2022

Joe Abercrombie : *Servir froid*
Miles Cameron : *Chevalier rouge*
Arthur C. Clarke : *La Trilogie de l'espace* (L'Intégrale)
Raymond E. Feist : *Les Fils de Krondor* (L'Intégrale)
David Gemmell : *Jon Shannow* (L'Intégrale)
Fabrice Colin & Mathieu Gaborit : *Confessions d'un automate mangeur d'opium*
Markus Heitz : *Les Nains* (L'Intégrale)
Kim Newman : *Anno Dracula*
Tim Powers : *Les Voies d'Anubis*
David Wellington : *Zombie Story* (L'Intégrale)

Du même auteur, aux éditions Bragelonne :

Les Nains – L'Intégrale

La Guerre des Nains – L'Intégrale

La Revanche des Nains – L'Intégrale

Le Destin des Nains – L'Intégrale

Les ouvrages de cette intégrale
sont également disponibles au format numérique

www.bragelonne.fr

Markus Heitz

Les Nains

L'Intégrale

Traduit de l'allemand par Yannick Van Belleghem

Bragelonne

ÉDITION « BRAGELONNE 10 ANS »

Le présent ouvrage est une réédition en un seul volume
de la duologie *Les Nains* parue chez Milady en 2008.

Titre original : *Die Zwerge*

Carte :
Alain Janolle

ISBN : 979-10-281-2105-1

Bragelonne
60-62, rue d'Hauteville – 75010 Paris

E-mail : info@bragelonne.fr
Site Internet : www.bragelonne.fr

« Les apparences sont faites pour être ignorées, car même dans la plus petite et la plus étrange des créatures peut battre le plus grand des cœurs. Quiconque ferme les yeux par présomption ne verra point ce suprême Bien. Ni en lui, ni en autrui. »

Tiré du *Livre des Maximes d'un Mort inconnu*, in *Recueils et lettres philosophiques*, conservés au Temple-aux-Cent-Piliers de Palandiell à Zamina, Royaume de Rân Ribastur.

« Nains et Montagnes ont ceci en commun : on ne peut les vaincre qu'avec un lourd marteau et une infinie endurance. »

Maxime populaire de la Marche des Brumes, nord-est du Royaume d'Idoslân.

« Il faut jambbes alertes si veulx échapper à Nain en furye. Et garde en souvenance : fuyr toujours plus vitte que sa hache lancée tu devras. Sitôt hors de son atteynte, changer d'apparance il te faut, tant mortelle leur rancunne. Ainsy peult arriver que mesme après vingt cycles solayres, un hanap se fraccasse sur ta teste, et que mauvays rire de Nain éclatte en ton oreille. »

Tiré des *Nottes sur les peuples du Pays Sûr, les partycularytez et byzzareries de ceulx-ci*, Archives centrales de Viransiénsis, Royaume de Tabaîn, rédigées par M. A. Het, *magister folkloricum*, en l'année du 4299e cycle solaire.

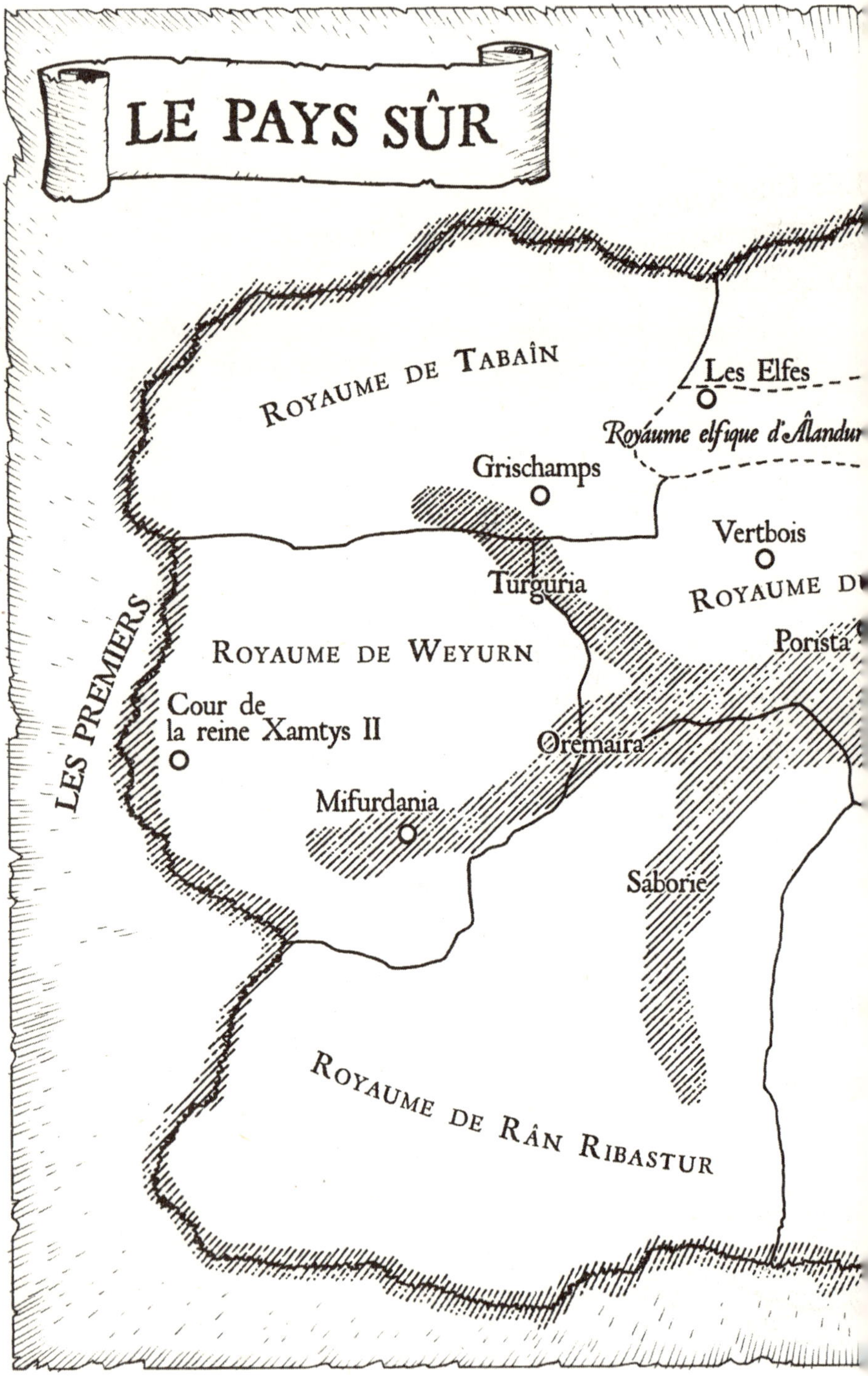

LE PAYS SÛR
ROYAUME DE TABAÎN
Les Elfes
Royaume elfique d'Âlandur
Grischamps
Vertbois
Turguria
ROYAUME D
Porista
ROYAUME DE WEYURN
LES PREMIERS
Cour de
la reine Xamtys II
Oremaira
Mifurdania
Saborie
ROYAUME DE RÂN RIBASTUR

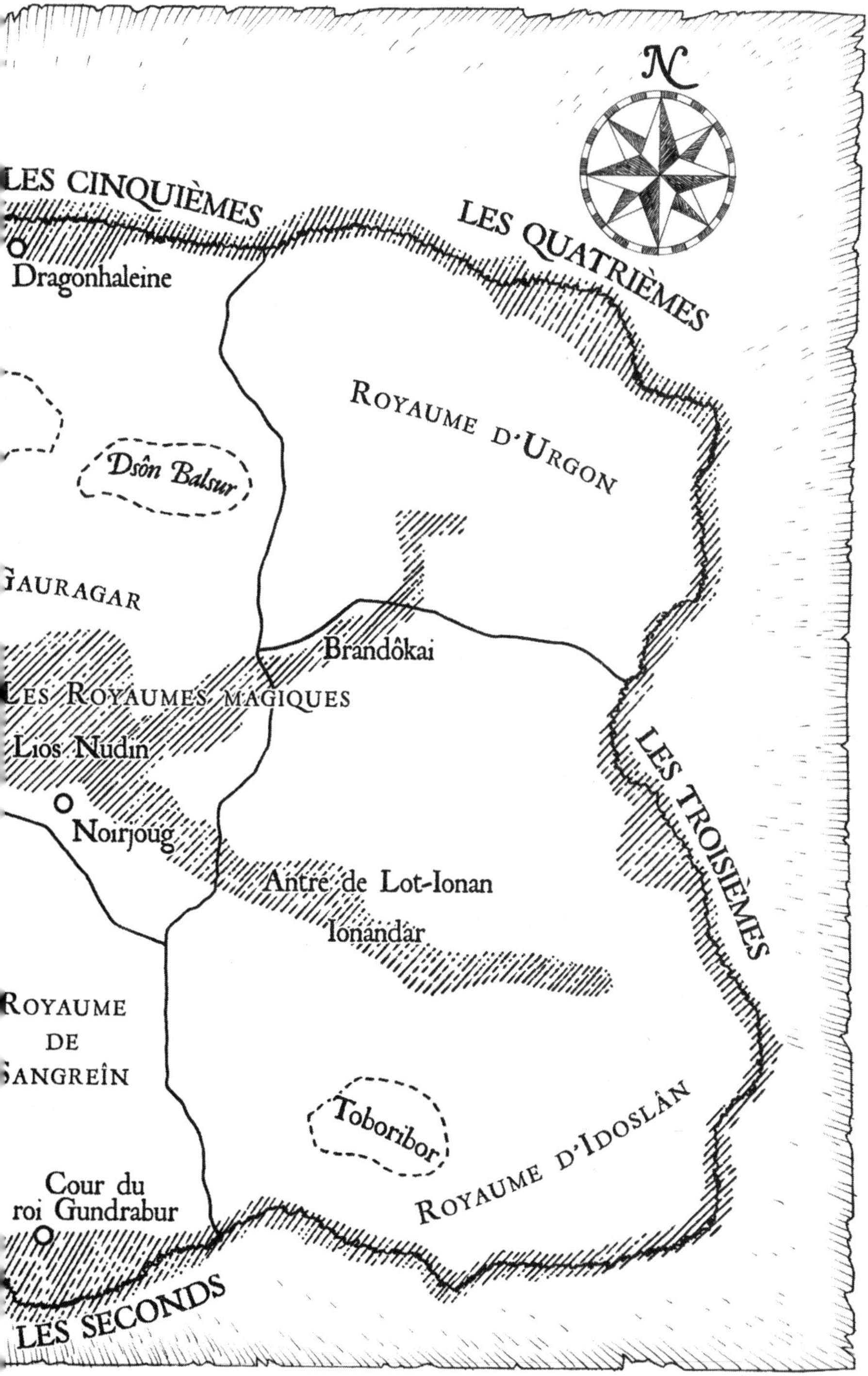
N
LES CINQUIÈMES
Dragonhaleine
LES QUATRIÈMES
ROYAUME D'URGON
Dsôn Balsur
GAURAGAR
Brandôkai
LES ROYAUMES MAGIQUES
Lios Nudin
Noirjoug
LES TROISIÈMES
Antre de Lot-Ionan
Ionandâr
ROYAUME
DE
SANGREÎN
Toboribor
ROYAUME D'IDOSLÂN
Cour du
roi Gundrabur
LES SECONDS

Dramatis personae

Les Tribus naines

Les Premiers

Xamtys II Frontdur du clan des Frontdurs, de la tribu du Premier Père, *Borengar*, dite également « des Premiers », reine
Balindys Doigts-de-Fer du clan des Doigts-de-Fer, forgeronne

Les Seconds

Gundrabur Blanc-Chef du clan des Pierres-dures, de la tribu du Second Père, *Beroïn*, dite également « des Seconds », Grand-Roi des Nains
Balendilín Unbras du clan des Forts-Doigts, conseiller du Grand-Roi des Nains
Bavragor Poing-Marteau du clan des Poings-Marteaux, tailleur de pierre
Boïndil Deux-Lames, surnommé **Furibard**, et **Boëndal Cloue-de-la-Main** du clan des Haches-brandies, guerriers et jumeaux

Les Troisièmes

–

Les Quatrièmes

Gandogar Barbe-d'Argent du clan des Barbes-d'Argent, de la tribu du Quatrième Père, *Goïmdil*, dont les membres sont également appelés « les Quatrièmes », roi des Quatrièmes
Bislipur Coupsûr du clan des Larges-Poings, conseiller de Gandogar
Tungdil Bolofar, futur Tungdil Main-d'Or, fils adoptif de Lot-Ionan
Goïmgar Barbe-brillante du clan des Barbes-brillantes, lapidaire

Les Cinquièmes

Giselbart Œil-de-Fer, fondateur de la tribu du Cinquième et du clan des Yeux-de-Fer
Glandallin Coup-de-Marteau du clan des Coups-de-Marteau, de la tribu du Cinquième, *Giselbart*, également appelée « les Cinquièmes ».

Les Humains

Lot-Ionan le Patient, Mage et souverain du royaume magique d'Ionandar
Maira la Gardienne, Mage et souveraine du royaume magique d'Oremaira
Andôkai l'Impétueuse, Mage et souveraine du royaume magique de Brandôkai
Djerůn, garde du corps d'Andôkai
Turgur le Beau, Mage et souverain du royaume magique de Turguria
Sabora la Réservée, Mage et souveraine du royaume magique de Saborie
Nudin le Curieux, Mage et souverain du royaume magique de Lios Nudin

Gorén, ancien *famulus* de Lot-Ionan
Frala, servante au sein de l'antre de Lot-Ionan, et ses filles, **Sunja** et **Ikana**
Jolosin, apprenti Mage, élève de Lot-Ionan
Eiden, valet d'écurie de Lot-Ionan
Rantja, apprentie Mage, élève de Nudin

L'Incroyable **Rodario**, comédien
Furgas, *magister technicus*
Narmora, compagne de Furgas et comédienne

Hîl et **Kerolus**, marchands ambulants
Vrabor et **Friedegard**, émissaires du Conseil des Mages

Le prince **Mallen d'Ido** de la dynastie des Ido, héritier du trône d'Idoslân en exil

Le roi **Lothaire**, souverain du Royaume d'Urgon
Le roi **Tilogorn**, souverain de l'Idoslân
Le roi **Nate**, souverain du Royaume de Tabaîn
Le roi **Bruron**, souverain du Royaume de Gauragar
La reine **Umilante**, souveraine du Royaume de Sangreîn

La reine **Wey IV**, souveraine du Royaume de Weyurn
La reine **Isika**, souveraine du Royaume de Rân Ribastur

Les autres

Sinthoras et **Caphalor**, Albes de Dsôn Balsur, le royaume des Albes
Liútasil, prince des Elfes d'Âlandur
Bashkugg, Kragnarr et **Ushnotz**, princes orcs du royaume orc de Toboribor
Swerd, Gnome, et sbire de Bislipur

Première partie

Le Passage de Pierre

Prologue

Le passage de Pierre au col du Septentrion, Royaume du Cinquième, Giselbart, en la fin de l'été du 5199e cycle solaire

Un blanc brouillard emplissait les gorges et les vallées des Montagnes Grises. Les sommets de la Grande Lame, de la Langue-du-Dragon et des autres monts s'obstinaient à se dresser hors de la brume et s'étiraient en direction du soleil couchant.

Hésitant, comme s'il craignait ces rochers abrupts et escarpés, l'astre descendait, éclairant de sa faiblissante lumière rouge le col du Septentrion.

Glandallin du clan des Coups-de-Marteau s'appuya, haletant, contre la paroi grossièrement taillée de la tour de guet et mit sa main droite au-dessus de ses sourcils noirs broussailleux afin de protéger ses yeux de cette clarté à laquelle il n'était pas habitué. L'ascension avait mis le Nain hors d'haleine, et le poids de la dense cotte de mailles, des deux haches et du bouclier se faisait lourdement sentir sur ses jambes déjà chargées d'années.

Il était inutile d'espérer confier cette tâche à un plus jeune que lui. Car c'était lui le plus jeune, désormais.

La bataille qu'avaient dû livrer ensemble les neuf clans de la Cinquième Maison quelques jours auparavant avait coûté de nombreuses vies. La Mort s'était surtout emparée des jeunes, des inexpérimentés. Mais leur sacrifice n'avait pas été vain : le nouvel ennemi avait été anéanti.

Et pourtant, ses amis continuaient de mourir : une maladie pernicieuse se propageait, dont personne ne savait l'origine. Elle affaiblissait les Nains, leur donnait la fièvre, dérobait leurs forces, brouillait leur vue et rendait leurs mains moins sûres. Et c'est ainsi qu'il s'était engagé à veiller cette nuit-là sur le passage de Pierre.

Depuis ce point de vue surélevé, le chemin menait à travers les Montagnes Grises et, plus loin, au Pays Sûr, où Humains, Elfes et Mages vivaient dans leurs royaumes respectifs. C'était sa propre tribu qui assurait la paix du Pays dans le Nord.

Deux gigantesques portails du plus dur granit interdisaient le passage. Vraccas, le dieu des Nains et leur créateur, avait autrefois taillé ces immenses battants de pierre et les avait pourvus de cinq verrous que seules des paroles secrètes pouvaient manœuvrer. Les seuls à connaître le mot de passe étaient les gardiens du chemin, et encore leur fallait-il le formuler correctement, faute de quoi la Porte restait fermement verrouillée.

Au pied des puissantes portes gisaient les ossements blanchis et les armures fracassées de ceux qu'un tel obstacle n'avait pas réussi à décourager. Orcs, Ogres et autres monstres avaient subi là défaite après défaite, et avaient pu constater de sanglante manière que les haches des Nains, même après des milliers de cycles, étaient toujours aussi aiguisées.

Le gardien solitaire prit l'outre de cuir à sa ceinture et but de son eau fraîche soulageant sa gorge sèche. Quelques gouttes s'échappèrent des commissures des lèvres pour s'infiltrer dans sa barbe noire. Il avait fallu des heures et des heures de travail pour tresser le poil de son visage en nattes aussi élaborées, qui pendillaient à présent comme de minces cordes sur sa poitrine.

Glandallin reposa l'outre et tira les armes de sa ceinture pour les poser sur le parapet de la tour taillée à même la montagne. Les têtes des deux haches cliquetèrent mélodieusement au contact de la roche.

Un rayon de soleil rouge orangé parcourut les motifs polis, éclairant les runes et les symboles qui ornaient les deux armes, et dont on disait qu'ils conféraient à leur porteur protection, précision et endurance.

C'était Borengar Blanche-Forge lui-même, maître forgeron des Nains et fondateur de la Première Maison naine qui avait forgé ces lames et qui lui en avait fait cadeau, à lui qui était sorti victorieux d'innombrables batailles livrées devant le passage de Pierre. Nulle épée d'Orc, nulle massue de Troll, nul épieu d'Ogre n'était capable de trancher le fil de sa vie, déjà long de trois cent vingt-sept cycles, même s'il s'était trouvé suffisamment de sinistres créatures pour essayer, comme en attestaient les cicatrices sur son corps trapu. Il devait cette longévité au pouvoir des runes et à son armure.

Aussi loin que le Nain portât son regard, le massif montagneux se détachait tel un morceau de plomb du pays vallonné du Gauragar, colonisé par les Humains. Semblable à une épine dorsale, il s'élevait vers le ciel et décourageait le marcheur de ses à-pics, ses sentiers peu sûrs et son climat changeant, de sorte qu'il arrivait rarement qu'un habitant du Gauragar s'aventure dans cette région, malgré les richesses que recelaient les Montagnes Grises.

Aucun autre peuple ne vivait à l'ombre de ces sommets crevassés. Les Nains de la tribu du Cinquième, Giselbart Œil-de-Fer, avaient creusé leur royaume souterrain dans la dure chair des hauts plateaux du Nord. Ils avaient creusé des puits, des galeries, aménagé de magnifiques cavernes, allumé les feux les plus ardents et creusé des salles entières dans la roche afin de consacrer leur vie à l'extraction de trésors et à la forge, loin du soleil et des intempéries de la surface.

Glandallin observa les invincibles sommets, qui au loin ne formaient plus qu'un large ruban sombre. C'était cela, sa patrie bien-aimée : un lieu tout de beauté souterraine qu'il n'aurait échangé contre aucun autre.

Vraccas, le dieu forgeron, avait ceint l'ensemble du Pays Sûr de ces montagnes protectrices afin de protéger ses habitants des créatures du dieu Tion. Il incombait ainsi aux Elfes, Nains, Humains et autres créatures de vivre en paix les uns avec les autres.

Il se tourna vers le nord et suivit des yeux ce col large de trente pas qu'ils appelaient le passage de Pierre et qui menait à l'Outre-Pays, à des régions inexplorées. Les rois des Humains avaient bien envoyé autrefois des expéditions dans toutes les directions où soufflait le vent, mais seul un tout petit nombre en était revenu, et ceux-là avaient involontairement amené les Orcs à découvrir le chemin de la Porte. Avec les Orcs vinrent les autres monstres que Tion avait créés par malice, pour leur rendre la vie dure.

Il scruta l'accès d'un œil inquisiteur. À aucun moment la vigilance d'un gardien ne devait faiblir. Les créatures en question ne tiraient aucun enseignement de leurs défaites. Tion les avait dotées d'une raison, maligne et ténébreuse, qui les poussait à repartir sans cesse à l'assaut des portails afin de pénétrer dans le Pays Sûr. Ce qu'elles voulaient, c'était détruire tout ce qu'elles trouveraient sur leur chemin. Elles n'étaient en effet bonnes à rien d'autre, ainsi que l'avait voulu leur créateur.

Il s'écoulait tantôt plusieurs cycles solaires, tantôt seulement quelques lunes avant qu'elles entreprennent un nouveau raid. Jusqu'alors, il n'était pas venu à l'idée de ces hordes de mener leurs attaques en bon ordre et de recourir à la ruse. Dès lors, leur stratégie se bornait à des assauts furieux, qui systématiquement se terminaient en bains de sang pour les assaillants. Ces bêtes déchaînées et vociférantes n'étaient jamais parvenues plus loin que les créneaux des chemins de ronde où les attendaient, mortel comité d'accueil, les haches des Nains, qui tranchaient les chairs, les os et les armures de ces monstres du lever au coucher du soleil. Ces jours-là, on pouvait patauger jusqu'aux chevilles dans leurs fluides corporels noirs, vert sombre et brun jaunâtre au pied des indestructibles portes de granit contre lesquelles béliers et projectiles de catapultes s'écrasaient bruyamment.

Les enfants de Vraccas eux aussi subissaient des pertes, étaient estropiés ou blessés, mais aucun ne s'en prenait au destin. Après tout, ils appartenaient au peuple des Nains, le plus résistant du monde connu et le protecteur du Pays Sûr !

Et pourtant, ils nous ont pris au dépourvu. Glandallin pensait à ces mystérieuses créatures rencontrées dans les galeries, et qui avaient fait tant de victimes parmi les membres de sa tribu. Elles étaient apparues soudainement. Physiquement, elles ressemblaient aux Elfes : de haute stature, élancées voire graciles dans leurs mouvements, mais plus cruelles et plus sournoises au combat.

— Sont-ils des Elfes, ou des bêtes que je ne connais pas ? se demanda-t-il à mi-voix avant de trancher en faveur de la deuxième idée. *Tion le Vil les aura enterrées il y a fort longtemps et les aura oubliées. Ce sont nos propres mineurs qui ont dû les tirer de leur sommeil et les libérer de la roche*, se dit-il en guise d'explication.

Glandallin était quasiment certain qu'il ne pouvait s'agir d'Elfes du Pays Sûr. Les Nains et les Oreilles-pointues se vouaient une haine mutuelle. Ainsi en avaient décidé Vraccas et Sitalia, la créatrice des Elfes, au moment de leur insuffler la vie. Cette aversion réciproque fut à l'origine de bien des querelles insurmontables et de bien des escarmouches parfois mortelles, mais jamais d'une guerre.

Et si c'étaient quand même eux ? La haine aurait-elle crû au point que nous soyons entrés en guerre ? pensa-t-il. *Ou bien veulent-ils une guerre pour s'emparer de nos trésors ? Seraient-ils jaloux de notre or ?* Autant de questions auxquelles Glandallin, qui se força à recouvrer sa vigilance, ne sut apporter de réponse. Le souvenir de la violence des combats livrés dans les sombres galeries contre ces sinistres guerriers, Elfes ou non, distrayait son regard, émoussait sa vue. Son regard glissa sur le paysage sans vraiment voir les montagnes et le passage de Pierre.

Soudain, il fronça les sourcils : le vent du Nord, cinglant et glacial à cette altitude, sifflait autour des mèches de sa barbe, lui apportant une odeur qu'il abhorrait du plus profond de son âme. Des Orcs.

Ceux-ci empestaient le sang coagulé, les excréments et la crasse, auxquels se mêlait l'arôme rance de leurs armures graissées. Ils croyaient cette fois-ci que le tranchant des haches des Nains allait glisser sur le suif, occasionnant ainsi moins de dégâts au métal.

Cette graisse ne vous sera d'aucune utilité contre nous. Glandallin n'attendit ni de voir apparaître les bannières en lambeaux et les fers de lance rouillés par-dessus la dernière élévation du passage de Pierre, ni de percevoir le cliquetis de leurs cottes de mailles. Il fit un pas de côté et se mit sur la pointe des pieds. Il posa ses mains calleuses autour des poignées de bois rêches de deux soufflets. Ces poumons artificiels s'emplirent d'air, qu'un puissant mouvement de rabat de la part du Nain leur fit expirer.

L'air passa dans le large conduit vers les profondeurs, redonnant vie à la corne d'alarme souterraine. Une sorte de barrissement sourd parcourut les galeries et les allées des Cinquièmes.

Le Nain actionna les soufflets en alternance pour ne pas interrompre le flux d'air. Le barrissement s'intensifia pour se muer en un son régulier et strident qui fit bondir de leurs couches même les Nains les plus profondément endormis. Une fois de plus, la corne appelait au noble devoir de défendre le Pays Sûr.

En sueur, Glandallin jeta un coup d'œil par-dessus son épaule pour juger de la progression des assaillants.

Ils arrivaient. Par centaines.

Les créatures du dieu Tion avançaient lentement en direction du passage de Pierre, en un large front. Elles n'avaient jamais été si nombreuses. À la vue de ces monstres, le cœur d'un Humain aurait cessé de battre, et les Elfes auraient couru se mettre à l'abri dans leurs forêts. Mais il en fallait davantage pour effrayer un Nain !

Si cette attaque du Passage ne surprenait pas Glandallin, le moment choisi l'inquiétait. Ses amis et ses parents avaient encore besoin de repos pour se remettre entièrement de la fatigue des derniers combats et de cette insidieuse maladie. La bataille qui s'annonçait allait certainement exiger plus d'énergie qu'à l'accoutumée. *Plus d'énergie et plus de vies.*

Les défenseurs se dispersèrent le long des chemins de ronde et autour de la Porte de manière plutôt hésitante. Certains d'entre eux titubaient plus qu'ils marchaient, et leurs doigts agrippaient mollement les manches de leurs haches. La troupe qui se mettait lentement en formation de défense comptait tout juste cent braves âmes. Il en aurait fallu mille.

Glandallin mit fin à son tour de garde, car on avait un besoin plus urgent de lui ailleurs.

— Que Vraccas nous vienne en aide ! Nous sommes trop peu, chuchota-t-il.

Il était incapable de détourner son regard de la route sur laquelle se déversait le large flot puant d'Orcs. Grognant et hurlant, ceux-ci avançaient tel un rouleau compresseur, se dirigeant droit vers le portail. Les versants dénudés des montagnes alentour renvoyaient leurs cris animaux, l'écho amplifiant encore davantage les beuglements de ces créatures, certaines de leur victoire.

Ces sons déformés le touchèrent profondément, et il lui sembla tout à coup que les bêtes avaient changé. La masse déchaînée et bruyante exhalait une telle assurance de vaincre qu'il pouvait littéralement la saisir.

Involontairement, le Nain fit un pas en arrière. Pour la première fois, il éprouvait de la peur face à ces créatures.

Une peur grandissante.

Alors qu'il parcourait du regard l'armée des assaillants afin de l'évaluer, le même regard balaya également le petit groupe d'inébranlables sapins des cimes, qui avaient toujours résisté à l'adversité. Il les connaissait depuis qu'ils étaient tout jeunes, il les avait vus pousser, grandir et se développer.

Mais à présent, leurs branches étaient courbées, leurs aiguilles tombaient sur le sol pierreux, disparaissant entre les rochers. Ils étaient gravement malades. Ils mouraient, même.

Il en va des sapins comme de nous. Glandallin pensait à ses amis souffrants. *Quelles forces sont ici à l'œuvre, Vraccas ? Protège ton peuple !* pria-t-il avant de reprendre ses haches.

Avec angoisse, il embrassa les runes.

— Je vous en prie, ne m'abandonnez pas, leur dit-il à voix basse avant de se retourner et de descendre les marches quatre à quatre pour prêter main-forte à la poignée de défenseurs.

Il les rejoignit au moment où la première vague d'assaut s'écrasait contre les murailles. Des nuées de flèches s'abattaient en sifflant sur les Nains. Les Orcs installaient des dizaines d'échelles de siège et en gravissaient les échelons branlants sans l'ombre d'une hésitation. D'autres assemblaient des catapultes portatives afin d'appuyer leurs congénères qui montaient à l'assaut des créneaux à coups de projectiles incendiaires. Remplies à ras bord, les outres de cuir en flammes sifflaient dans les airs et éclataient sitôt qu'elles rencontraient de la résistance, arrosant de pétrole et enflammant tout ce qui se trouvait dans les environs immédiats.

Les premières salves furent tirées trop bas. Le fait que les sections d'Orcs les plus avancées étaient tombées sous l'orage de feu de leurs propres frères ne semblait pas déranger cette noire engeance. Ni la grêle de pierres ni le mâchefer brûlant qui s'abattaient sur eux ne semblaient freiner leur zèle et leur désir d'en découdre. Pour chaque bête qui tombait, cinq nouvelles se pressaient sur les marches. Cette fois-ci, elles voulaient passer la Porte, cette fois-ci, le passage de Pierre devait tomber.

— Attention !

Glandallin prêta assistance à un défenseur qu'une flèche avait atteint à l'épaule droite. Une des créatures de Tion, un spécimen plus faible que la moyenne aux larges défenses et au nez aplati, mit à profit cet instant d'inattention. Elle prit appui sur la muraille et s'élança entre les créneaux pour atterrir sur le chemin de ronde.

Le Nain et l'Orc se dévisagèrent. Le temps semblait avoir suspendu sa course. Les cris, le sifflement des flèches et le cliquetis des haches s'atténuèrent tout d'un coup.

Glandallin, lui, entendait la lourde respiration de son adversaire. Les globes oculaires veinés de rouge et profondément enchâssés dans le crâne de la créature roulaient de droite à gauche, déconcertés. Le Nain vit clairement ce qui inquiétait la bête. Elle était la première des attaquants à être parvenue jusqu'au premier rempart de défense, et elle prenait à peine conscience de sa chance.

Glandallin sentit l'odeur du suif qui enduisait d'une épaisse couche grisâtre l'armure de plates, et la puanteur de la graisse rance ramena tous ses sens à la bataille.

Il se jeta sur l'Orc en poussant un cri. Le rebord de son bouclier fit un mouvement brusque vers le sol, disloquant le pied de la créature. Dans le même temps, il frappa par-dessus sa garde. Le tranchant de sa hache se logea en grinçant dans une partie non protégée sous l'aisselle. Le bras tomba sur la pierre, tranché net. Du sang vert foncé jaillit à grands jets de la plaie ouverte.

L'Orc poussa des couinements stridents, et reçut l'instant d'après un coup furieux en travers de la gorge.

— Bien le bonjour à tes semblables, et dis-leur que je les attends !

Glandallin refoula l'Orc agonisant et le fit basculer, lui et l'assaillant qui le suivait, par-dessus le parapet. Ils furent engloutis par la masse qui s'agglutinait au pied du rempart. Le Nain espéra qu'en s'écrasant au sol, ceux-ci entraîneraient une demi-douzaine des leurs dans la mort.

À compter de ce moment, il n'eut plus un seul instant de répit. Il dut parcourir en tous sens le parapet, fendre casques et crânes et se mettre à l'abri des flèches et des projectiles incendiaires, pour se jeter aussitôt sur l'Orc suivant.

L'obscurité qui tombait progressivement sur le passage de Pierre n'était pas un problème pour lui ; son peuple était capable de voir même au cœur de la plus noire des nuits. En revanche, ses bras, ses épaules, ses jambes se faisaient à chaque coup et à chaque pas plus pesants.

— Vraccas, accorde-nous un répit afin que nous puissions reprendre des forces, haleta-t-il tandis qu'il essuyait le sang d'Orc de ses yeux avec les tresses de sa barbe.

Et le dieu des forgerons lui prêta oreille.

Des cors et des buccins signifièrent aux créatures de Tion d'abandonner les créneaux. Les Orcs, obéissants, battirent en retraite.

Glandallin expédia un dernier ennemi dans l'au-delà avant de s'affaler sur le sol et de tendre le bras vers son outre. Il retira son casque et versa de l'eau sur ses cheveux trempés de sueur. Le liquide coula sur son visage, rafraîchissant, réveillant sa flamme de vie.

Combien sommes-nous encore ? Il se hissa pour compter les défenseurs du chemin de ronde. De cent, ceux-ci étaient passés à soixante-dix. Parmi eux, il aperçut la silhouette, reconnaissable entre toutes, de Giselbart Œil-de-Fer, leur patriarche.

L'aîné de tous les Cinquièmes se tenait là où le plus grand nombre d'Orcs avait été abattu. Son armure polie faite de l'acier le plus dur jamais forgé par des Nains brillait avec éclat, et les diamants qui ornaient ses fourreaux de ceinturon scintillaient à la lueur des flaques de pétrole enflammé. Giselbart grimpa sur une saillie afin d'être vu de tous.

— Restez à vos postes ! (Sa voix ferme retentit par-delà les créneaux.) Soyez inébranlables tel le granit dont nous sommes faits. Rien ne peut nous briser, aucun Orc, aucun Ogre, aucune des créatures que nous envoie Tion. Nous allons les écraser comme nous le faisons déjà depuis des milliers de cycles ! Vraccas est avec nous !

Des cris de joie et d'approbation retentirent, bien que faibles. Ils retrouvaient de l'assurance. Leur fierté et leur détermination auraient raison de l'assaillant.

Les guerriers épuisés se ravitaillèrent en nourriture et en bière brune, chaque bouchée, chaque gorgée leur permettant de se sentir plus vivants, plus frais. Les blessures les plus graves reçurent des soins de fortune. Les plaies béantes furent recousues sans autre forme de procès avec de la ficelle fine.

Glandallin s'assit à côté de son ami Glamdolin Fort-Bras. Tout en mangeant, ils contemplaient l'immense horde d'Orcs qui s'était retirée à quelque cent pas de la Porte. C'était comme s'ils voulaient former un bélier vivant et prendre de l'élan pour enfoncer la porte par la force de leurs corps.

—Jamais encore je n'avais vu notre pire ennemi se montrer aussi tenace, aussi terriblement hardi qu'en cette nuit, dit-il doucement. Quelque chose a changé.

Il repensa en frissonnant aux arbres mourants.

Une hache tomba en tintant sur le dallage de pierre à sa gauche. Le Nain se tourna vers son compagnon d'armes juste à temps pour le voir s'effondrer.

—Glamdolin !

Il le retint d'un geste pour l'examiner et fut pris d'un accès de frayeur. Le front brûlant de son ami était couvert de fines perles de sueur qui coulaient sur son visage puis dans sa barbe, et ses yeux rougis regardaient fixement dans le vide.

Glandallin comprit immédiatement que la mystérieuse maladie avait fait une nouvelle victime et mit son ami à genoux. Ce mal insidieux s'était chargé d'accomplir ce que ces démons n'avaient pas réussi à faire.

—Repose-toi. Ça va s'arranger.

Il adossa Glamdolin, qui laissa échapper un râle, contre le mur et le coucha consciencieusement. Il ne nourrissait plus guère l'espoir cependant que son état s'améliore.

L'attente démoralisait les Nains comme les Orcs. La fatigue, ennemie de tout guerrier, se répandait. Glandallin s'assoupit à plusieurs reprises, alors même qu'il était debout. Puis le son mat de son casque heurtant le parapet le fit se redresser et regarder autour de lui d'un air effrayé. D'autres Nains avaient été saisis par la maladie entre-temps et avaient dû quitter les rangs des défenseurs. La situation était de plus en plus critique pour les enfants du dieu forgeron.

Un cri d'alarme perçant fit palpiter son cœur : les assaillants recevaient des renforts.

À la froide lueur du clair de lune, le Nain aperçut les impressionnantes silhouettes d'énormes monstruosités, quatre fois plus grandes que les Orcs. Il en compta quarante. Leurs corps repoussants étaient engoncés dans des armures mal forgées, leurs mains, semblables à des battoirs, brandissaient de jeunes sapins grossièrement taillés en guise de massues.

Des Ogres.

S'ils parvenaient à franchir les créneaux, les Nains devraient abandonner la ligne de défense. Les chaudrons de mâchefer bouillant étaient vides, les réserves de pierres provisoirement épuisées. Mais l'hésitation de Glandallin ne dura qu'un instant. Un regard en direction de la silhouette de

Giselbart suffit à lui redonner foi en un nouveau triomphe sur les créatures des ténèbres.

La masse des Orcs se remit en mouvement, tandis que les Ogres qui les rejoignaient étaient accueillis par des cris de joie.

Ces gigantesques créatures, plus laides et plus rudes encore que les Orcs, prirent la tête de l'armée d'un pas lourd. Là, ils apprêtèrent de grands grappins de fer dont chaque crochet avait la taille d'un Humain adulte. Puis ils passèrent de longues chaînes dans les œillets qui se trouvaient aux extrémités supérieures des grappins.

Ces engins ne sont pas faits pour escalader les remparts, se dit Glandallin. *Les Ogres vont probablement s'en servir pour abattre les murs du chemin de ronde. Et à en juger par l'aspect de ces créatures, elles pourraient bien y parvenir.*

Les grappins tournoyèrent dans les airs et s'accrochèrent à une trentaine de points de la massive barbacane. Sur un ordre hurlé, les Orcs en attente aidèrent les Ogres à tirer sur les chaînes. Les maillons se tendirent en cliquetant, on entendit des fouets claquer en contrebas.

Le Nain perçut un léger grincement. Le bastion, construit par son peuple et inébranlable depuis de nombreux cycles solaires, résistait désespérément à la force brute de ces monstres.

— Vite, évacuez les blessés ! s'écria-t-il. Des Nains, qui quelques instants auparavant servaient encore aux chaudrons, accoururent pour emmener Glamdolin et tous les autres Nains mis hors de combat.

L'un des créneaux céda, la griffe de fer et les gravats furent précipités au pied du rempart, tuant deux des Ogres et dix Orcs. Mais les bêtes ne renoncèrent pas. Après quelques instants seulement, le même grappin fendit l'air en sifflant et trouva une autre prise.

Cette fois, les Nains se retirèrent. Ils quittèrent le chemin de ronde juste à temps pour prendre position un peu plus haut, sur les ailes du portail de pierre. Des années auparavant, les forgerons y avaient installé des retranchements d'acier derrière lesquels les défenseurs étaient maintenant tapis.

Glandallin put entendre la balustrade se détacher et s'abattre avec fracas sur le Passage. La terre trembla sous le choc, et les hurlements de joie de l'ennemi furent indescriptibles.

Ma foi, si ces bêtes veulent se fracasser le crâne contre les murs, qu'elles le fassent. Le Nain s'efforçait de garder son calme. Jamais la porte ne tomberait, car il fallait plus que quelques grappins pour démolir les fortifications.

Il jeta un coup d'œil prudent par-dessus le rebord de sa couverture d'acier. D'autres ennemis des Nains s'approchaient. Montés sur de majestueux chevaux noirs comme la nuit, ils gagnèrent la tête de l'armée d'Orcs et d'Ogres. Glandallin reconnut immédiatement ces créatures élancées aux oreilles pointues. C'étaient elles qui avaient attaqué les Nains dans les tunnels et qui avaient été repoussées au prix de nombreuses pertes.

Les yeux de leurs chevaux brillaient d'une lueur rouge sombre et leurs sabots produisaient à chaque pas des étincelles blanchâtres. Deux cavaliers se précipitèrent au-devant de la porte et donnèrent des ordres aux Orcs et aux Ogres, que ceux-ci exécutèrent sans protester. Les monstres se mirent à déblayer le Passage, préparant le terrain pour un nouvel assaut.

Les Elfes firent demi-tour et se retirèrent afin d'observer à bonne distance les monstres au travail. L'un des deux cavaliers saisit un arc démesuré et encocha une flèche. Les doigts protégés par des gants étaient calmement posés sur la corde tressée. Le tireur attendait pour intervenir.

Les Nains apportèrent en hâte des pierres pour les jeter sur les bêtes. Certaines tentèrent d'éviter les projectiles. Mais quand trois Orcs firent mine de prendre la fuite, l'Elfe banda brusquement son arc. Glandallin n'eut même pas le temps de voir son premier projectile, d'une longueur inhabituelle, frapper l'un de ces monstres qui s'écroula.

L'Orc tombait toujours quand l'Elfe décocha la flèche suivante ; le second fuyard mourut en poussant un couinement, le troisième le suivit dans l'intervalle d'un battement de cœur. Les autres monstres comprirent ce cruel avertissement et se remirent à leur tâche. Aucun n'osa protester contre le meurtre de leurs compagnons ; même les officiers subalternes et autres petits chefs ne bronchèrent pas de peur d'être eux-mêmes mortellement rappelés à l'ordre.

Il fallut attendre l'aube pour que le Passage soit déblayé.

Les Nains de la Cinquième Maison assistèrent alors à un étrange spectacle. Alors que le ciel à l'est reprenait peu à peu des couleurs claires, annonçant le lever imminent du soleil, une vaste nappe de brouillard monta au nord. En son cœur, on pouvait apercevoir des reflets noirs, argentés et rouges. Ces couleurs se mêlaient, et leur intensité variait continuellement.

Elle passa au-dessus des monstres, planant en direction de la porte malgré un vent contraire. Les Orcs, d'ordinaire si bruyants, se blottirent les uns contre les autres, se gardant bien d'entrer en contact avec cette brume vivante. Les Ogres reculèrent eux aussi. Les Elfes, eux, baissèrent humblement la tête et saluèrent le nuage comme on présente ses respects à un souverain. Le brouillard luisant approcha des cavaliers, descendit jusqu'au niveau du sol et s'immobilisa.

C'est alors que l'incroyable se produisit : une secousse parcourut le portail, la pierre trembla, et le premier des cinq verrous s'ouvrit. Quelqu'un avait dû prononcer la formule magique en vue de livrer le Pays Sûr à ces hordes !

— Impossible ! s'écria Glandallin horrifié avant de regarder de l'autre côté du portail pour découvrir qui était le coupable. Comment est-ce que…

Il s'agissait de Glamdolin Fort-Bras. Ce dernier se tenait seul devant la porte, les mains tendues en un geste d'invocation et il prononçait à haute voix la formule qui devait ouvrir le deuxième verrou.

— Tais-toi, pauvre fou ! cria-t-il à son ami. Qu'est-ce que tu fais ?!

Mais le Nain ne l'écoutait pas. Déjà les runes du deuxième verrou rougeoyaient, et celui-ci s'ouvrit dans un grincement.

— C'est sûrement de la maudite Magie à l'œuvre contre nous ! supposa Glandallin. Le brouillard ! Il l'aura ensorcelé !

Le troisième verrou céda, libérant les bâcles de fer du portail.

L'agitation gagna les rangs des défenseurs. Les premiers d'entre eux se levèrent d'un bond et dévalèrent les escaliers pour faire taire Glamdolin. Mais le quatrième verrou coulissait déjà hors de son logement. Il ne restait plus qu'un seul verrou, et toujours pas de Nain en vue pour empêcher le traître d'agir.

— Nous n'y arriverons jamais à temps, constata Glandallin avec rage. Que Vraccas me pardonne, mais il n'y a pas d'autre solution.

Il saisit sa hache et la lança furieusement de toutes ses forces vers l'ami avec lequel il avait combattu côte à côte quelques heures auparavant.

La lame fendit l'air en sifflant. Le Nain ayant correctement estimé la distance, l'arme trouva sa cible.

Glamdolin poussa un gémissement lorsque le tranchant s'enfonça dans son épaule gauche. Un flot de sang jaillit de la plaie béante, et il s'écroula. Soulagé, Glandallin fut reconnaissant à son dieu d'avoir accepté de guider sa hache.

Mais il était déjà trop tard : le traître avait atteint son terrible objectif. La dernière barrière tomba.

Les gigantesques battants s'ouvrirent lentement. Ceux-ci semblèrent se rabattre par à-coups, comme à contrecœur, comme si le granit sentait qu'il ne s'ouvrait pas pour le bon camp.

La roche frotta contre la roche. L'étroit interstice s'élargit progressivement pour devenir un véritable passage. Au bout d'un moment qui sembla une éternité, la Porte s'ouvrit complètement dans un dernier grincement : pour la première fois depuis la création du monde, la voie vers le Pays Sûr était libre.

Non ! C'est impossible ! Glandallin surmonta sa paralysie et suivit Giselbart et ses derniers guerriers qui descendaient les marches pour défendre la porte.

Il arriva le dernier devant la large ouverture. Ses compagnons étaient déjà en position, le bouclier en garde, l'autre main sur la hache, l'arme tant redoutée des Nains.

Leur rang serré formait un mince rempart face à la surpuissante marée d'Orcs, d'Ogres, de Trolls et d'Elfes. Quarante contre quarante mille.

Leurs adversaires n'osèrent pas avancer, craignant un guet-apens, et pour cause : jamais auparavant le passage ne s'était ouvert pour eux.

Glandallin parcourut du regard la première rangée de leurs repoussants ennemis, derrière laquelle se pressait une deuxième, une troisième, puis une autre, puis encore une autre, et de nombreuses autres encore. Il fronça ses sourcils broussailleux, faisant naître une profonde ride au-dessus de son nez. Son opiniâtreté, sa haine de ce mal qui était à portée de main et sa foi inébranlable en son devoir le confortaient.

Giselbart avait prononcé la formule pour refermer le portail. Les portes commencèrent à se refermer docilement certes, mais lentement, bien trop lentement. Il parcourut par-derrière la rangée de Nains, posant la main sur l'épaule de chacun d'entre eux.

Ce contact les calma et les encouragea à la fois, fortifiant et réconfortant les derniers défenseurs du Pays Sûr.

Les Elfes donnèrent des ordres, des buccins sonnèrent. Orcs et Ogres hurlèrent pour se donner du courage, brandirent leurs armes puis se mirent en branle dans un bruit de tonnerre. L'assaut débutait.

— Ils ne peuvent avancer que sur une seule ligne. Donnez-leur de notre bon acier à manger ! s'écria Glandallin à la cantonade pour donner du courage à ses compagnons. Vraccas est avec nous ! Nous sommes les Enfants du Forgeron !

— Nous sommes les Enfants du Forgeron ! crièrent ses frères, les pieds solidement plantés au sol.

Giselbart détacha quatre Nains afin qu'ils constituent une ultime ligne de défense. Puis il jeta son bouclier, dégaina ses deux haches et donna le signal de contre-attaquer. Les derniers membres de la tribu du Cinquième se précipitèrent sur leurs adversaires pour les anéantir.

Le choc des armées inégales eut lieu à dix pas du porche. Les gardiens du Passage se frayèrent un chemin, tels des taupes dans les rangs des Orcs, sapés dans leur attaque.

Glandallin brandit la hache qui lui restait et trancha un jarret après l'autre. Il ne s'attardait pas à tuer ces bêtes ; les déséquilibrer pour qu'elles fassent obstacle à celles qui suivaient lui suffisait.

— Vous ne passerez jamais ! leur cria-t-il.

Il fut bientôt recouvert de sang, qui dégouttait de son armure et de son casque en lui brûlant les yeux. Lorsque ses forces menacèrent de faillir, il agrippa sa hache à deux mains.

— Jamais !

Et les os de se briser, les liquides tièdes de se répandre sur lui ; une épée et un épieu le blessèrent légèrement, mais il continuait d'en découdre.

Sa vie importait peu. Glandallin voulait seulement que la Porte se referme à temps et que le Pays Sûr ne coure plus aucun danger. En outre, il se disait que lorsque les malades se seraient remis de leur fièvre, ils se chargeraient de nouveau de la défense. *Rien n'est encore perdu !*

Or, il sembla que les runes de Borengar le maître forgeron, qui avaient accompli de véritables prodiges jusqu'alors, avaient définitivement épuisé leurs réserves de pouvoir protecteur. Du coin de l'œil, Glandallin vit un de ses compagnons s'écrouler, le crâne fendu par l'épée à deux mains d'un Orc.

Mû par une haine violente doublée de la volonté d'abattre le meurtrier, il se fendit deux fois puis planta sa hache dans la panse du monstre à la peau noire, l'éventrant de haut en bas.

Il vit trop tard l'ombre qui tombait sur lui et tenta en vain d'éviter la massue d'Ogre qui s'abattait, mais la lourde extrémité l'atteignit de plein fouet et ses jambes furent écrasées. Poussant un cri, il tomba sur l'Orc suivant, et réussit en pleine chute à lui trancher la moitié de la cuisse. Puis il atterrit tête la première au milieu d'une forêt de jambes, et distribua des coups autour de lui en grognant jusqu'à ce que plus aucun adversaire ne se trouvât à sa portée.

—Amenez-vous ! dit-il en rage, exigeant de nouveaux ennemis.

Ceux-ci le traitèrent avec indifférence. Trop désireux de pénétrer dans le Pays Sûr, ils prenaient soin de le contourner en courant. Que leur importait de manger de la chair de Nain coriace quand de bien meilleurs mets les attendaient là-bas ? Semblables à de simples animaux, ils s'amassaient et poussaient à l'entrée du portail pour le franchir. Ils ne se souciaient plus de ce Nain à terre et vaincu.

Non sans souffrances, Glandallin se redressa pour regarder en direction des battants de granit. Il espérait voir la dernière rangée de Nains résister et contenir la poussée ennemie.

Mais cet espoir était vain. Il était le dernier survivant, les autres Nains gisaient morts et atrocement mutilés, cernés par les innombrables cadavres des ennemis qu'ils avaient abattus. Les diamants de la ceinture de Giselbart scintillaient toujours autant, indiquant l'endroit où le chef de leur tribu était tombé face à trois Ogres. Cette vision emplit Glandallin d'une insupportable tristesse et d'une fierté obstinée à la fois.

Entre-temps, le portail s'était presque complètement refermé. Huit Ogres s'arc-boutaient désespérément contre les portes pour les empêcher de se verrouiller de nouveau. Mais les plantes de leurs pieds cornés dérapaient sur le sol rocailleux. Même leur force hors du commun ne pouvait rien contre la Magie du dieu Vraccas. Les quelques monstres qui avaient réussi à pénétrer dans le Pays Sûr ne représentaient certainement pas un bien grand danger pour les Humains, les Elfes, les Mages et toutes les autres créatures qui y vivaient.

Le soleil du matin monta au-dessus de la crête des montagnes qui dominaient le passage de Pierre, aveuglant Glandallin. Celui-ci mit sa main en visière au-dessus de ses yeux sensibles pour s'assurer que la Porte était bel et bien close.

Nous avons réussi, Vraccas, pensa-t-il, soulagé, lorsqu'une violente douleur lui vrilla le dos. Une fine pointe de lame dépassa de sa poitrine le temps de quelques battements de cils avant d'être retirée. Il en eut le souffle coupé.

—Qui… ?

Son perfide agresseur le contourna avant de s'accroupir devant lui. Le Nain entrevit un visage d'Elfe aux traits fins, les rayons du soleil nimbant ses cheveux blonds qui brillaient comme autant de fils d'or. Cette beauté souffrait cela dit d'une effrayante tare : à la place des yeux, le Nain vit deux impénétrables trous noirs en amande.

L'Oreille-pointue portait une armure de plates rutilante en acier noir qui lui arrivait jusqu'au-dessus du genou. Ses jambes étaient couvertes d'un pantalon de cuir, ses bottes brun foncé montant jusqu'au-dessous du genou. Des gants rouge foncé protégeaient ses doigts de la souillure, et sa main droite tenait un épieu pourvu d'une mince pointe de fer humectée de sang, celle qui avait percé le maillage serré de la cotte de Gandallin.

L'Elfe étrange s'adressa au Nain.

Glandallin eut beau ne pas le comprendre, le ton lugubre de ses paroles fit courir un frisson glacial le long de son échine.

— Mon ami a dit : regarde-moi. Ta mort a pour nom Sinthoras, traduisit quelqu'un derrière lui. Moi, je t'ôte la vie, et notre Pays ôtera ton âme.

Glandallin toussa du sang presque brun, qui s'échappa des commissures de ses lèvres pour s'infiltrer dans sa barbe.

— Hors de ma vue, misérable Oreille-pointue ! J'essaie de voir la porte qui se referme, exigea-t-il d'un ton cassant.

Il tenta de chasser son vis-à-vis d'un coup de hache. Celle-ci faillit lui échapper tant ses forces déclinaient.

— Va-t'en, ou je te coupe en deux comme un fétu de paille, traître d'Elfe, tonna-t-il sans se démonter.

Sinthoras eut un sourire froid. Il leva son épieu et l'enfila dans une étroite fente entre deux anneaux de cotte de mailles.

— Tu fais erreur. Nous sommes les Albes. Nous sommes venus anéantir les Elfes, dit la voix dans son dos avec douceur. La porte peut bien se fermer. Quand tu te relèveras d'entre les morts par le pouvoir de notre Pays, tu seras un des nôtres et tu l'ouvriras. Tu connais la formule.

— Jamais ! s'écria le Nain. Mon âme ira rejoindre Vraccas…

— Non, car ton âme appartient désormais à notre Pays, et ainsi, tu lui appartiens pour l'éternité, l'interrompit la voix de velours. Maintenant meurs, reviens et livre-nous le Pays Sûr.

L'extrémité polie pénétra dans la chair du Nain affaibli et sans défense. La douleur le réduisit au silence.

D'une légère pression, Sinthoras enfonça une seconde fois la lame dans le corps du supplicié. On aurait presque pu croire qu'il le faisait avec recueillement, tendresse, félicité. Puis il attendit la mort. Il observa minutieusement les traits de Glandallin déformés par l'agonie, absorbant avidement les sensations que celui-ci éprouvait.

Il ne se releva que lorsqu'il eut acquis la certitude que toute vie avait bien déserté le dernier gardien du passage de Pierre.

Chapitre premier

Le Pays Sûr, Royaume magique d'Ionandar,
au printemps du 6234e cycle solaire

Le marteau de forge dansait çà et là sur le fer rouge, accompagné de tintements sonores. Coup après coup, le fer prenait forme, ployant sous la force et l'habileté combinées.

Soudainement, le concert s'interrompit. Un grommellement de mécontentement se fit entendre tandis que les mâchoires d'acier d'une pince se refermaient, s'emparant du morceau de fer pour le rejeter dans le foyer. Le forgeron n'était pas satisfait du résultat de son travail.

— Tungdil, qu'est-ce que tu fabriques ? demanda Eiden, le valet d'écurie du Mage Lot-Ionan, piaffant d'impatience et caressant les naseaux du quadrupède, qui patientait toujours. Il va attendre encore cent sept ans, notre canasson ? Je dois encore aller au champ, moi.

Le Nain à la barbe brune taillée court plongea les mains dans un seau d'eau et mit cette petite interruption à profit pour se décrasser. Son torse, trapu, n'était recouvert que d'un tablier de cuir. Il portait une culotte de peau. Il passa ses puissants doigts dans ses longs cheveux bruns pour en retirer la sueur et se rafraîchir quelque peu.

— Le fer n'était pas à la bonne taille pour ce cheval, déclara-t-il laconiquement.

Tungdil actionna le soufflet, dont le feulement, à ses oreilles, évoquait le souffle d'un géant des premiers âges. L'air frais ranima la flamme de vie des charbons ardents.

— J'arrive.

Le forgeron recommença la procédure et appliqua sur le sabot la nouvelle chaussure de fer. Lorsque la corne grésilla, Tungdil disparut dans un nuage blanc jaunâtre et malodorant. Puis il s'empressa de refroidir le fer dans un seau d'eau, de planter les clous dans les trous prévus à cet effet, et il reposa prudemment la patte arrière au sol. Il se hâta de s'éloigner de ce cheval puissant et large, dont la taille lui inspirait quelque défiance.

Eiden rit et caressa l'animal.

— Eh ben, le court-sur-pattes s'en est encore bien tiré, sur ce coup-là, hein ?! dit-il au cheval blanc. Allez, viens, et fais attention de ne pas te le prendre dans les pattes.

Tous deux sortirent de la forge pour retourner au champ au plus vite.

Le Nain s'étira, puis secoua ses bras musculeux tandis qu'il revenait devant le foyer. Les quolibets du valet ne le touchaient pas. Les moqueries, blessantes ou affectueuses, n'avaient plus de prise sur lui. Elles faisaient sans doute partie de son destin, celui d'être le seul Nain à vivre parmi les Humains.

Au Pays Sûr, les membres de son peuple étaient aussi rares que les pièces d'or sur le bord d'un chemin, et la réputation des derniers Nains ambulants, qui faisaient profession de forgerons ou d'outilleurs itinérants, n'était pas des meilleures. Ceux-ci passaient pour des originaux, extrêmement renfermés, pour qui seuls comptaient les pièces de monnaie et les bons prix.

Quand même, j'aimerais bien en rencontrer un, pensa-t-il. Il parcourut du regard son atelier bien rangé, ses multiples pinces et marteaux, tous bien accrochés à leur place. *Il aurait sûrement des tas de choses à me raconter, sur les cinq tribus naines*. Tungdil adorait la pénombre qui régnait dans la forge : elle faisait ressortir la beauté des charbons ardents.

De nouveau, il actionna le soufflet ; le flux d'air attisa les flammes et fit jaillir des étincelles jusque dans la cheminée. Un large rictus illumina brièvement son visage. Le Nain imaginait que des points lumineux rouges sortaient en dansant du conduit et montaient jusqu'aux étoiles, avant de devenir des astres à leur tour. Cette pensée lui était tout aussi agréable que de laisser rebondir son marteau à la verticale sur le fer rouge. *Mais peut-être qu'ils ne battent pas le fer comme je le fais ?*

— Pourquoi il fait toujours si noir, dans ta forge ? demanda, comme surgie du néant, Sunja, la fille de Frala la servante, une enfant éveillée de huit ans à qui l'apparence de Tungdil ne faisait ni chaud ni froid.

Le Nain ricana à s'en plisser le visage, qu'il avait sympathique. Il s'étonna de la rapidité à laquelle grandissaient les petits d'Humains. Encore un peu et Sunja aurait la même taille que lui.

— Les jeunes enfants, c'est comme les chats, on ne les entend jamais venir. (Il jeta un morceau de fer dans le foyer.) Viens, on va le faire rougir, et je t'expliquerai.

Pleine d'enthousiasme, la fillette blonde aida à actionner le soufflet, et comme chaque fois Tungdil lui fit croire qu'elle parvenait seule à faire sortir l'air des joues de cuir rebondies de l'engin. Bientôt, le métal rougeoya.

— Tu vois ? (Il le saisit avec la pince et le posa sur l'enclume.) S'il y a si peu de lumière, chez moi, c'est pour une bonne raison. Ce n'est que de cette façon qu'un forgeron peut voir si l'acier a atteint la bonne température. Si j'attends trop longtemps, le fer brûle et il est perdu, mais si je le retire trop tôt de son lit de charbons ardents, impossible de le battre, car il risque de casser.

Tungdil fut heureux de voir le hochement de tête sérieux de la petite, qui était tout le portrait de sa mère.

— Maman, elle dit que tu es un maître forgeron.

Le Nain rit.

— Un maître, peut-être pas. Mais je connais mon métier, ça, c'est sûr.

Il lui adressa un clin d'œil, auquel elle répondit par un rire chaleureux.

D'autant que personne ne lui avait jamais montré comment faire. Il s'était juste contenté d'observer l'ancien forgeron de Lot-Ionan. Chaque fois que l'Humain en question s'éloignait de l'enclume, Tungdil profitait de l'occasion pour s'exercer. Il ne lui avait pas fallu longtemps pour maîtriser les rudiments. C'était il y a plus de trente cycles. À présent, il ne craignait plus aucun travail de forge.

Absorbés, Tungdil et Sunja observaient le jeu des couleurs qui se succédaient. Orange, jaune, rouge, blanc, bleu… Les charbons rougeoyaient, craquaient et crépitaient.

Il s'apprêtait à lui demander ce qu'il y avait au dîner lorsque la silhouette d'un Humain apparut en contre-jour à l'entrée.

— Tungdil, viens à la cuisine. On a besoin de toi, lui lança Jolosin, un disciple de quatrième niveau, sur un ton impérieux.

— Et la politesse ? répondit-il. (Il s'adressa à Sunja :) Toi, tu ne touches à rien. Promets-le.

Il cacha rapidement un petit objet qu'il avait forgé avant de suivre l'apprenti magicien dans le réseau de galeries souterraines qui accueillait l'école du Patient.

Quelque deux cents Humains sélectionnés, jeunes et moins jeunes, apprenaient les arcanes de la Magie sous l'égide de Lot-Ionan. La Magie, volatile et capricieuse, n'était pas le fort de Tungdil. Son royaume à lui, c'était la forge, une activité où il pouvait se dépenser sans compter. Il préférait le travail manuel, ainsi qu'un bon livre de temps à autre. C'était le Mage qui lui avait donné le goût de la lecture.

La robe bleu foncé richement ornée de Jolosin ondoyait, et ses cheveux soignés se soulevaient à chacun de ses pas. Tungdil rit sous cape. *Quel fat.* Ils bifurquèrent pour déboucher dans la grande pièce où flottait une bonne odeur de nourriture. Des chaudrons bouillonnants et gargouillants étaient suspendus au-dessus de deux grands foyers.

Tungdil sut tout de suite pour quel motif le jeune homme l'avait mandé. Une des chaînes qui servait à mouvoir les récipients via un palan avait quitté son support, de sorte que le chaudron qui y était suspendu reposait à même le feu.

Une femme n'aurait pas pu le soulever, et quant aux élèves du Mage, ils se croyaient au-dessus du lot jusque dans la corvée de cuisine ; aucun d'entre eux n'avait daigné entreprendre quoi que ce soit. On risquait de se brûler, pis : de se salir. Il s'agissait bien d'un travail pour un forgeron.

La cuisinière, une femme plantureuse qui avait quelques livres en trop sur les hanches, allait et venait dans la pièce.

— Vite, sinon mon goulasch va brûler ! le pressa-t-elle sans cesser de tripoter son filet, qui menaçait de glisser de sa tête.

— Ce serait dommage. C'est que j'ai faim, moi.

Sans hésiter, le Nain s'approcha à grands pas de la cheminée, posa rapidement la main sur la chaîne pour voir si elle n'était pas trop chaude, puis en saisit les maillons noircis par la suie. Après toutes ces années passées devant l'enclume, il avait gagné en muscles ; même le plus lourd marteau ne pesait plus rien pour lui. Soulever un chaudron grâce à un palan ne devait dès lors pas être d'une très grande difficulté.

— Tiens ça, dit-il à Jolosin en lui tendant la chaîne toute sale, il faut que je répare l'attache.

Le jeune homme hésita.

— Ce n'est pas trop lourd ? risqua-t-il prudemment.

— Non. Et si ça l'est quand même, eh bien tu n'as qu'à lancer un sort pour que ce soit plus léger, puisque tu es si malin, lui conseilla Tungdil en ricanant. Puis il lui fourra la chaîne dans les mains et lâcha prise.

Le disciple poussa un juron et ploya sous le poids du chaudron.

— Elle est brûlante, gémit-il.

— Ne t'avise surtout pas de gâcher mon goulasch, mon garçon, le menaça la cuisinière d'un air sombre. Elle renonça à lutter contre ses cheveux brun foncé, qui tombaient à présent devant son visage replet. Tiens bon, sinon même le Mage ne pourra te protéger de mon rouleau à pâtisserie !

Elle le menaça de ses imposants avant-bras.

Tungdil trouva la cause de la rupture de l'attache, mais il prit volontairement plus de temps pour réparer, histoire de lui apprendre, à ce disciple, à mépriser les tâches ingrates.

— Oh, ça ne va pas être de la tarte, dit-il à voix haute en prenant un air soucieux.

Frala, la servante aux cheveux noirs et aux jolis yeux verts, remarqua son petit jeu et gloussa tout en continuant d'éplucher les pommes de terre.

En quelques mouvements habiles, le Nain prit la chaîne et la réarrima au crochet. Le récipient tint bon, le goulasch était sauvé.

— Tu peux lâcher.

Jolosin s'exécuta, puis jeta un coup d'œil à ses mains sales ; la précieuse robe bleu foncé elle aussi avait été souillée. Inquiet, il regarda en direction de Frala, qui riait maintenant à gorge déployée, et il rougit.

— Tu l'as fait exprès, espèce de misérable avorton ! gronda-t-il à l'adresse de Tungdil.

Il s'approcha de lui d'un pas menaçant et voulut le frapper, mais il se ravisa face à la supériorité physique du forgeron et s'enfuit en courant, furieux.

Le Nain ricana et s'essuya les mains sur son tablier.

— Cela ne m'aurait pas dérangé de me battre avec lui. Dommage qu'il se soit dégonflé.

Frala lui lança une pomme qu'elle avait pêchée dans le panier à côté d'elle.

— Pauvre Jolosin, rit-elle. Sa belle robe est toute sale, maintenant.

— Qu'est-ce que j'y peux, moi, s'il s'est sali ? dit Tungdil en haussant les épaules, et il se tourna vers la servante qui, comme lui, effectuait les menus travaux et services à l'école de Magie de Lot-Ionan.

— Mais c'est bien fait pour lui quand même, ajouta-t-il, creusant davantage les plis de joie qui se dessinaient autour de ses yeux pleins de chaleur.

— Vous vous cherchiez, vous vous êtes trouvés, soupira Frala. Un de ces jours, avec vos disputes, vous finirez par blesser quelqu'un.

Une pomme de terre épluchée plongea dans un baquet rempli d'eau.

— Qui sème le vent récolte la tempête. (Tungdil caressa les poils courts et raides de son menton.) Depuis qu'il m'a teint la barbe avec je ne sais quel tour de magicien, il est devenu mon pire ennemi. J'ai même dû la raser !

— Et moi qui ai toujours cru que les pires ennemis des Nains étaient les Orcs ! fit-elle remarquer avec un clin d'œil.

— Lui, c'est une exception. La barbe d'un Nain, c'est sacré, et un vrai Nain l'aurait probablement occis. Il a de la chance que je sois une bonne pâte. (Il mordit vigoureusement dans la pomme, ouvrit une petite bourse attachée à sa ceinture, puis glissa son petit cadeau dans la main de Frala.) Tiens. Pour toi.

Elle écarta les doigts et découvrit trois clous à ferrer que le Nain avait forgés avec une minutie extrême pour façonner un symbole de protection. Émue, la femme lui caressa la joue.

— C'est gentil à toi. Merci.

Elle se leva, prit un morceau de gros fil et enfila le pendentif. Elle fit rapidement un nœud, et le cadeau de Tungdil tomba bientôt sur son décolleté.

— Est-ce qu'il me va ? demanda-t-elle avec coquetterie.

— Comme s'il avait été fait uniquement pour toi, répondit-il, heureux que son simple bijou plût à la servante comme s'il s'agissait de la plus précieuse parure du Pays Sûr.

Elle et lui étaient liés, mais d'une manière tout à fait particulière. Tungdil connaissait Frala depuis qu'elle était bébé, il l'avait vue grandir, mûrir et devenir une jeune femme dont la vue faisait tourner la tête aux élèves magiciens. Entre-temps, elle avait eu deux enfants, Sunja et une petite fille âgée maintenant d'un an, du nom d'Ikana.

Frala ne tirait aucune vanité de son apparence et se montrait toujours très affable avec les habitants du domaine souterrain du Mage, le Nain y compris. La vue de celui-ci lui était familière et aussi anodine que celle d'un Humain, attitude dont avait hérité son aînée.

Le Nain, pour sa part, avait conscience de la différence. Les femmes et les hommes qui venaient au Royaume d'Ionandar trouver Lot-Ionan pour qu'il leur enseigne le grand art de la Magie le considéraient d'habitude comme une bête curieuse, que l'on ne rencontrait que dans une forge ambulante, et encore, avec beaucoup de chance. La servante, en revanche, lui parlait comme elle parlait aux valets ou à la cuisinière, lui donnant le sentiment d'être accepté, apprécié.

Tungdil lui avait autrefois moulé de petits sujets en étain avec lesquels elle avait joué sans retenue, et il lui avait fait visiter son atelier, où elle avait eu le droit d'actionner le soufflet. Le « Souffle de Dragon », comme elle disait, la faisait rire. Elle était ravie de voir s'élever les étincelles. Frala n'avait pas oublié la façon dont il s'était occupé d'elle, puis de sa fille.

Elle versa les pommes de terre restantes dans un baquet où elle remit de l'eau, puis se tourna vers lui, le toisant de ses yeux verts.

— C'est quand même étrange, dit-elle en souriant. J'étais justement en train de me dire que pour moi, même après toutes ces années, tu n'as pas du tout changé.

Tout en mâchant sa pomme, qu'il avait déjà à moitié engloutie, le Nain s'assit sur le tabouret.

— Et moi, j'étais justement en train de me dire à quel point nous nous entendons à merveille, répliqua-t-il avec honnêteté.

— Frala ! Viens remuer mon goulasch ! ordonna la cuisinière. Il faut que j'aille chercher encore quelques herbes. (La cuiller en bois, qui, avec son long manche, était presque aussi grande que Tungdil, changea de propriétaire.) Ne le laisse pas attacher au fond, hein ? lui rappela-t-elle avec une nuance d'avertissement avant de sortir.

La servante se mit devant le chaudron et remua énergiquement le contenu au fumet agréable.

— J'ai vu les gens vieillir, même l'honorable Mage, poursuivit-elle, mais toi, durant ces vingt-trois cycles, tu es toujours resté le même. Je me demande si tu auras toujours la même apparence, durant les vingt-trois prochains cycles ?

La jeune femme abordait un sujet sur lequel il n'aimait guère s'exprimer. Si ce qu'il avait lu sur l'espérance de vie des Nains était vrai, il avait encore trois cents cycles et davantage à vivre. La certitude de voir un jour mourir l'adorable Frala lui causait d'ores et déjà de la peine.

Pensif, il engouffra le trognon et le mâcha.

— Tu verras bien, Frala, dit-il en essayant de chasser ces idées qui l'attristaient.

Or la servante semblait capable de lire dans ses pensées, ce jour-là.

— Tu me promets une chose, Tungdil ? (Il hocha la tête en signe d'assentiment.) Est-ce que tu t'occuperas de ma fille quand je ne serai plus là ?

Il avala les pépins amers qui irritèrent sa gorge.

— On a encore bien le temps. Tu es bien partie pour vivre (Tungdil la regarda), eh bien, pour vivre cent cycles, au moins. Je demanderai à ce vieux hibou de magicien qu'il te donne la vie éternelle. Et à Ikana et Sunja aussi, par la même occasion, marmonna-t-il.

La jeune femme rit.

— Ne t'inquiète pas, je n'ai pas l'intention de paraître devant Palandiell de sitôt. (Elle remua soigneusement le contenu du chaudron ; la sueur perlait sur son front et coulait sur son visage.) C'est juste que… c'est bon de savoir qu'il y a quelqu'un pour s'occuper des enfants. (Elle haussa les épaules, sans trop y croire.) Je t'en prie, sois leur parrain.

D'ici à ce que tu sois rappelée auprès de ta déesse, les enfants seront suffisamment grands pour se débrouiller tout seuls, se dit-il, mais lorsqu'il comprit que Frala était tout à fait sérieuse, il fit la promesse de veiller sur Ikana et Sunja.

— Ce sera un honneur pour moi d'être leur parrain. (Le Nain glissa de son siège.) Si le crochet devait encore céder, envoie Jolosin, dit-il en prenant congé.

Il reçut d'elle en prime une petite écuelle de goulasch pour le retour.

Dans la forge, Sunja et de nouveaux travaux, apportés par le valet d'écurie, l'attendaient. Les cercles de deux barriques s'étant rompus, il se mit à l'ouvrage pour les ravoir. Puis ce fut un élément de la charrue qu'il fallut réparer en vitesse.

Tungdil se réjouit de ces tâches. Les efforts qu'il lui fallut fournir et la chaleur du feu le mirent en nage ; les gouttes perlaient sur ses bras et tombaient dans le foyer avec un grésillement. La fille aînée de Frala l'observait, fascinée, lui tendait les outils les moins lourds et se donnait toute la peine du monde pour actionner le soufflet.

Le fer porté au rouge se rendit à ses coups et prit la forme attendue. C'était dans des moments pareils qu'il avait le sentiment d'être un véritable Nain et non un enfant trouvé, élevé par des Humains pratiquant la Magie.

Ses pensées vagabondèrent. En soixante-trois cycles que comptait sa vie, il n'avait jamais rencontré le moindre Nain, d'où sa joie chaque fois que Lot-Ionan l'envoyait faire des commissions, ce qui arrivait bien trop rarement. De tout cœur, il espérait croiser un jour un membre de sa race qui lui en apprendrait davantage sur elle. Or les Nains ambulants se faisaient rares.

Ionandar était exclusivement terre d'Humains. Les Gnomes et les Kobolds avaient pour ainsi dire disparu ; les rares individus à y vivre encore habitaient des lieux souterrains oubliés et n'en sortaient que lorsqu'ils pouvaient voler Humains, Nains ou Elfes. C'était du moins ce que lui avait dit Frala. Les derniers Elfes vivaient en Âlandur, dans les bois de l'Éternelle Forêt, tandis que les Nains s'étaient établis dans les cinq massifs montagneux qui entouraient le Pays Sûr ; Tungdil avait presque abandonné l'espoir de se rendre un jour dans l'un des Royaumes nains pour en apprendre davantage sur lui-même.

Les connaissances qu'il avait de ses semblables provenaient de la bibliothèque du Mage, et encore était-ce là un savoir livresque, une lecture fort peu captivante. Certains auteurs se moquaient des « Troglodytes », d'autres leur attribuaient même la responsabilité de l'entrée dans le Pays Sûr de la Terreur sans Nom, ce que Tungdil ne pouvait imaginer, même avec la meilleure volonté du monde.

Ce genre d'ouvrages lui expliquait pourquoi il y avait aussi peu de Nains en dehors de leurs Royaumes. Les « Troglodytes », sûrement offensés par de telles accusations, préférèrent tourner le dos aux Humains.

Tungdil venait tout juste de réparer le premier cercle de la barrique lorsque Jolosin réapparut, et avec une nouvelle robe, remarqua le Nain avec une joie maligne.

— Viens vite ! haleta-t-il tout excité, luttant pour reprendre son souffle.

— Encore ce chaudron de goulasch ? Vas-y, cours le retenir. J'arrive tout de suite, ironisa-t-il.

— Au laboratoire… (La voix de Jolosin s'éteignit, et celui-ci dut se contenter de s'exprimer par signes.) La cheminée, dit-il enfin en soufflant bruyamment, avant de repartir en hâte.

Il n'a vraiment pas l'air de plaisanter. Inquiet, le Nain reposa son marteau et s'essuya les mains sur son tablier. Après avoir renvoyé Sunja à la cuisine voir sa mère, il suivit le disciple le long des couloirs creusés dans la pierre.

Le Pays Sûr, en bordure du Royaume nain du Second Père, Beroïn, en l'hiver du 6233e cycle solaire

Par centaines, les minuscules grains de sable venaient crépiter contre les casques, les armures et chaque pouce de chair non couverte. Un fort vent chaud d'ouest chassait devant lui la terre meuble qu'il avait arrachée aux dunes.

Pris en pleine tempête, le courageux groupe de Nains, montés sur des poneys, luttait pour progresser. Les étoffes placées devant les visages étaient bien censées les protéger de cette force naturelle, mais la fine poussière du désert se frayait quand même un chemin à travers le tissu. Il n'y avait pas une bouche où elle ne crissât, pas une barbe d'où elle ne s'écoulât.

— Maudit vent ! jura le roi Gandogar Barbe-d'Argent du clan des Barbes-d'Argent, souverain de la Quatrième Maison et de ses douze clans, en rajustant son foulard pour protéger son nez du sable.

Du haut de ses deux cent quatre-vingt-dix-huit ans, ce Nain passait pour un souverain expérimenté et un combattant hors pair. Il mesurait un peu plus de cinq pieds, avait de puissants bras et refusait de déposer son armure, lourde et richement travaillée, même en de telles circonstances. De son casque paré de diamants dépassaient des cheveux brun foncé, sa barbe était de même couleur. Imperturbable, celui-ci entraînait sa suite à travers les dunes et les éboulis.

— Ce qu'il y a de pire, c'est le sable. Ce genre de choses n'arriverait pas dans les montagnes, dit Bislipur, son mentor et ami qui chevauchait à son côté.

Celui-ci dépassait le souverain en taille et en corpulence, et portait presque autant de précieuses bagues et d'anneaux d'or que son seigneur. Tout dans son attitude trahissait le combattant qu'il était, et sa cotte de mailles portait les marques de nombreuses batailles passées, la dernière en date ayant eu lieu à peine cinq lunes auparavant, contre des Orcs.

— Un simple grain de sable ne fait pas mal, et d'habitude je ne m'en plains pas, grommela Bislipur.

Mais le nombre de grains, et la violence avec laquelle ceux-ci les harcelaient, lui et le reste de la légation, faisaient pousser des gémissements même au plus endurci des Nains.

— Nous ne sommes pas un peuple du désert. Vraccas savait bien ce qu'il faisait en nous créant à partir de la pierre et non du sable, dit-il, exprimant l'opinion de la petite troupe.

Les poneys avec lesquels ils s'étaient mis en route pour le Second Royaume Nain hennissaient et s'ébrouaient, renâclaient, irrités, pour chasser la substance poudreuse de leurs naseaux, ne faisant malheureusement qu'aspirer davantage cet impitoyable sable.

— Il n'y a pas d'autre itinéraire, regretta Gandogar. Mais pour notre consolation à tous, nous sommes bientôt arrivés.

La troupe de trente Nains se trouvait dans le Sangreîn, le pays désertique de la reine humaine Umilante, où l'on ne voyait rien d'autre que des steppes arides, qui alternaient avec des contrées plus inhospitalières encore, offrant un paysage si désolé que les voyageurs préféraient encore porter leurs regards sur les pointes de leurs bottes ou les crinières ébouriffées de leurs montures.

Depuis leur départ des Montagnes Brunes pour le sud, ils avaient tout d'abord traversé les vallées tranquilles et les gorges escarpées du Royaume montagneux d'Urgon du roi Lothaire. Puis ils avaient parcouru l'Idoslân, beaucoup moins accidenté, du roi Tilogorn, où l'on appelait montagnes de simples collines et où les grasses plaines succédaient aux forêts ombragées.

À présent, Gandogar guidait sa suite à travers la partie la plus difficile du Sangreîn, la ceinture de sable extrêmement fin de quarante milles de large qui entourait telle une barrière, comme si elle voulait interdire toute visite, le massif montagneux qui constituait le but de leur périple.

Occasionnellement, lorsque le mugissement du vent faiblissait et que le rideau de sable se déchirait, ils pouvaient voir se dresser ces immenses hauteurs, véritables mirages d'origine magique. Les sommets enneigés des Montagnes Bleues les invitaient à retrouver air et eau frais, ainsi que la compagnie de leurs semblables.

Bislipur rajusta le foulard qu'il avait devant la bouche et le nez et passa sa main en maugréant dans sa barbe gris-brun.

— Je ne suis certainement pas un ami de la Magie, mais à l'heure actuelle, un Mage pourrait nous être bien utile.

— Comment ça ?

— Il pourrait contraindre ce maudit vent à se calmer.

Une dernière rafale enveloppa la délégation, avant de faiblir brusquement. La chaîne de montagnes ne s'élevait plus qu'à cinq milles devant eux d'ouest en est.

— Je ne savais pas que tu étais devenu magicien, dit Gandogar dans un soupir de soulagement.

Il n'avait jamais pu supporter outre mesure le monde hors de son propre Royaume. Tout cela lui fit jurer qu'il s'agissait de son premier et dernier long voyage.

— Voyez ! Nous y serons bientôt !

Les versants montagneux projetaient des ombres allongées qui rendaient la forteresse d'Ogremort encore plus impressionnante de noirceur. Celle-ci épousait les contreforts de la montagne : ses créateurs l'avaient en partie laissée dans la pierre, le reste consistait en fortifications avancées qui ménageaient quatre terrasses de défense superposées, réputées imprenables.

L'entrée du royaume souterrain, de huit pas de large et dix pas de haut, se trouvait sur le plateau le plus élevé, taillée à même la paroi rocheuse. *On dirait une gigantesque bouche qui bâille à s'en décrocher la mâchoire*, pensa le roi.

Au fur et à mesure que la légation s'approchait de la forteresse, les deux battants de la porte s'ouvrirent, les invitant à entrer. Au-dessus des tours, les dix-sept bannières des clans de leur hôte flottaient fièrement.

— Nous avons traversé le Pays Sûr d'un bout à l'autre à dos de poney, et voilà que nous sommes enfin arrivés, dit Gandogar en riant, soulagé.

Les autres Nains firent chorus. Ceux-ci constituaient la suite, armée jusqu'aux dents, qui avait accompagné son seigneur sain et sauf au Royaume de Beroïn. On y retrouvait les chefs, les meilleurs guerriers ainsi que les meilleurs artisans de l'ensemble des douze clans de la Quatrième Maison, tous sachant parfaitement manier qui le couperet, qui la hache, qui l'outil. Ils n'avaient pas rencontré un seul bandit en chemin. Ces derniers avaient sans doute été effrayés par la combativité légendaire des Nains. Et pourtant, la quantité d'or qu'ils transportaient aurait tout à fait justifié une embuscade.

Bislipur fit un geste autoritaire qui fut immédiatement suivi d'effet.

Une petite créature d'au plus trois pieds de haut glissa avec difficulté de son poney pour se hâter de slalomer sur le sable blanc entre les cavaliers. Son pantalon ample était retenu par une large ceinture. Bien que d'apparence noueuse, elle était cependant pourvue d'un ventre rebondi. Elle portait une veste rouge par-dessus sa chemise de jute jaunâtre, et son bonnet bleu d'où dépassaient des oreilles pointues était bien enfoncé sur sa tête. À chaque pas, ses chaussures à boucles soulevaient des pelletées de sable, tandis que son cou était orné d'une collerette couleur argent.

Elle fit un ostensible détour pour adresser une révérence à Bislipur.

— Swerd, à votre service, grommela-t-elle, de mauvaise humeur. Et pas de son plein gré, comme toujours.

— Silence, Gnome, tonna Bislipur avant de brandir son large poing. (Swerd se tassa.) Passe devant pour nous annoncer. Ensuite, attends que nous soyons tous arrivés, et ne touche à rien.

— J'ai entendu et j'obéirai, sans y prendre plaisir.

Le Gnome s'inclina profondément et courut rejoindre sa petite monture. Peu après, il caracolait sur celle-ci, passant devant les Nains et filant en direction de la forteresse.

Même de loin, on pouvait voir qu'il ne savait pas monter à cheval. Il rebondissait sur sa selle à contretemps des mouvements du poney tout en maintenant de ses doigts griffus son bonnet sur ses cheveux, laissant à l'animal le soin de trouver le chemin du rempart le plus avancé.

— S'il galope encore plus vite, il va se désarçonner tout seul, estima Gandogar. Quand vas-tu l'affranchir ? demanda-t-il à son mentor.

— Quand il aura suffisamment expié ce qu'il a fait, répliqua Bislipur laconiquement. Reprenons notre route.

Il talonna les flancs souples de son poney qui se mit à trotter, obéissant.

Ils s'approchèrent de la forteresse d'Ogremort, qu'ils ne connaissaient que grâce à des récits et des illustrations.

Il s'était peut-être écoulé des siècles depuis que le dernier Nain de la Maison de Goïmdil avait entrepris le voyage jusqu'à l'autre bout du Pays Sûr. Autrefois, leur peuple se retrouvait à intervalles réguliers pour donner une fête en l'honneur de leur dieu Vraccas, afin de remercier le Forgeron de les avoir créés. Mais depuis la chute du passage de Pierre face aux Orcs, aux Ogres et aux Albes et l'anéantissement des clans de la Cinquième Maison, cette cohésion était brisée.

— Il était plus que temps.

Gandogar se souleva légèrement sur sa selle. La chair de son séant était tout endolorie de cet interminable ballottement.

Aucun d'entre eux ne savait particulièrement bien monter à cheval. C'était à contrecœur que les délégués avaient accepté de voyager à dos de poney ; ils auraient été encore moins en confiance sur de grands chevaux, en véritables Nains qu'ils étaient, sans compter le ridicule qu'il y avait à devoir utiliser un escabeau pour y monter.

Il s'agissait d'un rejet viscéral. Deux des membres de la délégation avaient même refusé catégoriquement de monter, et avaient fabriqué de petits chars de guerre maniables qui roulaient en fin de colonne.

— Nous nous réjouissons tous que le voyage s'achève, dit laconiquement Bislipur avant de recracher du sable.

La vue des impressionnants remparts les dédommagea quelque peu de leurs efforts. Gandogar parcourut du regard les fresques et les bas-reliefs raffinés qui ornaient les murailles et les tours. Il fut ébahi rien qu'à la vue des figures, motifs, socles et colonnes du premier bastion. *Nous sommes peut-être les meilleurs lapidaires, mais ce sont certainement eux les meilleurs tailleurs de pierre.*

La porte d'entrée s'ouvrit, autorisant la suite à pénétrer dans la cour de la première terrasse. Swerd se tenait debout à côté de son poney et attendait avec obéissance que Bislipur l'envoie d'un geste fermer la marche.

Un Nain vint à leur rencontre. Il devait être âgé de plus de trois cents cycles et faisait bien son âge.

— Salut au roi Gandogar Barbe-d'Argent de la Quatrième Maison et à sa suite. Je suis Balendilín Unbras, du clan des Forts-Doigts, conseiller de notre Grand-Roi Gundrabur Blanc-Chef, de la Seconde Maison. Soyez les bienvenus.

Son corps trapu était contenu dans une cotte de mailles ; le ceinturon où était glissée sa hache de guerre se fermait par une boucle en pierre finement ciselée. Il portait plusieurs barrettes décoratives du même matériau dans sa barbe poivre et sel, intégrées à ses tresses. Une longue natte lui tombait dans le dos.

Il releva la tête.

— Suivez-moi, chers frères. Je vais vous conduire.

Il tourna les talons et gravit la pente qui menait à l'entrée de la montagne. Tout le monde put voir à ce moment qu'il n'avait plus son bras gauche.

Le roi supposa qu'il l'avait perdu au combat contre les monstres. Balendilín était doté d'une imposante stature, qu'il avait certainement dû acquérir à force de travailler avec de lourdes pierres. La main calleuse qu'il lui restait ressemblait presque à une patte d'ours, tandis que chacun de ses cinq doigts évoquait la puissance, ce qui faisait tout à fait honneur à son clan.

Après avoir passé plusieurs portes et atteint le quatrième niveau, Balendilín s'arrêta. Les invités purent alors constater à quel point les fortifications avaient été bien conçues. Le Nain désigna l'entrée du massif montagneux.

— Descendez, à présent, et confiez vos poneys à nos soins. Ils seront bien traités. Nous allons nous rendre tout de suite à la Salle du Conseil, où vous êtes attendus avec impatience.

Balendilín prit la tête du cortège, les conduisant dans des galeries où un dragon de grande taille aurait aisément pu passer. La qualité du travail des tailleurs de pierre manqua de couper le souffle aux visiteurs. Des colonnes grises de dix pas de circonférence et davantage se dressaient, tels des arbres pétrifiés. Le volume des salles était tel que le plafond restait invisible. Les colonnes semblaient s'élever vers le néant. *Ou alors, si elles vont quelque part, c'est jusqu'au sommet de la montagne, pour le soutenir*, pensa Gandogar avec respect.

Entre les piliers étaient tendus des arcs de pierre richement décorés sur lesquels étaient gravés sentences et versets de la Genèse du peuple Nain.

Ils virent devant eux une gigantesque réplique en pierre du Second Père. Un Beroïn couleur granit était assis sur un trône de marbre blanc, la main droite en position de salut, la gauche posée sur le manche de sa hache. Ses pieds étaient aussi hauts qu'un Nain et aussi longs que cinq poneys.

Et ce n'était pas tout.

Les parois, qui autrefois avaient été brutes et non taillées, étaient désormais polies à la perfection. Les héritiers de Beroïn y avaient gravé d'autres maximes et motifs, à l'éclat terne. Ceux-ci étaient si beaux et si précis que Gandogar ralentit involontairement le pas pour les examiner plus avant.

La tribu du Quatrième avait elle aussi creusé des salles entières dans le roc, bien sûr, mais la maîtrise et l'exécution des Seconds surpassait les siennes, et de très loin.

Le roi tendit la main et effleura respectueusement le marbre anthracite. Jamais il n'aurait cru qu'une telle magnificence fût possible.

— Par Vraccas ! s'exclama-t-il dans un accès d'admiration et de fierté mêlées. On ne saurait trouver plus grande maîtrise. Vous êtes les meilleurs tailleurs de pierre de notre peuple.

Le conseiller du Grand-Roi fit une révérence.

— Je te remercie de tes éloges. C'est avec plaisir que je les transmettrai à nos artistes.

Après être passés entre les jambes du géant de pierre impassible, ils se retrouvèrent dans un couloir plus petit. L'air se rafraîchit sensiblement. Peu après, ils arrivèrent devant la porte de la Salle du Conseil.

Balendilín adressa un sourire à Gandogar.

— Es-tu prêt à défendre ton droit au titre ?

— Bien sûr qu'il l'est, répondit Bislipur sur un ton acerbe avant que le roi ait pu prendre la parole.

Balendilín fronça les sourcils, mais préféra se taire. Il se contenta de leur ouvrir la porte et de les précéder afin d'annoncer les nouveaux arrivants, attendus depuis longtemps.

La Salle surpassait tout ce qu'ils avaient pu voir jusqu'alors : des colonnes rondes se dressaient à une hauteur vertigineuse, et sur les parois figuraient des scènes de combat tirées de l'histoire du peuple Nain, gravées dans la pierre en souvenir des glorieuses victoires et des hauts faits d'armes des cycles passés. Des braseros et des chandeliers dispensaient une lumière chaleureuse, tandis qu'une agréable fraîcheur dédommageait les voyageurs de la canicule qu'ils avaient endurée dans le pays d'Umilante.

Alors que Balendilín les présentait dans l'ordre, Gandogar jeta un regard réprobateur à son mentor.

— C'était impoli. Tu aurais fait donner la bastonnade à Swerd pour cela, le réprimanda-t-il tout bas.

Bislipur parla dans sa barbe.

— J'irai présenter mes excuses au conseiller.

Ils se tournèrent vers l'assemblée. Les places destinées aux rois des cinq tribus Naines étaient disposées en demi-cercle autour d'une table ; les chefs de clan avaient pour leur part à leur disposition des tribunes de pierre taillées avec art, disposées, elles, derrière la table afin qu'ils puissent suivre les séances et exposer leurs points de vue.

L'un des sièges et les rangées derrière lui restaient inoccupés, rappelant douloureusement l'extermination des Cinquièmes. Le souverain, ainsi que les délégués de chaque clan de la Première Maison manquaient encore à l'appel. En revanche, les Nains des dix-sept clans de la Seconde Maison étaient à leurs places.

Sur la table étaient étalées diverses cartes du Pays Sûr. Avant l'arrivée des Quatrièmes, les Nains avaient échangé leurs impressions sur les événements dans le Nord, mais à présent ils portaient leur attention sur Gandogar.

Le roi était de plus en plus nerveux. Pour la première fois depuis plus de quatre cents cycles, les plus puissants et les membres les plus éminents de toutes les tribus Naines étaient de nouveau réunis. Il rencontrait pour la première fois tous ces parents éloignés et leurs chefs. Il mettait à présent des visages sur des noms qu'il avait sans cesse lus ou entendus, et son cœur palpitait de joie.

Les autres Nains se levèrent pour le saluer, lui et sa suite, d'une ferme poignée de main. Gandogar sentit à quel point les différentes paumes et poignes étaient variées : tantôt calleuses, tantôt couvertes de cicatrices, les unes musclées, les autres presque frêles. Cet accueil joyeux l'émut, même s'il put lire dans bien des regards de la suspicion et de la méfiance à son égard.

Puis ce fut le moment pour lui de se présenter devant Gundrabur Blanc-Chef, roi des Seconds et Grand-Roi, souverain de toutes les tribus et de tous les clans.

Il dut lutter pour éviter de laisser transparaître son effroi.

Le Grand-Roi avait dû être autrefois un digne Enfant du Forgeron, mais après plus de cinq cents cycles solaires, sa flamme de vie était si faible qu'il semblait que le moindre souffle de vent suffirait à l'éteindre. Ses yeux brun jaunâtre troublés brillaient d'une lueur vacillante. Incapable de se fixer, le regard de Gundrabur passait à travers lui sans le voir.

En raison de son âge, il avait renoncé à porter une lourde armure. Son corps fatigué était ceint d'une robe brun foncé richement brodée ; sa barbe argentée et sa chevelure atteignaient le sol. Même la couronne posée sur ses genoux, insigne de sa dignité de Grand-Roi, était devenue une charge pour son corps.

À côté du trône se trouvait le marteau de forge cérémoniel, à la tête gravée de runes. Des gemmes et un damasquinage fait des métaux précieux les plus divers renvoyaient la lumière des braseros et des chandeliers. Ce fragile chef des Nains semblait même incapable de soulever ne serait-ce que le manche du lourd outil.

Gandogar s'éclaircit la voix le temps de surmonter son appréhension.

— Me voici devant toi, parce que tu m'as appelé pour te succéder sur le trône, mon roi, dit-il, prononçant d'anciennes paroles.

Gundrabur opina du chef et voulut répondre, mais sa voix le trahit.

— Il se réjouit que tu aies répondu à son appel et que tu aies entrepris ce long voyage, répondit Balendilín à sa place. Bientôt, lorsque le Conseil se prononcera en ta faveur, tu porteras la couronne.

Il lui indiqua une place libre à la table, et le roi des Quatrièmes s'assit. Bislipur approcha pour se tenir derrière lui.

— En qualité de représentant de Gundrabur, je siégerai à la place du roi des Seconds.

Gandogar inspecta les cartes et s'aperçut que certains des délégués le toisaient, s'attendant sans doute qu'il étaie verbalement ses prétentions à la fonction de Grand-Roi. Mais Bislipur l'avait mis en garde de ne pas élever la voix trop tôt. Il convenait d'abord de discuter de la situation dans le Nord du Pays Sûr, et il était très impatient de savoir si ses frères allaient le suivre dans son projet.

— Où sont les neuf clans de Borengar ? demanda-t-il en désignant les sièges vides des Premiers. Ne sont-ils pas encore arrivés ?

Balendilín secoua la tête.

— Nous n'avons reçu aucune nouvelle de leur part. Nous n'en recevons plus depuis plus de deux cents cycles, du reste.

Il s'empara de sa hache et en pointa l'extrémité sur la carte. À l'extrême ouest, les Nains de Borengar, le Premier Père, gardaient le col d'Argent de la Montagne Rouge et le défendaient contre les intrus. Leur royaume était à présent enchâssé dans celui de la reine humaine Wey IV.

— Mais ils sont toujours vivants. Des marchands du Pays de Weyurn ont rapporté que la porte du col d'Argent était toujours fermement verrouillée. (Il posa sa hache devant lui sur la table.) Nous devrons procéder au vote sans eux. S'ils ne sont pas venus, c'est leur affaire.

Un murmure d'approbation parcourut l'assemblée.

— Avant que tu sois élu à la succession du Grand-Roi, écoute quels défis t'attendent. Le Pays Mort continue non seulement de ramper, mais il ne cesse également de gagner du terrain. La sinistre force invisible s'est emparée de chaque pouce de pays que les démons de Tion ont conquis ; la nature y devient malfaisante, les plantes, à partir d'une certaine taille, tentent d'attaquer et de tuer tout ce qui vit et passe à leur portée. Quiconque y perd la vie, ainsi que se le racontent les Humains, revient privé d'âme et de volonté propre. Esclave des puissances des ténèbres, il se range aux côtés des Orcs pour reprendre le combat contre son propre peuple.

— Il continue d'avancer ?!

Gandogar inspira brusquement. Selon toute apparence, le pouvoir des Mages était incapable d'endiguer l'avance du Pays Mort.

— Je m'en doutais ! La Magie des longs-sur-pattes, si spectaculaire, ne vaut rien ! explosa-t-il. Nudin, Lot-Ionan, Andôkai ou quels que soient les noms de ces fins érudits, tous ceux-là et leurs disciples n'ont fait que se terrer dans leurs laboratoires, leurs châteaux et leurs forteresses pour parfaire leur art. Tout ce qu'ils cherchent, c'est à acquérir l'immortalité des Elfes pour continuer de griffonner leurs formules et poursuivre leurs recherches sans plus d'entraves. On en voit maintenant le résultat ! Il est devenu impossible de contenir plus longtemps le Pays Mort, qui s'installe telle la rouille sur le fer non entretenu.

Les Nains manifestèrent bruyamment leur approbation à d'aussi franches paroles.

— Mais il n'y a pas que des aspects négatifs. Les Elfes ont bien failli être exterminés.

Le cœur de Gandogar exultait, car la chute finale et définitive de cette race hautaine était proche. Alors, il serait présent avec ses troupes, pour leur donner le coup de grâce. Son père et son frère avaient été tués de main d'Elfe, mais l'heure de sa vengeance allait bientôt sonner. *Toutes ces escarmouches, toute cette sempiternelle hostilité prendront bientôt fin, pour toujours.* Il lui tardait de mettre les autres au courant de son projet.

— Failli ? Il semble que tu aies quelque chose à dire à ce sujet, fit Balendilín en fronçant les sourcils.

— Écoutez-moi, champions et chefs de clans, dit Gandogar en élevant la voix. (Ses joues étaient brûlantes et ses yeux brillaient d'enthousiasme.) Vraccas nous a donné l'occasion d'en finir avec la création de Sitalia ! (Il indiqua le petit coin de la carte qui représentait ce qui restait du royaume elfique.) C'est là que se sont rassemblés les derniers d'entre eux. Je vous le dis : levons une puissante armée, marchons sur l'Âlandur et châtions les Elfes une bonne fois pour tous leurs crimes impunis des cycles passés !

Les Nains rassemblés le regardaient fixement ; il avait produit son petit effet.

— Gandogar, nous sommes ici réunis pour t'élire à la succession du Grand-Roi, l'avertit Balendilín d'une voix calme, s'efforçant de faire retomber l'excitation, et non pour former des projets guerriers. Telle n'est pas la fonction de cette assemblée. (Il comprit cependant, aux murmures autour de lui, que l'intervention du Quatrième avait trouvé un écho favorable.) Nous avons été faits pour défendre les peuples du Pays Sûr, non pour les combattre ! Rappelez-vous la tâche que Vraccas nous a confiée ! adjura-t-il.

Gandogar regarda autour de lui. Ses frères étaient partagés.

— Il ne s'agit pas seulement de cela ! Je suis en possession d'anciens écrits de notre peuple, que Bislipur a trouvés et m'a remis. Écoutez par vous-mêmes et décidez de ce qu'il convient de faire.

Il inspira profondément, sortit un parchemin de son armure et cita solennellement :

Et les Elfes envièrent les trésors des Nains.

Ils attaquèrent la tribu du Cinquième Père, Giselbart.

Le combat s'engagea dans les galeries et au passage de Pierre.

Giselbart enferma quelques-uns de ces fourbes Elfes en un sombre labyrinthe d'où ils ne ressortirent plus.

Or les Elfes usèrent de leur Magie pour affecter et affaiblir les Enfants du Forgeron.

Puis ils massacrèrent la tribu des Cinquièmes, à l'exception de quelques rares survivants.

Le silence tomba dans la Salle. La voix pleine de solennité du roi y retentissait, imposant le respect et donnant vie aux anciens écrits.

> *Lorsque Trolls et Orcs sentirent le sang des blessés et des tués, ils se mirent en route et apparurent au pied de la Porte qui menait au Pays Sûr.*
>
> *Les Elfes s'enfuirent lâchement, abandonnant le passage de Pierre à son sort.*
>
> *Par leur ruse cependant, le portail s'ouvrit. Giselbart et ses derniers fidèles se battirent comme seuls des Nains en sont capables.*
>
> *Mais les Cinquièmes, affaiblis, ne purent contenir les hordes déferlantes. Depuis lors, le Mal rôde dans le Pays.*

Il s'interrompit pour observer les mines affectées au sein de l'assistance. Encore quelques efforts et il les aurait dans son camp. Seul le manchot désapprouvait en secouant lentement la tête :

— Je doute que ces écrits soient authentiques, ô roi. Comment se fait-il que notre peuple n'en ait pas eu vent durant tout ce temps ? N'est-il pas étrange que ce texte à propos de la culpabilité des Elfes surgisse à cet instant précis ? À un moment si parfaitement en adéquation avec ton projet ?

— Elles avaient été dissimulées à dessein, peut-être par des Nains hésitants comme toi pour empêcher une guerre, répliqua Gandogar d'un ton moqueur en brandissant sa hache pour en enfoncer la pointe à l'endroit où figurait l'Âlandur sur la carte. Vous avez entendu mes paroles : c'est là que se cachent les coupables ! Et ils doivent payer pour leurs crimes et pour nos morts !

— Et après ? demanda Balendilín d'un ton tranchant. Oui, et ensuite, roi Gandogar ? À qui rendrais-tu service en agissant ainsi ? À nul autre qu'au Pays Mort, mais certainement pas à nous ou aux Humains. À t'entendre, nous devrions nous allier aux Albes pour anéantir les Elfes, poursuivit-il, l'entraînant sur un terrain glissant. N'oublie pas qui sont nos ennemis, roi Gandogar ! Jamais Vraccas ne nous a dit d'attaquer les peuples du Pays Sûr. Aucun d'entre nous ne supporte les Elfes, les dieux en ont voulu autrement. Il y a eu des conflits, il y a eu des morts, c'est certain. (Il posa sa main droite sur son moignon.) J'ai donné une partie de mon corps pour tuer quatre Orcs, mais jamais je ne lèverais ma lame contre un Elfe en temps de guerre, je préférerais encore me trancher l'autre bras. Ce sont nos protégés, malgré nos différends, et nous les avons toujours considérés comme tels. C'est la loi de Vraccas !

Les yeux de Gandogar lançaient de furieux éclairs en direction du manchot. Les mots lui manquaient. Balendilín était en train de réduire sa vision à néant. Il entendait les dents de Bislipur qui grinçaient.

— Je ne me considère pas comme un suppôt des Albes, reprit-il, retentant sa chance. Il s'agit de mettre à profit un moment propice. Ensuite, je mènerai en tant que Grand-Roi notre peuple à la bataille contre les hordes du Pays Mort. Et je mettrai un terme à toute cette horreur qui infeste les royaumes depuis bien trop longtemps. Là où les Humains ont failli, notre peuple ne faiblira pas !

— J'ai du mal à te reconnaître, roi Gandogar, s'étonna ouvertement Balendilín tandis que son visage, marqué par l'âge et l'expérience, affichait une moue d'incompréhension. Ta haine des Elfes t'a-t-elle à ce point troublé l'esprit que tu persistes à ignorer les préceptes de notre dieu ? (Il regarda Bislipur avec suspicion.) Ou bien serais-tu mal conseillé ?

Ce fut au tour des délégués des clans de s'agiter sur leurs sièges ; un Nain du clan des Mains-larges de la tribu du Second se leva.

— Moi, je trouve que sa proposition mérite réflexion, dit-il d'une voix ferme. Gandogar pourrait bien avoir raison. Qui a trahi, trahira encore. Et si les Elfes se retiraient de l'Âlandur moribond et attaquaient l'un des royaumes des Humains pour se l'octroyer ? Pouvons-nous laisser faire une telle chose ?

— Et s'ils livraient à l'ennemi un autre Royaume nain ? renchérit avec ardeur un Second du même clan avant de bondir sur ses pieds. Les

Oreilles-pointues sont capables de tout ! Qu'ils aient ou non trahi les Cinquièmes, ils doivent payer. (Il se leva et vint au côté de Gandogar pour afficher sa conviction.) Même si nous ne sommes pas de la même Maison, je suis avec lui.

Plusieurs membres de clan dans l'assemblée clamèrent leur approbation avec enthousiasme. Leurs voix fortes et graves emplissaient la salle, se mêlant pour former un brouhaha incompréhensible, mais d'où le mot « guerre » ressortit clairement. Les appels au silence de Balendilín furent couverts par le bruit.

Gandogar s'assit sur son siège et échangea un regard satisfait avec son mentor. *Les Oreilles-pointues auront bientôt complètement disparu du Pays Sûr*, pensa-t-il.

Un véritable coup de tonnerre fit trembler la salle.

— Taisez-vous ! Tous ! exigea quelqu'un d'un ton impérieux.

Une voix sévère avait surmonté le vacarme.

L'assistance se retourna, ébahie.

Le Grand-Roi était debout devant son trône, la couronne posée sur ses cheveux blancs. D'une main, Gundrabur tenait le manche du marteau de forge qu'il avait abattu, de rage, contre son siège ; le marbre présentait de larges fissures.

Son regard, devenu soudainement très vif, toisait les représentants des tribus et les chefs de clan ; on n'y lisait que des reproches. Nul dans la salle n'avait l'air plus noble et plus majestueux que lui. La faiblesse et l'âge semblaient s'être littéralement envolés, comme chassés de son corps par la colère.

La longue barbe blanche ondoya doucement lorsqu'il releva la tête.

— Aveugles que vous êtes ! Il en va de la survie du Pays Sûr, bien plus que d'une occasion d'anéantir nos anciens ennemis. Tout ce qui offre de la résistance au Pays Mort et à ses créatures est bienvenu ! Plus les Elfes résisteront aux forces des ténèbres, mieux cela sera. (Ses yeux se tournèrent vers Gandogar.) Tu es jeune et impétueux, roi des Quatrièmes. Tu as perdu deux parents consanguins à cause des Elfes, aussi te pardonné-je cette proposition de guerre insensée. Mais les autres, ceux qui ont si volontiers hurlé avec les loups, ceux-là sont des sots. C'est tout le contraire de ce que l'on attendait de vous. (Gundrabur les regarda l'un après l'autre.) Il nous faut enterrer cette vieille inimitié. Une alliance, voilà ce qu'il nous faut et ce que je veux ! C'est tous ensemble, les derniers Elfes d'Âlandur, les sept Royaumes des Humains, les six Mages et nous autres Nains, que nous devons nous opposer au Pays Mort. Réfléchissez...

Le manche du marteau glissa de sa main et s'écrasa sur le dallage, faisant éclater la pierre à l'endroit de l'impact. Gundrabur vacilla et retomba en gémissant sur son siège. Sa respiration se fit difficile.

Balendilín renvoya les Nains dans leurs appartements jusqu'à nouvel ordre.

— Sitôt que le Grand-Roi se sera remis de son malaise, nous reprendrons les délibérations, annonça-t-il.

Les représentants des nombreux clans quittèrent la salle en silence, réfléchissant aux paroles de leur souverain.

Bislipur observa Gundrabur qui haletait.

— Il n'en a plus pour longtemps, dit-il à voix basse à son protégé tandis qu'ils sortaient. Si sa voix se tarit pour toujours, tu n'auras pas de difficultés à mettre les autres clans dans ton camp. Ils t'auraient d'ores et déjà suivi, s'il n'avait été là.

L'héritier désigné du trône ne lui répondit pas.

Le Pays Sûr, Royaume magique d'Ionandar,
au printemps du 6234e cycle solaire

Jolosin parcourait les galeries à toute allure, et Tungdil le suivait autant que le lui permettaient ses jambes. Ils passèrent de nombreuses portes en chêne, derrière lesquelles les *famuli* recevaient l'enseignement prodigué par des élèves plus avancés. Lot-Ionan n'enseignait personnellement qu'à quatre *famuli*, et seul un d'entre eux hériterait un jour de son école, de son antre et de son royaume.

Le *famulus* resta planté un instant devant le laboratoire, puis en ouvrit brusquement la porte. De petits nuages d'une épaisse fumée blanche, formant comme une nappe de brouillard, les accueillirent.

— Tu ne pourrais pas te dépêcher un peu ? lança-t-il au Nain, qui approchait seulement de l'entrée.

Tungdil entra dans la pièce en soufflant bruyamment. La fumée y était aussi dense que de la brume.

— Reste poli, Jolosin, si tu ne veux pas régler le problème tout seul, haleta-t-il.

— Grimpe dans la cheminée, ordonna le *famulus* en poussant sans ménagement le Nain dans la pièce. Il y a quelque chose qui bouche le conduit.

Comme surgie du néant, la cavité réservée au foyer apparut, avec à côté un baquet de petite taille d'où s'élevaient des volutes.

— Et pourquoi ne jetterais-tu pas un sort, grand *famulus* ? Es-tu l'un des meilleurs, oui ou non ?

— J'ai besoin de toi pour ce cas-là, refusa-t-il catégoriquement. Tu n'as aucune idée de ce qu'est la Magie, Nain. Allez, vas-y, mes élèves attendent d'y voir plus clair.

Tungdil entendait de temps à autre des toussotements et des raclements de gorge.

— Et le mot magique ?

—Hein?

—Ne fais pas l'innocent, grand *famulus*. Tu connais toutes les formules, y compris celles de politesse.

Le visage de Jolosin fit la moue.

—S'il te plaît.

—Eh bien voilà!

En ricanant, le Nain s'empara du tisonnier, l'accrocha à sa ceinture et entra dans le passage, où des braises luisaient faiblement. Il jeta un coup d'œil vers le haut, mais la fumée était aussi épaisse et opaque qu'un mur.

Il entreprit d'escalader le conduit avec agilité. Ses doigts puissants trouvèrent sans peine des prises entre les briques saillantes. Même la suie grasse ne présentait aucune difficulté pour lui. Tungdil progressa lentement, mais sûrement, jusqu'à se retrouver trois pieds au-dessus du sol, qu'il ne distinguait cependant plus du tout à cause de l'épais nuage de fumée.

Ses doigts tâtonnants rencontrèrent de la résistance.

—On dirait un nid qui serait tombé dans le conduit, cria-t-il vers le bas.

—Alors sors-le de là!

—Bien sûr, qu'est-ce que tu crois? Que je vais en construire un autre?!

Il se cala contre la paroi et secoua d'une main le nid, qui n'avait pas sa place dans cette cheminée.

Celui-ci céda.

Tungdil eut alors une vilaine surprise. Un liquide puant se répandit sur lui; immédiatement, sa peau se mit à lui démanger et ses yeux à larmoyer. Puis de fines plumes lui tombèrent dessus en une légère pluie, lui chatouillant le nez et l'ensemble du visage. Il ne put s'empêcher d'éternuer, glissant alors de la paroi de briques contre laquelle il se tenait fermement, et chuta.

Si Tungdil réussit à ne pas s'éplucher la peau des os sur les briques qui dépassaient, néanmoins, en rebondissant contre la paroi de la cheminée, il récolta quelques vilaines contusions sur les côtes. Sa chute libre s'acheva sur son arrière-train, ainsi que sur les restes incandescents du nid, et souleva un nuage de cendres qui le recouvrit d'une couche grise. Il bondit précipitamment hors du foyer pour éviter de se brûler, mais les braises avaient déjà fait un trou dans son pantalon.

En entendant le chœur d'éclats de rire qui l'accueillit, il comprit qu'il avait été victime d'une mauvaise plaisanterie.

Le nuage de fumée avait été dissipé par Magie du laboratoire, donnant à voir aux vingt *famuli* rassemblés dans la pièce un Nain humilié et couvert de saletés. Au premier rang se tenait bien entendu Jolosin, qui se tordait de rire et se tapait les cuisses, en proie à joie maligne.

—Regardez! cria-t-il d'un ton faussement effrayé. L'abominable bonhomme fumé sort du four!

— Et il a même trouvé l'élixir de putois qui était dans le nid, brailla un second apprenti magicien.

— Vu son odeur habituelle, ça ne fait aucune différence, de toute façon, dit Jolosin en riant avant de se retourner vers le Nain. Bon, espèce de court-sur-pattes. On est quittes, maintenant. Tu peux repartir.

Tungdil s'essuya le visage avec sa manche, baissant lentement sa tête couverte de plumes et de cendres. Ses yeux lançaient des éclairs.

— Ah, c'était pour rire ?! Mais je n'ai pas fini de rigoler, moi ! répliqua-t-il en grommelant, et il s'empara du baquet qui se trouvait à côté de la cheminée.

Son contenu avait refroidi, aussi n'ébouillanterait-il pas l'élève du Mage. Sans hésiter, il prit son élan pour l'envoyer au visage de Jolosin, qui venait de se retourner vers ses amis.

Quelqu'un lui cria de faire attention. Le *famulus* tourna la tête et eut juste le temps de voir la menace. Il eut la présence d'esprit de tendre les mains et de jeter un sort de défense contre l'eau qui volait dans sa direction. Celle-ci se transforma immédiatement en petits morceaux de glace qui ricochèrent sur lui sans le mouiller ; sa robe, changée de frais, ne fut pas salie.

Même si l'idée était bonne, le sort possédait néanmoins un défaut, ainsi que les élèves purent s'en rendre compte en entendant le verre tinter derrière eux. Plusieurs glaçons l'avaient manqué et étaient passés au-dessus de lui en formant un large arc de cercle, pour finalement heurter les flacons très soigneusement alignés contenant les élixirs, les baumes, les extraits et les essences que l'on conservait pour les expérimentations les plus diverses.

Les premières substances s'échappèrent de leurs flacons et de leurs fioles brisés et se mélangèrent. Il y eut une pétarade, et des sifflements retentirent.

— Espèce d'imbécile ! s'écria Jolosin vert de peur à l'adresse de Tungdil, qui ne semblait pas se rendre compte de sa faute.

— Quoi ? C'est toi, l'imbécile ! C'est bien toi qui as changé l'eau en glace ! riposta-t-il, se rebellant derechef.

Une étagère s'effondra. Des étincelles jaillirent dans un bourdonnement en direction du plafond, pour déflagrer dans un éclair rougeâtre. Quelque chose se préparait dans le laboratoire qui n'avait rien de naturel. Les premiers élèves sortirent en courant. La situation sentait un peu trop le roussi à leur goût. Jolosin les suivit.

— C'est toi le responsable ! Lot-Ionan te punira, Nain. Je veillerai à ce que tu disparaisses, fils adoptif ou pas, cria le *famulus* en colère avant de claquer la porte de l'extérieur.

— Laisse-moi sortir ! Ou je te jure que je te colle sur mon enclume et que je te transforme en fer à cheval avec un marteau chauffé à blanc !

Tungdil cogna contre la porte, en vain. L'aspirant Mage avait probablement jeté un sort sur la porte pour l'empêcher de s'enfuir et pouvoir ainsi l'accuser.

Il me paiera ça, pensa Tungdil, puis il rentra la tête dans ses épaules lorsqu'un grand bruit retentit. Il regarda fébrilement autour de lui pour trouver un endroit à l'abri des explosions où il pourrait attendre qu'on vienne le délivrer.

Le Pays Sûr, en bordure du Royaume nain du Second Père, Beroïn, en l'hiver du 6233e cycle solaire

Soucieux, Balendilín observa les Nains qui venaient de quitter la salle. Il n'avait pas pensé que la réunion se déroulerait ainsi ! Même le projet du Grand-Roi d'initier une alliance entre tous les peuples du Pays Sûr était maintenant en balance.

Maudit Gandogar, se fâcha-t-il. *Vraccas, je t'en prie, fais-lui entendre raison.*

Lorsqu'ils furent seuls, Gundrabur tâtonna le long de l'accoudoir, puis posa sa main sur le bras de Balendilín.

— Notre plan va échouer, dit le Grand-Roi faiblement. Ce jeune Nain de la lignée de Goïmdil manque d'expérience. (Il esquissa un sourire et tapota les doigts de Balendilín.) Ou bien d'un conseiller avisé, mon fidèle ami.

Il se releva avec peine en s'appuyant sur son trône et retira la couronne scintillante de sa tête. Sa main droite, qui quelques instants auparavant avait brandi le marteau de forge, tremblait sous le poids pourtant réduit de la couronne.

— Une guerre…, murmura-t-il, désespéré. Une guerre contre les Elfes ! À quoi peut donc bien penser Gandogar en proposant cela ?

— À rien, fit son conseiller avec amertume. C'est bien là le problème. Et son mentor Bislipur semble tout aussi borné. Nous allons vérifier ces textes étranges, car je ne crois pas à leur authenticité. C'est un prétexte pour récolter plus de voix en faveur de la guerre. Une mystification…

— Mais ils ont été lus et entendus, objecta Gundrabur. Il est trop tard. Tu as vu toi-même que certains de nos clans ne demandaient qu'à faire campagne contre les Elfes quel qu'en soit le motif. Tu sais que les chefs de clan sont des têtes de mule.

— Mais j'ai vu aussi que d'autres clans de la Quatrième Maison sont restés muets. L'affaire n'est pas encore dans le sac pour Gandogar, d'autant que le scrutin reste libre ; chaque clan peut voter comme il le souhaite. Nous devons les gagner à notre cause.

Les deux Nains se turent. Tôt ou tard, il leur faudrait trouver une solution, car dès que le roi des Quatrièmes serait sur le trône suprême, il relancerait son projet et trouverait cette fois des oreilles disposées à l'écouter.

Ni Gundrabur ni Balendilín n'avaient peur des Elfes. Mais leurs partisans étaient minoritaires. Les escarmouches et les sanglants combats contre les Albes les avaient décimés, tandis que leurs adversaires avaient reçu du renfort depuis les montagnes du col du Septentrion. Or une guerre, même victorieuse, comptait toujours son lot de pertes, y compris parmi les enfants du dieu forgeron, affaiblissant ainsi la garde aux portes du Pays Sûr.

Le Grand-Roi laissa errer son regard à travers la salle de réunion vide.

— Cette salle a connu des jours meilleurs. Des jours de concorde et d'unité. (Il baissa la tête.) Mais c'est terminé. Terminé, les bons jours, et c'en est fait de la grande alliance que nous voulions forger, mon fidèle ami.

La grande alliance, pensa Balendilín en regardant les cinq stèles qui s'élevaient au pied du trône et sur lesquelles étaient gravés les textes sacrés de son peuple. Ceux-ci évoquaient le nom de ceux dont jamais aucune tribu Naine n'avait voulu se rapprocher : les Nains du Troisième Père, Lorimbur, qui vivaient à l'est.

— J'aurais dû passer outre ma réticence et faire porter un message aux Troisièmes afin d'engager des pourparlers entre leur tribu et la nôtre, soupira le Grand-Roi. En période d'extrême urgence, seules nos racines doivent prévaloir.

— Depuis l'appel de Gandogar, je doute que les autres Nains tiennent encore beaucoup à une réconciliation, dit son conseiller à voix basse. Et pourtant, le Pays a besoin de chaque hache capable de fendre un crâne d'Orc.

— Soit. Ma vision d'une armée Naine unie et irréductible a beau perdre de sa netteté, il convient au minimum d'empêcher une guerre contre les Elfes. Nous avons besoin de temps, Balendilín, acheva le Grand-Roi, exténué. Il faut que je dissuade les clans des différentes tribus d'attaquer l'Âlandur.

— Cela dépend entièrement de toi, dit doucement son ami. Seule ta santé permettra de dire si et quand le changement aura lieu.

— Non. Il doit y avoir davantage que l'étincelle de vie d'un vieux Nain. (Gundrabur passa ses doigts dans sa barbe pour la réarranger.) Les lois de notre peuple, voilà ce qu'il nous faut pour retenir les va-t-en-guerre et les faire taire.

Il se hissa hors de son trône et se dirigea vers les tables de la loi à petits pas circonspects. Les marches constituaient autant d'obstacles qu'il convenait de franchir avec une grande prudence, mais il y parvint. Balendilín se hâta de le rattraper pour le soutenir.

Des rayons de soleil dorés tombèrent sur les runes depuis les ouvertures creusées dans le plafond de la salle. Gundrabur parcourut rapidement du regard les symboles, gravés avec art et précision.

— Si je me souviens bien, il reste un moyen de retarder l'élection de Gandogar au titre de Grand-Roi. Nous mettrons à profit ce temps gagné pour entamer des discussions avec les clans, qui auront pour but la paix et une alliance avec les Elfes, expliqua-t-il d'un air absent.

Sa vue s'était tellement affaiblie depuis quelques cycles qu'il devait approcher de la pierre à tel point qu'il la touchait presque avec le bout de son nez. Il était écrit que la tribu de Goïmdil devait succéder à celle de Beroïn, aucune objection ne serait tolérée. D'après une ancienne coutume, le roi de la tribu suivante revendiquait la charge de Grand-Roi pour lui-même, et les clans des différentes tribus élisaient le nouveau chef à ce titre si aucune raison valable ne s'y opposait.

— Où était-ce donc ? murmura-t-il à mi-voix tandis qu'il effleurait les tables du bout des doigts.

Ses efforts furent récompensés. Avec un soupir de soulagement, Gundrabur baissa la tête, ferma les paupières et pressa son front contre la froide stèle de marbre qui était encore plus vieille que lui.

— Cette journée ne se termine pas aussi mal qu'elle a commencé, dit-il, soudain libéré d'un grand poids. C'est là. (Il se redressa, et souligna de l'index recourbé de sa main droite les paroles les plus importantes.) « Si plusieurs candidats de la même Maison se présentent, les clans de cette Maison doivent d'abord s'entendre pour désigner au Conseil des Nains le candidat le plus apte », lut-il avec satisfaction.

Son conseiller survola les lignes suivantes ; il jouait avec les barrettes décoratives de sa barbe poivre et sel. Nulle part il n'était écrit qu'il fallait être roi pour accéder au titre de Grand Roi.

— « Un simple Nain peut coiffer la couronne du jour au lendemain, car tout ce dont il a besoin, c'est du soutien de son clan et de ses amis. »

Balendilín comprit quel était le plan du Grand-Roi.

— Mais nous n'avons pas d'autres concurrents à présenter face à Gandogar, objecta-t-il. Les clans du Quatrième sont quasiment unanimes ; ceux qui doutent de leur roi sont peu nombreux, et… (Le visage ridé, illuminé, de son seigneur le déconcerta.) Nous aurions un candidat ? demanda-t-il prudemment.

— Pas encore, répliqua Gundrabur avec un large sourire qu'il tentait de réprimer. (Il venait de se souvenir, juste à temps, de la lettre qui lui était parvenue quelques lunes auparavant.) Pas encore. Mais bientôt. Il y en a justement un auquel je viens de penser.

Le Pays Sûr, Royaume magique d'Ionandar,
au printemps du 6234e cycle solaire

Les flammes des bougies presque entièrement consumées posées sur la table de travail en chêne de Lot-Ionan vacillaient. La cire indiquait clairement que le Mage avait passé de longues heures dans son bureau, même s'il avait l'impression de n'y être resté que quelques instants.

Il se pencha en poussant un gémissement afin de lire le parchemin couvert de runes. Il avait travaillé à cette formule magique des jours, des nuits, des cycles durant. Il ne manquait qu'un seul et dernier signe pour la compléter.

Il sourit. Le commun des mortels, rarement en contact avec des forces de cette nature, éprouvait de la crainte à l'égard de tout ce qui avait un rapport avec la Magie. Pour les esprits simples, il n'était pas aisé de comprendre les imbrications complexes qui régissaient l'ordre des éléments. Là où un paysan apeuré parlait de « prodige » et de « sorcellerie », pour Lot-Ionan, il ne s'agissait que du résultat d'un enchaînement de paroles et de gestes compliqués.

Et c'était bien l'ordre de cet enchaînement qui importait. La réussite ou l'échec dépendaient entièrement de celui-ci. Une syllabe incorrecte, une accentuation insuffisante, un geste de la main imparfaitement exécuté ou un mouvement de baguette trop rapide, voire des cercles magiques mal dessinés et c'en était fini du sort, quand cela ne déclenchait pas une catastrophe.

Lot-Ionan pouvait citer plus d'un exemple d'élèves imprudents qui s'étaient infligé les plus graves blessures ou qui avaient involontairement invoqué des créatures cauchemardesques et qui étaient ensuite venus le trouver, penauds, pour qu'il limite les dégâts.

Lot-Ionan était patient avec eux. Après tout, il avait débuté exactement comme eux, deux cent quatre-vingt-sept cycles auparavant. Et à présent, il portait le titre de Mage, c'est-à-dire de maître ès Magie.

Deux cent quatre-vingt-sept cycles. Sa main constellée de taches de vieillesse se figea en plein mouvement. Ses yeux clairs, d'un bleu vif cherchèrent un miroir parmi le dédale d'armoires, d'étagères et de rayonnages de grimoires, pour ne trouver que la surface réfléchissante d'un vase.

Il examina ses traits ridés, ses cheveux blanc grisâtre, sa barbe grise dans laquelle on pouvait distinguer d'innombrables taches d'encre. *J'ai gagné en âge. Ai-je aussi gagné en sagesse ?* se demanda-t-il.

Son habit beige clair était rapiécé en maints endroits, mais il ne souhaitait pas se séparer de cette pièce de vêtement confortable. Contrairement à bon nombre de ses confrères et consœurs, il ne prêtait pas particulièrement attention à son apparence. Le confort était la seule chose qu'il exigeât de sa garde-robe.

Le vieil érudit rejoignait le menu peuple sur un point : la Magie était quelque chose d'on ne peut plus dangereux. C'était d'ailleurs la raison pour laquelle il s'était retiré dans un repaire souterrain : lorsqu'une expérience échouait réellement, il ne nuisait ainsi à aucun de ses sujets.

Pourtant le Mage ne s'était pas enterré uniquement par altruisme. Sous terre, il était au calme, loin des Humains et de leurs préoccupations quotidiennes, laissant à des représentants sélectionnés, les fameux Magistrats, le soin de régler les affaires et les litiges sur son territoire.

Son Royaume d'Ionandar empiétait sur une partie du Gauragar et de l'Idoslân et correspondait à l'endroit où s'étendait le champ de Magie situé le plus au sud-est des six que comptait au total le Pays Sûr. C'étaient les tout premiers magiciens qui avaient décelé le potentiel magique de ces régions, potentiel qu'ils surent s'approprier dans une certaine mesure. Lorsque le potentiel qu'ils avaient capté était épuisé, ceux-ci parcouraient les champs en question pour se recharger en énergie. Puis ils avaient réquisitionné cette précieuse région, avant de la diviser en six Royaumes et de la défendre contre le pouvoir temporel d'alors, qui n'avait rien trouvé à opposer à la puissance des magiciens. Génération après génération, les rois des différentes contrées alentour s'étaient accoutumés au fait que des portions de leurs royaumes appartinssent à d'autres.

Ces champs de Magie procuraient aux Mages leur puissance. La compréhension et le savoir-faire des Mages avaient crû au fil du temps, jusqu'à ce qu'ils fussent en mesure, grâce à des formules, des runes et des sorts, d'en maîtriser les effets les plus beaux, les plus terribles, mais aussi les plus salutaires.

Concentre-toi sur la formule, pensa-t-il pour se rappeler à l'ordre. Consciencieusement, il égoutta la pointe de sa plume d'oie au bord de son encrier, puis dessina prudemment le symbole de l'élément Feu sur la feuille. Chaque trait de plume comptait, la moindre inattention pouvait réduire tout son travail à néant.

Mais ce ne fut pas le cas. Satisfait, il se redressa.

— Il semble que tu y sois arrivé, mon vieux, murmura-t-il, soulagé.

La formule était correcte et complète. Si celle-ci fonctionnait de la manière dont l'agencement des runes le laissait espérer, il serait en mesure de détecter la Magie où qu'elle fût, dans des objets, des animaux ou des personnes. Mais avant de passer de la théorie à la pratique, il souhaitait s'octroyer une récompense.

Lot-Ionan traîna des pieds jusqu'à la plus ancienne de ses armoires à instruments, prit le flacon frappé d'une tête de mort posé sur la troisième étagère et s'en offrit une bonne rasade.

L'emblème dissuasif était en fait un leurre. C'était sa façon à lui de protéger sa bonne et forte eau-de-vie des gosiers trop avides. Précaution qui n'était pas inutile. En effet, c'étaient justement ses élèves les plus avancés qui répugnaient le moins à s'en verser une petite goutte. Il était tout à fait disposé à partager son savoir, mais pas son précieux alcool. Les tonneaux d'origine de ce millésime étant vides depuis belle lurette, il était d'autant plus nécessaire de mettre le flacon à l'abri.

Soudain, une énorme explosion fit trembler le repaire souterrain jusque dans ses fondations. De petits morceaux de pierre se détachèrent du plafond, salissant la table, et les innombrables récipients tremblèrent sur leurs étagères au point que les couvercles cliquetèrent. Tout dans cette pièce comble en fut secoué.

Le Grand Mage fut comme pétrifié d'horreur. L'encrier tangua, bascula légèrement, puis se renversa. Le sort pour enrayer ce malheur lui vint trop tard à l'esprit, de sorte que tout le contenu se répandit sur le précieux parchemin. Les inscriptions, si consciencieusement dessinées, disparurent sous une marée d'encre noire.

Lot-Ionan resta figé, stupéfait.

— Par Palandiell la créatrice ! s'écria-t-il, et son visage, d'ordinaire affable, s'assombrit, car il venait de deviner l'origine du séisme.

Lot-Ionan descendit le restant d'eau-de-vie et se précipita vers la porte.

Il vola littéralement à travers les galeries obscures, filant le long des pièces et des couloirs de son repaire. Il avait de plus en plus de mal à contenir sa fureur, tant il enrageait de constater que tous ses efforts avaient été réduits à néant.

Vibrant de colère, il atteignit la porte de la salle d'expérimentation, derrière laquelle on entendait les bruits étranges. Une demi-douzaine de ses *famuli* étaient regroupés là, faisant des messes basses. Personne n'osait regarder à l'intérieur.

— Honorable Mage, le salua respectueusement Jolosin. Nous sommes arrivés trop tard ! J'ai vu le Nain entrer dans le laboratoire lorsque...

— Hors de ma vue ! ordonna Lot-Ionan furieux en déverrouillant la porte.

Le coûteux laboratoire ressemblait à un champ de bataille dans lequel des alchimistes déments auraient donné libre cours à leur délire. De petits objets flottaient librement dans l'air, des feux couvaient çà et là. De précieux élixirs s'échappaient de leurs flacons réduits en miettes, gouttant des étagères pour former un brouet nauséabond sur le sol.

Le coupable était tapi dans un coin de la salle, il avait posé devant lui un chaudron retourné en guise de bouclier. Il se bouchait les oreilles et gardait les yeux fermés. Malgré les cheveux roussis et la barbe rase fumante, le Mage reconnut Tungdil Bolofar.

Une autre détonation retentit. Des étincelles bleues jaillirent dans la salle, manquant le Mage de justesse.

— Que se passe-t-il ici ?! hurla Lot-Ionan fou de rage. (Le Nain, manifestement incapable de l'entendre, restait sans réaction.) Tungdil Bolofar, c'est à toi que je m'adresse ! cria le Mage aussi fort qu'il put.

Surpris, le Nain regarda autour de lui et entrevit la silhouette chétive du magicien, qui avait adopté une posture menaçante. Il quitta son abri, non sans difficulté.

— Honorable Mage, ce n'est pas moi, protesta-t-il ; ses yeux lancèrent des éclairs quand il aperçut Jolosin.

Celui-ci se tenait sur le pas de la porte avec les autres élèves et feignait la surprise.

Lot-Ionan se tourna vers son apprenti.

— Moi ? répliqua le *famulus* avec emphase. C'est impossible ! La porte était verrouillée. Vous l'avez constaté par vous-même.

— Taisez-vous ! Tous les deux ! cria Lot-Ionan.

Vu ce qu'allait coûter ce désastre, celui-ci menaçait de perdre jusqu'à son dernier brin de contenance, ce qui ne s'était pas vu depuis au moins dix cycles.

— J'en ai assez de vos querelles dans mon antre ! s'écria-t-il, furieux, en faisant ondoyer sa barbe parsemée de taches d'encre.

Le Nain n'avait aucune intention de faire profil bas et se campa fermement sur ses jambes.

— Moi, je n'ai rien fait, répéta-t-il avec entêtement.

Le magicien s'efforça de retrouver le calme et la patience pour lesquels il était si célèbre, et s'assit sur un coffre ferré les bras croisés sur la poitrine.

— Écoutez-moi bien, vous deux. Cela m'est égal de savoir qui a provoqué cette catastrophe. Si j'ai horreur d'être interrompu dans mon travail, je supporte encore moins ce genre d'explosions, qui m'a gâché le travail de plusieurs lunes, pour ne pas dire d'un cycle entier. Je vais donc veiller à ce que le calme revienne.

— Vénérable Mage, vous n'allez tout de même pas bannir de ces lieux le court-sur-pattes ? dit Jolosin, simulant la compassion.

— Tais-toi, disciple ! Nous reparlerons de ta responsabilité dans tout ce chantier, mais d'abord je veux que le calme règne dans ma maison. Le plus tôt sera le mieux. (Il regarda la Nain.) Il se trouve que je dois rendre quelques affaires à un vieil ami. (Tungdil eut un mauvais pressentiment.) Et c'est toi, mon cher domestique, qui vas te charger de cette petite mission pour moi. Tu as une heure pour faire ton paquetage et te préparer à quitter les lieux. Ensuite, tu viendras me trouver pour que je te donne les affaires en question. Prépare-toi pour une longue randonnée, Tungdil.

Le Nain s'inclina poliment et s'empressa de quitter la salle. Il ne s'attendait pas à un tel retournement de situation. Un peu de marche à pied, cela ne représentait pas une véritable punition : ses puissantes jambes l'emmèneraient sans problème le long de n'importe quel chemin ou sentier. *Peut-être même que je rencontrerai des Nains. J'en veux bien, moi, des punitions comme celle-là !*

Le Mage suivit du regard son commis trapu et attendit qu'il ait disparu, puis il se tourna vers Jolosin.

— Tu as voulu jouer un tour à Tungdil, disciple. Je te connais trop bien, lui dit-il. Tant que vous êtes tous les deux au même endroit au même moment, impossible pour moi d'avoir le calme. Mais cela va changer. Durant l'absence de Tungdil, tu méditeras sur ta méchanceté en épluchant les patates, et prie Palandiell qu'il revienne vite.

Le jeune homme ouvrit la bouche pour protester.

— Maintenant, si j'entends ne serait-ce qu'une seule plainte de ta part ou dans les prochains jours de la part de la cuisinière ou de Frala à ton sujet, tu pourras emballer tes affaires et disparaître, Jolosin.

Les mâchoires du *famulus* se refermèrent aussitôt.

— Ah oui, et avant que tu prennes ton service à la cuisine (le Mage désigna le désordre indescriptible qui avait autrefois été le laboratoire), range-moi tout ça.

D'un geste énergique, il congédia les autres élèves puis se redressa, prit un balai dans un coin et le mit dans la main de son apprenti.

— Bien sûr, tu feras cela tout seul et tu ne pourras sortir que lorsque ce sera propre et bien rangé, dit-il avant de se diriger vers la sortie. Et que ça brille !

La porte se referma brutalement, et le verrou coulissa bruyamment dans la serrure.

Chapitre 2

Le Pays Sûr, Royaume nain du Second Père, Beroïn,
en l'hiver du 6233e cycle solaire

Ne souhaitant pas faire plus longtemps mystère de ses intentions, Gundrabur tendit la lettre à son conseiller.

— Tiens. Je l'ai reçue de Lot-Ionan le Patient, comme l'appellent les habitants de son royaume, l'Ionandar.

Balendilín connaissait ce nom. Le Mage vivait dans la partie moyen-orientale du Pays Sûr et avait la réputation d'être un Humain épris de solitude. Il passait la plupart de son temps dans une des galeries de son repaire souterrain à mettre au point de nouvelles formules et de nouveaux sorts, à l'abri de toute perturbation.

— Il y a dans son entourage un élément très inattendu : un Nain. Un Nain isolé, déclara le Grand-Roi. Dans sa missive, Lot-Ionan explique qu'il l'a trouvé il y a de nombreux cycles dans d'étranges circonstances et qu'il l'a adopté. Il désirerait à présent savoir si ce Nain manque à l'une ou l'autre des tribus. Il voudrait retrouver sa famille.

Balendilín parcourut la lettre.

— Savons-nous quelque chose sur ce Nain ?

— Cette affaire est à la fois mystérieuse et captivante, dit Gundrabur. Ces deux cents derniers cycles, pas une seule fois je n'ai entendu dire qu'un enfant de notre clan aurait disparu.

— Et maintenant, tu voudrais faire passer le pupille du magicien pour un prétendant au trône ? présuma Balendilín, dubitatif, en posant la lettre sur la table du conseil. Comment y parviendrais-tu ? S'il a grandi parmi les longs-sur-pattes, il n'a pas le moindre soupçon de ce que signifie être un Enfant du Forgeron. Il n'y aura sûrement personne pour le soutenir parmi les clans de la Quatrième Maison, et nous n'avons pas de preuves qu'il soit véritablement un des leurs.

Le Grand-Roi se rendit lentement à la table des délibérations et prit place sur le siège réservé au roi de sa Maison avant que ses jambes se dérobent sous lui.

— Peut-être, répliqua-t-il avec effort. Peut-être bien, mon ami, mais tant qu'il n'est pas ici et que l'affaire n'est pas tirée au clair, ils ne pourront pas occuper le trône. Même si je meurs, ils seront obligés de patienter. (Il adressa un regard grave à son conseiller.) Si le marteau de Vraccas me terrasse avant que ce Nain arrive, c'est à toi qu'il incombera d'empêcher une guerre et d'empêcher notre peuple de se nuire à lui-même.

Balendilín pinça les lèvres.

— Tu ne quitteras pas ce monde de sitôt. Je suis sûr que ta flamme de vie brûle encore de toutes ses braises.

— Tu mens très mal, comme tous les Nains, rit Gundrabur en posant la main sur son épaule. Pourtant, il va dorénavant nous falloir parler faux, afin de préserver notre peuple de cette guerre insensée qui pourrait bien signifier notre perte. Nous allons mentir comme des Kobolds, Balendilín. Pour une fois, nous allons mettre à profit la désunion des clans, jura-t-il à l'oreille de son confident. Et maintenant viens. Je vais avoir besoin de ton esprit vif. Il faut tresser un solide filet de contrevérités dans lequel Gandogar et Bislipur s'empêtreront en voulant s'emparer de mon trône, histoire de leur faire passer l'envie de faire la guerre.

Balendilín aida le roi à se relever. Il avait beau ne pas croire un instant à la réussite de ce plan, il garda néanmoins le silence.

Lorsque Gandogar se réveilla le lendemain matin et qu'il fut, comme tous les autres membres des délégations, appelé à poursuivre les délibérations dans la Salle, il se hâta de s'y rendre, de bonne humeur. Il escomptait bien que Gundrabur le recommande au Conseil comme son successeur. Le comité procéderait ensuite au vote, de sorte qu'il pourrait bientôt s'asseoir sur le trône.

Le discours pacifiste du Grand-Roi l'avait irrité, mais il ne nourrissait à présent plus aucune rancune. Ce vieux Nain, qui durant toutes ces années n'avait rien fait pour se mettre quelque peu en valeur dans les chroniques naines, allait retourner à l'insignifiance dans un futur proche. Alors à quoi bon continuer d'en vouloir à un vieillard moribond.

Gandogar pénétra dans la Salle et prit place, Bislipur se tenant derrière lui. Les rangées de sièges furent rapidement occupées par les membres des autres délégations.

Certains d'entre eux lui lancèrent des regards d'encouragement tout en tapotant les têtes de leur hache. Non pas pour le menacer, mais pour signifier ouvertement leur soutien à ses projets de guerre.

Un membre de clan de la Seconde Maison portait une chaîne autour du cou à laquelle était accroché un pendentif d'un goût douteux. Le roi observa plus avant ce bijou racorni. Il s'agissait d'une oreille d'Elfe coupée, trophée dont il voulait tirer fierté, mais qu'il se hâta de dissimuler sous son armure à l'annonce de l'arrivée du Grand-Roi. Il était encore trop tôt pour faire étalage au grand jour de sa haine envers ces protégés-là.

Gundrabur apparut, faisant mentir les rumeurs sur son décès imminent. Gandogar, en son for intérieur, éprouva de la déception à voir le Grand-Roi en aussi bonne forme. C'est alors qu'un accès de culpabilité l'envahit. Ce n'était pas qu'il souhaitât vraiment à ce vieillard de mourir, mais son opposition à ses projets de représailles suscitait en lui des pensées qui ne lui ressemblaient pas.

Lorsque les Nains présents mirent le genou droit en terre, on entendit les armures cliqueter. Puis ils tendirent leurs haches en direction du Grand-Roi. Ce geste symbolisait leur loyauté indéfectible et signifiait qu'il pouvait disposer de leur force et de leur vie comme il l'entendait.

Gundrabur répondit en brandissant le marteau de forge et en le laissant heurter le sol de façon audible. Ils pouvaient dès lors se relever, et les armes et armures tintèrent et cliquetèrent de nouveau.

Balendilín s'avança, tourna vers Gandogar un regard empli de gravité et répéta les paroles cérémonielles par lesquelles il avait déjà souhaité la bienvenue au Nain.

— Es-tu prêt à défendre tes prétentions au trône de Grand-Roi, roi des Quatrièmes de la Maison de Goïmdil, du clan des Barbes-d'Argent ?

Gandogar se leva, tira son arme de son ceinturon et la posa sur la table de pierre.

— Dur comme la roche avec laquelle Vraccas nous a créés, et destructeur comme ma hache, j'irai à l'encontre des ennemis de notre peuple, répondit-il solennellement.

Il était si tendu et si concentré qu'il ne remarqua pas dans un premier temps que c'était le conseiller qui lui avait adressé la parole, et non le Grand-Roi. Il ne s'en aperçut que lorsque Balendilín l'empêcha de poursuivre.

— Tu t'es déclaré prêt, roi Gandogar, et nous l'avons tous entendu. Mais tu attendras que le second prétendant de ta tribu arrive. Vous devrez parvenir tous les deux à un accord, expliqua le manchot. D'ici là, la succession reste en suspens.

— Quoi ?! s'écria le roi tandis que le sang lui montait à la tête. (Il se retourna pour regarder les gens de sa suite, qui n'étaient pas moins surpris que lui.) Lequel d'entre vous a osé me trahir ? gronda-t-il. Quel que soit ton clan, avance ! dit-il, sa main s'égarant du côté du manche de sa hache.

— Ne sois pas injuste envers tes compagnons, le retint Balendilín. Ce n'est pas l'un d'entre eux. (Il déplia une lettre et la tendit, bien en évidence.) Un jeune Nain, séparé de sa tribu par un étrange hasard il y a de nombreux cycles, s'est souvenu de ses origines et a annoncé sa venue. Il vit en Ionandar et se prépare en ce moment même au départ.

— En Ionandar ? répéta Gandogar, incrédule. Le royaume magique ? Par Vraccas, quel est donc cet avorton ? (Il se redressa.) Tu ne dis pas cela sérieusement ! Un Nain venu d'on ne sait où envoie une missive à laquelle tu es seul à prêter foi et tu suspends la cérémonie ? Quel est donc le nom de ce prétendant ?

— Son nom n'a aucune importance. Il porte un nom d'Humain parce qu'il a été adopté et élevé par eux, rétorqua sèchement le conseiller. Mais les objets que l'on a trouvés sur lui à l'époque prouvent que c'est un membre de ta tribu.

— Je n'en crois rien ! s'écria Gandogar, en colère. C'est une ruse !

— Alors tes écrits selon lesquels les Elfes auraient trahi les Cinquièmes en sont une autre, répliqua Balendilín, intransigeant, la main posée nonchalamment sur la boucle de son ceinturon.

— Assez ! (Gundrabur se leva de son siège de souverain.) Tu oses taxer mon ami de menteur, roi Gandogar ?

Ses paroles résonnèrent dans la haute salle, et la colère de l'âge conférait force et dignité à cet accès d'indignation. En comparaison, les protestations du Quatrième faisaient l'effet d'un ronchonnement de commère.

— Tu accepteras ma décision. Sitôt que ce Nain sera arrivé à la forteresse, les clans de ta tribu décideront qui de vous deux est le meilleur successeur.

Gandogar désigna ses gens.

— À quoi bon attendre ? Il n'y a qu'à interroger les clans maintenant ! Jamais ils ne changeront d'avis ! Pourquoi est-ce qu'un inconnu…

Le Grand-Roi leva une main, tordue par l'âge.

— Non. (Il désigna les stèles runiques.) Nous obéirons aux lois de nos ancêtres. Nous les suivrons telles qu'elles ont été gravées.

Le silence qui s'ensuivit dans la gigantesque salle était de qualité diverse. Dans son écrasante majorité, il s'agissait de surprise, le reste tenait de la rage impuissante : il ne leur restait plus d'autre choix en effet que d'attendre l'arrivée de ce candidat qui avait l'audace de se présenter.

Gandogar s'affaissa sur sa chaise et tira sa hache vers lui ; le tranchant de celle-ci laissa une profonde griffure blanche sur la table de pierre polie, réduisant à néant la perfection à laquelle les tailleurs de pierre avaient si longtemps travaillé.

— Je m'incline, lâcha-t-il froidement.

Il n'osa pas en dire davantage de peur que le désespoir parle à sa place et lui fasse commettre une erreur. Découragé, il regarda derrière lui. Bislipur gardait une excellente contenance, mais il connaissait trop bien cette expression sur son visage. Son esprit était déjà occupé à chercher une solution rapide à cette situation nouvelle. Il savait qu'il pouvait se fier à son ami, d'ordinaire très inventif.

— Il faut de nombreuses semaines de voyage pour venir d'Ionandar jusqu'ici. Qu'allons-nous faire tout ce temps ? voulut savoir Gandogar tandis qu'il contemplait son armure incrustée de paillettes de diamant scintillantes.

Et comment savoir s'il nous trouvera, cet avorton qui voudrait devenir Grand-Roi ?

—Ou s'il arrivera en vie, ajouta Bislipur.

—Nous allons délibérer, répondit Balendilín. Nous n'avons pas abordé certains sujets, des sujets qui seront bientôt d'une plus grande importance pour les différentes Maisons et leurs clans. (Il sourit.) Il est bon d'entendre que vous vous faites du souci pour lui, mais nous lui avons dépêché une escorte qui nous l'amènera sain et sauf.

—Tiens donc ? Eh bien nous allons lui en envoyer une nous aussi, insista Bislipur avec une affabilité affectée. Après tout, il est de notre tribu. Dis-nous où nous devons envoyer nos guerriers.

—Cette proposition t'honore, mais ce ne sera pas nécessaire. Parce qu'il est l'hôte du Grand-Roi, c'est Gundrabur qui enverra nos gens, déclina Balendilín avec diplomatie. Après ce début de cérémonie agité, je propose que nous nous offrions un peu de détente autour d'une bonne bière brune. Cela refroidira les esprits échauffés.

Il frappa deux fois la table du plat de sa hache. Le tintement sonore emplit la salle et se fit entendre au travers des portes.

On apporta aussitôt des tonneaux de cervoise. Peu après, les hanaps et les cornes des délégués furent remplis, et l'on but à la santé du souverain régnant et à celle du futur Grand-Roi. Seul un petit nombre doutait que celui-ci aurait pour nom Gandogar.

Bislipur administra une claque sur l'épaule de son protégé.

—Il va te falloir patienter un petit peu. Honorons les ancêtres et remplissons toutes les conditions pour ton élection, ce n'est qu'ainsi que l'on évitera toute mise en doute éventuelle de ta légitimité. (Il trinqua avec le roi et but un long trait. La bière avait un goût malté, lourd et douceâtre à la fois.) Il n'y a que des Nains pour brasser comme cela ! rit-il en essuyant la mousse de sa barbe.

Tandis que les délégués devenaient plus gais et plus pétulants, Bislipur se retira, puis disparut de la salle. Il se dissimula dans un couloir secondaire à peine fréquenté, puis convoqua Swerd pour lui confier une tâche d'un genre très particulier.

Le Pays Sûr, Royaume magique d'Ionandar, au printemps du 6234ᵉ cycle solaire

Tungdil était agenouillé au pied de son armoire et entassait en sifflant ce qu'il voulait emporter dans son volumineux sac de cuir : une boîte à amadou et une pierre à feu au cas où il devrait dormir à la belle étoile, ainsi qu'une couverture, des hameçons et des couverts. Puis il attacha sa pèlerine enroulée à son sac à l'aide d'une courroie de cuir, mit sa cotte de mailles et l'ajusta avec des gestes sûrs.

Il se sentait bien, ainsi harnaché. Le treillis d'anneaux de fer lui procurait un sentiment de sécurité et lui était familier à la fois. C'était une sensation qui venait du plus profond de son être et qu'il ne pouvait s'expliquer.

Il éprouvait la même chose quand il était devant sa forge en train d'exécuter de menus travaux. Former des fers à cheval, façonner des clous, rectifier des ferrures pour des portes, affûter des couteaux et battre des outils, tout cela, il savait le faire facilement. Il avait probablement hérité ce savoir-faire de ses ancêtres.

Il mit son sac sur les épaules, accrocha à son ceinturon la hache d'armes que le Mage lui avait offerte et se rendit au cabinet de travail de son père adoptif, un bureau qu'il aurait su retrouver les yeux fermés. Tungdil en effet n'avait quasiment besoin d'aucun éclairage pour s'y retrouver, et sous la surface, son sens de l'orientation ne lui avait jamais fait défaut. Il reconnaissait chaque tunnel dans lequel il était passé au moins une fois, ses yeux étant capables de percevoir les plus petites différences dans les parois. Cela dit, dès qu'il s'agissait pour lui de s'aventurer en plein air, il s'égarait lamentablement, et sans carte, il était perdu.

Après avoir frappé, il ouvrit la porte sans attendre de réponse. Lot-Ionan portait la robe beige qu'il affectionnait et était assis à son bureau. Il tendit une feuille de papier gorgée d'encre d'un air accusateur lorsque le Nain entra.

— Tu vois cela, Tungdil ? C'est toi qui en es la cause. (Il la rejeta sur sa pile.) Plus d'aucune utilité. Un travail qui m'a pris des lunes et des lunes, réduit à néant en l'espace de quelques battements de cils.

— Je n'ai pas voulu cela, répliqua le Nain, sincèrement contrit mais toujours aussi entêté.

Cette obstination marquée était un autre trait de personnalité qu'il avait hérité de sa race.

— Je le sais bien. (Le visage du Mage arbora une expression débonnaire.) Que s'est-il réellement passé ?

Tungdil baissa la tête.

— Votre disciple Jolosin m'a encore joué un tour. J'ai voulu me venger en lui jetant un seau d'eau, expliqua-t-il d'une voix hésitante. Il a transformé l'eau en glace, mais les glaçons ont brisé les fioles. Ensuite, il m'a enfermé pour que vous pensiez que j'étais le coupable.

Il leva les yeux vers son père adoptif.

Le Mage soupira.

— Je me disais bien que vous étiez tous les deux responsables. Je regrette d'avoir élevé la voix. (Il désigna le parchemin.) Pour moi, cela signifie que je vais devoir passer les prochaines lunes à redessiner des runes. Tu savais, pourtant, que tu n'avais rien à faire dans le laboratoire. Vous autres, les Nains, vous n'êtes pas faits pour maîtriser les subtilités de la Magie, ni pour manipuler des élixirs.

—C'était un…

—Tu aurais pu me rapporter cette mauvaise plaisanterie de Jolosin, et j'aurais imaginé une punition pour lui. Maintenant, tu vois où tout cela nous a menés. Pour te faire pardonner, tu vas partir en voyage, et pas un court voyage, cette fois, Tungdil. Et je serais très content si tu me revenais sain et sauf. Crois-moi, Jolosin s'en tire à moins bon compte que toi, avec sa corvée de patates. (Il ricana.) Il va devoir éplucher jusqu'à ce que tu reviennes, et s'il te venait à l'idée de faire un détour…

Lot-Ionan se contenta de cette allusion malicieuse.

—Es-tu prêt?!

—Oui, vénérable Mage, répondit le Nain, soulagé de voir que son père adoptif ne croyait plus qu'il était l'unique responsable. Que dois-je faire pour vous?

L'atmosphère de cette pièce encombrée d'appareils, de grimoires et de rayonnages était calme et détendue, tout le contraire de l'ambiance qui régnait dans le laboratoire une heure auparavant. Le feu crépitait doucement dans la cheminée, et la chouette apprivoisée du magicien ne voulait plus rouvrir ses grands yeux.

—Tout doux, jeune Nain.

Lot-Ionan se leva pour saisir sa timbale fumante et se laissa tomber sur le fauteuil à oreilles qui se trouvait devant le foyer. Il étendit ses chaussons de feutre à proximité des flammes pour les réchauffer.

—On va y aller tranquillement. Jolosin doit avoir suffisamment à faire… Il y a une chose que j'aimerais te confier pour ton voyage, à laquelle j'aimerais que tu réfléchisses pendant que tu mettras un pied devant l'autre.

Il désigna la chaise à côté de lui.

Tungdil déposa son sac et s'assit. Le Mage semblait vouloir l'entretenir d'un sujet bien particulier.

—J'ai réfléchi. (Le Mage s'éclaircit la gorge.) Sur tes soixante-trois ans, cela en fait soixante-deux que tu es sous ma protection.

Le Nain savait ce qu'il allait dire. Dans des moments de sentimentalisme comme celui-ci, quand le Mage allait vraiment bien, qu'il avait bu un peu de grog et que la cheminée lui réchauffait les pieds, il tendait à voyager dans le temps et à se rappeler des événements qui remontaient à plus d'une vie humaine. Tungdil aimait bien ces causeries.

—C'était un soir d'orage, en hiver. Une bande de Kobolds se présenta chez moi, traînant un baluchon. (Il regarda son pupille dans les yeux.) Ce baluchon, c'était toi, rit-il doucement. Tu n'avais pas encore de barbe, mon cher. On aurait très bien pu te prendre pour un enfant d'Humain. Ils me proposèrent de te racheter, faute de quoi ils te jetaient dans la première rivière venue. Je n'ai pas pu faire autrement que de donner à ces longs-nez ce qu'ils demandaient et de t'accueillir chez moi.

— Ce dont je vous serai reconnaissant toute ma vie, Lot-Ionan, dit doucement Tungdil.

— Toute ta vie, reprit-il doucement. (Le Mage se tut un moment.) J'ai pensé que tu pourrais peut-être t'affranchir de ta dette plus tôt que tu crois, dit-il au bout d'un moment en passant sa main dans les cheveux fournis du Nain. J'ai déjà vécu trop longtemps, et tu m'as déjà rendu tant de services que l'on pourrait dire que tu t'es d'ores et déjà acquitté de ta dette, si tant est qu'il y en ait jamais eu une. Si mes tentatives de retarder le vieillissement ne sont pas bientôt couronnées d'un succès durable, mon âme s'en ira sous peu rejoindre Palandiell.

Il était toujours douloureux pour le Nain de se voir rappeler la vitesse à laquelle les Humains vieillissaient, vitesse à laquelle même les magiciens ne pouvaient s'opposer.

— Je suis sûr que vous y parviendrez, murmura-t-il d'une voix enrouée. Mais… vous vouliez me raconter quelque chose.

Le magicien, qui avait deviné que Tungdil essayait de le distraire, sourit tristement.

— Au début, je t'avais dit que ta famille t'avait confié à moi pour que je fasse de toi un grand Mage nain, mais tu as vite découvert que c'était impossible. Dès que tu as appris à lire et que tu en as su davantage sur ton peuple.

— Et notamment que celui-ci n'aimait pas spécialement la Magie. Et que la Magie le lui rendait bien, je sais, répondit Tungdil qui ne put réprimer un rictus.

Ses mains étaient faites pour tenir un marteau de forge, et parfois un livre issu de l'immense bibliothèque du Mage, mais rien de plus.

— Vraccas nous a fait don de tant de savoir artisanal qu'il n'y a plus place dans nos crânes pour la Magie.

— Exactement, dit le Mage en riant, se souvenant de tous les petits malheurs qui s'étaient produits toutes les fois où son fils adoptif et la force invisible s'étaient rencontrés fortuitement. Mais ne sois pas trop modeste. Tu as assimilé quelques connaissances. Tu es même presque un érudit. Tu en sais davantage sur le Pays Sûr et ses habitants que plus d'un *famulus*.

— Vous m'avez beaucoup appris, Lot-Ionan, même la rhétorique.

— Oh oui, c'était un défi sur lequel j'ai bien failli me casser les dents. L'entêtement des Nains fait parfois un peu trop obstacle à ta langue. (Il retrouva son sérieux.) Je n'ai pas demandé aux Kobolds à ce moment-là comment ils étaient entrés en ta possession, ce que je regrette beaucoup aujourd'hui. J'aurais pu au moins te dire où trouver ta famille, ton clan, ta tribu.

Il tendit le bras et chercha une carte du Pays Sûr dans une pile de rouleaux à côté de son fauteuil. Il la déroula prudemment, et posa le bout de son index sur le Second Royaume Nain.

— J'ai envoyé un messager à la tribu de Beroïn pour demander s'ils avaient eu vent d'un Nain disparu. J'aimerais savoir qui sont tes parents, Tungdil. Vu l'âge que vous, Nains, atteignez couramment, ils devraient être encore en vie. Qu'en dis-tu ?

Son pupille était ému. Son vœu le plus cher était en voie d'être exaucé.

— J'en dis que c'est... très généreux de votre part ! s'écria-t-il, tout excité. Avez-vous déjà reçu des nouvelles ?

Lot-Ionan se réjouit de la réaction de Tungdil.

— Non, pas encore. Mais je suis confiant. Je pense que la curiosité des Nains du Second Père sera suffisamment attisée pour qu'ils daignent s'intéresser à un fils perdu de leur peuple. Cela dit, ce n'est qu'un début, n'en attends pas trop.

— Merci encore, dit le Nain sur un ton plus solennel. (Il ne trouvait pas les mots pour exprimer ses sentiments.)

— Maintenant que j'ai la carte sur les genoux, autant te montrer tout de suite où tu dois te rendre, poursuivit le Mage, qui désigna d'abord le repaire où ils se trouvaient, puis une élévation du nom de Noirjoug.

Celle-ci était située dans le Gauragar, en dehors de l'Ionandar, à la limite du pays de Lios Nudin, la zone d'influence du Mage Nudin, celui que l'on appelait le Curieux.

— Ce qui fait trois cents milles à parcourir en direction du nord-ouest. Les chemins sont faciles à trouver et la carte t'aidera à t'orienter. Tu passeras par un grand nombre de villages où tu pourras demander ta route. (Il roula le parchemin.) Passons à présent aux petites choses que tu dois rapporter à mon ami Gorén. Ouvre l'armoire d'ébène et prends le sac de cuir au cordon vert. Il contient des objets que j'avais empruntés il y a longtemps pour une expérience et dont je n'ai plus besoin maintenant. Tu trouveras sur la table quelques pièces de monnaie que tu pourras dépenser en chemin.

Tandis que Tungdil suivait les instructions de son maître, le Mage prit un grimoire qu'il fit mine de lire. Le Nain ouvrit l'armoire pour prendre la sacoche.

— Voilà, c'est fait, déclara-t-il finalement.

— Alors va, Tungdil, et pense à ce que je t'ai dit. Si nous retrouvons ta famille, je te laisserai libre de choisir : tu pourras rester auprès de moi ou partir, dit-il pour congédier le Nain, sans lever les yeux de son grimoire.

Tungdil se dirigea vers la sortie.

— Et encore une chose : sois prudent ! Fais attention à la sacoche et ne la perds pas, son contenu est trop précieux, recommanda-t-il. (Puis il leva les yeux et sourit.) Mieux vaut ne pas toucher au cordon si tu ne tiens pas à provoquer des catastrophes. Que Palandiell soit avec toi. Et ton Vraccas aussi, bien sûr.

— Vous pouvez me faire confiance, Lot-Ionan.

— Je n'en doute pas, Tungdil. Reviens-nous en bonne santé et fais un bon voyage.

Le Nain quitta la pièce et se dirigea vers la cuisine pour trouver Frala. Elle lui donnerait des provisions tandis qu'il lui ferait part de la nouvelle au sujet de ses origines.

Il la trouva qui s'affairait devant le grand pétrin. La sueur coulait sur son visage, car le travail était très éprouvant et l'épaisse masse de farine, d'eau et de levure était difficile à pétrir.

— J'ai besoin de provisions, annonça-t-il, rayonnant.

— Ah. Le Mage t'envoie en mission ? dit-elle en souriant et en portant un dernier coup à la pâte. Eh bien on va regarder ce qu'il y a dans le garde-manger pour le courrier du Maître.

Frala frappa dans ses mains pour en chasser la farine et entra avec Tungdil dans la pièce où toute souris aimerait bien venir au monde.

La servante mit de la viande séchée, du fromage et du saucisson sec, ainsi qu'une miche de pain noir dans le sac de Tungdil.

— Cela devrait suffire.

— Pour trois cents milles ?

— Trois cents milles ?! s'étonna-t-elle. Tungdil, ce n'est plus une simple commission, alors, c'est un véritable voyage. Non, là, bien sûr, il va en falloir plus. (Elle ajouta deux saucissons et un peu de jambon.) Mais la cuisinière ne doit rien savoir, dit-elle en refermant à la hâte le rabat du sac.

Ils revinrent dans la cuisine.

— Et alors ? Où va-t-elle te conduire, cette longue randonnée ? s'enquit Frala, curieuse.

— Je vais au Noirjoug, lui révéla-t-il. Je dois rapporter quelques affaires à un ancien disciple du Mage.

— Jamais entendu parler de cette montagne, dit Frala en réfléchissant. Ce doit être très long, comme voyage, ça, trois cents milles... Tu vas passer par quels royaumes ?

Tungdil rit.

— Je t'emmènerais bien avec moi, mais Lot-Ionan ne serait sûrement pas d'accord. Ton mari et tes filles non plus.

Il lui montra la carte du Pays et suivit le parcours du doigt.

— L'Idoslân et le Gauragar ! Et Lios Nudin qui est juste à côté ! Tu n'es pas nerveux ?

— Bah, c'est tranquille, chez Nudin, dit-il en secouant la tête. Tout ce qu'il fait, c'est accumuler des connaissances. Chez Turgur le Beau, là, il y aurait certainement des choses à voir.

— Pourquoi cela ?

— Ce Mage est à la recherche de la beauté éternelle pour tous. Il souhaite que le paysan aux jambes les plus arquées qui soient et la fille de ferme la plus contrefaite puissent échanger leurs défauts contre une beauté elfique, expliqua-t-il à la servante. Cela dit, ses recherches ne progressent guère, à en croire Lot-Ionan. Il paraît que dans le pays de Turgur vivent de nombreux Humains qu'il aurait affligés de telles difformités à la suite de ses expériences que ces derniers se cachent de peur d'être vus. Peut-être qu'il vaut mieux que je reste loin de Turgur si je ne veux pas qu'il me jette un sort pour me rendre plus grand.

— C'est affreux, s'écria Frala, désolée. (Elle s'accroupit et serra le Nain dans ses bras.) Que Palandiell et ton dieu Vraccas te bénissent, et te protègent de tout danger durant ton voyage. (Elle défit son foulard et l'attacha autour du ceinturon du Nain.) Tiens, un talisman pour toi. Chaque fois que tu le regarderas, tu penseras à moi. (Elle lui fit un clin d'œil malicieux.) Et aussi à me rapporter un joli souvenir.

Tungdil plongea le regard dans ses yeux vert vif et soupira. Il lui était si profondément attaché qu'il avait du mal à imaginer vivre sans elle chez les Nains, dans sa famille, d'autant qu'il était maintenant le parrain de Sunja et d'Ikana. Il n'éprouvait pas de désir pour Frala, de telles pensées lui étaient étrangères, mais il la connaissait depuis qu'elle était toute petite et il avait le sentiment d'être comme un frère pour elle.

— Lot-Ionan a fait parvenir un message aux Nains de Beroïn, leur demandant de lancer des recherches sur mes origines, lui dit-il. Si les miens vivent là-bas, j'aimerais me rendre dans les montagnes pour les rencontrer, et peut-être même vivre avec eux. Le Mage m'a donné le choix.

La servante le prit encore une fois dans ses bras et lui fit part de sa joie d'entendre ces bonnes nouvelles.

— C'est comme si un rêve allait bientôt se réaliser. (Elle esquissa un sourire narquois.) Jolosin va bondir de joie si tu nous quittes.

— Ce serait une bonne raison de rester, répliqua Tungdil en souriant d'un air entendu, avant de remarquer que son expression encore joyeuse l'instant d'avant s'était assombrie.

— Tu viendras nous rendre visite de temps en temps pour nous raconter comment vivent les Nains du Sud ? demanda-t-elle.

Un soupçon de mélancolie pointait dans sa voix, même si elle se réjouissait de tout son cœur pour son meilleur ami.

— Tu verras bien, Frala. Si ça se trouve, je ne manque à personne là-bas, parce que je suis né spontanément de la pierre, comme ça, dit Tungdil pour dédramatiser. Je vais rendre à Gorén ce qui lui appartient, et on en reparlera ensuite.

Les cris d'un petit enfant retentirent depuis un coin de la cuisine. Frala accourut et se pencha sur le berceau de sa fille Ikana qu'elle avait placé à proximité du fourneau, bien au chaud. Elle la prit dans ses bras.

— Regarde, petit vermisseau, c'est ton parrain, dit-elle à la petite fille. Plus tard, c'est lui qui veillera sur toi, comme il l'a fait pour moi pendant de longues années.

À peine le Nain eut-il pointé son index que la petite d'Humain le saisit pour le tirer vers elle. Tungdil crut même entendre un léger rire.

— Elle se moque de moi.

— Mais non. Tu la fais rire. Tu vois ? Elle t'aime bien, répliqua Frala.

— Je vous rapporterai aussi quelque chose, à toi et à ta sœur, promit-il à Ikana avant de retirer prudemment son doigt calleux de la petite main rose.

Mais il avait surmonté sa crainte face à cette enfant d'apparence fragile, et ne pouvait à présent plus la quitter. Ikana s'accrocha, attrapant une mèche de ses cheveux bruns. Avec une grande délicatesse, il la lui retira des mains.

— Tu veux que je reste, c'est ça, hein ?

Ils se rendirent ensemble à la porte Nord en parcourant un repaire plongé dans la pénombre. La vive lumière du jour perçait à travers l'entrebâillement. La servante embrassa Tungdil sur le front.

— Fais attention à toi, lui dit-elle en guise d'au revoir. Et reviens-nous sain et sauf.

Un disciple actionna les câbles du mécanisme d'ouverture, et les portails de chêne à ferrures s'ouvrirent dans un grincement.

Le soleil brillait sur les douces collines verdoyantes, les fleurs épanouies et les forêts de feuillus en fleur. Le vent apporta une fragrance de terre chaude dans le tunnel, les oiseaux chantaient pour célébrer le printemps.

— Tu entends ça, Tungdil ? Le Pays Sûr t'a réservé un accueil amical, dit Frala en inspirant profondément. Un temps magnifique ! Ce sera un beau voyage.

Le Nain se tenait à l'ombre, dans le couloir, et hésitait à sortir. Il était habitué à un plafond de pierre au-dessus de sa tête et les parois autour de lui le rassuraient. Dehors, il y avait un peu trop d'espace à son goût, et il devait s'y accoutumer à chacune de ses sorties pour le compte du Mage.

Mais comme il ne voulait pas passer pour un Gnome et un lâche aux yeux de Frala, il prit une profonde inspiration, foula du pied la surface ensoleillée de l'Ionandar et se mit en marche.

— À bientôt, Tungdil ! s'écria la servante.

Il se retourna et lui fit signe jusqu'à ce que l'accès au repaire souterrain de Lot-Ionan fût refermé, puis il poursuivit sa route. Pas très longtemps cela dit. Il n'avait pas fait plus de quelques pas qu'il plissait déjà les yeux, complètement ébloui. Le temps passé sous terre à l'abri des rayons du puissant astre l'avait rendu si sensible qu'il chercha immédiatement à se protéger de la clarté du jour à l'ombre d'un chêne majestueux. Le sac de provisions et la sacoche qui contenait les artefacts finirent à côté de lui, sur l'herbe.

Ce voyage promet d'être agréable, pensa-t-il. Il s'accroupit et cligna des yeux pour observer les environs. La voûte feuillue le protégeait à peine de l'implacable luminosité.

Tungdil se souvint qu'il éprouvait le même malaise chaque fois qu'il mettait un pied dehors. Au moins, le paysage riant et le sentier sommairement aménagé faciliteraient sa progression.

Il prit la carte pour l'examiner de plus près, puis la tint au-dessus de sa tête, s'en servant comme d'un parasol. Si le cartographe ne se trompait pas, le paysage changeait à proximité du Noirjoug. Cette élévation était cernée par une dense forêt de sapins que ne traversait visiblement aucune piste.

Pas grave. Tungdil passa un pouce sur le fil de sa hache pour s'assurer de son tranchant. *Les arbres sauront ce qu'il en coûte de se mettre en travers de mon chemin.*

Le soleil poursuivit sa course.

Le Nain s'accoutuma peu à peu à la luminosité, qui faiblissait déjà, passant à des nuances dorées. Le crépuscule qui flattait ses yeux allait bientôt tomber et il voulait parcourir encore quelques milles d'ici là. Peut-être passerait-il devant une ferme où on lui offrirait un abri pour la nuit ?

Il se releva, décidé, remit son sac et la sacoche du magicien sur son dos, passa la hache dans son ceinturon et repartit à grands pas. Durant un long moment, il pesta contre le soleil. Ce qui ne le fit pas avancer plus vite, mais lui fit un bien fou.

* * *

Lorsque Tungdil quitta la forêt au cinquième jour de son voyage jusque-là sans histoire, et qu'il aperçut les palissades qui entouraient un bourg fortifié, le soleil venait juste de disparaître derrière une colline.

Au-dessus de la porte s'élevait un mirador en bois que deux Humains occupaient par intermittence. Ils ne virent pas immédiatement sa silhouette trapue, puis l'un des gardes l'aperçut. À en croire leur attitude, ils ne considéraient pas le Nain comme une menace pour leur localité.

Tungdil se réjouit. Après quatre nuits fraîches passées en compagnie des écureuils, des renards, au milieu de trop de verdure, de la bonne bière, un repas chaud et un lit douillet l'attendaient sûrement de l'autre côté des fortifications. Son ventre gargouillait.

Lorsqu'il arriva devant la porte, le passage ne s'ouvrit pas. Les gardes étaient penchés par-dessus le parapet pour observer le Nain.

— Bien le bonsoir ! Laissez-moi entrer, je ne tiens pas à passer une autre nuit à la belle étoile, dit-il d'une voix forte en regardant fixement les deux hommes.

Leurs armures de plates avaient l'air de bonne facture et bien entretenues. Celui qui les avait forgées devait connaître son affaire, jugea Tungdil d'après ce qu'il pouvait en voir à cette distance. Cela signifiait aussi que ces hommes étaient affectés à la défense du bourg et ne portaient pas ces armures uniquement pour l'apparat. Il ne s'agissait pas de villageois, en tout cas.

Il fit ensuite une autre découverte. Ce qu'il avait pris, à la lueur des torches, pour des décorations étaient en fait de véritables crânes. Les habitants du village avaient hérissé leurs palissades de trois douzaines de têtes d'Orcs coupées !

Tungdil doutait que ce fût une bonne idée d'humilier ces monstres de cette façon. Les têtes empalées de leurs congénères n'empêcheraient pas plus les Orcs d'attaquer que des corneilles de piller un champ. Au contraire, ils prendraient cette sorte d'exposition comme une provocation et ils voudraient faire payer cette insulte aux Humains.

Le Nain en déduisit qu'il se trouvait en Idoslân, et que les Humains engagés par les villageois pour combattre les Orcs manquaient particulièrement de bon sens. Il supposa que les mercenaires devaient être payés au nombre de têtes coupées, ce qui expliquerait cette attitude de défi. Les soldats utilisaient sans doute ces têtes pour appâter la prochaine horde d'Orcs.

— Eh bien, que se passe-t-il ? demanda-t-il, agacé. Pourquoi ne me laissez-vous pas entrer ?

— Tu es aux portes de Bonsprés dans le bel Idoslân. As-tu vu des Orcs en venant, Troglodyte ?

— Non, aucun, répliqua-t-il en s'efforçant de rester poli. (Il interpréta le sobriquet de « troglodyte » comme plutôt péjoratif.) Et je suis un Nain, si cela ne vous fait rien, tout comme vous êtes des Humains, et non des « culs-terreux » !

Les Humains rirent. L'un d'entre eux fit un signe de la main et un des battants de la porte s'ouvrit en grinçant, autorisant Tungdil à entrer. Deux autres mercenaires lourdement armés l'accueillirent en le toisant d'un air suspicieux.

— De fait, c'est bien un Nain, murmura l'un d'entre eux, fasciné. Ils sont loin d'être aussi petits que ce que l'on raconte.

L'humeur de Tungdil se dégradait. Il n'aimait pas qu'on le regarde comme une bête curieuse. Il avait oublié que les Humains ne voyaient des Nains qu'en de très rares occasions.

— Ça va, vous avez bien regardé ? Pouvez-vous me dire où je pourrais trouver un gîte pour la nuit ?

Les gardes lui expliquèrent où se situait l'auberge la plus proche. Tungdil flâna le long de la rue poussiéreuse et ne tarda pas à trouver l'auberge en question. Une écuelle en bois marquée par les intempéries, clouée sur la traverse de la porte avec une cruche non moins esquintée ne promettaient pas forcément un régal au visiteur, mais au moins un repas consistant et une gorgée de bière.

Tungdil s'efforça d'entrer discrètement. Lorsqu'il souleva le verrou de bois et poussa le panneau, les gonds rouillés de la porte grincèrent. C'était encore la manière la plus simple et la plus efficace de se protéger contre les intrus. Ce bruit de métal qu'on maltraite n'avait dû échapper à personne. Le Nain hésita, puis pénétra dans la salle à manger de l'auberge.

Dix villageois étaient assis devant les tables grossières à boire de l'hydromel et de la bière ; le tabac, les senteurs de cuisine et les odeurs corporelles composaient un fumet inhabituel. Les vêtements des clients étaient simples : ils se protégeaient de la fraîcheur des soirs de printemps avec des chemises de jute ou des étoffes de coton non teintes et leurs pieds étaient enveloppés dans de grosses chaussettes et des chaussures à lacets.

Deux villageois lui adressèrent un signe de tête hésitant, les autres se contentèrent de le dévisager.

Je m'en doutais. Le Nain leur rendit leur salut et se dirigea vers une table libre. Comme toujours, les meubles étaient trop grands pour lui mais cela ne le dérangeait pas. Il commanda un repas chaud et un grand hanap de bière. On lui apporta peu après un plat de bouillie de céréales fumante et de viande émincée, ainsi qu'une cruche de ce qui semblait être de la bière.

Affamé, il se jeta sur la nourriture. Celle-ci était consistante, légèrement brûlée et un peu fade, mais elle était chaude. La bière, blonde, claire et insipide, ne correspondait pas à ses critères de Nain, mais il la but tout de même. Il ne voulait pas chercher querelle avant de demander un lit pour la nuit.

L'un des Humains l'observait avec une telle insistance qu'il pouvait littéralement sentir le poids de son regard. Tungdil lui jeta un regard interrogateur.

— Je me demande ce qu'un Troglodyte peut bien nous vouloir, surtout à cette heure, dit le villageois si fort que même le plus dur d'oreille l'entendit, avant de souffler la fumée de sa pipe vers le plafond noir de suie.

— Un lit.

Le Nain mâcha plus lentement, plongea la cuiller dans le brouet poisseux et essuya sa barbe. Un Humain qui cherche les ennuis ; il ne lui manquait plus que ça. Le ton sur lequel il lui avait parlé était sans équivoque. *Mais moi, je ne mange pas de ce pain-là.*

— Je n'aspire à aucun différend avec vous, affirma-t-il. J'ai passé les dernières nuits dans les bois et suis reconnaissant à Vraccas d'avoir trouvé une couche qui ne consiste pas en feuillage et en branchages, dit-il pour leur tenir tête.

Les autres clients ricanèrent. Certains s'inclinèrent exagérément devant le fumeur de pipe, lui lançant des « Vôtre Grâce » ou « Vot' Grandeur » ; quelqu'un le couronna même d'un hanap vide. Ils se gaussaient de ce que le Nain employât un langage aussi soutenu pour s'adresser à un simple villageois.

— Oh, mais c'est qu'il a fait des études, le Nain. Ou est-ce qu'on veut faire son distingué ? (L'Humain fit voler le hanap de sa tête d'un geste rageur et se tourna vers ses compagnons.) Ouais, rigolez bien, bande d'idiots ! J'ai de bonnes raisons de me méfier. Si les Orcs l'ont envoyé pour nous espionner et s'il leur ouvre la porte cette nuit, vos rires vous resteront en travers de la gorge !

L'hilarité générale cessa aussitôt.

Tungdil comprit que la situation pouvait tourner au vinaigre s'il n'était plus prudent. Il devait surtout cesser de parler comme un érudit, la vue d'un Nain étant déjà suffisamment inhabituelle.

— Le peuple des Nains et les Orcs sont des ennemis héréditaires, répliqua-t-il gravement. Jamais un Nain ne ferait cause commune avec eux. (Il tendit la main à l'Humain.) Tenez, vous avez ma parole, ma parole d'honneur que je ne projette aucune traîtrise. Je le jure par Vraccas, créateur des Nains.

Le fumeur de pipe examina ces mains puissantes et réfléchit. Finalement, il topa, avant de tourner le dos à Tungdil.

L'aubergiste apporta une bière fraîche au Nain soulagé.

— Il ne faut pas lui en vouloir. Nous sommes tous un peu tendus, ici, s'empressa-t-il de lui expliquer. Cela fait déjà pas mal de lunes que les Orcs parcourent les hauteurs de l'ouest de l'Idoslân pour piller les villages.

— D'où les mercenaires ?

— Oui. Nous avons engagé ces guerriers pour qu'ils protègent notre village jusqu'à ce que les soldats du roi Tilogorn arrivent et qu'ils massacrent ces hordes.

Il allait s'éloigner.

— Attends !

Tungdil posa la main sur sa manche tachée. Un vague espoir naquit en lui.

— Y a-t-il des Nains dans son armée ? J'ai entendu dire qu'il avait quelques Nains à sa solde.

L'aubergiste haussa les épaules.

— Je ne sais pas, petit Humain. Mais ce ne serait pas impensable.

— Quand arriveront-ils ? demanda-t-il, tout excité.

Son voyage pour le Noirjoug pouvait bien souffrir un léger retard si l'occasion lui était donnée de voir enfin des membres de son peuple. *Jolosin n'aura qu'à continuer d'éplucher.*

— Ils comptaient arriver il y a trois lunes, répondit l'aubergiste, qui fit un signe d'excuse vers le comptoir où des assoiffés réclamaient leur bière.

Tungdil le laissa filer et continua son repas tout en méditant sur le pays dans lequel il se trouvait.

L'Idoslân devait son nom à ce que maintes batailles y avaient autrefois été disputées, et ce toujours en vue de s'emparer du trône. Les Ido avaient été une grande dynastie de souverains qui avait toujours lutté et guerroyé pour le pouvoir. Les membres de cette famille s'entre-déchiraient continuellement, mais au final c'étaient leurs sujets qui souffraient le plus de leurs querelles. Le royaume était morcelé, chaque parcelle était dirigée par un membre différent de la famille. Un jour, les petites gens en eurent assez, et ils massacrèrent les membres de la dynastie l'un après l'autre. D'où le nom d'Idoslân en langue locale.

Un villageois éméché se leva et brandit sa chope.

— Vive Mallen ! Qu'il chasse du trône cet usurpateur de Tilogorn !

Comme personne ne se joignit à son toast, il se rassit en grommelant.

Si les souvenirs de Tungdil étaient exacts, il faisait référence au prince Mallen d'Ido, dernier descendant de sa dynastie. Celui-ci vivait plus au nord, dans le royaume d'Urgon, d'où il intriguait afin de revenir un jour au pays en tant que souverain légitime.

Une vieille carte jaunie et enfumée de l'Idoslân était accrochée au mur de l'auberge. Le royaume lui-même consistait en une succession variée de montagnes peu élevées, de forêts et de plaines. Il aurait pu être un paradis, s'il n'y avait pas eu les Orcs.

— Joli, pas vrai ? dit un des clients qui avait remarqué le regard du Nain.

— Si l'on excepte Toboribor, oui, dit Tungdil en désignant la tache noire ajoutée sur la carte en plein milieu de l'Idoslân, à l'endroit précis où se trouvaient les terres les plus fertiles. (Il prit son hanap et passa à la table voisine.) Qu'est-ce qui a empêché les Orcs de progresser ?

— Ils n'ont pas besoin d'étendre leur domaine. C'est l'ennui qui les pousse à en sortir, pour semer la peur et le malheur. On en a même vu à quelques milles d'ici à peine. Ils ont mis le feu aux champs et aux vergers. Saletés de créatures ! Tuer, piller et se battre, c'est tout ce qu'ils savent faire.

— Mais ils le font bien, ajouta un autre, avec des yeux un peu fous.

— Ça y est, c'est reparti, gémit l'aubergiste avant de resservir de la bière.

— C'est ça, toujours la même vieille histoire, dit l'intervenant à demi offensé, sans que cela suffise à le faire taire. Un jour, je me suis retrouvé devant toute une horde de ces bestioles, des spécimens particulièrement grands, quand je servais encore dans l'armée de Tilogorn…

— … et qu'il n'avait pas de temps à consacrer à raconter des histoires qui font peur aux petits enfants…

— Bon, maintenant, tu la fermes, l'aubergiste ! C'est moi qui me suis battu contre eux, pas toi ! Imagine, le Nain, ceux-là dépassent un Humain ordinaire d'une bonne tête. Leurs gueules aux nez épatés et aux dents qui sortent sont tout bonnement repoussantes. Leurs yeux horribles et leurs hurlements ont de quoi donner la chair de poule à un combattant inexpérimenté.

— C'est ce que j'ai lu aussi, laissa échapper Tungdil, mais heureusement personne n'entendit sa remarque.

Il se gratta la tête. Sa peau n'était pas encore habituée à une exposition permanente aux rayons du soleil, et encore n'était-ce pas l'été. Sinon, il aurait attrapé depuis longtemps un coup de soleil.

— À l'époque, il nous a fallu la moitié d'une lune pour en venir à bout, tant ils étaient coriaces. Ah, si j'étais encore soldat, nous aurions vaincu nous-mêmes les Orcs qui rôdent autour de notre village. Nous n'aurions pas eu besoin d'engager des mercenaires pour notre protection. L'armée n'est plus ce qu'elle était, se plaignit-il, nostalgique de sa jeunesse.

Son regard tomba sur la hache du Nain. Il observa la lame, qui avait souffert de son utilisation dans la forêt : des traces de résine séchée et de petits copeaux y étaient encore collés.

— Une si bonne arme, et tu t'en sers pour couper du bois ? s'étonna-t-il.

— Il a fallu que je me fraie un passage à travers les fourrés.

Tungdil rougit, et pria que personne ne lui demande de faire une démonstration de l'art de la guerre nain, tant vanté. Il en aurait été incapable.

En qualité de Mage, Lot-Ionan n'avait que faire des armes, du combat à l'épée et du métier de guerrier en général. Si bien que Tungdil n'avait jamais trouvé de professeur pour lui enseigner comment manier la hache contre un adversaire. Il y avait bien les domestiques, qui utilisaient des couperets ou des hachettes pour couper du bois ou pour tuer un rat. Mais c'était tout, et ses tentatives de manier la redoutable arme naine n'avaient jamais dépassé ce stade, ce qui était plutôt inconvenant pour un membre de son peuple. Si d'aventure il devait se trouver face à un adversaire – ce qui ne paraissait pas si aberrant, à en croire ces histoires d'Orcs –, il se contenterait de lui sauter dessus et de le frapper, en espérant que cela le fasse fuir…

— J'ai déjà beaucoup entendu parler des Nains et de leur aptitude au combat. Avez-vous cela dans le sang, ou est-ce qu'on vous l'enseigne ? lui demanda sans transition son interlocuteur. Un seul d'entre vous suffit pour tuer dix Orcs, dit-on. Est-ce vrai ?

Au milieu de tous ces Humains, Tungdil comprit comme jamais auparavant qu'il était en fait loin, très loin d'être un véritable Nain, que son peuple se moquerait de lui s'il le voyait, et il ne souhaita soudainement plus rencontrer ses semblables. Même l'idée de l'amour avec une Naine perdit tout attrait.

— C'est vrai, répondit-il faiblement, en espérant qu'il en était vraiment ainsi.

Puis il bâilla bien fort et s'étira. Il était temps qu'il sombre dans un lit pour oublier un moment ces idées et ces curieux.

— Faites excuse, mais j'aimerais me reposer, maintenant.

À présent qu'ils avaient surmonté leur réserve initiale, c'est à contrecœur qu'ils le laissèrent quitter leur cercle. L'aubergiste lui indiqua une couche au deuxième étage de la maison à colombages, un dortoir spacieux où personne d'autre ne passerait la nuit.

Il se servit de la cuvette pour rafraîchir ses pieds échauffés, qu'il extrayait pour la première fois de leurs bottes depuis le début de son voyage. Tout en s'octroyant rapidement une troisième bière, il regarda par la fenêtre de la pièce et laissa son regard vagabonder sur les toits de tuiles de Bonsprés.

Cette colonie était de belle taille et devait rassembler quelque mille habitations. Ses habitants vivaient probablement des récoltes de céréales et de légumes ainsi que des arbres fruitiers. Maigres richesses, à présent menacées par ces maraudeurs d'Orcs. L'armée réclamée auprès de Tilogorn ferait bien de se hâter si elle voulait sauver quelque chose.

Tungdil essuya ses pieds maltraités, posa ses vêtements sur la chaise et disparut sous l'épais édredon.

Un rayon de lumière argenté tomba sur la sacoche qu'il devait rendre à Gorén, mettant sa curiosité à rude épreuve.

Ne l'ouvre pas, se dit-il. *Tu ne dois pas t'occuper de savoir ce qu'il y a dedans.*

Avant de s'endormir, il pensa au Mage, puis à sa grande sœur Frala, au talisman qu'il portait à sa ceinture. Son rire lui manquait. Le lendemain, il demanderait à l'aubergiste le chemin pour le Noirjoug et il s'y rendrait directement, sans se laisser distraire par quoi que ce soit.

Des bruits étouffés le tirèrent de son demi-sommeil.

Deux Humains se donnaient beaucoup de peine pour installer leur couche dans le dortoir aussi silencieusement que possible. Dehors, une tempête faisait rage et menaçait Bonsprés.

Le Nain crut entendre prononcer le nom de son père adoptif. Avec prudence, il ouvrit les yeux et regarda les nouveaux arrivants. Il s'agissait d'un Humain chétif, mais bien vêtu et d'un autre plus grand, bien bâti, qui portait une armure de cuir brun foncé renforcée de petites plates de métal.

Un marchand et son garde du corps ? conjectura Tungdil. Leur équipement valait sûrement très cher. C'est alors qu'il aperçut un bijou, de facture simple mais néanmoins singulier. Il était agrafé au revers du plus grand des deux Humains et figurait le sceau du Conseil des Mages.

Des émissaires !

— Vous cherchez Lot-Ionan ? demanda Tungdil, cessant de feindre le sommeil.

La curiosité l'avait emporté sur la prudence. Le plus grand fronça les sourcils.

— Qu'est-ce qui te fait dire ça ?

— La broche à votre revers, expliqua-t-il aux Humains étonnés. Vous êtes des messagers du Conseil des Mages.

Ils échangèrent un bref regard.

— Qui es-tu ? s'enquit le propriétaire de la broche. (Le Nain se présenta.) Eh bien, dans ce cas, tu peux sûrement nous dire comment se porte ton maître ? Va-t-il bien ?

— Bien sûr. Si vous pouviez vous présenter également…, répliqua Tungdil poliment.

Ce qu'ils firent : Friedegard, apprenti Mage de premier niveau de l'école de Turgur le Beau, et Vrabor, mercenaire au service du Conseil.

— Lot-Ionan va bien, dit-il en réponse à leur question. Vous le constaterez par vous-mêmes. (Mais sa curiosité n'était toujours pas assouvie.) Et pour quelle raison… (Il s'interrompit et passa à un registre plus familier.) Qu'est-ce que vous lui voulez ?

— Je ne pense pas que je devrais discuter de pareille affaire avec l'homme à tout faire du Mage, répondit Vrabor d'un ton bourru en portant la main aux boucles de son armure, pour l'ouvrir. Il faudrait alors que je porte le titre de crieur public, et non celui de messager.

La tempête se fit tout d'un coup deux fois plus menaçante ; une rafale siffla à travers les fissures, produisant un son étrange : un gémissement criard, inhumain, suivi d'un sifflement strident et polyphonique.

Les messagers tressaillirent et portèrent la main à la garde de leurs épées.

Ce ne sera pas une bonne nuit, finalement, pensa Tungdil en regardant dehors. Des nuages effilochés éclairés par la lune filaient dans le ciel nocturne.

Soudain, un visage fin et gracieux surgit devant la fenêtre ; ses yeux gris-vert regardèrent Tungdil, l'hypnotisant presque. Cette apparition inattendue le fascina plus qu'elle l'effraya. De longs cheveux noirs fouettaient son visage, quelques mèches restaient collées sur sa peau mouillée, presque blanche, comme autant de fissures sur les traits d'un Elfe sculpté avec art dans le marbre le plus noble.

Le Nain était incapable de détourner le regard, tant ces yeux le subjuguaient. En dépit de sa beauté, Tungdil éprouva pour ce visage une aversion viscérale. Cette créature était trop belle pour être honnête. Il émanait d'elle une indéfinissable cruauté.

— Là…, bredouilla-t-il.

Il n'en fallut pas davantage pour attirer l'attention des deux Humains, qui levèrent les yeux et se mirent immédiatement à couvert.

La vitre épaisse vola en éclats. Une longue flèche à l'empennage noir fendit l'air en sifflant et se planta dans le mur.

— Chasse-les ! lança Vrabor à son compagnon. Puis il poussa la table massive et la cala contre l'embrasure de la fenêtre.

Il se hâta ensuite de consolider ce bouclier de fortune et le bloqua avec une poutre.

Friedegard, lui, gardait les yeux fermés et remuait les lèvres, tandis qu'il faisait suivre d'étranges trajectoires à un cristal incrusté d'or, de la taille d'une pépite.

Tungdil bondit hors de son lit et saisit sa hache, qui lui procura un sentiment de sécurité.

— Que se passe-t-il ?

Les Humains ne répondirent pas, se contentant de tendre l'oreille. Les rafales cessèrent, mais la pluie battit de plus belle. Ils eurent beau écouter, ils n'entendirent plus aucun bruit de la part de leur agresseur. Celui-ci semblait être parti avec la tempête.

— L'Elfe est encore là ? demanda le Nain.

— Je ne sais pas, avoua le mercenaire. Peut-être. (Il plaça son épée à la verticale et s'assit sur son lit, les mains posées sur la garde.) Peut-être qu'ils attendent une meilleure occasion.

— Ils ?

— Les Albes, pas les Elfes. Ils sont deux, et nous suivent depuis notre départ de Porista.

— Des Albes !

Ennemis mortels des Elfes, les Albes étaient plus cruels que n'importe quel monstre du Pays Sûr. Ils haïssaient la pureté de leurs cousins, parce qu'elle leur était refusée. C'était la seule et unique raison pour laquelle ils avaient franchi le passage de Pierre, disait-on.

— Est-ce à dire que Lot-Ionan est en danger ?

— Il ne peut rien lui arriver, à lui, répondit Vrabor, fatigué. Les Albes savent qu'ils sont impuissants face à un Mage. Tout ce qu'ils veulent, c'est savoir ce que Friedegard et moi transportons. Ils nous filent depuis que nous avons quitté la capitale de Lios Nudin, mais maintenant qu'ils ont deviné le but de notre voyage, ils sont passés à l'attaque. (Il remarqua le regard interrogateur de Tungdil.) Non, Troglodyte, tu es peut-être son homme de main, et ta vigilance nous a sans doute sauvés, mais je ne peux toujours pas te dire ce que le Conseil des Mages veut de ton maître. Demande-le-lui toi-même, quand tu seras rentré chez lui.

— Je suis un Nain, pas un Troglodyte.

Pendant un moment, Tungdil caressa l'idée de partir le lendemain matin avec les deux messagers pour retourner chez Lot-Ionan, afin de lui raconter ces derniers événements. Mais il trouva finalement que c'était une idée stupide. Il devait d'abord accomplir sa mission. Il se rassit donc, la hache posée en travers des cuisses.

Ils veillèrent toute la nuit sans parler. Aucun d'entre eux n'aurait pu dormir, de toute façon : la peur les maintint éveillés, même si leurs mystérieux agresseurs ne donnèrent plus signe de vie. Le sort de protection lancé par Friedegard avait manifestement fonctionné. La tension disparut avec les premières et douces lueurs du jour, et le Nain s'endormit enfin.

Chapitre 3

**Le Pays Sûr, Royaume magique d'Ionandar,
au début de l'été du 6234e cycle solaire**

Lot-Ionan était assis dans le vieux fauteuil à oreilles, dans un coin de son cabinet d'étude, les jambes surélevées, et feuilletait, content, l'un de ses nombreux recueils de formules. Il portait sa confortable robe beige sur lui, et ses pantoufles encore plus confortables. Sur la petite desserte à côté de lui étaient disposés une pipe et du tabac, prêts à l'emploi. Son verre de tisane fumante se trouvait juste à côté. Le Mage appréciait grandement ce silence.

— Tu entends cela, Nula ?! demanda-t-il à la chouette effraie qui s'était perchée à son aise sur le dossier du fauteuil et semblait lire par-dessus l'épaule de son maître. (Il inclina son grimoire et soupira d'aise.) Le silence. Aucun bruit, aucune explosion. Même si ce n'était pas facile pour moi d'envoyer Tungdil en expédition, j'ai pris la bonne décision.

La chouette cligna des yeux en signe d'assentiment et poussa un léger « ouhou-hou ». Même si Nula ne comprenait pas ce qu'il disait, il aimait bien lui parler. Cela l'aidait à mettre de l'ordre dans ses idées.

— J'admets que ce n'était pas très gentil de ma part. Vu que cela fait déjà quelques cycles que Gorén n'habite plus cette montagne, déclara-t-il avec contrition. Mon ancien *famulus* a succombé aux charmes physiques et intellectuels d'une Elfe et a quitté le Noirjoug. (La chouette cligna des yeux.) Comment je le sais ? Gorén m'a envoyé une lettre enthousiaste au sujet de son nouveau foyer, dans laquelle il me dépeint dans les détails les innombrables charmes de la gent féminine elfique.

Lot-Ionan se souvint alors que lui-même n'était plus tout jeune. Cela faisait longtemps qu'il n'accordait plus d'attention aux plaisirs charnels et sensuels, préférant se consacrer à des sujets bien plus importants à ses yeux.

—Je suppose que Tungdil ne mettra pas longtemps à découvrir dans quel coin du Pays Gorén est allé se cacher. Et tel que je le connais, je sais qu'il ne reviendra pas avant de lui avoir remis le sac.

Le magicien sirota un peu de sa tisane. C'était encore la meilleure façon pour lui de supporter la fraîcheur qui régnait dans son repaire, mais il ne souhaitait pas pour autant qu'il y fasse plus chaud. La température ambiante l'aidait en effet à garder l'esprit vif.

Nula battit des paupières, d'un air réprobateur, cette fois.

—Que veux-tu, j'aime beaucoup Tungdil. Là n'est d'ailleurs pas la question, dit-il pour se justifier. Mais je ne tiens pas à revivre un désastre semblable à celui que Jolosin et lui ont provoqué il y a quelques lunes, désastre qui m'a définitivement gâché ma formule. D'où ce long voyage.

L'oiseau demeurait insatisfait.

—Cela lui fera du bien. Il découvrira le Pays Sûr par lui-même, plutôt que par ses seules lectures. Tungdil reviendra de son périple tout content d'avoir mené sa mission à bien, Jolosin s'écorchera les doigts à force d'éplucher dans la cuisine, haïra les patates jusqu'à la fin de sa vie et ne lui jouera plus jamais de vilains tours. Nous sommes donc tous gagnants, dans cette affaire. (Son regard tomba sur le calendrier des cycles solaires.) Oh, mais que vois-je?! Nous allons accueillir un invité de marque, Nula.

Les marqueurs sur le calendrier lui annonçaient pour le jour même la venue de Nudin le Curieux. Pas en personne, bien entendu. Comme ils vivaient à environ cinq cents milles l'un de l'autre, les magiciens préféraient communiquer grâce à la Magie, par le biais d'un rituel complexe, que l'on ne pouvait effectuer qu'à certaines phases de la lune.

Pareille distance arrangeait bien Lot-Ionan. En effet, si Nudin était peu à peu devenu un Mage hors pair, il était aussi devenu l'un des personnages les plus antipathiques que Lot-Ionan eût jamais connu. À croire que plus il était odieux, plus ses facultés augmentaient.

S'il vient un temps où chacun finit par trouver sa manière d'explorer les arcanes de la Magie, celle de Nudin consistait manifestement à se montrer de plus en plus grognon, revêche, bourru... et à engraisser.

—Je te le dis, Nula, cet Humain maîtrise des formules et des invocations que d'autres n'osent même pas aborder.

Il passa la main en dessous de la petite desserte et en sortit un verre ainsi qu'une carafe d'eau claire. Il frotta brièvement le verre sur le revers de sa robe et l'examina à la lumière des bougies.

Ce faisant, il repensa à l'affirmation de Nudin selon laquelle ce n'était pas par l'étude et la recherche que son pouvoir s'était accru. Selon certaines langues bien pendues, il s'était jeté un sort sur lui-même pour que la Magie habitât son corps en permanence. Bien que Lot-Ionan trouvât l'idée absurde, il devait bien reconnaître que Nudin avait changé. Au moral comme au physique.

Tout à coup, la pièce se refroidit. Un brusque coup de vent balaya la salle, faisant vaciller les flammes des bougies. Au centre de la pièce apparut un léger scintillement bleuâtre qui prit progressivement la forme d'un Humain. Quelques battements de cils plus tard, l'impressionnante silhouette de Nudin se tenait devant Lot-Ionan.

Ce dernier examina son invité vêtu de sombre. Celui-ci paraissait avoir encore gagné en taille et en corpulence. Son corps semblait plus massif qu'auparavant, et c'était sans doute pour dissimuler cet embonpoint qu'il portait une robe couleur malachite aussi ample.

Ses cheveux châtain clair mi-longs arrivaient aux lobes de ses oreilles mais étaient plutôt ternes, et le vert de ses yeux, pétillants en temps normal, était comme voilé. Il s'agissait en fait de la réplique exacte du véritable Mage, lequel se tenait en réalité dans sa résidence, au milieu d'un cercle rituel.

L'illusion était parfaite. Lot-Ionan n'en avait encore jamais vu de si parfaite en deux cent quatre-vingt-sept cycles. D'ordinaire, les doubles créés magiquement n'étaient pas tout à fait opaques, tremblaient ou présentaient d'autres défauts mineurs. Pas celui-ci.

Nudin tenait dans sa main gauche son bâton de marche en érable sculpté avec art, à l'extrémité duquel était enchâssé un gros onyx, et chassait d'un geste plutôt nonchalant les dernières étincelles bleues qui dansaient sur sa robe ornée avec goût. Lot-Ionan se sentait un peu ridicule avec sa robe tout élimée.

— Qu'il est bon de te revoir, Lot-Ionan. Cela fait sûrement une petite éternité que nous ne nous sommes pas réellement vus, dit-il en souriant.

Sa voix était rauque, éraillée.

— Prends un siège, je t'en prie.

Lot-Ionan lui désigna un fauteuil, dans lequel son hôte s'installa gracieusement. Une convention voulait que les doubles magiques soient traités au même titre que les originaux, en signe de politesse et d'estime.

— Tu prendras bien une petite gorgée de tisane, Nudin ? Peut-être préférerais-tu autre chose ?

Il ne s'agissait pas d'une simple formule de politesse. Un Mage était tout à fait capable de percevoir le goût d'une boisson par l'intermédiaire de son double, même à plus de cinq cents milles de distance.

Nudin déclina son offre d'un signe de la main.

— Non, merci bien, mon ami. L'affaire est urgente et ne souffre aucun délai. Il faut que tu viennes immédiatement en Lios Nudin. Le Pays Mort est de nouveau en marche.

Les lèvres de Lot-Ionan se changèrent en minces traits. Pareille entrée en matière le surprit.

— Quand cela a-t-il commencé ?

— Il y a soixante lunes, environ. Je m'en suis aperçu lors d'une visite à la frontière, dit le Mage, inquiet. Nos barrières de protection se sont affaiblies et sont devenues perméables. Je ne saurais réparer seul les dégâts.

J'ai besoin de la puissance des Six. Les quatre autres sont déjà ici. Nous n'attendons plus que toi.

Il s'interrompit.

—Autre chose? demanda Lot-Ionan, l'invitant amicalement à poursuivre son récit, au risque d'apprendre d'autres mauvaises nouvelles.

—Les Albes…, commença Nudin. Ils ont été vus dans le sud du Gauragar, loin de Dsôn Balsur. Et le roi Tilogorn est à la poursuite d'une puissante horde d'Orcs qui parcourt l'Idoslân en pillant et détruisant tout sur son passage. (Il regarda son hôte d'un air inquiet.) Cela ne présage rien de bon, Lot-Ionan.

—Penses-tu que cela ait un rapport avec le Pays Mort?

—Je t'avouerais que ce n'est pas impossible, répondit évasivement Nudin. Pourquoi n'as-tu pas donné suite à la convocation du Conseil des Mages?

—Pardon? s'étonna Lot-Ionan. Je n'ai reçu aucun message.

—Nous t'avions pourtant dépêché les meilleurs messagers du Conseil. Friedegard et Vrabor, tu les connais.

—Bien sûr que je les connais. Mais ils ne sont jamais arrivés, dit le Mage, surpris et très inquiet pour eux. (Il ne put s'empêcher de penser aux Albes.) Tu as bien fait de venir aux nouvelles par précaution, reconnut-il. Je vais me mettre en route immédiatement. Je serai en Lios Nudin dans quelques jours.

Lot-Ionan s'attendait que le double magique du Curieux se dissipât, mais ce ne fut pas le cas.

—Je dois encore te demander un petit service, lui avoua le Mage. Une vétille, comparée à l'avancée du Pays Mort. Les ustensiles que je t'avais prêtés… En as-tu encore besoin? J'aimerais les récupérer, aussi pourrais-tu me les rapporter par la même occasion.

—Ah oui, je m'en souviens.

Très longtemps auparavant, Lot-Ionan avait emprunté à Nudin plusieurs objets pour Gorén: un petit miroir à main, deux morceaux de bois de sigurdacia longs d'une bonne coudée chacun, et deux carafes de verre aux étranges gravures argentées. Gorén était tombé sur des passages concernant ces objets dans un de ses compendiums et avait souhaité les étudier. En revanche, le Mage n'arrivait plus à se souvenir du résultat, sans doute pas très important, des recherches de son *famulus*. Il était également incapable de dire, à brûle-pourpoint, où il avait rangé ces objets. Il espérait qu'ils ne se trouvaient pas dans le laboratoire que Tungdil avait ravagé.

—D'accord, j'y penserai, dit-il au magicien.

Mais Nudin n'était pas satisfait de cette réponse.

—Tu les as encore, n'est-ce pas, Lot-Ionan? (Le Mage hocha la tête, espérant que Nudin ne remarquerait pas sa manœuvre dilatoire.) Hâte-toi, mon vieil ami. Il faut d'urgence réunir la puissance des Six si l'on veut épargner au Pays Sûr une nouvelle vague de terreur.

La réplique de l'Humain avança au centre de la pièce et frappa fermement le sol de son bâton. L'illusion se désintégra dans un éclat de lumière. Une poussière scintillante se répandit sur le sol, substance pulvérulente qui se dissipa progressivement. L'entretien s'était achevé de manière aussi spectaculaire qu'il avait commencé.

Lot-Ionan ne bougea pas de son fauteuil. *Si les Orcs de Toboribor et les Albes de Dsôn Balsur font cause commune, de nombreux Humains sont en danger.*

Il se dit qu'il profiterait de ce voyage pour rendre visite au roi Tilogorn et lui offrir son soutien. Une bonne moitié de l'Ionandar empiétant sur le territoire de l'Idoslân, il n'était que justice qu'il utilise sa Magie contre la sombre engeance du dieu Tion. Le Mage se leva. *Nudin a raison, le temps presse.*

Il rassembla ses *famuli* pour leur désigner les bagages dont il avait besoin et celui d'entre eux qui commanderait en son absence. Puis il échangea à contrecœur sa confortable robe beige contre sa tenue de voyage, cousue dans du lourd tissu beige et à laquelle il ne s'était toujours pas habitué. Il revêtit en outre une cape de cuir bleu foncé.

Ses serviteurs sellèrent Furo, son étalon alezan. Le peu de bagages qu'il emportait tenait dans les fontes. Il ne lui faudrait en effet sûrement pas plus de dix jours pour parcourir les cinq cents milles qui le séparaient du Conseil des Mages.

Lot-Ionan se mit en selle sans grande souplesse. Furo trépignait de joie. Le magicien se pencha en avant et caressa sa longue crinière en murmurant une formule magique à son oreille.

L'étalon poussa un puissant hennissement et piaffa avant de se mettre au trot, longeant les galeries et franchissant la porte. Dès qu'il fut à l'air libre et reconnut le chemin, il accéléra la cadence, passant du trot au grand galop.

Le corps de l'alezan filait à toute allure, faisant fi des obstacles et de la route caillouteuse, parcourant à chaque enjambée une longueur équivalente à plusieurs pas. Les pouvoirs du Mage lui permettaient de courir plus vite que n'importe quel autre quadrupède, et il en profitait pleinement.

Furo traversa ainsi tout l'Ionandar, permettant à son maître, qui avait toutes les peines du monde à se maintenir en selle, d'atteindre Lios Nudin sans encombre.

Le Pays Sûr, Royaume du Gauragar,
au début de l'été du 6234e cycle solaire

— Je ne connais aucun Noirjoug à cet endroit.

La journée ne pouvait guère commencer plus mal que par de telles paroles. L'aubergiste posa le petit déjeuner de Tungdil sur la table, à côté de la carte.

Le soleil éclairait la salle à manger à travers les vitres épaisses, de la poussière voletait dans les larges rais de lumière. Tungdil constata avec joie qu'il n'était plus obligé de plisser les yeux. Il s'était habitué à la clarté.

Personne en Idoslân ne semblait connaître le Noirjoug, qui n'était d'ailleurs pas indiqué sur la vieille carte affichée au mur.

— Connais-tu quelqu'un qui pourrait m'aider ? demanda-t-il. Y a-t-il ici un greffier, ou un autre fonctionnaire de Tilogorn ?

L'aubergiste répondit par la négative, et regretta beaucoup de décevoir son visiteur. Le Nain tournait et retournait sa bouillie de céréales. Elle était bonne, mais la réponse de l'aubergiste lui avait coupé l'appétit.

Tungdil espérait que si les villageois étaient incapables de le renseigner, c'était parce qu'ils ne savaient pas lire une carte. Même l'aubergiste n'avait sans doute jamais quitté Bonsprés de plus de dix ou vingt milles de toute sa vie.

Malheureusement pour lui, cette colonie ne figurait pas non plus sur son plan. Avec un peu de chance, l'un des mercenaires saurait lui dire où elle se trouvait sur sa carte et où se situait cette maudite montagne.

Les messagers du Conseil des Mages auraient sûrement pu l'aider, mais ils étaient partis depuis un moment déjà lorsqu'il s'était réveillé. Ils avaient donné à l'aubergiste quelques pièces d'or pour rembourser les dégâts avant de se remettre précipitamment en route en direction du repaire de Lot-Ionan. Ils avaient également emporté la flèche. Tungdil s'était suffisamment attardé.

— Vraccas soit avec toi, dit-il pour saluer l'aubergiste.

Puis il jeta son bagage et le sac aux artefacts sur son dos et quitta l'auberge.

Les gardes de la porte avaient été relevés. Ces visages rudes et mal rasés lui étaient inconnus, mais son intuition ne l'avait pas trompé : les mercenaires avaient entendu parler de son lieu de destination et, surtout, ils étaient capables de situer le village sur une carte. Peu après midi, il se remit en marche, suivant l'étroite route qui menait au nord comme le lui avaient conseillé les mercenaires.

— Et si tu rencontres des Orcs, dis-leur que les crânes de leurs copains sont ici, lui lança l'un des Humains depuis les palissades en tapant de son épée sur la tête en décomposition de l'un des monstres, autour de laquelle volaient des mouches.

Les rires des mercenaires l'accompagnèrent encore un instant, le temps pour lui de longer les champs qu'il avait aperçus au loin l'autre soir.

Bonsprés portait bien son nom. Tungdil n'eut aucune difficulté à imaginer les épis se balancer au gré du vent en été, les pommiers chargés de fruits mûrs et les Humains qui récoltaient les noix en automne. L'Idoslân lui plaisait, même si celui-ci ne se trouvait pas sous terre, où il se serait senti nettement mieux.

Et encore, j'ai un chemin sous les pieds. L'idée qu'il allait certainement devoir aussi passer à travers champs le mettait mal à l'aise. *Mais comment font les Oreilles-pointues pour ne pas se perdre dans toute cette verdure ?* D'après ses lectures, si les Elfes s'étaient établis au plus profond des forêts et des bois d'Âlandur, c'était pour vivre en harmonie avec la nature, l'art et la beauté. Leur quête d'accomplissement spirituel n'avait toutefois pas empêché ces hautaines créatures de recevoir la visite des Albes, leurs cruels cousins.

En tout cas, l'Albe d'hier soir ressemblait bien à l'idée que je me fais d'un Elfe, se dit Tungdil, repensant à sa rencontre nocturne.

Lesinteïl, le royaume des Elfes du Nord, était tombé depuis longtemps déjà. Les deux tiers de l'Âlandur elfique faisaient dorénavant partie du Pays Mort, et les Oreilles-pointues de la Plaine d'Or appartenaient déjà à l'histoire ancienne. Le pays de ces derniers répondait à présent au nom de Dsôn Balsur, une contrée qui servait de base de départ aux éclaireurs Albes pour sillonner le Gauragar environnant.

Bruron, le roi local, ne disposait d'aucun moyen pour les arrêter. Les Albes surpassaient le soldat ordinaire en tout point, et au combat singulier, leur adversaire mourait avant même de se rendre compte de ce qu'il avait devant lui.

Tungdil suivit du doigt la distance qui séparait le repaire de Lot-Ionan de la pointe sud-est de Dsôn Balsur et calcula qu'il y avait quatre cents milles, une distance plus qu'audacieuse, même pour des Albes.

À moins que le Pays Mort soit parvenu à progresser sans se faire remarquer ces derniers mois, et que les Albes aient suivi le mouvement. Ce qui signifiait que le Royaume magique de Nudin le Curieux était en danger, et le Nain comprenait mieux pourquoi les émissaires du Conseil des Mages avaient pris la route pour aller trouver Lot-Ionan.

Tout en marchant, Tungdil n'arrêtait pas de jeter des coups d'œil autour de lui, craignant de tomber sur une horde d'Orcs. Il était particulièrement attentif lorsque les méandres du chemin ne lui permettaient pas de voir suffisamment loin, les oreilles à l'affût du cliquetis des cottes de mailles et des armes, ou encore des couinements stridents de ces monstres. Mais il n'eut ni à combattre ni à fuir un adversaire supérieur en nombre. Quatre heures après la tombée de la nuit, il atteignit les poteaux bariolés qui indiquaient la frontière entre l'Idoslân et le Gauragar.

Comme ses pieds lui brûlaient, il décida d'arrêter là pour la journée. Tungdil se dirigea vers un grand chêne et en escalada le tronc. Il hissa ensuite son bagage avec la corde qu'il s'était procurée à Bonsprés.

Il tenait tant à sa vie qu'il préférait encore dormir comme un oiseau sur les branches d'un arbre plutôt que d'être vu. Et puis, si des monstres devaient quand même le repérer, il aurait bien le temps d'aviser. Après s'être arrimé au chêne en enroulant la corde à double tour autour de son ventre et du tronc pour prévenir une chute, il ferma les yeux…

… et fit un rêve.

Tungdil vit le col du Septentrion. Il sentit le vent frais, glacial même, qui soufflait sur le sommet de la Grande Lame et de la Langue-du-Dragon ; il survolait, tel un aigle, les majestueuses Montagnes Grises.

Cette harmonie fut brusquement troublée lorsque d'horribles hurlements retentirent depuis ces vénérables montagnes millénaires.

Il observa la gigantesque porte du passage de Pierre en contrebas et vit la bataille au cours de laquelle Giselbart devait finalement succomber, et avec lui les clans des Cinquièmes. Les haches fracassaient les cuirasses de métal avant d'être retirées hâtivement de leurs écrins d'os et d'acier pour être enfoncées peu après dans une nouvelle cible.

Mais le torrent d'ennemis ne tarissait pas.

Le Nain fut saisi d'effroi en voyant le flot d'assaillants s'étendre presque à perte de vue, flot ininterrompu qui se déversait sur les fortifications. Il sentit l'odeur écœurante du sang vert des Orcs, qui rendait glissant le sol de pierre du chemin de ronde, et il eut sur la langue le goût de graisse rance dont ils avaient enduit leurs armures. Ce goût amer s'intensifia jusqu'à devenir insupportable, à tel point qu'il eut la nausée et fut tiré de son rêve.

Tungdil ouvrit les yeux et s'étonna qu'il fît si clair en pleine nuit. *Qu'est-ce que… ?*

Cette clarté provenait d'une douzaine de feux de camp allumés autour du chêne. Des éclats de rire gutturaux montèrent jusqu'à lui, mêlés à des grognements graves, des reniflements irrités et des jurons retentissants.

Son sang ne fit qu'un tour. La horde d'Orcs que les mercenaires attendaient avec impatience avait installé son campement de nuit autour de l'arbre. Il était pris au piège. *Voilà pourquoi* il avait vu la bataille du col du Septentrion en songe ! Il avait entendu ces créatures, il les avait senties, et son esprit avait fait le reste.

Pétrifié, le Nain resta assis sur sa branche, souhaitant ne faire plus qu'un avec l'arbre.

Une chose était sûre : la poignée de mercenaires cantonnée à Bonsprés ne suffirait jamais à arrêter une telle horde.

Les flammes rouges des foyers étaient aussi hautes que plusieurs lances, prévenant le promeneur nocturne de ne pas s'approcher du campement. Mais cet avertissement venait trop tard pour les Nains perchés dans les arbres.

Après avoir compté rapidement ces créatures, il parvint à un total de cent. Des Orcs forts, puissants, tout en muscles, qui n'étaient pas du genre à se laisser décourager par de simples palissades en bois derrière lesquelles les attendait un bon butin.

En voulant regarder de plus près, Tungdil dut de nouveau lutter contre l'envie de vomir. Ce que la plupart de ces bêtes faisaient cuire au-dessus des feux et dégustaient avec délectation avait la forme de parties de corps humains. Au-dessus de deux feux dressés spécialement tournaient, embrochés comme des poulets, des torses d'Humains.

Le Nain sut se retenir. Ces créatures auraient été certainement surprises de voir de la bouillie digérée se répandre des branches d'un chêne.

Les lambeaux de tissu dans lesquels les quelques Orcs blessés avaient enveloppé leurs plaies arboraient les couleurs du régiment du roi Tilogorn. Les gens de Bonsprés pouvaient attendre les renforts encore longtemps. Selon toute apparence, les soldats d'Idoslân avaient sous-estimé la valeur militaire de cette horde et devraient payer cette erreur de leur vie avant de finir dans les ventres d'Orcs affamés.

Mais qu'ai-je donc pu faire aux dieux, rumina Tungdil, *pour qu'ils mettent autant d'obstacles sur ma route ?*

Comme personne à Bonsprés ne se doutait du péril à peau verte et noire qui menaçait, il lui revenait de prévenir la bourgade. Mais il ne pouvait pas le faire aussi longtemps que ces bêtes restaient accroupies autour de lui. Il devait donc attendre en silence une occasion de descendre discrètement du chêne et de se faufiler à travers leurs lignes.

C'est alors qu'une autre idée lui vint. S'il parvenait à s'approcher des feux de camp, quitte à ramper, peut-être pourrait-il entendre ce que les Orcs avaient l'intention de faire. Après tout, il maîtrisait leur dialecte. En tout cas, il se sentait capable de mettre à profit ce qu'il avait appris dans les livres. Grandir auprès d'un Mage doté d'une riche bibliothèque n'était pas un désavantage. En outre, la lecture et l'étude étaient, avec la forge, son passe-temps favori.

Il était difficile de croire que leurs beuglements, leurs grognements et leurs hurlements constituaient en fait un système permettant de tenir de véritables conversations. Les érudits étaient parvenus, grâce aux révélations d'Orcs prisonniers, à percer les secrets d'une langue qui recelait des quantités énormes de menaces et d'injures.

Le cœur du Nain battait la chamade à l'idée de s'introduire furtivement dans les rangs de ces monstruosités puantes. Si jamais elles le surprenaient, c'en serait fait de lui. Mais un Nain devait tenter l'impossible pour sauver les Humains de l'anéantissement par les créatures de Tion. Telle était la tâche que Vraccas le Forgeron avait assignée à son peuple, et donc à lui aussi.

Sa décision était prise. Tungdil observa le tronc du chêne et repéra une possibilité d'en descendre en silence. Il arrimait son bagage à la verticale dans les branchages lorsqu'un mouvement parcourut la troupe d'Orcs. Ceux-ci se levèrent les uns après les autres autour des feux de camp, et le volume de leurs conversations et de leurs cris augmenta. Des invités arrivaient.

La cohorte s'attroupa près du chêne. Le Nain avança aussi loin que possible sur la branche qui le soutenait. En tendant l'oreille au maximum, il comprendrait ce que se disaient ces monstres. Le fait que les chefs hurlaient pour se faire entendre de tous était à son avantage.

Avec précaution, il écarta les rameaux encore verts. Les Orcs formaient un grand cercle dans lequel se tenaient trois chefs de clan à l'allure intimidante, dotés de gigantesques défenses peintes et taillées en pointe. C'est alors que les hurlements s'évanouirent, presque instantanément.

Tungdil entendit les claquements de sabots. Deux cavaliers, montés sur des moreaux, passaient au trot dans les rangs Orcs. Des yeux de leurs chevaux noirs émanait une lueur couleur amarante, et chacun de leurs pas produisait de brèves étincelles blanc bleuâtre. La souplesse avec laquelle se déplaçaient ces animaux évoquait celle de grands félins et n'avait rien de commun avec le pas d'un cheval ordinaire.

Les cavaliers, élancés et de grande taille, guidèrent leurs moreaux jusqu'à l'intérieur du cercle et mirent pied à terre. Le Nain fut à peu près certain que ces cavaliers étaient en fait des Albes.

Sous leurs manteaux, ceux-ci portaient des armures de cuir très travaillées. Tungdil vit de longs pantalons de cuir noirs, des bottes brun foncé qui leur arrivaient en dessous du genou, et des gants rouge foncé.

L'Albe aux longs cheveux blonds tenait un épieu muni d'une mince lame, à peine plus épaisse qu'une petite stalactite de glace; à sa gauche pendait une épée.

Son compagnon avait des cheveux noirs, tressés en une natte qui disparaissait sous sa cape. Celui-ci avait en main un arc long en accolade et portait un carquois de flèches sur le dos. Deux épées courtes étaient fixées par des sangles de cuir à ses cuisses.

Tungdil le reconnut. C'était celui qui avait tenté de pénétrer dans la chambre de l'auberge. *Vraccas, je t'en prie, fais que Friedegard et Vrabor aient échappé aux Albes*, pria-t-il en silence.

Le blond entama les négociations, qui furent tenues en langue commune. Manifestement, les Albes répugnaient à proférer les sons primitifs de la langue orc.

—Je suis Sinthoras, de Dsôn Balsur. Mon maître, Nôd'onn le Dédoublé, Maître du Pays Mort, m'envoie tendre la main aux trois princes de Toboribor en vue de conclure une alliance, dit l'Albe sans aucun effort pour paraître amical. (Il se contentait de transmettre l'offre en question, le ton de sa voix leur signifiant que c'était à prendre ou à laisser.) Nôd'onn a porté son choix sur vous, prince Bashkugg, prince Kragnarr et prince Ushnotz, pour entreprendre des conquêtes comme nul n'en a entrepris auparavant. Prenez la tête des Orcs et constituez le bras armé du Sud, dont l'épée fend le crâne des Humains.

—Qui d'entre nous aura le commandement suprême? demanda Kragnarr, qui avait la taille des Albes mais deux fois leur carrure, tout comme les deux autres chefs.

Bashkugg lui porta instantanément un coup brutal.

— Pourquoi serais-tu au-dessus de nous ?! hurla-t-il sur un ton querelleur.

Kragnarr releva le défi ; il se retourna, écumant, vers son rival et se plaça juste en face de lui de façon que leurs larges fronts plats se touchent. Ils se dévisagèrent mutuellement, leurs mains griffues posées sur la poignée de leurs énormes épées. Ushnotz, plus malin, fit un pas en arrière, attendant de voir comment allait évoluer la dispute.

— Mon maître propose que vous ayez chacun le même rang et le même pouvoir, fit Sinthoras en élevant la voix pour couvrir les soufflements.

— Non, entendit-on immédiatement sortir de la gueule de Kragnarr, et Bashkugg grogna son approbation.

Même à cette distance, Tungdil put voir que l'Albe, qui observait la scène avec un air de dégoût, aurait préféré supprimer ces Orcs plutôt que de parlementer avec eux, mais il devait exécuter l'ordre de ce Nôd'onn. C'était la première fois que Tungdil entendait prononcer le nom du responsable présumé de tous les maux qui frappaient le Pays Sûr.

— Alors, mon maître propose que devienne Grand-Prince celui qui conquiert le plus de territoire.

Il avait beau avoir posé calmement ses doigts autour de la hampe de son épieu, la tension de son corps montrait à quel point il se méfiait de ces grossières créatures. Son compagnon aux cheveux noirs paraissait au moins aussi vigilant que lui.

— De territoire ? grogna Ushnotz. Pourquoi pas celui qui tuera le plus d'Humains ? Ce serait plus à mon goût, grogna-t-il en passant la main sur son ventre.

Les deux autres Orcs furent tout de suite de son avis.

— Non, fit l'Albe, qui n'en démordait pas. Il s'agit de conquérir, pas de tuer le plus possible.

— Pourquoi ? tonna Bashkugg. Il faut bien que les guerriers mangent !

— Contentez-vous des armées que les Humains mettront en travers de votre chemin, recommanda-t-il froidement. Vous connaissez le souhait de mon maître.

— Tu lui obéis peut-être, l'Oreille-pointue, mais ce n'est pas notre maître, à nous, fit Ushnotz, roublard. Dans le Sud, c'est nous qui commandons, pas lui.

Sinthoras sourit d'un air apitoyé.

— Mais pour combien de temps encore ? Mon maître approche, inexorable, avec les Orcs du Nord, et ceux-ci vous disputeront le Sud en moins de temps qu'il ne vous en faut pour tailler des massues dans les arbres. (Il les regarda l'un après l'autre.) Si vous optez maintenant pour l'obéissance, vos clans recevront leurs propres principautés en récompense. Toboribor n'est qu'un début, bientôt chaque clan aura son propre territoire et y fera travailler les Humains pour lui. Sinon, préparez-vous à affronter d'autres membres de votre race.

La menace de devoir combattre des parents à peau verte et noire du Nord fit son effet. Les trois Orcs se turent. Ils furent tellement absorbés dans leur réflexion qu'ils en oublièrent leur dispute.

Tungdil, qui les épiait à travers le feuillage, ne voulait en croire ni ses yeux ni ses oreilles. Ce Nôd'onn, ou quel que soit le nom de celui qui détenait le sceptre du Pays Mort, recrutait en vue de préparer une nouvelle vague de terreur, dirigée cette fois contre les royaumes du Sud. Elfes et Humains devaient s'attendre à de nouveaux cycles d'horreur dévastatrice.

— Je vais faire comme le propose ton maître, annonça Ushnotz. (Ce compromis n'était visiblement pas à son goût.) Et c'est moi qui serai le Grand-Prince.

Kragnarr le regarda d'un œil mauvais.

— Alors je fais pareil, proclama-t-il en beuglant. Le clan des Kragnarr-Shorr conquerra plus de territoire que tous vos hommes réunis, lança-t-il pour se moquer des deux autres princes. C'est moi qui serai le Grand-Prince ! De tous les clans !

— Jamais, grogna Bashkugg, irrité. Nous prendrons les villes des Sangs-Rouges plus vite que vous !

— C'est ce que nous allons voir. Séparez-vous en trois contingents, qui pousseront dans trois directions différentes, dit Sinthoras avant de glisser la main dans la bourse accrochée à sa ceinture, d'en retirer trois amulettes de cristal bleu foncé de facture sommaire et de les jeter aux Orcs. De la part de mon maître, pour vous. Ce sont des présents qu'il vous faudra porter en permanence et qui vous protégeront des sortilèges de vos ennemis.

Pendant ce temps, un Orc plus téméraire que les autres s'était approché des chevaux, en flairant d'un air inquisiteur dans leur direction.

Le crâne du moreau se retourna d'un trait, ses mâchoires s'ouvrirent pour se refermer aussitôt. Ses dents tranchantes happèrent l'épaule du monstre, lui arrachant un bon morceau de chair.

Du sang vert clair jaillit de la profonde plaie. Le blessé fit un bond en arrière en poussant un cri. Un deuxième Orc tira son épée dans un grognement pour abattre ce cheval hargneux.

C'est alors que l'arrière-main droite de l'animal fit un mouvement éclair vers l'arrière et que le sabot frappa le monstre sur sa large poitrine. Il y eut des éclairs éblouissants, et l'Orc fut projeté sur plusieurs mètres au-dessus du sol avant de s'y écraser durement.

Sans lui laisser le temps de se relever, la deuxième bête fondit sur lui et lui enfonça d'un coup ses pattes de devant dans la panse. L'armure en fut toute tordue, et la paroi abdominale éclata sous l'impact. La tête noire de l'animal piqua vers le sol, ses dents s'enfoncèrent dans la gorge de l'Orc, non protégée, et la saisirent d'un mouvement brusque. Il y eut un crissement sonore, et les cris de peur et de douleur de l'Orc cessèrent.

Le Nain eut du mal à en croire ses yeux lorsqu'il vit la bête engloutir le morceau de gorge qu'elle venait d'arracher, tandis que le second moreau hennissait bruyamment avec une joie maligne.

L'Albe blond se retourna et cria quelque chose d'incompréhensible. Ces créatures, qui n'avaient de chevaux que l'apparence, se calmèrent instantanément et rejoignirent sagement et d'un pas lourd leurs maîtres, qui remontèrent élégamment en selle.

— Vous savez ce que l'on attend de vous. Faites vite et tenez-vous-en à notre accord, dit Sinthoras sur un ton sinistre avant de faire demi-tour.

Les Albes partirent.

Les Orcs alentour s'empressèrent de céder le passage aux moreaux et formèrent une large haie, de peur de rester à portée de leurs dents acérées. Peu à peu, ils retrouvèrent leurs voix.

Le blessé s'avança en bousculant ses camarades.

— Regarde ce qu'elles ont fait, ces Oreilles-pointues ! cria-t-il, en rage, aux oreilles de Bashkugg en lui pressant sa main griffue ensanglantée sur le visage. Elles ont tué Rugnarr ! Alors nous devons les tuer aussi !

Le robuste chef de clan s'essuya le sang des yeux.

— La ferme, triple idiot ! répliqua-t-il dans un hurlement, suivi de toute une série d'injures. Elles sont avec nous.

— Elles ?! Avec nous ?! Nous allons les manger, oui ! Tout comme les Sangs-Rouges ! continua de vociférer l'Orc, soutenu par trois autres membres de son clan.

Ainsi encouragé, il fit mine de tendre son arc court et de viser les messagers.

— Je veux savoir quel goût elles ont, elles et leurs bêtes !

Le Nain savait que les bêtes en question n'étaient pas des chevaux. Les livres de Lot-Ionan les appelaient des Démons de la Nuit, d'anciennes licornes auxquelles le Mal avait ôté l'âme pure, la robe blanche et enfin la corne pour en faire des créatures de la nuit éternelle. Ces Démons étaient carnivores et vouaient une haine intarissable envers tout et tout le monde, en particulier envers le Bien, ce qui en faisait des chasseurs redoutés.

Bashkugg en eut assez de ces stupides criailleries. Il saisit son épée grossièrement forgée et l'abattit sur le cou de l'Orc récalcitrant, puis retira violemment la lame, qui s'était enfoncée jusqu'à la moitié du corps de son congénère. Le prince saisit ensuite un autre Orc à la gorge et le décapita. Il tendit le crâne ruisselant bien en vue, poussa un long cri d'avertissement en montrant ses défenses, avant de le jeter à terre et de l'écraser du pied. L'os du crâne se brisa en de nombreux petits morceaux qui disparurent dans la masse cérébrale gris foncé. Les deux derniers rebelles périrent par la même épée. Ainsi les Orcs réglaient-ils leurs différends.

Intimidée, la horde se calma ; les guerriers retournèrent en grognant à leurs bivouacs fêter leur victoire. Leur congénère massacré par le Démon de la Nuit et les quatre autres tués à coups d'épée restèrent couchés dans la poussière, se vidant de leur sang. Personne ne s'occupa d'eux.

— Et maintenant ? s'enquit Ushnotz.

— Moi, je vais au Sud, et toi (Kragnarr désigna Bashkugg du doigt) tu vas à l'ouest. Pour toi, Ushnotz, il reste l'est. (Les autres approuvèrent d'un signe de tête.) Que faisons-nous de la ville des Sangs-Rouges ?

— Elle est tout près d'ici, dit Ushnotz, qui ne put réprimer un couinement. Je dis : attaquons-la ensemble et prenons sa chair avant de nous séparer.

Bashkugg se gratta le menton, perplexe.

— L'Albe a pourtant défendu…

— Nous sommes dans le Sud, c'est encore nous qui commandons. Et puis, notre concours n'a pas encore commencé, dit Ushnotz d'un air malin. L'Oreille-pointue a parlé de conquérir de nouveaux territoires, mais celui-ci nous appartient déjà, que je sache.

Il eut un rire ronflant.

— Et puis, ils ont empalé les têtes de mes gens sur les palissades. Je réclame vengeance, brailla Kragnarr en frappant sa large poitrine afin de faire cliqueter sa cuirasse. Et ce n'est pas une Oreille-pointue qui va m'en empêcher.

— Au lever du soleil ? demanda Bashkugg, qui récolta des soufflements affirmatifs.

Tungdil relâcha lentement les rameaux et rampa lentement à reculons. Des choses funestes se préparaient au Pays Sûr, mais d'abord, il fallait prévenir Bonsprés, et ensuite, il raconterait à Lot-Ionan ce qu'il avait entendu au sujet de Nôd'onn, l'étrange souverain du Pays Mort, sitôt revenu du Noirjoug. Le magicien saurait quoi faire et convoquerait certainement le Conseil des Mages. Ce serait même encore mieux s'il invitait tous les rois et les reines pour leur expliquer la situation.

Le Nain trouva qu'il était temps qu'Humains et Mages se dressent ensemble une bonne fois pour toutes contre le Pays Mort. Si les Humains appelaient à l'aide son peuple et que les différentes tribus qui constituaient celui-ci envoyaient des contingents, les perspectives de victoire seraient certainement très bonnes.

Tungdil attendit que la plupart des Orcs soient endormis. Malgré tout, cela n'allait pas être facile pour lui de s'échapper, dans la mesure où trois douzaines de gardes veillaient à ce que personne ne s'approche du camp en catimini.

Déterminé, le Nain choisit un endroit où l'Orc de garde paraissait particulièrement las et fatigué. Ce dernier s'appuyait sur la hampe de sa lance à moitié rouillée et semblait littéralement tomber de sommeil.

Non sans hésitation, Tungdil prit la décision d'emporter quand même avec lui ses affaires, y compris le sac aux artefacts. Avec la chance qu'il avait, ces bestioles étaient capables de découvrir ces précieux objets, qui seraient ainsi perdus à jamais, bref, le genre de bévue qu'il ne voulait en aucun cas devoir avouer à Lot-Ionan et Gorén.

Le Nain mit une petite éternité à quitter sa branche en faisant le moins de bruit possible. Un gros craquement, et une fin peu glorieuse l'attendait.

Ses mains se posèrent sur l'écorce rêche. Pouce par pouce, Tungdil se rapprocha du sol en se laissant glisser le long de la partie la moins exposée du tronc. Sa cotte de mailles s'accrocha bien à l'un ou l'autre rameau, mais chaque fois il parvint à enlever avec précaution le bout de bois de ses anneaux sans pour autant lâcher prise.

Enfin, il toucha le sol du pied et se mit à plat ventre dans l'herbe, odorante et humide de rosée. Là au moins, il ne devait plus autant subir la puanteur des Orcs.

Personne ne lui ayant jamais appris à ramper, il ne lui restait dès lors qu'à imiter les chenilles et à glisser ventre contre terre, en faisant constamment attention à ne pas trop sortir le derrière tandis qu'il poussait les sacs devant lui.

Ce qui devait être si facile dans l'esprit de Tungdil se révéla une affaire éprouvante pour les nerfs. Le manche de sa hache se coinçait sans arrêt entre ses jambes, la cotte de mailles cliquetait à chaque mouvement et les bottes glissaient sur les brins d'herbe humides faute de prises.

Non seulement je suis mauvais en escalade, mais je suis aussi nul en reptation, pensa-t-il en essuyant la sueur de ses sourcils. Les Nains étaient des créatures faites pour le combat ouvert, pour prendre les problèmes à bras-le-corps. Quand ils voulaient monter quelque part, ils construisaient des escaliers. Quand ils voulaient se rendre à tel ou tel endroit, ils y allaient sans détour. Ainsi les avait créés Vraccas.

Tungdil passa devant le garde somnolent à une distance d'à peine dix pieds. Le clair de lune lui permit de voir chaque détail de la laideur de ce monstre : scarifications décoratives et peintures de guerre multicolores se mêlaient en des motifs désordonnés mais accrocheurs sur son grotesque faciès. De la bave laiteuse s'échappait des commissures de ses lèvres pour couler le long de ses défenses saillantes et goutter sur son armure enduite de graisse. Son nez épaté produisait un grognement à chaque inspiration.

Le Nain eut une grande envie de rentrer sa hache dans ce crâne mal dégrossi, mais il n'y serait sûrement pas arrivé, et cela n'aurait guère contribué à sauver Bonsprés de l'attaque des Orcs.

Soulagé d'avoir surmonté ce premier obstacle, il continua de ramper jusqu'à ce qu'il pût se laisser glisser dans le fossé de drainage d'un champ, hors de vue de l'ennemi.

Ce renfoncement lui offrait suffisamment de protection pour gagner un petit bois non loin, où il pourrait enfin se redresser. *Voilà ce que j'appelle une aventure.* La boue qui collait à ses vêtements ne dérangeait pas Tungdil. Il avait d'autres soucis. Il se souvint que le bois était très petit et qu'il pourrait le traverser en ligne droite. Le Nain pria pour ne pas se perdre.

S'estimant assez loin des Orcs, il ne fit plus attention aux bruits de ses pas. Il lui fallait impérativement arriver à temps au village pour prévenir les Humains.

Tungdil adopta un trot soutenu et atteignit bientôt l'autre côté du plant d'arbres. Enfin, il sortit de la futaie, soulagé.

Par Vraccas! Ce qu'il vit le paralysa, tant il ne s'y attendait pas.

À quatre cents pas de lui campait une seconde horde d'Orcs, trois fois plus importante que la première. Le champ entier était couvert de ces bêtes endormies. Celles-ci n'avaient pas allumé de feux, si bien que Tungdil ne s'était pas méfié.

Le Nain battit rapidement en retraite avant qu'une sentinelle l'aperçoive. Il eut beau regarder autour de lui à la recherche d'une issue, il n'avait d'autre choix que de se faufiler à travers l'enchevêtrement de corps ennemis endormis s'il voulait parvenir au village.

Passé un moment de doute initial, l'entêtement inné des Nains, doublé de la volonté de prévenir les Humains de ce péril imminent, reprit le dessus. Tungdil rejoignit la lisière du bois en catimini afin de chercher du regard un moyen de passer entre les corps, à l'abri derrière les buissons.

C'est alors que sa semelle marcha sur quelque chose de dur et qu'il y eut un léger déclic. Soudain, des feuilles se soulevèrent du sol, deux mâchoires de métal se refermèrent, capturant son mollet gauche, juste en dessous du genou. La terre s'ouvrit et Tungdil disparut dans un trou. Après une courte chute, il s'écrasa tête la première au fond de la fosse et perdit connaissance.

* * *

Ce fut la douleur qui le tira de son inconscience.

Les battements insupportables qui sourdaient dans sa jambe gauche avaient fini par réveiller Tungdil. Il s'assit en gémissant, et leva les yeux vers les bords noirs de la fosse, qui tranchaient avec le vert clair des arbres. Le jour s'était levé.

Ce qui se cramponnait violemment à son mollet et lui coupait la circulation ne lui était pas inconnu : les Humains en posaient de semblables pour capturer les loups. Les dents dont étaient hérissées les mâchoires d'acier du piège s'étaient enfoncées à travers son pantalon de cuir, et autour de chacune des blessures s'était formée une croûte rouge foncé. Le sang circulait difficilement dans son mollet.

Tungdil ne perdit pas de temps à essayer de desserrer les mâchoires. Il s'empara de sa hache, serra les dents et frappa sur les fines goupilles qui retenaient la détente jusqu'à les faire céder.

Chaque coup porté contre le piège se répercutait le long de sa jambe, lui arrachant un gémissement réprimé. D'un geste décidé, il retira le morceau de fer tordu, et les mâchoires relâchèrent leur pression.

Avec prudence, il libéra sa jambe de la palette, puis jeta rageusement le piège au loin. Il voulut ensuite se redresser en prenant appui sur la paroi de la fosse, mais lorsqu'il posa sa jambe blessée, une violente douleur parcourut sa cuisse, comme si un pieu y était planté. Impossible de courir dans son état. Il pouvait s'estimer heureux s'il parvenait à sortir de sa prison.

Mais son inquiétude pour les gens de Bonsprés lui donnait toute l'énergie du monde. Il commença par jeter son sac hors de la fosse, puis mit le sac aux artefacts sur son dos avant de s'agripper aux racines qui sortaient de terre. Il se hissa vers la surface en ahanant. Il mobilisa ses dernières forces pour se jeter par-dessus le rebord et s'écrouler dans l'herbe, presque à bout de souffle.

À l'avenir, je regarderai à deux fois où je mets les pieds, pensa-t-il. Au bout d'un moment, il regagna discrètement la lisière du bois, et il sut que les hordes étaient parties en humant l'air frais qu'apportait le vent printanier. Les cultures étaient désertes.

Une grande colonne de fumée noire, qui ressemblait à un nuage d'orage, trahit leur position. Tungdil se ressaisit, remit l'autre sac sur son dos et reprit sa marche, les cheveux pleins de saletés et de feuilles sèches.

Sa haine et sa rage lui faisaient oublier la douleur, lui donnant même des ailes, si bien qu'à un certain moment il se surprit à courir. S'il n'avait pas pu prévenir les habitants de Bonsprés à cause de son inattention, au moins voulait-il leur prêter main-forte.

Les avertissements que sa raison lui soufflait rebondissaient contre le mur de son entêtement. Rien ne pouvait dissuader Tungdil de rejoindre la colonie. L'épaisse et interminable colonne de fumée le faisait avancer de plus belle.

Il atteignit le sommet de la colline qui dominait la bourgade dans l'après-midi. Il était en nage.

Bonsprés était la proie des flammes. Les palissades présentaient des brèches larges de plusieurs pas et étaient entièrement brûlées à deux autres endroits. Partout gisaient les corps et les membres mutilés des défenseurs.

Tungdil découvrit les restes des mercenaires, les têtes empalées sur leurs propres lances. Celles-ci observaient d'un regard vide le brasier infernal que plus rien n'empêchait de réduire Bonsprés en tas de ruines noircies.

Tungdil n'entendit aucun appel au secours, aucun ordre visant à coordonner l'extinction de l'incendie et à sauver les maisons encore debout. Tout ce qu'il perçut, ce fut le crépitement sonore des flammes, les craquements du bois qui se consumait et le fracas des toitures et des maisons qui s'effondraient. Il n'y avait plus aucun survivant dans le village.

Il s'empara de sa hache et entra dans la colonie dévastée. *Il y a peut-être encore des Humains quelque part que je peux sauver.* Il se cramponna au manche de son arme et avança en boitant, passant la porte pour parcourir la grand-rue.

Le vent brûlant charriait une odeur de chair calcinée. Les jets de flammes s'élevaient des fenêtres, dont les vitres avaient éclaté sous l'effet de la chaleur. Rien n'était épargné par le feu.

Dans les ruelles et les allées, les villageois massacrés gisaient, entassés les uns sur les autres, comme de la vermine qu'on aurait éradiquée. Certaines femmes étaient étendues dans la boue, la poitrine et le ventre découverts, le tronc couvert de profondes griffures et de traces de morsures. Il n'était pas difficile d'imaginer ce que ces bêtes avaient pu leur faire.

Frissonnant, il enjamba les cadavres à l'affût ne serait-ce que d'un gémissement qui trahirait la présence de survivants. Mais il n'entendit rien, sinon un silence de mort.

La chaleur devenait insupportable. Les murs encore debout faisaient l'effet d'un four, qui fit augmenter tant et si bien la température ambiante que le Nain dut quitter le village à l'agonie.

Il revint sur la colline, s'assit et se força à contempler l'effondrement de la colonie. *C'est ma faute.* Désespéré, il mit son visage barbu dans les mains et éclata en sanglots. Il versa des larmes de rage et d'impuissance, et il lui fallut longtemps pour se ressaisir.

Les Orcs venaient de lui montrer la raison pour laquelle son peuple montait la garde aux différents cols : les Humains étaient tout simplement incapables de se défendre contre ces monstres. Tungdil posa un regard embué de larmes sur la bourgade. Un tel spectacle ne devait jamais plus se reproduire.

Il épongea les gouttes salées de ses joues avant de s'essuyer les mains sur sa cape. Le bas de sa jambe lui faisait tellement mal qu'il retarda son départ. Il se pelotonna donc dans sa couverture au sommet de cette élévation et suivit des yeux le jeu des flammes tandis que le soleil disparaissait à l'horizon.

L'incendie fit rage jusqu'au milieu de la nuit, puis le feu fut à court de nourriture. Les ruines rougeoyaient çà et là, rappelant au Nain les terribles yeux des Démons de la Nuit. *Tant d'horreurs, en si peu de jours*, pensa-t-il avec tristesse.

Le lendemain, il était plus que temps pour lui de revenir à sa véritable mission et de remettre enfin les artefacts. Après quoi il entreprendrait de convaincre Lot-Ionan de s'intéresser à la situation du Pays Sûr avant que les Albes et les Orcs deviennent trop puissants.

* * *

À son réveil le lendemain matin, Tungdil comprit que son vague espoir d'avoir fait un mauvais rêve ne s'était pas réalisé.

Le soleil se cachait derrière des nuages gris, annonciateurs de pluie. Bonsprés ne consistait plus qu'en décombres fumants, en murs écroulés et en bâtiments calcinés dont les restes, carcasses noires pleines de souvenirs funèbres, s'élevaient lugubrement vers le ciel.

Un banc de brouillard blanc s'éleva des champs et des vergers pour envelopper progressivement les vestiges de la bourgade. Pleurant ces Humains, la terre déposait un linceul sur ce lieu où, la veille encore, régnait la vie.

Ne pouvant supporter plus longtemps cette vue, le Nain rassembla ses affaires et reprit la route. Tandis qu'il avançait en boitant, il voulut manger un petit quelque chose de ses provisions. Le pain qu'il avait acheté avant son départ de Bonsprés lui resta presque en travers de la gorge ; celui-ci avait le goût du sang et de la culpabilité, et il le remit dans son sac.

Les plaies qu'il avait sur la jambe étaient brûlantes. S'il ne trouvait pas bientôt un remède contre l'inflammation, il risquait d'avoir de la fièvre. Dans le pire des cas, une infection se répandrait dans tout le bas de sa jambe, ce qui pourrait lui coûter le membre tout entier, et même la vie.

Son voyage se déroula sans encombre. Il traversa la frontière du Gauragar en sens inverse et fit halte le soir venu sous son chêne. Le toit de feuilles le protégea de la pluie qui se mit à tomber au beau milieu de la nuit pour ne faiblir qu'en fin de matinée.

Quatre jours plus tard, les zones autour des plaies coagulées étaient toujours aussi brûlantes au toucher et, lorsqu'il appuyait sur la peau, du pus jaune verdâtre jaillissait de sous la croûte. Tungdil serrait les dents.

Il était inutile de s'attarder en bordure du chemin en espérant de l'aide. Il se traîna le long de la route, qui sous le crachin se transformait peu à peu en bourbier. Quand il atteignit enfin une petite ferme à six bâtiments, son front était brûlant de fièvre depuis belle lurette.

Une femme aux cheveux clairs en habit simple de paysanne sortit de l'étable en portant deux seaux de lait. Elle remarqua la silhouette titubante et s'arrêta.

Tungdil, lui, ne parvenait pas à la distinguer clairement. Il ne voyait à sa place qu'une ombre floue.

— Vraccas soit avec vous, put-il encore dire avant de tomber face la première dans la boue, sans même pouvoir tendre les bras pour amortir sa chute.

— Opatja ! cria la femme d'une voix perçante en déposant son faix. Viens voir, vite !

Tungdil entendit des pas approcher. On le retourna sur le dos.

— Il a de la fièvre, dit un visage déformé, flou, dont la voix résonna fortement à ses oreilles. (Quelqu'un commença à s'affairer autour de sa jambe.) Oh, la gangrène. Emmenez-le dans la grange, doucement. (On le souleva. Il eut l'impression de planer.) Il lui faut des décoctions.

— C'est quoi, ça ? demanda une voix d'enfant. J'en ai encore jamais vu, des comme ça.

— C'est un Troglodyte, un Homme des cavernes, répondit une femme.

— Mais il marchait à la surface. Alors pourquoi est-ce qu'on dit que c'est un…

— Rentre à la maison, Jemta, et emmène tes frères et sœurs, ordonna une voix d'homme avec impatience.

Tungdil éprouva une sensation de chaleur, sentit l'odeur du foin et de la paille, et entendit des vaches meugler. La pluie cessa et il fit plus sombre autour de lui.

— Bonsprés, dit-il faiblement. Les Orcs ont dévasté Bonsprés.

— Qu'est-ce qu'il a dit ? demanda la femme d'une voix apeurée.

— C'est la fièvre, n'y prête pas attention, fit l'homme. Tiens, regarde. Il est tombé dans un piège à loups, ou alors, c'est un Orc avec une sacrée grande gueule qui l'a mordu.

De nombreux rires fusèrent.

Le Nain agrippa le bras de l'Humain.

— J'ai peut-être de la fièvre, mais je m'en souviens très bien. Ils vont bientôt arriver chez vous, dit-il pour tenter de prévenir les habitants de la ferme. Ils marchent vers le sud, l'est et l'ouest. Trois clans, trois cents Orcs…

Des pas rapides approchèrent.

— Voici la décoction de plantes, annonça une voix de fille. Ah, c'est à ça que ça ressemble, un Troglodyte !

— Ava, va rejoindre tes frères et sœurs.

L'instant d'après, le Nain eut l'impression que sa jambe était plongée dans de l'huile bouillante. Il poussa un cri, et le monde s'obscurcit.

* * *

— Sa barbe n'est pas du tout aussi longue que le prétend grand-père. (Il reconnut la voix de la petite fille, qui semblait déçue, cette fois). Même les poils de papa sont plus fournis que les siens. Sauf que ceux-là, on dirait… de la laine, mais en plus rêche.

— Est-ce qu'il a de l'or et des diamants sur lui ? (Quelqu'un approcha en rampant.) Grand-mère raconte toujours qu'ils sont très riches.

— Reviens ici ! Tu ne vas quand même pas le fouiller, ça ne se fait pas ! gronda la jeune fille.

Tungdil ouvrit les yeux. Au même moment, il entendit des enfants pousser des cris d'orfraie, puis des bruits de paille qu'on piétine tandis qu'ils détalaient. Il se redressa et regarda autour de lui.

Il était au milieu de neuf enfants, âgés de quatre à quatorze cycles, qui le regardaient avec une curiosité mêlée de crainte. Ils portaient des vêtements simples, rien qui ne coûtât plus d'une piécette.

Sa jambe était bandée. Le sang y battait toujours, mais la douleur avait disparu, et son front n'était plus bouillant de fièvre. On s'était bien occupé de lui.

— Vraccas soit avec vous, les salua-t-il. Où suis-je, et qui m'a soigné ?

— Il parle comme nous, s'étonna un petit rouquin aux oreilles décollées.

La plus âgée des filles, qui avait tressé ses cheveux bruns en deux nattes, fit un large sourire.

— Bien sûr qu'il parle comme nous, qu'est-ce que tu croyais ? (Elle adressa un signe de tête à Tungdil.) Je m'appelle Ava. C'est ma mère que tu as vue il y a cinq lunes, quand tu es tombé dans la gadoue. Et c'est Opatja et les autres qui se sont occupés de toi. (Elle envoya une petite fille blonde du nom de Jemta chercher les adultes.) Tu vas bien ? Tu as faim ?

— Cinq lunes ?

Il avait cru s'être endormi un court moment. Son ventre gargouilla.

— Oui, je crois bien que j'ai faim. Et soif.

Ce petit attroupement lui rappela son foyer, Frala, Sunja et la petite Ikana. Il sourit.

— Vous me semblez bien curieux.

Cette remarque déclencha un flot de questions intarissable.

— De quel Royaume nain tu viens ?

— Tu es riche ?

— Tu as de l'or et des diamants sur toi ?

— Combien d'Orcs tu as déjà tués ?

— Vous êtes tous aussi petits, ou il y en a des plus grands que toi ?

— C'est vrai que vous pouvez casser des rochers à mains nues ?

— Pourquoi est-ce qu'elle est si courte, ta barbe ?

— Est-ce que vous avez plusieurs noms ? Et est-ce que…

— Arrêtez, arrêtez ! (Tungdil rit.) Pas si vite, et pas tous à la fois. On va procéder dans l'ordre, mais seulement quand j'aurai dit à vos parents ce qui s'est passé à Bonsprés.

Il voulait épargner aux enfants le récit des horreurs survenues dans cette bourgade et discuter de cette affaire entre adultes.

La femme aux cheveux clairs qu'il avait vue cinq jours auparavant, avant que la fièvre le terrassât, entra dans la grange, un panier rempli de provisions à l'odeur appétissante sous le bras.

— Je m'appelle Rémsa, dit-elle pour se présenter.

— Et moi Tungdil. Vous m'avez sauvé d'une mort certaine, et je vous en serai reconnaissant toute ma vie. Mais vous devriez faire sortir les enfants à présent, dit-il doucement.

— Hein ?! Pourquoi ?! caqueta Jemta effrontément.

Il lui sourit.

— Parce que j'ai des choses graves à dire à ta maman, des choses que les petites filles ne peuvent pas entendre.

— Tu veux parler de l'attaque de Bonsprés ? demanda la femme. Tu n'as pas arrêté de divaguer à ce sujet...

— Non, elle a réellement eu lieu ! Les Orcs se sont alliés aux... Il faut que vous partiez d'ici ! Ils marchent vers le sud, l'est et l'ouest, trois hordes d'au moins cent guerriers chacune. Ils vont tout détruire dans votre ferme, et vous massacrer comme du bétail. Partez ! les adjura-t-il.

Rémsa posa une main sur son front.

— Non, ça ne peut pas être la température, tu n'as plus de fièvre, fit-elle d'un air pensif. Alors, c'est vrai ? (Elle déposa du pain, du lait, du fromage et du lard devant lui sur la couverture, afin qu'ils ne roulent pas dans la paille.) Je vais le dire à Opatja. Nous enverrons ensuite un messager à Tourhameaux. L'administration royale saura bien quoi faire.

— Mais ils vont venir ici ! insista-t-il tout en mastiquant.

Sa faim était telle qu'il n'avait pas pu se retenir plus longtemps, et il s'acharnait sur un saucisson.

— Tu es resté cinq jours allongé avec de la fièvre, Tungdil. Les Orcs seraient arrivés ici depuis bien longtemps s'ils en avaient eu après nous, estima-t-elle. Mais par prudence, nous posterons quand même un guetteur.

— Y a-t-il des courriers à Tourhameaux ?

Leurs chevaux et leurs pigeons voyageurs connaissaient les itinéraires les plus rapides pour les grandes villes du Pays Sûr. Leurs services étaient douloureusement chers, mais au moins les messages étaient-ils délivrés sans délai.

— Tu veux envoyer un message ? Je vais faire venir quelqu'un à qui tu pourras le dicter pour qu'il le...

— Merci, mais je sais écrire, dit-il en déclinant poliment son aide. (Il ne lui en voulut pas de l'avoir pris pour un illettré. Très peu de gens simples maîtrisaient l'art de l'écriture.) Du papier et de l'encre suffiront amplement. Le messager pourra donner le message à remettre dans cette petite ville. Le message est à l'attention du Mage Lot-Ionan, en Ionandar.

Elle acquiesça, et examina son bandage.

— On a bien failli perdre ta jambe. Un jour de plus et on aurait pu t'en confectionner une en bois. Le piège à loups devait être vieux et rouillé. Mange, maintenant, et repose-toi.

La fermière chassa les enfants pour le laisser se restaurer en paix, mais ils revinrent peu après en gloussant, avec du papier et une plume.

Ces petites filles et ces petits garçons ne voulurent bientôt plus le quitter. Leur connaissance des Nains se limitant à ce qu'en disaient les contes et les légendes, ils comptaient bien ne pas laisser passer une telle occasion. Tandis qu'il rédigeait sa lettre au Mage, ils suivaient du regard chacun des mouvements de sa main.

Dans cette lettre, il décrivit dans les moindres détails ce qui s'était passé non loin de Bonsprés, ainsi que ce qu'avaient convenu les Albes et les Orcs. Il révéla également que le maître du Pays Mort était un certain Nôd'onn, et bien d'autres choses encore. *Pourvu qu'elle arrive à temps*, pensa-t-il, inquiet. Il rédigea son courrier en deux exemplaires, au cas où un pigeon viendrait à s'égarer, puis s'allongea de nouveau dans la paille, fatigué.

À peine les enfants eurent-ils compris qu'il avait terminé d'écrire qu'ils se remirent à le harceler de questions, mais le Nain répondit par une autre question :

— Est-ce que vous savez, vous, où se trouve le Noirjoug ?

— Moi, je sais, piailla fièrement Jemta. C'est à un peu moins de trois cents milles d'ici. Il y a une route qui passe tout près, a dit papa. Avant, il était négociant, et il a parcouru toutes les routes du Pays Sûr. (Elle réfléchit.) Attends, je vais aller le chercher. Il saura mieux t'expliquer que moi.

Elle se leva d'un bond et sortit en trombe, pour revenir quelques instants plus tard accompagnée d'Opatja, un Humain trapu aux cheveux gris. Il tenait une chope de bière, à la grande joie de Tungdil.

— Au Noirjoug ? Drôle d'endroit, dit-il. Oui, il y a bien une route qui passe à proximité, mais il faudra te frayer un chemin à travers bois dans les derniers milles. (Il prit la carte du Nain et y traça l'itinéraire approximatif.) Cette montagne, tu ne pourras pas la manquer : on en voit le sommet plat et noir à travers les cimes des arbres.

— Un sommet plat ? s'étonna le Nain en acceptant la bière avec gratitude.

Les enfants se rapprochèrent pour écouter.

Opatja hocha la tête.

— Elle ressemble à un morceau de savon anguleux que Palandiell aurait tout simplement jeté là dans la forêt. Quatre cents pas de haut, un mille et deux cents pas de long et trois cents pas de large.

Il prit le fromage pour illustrer son propos et le coupa en rectangle. Puis il y tailla de longues stries longitudinales sur toute la hauteur pour symboliser des strates.

— C'est dû à la pluie et au vent, dit-il aux enfants.

— Je me souviens. On appelle ce genre de massif une montagne à plateau, parce que leur sommet est plat comme une table, ou comme un plateau, dit Tungdil. J'ai lu cela dans les livres de mon maître.

Il tenta d'imaginer à quoi ressemblait ce rocher en réalité. Lorsque le négociant lui décrivit la montagne, il eut l'impression d'avoir déjà lu une légende à son sujet, mais elle ne lui revint pas en mémoire. Bah, il aurait amplement le temps d'y penser pendant qu'il parcourrait les trois cents milles qui le séparaient du Noirjoug.

— Et qu'est-ce que tu voudrais faire, là-bas ?

— Il y a quelqu'un qui vit à proximité, un ermite, un ancien élève du Mage que je sers, répondit-il. Mon maître aimerait savoir comment il va. Je dois m'assurer de mes propres yeux qu'il se porte bien.

Opatja examina la blessure de Tungdil.

— Attends encore quelques jours avant de reprendre ton voyage. Nous te donnerons suffisamment de plantes pour que tu puisses soigner ta blessure en chemin.

Il prit la lettre destinée à Lot-Ionan et quitta la grange.

— Je vous suis infiniment obligé, s'écria Tungdil, reconnaissant.

— Allons, allons, dit l'ancien négociant en faisant un signe de dénégation, avant de pouffer : Cela faisait longtemps que la marmaille ne nous avait plus autant laissés en paix !

Il abandonna son hôte à ses petits inquisiteurs, qui reprirent aussitôt l'interrogatoire. Ceux-ci furent étonnés d'apprendre qu'il avait déjà soixante-trois cycles.

— Mais ta barbe devrait être beaucoup plus longue que ça, dit Jemta, soupçonneuse. Grand-père raconte que les Hommes des cavernes laissent pousser leurs barbes jusqu'à terre.

— Nous sommes des Nains, pas des Hommes des cavernes. Moi, je suis forgeron, je porte la barbe depuis que j'ai trente cycles, mais j'ai dû la raser parce que les étincelles me faisaient sans cesse des trous dedans, et parce que quelqu'un me l'a colorée en bleu.

Il avait à peine fini sa phrase que le garçon aux oreilles en feuilles de chou tendit le bras pour passer la main sur sa barbe.

— Les poils sont beaucoup plus durs que ceux de papa, statua-t-il.

— Ça oui, il en faut, des efforts, pour les peigner et y faire une ou plusieurs tresses. C'est le signe distinctif de mon peuple, dit le Nain en ricanant et en montrant comment il arrangeait sa barbe. Nous aimons bien les orner de bijoux, et il nous arrive de lancer des concours pour savoir qui a la plus longue et la plus belle barbe. Très peu de Nains portent des favoris, la moustache, le bouc ou se rasent la barbe. La plupart la portent comme moi, affirma-t-il.

Il tenait ce savoir des livres de Lot-Ionan.

En riant, les enfants se mirent à confectionner de fausses barbes avec de la paille et du foin, qu'ils se collèrent sur le visage à l'aide de petits bouts de résine qu'ils trouvaient dans la charpente de la grange.

— Est-ce que tous les Humains des… tous les Nains ont une barbe ?

— Oui. Et si vous rencontrez un Nain rasé, vous pouvez être sûrs qu'il a été châtié. Il doit alors rester à l'écart des autres jusqu'à ce que ses poils de barbe aient atteint la longueur d'un manche de hache, et vu que nos barbes poussent lentement, cela peut durer des cycles entiers.

Savoir purement livresque, compilé par des Humains. Il soupira.

Sans transition, Jemta attrapa les brins de paille que le garçon aux oreilles décollées avait sur le visage et les lui enleva d'un geste.

— Voilà, tu es banni ! Disparais !

Alors commença une bataille de fausses barbes : chacun tentait de bannir l'autre, jusqu'à ce que Rémsa vînt mettre fin à leur jeu. Sur de vives protestations, ils prirent congé de leur nouveau camarade de jeu.

La femme gratifia Tungdil d'un large sourire.

— Ils te font confiance, dit-elle. C'est bon signe. Passe une bonne nuit, Tungdil. Nous prierons Palandiell pour qu'elle te remette vite sur pied.

Ils m'aiment bien. Qui l'eût cru ? se réjouit Tungdil. Frala et ses filles se seraient certainement bien plu dans cette ferme. *J'en aurai des choses à raconter à mon retour. Elles ne me croiront sûrement pas.* Le Nain effleura le foulard de la servante et s'allongea sur sa couche, les bras croisés derrière la tête. Si toutes ces questions au sujet des richesses et des particularités des Royaumes Nains l'attristaient, c'était parce qu'il ne pouvait raconter à ces garçons et à ces filles que ce qu'il avait lu dans des livres. *Il est temps que je rencontre de véritables Enfants du Forgeron.*

Chapitre 4

Le Pays Sûr, Royaume du Gauragar,
au début de l'été du 6234e cycle solaire

Il ne fallut pas longtemps à Tungdil pour trouver une occasion de remercier les fermiers pour leurs attentions et leurs bons soins. Deux jours plus tard, sa jambe ayant cessé de le faire souffrir, il s'activait à la petite forge de la ferme. Le forgeron en titre s'était en effet cassé un bras et n'était plus en mesure d'honorer les commandes des paysans de la région. L'aide du Nain venait pour lui à point nommé.

Les enfants actionnaient le soufflet à tour de rôle, et ne tardèrent pas à se disputer cette responsabilité. Tungdil plaçait les pièces brutes dans les charbons ardents et attendait qu'elles deviennent rouge cerise.

Les enfants se tenaient autour de lui tandis qu'il martelait le fer rouge en faisant jaillir des étincelles. Chaque coup, chaque tintement était accompagné de rires ravis.

Le forgeron adressa un signe de tête reconnaissant à Tungdil.

— J'ai rarement vu un travail aussi rapide, et surtout aussi bien fait, le loua-t-il. On dirait vraiment que ce sont les Hommes des cavernes qui ont inventé la forge.

— On dit les « Nains », pas les « Hommes des cavernes ».

— Pardon, dit l'Humain en souriant pour s'excuser. Les Nains ont inventé la forge.

Tungdil sourit.

— N'empêche qu'il y a encore beaucoup à faire, ici. Même en accélérant la cadence, je n'aurai pas fini avant demain, alors je crois que je vais rester ici encore une lune avant de repartir pour le Noirjoug.

— Comment est-ce qu'on fait les clous ? s'enquit Jemta, interrompant sans vergogne leur conversation.

— Tu veux reprendre la forge, c'est ça ?

Tungdil passa sa main dans les cheveux blonds de la petite, et lui apprit comment on faisait les clous. Elle alla ensuite trouver ses parents pour leur montrer avec fierté ce qu'elle savait faire, tandis que le Nain était occupé à faire une nouvelle manivelle pour le puits.

Dans l'après-midi, Tungdil quitta la fournaise qui régnait dans la forge pour se plonger dans un baquet d'eau et se rafraîchir, tout en gardant ses vêtements, lesquels commençaient vraiment à sentir.

Je vais grésiller comme le fer rouge qu'on plonge dans le seau. L'eau du bain était glacée ; il eut le souffle coupé pendant un instant, mais il finit par apprécier cette fraîcheur. Il s'immergea complètement, pour remonter à la surface en s'ébrouant. Il était en train de se frotter les yeux lorsqu'une ombre s'étendit sur lui. Il y eut un cliquètement métallique accompagné d'une odeur d'huile.

Un Humain en armure, pensa Tungdil, qui cligna prudemment des yeux.

Un Humain à la carrure impressionnante, âgé d'environ trente cycles, était appuyé contre le mur de la forge, les bras croisés sur sa poitrine cuirassée. Il arborait nombre d'armes, mais aucun uniforme ni blason d'une armée régulière.

— Vous me cherchiez, monsieur ? demanda Tungdil en sortant de la baignoire.

L'eau s'échappait de ses vêtements en gargouillant, imbibant le sol sablonneux.

— C'est toi, le forgeron ?

— Non. Je lui prête main-forte. Mais si vous voulez faire réparer quelque chose, vous pouvez vous adresser à moi.

Le Nain resta poli, bien qu'il trouvât cet Humain d'emblée antipathique. Ce dernier le toisait de ses yeux gris et son regard était si pénétrant qu'on eût dit qu'il voulait le scruter à travers ses vêtements, jusqu'aux tréfonds de son âme.

— Nous avons deux chevaux qui ont besoin d'être ferrés. Tu sauras faire cela ?

À cet instant, Tungdil sut qu'ils ne seraient jamais amis.

— Sûr. Aussi sûr que vous savez probablement monter à cheval, sinon vous ne vous en seriez pas acheté, répliqua-t-il en faisant le tour de la cabane.

Ce faisant, il s'efforça de rester aussi digne que possible malgré la traînée d'eau qu'il laissait derrière lui, malgré ses cheveux aplatis et malgré le bruit de marécage que produisaient ses bottes à chaque pas.

Sur l'étroite route cahoteuse l'attendaient six chevaux et quatre Humains qui semblaient se rendre tout droit à la bataille. Leur bête de somme portait sur son dos deux filets enroulés, en plus de leurs gamelles et de plusieurs sacs de cuir.

Les Humains s'entretenaient à voix basse, et se turent à l'arrivée de Tungdil. Ils le regardèrent, stupéfaits, mais ne firent aucune remarque.

Le Nain chargea l'un des guerriers d'actionner le soufflet. Ce vent artificiel souffla sur le lit de charbons, les faisant rougeoyer. Des flammèches jaillirent, qui léchèrent le combustible. Tungdil reçut une vague de chaleur intense en retour. Ses cheveux et ses vêtements seraient secs en un rien de temps. Il se sentit bien.

— Vous êtes mercenaire, monsieur ? demanda-t-il à son assistant avant de choisir en toute quiétude le marteau et la pièce brute qui conviendraient pour le fer à cheval.

On amena un premier cheval, qui boitait. Tungdil appliqua rapidement le morceau de fer brut contre le sabot. Il avait bien choisi.

— Quelque chose dans le genre, dit l'Humain. Nous chassons les Orcs, et les criminels dont la tête est mise à prix.

Tungdil plaça le fer sur les charbons ardents et attendit.

— Et vous avez beaucoup de travail, monsieur ? dit-il, poursuivant son interrogatoire. Avez-vous entendu parler des Orcs qui ont ravagé Bonsprés ?

— Le Gauragar est vaste, et les troupes du roi Bruron ne peuvent pas être partout. On n'a pas à se plaindre, répondit sèchement leur chef.

Cette réponse mit fin à la conversation.

Sans mot dire, le Nain donna forme aux fers, puis ferra les chevaux. Une épaisse fumée blanc jaunâtre envahit un moment la forge. Peu après, il demanda le double du prix habituel pour son travail. Les mercenaires réglèrent la somme sans faire de difficultés et repartirent sur leurs montures. Le Nain s'empressa de les oublier.

Puis vint le jour des adieux, difficiles pour les enfants. Ils avaient fini par se prendre d'affection pour ce petit homme qui leur avait fabriqué de si beaux bijoux.

Tungdil remercia longuement ses sauveurs.

— Je suis sûr que sans votre médecine et vos soins apportés à mes plaies suppurantes, je serais mort, affirma-t-il avant de glisser dans leurs mains les pièces qu'il avait soutirées aux mercenaires.

— Nous ne pouvons accepter, dit Opatja.

— Et moi, je ne les rempocherai pas. Un Nain qui se sépare de son or, ce n'est pas tous les jours que cela arrive, insista-t-il avec une telle opiniâtreté que les pièces finirent malgré tout dans les bourses des villageois.

Rémsa lui tendit un sachet de plantes.

— Applique-les sur les plaies qui ne sont pas tout à fait guéries, le soir, pendant tes haltes. Et bientôt, toute trace de blessure aura disparu.

Ils lui serrèrent la main pour lui dire au revoir, puis il reprit sa route. Les garçons et les filles l'accompagnèrent un bout de chemin, jusqu'au moment où le ciel s'obscurcit et où la pluie menaça.

— Tu passeras nous voir sur le chemin du retour ? demanda Jemta, l'air abattu.

— Bien sûr, mon petit. J'ai été très heureux de faire votre connaissance. Si tu t'exerces avec application, tu seras une bonne forgeronne.

Il lui tendit la main, mais elle ne la serra pas, préférant se blottir contre lui.

— On est amis, maintenant, dit-elle en guise d'adieu avant d'agiter la main et de rentrer en courant à la ferme. N'oublie pas de venir nous voir, lui enjoignit-elle encore, puis elle disparut.

Lui resta planté là, la main tendue, complètement désarmé par tant de gentillesse.

— Eh bien dis donc, Vraccas, murmura-t-il tout ému. Qui aurait cru que je conquerrais un jeune cœur féminin ?

De bonne humeur, et toujours auprès des aimables fermiers en pensée, il reprit son périple d'un pas décidé.

Néanmoins, les beaux jours de printemps semblaient révolus. Le ciel resta obstinément gris et il plut de manière ininterrompue. Les bottes de cuir de Tungdil finirent par se ramollir complètement, et ses pieds par enfler et ne plus vouloir se réchauffer.

Malgré cela, il progressait plutôt bien, ce qui ne l'empêchait pas toutefois de se faire encore du souci à cause des Orcs, sans parler de l'avancée du Pays Mort dont avait parlé l'Albe.

Lot-Ionan lui avait déjà montré à quel point la terreur venue du nord avait progressé à l'intérieur du Pays Sûr. D'est en ouest, de part et d'autre du Cinquième Royaume Nain, elle s'étendait sur pas moins de six cent cinquante milles, une largeur qui se réduisait de moitié quatre cents milles plus au sud.

Lors d'une halte à l'abri d'un promontoire rocheux, il déroula la carte et imagina les puissances des ténèbres avancer lentement vers le sud, formant une flèche dont la pointe butait sur les barrières dressées par les Mages et s'émoussait progressivement.

Or il semblait à présent que Nôd'onn, le mystérieux souverain du Pays Mort, ne souhaitait pas en rester là. Malgré les champs de force magiques, ses succès étaient indéniables. À l'est, le Royaume Albe de Dsôn Balsur s'étendait, tel un ulcère, sur deux cents milles de long pour soixante-dix milles de large, en plein milieu du Gauragar. Et tant que le passage de Pierre ne serait pas refermé, les plus immondes créatures continueraient d'affluer par le col du Septentrion, écrasant tout sur leur passage.

Si en plus les Orcs de Toboribor se rangent du côté du Pays Mort, les Mages vont se retrouver en très mauvaise posture, pensa Tungdil avec inquiétude. Les Mages avaient peut-être le pouvoir d'accomplir bien des choses grâce à la Magie, mais ils ne possédaient pas le don d'ubiquité.

Au moins savent-ils à présent que les Orcs se sont ralliés au Pays Mort! Son message avait dû parvenir à Lot-Ionan, entre-temps.

Les paysages variés du Gauragar dédommagèrent Tungdil des événements qui avaient émaillé le début de son voyage. Le printemps incitait la nature à se montrer dans ses plus beaux atours en dépit de la pluie, mais le Nain ne prêtait guère attention à la magnificence et aux couleurs vives et intenses qu'affichaient collines, forêts et plaines. Bientôt, il passa au-devant d'un sanctuaire abandonné voué à Palandiell, une petite construction de couleur claire aux nombreuses fenêtres richement ornée de glyphes de protection et de fertilité.

C'était un de ces reliquaires dédiés à la déesse en laquelle croyait l'écrasante majorité des Humains. Tungdil, pour sa part, la trouvait trop douce, pas assez énergique. Il préférait s'en remettre à Vraccas, dont on ne trouvait les temples que dans les villes d'une certaine importance, c'était du moins ce qu'il avait lu dans des livres.

Si une partie des Humains adorait Elria, déesse de l'Eau, beaucoup priaient Samusin, dieu du Vent et de l'Équilibre entre le Bien et le Mal. Celui-ci protégeait aussi bien les bêtes que les Humains, les Elfes et les Nains. Tion en revanche, créateur des pires monstres, était plus haï qu'adoré. *Je ne connais personne qui professerait avoir foi en lui*, pensa Tungdil. Les domestiques de Lot-Ionan, Frala y compris, adressaient pour leur part leurs prières à Palandiell.

Il avait quant à lui érigé un petit autel dédié à Vraccas dans sa forge. Au dieu créateur des Nains, celui qui a taillé les cinq Pères dans le granit le plus dur et qui leur a insufflé la vie, il sacrifiait de temps à autre un peu d'or, qu'il faisait disparaître dans son fourneau. Il ne savait pas si les autres Nains respectaient le même cérémonial, mais il ne pensait pas se tromper en présentant en offrande à Vraccas ce qu'il y avait de plus noble.

Il contempla le reliquaire isolé. *Les Humains ne vont pas tarder à la prier plus souvent*, pensa-t-il.

Peu après, il dut quitter le chemin pour laisser le passage à une importante colonne de cavaliers cuirassés qui arboraient les armoiries du roi Bruron. Les combattants passèrent à sa hauteur dans un cliquetis d'armes et de fer, éclaboussant sa cape de boue. Il compta deux cents soldats. Feraient-ils le poids contre toute une horde d'Orcs ?

La nouvelle selon laquelle un grand nombre de bêtes parcouraient l'Idoslân s'était répandue comme une traînée de poudre. Le Nain croisait en effet toujours plus de patrouilles. Le roi Bruron du Gauragar ne voulait pas s'en remettre au seul roi Tilogorn pour défaire les Orcs, et avait en conséquence pris ses propres dispositions.

Tungdil se réjouissait que les Humains eussent pris son message au sérieux. Il se plaisait à imaginer les futurs livres d'histoire qui raconteraient comment un certain Tungdil Bolofar, Nain sans tribu ni clan, avait été à l'origine de la reconquête du Pays Sûr en ayant alerté l'administration royale de Tourhameaux de la destruction de Bonsprés.

Le Nain dormait la plupart du temps à la belle étoile, cherchant à l'occasion refuge dans une grange, et ne s'offrit qu'une seule autre fois le luxe de s'arrêter dans une auberge. Il préférait économiser ses ressources monétaires, qui fondaient à vue d'œil.

Après neuf lunes, ses plaies étaient complètement guéries. Son périple lui ayant coûté un peu de son poids, il dut resserrer sa ceinture de deux crans. Il ne soufflait plus autant qu'auparavant lorsqu'il gravissait des collines ; la marche avait un effet positif sur son endurance, et ses pieds s'étaient habitués à la marche quotidienne. Certaines nuits, il était assailli par des visions de Bonsprés en proie aux Orcs et aux flammes. Son esprit devait encore assimiler ces atrocités.

Quelques lunes plus tard, il aperçut enfin la fameuse montagne au sommet plat. Celle-ci avait effectivement l'aspect que lui avait irrespectueusement prêté Opatja en sculptant un fromage, sauf qu'elle n'était pas jaune.

Le jour éclairait les fissures larges comme des gorges qui se dessinaient sur ses flancs, véritables à-pics lisses. Ce rocher lugubre ressemblait à un caillou jeté dans le paysage et était entouré de sapins vert foncé. Vu les dimensions du Noirjoug, ceux-ci donnaient l'impression d'être petits et fragiles, alors qu'ils étaient hauts de cinquante pas et davantage.

Le Noirjoug a sûrement été une véritable montagne autrefois, haute de plusieurs milles. Peut-être qu'un dieu lui a coupé le sommet en punition, ne lui laissant plus que son pied, comme on laisse en terre la souche d'un arbre qu'on a abattu, pensa Tungdil.

Cette élévation le mettait mal à l'aise, lui répugnait, sans qu'il parvienne à en donner la raison. N'étaient les artefacts, il aurait sûrement fait un grand détour pour éviter le Noirjoug. Gorén ne devait pas particulièrement apprécier la compagnie pour adopter un tel refuge.

Décidant d'ignorer ses premières impressions, le Nain ajusta son sac sur ses épaules et suivit la route pierreuse qui menait à un demi-mille à l'est de la lisière de la forêt de sapins. Contournant celle-ci, il chercha un sentier ou une percée, mais, au coucher du soleil, il était de retour à son point de départ, bredouille.

Étrange forêt. Eh bien, je me fraierai un chemin à coups de hache demain, puisque les troncs ne veulent pas me faire de la place. Trop fourbu pour dormir dans la forêt, il installa son campement à proximité de la route et alluma un feu tout en gardant un œil sur la lisière, au cas où un prédateur en sortirait discrètement.

Peu après, il reçut de la visite : des Humains, bien contents de ne pas passer la nuit seuls. Les deux marchands ambulants arrêtèrent leur chariot bâché à côté du feu et dételèrent leurs deux mulets. Les poêles, pots et couvercles entreposés dans leur véhicule brinquebalaient et cliquetaient encore plus que les armures des soldats.

— Y a-t-il encore de la place auprès du feu ? demanda le cocher, qui fit les présentations.

Pour Tungdil, Hîl et Kerolus étaient des spécimens typiques de leur race. Chevelus, grands, hirsutes, habillés simplement et parlant toujours trop fort et sans raison. Ils plaisantaient, riaient et faisaient sans cesse tourner la bouteille d'eau-de-vie, mais leur gaieté semblait contrainte.

— Ne le prenez pas mal, dit Tungdil, mais vous avez l'air… inquiets.

Hîl cessa de rire sur-le-champ.

— Bien observé, Troglodyte…

— Nain. Je suis un Nain.

— Ah bon ? Nain, Troglodyte et Homme des cavernes, c'est pas pareil ?

— Non. « Nain » est l'appellation la plus respectueuse, de même que par respect je vous appelle « Humains » et non pas « culs-terreux » ou « grandes perches ».

Hîl eut un rictus.

— J'ai compris.

— Pour être honnêtes, nous avons peur de la montagne et des créatures qui vivent dans la forêt. Si nous faisons halte à côté du Noirjoug, c'est uniquement parce que nos mules refusaient de faire un pas de plus, avoua Kerolus, qui cassa quatre œufs dans une poêle.

C'est bien volontiers qu'il partagea son repas avec le Nain et son partenaire.

— Qu'est-ce qu'il a de spécial, ce rocher ? demanda Tungdil en sauçant son jaune d'œuf avec une croûte de pain.

Le marchand de bric-à-brac le regarda avec étonnement.

— Un Trog… un Nain qui ne connaît pas la légende ?! Ah, ben alors, je veux bien te la raconter, l'histoire de cette montagne qui n'en est plus une.

Hîl s'installa près du feu, et son partenaire commença son récit…

Autrefois, le Noirjoug était appelé le « Mont des Nuées », car son sommet s'élevait jusqu'au ciel. Il était plus puissant et plus fier que toutes les montagnes qui entouraient le Pays Sûr. Les neiges à son sommet étaient éternelles, et ses versants les plus élevés étaient en or pur.

Or nul Humain n'était capable d'atteindre une telle altitude pour arracher un peu de cette richesse. Les parois inférieures, sur lesquelles reposait le poids de la montagne, étaient trop lisses et trop dures. En outre, la neige et l'or brillaient de façon si éclatante que celui qui les regardait trop longtemps était aveuglé.

Les Humains, désirant ardemment l'or, appelèrent les Nains à l'aide.

Ces derniers envoyèrent une délégation au Gauragar afin de voir le Mont des Nuées de leurs propres yeux. Munis de leurs pelles, de leurs pioches et de leurs burins, ils attaquèrent la roche.

Comme leurs outils étaient mieux forgés que ceux des Humains, ils parvinrent à ouvrir un passage à l'intérieur du Mont des Nuées et à se frayer un chemin dans ses entrailles. Ils creusèrent la montagne et en rapportèrent l'or sans être aveuglés.

Les Humains du Gauragar virent cela d'un mauvais œil et réclamèrent aux Nains une partie du trésor. Alors que Nains et Humains se disputaient, le Mont des Nuées, revenu à la vie, trembla de rage pour chasser les pillards de ses entrailles, mais les cavités y étaient devenues si nombreuses qu'il s'effondra, ensevelissant les cupides créatures.

Ainsi la montagne perdit-elle sa beauté.

Depuis lors, elle poursuit Humains et Nains de sa haine. Au fil du temps, la montagne mutilée devint noire de méchanceté.

Le feu craqua bruyamment. Kerolus y jeta une bûche pour attiser les flammes et chasser les ténèbres.

Cette méchanceté, je l'ai tout de suite sentie, pensa Tungdil. Il ne comprenait pas que Gorén puisse être à son aise en un tel lieu. Pour le moins, cela en disait long sur le tempérament du personnage.

— On dit que dans la forêt rôdent des êtres qui mettent à mort quiconque s'y promène. C'est la montagne qui les a appelés et qui leur a promis des prises juteuses, déclara le marchand, pris de frissons. Quand la faim les tenaille trop, ils sortent d'entre les sapins pour tourmenter les villages. Ils dévorent tout, hommes et bêtes.

— Il est bon d'avoir de la compagnie, dit Tungdil avec honnêteté. (Il se préparait mentalement au désagréable louvoiement entre les troncs d'arbres. Au pire, il avait encore sa hache.) Mais je peux vous raconter une histoire, moi aussi.

Il raconta ce qu'il avait vu à Bonsprés, leur fit le récit de sa rencontre avec les Albes et de la destruction de la bourgade. Son débit était de plus en plus saccadé tandis que le souvenir de ces horreurs était ravivé.

Il mit fin à son récit, puis tenta de trouver le sommeil, mais la forêt le maintint éveillé. Apparemment, les arbres prenaient un malin plaisir à gémir et à grincer de manière audible chaque fois qu'il était sur le point de sombrer dans un sommeil plus profond.

Ce petit manège ne dérangeait pas Hîl et Kerolus outre mesure. Le Nain comprit alors pourquoi ils avaient tant fait honneur à l'eau-de-vie : celle-ci leur avait tellement émoussé les sens qu'ils n'entendaient plus rien. Les deux Humains lui confiaient ainsi généreusement la tâche de veiller sur leurs vies.

Les bruits ne cessèrent qu'au petit jour. Les marchands se levèrent, souhaitèrent à Tungdil un agréable voyage et s'en allèrent, reposés, laissant un Nain rompu de fatigue.

D'humeur maussade, il contempla fixement le sous-bois où régnait l'obscurité. Si l'histoire que lui avait contée Kerolus la veille contenait une once de vérité, Gorén devait certainement vivre dans les vestiges des galeries.

Monstres ou pas, je dois passer par là. Il tira sa hache, l'empoigna fermement à deux mains et entra d'un pas lourd dans la forêt. Il sentit immédiatement qu'il n'était pas le bienvenu. La montagne lui faisait clairement comprendre qu'elle ne voulait pas de lui dans les parages.

Tungdil ne se laissa pas démonter pour autant. Plus tôt il remettrait les artefacts, plus vite il retrouverait la sécurité de ses galeries bien-aimées en Ionandar. *Peut-être même que les Nains de la Seconde Maison ont déjà donné suite à la requête de Lot-Ionan*, se dit-il, plein d'espoir.

Sa ténacité ne tarda pas à le conduire directement au pied de la montagne, sans qu'il eût rencontré le moindre monstre. Ces derniers semblaient peu enclins à s'attaquer aux randonneurs durant la journée, et cela l'arrangeait bien.

En revanche, les parois du Noirjoug, qui s'élevaient à la verticale, lui inspiraient une telle crainte qu'il aurait préféré faire demi-tour.

Soudain, une avalanche d'éboulis se déclencha. Tungdil trouva un abri de justesse ; la dernière pierre s'écrasa à seulement un empan de lui. Vu leur taille, le plus petit de ces éboulis aurait pu le tuer. Il ne se découragea pas pour autant. Il devait trouver Gorén.

Le Nain fit le tour du pied de la montagne, sans apercevoir quoi que ce fût qui ressemblât à une cabane ou à un début de sentier. Il cria le nom de Gorén dans l'espoir qu'il se manifeste. Rien.

Avec force jurons, il contourna de nouveau les sombres parois crevassées. C'est alors qu'il découvrit des marches étroites, apparemment creusées dans la roche par des tailleurs de pierre compétents. La largeur de ces marches était suffisante pour lui, mais les Humains, avec leurs grands pieds, auraient eu des difficultés pour garder l'équilibre.

Tungdil entama donc l'ascension du Noirjoug. Il parvint à cent pas, deux cents pas, trois cents pas d'altitude. Il avançait à quatre pattes, s'agrippant aux marches, les seules prises sûres qui s'offraient.

De temps à autre, la montagne le bombardait d'éboulis et lui envoyait de petites avalanches, lui infligeant des éraflures aux mains et des égratignures au visage. Un caillou ouvrit même une plaie sur son front. Quand le vertige s'emparait de lui, il se plaquait contre la roche pour éviter de s'écraser en contrebas. Dès que le décor environnant cessait de tourner, il en profitait pour essuyer le sang qui coulait dans son œil droit puis se remettait à escalader la montagne en grommelant.

— Vraccas nous a créés à partir de la roche pour régner sur elle, alors tu vas me faire le plaisir de t'incliner devant moi ! cria-t-il. Tu ne te débarrasseras pas de moi comme ça !

Après avoir atteint son zénith, le soleil entama sa descente. Un vent froid sifflait aux oreilles de Tungdil et tiraillait les sacs qu'il avait sur le dos. Le danger croissait à chacun de ses pas, mais il refusait de redescendre. Il trouva cependant le courage de se retourner pour jeter un coup d'œil vers le Gauragar.

Les nuages et le soleil créaient un théâtre d'ombres d'un genre qu'il n'avait encore jamais vu sur le patchwork multicolore de plaines, de champs et de forêts qui s'étalait quatre cents pas en dessous de lui. Les yeux de Tungdil repérèrent des villes à des milles et des milles de distance, qui semblaient faites de petits cubes. Fleuves et rivières veinaient le paysage et l'air embaumait le printemps.

Cette vue splendide manqua de lui couper le souffle. Il se sentit tout d'un coup aussi noble et grand qu'une montagne. Il comprenait à présent pourquoi le peuple des Nains avait élu domicile dans les sommets.

Ragaillardi, il reprit son ascension jusqu'à ce qu'il atteignît une niche rocheuse, à bien cinq cents pas d'altitude. Le Nain décida d'y passer la nuit.

Avec prudence, il rampa à l'intérieur de cette anfractuosité qui lui offrait une protection contre le vent et les avalanches que déclenchait le Noirjoug. *J'y verrai plus clair demain*, pensa-t-il.

Le couchant illumina son abri de fortune. Une chaude lumière frappa les sombres parois de la montagne, donnant du relief aux différentes structures rocheuses. Plus Tungdil laissait son regard errer sur les aspérités qui ornaient les parois de sa niche, plus elles lui évoquaient des inscriptions.

Le Nain cligna des yeux. *Une illusion d'optique, peut-être?* se demanda-t-il. Il effleura la surface. Il y avait bel et bien quelque chose de gravé. Les intempéries les avaient mises à rude épreuve au fil des cycles et les avaient érodées au point de les faire presque disparaître, mais c'étaient incontestablement des runes.

Qu'à cela ne tienne! D'un geste, Tungdil ouvrit sa boîte à amadou et alluma une flammèche avec laquelle il noircit le bout du manche de sa hache. Il sortit sa carte, la retourna face vierge vers le haut et frotta prudemment le papier de son embout de bois noir de suie.

Les particules de suie adhéraient difficilement, mais elles adhéraient : grâce à ce calque improvisé, il put distinguer les vestiges d'une très ancienne écriture.

Tungdil mit longtemps à traduire les runes, sculptées avec un art consommé, en langue Naine commune et à comprendre leur formulation, très compliquée.

Bâti dans le sang,
trempé du sang.
Érigé contre les Quatre,
tombé face aux Quatre.
Maudit par les Quatre,
délaissé de tous les Cinq.
Réveillé un jour par les Trois
Contre la volonté des Trois.
Trempé de nouveau
du
sang de
tous les
enfants.

Le sculpteur avait gravé ces runes en suivant la forme d'un arbre, signe de renouveau et d'éternel retour.

Tungdil eut du mal à les dater. L'ouvrage qu'il avait autrefois déniché dans les rayonnages de Lot-Ionan sur la langue naine ne disait rien à ce sujet. Mais pour lui, ce message d'une époque révolue remontait à au moins onze cents cycles.

Il le prononça à voix haute, comme pour lui redonner vie ; il écoutait avec émotion ces sonorités inconnues et pourtant étrangement familières, radicalement étrangères aux parlers des Humains. Ces syllabes le touchèrent profondément, le bouleversèrent, même.

Or les versants et les crevasses du Noirjoug perçurent eux aussi l'antique langue : la montagne se souvint et se mit à trembler. La rancœur à l'égard des Nains revint en force, et était à présent dirigée contre Tungdil.

— Tu peux trembler, tu ne te débarrasseras pas de moi comme ça.

Le Nain se plaqua à la paroi pour éviter d'être précipité dans le vide par les secousses et les vibrations.

Mais la pierre à laquelle il tournait le dos se mit également à vibrer ; celle-ci s'écarta derrière lui dans un bruit de broyage et de concassage, dévoilant finalement l'entrée d'un tunnel. Le Noirjoug cessa soudainement de trembler.

Tungdil envisagea deux possibilités. Ou bien la montagne voulait l'attirer dans un piège et l'enfermer pour toujours dans ses entrailles, ou bien Gorén lui ouvrait la porte de son repaire.

Sans hésiter, il rassembla ses affaires et mit le sac aux artefacts sur son épaule, puis il avança dans le couloir d'un pas décidé.

Après seulement quelques pas, une nouvelle secousse parcourut la montagne. La porte de pierre coulissa, inexorablement, se mettant au-devant du ciel nocturne. Les étoiles qui constellaient le ciel du Pays Sûr scintillèrent une dernière fois en guise d'adieu, et le Nain se retrouva emprisonné dans le Noirjoug.

Le Pays Sûr, Royaume magique de Lios Nudin, au début de l'été du 6234e cycle solaire

D'un blanc éclatant, le majestueux palais s'élevait vers le ciel bleu acier ; des tours couleur sable se dressaient au-dessus des toits en coupole et resplendissaient sous le chaud soleil. Grandioses, irradiant d'assurance, elles indiquaient leur route aux voyageurs à cinquante lieues à la ronde. Seul un aveugle aurait pu manquer Porista, capitale du Royaume enchanté de Lios Nudin.

Lot-Ionan se réjouit à sa vue et à la perspective des imminentes retrouvailles avec les autres, même si le motif de leur réunion l'emplissait d'inquiétude. Il tira sur la bride de Furo et passa la porte de la ville à une allure mesurée. Récalcitrant, l'étalon renâcla : il aurait préféré continuer de galoper et sentir le vent dans sa crinière.

Le Conseil des Mages siégeait dans cet édifice somptueux, selon une vieille tradition que les magiciens respectaient depuis plus de deux mille cycles solaires, pour différents motifs : d'une part à cause de son emplacement central au sein du Pays Sûr, et de l'autre parce que Lios Nudin avait, non sans raison, la forme d'un cœur humain. Les champs magiques présents dans les cinq royaumes enchantés semblaient en émaner ; telle une source, Lios Nudin alimentait les royaumes d'Ionandar, de Turguria, de Saborie, d'Oremaira et de Brandôkai en puissance magique.

Le Mage rit et caressa l'encolure de l'alezan mécontent.

— Tu pourras galoper tout ton saoul sur le chemin du retour, lui promit-il avant de reporter son attention sur l'agitation alentour.

Les murs de Porista offraient gîte et protection à quarante mille personnes. Comme la ville se situait dans une plaine herbeuse s'étendant sur des centaines de milles, ses habitants se consacraient à l'agriculture et à l'élevage, et ils en vivaient bien. La qualité de leurs produits égalait presque celle des produits de Tabaîn, également appelé la Plaine aux Épis, au nord-ouest du Pays Sûr.

Lot-Ionan guida Furo dans les rues de la ville affairée. Il dut sans cesse éviter des carrioles et des chariots et prendre garde qu'aucun passant finisse sous les sabots de son cheval. Il ne tarda pas à regretter l'isolement de ses galeries souterraines.

Il atteignit enfin le portail du palais, où les simples gens pénétraient uniquement sur invitation du Conseil. Une barrière invisible arrêtait les téméraires qui tentaient d'escalader ses murs sans être vus ; ils y restaient collés comme des mouches sur un gluau jusqu'à ce qu'ils meurent de faim et de soif. Les entraves les relâchaient seulement une fois qu'il ne restait plus d'eux que leurs os. Pour ce délit, les Mages ne faisaient preuve d'aucune pitié, car personne ne pouvait pénétrer à l'intérieur du palais à l'exception des Six et de leur suite.

Lot-Ionan prononça la formule d'ouverture des battants du portail. Mus par des forces invisibles, ceux-ci s'écartèrent pour le laisser entrer.

Il ordonna à l'étalon de s'arrêter devant le large perron de marbre aux couleurs chamoisées et mit pied à terre. Après avoir gravi les larges marches, il arpenta des couloirs en arcade inondés de lumière et au sol couvert de délicates mosaïques. Les colonnes blanches, disposées avec soin, réfléchissaient la lumière pénétrant par les coupoles vitrées, accentuant ainsi les multiples couleurs. Lot-Ionan arriva devant la Salle du Conseil où il était attendu. Sur une formule, les portes s'ouvrirent.

Ils étaient assis là, réunis autour de l'imposante table ronde en malachite : Nudin le Curieux, Turgur le Beau, Sabora la Réservée, Maira la Gardienne et Andôkai l'Impétueuse.

Ainsi s'appelaient les puissants Six, qui disposaient de pouvoirs quasiment inimaginables. Par le biais de la Magie, chacun d'entre eux s'efforçait d'atteindre un objectif qu'il s'était fixé. Renverser les sept souverains temporels du Pays Sûr et conquérir leurs territoires leur aurait été chose facile, mais cela ne les intéressait pas. Leur but était le perfectionnement de la Magie, non la puissance terrestre.

Lot-Ionan salua d'abord Sabora puis les quatre autres Mages avant de se diriger vers la table pour prendre place entre la Réservée et Turgur. Ils répondirent à ses marques de courtoisie par de petits hochements de tête solennels.

Sabora lui prit la main, la serra brièvement et lui sourit cordialement.

— Je suis heureuse que tu sois là, Lot-Ionan. (Elle portait une robe étroite de soie jaune un peu sévère, à col montant, qui tombait jusqu'au sol. La teinte argentée de ses cheveux courts s'était intensifiée mais ses yeux gris-brun restaient vifs et cherchaient son regard.) L'Impétueuse ne supportait plus cette attente. (Elle baissa la voix, murmurant pour que lui seul entende.) Moi non plus, d'ailleurs. Mais pour une autre raison.

Lot-Ionan sourit et se sentit soudain l'âme d'un jeune homme amoureux. L'affection qu'elle lui portait était réciproque.

— Nous avons appris pourquoi tu n'avais pas réagi à notre premier appel, dit Andôkai sur un ton de reproche.

On pouvait sans hésiter qualifier sa beauté d'austère et elle était dotée d'une silhouette singulièrement musculeuse pour une Mage ; on prétendait qu'elle combattait aussi bien qu'un guerrier. Elle tressait ses longs cheveux blonds en une coiffure sévère et ses yeux bleus arboraient en permanence une expression querelleuse.

— Friedegard et Vrabor sont morts, ajouta Maira.

Maira était plus grande et plus fine qu'Andôkai. Ses cheveux roux tombaient librement sur ses épaules blanches et nues ; sa robe simple, vert clair, s'assortissait admirablement à ses yeux et aux bijoux qu'elle portait aux oreilles et autour du cou.

— La nouvelle nous est parvenue peu avant ton arrivée, Lot-Ionan. (Elle regarda Nudin.) Nous nous accordons à penser que seuls des Albes peuvent les avoir tués. Le Pays Mort a dû les envoyer pour empêcher la réunion des Six.

Lot-Ionan fronça les sourcils.

— Ce serait la première fois que la Puissance venue du nord envoie ses plus redoutables serviteurs si loin vers le Sud. Nudin m'a rapporté que nos barrières étaient sur le point de céder, répondit-il. Notre adversaire reçoit des renforts en provenance de l'autre côté du col du Septentrion – plus encore qu'auparavant. Tant que nous n'y mettrons pas fin définitivement, nous serons sans cesse contraints de nous réunir à Porista pour tendre nos filets magiques. (Il tapa énergiquement sur la table de son index.) Il faut que cela cesse ! Détruisons les forces du Pays Mort, mes amis !

— Mais bien sûr, l'interrompit Turgur avec condescendance.

Un visage régulier, rasé de près, une fine moustache et de longs cheveux noirs bouclés ondoyants constituaient les traits distinctifs du Beau. Aucun autre Humain du Pays Sûr ne pouvait rivaliser en beauté avec le Mage ; les femmes de tous âges étaient à ses pieds, les hommes l'admiraient ou le haïssaient pour cette même raison.

— Rien de plus simple, Lot-Ionan. Heureusement que tu nous le dis. Comment se fait-il que personne n'ait eu cette idée avant toi ?

— Ce n'est ni le lieu ni le moment de se chercher des poux, le réprimanda Nudin de sa voix rauque.

Le silence retomba.

Les hommes et les femmes se souvinrent des efforts entrepris par le passé pour repousser l'ennemi invisible.

— Peu importent les formules que nous avons employées, le Pays Mort s'est étendu comme une grosse bête noire sur le Gauragar, Tabaîn, l'Âlandur, l'ancien Lesinteïl et la Plaine d'Or, devenue aujourd'hui Dsôn Balsur, déclara Lot-Ionan.

— Avec les forces que nous avons libérées, nous aurions pu faire sauter des montagnes et assécher des lacs, ajouta Andôkai, qui disposait de solides connaissances en matière de destruction. La Mage était une adepte de Samusin, le dieu des Vents, et aspirait à maîtriser jusqu'à la brise la plus infime. Son tempérament était tout aussi imprévisible que le vent et elle avait provoqué plus d'une tempête.

— Manifestement, ce n'était pas suffisant, dit Turgur. Le Pays Mort a enfoncé ses griffes dans la terre et s'y accroche.

— Non, justement ! le contredit sèchement Andôkai. Il est à l'affût et semble à présent prêt à bondir. Si nous n'entreprenons rien, il attaquera à coup sûr !

Lot-Ionan reprit la parole.

— J'ai réfléchi. L'expérience nous a montré que nos forces suffisaient pour contenir la menace. Mais si nous convoquons nos élèves à Porista pour qu'ils participent au rituel, nous parviendrons peut-être à repousser les forces ennemies. (Il adressa à la ronde un regard plein d'expectative. Il ruminait cette question depuis un certain temps. Chacun d'entre eux avait au moins trente jeunes apprentis des deux sexes aptes à la Magie.) En mobilisant les pouvoirs de plus de cent quatre-vingts magiciens contre le Pays Mort, nous devrions y arriver.

— Ou alors, la tentative échoue et nous devrons constater avec effroi que ni les puissances séculières ni celles de l'esprit ne sont à la hauteur de notre adversaire, déclara Nudin sèchement.

Lot-Ionan n'osait envisager cette possibilité, la pire de toutes. *Le Pays Sûr tomberait alors tôt ou tard aux mains des forces des Ténèbres. Dès cet instant, les hommes, les animaux et la nature seraient condamnés à mener à tout jamais une existence de morts-vivants et à suivre la volonté de la terrible puissance venue du nord.* Un frémissement d'horreur le parcourut.

— Non, cela n'arrivera pas.

Andôkai fut la première à retrouver la voix. Lorsqu'elle s'adressa aux cinq autres, ce fut avec un air très inquiet.

— Je sais que certains éprouvent des difficultés à accepter ma foi en Samusin. Mais les choses sont ce qu'elles sont. Et nous ne pouvons pas rester inactifs.

— Tu me surprends, reconnut Lot-Ionan. Je t'aurais bien crue capable de te prononcer contre l'expulsion du Pays Mort.

— Samusin est le dieu de l'Équilibre. Là où seule l'obscurité règne, même l'ombre disparaît. Nous ne pouvons tolérer que le cauchemar d'un Pays asservi devienne réalité. J'approuve ta proposition, affirma-t-elle. Si le Pays Mort est chassé, l'équilibre se rétablira de lui-même.

Ils votèrent ; tous furent favorables à la proposition de Lot-Ionan.

— Nous devrions toutefois commencer par renouveler les barrières existantes. Nous ne serons pas plus avancés si le Pays Mort franchit les barrages alors que nos apprentis sont encore en route, les mit en garde Nudin de sa voix enrouée. Je propose que nous nous reposions une heure et prenions une collation avant de passer ensemble à l'action.

Les membres du Conseil l'approuvèrent et se dispersèrent. Nudin pria Lot-Ionan de rester encore un instant et l'entraîna un peu à l'écart vers la fenêtre nord de la salle du palais.

Maintenant qu'ils étaient tout proches l'un de l'autre, le magicien remarqua à quel point Nudin était massif et bouffi. Il découvrit des douzaines de veinules éclatées dans le blanc de ses yeux, ses pupilles étaient brillantes de fièvre. *Il est gravement malade !*

Nudin fut saisi d'une quinte de toux et plaça vivement un mouchoir devant sa bouche ; de l'autre main, il s'agrippa à son bâton d'érable pour prendre appui. Il rempocha hâtivement son mouchoir.

Lot-Ionan crut y voir du sang.

— Tu devrais demander à Sabora d'imposer ses mains sur toi, suggéra-t-il, inquiet. Tu as l'air… plus que malade.

Mais Nudin refusa d'un geste, s'efforçant d'arracher à son visage boursouflé un sourire qui ne l'engageait à rien.

— Juste un refroidissement, rien de plus, dit-il pour dédramatiser. Cela ne fait pas de mal au corps de devoir mobiliser ses forces, parfois. (Il adressa un signe de tête approbateur à son vis-à-vis.) Ta proposition était excellente. Puisque tu as convaincu jusqu'à Andôkai, les autres te suivront. (Il réprima péniblement une nouvelle quinte de toux ; son visage rougit.) Nous, les Mages, nous sommes préoccupés uniquement de nous-mêmes pendant trop longtemps. Sabora exceptée, peut-être, dit-il d'une voix étouffée. Il est bon de voir qu'il existe d'autres choses pour lesquelles nous devons intervenir tous ensemble. Dommage qu'il ait fallu des circonstances aussi alarmantes pour que nous en prenions conscience.

— Eh bien ? fit Lot-Ionan, abasourdi. Ton nouveau surnom serait-il « l'Autocritique » ?

Aujourd'hui, il trouvait le magicien tout à fait supportable, parce que moins condescendant que de coutume. Si sa maladie en était la cause, il souhaitait la même à Turgur et Andôkai.

Nudin rit ; son accès d'hilarité se mua en une quinte de toux. Cette fois, Lot-Ionan vit le sang passer ses lèvres avant que le Mage l'essuie.

— Tu iras trouver Sabora, répéta-t-il en prenant délibérément un ton autoritaire. Tu auras besoin de forces pour le rituel et tu sembles en manquer cruellement.

Nudin leva la main en un geste de défense.

— Tu as gagné. J'irai la voir, répliqua-t-il d'une voix rauque. Une chose encore : où sont mes artefacts, mon vieil ami ?

Lot-Ionan aurait préféré éviter le sujet.

— J'ai oublié le sac, avoua-t-il. Tu les recevras quand mes apprentis viendront à Porista.

Nudin arbora un sourire narquois.

— Tu les as trouvés, c'est toujours ça. Ne t'en fais pas, ce n'est pas urgent. Le Pays Mort a priorité.

— J'ai bien songé à les chercher dans l'armoire de mon bureau et à les emballer, mais mon entretien avec toi m'a tellement bouleversé que j'ai tout planté là, s'irrita-t-il.

Le seigneur de Lios Nudin lui tapota l'épaule.

— Cela ne fait rien. (Il chancela légèrement.) À présent, excuse-moi. Je dois m'allonger un moment, dit-il pour prendre congé avant de se diriger vers la sortie. Son ample robe bruissa faiblement, contrastant avec le bruit de son bâton, qui heurtait violemment le sol à intervalles réguliers.

— Va voir Sabora ! lui cria encore Lot-Ionan.

Par la fenêtre, il observa pensivement les jardins du palais aménagés avec goût ainsi que les toits de la ville, puis son regard glissa vers l'horizon où le vert des champs et le bleu du ciel semblaient se mêler. D'ici, on ne remarquait aucune différence, et pourtant le Pays Mort était bien là, à quelques lieues à peine.

Au bout d'un moment, il sentit une douce main sur son épaule, respira un parfum qu'il n'avait plus senti depuis longtemps, et les battements de son vieux cœur s'accélérèrent. Il posa sa main droite sur celle-ci.

— Ma chère amie, dit-il en se tournant vers Sabora.

— Mon cher ami, répondit-elle d'un air radieux.

La vue de Sabora l'emplissait de joie chaque fois. Elle considérait l'âge de la même manière que lui, tous deux acceptaient le leur. Ne pas être le seul vieillard ridé parmi tant de visages jeunes le rassérénait prodigieusement.

Non qu'il fût vaniteux, mais lors des réunions, il se sentait toujours deux fois plus vieux qu'il l'était déjà. Malgré ses cent cinquante cycles, Andôkai en paraissait trente, et bien qu'elle eût trois cents cycles, Maira n'en faisait guère plus de cinquante et Turgur, lui, manipulait son apparence pour conserver l'aspect d'un quadragénaire de belle prestance.

Sabora semblait lire dans ses pensées.

— Eux aussi vieillissent, Lot-Ionan, ne te désole pas, dit-elle d'un ton réconfortant, et ils s'étreignirent un long moment.

— Comment va ton art ? finit-elle par demander.

— J'y travaille assidûment, mais mon assistant a détruit une précieuse formule avant que j'aie l'occasion de l'appliquer, raconta-t-il. Bientôt, je parviendrai à rendre visible la Magie présente en toute chose et en toute personne, ce qui nous fera grandement progresser dans nos recherches. Et toi ? Tes puissances curatives auront-elles bientôt évolué au point de vaincre toutes les maladies ?

Sabora lui prit le bras. Ils flânèrent ensemble sous les arcades.

— De simples blessures ne représentent plus un défi depuis longtemps. Actuellement, je m'emploie à éradiquer la peste, précisa-t-elle. Avec un succès considérable. Mais il y a toujours suffisamment de personnes atteintes de mystérieuses maladies qui viennent me trouver. Les dieux imaginent quotidiennement de nouveaux fléaux.

— Un jour, tu permettras aux Humains de vivre libérés des maux, l'encouragea-t-il. Nudin t'a-t-il déjà consultée ? Il fait peur à voir.

La Mage secoua la tête.

— Non. Il m'a croisée sans rien dire. (Un sourire malicieux glissa furtivement sur son visage.) Mais je suis impuissante face à son excès de poids. As-tu vu Turgur ? Il s'est remodelé le corps et le visage par Magie.

— Si son objectif est de rester bien fait quel que soit son âge, il doit s'en être bien rapproché. Son visage était plus irrégulier et plus ridé dans mon souvenir.

Ils firent halte dans l'un des nombreux jardins et s'assirent.

Sabora s'appuya contre Lot-Ionan.

— C'est surprenant, dit-elle à voix basse. Nous avons tous des objectifs si différents et sommes pourtant unanimes.

— As-tu cru que Maira, notre doyenne, s'y opposerait ? Elle connaît exactement les effets du Pays Mort et rassemble dans ses forêts les créatures les plus nobles et les plus pures pour leur offrir un refuge sûr face aux Orcs.

— Oui, j'ai entendu dire que les dernières licornes s'étaient réfugiées dans son royaume. Elles y sont à l'abri de ces monstres, confirma-t-elle.

Bientôt, nous rendrons l'ensemble du Pays Sûr aussi préservé qu'il y a onze cents cycles. Il en est plus que temps, d'ailleurs.

Il savourait sa rare proximité et passa un bras autour de ses épaules.

— Turgur me surprend, reconnut-il. J'ai toujours pensé qu'il ne se préoccupait que de lui-même. Un aspect soigné, la beauté et l'art dominent son mode de vie. Mais là...

Sabora rit.

— Il a sans doute peur pour les plantes et les jardins parfaits qu'il a créés par Magie. Le Pays Mort serait ravi de s'emparer de ses jardins ornementaux et de ses parcs. (Elle se redressa.) J'ai entendu dire que Gorén était venu ici. N'était-ce pas l'un de tes apprentis ?

— Gorén ? Ici ? À Porista ? Mais il vit à Vertbois.

— Turgur m'a raconté que Gorén et lui-même, ainsi qu'un apprenti de Nudin, s'étaient rencontrés à l'issue de la dernière réunion.

— Si je n'étais pas mieux informé, dit le Mage sur le ton de la plaisanterie, je croirais à une conspiration. Le Beau rencontre les disciples de ses deux concurrents pour leur soutirer les résultats de leurs recherches ?

— Ce serait une étrange combinaison. La beauté magique, la perception de la Magie et... (Elle hésita.) Je ne sais même pas ce que Nudin étudie. Et toi ?

— Non, il ne m'en a pas parlé, répondit-il. Mais ce doit être très exigeant s'il n'a pas le temps de faire un peu d'activité physique entre deux expériences. (Les paroles de Sabora avaient éveillé sa curiosité et il décida d'interroger ultérieurement Turgur au sujet de sa rencontre avec Gorén. Il prit tendrement la Mage dans ses bras et la berça doucement.) Oublions les autres pour quelques heures, Sabora, la pria-t-il doucement. Nous nous voyons si rarement.

— Bien trop rarement, confirma la magicienne aux courts cheveux argentés. Je vais proposer à Andôkai d'échanger mon royaume contre le sien pour que nous soyons plus proches l'un de l'autre.

— Ses sujets se féliciteraient certainement du changement. Dans son pays, ce serait le calme après la tempête, la taquina-t-il.

— Tu sais pourtant qu'il faut se méfier de l'eau qui dort, rétorqua-t-elle, une étincelle malicieuse dans les yeux.

Le Pays Sûr, Royaume du Gauragar, au début de l'été du 6234e cycle solaire

Les yeux de Nain de Tungdil s'habituèrent rapidement à l'obscurité. Les parois étaient parfaitement lisses, comme tracées au cordeau dans la sombre chair de la montagne. Elles avaient tout l'air d'être l'œuvre de mineurs Nains. Les Humains ne se seraient certainement pas donné cette peine.

Si impressionnante que fût la légende de la Montagne d'Or, le Nain n'y croyait plus. Le peu qu'il avait découvert lui faisait davantage penser à une habitation qu'à une mine d'or.

Tungdil descendit plusieurs escaliers pour se retrouver devant une herse levée qui se dressait juste devant une massive porte de chêne, aux ferrures épaisses, renforcées de surcroît par des plates d'acier. Si jamais il passait la herse et qu'elle retombait, il serait pris au piège.

— Ohé ! cria-t-il. Il y a quelqu'un ?! Sieur Gorén ?!

Le sourd écho de sa voix mis à part, il n'entendit rien, et au bout d'un moment tout fut de nouveau aussi calme que dans un tombeau. Il se remit en marche.

— Mon nom est Tungdil. C'est le Mage Lot-Ionan qui m'envoie, vous m'entendez ? dit-il en criant pour ne pas passer pour un intrus ou un cambrioleur.

De l'autre côté de la porte, il découvrit plusieurs leviers grâce auxquels on pouvait lever et abaisser la herse, ainsi qu'il put en faire l'expérience, curieux qu'il était. Les sons qui en résultaient étaient très bruyants. Trop bruyants.

— Je vous demande pardon, cria-t-il de nouveau avant de repartir à la recherche de Gorén.

Il s'enfonçait de plus en plus profondément dans la montagne. Tungdil avait l'impression d'avoir atterri dans un Royaume nain. Escaliers et volées de marches l'entraînaient au cœur de ce refuge de pierre, lui donnant une idée approximative de ce à quoi devait ressembler l'intérieur des montagnes qu'habitait son peuple. Il finit par aboutir dans une cuisine, une grande salle creusée proprement dans la pierre, pourvue de fourneaux qui n'avaient plus été utilisés depuis longtemps, tout comme les couverts.

— Sieur Gorén ?!

Tungdil s'assit, déposa ses affaires et attendit un moment. Un doute affreux s'insinua en lui. *Et s'il était mort ?* Il décida énergiquement d'abandonner son habituelle retenue pour se mettre en quête d'indices sur l'endroit où se trouvait à présent le *famulus*.

Il franchit la première porte venue et longea un couloir qui débouchait sur une vaste grotte, de plus de deux cents pas de long sur quarante de large. Tungdil vit qu'on y avait aménagé un jardin dans toutes les règles de l'art, mais celui-ci était redevenu sauvage faute de jardinier. La lumière nécessaire était amenée par un jeu de miroirs, qui faisaient croître les plantes malgré la fraîcheur. Celles-ci étaient irriguées par la pluie, qui suintait de canalisations creusées dans la voûte de la grotte. De l'eau tombait goutte à goutte du plafond.

Tungdil ne s'y attarda pas, préférant se frayer un chemin à travers la verdure, qui proliférait. Il suivit le couloir et se retrouva dans un cabinet d'étude, dont la vue lui était plutôt familière : parchemins déroulés, papyrus couverts de gribouillis, livres ouverts entassés sur les tables et sur le sol…

— Une partie de ses notes ? s'étonna-t-il à voix haute.

D'aucuns appelleraient cela une bibliothèque. Après un moment d'hésitation, il décida de chercher des informations sur le nouveau lieu de séjour de Gorén.

Il était incapable de lire la plupart des ouvrages empoussiérés qu'il feuilletait. Ceux-ci étaient rédigés dans la langue savante des magiciens, que seuls des *famuli* de haut niveau maîtrisaient et les Mages eux-mêmes. *Richesse ? Longue vie ? Santé éternelle ? Sur quoi avait-il bien pu travailler ?* Quoi qu'il en fût, il lui incombait de remettre en mains propres le sac aux artefacts.

Derrière une armoire, il trouva un paquet de lettres, dans lesquelles Gorén échangeait des vues avec deux autres érudits sur le thème de la possession : ses différentes manifestations, ses formes, connues ou plus récentes, ainsi que sur la possibilité d'être dominé par un esprit.

L'un de ces érudits devait être un Mage de haut rang, car Tungdil était tout à fait incapable de décrypter ses lettres. L'autre avait l'écriture d'un *famulus* de premier niveau, et décrivait les modifications que subissait un Humain, tant sur le plan physique que mental. Mais il ne trouva toujours pas d'indice sur le lieu où pouvait bien se trouver Gorén.

Le Nain passa au peigne fin les pièces voisines, pénétrant dans de petits laboratoires, dans des bibliothèques à demi vides, dans des dépôts d'ingrédients de sorts, s'éloignant toujours davantage du centre de la montagne.

Il reconsidéra alors sa situation. Il était tout à fait manifeste que Gorén ne vivait plus en ces lieux. Mais il avait donné sa parole d'honneur à Lot-Ionan qu'il lui livrerait les objets. Cela signifiait qu'il ne rentrerait pas chez lui tant qu'il n'aurait pas accompli sa mission. S'il y a une chose sur laquelle on peut compter, c'est bien le serment d'un Nain. *Et Jolosin devra peler encore plus de pommes de terre. Ce qui n'est pas plus mal.*

Soudain, Tungdil tomba sur des inscriptions d'origine indubitablement naine, immortalisées dans la roche devant lui. Ses membres furent parcourus de frissons d'horreur. Il s'agissait de tirades haineuses, d'une hostilité abyssale. Celui qui avait tenu le burin était animé du plus profond mépris et du plus ardent désir de voir disparaître les quatre Maisons naines, et avec elles tous les clans qui les composaient.

Cela ne pouvait signifier qu'une seule chose. *Cette forteresse a autrefois appartenu à la Maison de Lorimbur !* Ainsi donc, en Gauragar, en pleine terre d'Humains, il était tombé nez à nez sur un chapitre de l'histoire de son peuple qui n'apparaissait nulle part dans les chroniques habituelles.

Érigé contre les Quatre, tombé face aux Quatre. Il repensa aux versets gravés dans la roche. Cela voulait sans doute dire que les Troisièmes avaient aménagé une forteresse en plein milieu du Pays Sûr. *Mais pour quoi faire ? Pour attaquer d'ici les autres Enfants du Forgeron ?* Ceux-ci avaient manifestement subi une défaite face à leurs parents, s'il interprétait correctement le verset en question. *Maudit par les Quatre, délaissé de tous les Cinq*. Et apparemment, une malédiction devait rendre le Noirjoug inhabitable à jamais.

Le Nain crut deviner ce qui s'était passé. Gorén avait dû par un heureux hasard apprendre l'existence des tunnels et des salles à l'intérieur de la montagne et décider d'y créer son propre refuge. Muni d'un bagage théorique suffisant pour comprendre et rompre la malédiction des Nains, il était venu nicher ici. Les vers *Bâti dans le sang, trempé du sang* ne l'avaient sans doute pas davantage dérangé.

Soudain, Tungdil entendit des chuchotements, et les cheveux de sa nuque se hérissèrent. Les murs lui parlaient, des esprits semblaient l'encercler et lui souffler des choses à l'oreille.

C'est seulement mon imagination, se dit-il.

Or ces mêmes esprits lui firent percevoir le fracas de haches, le cliquetis de cottes de mailles et les cris de combattants. Les bruits prirent de l'ampleur, le vacarme s'intensifia, les appels et les cris des blessés et des mourants devinrent insupportables.

—Non! cria Tungdil en se plaquant les mains sur les oreilles. Laissez-moi!

Mais l'illusion ne voulut pas disparaître. Pis, elle se fit encore plus assourdissante et plus menaçante, de sorte qu'il revint sur ses pas en courant aussi vite qu'il put. Plus rien ne le retenait ici de toute façon; tout ce qu'il voulait, c'était fuir le Noirjoug et ses esprits.

Les chuchotements, les cris et le vacarme diminuaient au fur et à mesure qu'il s'éloignait de cette partie du repaire.

Tungdil n'éprouvait que rarement de la peur, mais cette fois, la montagne avait mis son cœur à rude épreuve. Il préféra se tenir sous le plus éclatant des soleils ou sous la plus diluvienne des pluies plutôt que de passer une nuit de plus à l'intérieur de ce rocher. Maintenant qu'il connaissait en partie le terrible secret de la forteresse, il voyait les esprits de ses défunts ancêtres se tenir autour de sa couche.

Au bout d'innombrables heures de recherche, il n'avait toujours pas découvert d'indications explicites quant au nouveau lieu de séjour de Gorén. En revanche, il avait lu à plusieurs reprises le nom d'une Elfe dans des poèmes d'amour composés par le *famulus*. Or, ce dernier avait entouré tant de fois le même endroit sur de fragiles cartes du Pays Sûr que Tungdil crut savoir où se cachait Gorén: à Vertbois.

Pour parvenir jusque là-bas, trois cent cinquante milles supplémentaires vers le nord-ouest attendaient les pieds de Tungdil. Selon toute vraisemblance, le *famulus* s'était retiré dans le domaine boisé que l'on considérait comme le premier contrefort de l'Éternelle Forêt, laquelle se situait dans le Royaume elfique d'Âlandur. L'atmosphère particulière et paisible qui y régnait était légendaire; on disait que là-bas, les feuilles tombaient et repoussaient sans cesse, faisant fi des saisons.

Tungdil ricana. *Il s'est entiché d'une Oreille-pointue, et il est parti la rejoindre chez elle.* Il se rendit compte qu'à cause de cette Elfe inconnue, il avait fait tout ce chemin pour rien, ce qui n'était pas pour lui faire aimer davantage les Oreilles-pointues.

Quelque peu découragé, le Nain voulut retourner à la cuisine pour reprendre de là-bas le couloir qui menait à l'extérieur de la montagne, mais il manqua une bifurcation, plongé qu'il était dans ses pensées. Cette erreur fut une occasion pour lui d'en apprendre encore davantage au sujet de la forteresse des Troisièmes. C'est ainsi qu'il vit que la tribu de Lorimbur avait voulu créer quelque chose d'impressionnant, sans toutefois y parvenir. Les parois n'étaient pas droites, les marches étaient irrégulières. La malédiction de Vraccas qui pesait sur eux leur avait valu de ne même pas maîtriser correctement le plus élémentaire des métiers nains.

Finalement, il se retrouva au pied d'un porche que les bâtisseurs de la forteresse avaient creusé directement dans la pierre. À peine avait-il lu à voix haute les runes gravées sur la clé de voûte qu'une jointure se dessina sur la paroi massive. Les vantaux de pierre se séparèrent douloureusement pour le mettre dehors. Tungdil eut juste le temps de franchir la porte, qui se referma sur son passage. Il eut beau tâtonner et chercher, il ne trouva aucune fente qui trahît la présence d'une porte à cet endroit. *Voilà au moins une chose que les Troisièmes savaient bien faire.*

Le court chemin à travers l'épaisse forêt de sapins lui permit de s'accoutumer rapidement à la lumière du soleil, et lorsqu'il longea enfin la route en direction de Vertbois de son pas lourd, la clarté du jour ne le dérangeait déjà plus du tout.

Pour la première fois depuis le début de son périple, Tungdil se réjouit d'entendre le bourdonnement des abeilles, de sentir l'odeur de l'herbe et d'être touché par les vifs rayons du soleil. Tout était mieux que le Noirjoug.

Chapitre 5

Le Pays Sûr, Royaume magique de Lios Nudin,
au début de l'été du 6234e cycle solaire

Le soir venu, les six hommes et femmes se rassemblèrent dans la salle pour effectuer leurs préparatifs.

Ils retirèrent les chaises entourant la table de malachite pour tracer chacun un grand cercle de craie sur le sol de marbre et le remplir de symboles, de runes et d'inscriptions ; ceux-ci devaient permettre de capturer la Magie invoquée une fois l'invocation réussie et de la retenir un certain temps afin que son effet ne parte pas en fumée. Les énergies devaient ensuite être conduites simultanément vers la table, au centre d'un cercle plus grand.

Ces préparatifs prirent des heures. Aucune parole ne fut échangée car une conversation aurait nui à la concentration et un trait erroné les aurait obligés à reprendre tous leurs dessins depuis le début.

Lot-Ionan termina le premier et considéra la table de malachite vert sombre, qui était d'une nature particulière. Il avait jadis découvert ce meuble insolite chez un petit commerçant et décelé le potentiel de la pierre. Ses recherches avaient révélé que la mine d'où provenait la malachite vert sombre était située aux abords d'un champ de Magie. Ses expériences mirent dès lors rapidement en évidence que cette roche possédait la remarquable faculté d'accumuler la Magie et de la libérer sur commande. La malachite conservait les forces invoquées et les transformait en Magie concentrée. Plus de cent cycles solaires plus tard, cette découverte s'avéra bénéfique pour ses successeurs comme pour le Pays Sûr car, sans le cristal accumulateur, les Six ne seraient jamais parvenus à barrer la route au Pays Mort. Des générations de Mages des deux sexes avaient mis à profit cette propriété de la malachite et il devait en aller de même ce jour-là.

Turgur se releva et contempla son cercle avec satisfaction. Puis il observa Nudin.

— Quelque chose ne va pas, murmura-t-il à Lot-Ionan. Prends garde à Nudin.

— Pourquoi ? demanda le Mage, surpris. Que...

Nudin se redressa et regarda dans leur direction ; son visage bouffi prit une expression méfiante lorsqu'il remarqua les deux hommes en train de chuchoter.

— Pas maintenant. Je vous expliquerai plus tard, à toi et aux autres, déclara Turgur. M'apporteras-tu ton soutien ?

— T'apporter mon soutien ? (L'esprit du Mage à la longue barbe blanche était empli de formules magiques ; il ne savait que faire des airs mystérieux du Beau.) Mais... ?

Maira l'interrompit et les enjoignit à prendre place. La lune et les étoiles étaient hautes dans le ciel lorsque les Mages pénétrèrent dans les cercles tracés tout autour de la table. La cérémonie pouvait commencer. La voûte au-dessus de leurs têtes entra en mouvement et pivota sur le côté de sorte que seul le firmament les dominât encore.

Les Six étendirent les bras en croix et récitèrent les yeux fermés les formules d'invocation des forces magiques.

Chacun prononça ses propres syllabes. Maira en chantant, Andôkai en chuintant furieusement et en s'emballant, les formules de Turgur vibrant de l'arrogance qui était la sienne tandis que Sabora émettait un murmure à peine audible. Leurs voix se mêlaient pour former un chœur indistinct et implorant auquel la Magie ne pouvait résister.

Nudin et Lot-Ionan s'exprimaient de manière pratiquement identique. Ils récitaient leurs paroles solennellement et majestueusement, comme s'ils se trouvaient face à un roi qu'ils salueraient avec une crainte respectueuse.

Le Patient n'avait pas oublié les étranges paroles de Turgur ; il épia Nudin à travers ses paupières mi-closes et constata avec soulagement que le comportement de ce dernier n'avait rien de bien singulier.

Les symboles entourant la Gardienne se mirent à rougeoyer vivement les uns après les autres ; celle-ci se tenait dans un faisceau irisé étincelant, visible de loin, qui rayonnait verticalement en direction du ciel sombre et illuminait sa silhouette. Maira était prête.

Les cercles s'embrasèrent à tour de rôle, baignant les Mages de lumière. Les habitants de Porista devaient sûrement contempler le palais du Conseil avec enthousiasme, se réjouissant de ce rare spectacle.

La formidable énergie de la Magie emplit la pièce. Des crépitements retentirent de toutes parts. De petits feux follets bleuâtres jaillirent entre les colonnes.

La Gardienne posa les mains sur la malachite et les cinq autres l'imitèrent. Lot-Ionan vit que Turgur ne quittait pas Nudin des yeux et semblait extrêmement tendu.

La puissance invoquée les traversa et pénétra dans le cristal vert sombre, qui se mit alors à palpiter. Son éclat se fit de plus en plus vif, puis les Six retirèrent leurs doigts de sa surface froide et reculèrent d'un pas.

— Entame ton voyage et renforce le lien invisible qui entrave le Pays Mort ! s'exclama Maira en récitant la formule.

La malachite et la Magie lui obéirent ; l'énergie émergea du centre de la table sous la forme d'une lumière blanchâtre scintillante.

Mais Nudin saisit soudain son bâton et maintint son extrémité directement dans la puissance concentrée. La précieuse pierre noir et argent absorba la lumière blanche puis libéra un éclair noir qui transmit la puissance ainsi capturée au Mage ; celui-ci poussa d'horribles cris et fut pris de convulsions sous l'effet de la douleur.

— Traître !

Turgur prit son bâton magique pour faire tomber l'onyx de son embout en acier, mais un écran de protection invisible l'en empêcha.

La pierre aspira la Magie de la malachite jusqu'à la moindre particule, le plateau de la table cessa de scintiller, les cercles magiques de rougeoyer. Le rituel était terminé, la puissance ayant été invoquée, puis libérée. Nudin tituba et prit appui, épuisé, contre une colonne derrière lui.

Lot-Ionan regarda en direction de Turgur qui, manifestement, en avait su davantage sur les intentions de Nudin.

— Il nous a trahis ! s'écria le Beau hors de lui. Il est du côté du Pays Mort ! Si seulement j'avais été renseigné plus tôt.

— Qu'est-ce qui t'a pris ?! s'emporta Andôkai en courant vers Nudin. De ses mains puissantes, elle agrippa le Mage par les épaules, comme pour le frapper.

Mais il la devança.

Son poing serré s'écrasa à une telle vitesse sur le menton d'Andôkai qu'elle n'eut pas l'occasion de parer le coup. L'Impétueuse fut projetée, vola sur une courte distance à travers la pièce et retomba sur la table de malachite où elle resta étendue, immobile.

— Tu nous dois des explications, Nudin, exigea Lot-Ionan d'un ton cinglant.

Le Mage vêtu de sombre se redressa.

— Tais-toi, vieux fou ! lui cria-t-il en tendant le bâton à l'onyx vers Lot-Ionan.

Les quatre Mages s'apprêtèrent à réagir contre une offensive magique. La maladie avait très certainement altéré sa raison ; la folie n'avait rien d'inhabituel chez les Mages.

— Qu'est-ce qui t'a pris, Nudin ? insista Sabora. Est-ce une question de pouvoir ? Était-ce une ruse pour obtenir une puissance accrue grâce au rituel ? À moins que Turgur ait dit la vérité ? Ce serait insensé. (Elle jeta un rapide regard aux autres.) Pose ton bâton avant qu'un malheur se produise.

— Le malheur s'est déjà produit, rétorqua-t-il. Le malheur, c'est l'erreur que vous avez commise pendant toutes ces années. Vous l'avez combattu au lieu de lui parler. Il a raison à bien des égards !

— Le Pays Mort ! murmura la Gardienne, horrifiée. Tu lui as… parlé ?

— J'ai suivi son enseignement, corrigea-t-il. Je vous laisse le choix. Serez-vous avec moi ou contre moi, quand je transformerai et protégerai le Pays Sûr ?

Lot-Ionan saisit son bâton. Il était inutile de demander quelle serait sa décision.

— Par l'acte que tu as commis aujourd'hui, tu t'es fait cinq ennemis, déclara-t-il avec tristesse. La soif de connaissance et la curiosité ont causé ta perte. Tu n'aurais pas dû écouter la voix du Mal.

— Il n'est pas le Mal, objecta Nudin. (Celui-ci s'apprêtait à s'expliquer lorsque de fines coulées de sang se mirent à suinter de son nez et de son œil gauche, dessinant des sillons rouge sombre sur son visage pâteux. Il s'interrompit.)

— Vois ce qu'il fait de toi, dit doucement Maira. Rejette-le, Nudin !

— Non ! s'exclama-t-il d'une voix emplie de crainte. Non, jamais ! Il sait tant de choses, plus que tous mes livres, oui, plus que tous les Humains et tous les Mages réunis. (Sa voix se fit aiguë.) Avec lui, mes rêves deviennent réalité. Essayez donc de comprendre, lui seul me permettra de progresser !

— Je vois. Tu ne peux plus revenir en arrière, parce que tu es devenu partie intégrante du Pays Mort. Et l'infime prix à payer pour cette prétendue omniscience, c'est le Pays Sûr tout entier, Humains et créatures compris, n'est-ce pas ? demanda Turgur, acerbe. J'ai connu meilleurs pactes, mon cher.

— Personne ne te soutiendra, Nudin, le prévint Sabora dans un murmure en secouant la tête. Comment as-tu pu ?

— Vous ne comprenez pas, dit-il, déçu. Il est venu pour tous nous préserver du Mal !

— Nous préserver du Mal ? (Maira donna un signal aux autres.) Non, Nudin. Il n'y a rien de pire que le Pays Mort, rien de plus terrible. Nous devons l'arrêter (elle inspira profondément) et nous devons t'arrêter toi aussi.

— Fous que vous êtes ! Vous ne ferez pas de mal à mon ami.

Nudin marmonna des paroles incompréhensibles et frappa le sol du bout de son bâton. Le marbre se fendilla, une fissure se forma qui s'étendit en direction de la pierre fine pour atteindre, un battement de cœur plus tard, le socle sur laquelle elle était posée.

La malachite craqua comme du sucre candi dans du thé très chaud avant d'éclater en milliers de petits morceaux. Andôkai s'effondra sur les dalles sans même émettre un gémissement ; les débris verts dégringolèrent et giclèrent autour d'elle.

Le contre-sort vint trop tard aux lèvres de Lot-Ionan qui, à l'instar des quatre autres, fixa horrifié les restes de la pierre extraordinaire. *Il a détruit le foyer à tout jamais!*

Tandis qu'il contemplait, pétrifié, les fragments verts étincelants, une boule de feu bleue passa à côté de lui pour anéantir le traître. Toutefois, un sort de protection fit éclater le projectile magique envoyé par Turgur.

— Tous ensemble! s'écria Maira. Protégez le Pays Sûr d'un mal pire encore!

Son cri réveilla Lot-Ionan, assailli par la vision d'un possible avenir cauchemardesque pour son pays natal et infiniment déçu par la trahison de Nudin. Les autres avaient besoin de son soutien dans le combat insolite qui se préparait. En deux cent quatre-vingt-sept cycles, il n'avait jamais dû utiliser la Magie pour tuer ou détruire.

Les Mages attaquèrent d'abord le renégat avec des éclairs d'énergie et des boules de feu en succession rapide, puis ils concentrèrent leur Magie en une offensive unique.

La zone protectrice de Nudin se retrouva cernée de décharges et de feu, sa silhouette disparaissant au sein de cet enfer. Sabora provoqua l'écroulement de deux piliers à proximité de Nudin, si bien que le plafond du palais s'effondra en grande partie sur ce dernier; une fine poussière se souleva, leur obstruant la vue.

Aucun des quatre n'osait prendre soin d'Andôkai. Nudin requérait toute leur attention.

— Voyons si nous avons réussi.

Maira proféra une incantation pour chasser la poussière par le toit. Lorsque le voile se dissipa, ils contemplèrent du vide – le Curieux avait disparu. Rien ne permettait de penser qu'ils l'avaient anéanti.

— C'est impossible, haleta Turgur, exténué. Il aurait dû succomber. Nudin...

Il écarquilla les yeux. Horrifié, il considéra sa main qui vieillissait à vue d'œil. La peau se rida, se couvrit de taches qui se transformèrent en plaques noires, puis elle commença à se putréfier. Le Beau proféra un contre-sort, mais en vain. La décomposition monta le long de son bras, s'empara de son torse entier et continua de s'étendre.

— Tiens bon!

Sabora vint à son secours. Sans aucune crainte, elle posa ses mains sur les parties mourantes pour les guérir grâce à ses pouvoirs, mais elle aussi échoua.

Turgur s'effondra, car plus rien ne soutenait son corps. Sa langue s'était muée en un morceau de chair fétide et il balbutiait, impuissant, achevant de perdre sa beauté, puis la vie. Le Mage s'était décomposé vivant.

Lot-Ionan tenta de surmonter sa peur naissante à l'égard du traître. Nudin connaissait des sortilèges qui n'existaient pas au Pays Sûr; le Pays Mort lui avait déjà enseigné de terribles secrets.

Le Curieux apparut alors derrière une colonne juste à côté de Maira. La Gardienne recula à sa vue.

— Je vous avais laissé le choix, dit-il d'une voix nasillarde. (Il s'approcha des trois Mages et se tint à côté d'Andôkai.) Vous avez pris votre décision. À présent, constatez par vous-mêmes ce que cela vous coûte. Je…

Encore étendue, immobile, un instant auparavant, Andôkai bondit en tirant son épée. La lame fendit l'air avec un sifflement et transperça la poitrine de Nudin.

— En récompense de ta trahison ! lança-t-elle en poussant la lame vers le haut avec un grand cri. L'arme trancha les côtes du flanc gauche ainsi que la clavicule avant de ressortir. Nudin chancela, puis s'effondra.

Dans sa chute, le moribond brandit son bâton et le projeta en avant avec une force extraordinaire. Son extrémité traversa la poitrine d'Andôkai ; elle poussa un gémissement, tomba et ses doigts se crispèrent sur les éclats de malachite. Puis elle resta étendue sans mouvement.

— Andôkai !

Sabora fut immédiatement à son côté, et s'efforça de guérir sa blessure par la force de sa Magie.

Lot-Ionan et Maira poussèrent un soupir de soulagement en voyant le traître étendu dans son propre sang. Ils s'agenouillèrent auprès de la blessée pour lui prêter assistance, mais leurs incantations échouèrent.

— Le rituel et le combat ont épuisé nos forces, déclara Sabora en se relevant hâtivement. Veille à ce qu'elle ne perde pas trop de sang, je vais chercher un apprenti de Nudin qui s'y entend en sortilèges de guérison et qui est reposé. Ce sera mieux que rien.

Elle fit deux pas en direction de la porte et se figea en plein mouvement. Sa carnation changea pour devenir bleu pâle des pieds à la tête.

— Sabora ?

Lot-Ionan tendit la main vers elle pour la toucher. Le froid lui mordit les doigts, sa main se trouva immédiatement prise dans la glace. La Réservée s'était changée en glace !

— L'Impétueuse gît paisiblement sur le sol, le Beau a perdu sa grâce, la Réservée sera muette à tout jamais, déclara Nudin d'une voix rauque. Quel peut bien être le sort réservé au Patient ?

Nudin ?! Lot-Ionan se contraignit à se détourner de la magicienne. Des lambeaux de peau restèrent collés à la chair gelée de cette dernière et il poussa un cri. Voir son amie bien-aimée finir ainsi le mit dans une rage incroyable.

— Tu n'échapperas pas encore une fois à la mort !

Il tournoya, un atroce sortilège aux lèvres, et regarda fixement le traître qui se tenait devant lui, la robe souillée de sang et le bâton à l'onyx dirigé droit sur lui. La profonde plaie causée par l'épée d'Andôkai avait disparu ; seule l'étoffe tailladée témoignait de son agression.

Mais avant que Lot-Ionan ait pu agir, de mystérieuses forces paralysèrent son corps qui se refroidit de plus en plus, gelant pitoyablement ; sa peau se resserra et se tendit à tel point que des larmes de douleur coulèrent le long de ses joues. Seuls ses yeux conservèrent leur mobilité.

— Nudin, ne vois-tu pas qu'il te manipule ?

Maira voulut se lever mais glissa sur les débris de malachite. Nudin repassa immédiatement à l'attaque. À son injonction, les éclats de cristal de toutes tailles se dressèrent sur le sol comme des épines puis il l'assaillit d'une formule magique.

Elle repoussa l'éclair noir mais tomba sur les éclats. Leurs arêtes tranchantes déchiquetèrent ses vêtements et sa peau sensible, pénétrèrent dans sa chair et la blessèrent grièvement.

— Nudin ! Je t'en supplie…, haleta-t-elle d'une voix étouffée.

— *Personne* ne me supplie !

Le Mage se tenait au-dessus d'elle jambes écartées. Il la battit avec son bâton qu'il tenait à deux mains. La pierre précieuse noire lui taillada le visage en lançant des éclairs, Maira poussa un hurlement strident.

— Et moi non plus, je ne supplierai plus personne !

Comme un dément, il lui roua la tête de coups jusqu'à ce que son crâne éclate avec un bruit retentissant et qu'il ne reste plus rien de son visage auparavant si digne.

Nudin se redressa en ahanant ; une expression de triomphe illuminait ses yeux fous. Il regarda autour de lui et contempla les morts.

— C'est *votre* faute *à vous*, s'écria-t-il avec colère comme pour se justifier. C'est *votre* décision qui vous a tués. (Il passa la main sur son visage et découvrit le sang en train de coaguler ; dégoûté, il l'essuya sur sa robe.) *Pas* moi, dit-il un peu plus bas, *pas* moi.

Lot-Ionan pleurait de désespoir, c'était tout ce qui lui restait. Ils avaient été trahis et anéantis par un homme qui se disait leur ami.

Toute tension quitta le corps de Nudin. Il se laissa tomber sur une des chaises et contempla les étoiles.

— Je suis Nôd'onn le Dédoublé, déclara-t-il en s'adressant aux points scintillants. Nudin le Curieux n'est plus, il a rejoint les cinq autres Mages du Conseil pour ne plus jamais revenir. (Ses mains se cramponnèrent à son bâton.) Je suis deux et pourtant un, chuchota-t-il, perdu dans ses pensées ; il se releva pesamment en s'appuyant sur son bâton et se dirigea vers la sortie. Lot-Ionan le suivit du regard.

— Tu vas mourir, mon vieil ami et néanmoins faux frère, prédit-il en partant. Bientôt, tu seras entièrement pétrifié et transformé en statue. (Il tourna ses yeux rougis vers lui. Ils avaient l'air très fatigués et déçus.) Tu aurais dû t'allier à moi au lieu de rester avec ce traître de Turgur. Mais en souvenir du bon vieux temps, je te promets que tu recevras une belle place, dit-il en guise d'adieu. (Il étreignit le Mage et le tourna légèrement pour qu'il puisse voir Sabora.) Regarde-la pendant que tu t'éteins, et meurs en sachant qu'elle ne tardera pas à te suivre. Adieu. Je dois partir sauver notre pays. Seul. Puisque vous m'avez abandonné.

Il sortit du champ visuel de Lot-Ionan et les portes se refermèrent avec bruit. Le Mage se retrouva seul avec les morts dont la vue était un supplice pour son âme ; voir Sabora, figée dans la glace lui fit pratiquement perdre la raison.

Ô dieux, voulez-vous donc voir sombrer le Pays Sûr ? Si ce n'est pas le cas, je vous en conjure, faites quelque chose ! La colère, le désespoir, la haine et la tristesse s'accumulèrent en son sein et sa détresse devint telle qu'il fut incapable de cesser de pleurer.

Finalement, la Magie lui accorda grâce. Les dernières larmes se figèrent, témoignages de sa peine figée sur sa peau marmoréenne. Sa respiration s'interrompit et son cœur se pétrifia. La mort épargna au Patient le spectacle de Sabora, qui fondit sous l'impitoyable soleil estival durant la journée.

Lorsque tout fut paisible, un guerrier gigantesque surgit de l'une des fenêtres. Il enjamba les morts et s'agenouilla à côté du corps inerte d'Andôkai. Son cri inhumain résonna dans tout le palais.

Le Pays Sûr, Lios Nudin,
au début de l'été du 6234e cycle solaire

Tungdil avançait rapidement. Ses bottes avalaient une lieue après l'autre tandis qu'il se dirigeait inéluctablement vers le nord-ouest et approchait de Vertbois. Le chemin le plus court pour atteindre son objectif passait par Lios Nudin, le royaume du Mage Nudin, dit « le Curieux ».

Il ne cessait de se rapprocher des abords du Pays Mort et cela ne lui plaisait pas du tout. La partie septentrionale du Royaume magique jouxtait l'extrémité méridionale de celui-ci ; toutefois, le bois se trouvait encore à l'abri, à cent dix lieues de là. Si les Mages perdaient un jour le contrôle de la situation, Gorén devrait se faire à l'idée de quitter sa forêt.

Il découvrit un comptoir de messagers peu après avoir quitté le Noirjoug. Afin de rassurer Lot-Ionan sur sa santé ou sa position, Tungdil rédigea de nouveau une brève missive dans laquelle il décrivit ce qu'il lui était arrivé depuis son départ et l'endroit où il se rendait à présent. La commission lui coûta les dernières de ses pièces d'or bien-aimées.

Le temps lui était clément. Un soleil chaud et agréable brillait dans le ciel et le vent le rafraîchissait chemin faisant. Lorsque la température augmenta néanmoins, le Nain s'assit à l'ombre d'un arbre et attendit l'après-midi. Ses jambes lui semblaient plus vigoureuses qu'auparavant, il ne sentait plus le poids de sa cotte de mailles. Son périple était donc bénéfique à bien des égards.

Lios Nudin ne plut guère à Tungdil. Le pays était plutôt plat et les habitants du Royaume magique qualifiaient ses douces collines de « hauts plateaux » avec une crainte respectueuse. En revanche, il y avait des prés et des champs à perte de vue. Des vaches, mais aussi et surtout des moutons y ruminaient sous la garde de chiens vigilants. Les rares forêts étaient clairsemées, mais très anciennes. Les arbres semblaient vouloir rester éternellement là où ils avaient enfoui leurs racines.

Lios Nudin était dépourvu de grandes villes. Mis à part la capitale, qu'il contourna de loin par le sud, il n'y avait que Lamtasar et Seinach, où vivaient plus de trente mille Humains.

Les nombreux villages et fermes permirent à Tungdil de trouver plus aisément des travaux de forge occasionnels afin de remplir sa musette de lard fumé, de pain et de fromage en paiement de ses services ; il ne prit même pas la peine de demander de l'or aux simples paysans.

Il marchait à présent depuis quatre lunes vers l'ouest sur la route de campagne. Dès qu'il franchirait la frontière, il serait de nouveau dans le Gauragar et devrait se diriger en oblique vers le nord pour atteindre Vertbois.

J'espère que Gorén ne sera pas parti ailleurs après s'être brouillé avec son amie Elfe. Tungdil faisait des cauchemars dans lesquels il poursuivait l'ancien apprenti de Lot-Ionan pendant le restant de ses jours afin de lui rendre ces maudits artefacts. Il faisait aussi de nouvelles expériences et il s'était entretemps accoutumé à vivre à la surface.

L'impression laissée par l'attaque des Orcs datait à présent de plusieurs semaines et le sentiment de terreur s'était peu à peu dissipé. Tungdil aimait écouter les histoires des paysans, humer les odeurs de la campagne et entendre les différents dialectes des gens. Le Pays Sûr était chaque jour source de surprise.

Durant ses heures de solitude, la sécurité du repaire souterrain, son espace restreint et clairement défini, ses couloirs protecteurs et ses pièces au plafond bas lui manquaient tout autant que les livres et les conversations avec les apprentis de rang inférieur ou avec Sunja ou Frala, dont le foulard pendait toujours à sa ceinture.

Simultanément, il ne cessait d'espérer que son peuple se fût soucié de lui, le Nain perdu, et qu'il eût envoyé une réponse à son père adoptif. Tungdil y pensait chaque jour et il priait Vraccas qu'ils veuillent bien le rencontrer.

Dans l'après-midi, les environs se firent plus boisés ; des arbres toujours plus nombreux se dressaient vers le ciel jusqu'à former une forêt claire et agréable. Il approchait de Vertbois.

D'après sa carte, il se trouvait à cinquante milles à l'ouest de Lios Nudin et à cent milles au sud-ouest de la frontière du Pays Mort – par conséquent en terrain sûr. Il aurait été surpris de rencontrer des Orcs ici.

C'est alors qu'une branche cassa dans la forêt.

Tungdil connaissait bien les bruits de la nature désormais. Il savait qu'un tel bruit ne provenait pas d'une brindille. Quelque chose de lourd avait fait craquer le bois. Il posa la main sur le manche de sa hache et guetta dans la direction présumée du bruit.

Le craquement se reproduisit.

— Holà !

Sa voix ferme effraya le chevreuil en quête d'herbes grasses entre les arbres. L'animal détala en bondissant, il vit son arrière-train blanc s'élever et retomber puis disparaître derrière un tronc d'arbre.

Il rit avec soulagement. *Un chevreuil…*

Tandis que Tungdil cheminait dans la forêt, il se sentit gagné par le calme et la sérénité. Il émanait des arbres une impression de paix dont il s'imprégnait ; le gazouillis des oiseaux semblait plus vivant, plus gai qu'auparavant. Les animaux l'accueillaient comme on reçoit un ami de retour d'un long voyage.

La route sale et poussiéreuse fit place à une bande verte, couverte d'herbe, qui s'intégrait harmonieusement à la nature. Le sol sous ses semelles était élastique, d'une douceur engageante. Même l'accablante chaleur estivale qui l'avait incommodé au cours des derniers jours était supportable à l'ombre de la voûte de feuillage. Une brise chassait l'air étouffant et il marchait avec plus d'aisance que jamais.

Il se familiarisa avec les bruits du bois, le craquement se reproduisit fréquemment. Il vit des chevreuils, des cerfs et des sangliers disparaître prestement entre les arbres sur son passage. Les animaux abondaient. Comme lui, ils semblaient percevoir l'atmosphère du bois et se sentir bien.

Je me montrerai réservé vis-à-vis de l'Oreille-pointue, pensa Tungdil. Le peuple des Nains et celui des Elfes se détestaient mais, personnellement, il ne songeait pas à haïr quelqu'un qui ne lui avait fait aucun mal. *Cela dit, je verrai bien comment elle m'accueillera.*

Une autre branche craqua. À en juger par l'ampleur du bruit, il allait sûrement croiser un cerf orgueilleux, et il pourrait contempler ses bois avec respect.

De minces troncs se brisèrent à leur tour, des branches cédèrent avec fracas, puis on jura. En langue orc.

L'harmonie du bois fut brisée comme du verre fin sous le coup d'un marteau de forge. Tungdil sentit une odeur pénétrante de sueur et de graisse rance. Un instant plus tôt, il se croyait encore en sécurité et voilà que des Orcs déboulaient des buissons et voulaient le découper en tranches.

Une Peau-Verte particulièrement hideuse déboucha sur le chemin devant lui. Elle était armée jusqu'aux crocs, qu'elle avait protubérants, entièrement cuirassée et pratiquement deux fois plus grande que le Nain.

— Foutue verdure ! Brûlons ce fatras, ce sera plus facile pour marcher.

D'un geste furieux, le monstre retira une branche de son armure. Il n'avait toujours pas remarqué la présence du Nain.

Ses compagnons qui sortirent de la forêt après lui furent plus attentifs.

— Hé, Frushgnar ! Devant toi !

Ces cris brefs suffirent à lui faire tourner la tête, qu'il avait anguleuse. Sa large gueule s'ouvrit et il poussa un hurlement d'intimidation particulièrement menaçant. Ses yeux minuscules et étincelants à la fois, profondément enfoncés dans leurs orbites, se braquèrent sur Tungdil.

— Un Nabot ! Tu arrives à point, s'écria l'Orc en tirant son épée dentelée.

— Je n'en dirais pas autant de toi.

Lorsque le Nain regarda par-dessus son épaule, son visage perdit toute couleur. Des brutes toujours plus nombreuses sortaient de la forêt. Arrivé à trente, il cessa de compter. Cette fois, le combat était inévitable. Il voulait affronter les Orcs et mourir comme un Enfant du Forgeron. Peut-être réussirait-il le tour de force d'en tuer au moins un, afin de ne pas être trop indigne de sa race une fois devant Vraccas. C'était l'intention qui comptait.

— Mais puisque vous êtes là, je vais devoir vous tuer.

— Toi et quelle armée ? grogna l'Orc, méprisant.

Tungdil laissa glisser ses sacs à dos au sol. Il fut tellement agacé à l'idée de faillir si près du but qu'il retrouva une énergie incroyable.

— Je n'ai pas besoin d'armée. Ma hache me suffit.

Plus il sentait leurs effluves et plus la haine innée de son peuple à l'égard de ces monstres se réveillait. Il revit Bonsprés détruite et les nombreux morts. Réduisant au silence la partie éduquée de son esprit, il se rua sur le premier Orc avec un cri de guerre.

Le monstre para son coup avec son bouclier, poussa un grognement de mépris et lui donna un coup de pied en pleine poitrine.

— Tu as quand même besoin d'une armée, couina-t-il en riant avant de lui assener un autre coup de pied.

Le Nain tituba en arrière, un arbre le freina. Au dernier instant, il se baissa pour éviter l'épée qui manqua sa tête de peu et alla se planter dans le tronc de l'arbre.

Tungdil vit la grosse cuisse sans protection juste devant lui et frappa sans réfléchir. La hache pénétra dans la jambe où elle laissa une plaie béante, du sang vert sombre ruisselant de la blessure et coulant le long du genou.

— Ha !

Sans se préoccuper plus longtemps de son épée, l'Orc sortit un poignard pour frapper le Nain. La lame heurta la cotte de mailles, mais la force du coup suffit à le déséquilibrer. Tungdil tenta de rester sur ses jambes, trébucha sur ses deux sacs et tomba sur le dos. *Malédiction !*

— Tu ferais mieux d'appeler ton armée, car j'en aurai bientôt fini avec toi.

La brute lança le long couteau dans sa direction mais le manqua.

Pour comble de malheur, Tungdil s'empêtra dans les sangles des sacs à dos ; il tenta de se dégager tandis que son opposant arrachait l'épée de l'arbre.

L'Orc s'approcha en boitant. Écumant de rage, il frappa, et son arme tranchante fendit l'air en sifflant.

Le Nain roula sur le côté. Le sac contenant les artefacts glissa à sa suite et atterrit de travers sur son dos, où la lame du monstre l'atteignit.

Les possessions de Gorén amortirent le coup, mais les nombreux craquements révélèrent à Tungdil qu'un artefact au moins n'arriverait pas entier à Vertbois. Pour peu qu'ils y arrivent. Cela attisa de nouveau sa colère.

— Tu te réjouis trop tôt !

Il roula sur le dos dans l'autre sens et frappa avec sa hache sitôt retourné ; son arme s'enfonça aux deux tiers dans le mollet droit de l'Orc.

— Là !

Celui-ci s'affaissa en glapissant et tomba dans l'herbe à côté du Nain. Tungdil s'éloigna de son assaillant en rampant, se releva d'un bond et lui planta la hache dans la nuque avec une telle violence qu'on put entendre un craquement.

— Je n'ai besoin d'aucune armée contre toi, haleta-t-il.

Il avait tué l'une des créatures de Tion. Il espéra que Vraccas serait content de lui, car il avait fait tout ce qu'il pouvait.

Trente autres monstres se ruèrent sur lui. Ils étaient trop nombreux pour qu'il survive à cette journée.

Mais j'emporterai encore un autre d'entre vous avec moi. Tungdil baissa la tête et agrippa le manche de sa hache. Ses ancêtres avaient dû ressentir la même chose au passage de Pierre lorsque l'immense armée des Ténèbres avait assailli le Portail. Il partagerait leur destin et mourrait la tête haute.

Lorsque les premiers adversaires se trouvèrent à dix pas de lui, un son de cor joyeux et insolent retentit, puis on entendit des claquements, des cliquetis, acier contre acier, et des Orcs pousser des cris d'agonie. Tungdil bénéficiait d'un soutien inespéré. Le Nain éprouva une reconnaissance infinie à l'égard de celui qui occupait les monstres, qui qu'il fût.

— Il n'est pas seul ! En avant, apportez-moi leur chair ! hurla le chef des Orcs.

Les Peaux-Vertes situées en première ligne firent volte-face pour se tourner vers les nouveaux adversaires qui avaient surgi derrière leur troupe.

L'Elfe m'a envoyé ses guerriers, songea Tungdil. *Je ne vais quand même pas regarder sans rien faire.* Il trotta derrière les Orcs et prit son élan pour frapper un de ses opposants par-derrière dans le creux des genoux. La brute s'écroula comme un arbre abattu.

— Encore un ! fit Tungdil avec un rire féroce.

Un Orc s'apprêtait à le combattre tandis que le reste de la horde formait un rang serré autour des guerriers de l'Elfe, lui bouchant ainsi la vue.

Le Nain ne tarda pas à remarquer que ses deux succès inattendus l'avaient rendu téméraire. Son troisième adversaire ne se laissait posséder par aucun stratagème, et l'attaquait sans répit avec une épée bâtarde.

Après cinq rudes coups, Tungdil se retrouva dans l'embarras. Un heurt violent lui arracha son arme, qui tomba lourdement dans l'herbe. Dans sa détresse, il saisit son couteau à pain.

—Amène-toi!

—Mais certainement! (L'Orc piailla de plaisir.) Je m'en servirai ensuite pour retirer ta chair de mes dents, Nabot, hurla-t-il en s'apprêtant à frapper.

Le Pays Sûr, Royaume d'Urgon,
au début de l'été du 6234ᵉ cycle solaire

—Une armée commune?

Lothaire, souverain d'Urgon, rit à gorge déployée. Le jeune Humain âgé de vingt et un cycles à peine rejeta ses longs cheveux blonds en arrière et fit signe à un serviteur d'apporter de l'eau fraîche.

—Contre le Pays Mort?

Le roi Tilogorn, un Humain d'environ quarante cycles aux cheveux bruns mi-longs et au visage étroit et sérieux, acquiesça. Il s'était rendu au palais de Lothaire afin de parvenir à un accord entre les souverains. Quatre heures déjà qu'il était enfermé dans cette pièce sinistre à tenter de convaincre Lothaire. Et il avait le sentiment de n'accomplir aucun progrès. Dehors, le soleil longeait les montagnes d'Urgon, il disparaîtrait bientôt derrière leurs sommets.

—Des rumeurs circulent selon lesquelles les barrières magiques ne tiennent plus. Et si elles cèdent, nous devons être préparés à une invasion d'Orcs comme il n'y en a jamais eu. (Tilogorn désigna la carte du Pays Sûr.) Les sept Royaumes doivent s'unir, et si vous me donnez votre consentement, convaincre les reines Umilante, Wey et Isika ainsi que les rois Bruron et Nate sera plus aisé.

Lothaire sirota sa boisson, regarda par-dessus le bord de son verre et fixa son regard dans celui de Tilogorn.

—Vous êtes sérieux?

—On ne peut plus sérieux. Notre cohésion sera décisive pour notre survie, j'en suis certain.

—Ne serait-il pas préférable de nous en remettre d'abord à la puissance des Mages avant de…

— Les Mages tentent de faire leur part, nous, nous livrons les troupes, l'interrompit-il. J'ai envoyé un messager en Lios Nudin négocier avec le Conseil le moment où nous pourrons le rencontrer. Il doit revenir bientôt.

— Croyez-vous que les magiciens s'abaisseront à parler avec nous, mortels ? Andôkai l'Impétueuse revendique une partie de mon pays, mais elle n'est jamais venue chez moi.

Tilogorn rit.

— Andôkai est une Mage exceptionnelle, mais qu'il vaut mieux éviter. Bien que nous voyions les magiciens très rarement et qu'ils se mêlent très peu de nos affaires, je suis certain qu'ils feront une exception dans ce cas. Ils sont conscients de leurs responsabilités.

Lothaire regarda le plan et considéra les frontières du Pays Mort, qui ne représentaient pas encore de menace pour lui.

— Je ne sais pas. Dans mon royaume, tout va pour le mieux…

— Mais pour combien de temps encore, prince ? dit Tilogorn en s'efforçant de prendre une voix apaisante. Votre royaume montagneux est assurément plus facile à défendre que des royaumes plats comme le Gauragar ou l'Idoslân mais les Orcs, les Albes et toutes les créatures que le Pays Mort peut bien abriter ne se laisseront certainement pas arrêter par ce genre d'obstacles bien longtemps.

— Je les précipiterai au bas de mes sommets avec leurs lourdes armures ou les noierai dans mes lacs, s'obstina Lothaire avec son arrogance tristement célèbre. Mes hommes sont expérimentés, nous combattons chaque jour des Trolls isolés qui vivent dans les montagnes. Un seul homme bien placé peut retenir cent adversaires sur chacun de mes chemins.

— Ne comparez pas les Albes avec des Trolls un peu simples d'esprit. Une flèche bien ajustée et votre homme est mort, comprenez bien cela. Leurs renforts, qui viennent du Nord, sont inépuisables ; vous, en revanche, viendriez progressivement à manquer de soldats. (Tilogorn désigna les anciens Royaumes des Elfes.) Tous ont tenu à se battre seuls et sont allés à leur perte. Cela ne doit-il pas nous servir d'avertissement ? Une immense armée capable d'affronter ces monstres, voilà ce qu'il nous faut !

— Qu'en est-il des forces du Pays Mort ? On dit que les morts se relèvent en son nom.

— J'en ai également entendu parler et je me suis dit que nous pourrions brûler les cadavres immédiatement pour qu'ils ne puissent pas revenir sous la forme de créatures sans âme. Nous organiserons quelques divisions qui longeront l'arrière des lignes et s'occuperont des morts. (Tilogorn vit dans cette question un signe que Lothaire se laissait convaincre.) Serez-vous mon allié, prince ?

— Je commanderai l'armée, annonça Lothaire aussitôt.

— Nous nous partagerons la tâche, objecta le roi d'Idoslân. Nos expériences de combat respectives se compléteront. En outre, mes hommes ne suivraient pas un chef plus jeune qu'eux. (Il lui tendit la main.) Y souscrivez-vous ?

Lothaire ne put s'empêcher de rire.

— Soit. Nous allons former une armée comme le Pays Sûr en a rarement vu. Avec elle, nous pourrions envahir Dsôn Balsur et chasser les Albes par le passage de Pierre ou les anéantir totalement, ce qui serait la meilleure chose, déclara-t-il avec enthousiasme en lui faisant part de ses réflexions. Ensuite, ce sera au tour des Orcs et nous transformerons nos royaumes en pays paisibles et sûrs. Ma foi, je m'en réjouis.

Il lui serra la main mais, l'instant d'après, son visage arborait une expression soucieuse.

— Il y a encore une chose que vous devriez savoir. Vous souvenez-vous du prince Mallen d'Ido ?

Tilogorn soupira.

— Qui pourrait oublier le dernier rejeton de la dynastie des Ido ? J'ai entendu dire qu'il vivait sur vos terres.

— Il commande mes troupes, pour être précis, corrigea Lothaire. Mais je le relèverai de ses fonctions dès que nous irons combattre les Orcs dans votre pays. Il ne sera pas dit que j'aie été responsable d'incidents sanglants en introduisant le dernier des Ido en Idoslân sous un fallacieux prétexte.

Ce n'était pas une nouvelle particulièrement réjouissante.

— Je crains que cela cause une agitation précoce au sein de l'armée. Il a certainement gagné des partisans dans les rangs des soldats.

Lothaire sirota son eau.

— Dans le fond, c'est un homme raisonnable. Pensez-vous que vous seriez à même de le convaincre du bien-fondé de notre cause comme vous l'avez fait avec moi ? (Lothaire se leva et se dirigea vers la sortie avant que Tilogorn ait pu répondre.) Je vais le faire appeler. Si vous parvenez à le convaincre, vous devriez avoir facilement raison des réticences des rois et des reines du Pays Sûr.

Il disparut.

Son hôte se pencha en avant pour considérer la carte du Pays Sûr.

— Je salue le roi d'Idoslân, dit une voix tranchante. Qui aurait cru que nous partirions un jour livrer bataille ensemble ? C'est ce que j'appelle l'ironie du sort.

Le souverain jeta un regard de côté pour observer le visage d'apparence quelconque de l'Humain d'environ trente cycles qui entrait en compagnie de Lothaire. Son armure aux finitions raffinées, arborant l'emblème des Ido, trahissait sa richesse même s'il ne s'agissait pas du dernier modèle.

— Prince Mallen d'Ido ? dit Tilogorn pour marquer son étonnement plus que pour le saluer. Vous étiez différent dans mon souvenir.

— Vous vous souvenez donc encore du sceau de la famille à qui le trône de votre pays appartient véritablement, roi Tilogorn ? fit remarquer

Mallen sarcastiquement. Êtes-vous assis confortablement sur le coussin qui me revient ?

— Merci de poser la question, prince Mallen. Vos intrigues n'ont pas réussi à m'en déloger. Le peuple aime ma famille plus que la dynastie des Ido, répliqua Tilogorn laconiquement. Vous servez l'armée d'Urgon, à ce que j'ai entendu.

— Je dois bien faire quelque chose pour subvenir à mes besoins en exil.

— Vous, les Ido, avez toujours été doués pour vous battre. Contre vous-mêmes, généralement. Vous entre-déchirer et faire souffrir votre peuple vous a finalement coûté votre souveraineté sur le pays. (Il se mordit les lèvres. Ce n'était pas avec de telles piques qu'il parviendrait à le convaincre.) Je suis désolé, je ne voulais pas...

— Oh, je vous en prie, roi Tilogorn. Vous n'allez pas commencer à me donner des leçons d'histoire, dit le prince Mallen de manière hautaine en se tenant devant lui. Mais je m'entretiendrai volontiers avec vous sur la manière de revenir dans mon pays dignement et de contribuer à sa prospérité.

— Si vous voulez y contribuer, enterrez la querelle entre nos familles jusqu'à ce que nous ayons sauvé le Pays Sûr du danger, répondit Tilogorn d'une voix pressante. Je vous prie d'excuser les dures paroles que j'ai eues à l'instant, fit-il en essayant de réintroduire le sujet.

— Vous me présentez donc vos excuses. (Le visage de Mallen conservait une expression méfiante.) Eh bien, vous avez raison sur un point. Que les Orcs ou le Pays Mort règnent sur l'Idoslân ne lui sera pas bénéfique. J'y ai déjà réfléchi plus d'une fois. (Il regarda la carte.) Même si cela peut paraître inattendu, j'accepte votre offre de paix si vous m'autorisez en échange à entrer en Idoslân à tout moment.

Tilogorn hésita.

— J'aimerais simplement revoir mon pays et les rares amis de ma famille qui y vivent, expliqua l'Ido calmement. Les intrigues sont oubliées pour l'instant, je le jure par Palandiell, roi Tilogorn.

Cette fois, le roi lui tendit la main.

— Je vais accorder foi à vos paroles car j'ai lu dans vos yeux votre inquiétude pour le pays.

— Je ne vous ai pas promis mon amitié, ne confondez pas, le prévint franchement Mallen. Seuls les dieux savent comment les choses évolueront entre nous après notre guerre contre ces hordes, mais cela ne doit pas nous préoccuper pour le moment.

Lothaire, qui s'était jusqu'alors délibérément tenu à l'écart de la conversation, prit la parole.

— Eh bien, il me semble que la raison l'a emporté. Je propose donc que nous informions les autres souverains de nos intentions afin de pouvoir rassembler les troupes très prochainement.

Il les escorta personnellement le long des couloirs de son palais.

Tilogorn regarda de côté pour déchiffrer les visages des deux hommes.

Lothaire semblait se réjouir de l'imminente bataille ; l'expression de Mallen était indéchiffrable, mais laissait tout au moins supposer qu'il était lui aussi très inquiet.

Le claquement des semelles de leurs bottes retentit soudain au pas cadencé sur le sol de marbre dur.

— Entendez-vous cela ? leur fit-il remarquer. N'est-il pas étrange que les Royaumes, voisins et pourtant divisés comme jamais, n'agissent à l'unisson que face au danger ?

— Il est trop tard pour déplorer le passé, dit le souverain d'Urgon. Comportons-nous de manière exemplaire afin que les autres se joignent à nous. Ceux qui ont encore toute leur raison le feront.

Tilogorn lui adressa un signe de tête.

— Bien parlé, roi Lothaire. Car s'il y a bien une chose dont nous avons fait preuve aujourd'hui (il adressa un signe de tête à Mallen), c'est de raison.

Chapitre 6

Le Pays Sûr, Royaume du Gauragar,
au début de l'été du 6234e cycle solaire

— Grouïk, grouïk, cochon, petit cochon, lança quelqu'un d'une voix pleine d'enthousiasme en langue naine. Par ici, que je t'abatte !

Une ombre trapue glissa sous les jambes du monstre et deux haches-couperets à manches courts jaillirent brusquement, s'enfonçant profondément dans les parties molles non protégées de l'Orc.

L'homme de petite stature retira ses armes du corps de son adversaire en riant, se redressa sur ses jambes tel un acrobate malgré sa cotte de mailles et assena deux nouveaux coups. Les lames atteignirent l'Orc, qui s'était penché en avant, des deux côtés du cou. Décapité aux deux tiers, le monstre s'effondra.

— Par la barbe de Beroïn ! Comment peux-tu te laisser désarmer ? dit-il, faisant la leçon à Tungdil.

— Tu es… un Nain ?! haleta celui-ci, sidéré, avant de se ressaisir.

— Évidemment ! Pourquoi, j'ai l'air d'une Elfe ?! (Il se pencha, ramassa la hache et la lança à Tungdil.) Reprends-la et tiens-la fermement, cette fois. On bavardera plus tard !

Avec un rire féroce, il se jeta dans la bataille, qui faisait rage.

Outre celui qui lui avait sauvé la vie, Tungdil vit un autre Nain barrer la route aux Orcs. Celui-ci était la copie conforme du premier, et portait même une armure identique en tout point à la sienne. La seule différence entre les deux résidait dans la coiffure. Intrépide, il distribuait autour de lui des coups de bec-de-corbin, sorte de marteau de guerre muni d'un ergot long d'une coudée sur l'un des côtés de la tête.

— Alors comme ça, vous voulez nous tuer ? Mais vous n'êtes pas assez nombreux ! (Son sauveur railla les Orcs d'une voix sonore.) Votre immonde mère a dû s'acoquiner avec un Elfe pour que vous soyez aussi repoussants, dit-il, provoquant la horde. Et avec un Elfe galeux, essorillé et unijambiste, en plus ! Et même qu'elle y a pris du plaisir ! (Un des Orcs avait à peine fait un bond en grognant dans sa direction que les couperets étincelèrent et lui donnèrent la mort.) Approchez ! Vous avez encore droit à un essai !

Son frère avait renoncé aux vociférations, préférant donner des coups rageurs et précis parmi ses assaillants, les pourfendant et leur disloquant les membres.

Conséquence de leurs coups, le nombre d'Orcs en état de combattre fut ramené à quatre, les autres gisant çà et là, imbibant l'humus forestier de leur sang. Lorsque les derniers monstres décidèrent d'attaquer tous ensemble, les deux guerriers jumeaux se mirent dos à dos.

— Oh, on dirait que ça va chauffer ! s'exclama le sauveur de Tungdil, une lueur démente dans le regard.

Sans attendre les Orcs, ils rentrèrent dans leur attaque, tournant sur eux-mêmes tels de petits personnages de boîte à musique et se donnant mutuellement des indications dans leur langue.

Cette manière de combattre inhabituelle assura au duo une victoire rapide sur leurs ennemis, pourtant très supérieurs en nombre au départ. Le dernier coup fut accompagné d'un éclat de rire et d'un « Grouïk, grouïk » moqueur.

Tungdil éprouva un immense respect pour ces deux Nains qui avaient expédié la horde d'Orcs tout entière dans l'au-delà sans même en retirer ne serait-ce qu'une égratignure. Il se tenait là, sur le chemin, comme foudroyé. Il lui fallut un long moment pour se rendre compte qu'il était devenu spectateur plutôt qu'acteur.

— Puisse la flamme de vie de la forge de Vraccas brûler toujours en toi, dit l'autre Nain en guise de salut. Je suis Boëndal Cloue-de-la-Main, du clan des Haches-brandies, de la tribu du Second, et ça, c'est mon frère Boïndil Deux-Lames, encore appelé Furibard, les présenta-t-il, ses yeux bruns toisant Tungdil d'un air amical.

— Ouais, il ne semble pas vraiment faire le poids contre plusieurs faces de groin, dit son frère en riant de bon cœur. Il avait déjà bien du mal avec un seul. Mais peut-être que tu voulais étrangler ces bestioles à mains nues ? C'est pour ça que tu avais balancé ta hache ?

— Vraiment, vous êtes arrivés au bon moment, répliqua Tungdil en clignant des yeux.

Quelque chose dans l'œil de Boïndil le dérangeait ; sans doute était-ce cette étrange flamme, cette lueur fanatique dans son regard qu'il avait remarquée bien avant les présentations. Il la mit sur le compte de l'excitation due au combat.

— Laisse tomber les « vous » par-ci et les « vous » par-là, fit l'autre avec un clin d'œil ; nous autres, Nains, préférons le simple « tu », car Vraccas nous a tous créés de la même pierre.

— Bien, je note. Je vous dois la vie, dit Tungdil à la fois ému et joyeux.

C'était la première fois qu'il tombait sur des membres de son peuple. Mille et une questions se pressaient au bord de ses lèvres.

Boëndal secoua la tête, et sa longue natte remua dans son dos tel un gros serpent noir.

— Tu n'as pas à nous remercier, entre Nains, il faut s'entraider.

— Sauf si c'est un Nain de la tribu du Troisième : on l'aide, et on lui fait sa fête après, ricana Boïndil, qui essuyait le sang et autres fluides corporels ennemis de ses couperets dans l'herbe haute.

— Il nous en a fallu, du temps, pour te trouver. (Boëndal hésita.) Si ton nom est bien Tungdil Bolofar…

— Bolofar, tu parles d'un nom, grommela son frère. Encore un de ces caprices de magicien à la noix. C'est censé te protéger de quelque chose de particulier, un nom pareil ?

Tungdil était stupéfait, et cela se voyait sur son visage.

— Oui, je suis bien Tungdil, avoua-t-il, hésitant. D'où…

— Alors dis-moi comment s'appelle ton maître et où tu voulais aller.

— On l'appelle Lot-Ionan le Patient, et l'endroit où je voulais aller, malgré toute la reconnaissance que je vous dois, ne vous regarde pas, dit-il d'un ton rétif. Je ne vous connais pas encore assez bien pour partager mes secrets avec vous.

Boïndil rit aux éclats.

— Voilà qui est bien parlé. Même s'il parle un peu pour ne rien dire, comme la plupart des érudits. (Il lui mit une main sur l'épaule.) Nous savons que tu dois trouver Gorén, ton maître nous l'a dit. C'était une épreuve pour nous assurer que nous avions le bon Nain en face de nous.

— Le bon Nain ? Je ne comprends pas… (Il repensa à la lettre qu'avait envoyée Lot-Ionan à la tribu du Second.) Mais bien sûr ! Ma tribu veut me voir ! se réjouit-il. Mais pourquoi une escorte ? À cause des Orcs ?

— En fait, il s'agissait surtout pour nous de te mener rapidement dans notre Royaume. C'est le Grand-Roi Gundrabur qui nous a envoyés te chercher et t'escorter, lui confia Boëndal tout en essuyant avec application la longue pointe de son bec-de-corbin avec un morceau d'étoffe qu'il avait arraché sur un pourpoint d'Orc.

Son frère déplia un chiffon imbibé d'huile et se mit à entretenir les lames rutilantes de ses couperets.

— C'est surtout aux Orcs qu'il faudrait envoyer une escorte contre nous, gloussa-t-il.

— Le Grand-Roi, murmura Tungdil respectueusement. Que me vaut un tel honneur ?

— Nous t'emmenons à la forteresse d'Ogremort. Là-bas, tu pourras défendre ton droit au titre face à l'autre prétendant au trône.

Il dit cela comme s'il s'agissait d'une évidence.

— L'autre... prétendant au trône ? répéta Tungdil, qui n'en croyait pas ses oreilles et observait les visages ridés des jumeaux. Quel prétendant ? Et à quel trône ? Qu'est-ce que j'ai à voir là-dedans ?

— On pourrait aussi l'appeler Tungdil Aucouranderien. (Boïndil toussa de rire.) Elle est bien bonne, celle-là ! Il ne sait rien, rien du tout, ce petit ! s'exclama-t-il d'une voix retentissante. Éloignons-nous un peu des faces de groin, leur odeur me donne envie de vomir. Montons notre camp à un mille d'ici et expliquons-lui tout, frérot, dit-il en s'adressant à son sosie.

Apparemment, il ne doutait pas un instant que Tungdil approuverait sa proposition, et comme ce dernier était rongé par le désir d'en savoir davantage, il n'émit effectivement aucune objection. Le petit groupe se remit en marche, puis ils firent halte à l'écart du chemin.

— Quand même, rien ne vaut un bon repas après un combat victorieux.

Boïndil alluma un feu et se mit à faire rôtir du fromage piqué au bout d'un bâtonnet.

— Et si l'on a perdu le combat, qu'est-ce qu'on fait ? On jeûne ?

— Non, si on l'a perdu, on s'en va rejoindre Vraccas. Oh, mais c'est qu'il y en a, de bonnes choses, dans la Forge Éternelle de Vraccas, brama-t-il avant de faire tourner sa broche improvisée.

L'odeur du fromage manqua d'étouffer Tungdil.

— J'ai déjà reniflé quelque chose de similaire. C'était au tout début de mon voyage, lorsque j'ai enlevé mes bottes pour la première fois après vingt et une lunes.

— Et alors, on n'apprécie pas la bonne chère ? fit Furibard en imitant son dégoût. C'est le meilleur fromage de tout notre Royaume. Hé, Boëndal, donne-lui-en, histoire de lui faire le palais. Ses années passées parmi les Humains nous l'ont complètement gâté.

Son frère coupa du pain au jambon, pour le tendre à Tungdil en même temps que le fromage.

— Je vais faire court. Gundrabur, notre Grand-Roi, n'en a plus pour longtemps à vivre, et c'est un Nain de la Quatrième Maison qui doit bientôt monter sur le trône. Mais grâce à la lettre du Mage, le Grand-Roi a appris ton existence et ton secret.

— Ah, parce que j'ai un secret, maintenant, gémit Tungdil, qui ne pouvait toujours pas se résoudre à mettre le morceau de fromage dans sa bouche. *En ont-ils encore beaucoup, des révélations de ce genre ?*

— Il est important que tu le saches. Ce ne sont pas des Kobolds qui t'ont amené chez Lot-Ionan. L'enlèvement d'enfant était un mensonge de ce long-sur-pattes...

— Hein ?

— C'est ainsi que nous appelons les Humains, pour rire. À cause de leur taille et de leurs jambes. Mais revenons à notre magicien. S'il t'a caché la vérité tout ce temps, c'est parce qu'il attendait le moment propice pour te la révéler, lui expliqua Boëndal en lui tendant une outre d'eau. Et cette vérité, c'est que tu fais partie de la tribu des Quatrièmes.

Il se souvint de la carte.

— Je n'arrive pas à le croire. D'ailleurs, ce Royaume est situé bien trop au nord.

— Et pourtant, poursuivit le Nain avec une mine grave, tu es le bâtard de l'ancien roi des Quatrièmes. Sitôt après ta venue au monde, on te confia à une famille amie pour qu'elle s'occupât de toi. Or la reine, ayant appris ton existence, exigea ta mise à mort afin d'empêcher que le bâtard vienne revendiquer le trône une fois majeur.

— Tu mangeras ton fromage ? demanda Boïndil, interrompant son frère. Si tu attends encore, il va tomber dans le feu et il sera perdu. (Tungdil lui tendit le bâtonnet sans mot dire.) Merci.

— La famille en question éprouva de la compassion pour toi, elle traversa donc le Pays Sûr et se présenta au repaire de Lot-Ionan, poursuivit Boëndal. Elle confia au Mage le nouveau-né que tu étais pour une simple et bonne raison : jamais il ne viendrait à l'idée de la reine de soupçonner la présence d'un Nain chez un Mage.

— J'espère que tu sais au moins ce que nous autres, Nains, pensons de la Magie des longs-sur-pattes ? dit Boïndil, suspicieux.

— Tais-toi un peu ! lui lança son frère pour le rappeler à l'ordre. Laisse-moi terminer. (Il se tourna de nouveau vers Tungdil.) Voilà, maintenant, tu sais comment tu es arrivé en Ionandar et pourquoi tu as grandi à l'écart des Royaumes nains. Et maintenant que le Conseil des Maisons sait que tu existes, il a le devoir de t'accorder audience, en tant que second candidat au titre de chef suprême des Nains.

Tungdil but longuement à l'outre d'eau qu'on lui avait proposée.

— Pardonnez-moi, mais je ne crois pas un mot de tout cela, bégaya-t-il, décontenancé. Lot-Ionan m'aurait dit la vérité depuis longtemps.

— Il voulait le faire, mais seulement à ton retour de mission, lui répondit Boëndal. (Celui-ci ouvrit son sac à dos et lui montra une lettre, dont l'écriture était incontestablement celle du Mage.) Il nous l'a donnée parce qu'il pensait bien que tu ne nous croirais pas.

Les doigts tremblants, Tungdil déroula la lettre et la parcourut. C'était la vérité. *Tout* ce qu'ils lui avaient raconté était vrai !

Tout ce que je voulais, c'était rencontrer d'autres membres de mon peuple, et maintenant, me voilà tout d'un coup candidat au trône de roi de tous les clans ?!

— Je ne pourrai pas, articula-t-il avec difficulté. Je vous accompagne volontiers, mais je laisse le champ libre à mon rival. (Il rit, d'un rire malheureux.)

Comment pourrais-je régner sur l'ensemble des tribus ? Je ne suis même pas un véritable Nain à leurs yeux. Aucun Nain ne me tolérerait, et…

Le bâtonnet au fromage puant flotta brusquement sous son nez.

— Arrête de geindre, grogna Boïndil. Nous avons encore un long chemin à parcourir jusqu'à la forteresse. Cela devrait suffire pour faire de toi l'un d'entre nous. (Il agita de nouveau le bâtonnet.) J'ai changé d'avis, tu vas goûter, déclara-t-il, la même lueur fanatique dans les yeux. Plus tôt tu deviendras un Nain, mieux ce sera.

Tungdil retira le morceau de fromage de la broche. Celui-ci avait un goût affreux, ses doigts allaient sûrement empester des jours durant, et sa bouche aussi.

— Impossible, répéta Tungdil, entêté. Je dois rapporter les artefacts à Gorén.

— Il n'y a plus très loin jusqu'à la colonie de Vertbois. Nous attendrons, dit Furibard avec condescendance, que tu te sois débarrassé de ce sac.

Son frère jumeau opina du chef.

— Ton Mage est au courant. Il nous a autorisés à t'emmener à Ogremort.

— Qu'arriverait-il si vous rentriez sans moi ?

Les deux frères échangèrent un rapide regard.

— Gandogar serait vraisemblablement intronisé Grand-Roi, mais il serait toujours suspecté de ne pas être le souverain légitime, dit Boëndal d'un air pensif, adressant un signe d'encouragement à son frère.

— Oui, parfaitement ! renchérit celui-ci. Cela pourrait engendrer des… frustrations au sein des tribus. Certains… pourraient mettre son règne en doute, le camp des Nains se diviserait, et… (Il chercha de l'inspiration dans les flammes. Son visage s'éclaircit.) peut-être même qu'une guerre éclaterait entre les factions, et au sein des tribus, aussi. Et tout cela par ta faute.

Il eut l'air fort satisfait de sa tirade.

Tungdil était complètement perdu. C'était trop pour un seul jour. Il venait à peine de tuer le premier Orc de sa vie qu'il avait déjà une fesse sur le trône royal. Il lui fallait réfléchir, et d'urgence.

— Il me faut un temps de réflexion.

Épuisé, il se recroquevilla près du feu et ferma les yeux.

Boïndil s'éclaircit la gorge et commença à chanter doucement. C'était une mélodie naine, dont les syllabes possédaient un pouvoir de séduction bien particulier, et qui parlait des siècles d'avant les siècles…

Les dieux naquirent, car ils virent que cela était bon.

L'un se créa lui-même d'une flamme, de lave et d'acier. C'est Vraccas le Forgeron.

L'une s'éleva de la terre. C'est Palandiell la Féconde.

L'un prit forme dans les vents du monde. C'est Samusin le Vif.

L'une se voulut aussi destructrice et créatrice que l'eau. C'est Elria la Secourable.

L'un unit lumière et ténèbres en lui. C'est Tion l'Androgyne.

Tels sont les cinq...

Tungdil n'en entendit pas davantage. Ces paroles chantées dans sa langue, qu'il entendait pour la première fois de la bouche d'un autre Nain, l'apaisèrent tant et si bien qu'il s'endormit.

* * *

À son réveil, le nez baigné du fumet pénétrant du fromage, il avait pris sa décision : il accompagnerait les jumeaux au Royaume des Seconds. L'envie de rencontrer d'autres membres de son peuple l'avait emporté sur tout le reste.

— Histoire que vous le sachiez : je ne compte toujours pas devenir Grand-Roi, leur fit-il comprendre. Si je viens, c'est seulement pour en apprendre davantage sur ma famille.

— Si tu veux, dit Boëndal, satisfait. Ce qui importe, c'est que tu viennes. (Son frère et lui ramassèrent leurs affaires et se remirent en marche à grands pas.) Nous devons gagner la colonie le plus vite possible, si nous ne voulons pas retourner trop tard à la forteresse. Nous allons les sentir passer, ces huit cents milles, croyez-moi.

— Nous allons t'accompagner jusqu'en bordure du village, ou quel que soit le nom de ce que l'Elfe a construit entre les arbres, dit Boïndil, hostile. Nous, nous ne voulons rien avoir affaire avec cette Oreille-pointue. C'est déjà bien assez grave d'arpenter un bois elfique.

Il cracha sur le premier buisson venu.

— Elle ne t'a rien fait, pourtant.

Tungdil tâta délicatement le sac aux artefacts. Il eut l'impression que certains d'entre eux n'étaient plus tout à fait intacts. Le coup d'épée n'avait sûrement pas dû leur faire du bien. Pour cela, l'Orc avait doublement mérité la mort.

— J'ai parcouru plus de six cents milles à travers le Gauragar et Lios Nudin, en évitant les Orcs pour ne pas abîmer les précieux artefacts, soupira-t-il. Et il a fallu que ce monstre déboule devant moi, à moins de quatre heures de marche de Gorén, et les détruise.

Il espérait que l'ancien *famulus* de Lot-Ionan ferait preuve de clémence.

Mais le guerrier auquel il s'adressait pensait encore à l'Elfe.

— À moi ? Non, à moi, rien. Mais ce qu'a fait son peuple au peuple des Nains…, dit-il furieusement. Les Elfes et leur arrogance, je pourrais te les…

La haine menaçant de s'emparer de Boïndil, celui-ci l'évacua en tirant d'un geste ses couperets et en administrant une pluie de coups rageurs à un jeune arbre, qui en mourut.

Le visage plissé de Boëndal demeura impassible. Celui-ci rassembla leurs affaires, rejeta sa longue natte en arrière par-dessus son épaule et attendit que cet accès de fureur se dissipât.

— Ça lui prend, parfois. Quand sa forge de vie devient plus brûlante qu'à l'accoutumée, il suffit d'une étincelle pour qu'éclate la fureur qui est en lui, expliqua-t-il à un Tungdil surpris. C'est ce qui lui a valu le surnom de Furibard.

— Une forge de vie plus brûlante, dis-tu ?!

— Vraccas seul en connaît la raison. S'il vient vers toi dans cet état, écarte-toi de son chemin et ne t'avise surtout pas de brandir ton arme, lui dit-il à titre de conseil. Sa colère retombe assez vite, une fois que son feu intérieur s'est consumé.

Le tronc fut rapidement couvert de coups.

— Voilà, ça va mieux. Maudits Elfes ! (Sans donner la moindre explication sur ce qu'il venait de faire, il essuya la résine et les copeaux de ses lames et reprit son chemin.) Il faut qu'on te trouve un autre nom, grommela-t-il tout seul. Bolofar, c'est comme si je disais Lissemiff, Podeflan, ou Ploufmanchon. C'est bête, ça ne veut rien dire, et ce n'est sûrement pas un nom de Nain honorable. On trouvera bien quelque chose en chemin. (Il regarda vers Tungdil.) Y a-t-il des choses que tu sais faire mieux que d'autres ?

— Lire…

— Lire ? Dans les livres ? s'étonna Boëndal sur un ton amusé. Ah ça, on l'avait déjà remarqué tout à l'heure, monsieur l'érudit. Mais tu avoueras qu'il y a quand même mieux comme noms honorables que Feuilleteur ou Papivore.

— Le savoir, c'est important !

— Ah oui, contre les Orcs, cela aide drôlement, comme on l'a vu, continua-t-il de le taquiner. Un verset bien choisi et ils étaient à ta merci.

Boïndil plissa les yeux.

— En tout cas, on ne peut pas encore dire que tu sois un bon combattant. Mais tu as les reins solides et les mains larges, il y aurait moyen de faire quelque chose de toi.

Tungdil soupira.

— J'aime bien la forge, et je forge bien.

— Comme beaucoup d'entre nous. (Boëndal voulut ajouter quelque chose, mais au lieu de cela, il leva le nez pour renifler, imité par son frère.) De la fumée, dit-il, alarmé.

— Et de la chair brûlée. Cela sent le raid.

Boïndil tira ses haches-couperets et se mit au petit trot. Les deux autres le suivirent.

Le sentier décrivit une légère courbe, puis les arbres s'écartèrent, libérant l'accès à une clairière qui avait abrité des maisons peu de temps auparavant. Le refuge qu'avait créé l'Elfe au cœur de l'harmonieux Vertbois était presque entièrement parti en fumée. Seules les ruines laissaient à présent deviner la beauté perdue des bâtiments à plusieurs étages. Ceux-ci avaient été construits autour d'arbres particulièrement grands ; les arcs de bois sculptés, les poutres soigneusement polies, les façades, ornées de motifs elfiques et que parsemaient çà et là des feuilles d'or, s'intégraient à la perfection à la forêt alentour.

Mais une violence aveugle était venue anéantir cette magnificence. Une fois de plus, les Orcs avaient devancé Tungdil. Celui-ci ne retrouvait plus rien de l'harmonie qui régnait à Vertbois. Ce lieu de paix avait été violé, profané, souillé.

— Par Vraccas, gémit-il, horrifié. Il faut vérifier…

— … s'il n'y a pas d'Orcs dans les parages, le coupa Boïndil, tout heureux. Les Nez-plats ont montré aux Oreilles-pointues qu'ils savaient y faire. Nous n'aurions pas fait mieux.

— En effet, fit Boëndal avec indifférence, les mains sur le manche de son arme. Ils n'ont pas fait les choses à moitié.

Ce spectacle n'émut pas particulièrement les jumeaux. En véritables Enfants du Forgeron, ceux-ci n'éprouvaient en effet guère de compassion pour les Elfes.

Il en allait autrement pour Tungdil. Celui-ci déambulait parmi les ruines calcinées, soulevant ici une planche, là une poutre, à la recherche de Gorén. Au lieu de quoi il découvrait de nombreux cadavres, dont certains atrocement mutilés. Ces visions d'horreur se mêlaient à celles qu'il avait gardées de Bonsprés ; il avait beau détourner le regard et fermer les yeux, les images ne voulaient pas s'effacer, et son imagination les rendait même plus effroyables encore.

Reprends-toi, mon vieux. Si Gorén se trouvait parmi les victimes, comment le reconnaîtrais-tu ? Et s'il était parvenu à s'enfuir, par où se serait-il enfui ? Il se tourna vers la maison principale, encore à moitié intacte. *Par là ?*

— Surveillez les environs, lança-t-il. Je veux savoir ce qui est arrivé à Gorén.

— Ah bon, alors, dans ces conditions, je veux bien entrer dans la colonie, entendit-il Boïndil dire d'un ton enjoué. Peut-être que nous rencontrerons l'une ou l'autre des faces de groin qui ont fait cela ?

Tandis que les jumeaux le suivaient dans la clairière et gardaient les ruines, Tungdil, lui, gravissait prudemment les marches de l'escalier incendié et à demi effondré de la maison principale ; celles-ci grincèrent sous son poids, mais il put quand même gagner sans dommage la plate-forme noire de suie, et entra au premier étage.

La maison avait été construite en pentagone autour du gigantesque arbre ; les passages qui menaient d'une pièce à l'autre étaient tous ouverts du côté du tronc, de telle manière qu'on pouvait voir le tronc où que l'on soit. De courts ponts suspendus menaient aux branches maîtresses, où les restes brisés de lampions multicolores se balançaient tristement.

Les premières grosses feuilles se détachaient des rameaux et tombaient tout doucement au sol, comme si l'arbre pleurait les morts avec lesquels il avait vécu en symbiose si longtemps.

Tungdil détourna le regard et fouilla dans les pièces sans trouver de survivants. En revanche, il tomba sur une lettre cachetée adressée à Lot-Ionan dans la bibliothèque, largement épargnée par les flammes, ainsi qu'un objet enveloppé de tissus.

Le Nain hésita. *Désolé, mais il y a urgence*, se dit-il avant de briser le cachet, de lire la lettre et de soupirer. *Encore des objets à remettre.* Dans la lettre, Gorén remerciait le Mage de lui avoir permis de lire les ouvrages, qu'il avait ensuite préparés pour les confier à un messager. Messager qui avait dès lors pour nom Tungdil.

Tungdil découvrit en outre une autre lettre, rédigée en langue savante celle-là, et donc incompréhensible pour lui. Seul son Mage pouvait la lire. Il mit ce nouveau fardeau dans son sac et reprit ses recherches.

Un tremblement parcourut la maison. D'abord léger, il s'intensifia jusqu'à secouer complètement les poutres. Le bâtiment semblait protester bruyamment contre son intrusion. Le tremblement cessa aussi soudainement qu'il avait commencé. Le Nain l'interpréta comme le signe qu'il fallait quitter la maison dans l'arbre au plus vite.

Sortant par l'un des passages, il fut stupéfait de voir que l'arbre avait changé de position. Ses branches dénudées s'appuyaient contre les piliers et cherchaient à les repousser, à en juger par les grincements. Le tronc se penchait vers la gauche en gémissant d'une voix ligneuse, une branche noueuse se tordit en direction de Tungdil.

— Qu'est-ce qui vous prend ?! C'est Boïndil qui a haché menu le jeune arbre, pas moi !

Mais l'arbre en colère ignora ses protestations et voulut lui porter un coup. Tungdil se baissa juste à temps. L'extrémité en forme de massue de la branche le manqua, détruisant la cloison de planches derrière lui. Il se hâta de regagner l'escalier, et se retrouva face à un véritable mur de flocons blancs. Tungdil crut d'abord à une tempête de neige, jusqu'au moment où il s'aperçut que c'étaient les plantes du bois qui perdaient toutes sans exception leurs fleurs et leurs feuilles, lesquelles tourbillonnaient autour de lui. La forêt mugissait, jetait son feuillage au loin, l'harmonie détruite se muait en haine.

La maison trembla de nouveau. Des poutres cédèrent, emportant avec elles des éléments de la maison dans leur chute. Le Nain dévala les marches pour se mettre en sécurité.

Les jumeaux étaient tout aussi étonnés que lui. Leurs armes en main, ils suivaient d'un œil méfiant la prodigieuse transformation.

— Ce doit être cette maudite Magie elfique ! hurla Boïndil pour couvrir le bruit ambiant. Ils ont monté le bois contre nous !

— Nous devons partir d'ici ! leur cria Tungdil. Les arbres veulent punir quiconque...

Il resta bouche bée. Un hêtre de Palandiell, après avoir dispersé son feuillage mort, exposa aux regards ses branches dénudées, lui révélant un affreux spectacle.

Il avait retrouvé l'Elfe. Le visage d'albâtre et les traits nobles de celle-ci contrastaient avec l'écorce de couleur sombre. Du cou jusqu'aux pieds, elle n'était plus qu'un squelette rouge sang luisant d'humidité sur lequel ne restait plus le moindre petit morceau de chair. De longues pointes avaient été clouées à travers ses os fragiles, la maintenant ainsi en position debout contre le tronc.

Cette vision donna des frissons même aux deux durs à cuire qu'étaient les jumeaux.

— Par les feux de la forge de Vraccas, qu'est-ce qui se passe ici ? lâcha Boëndal.

— Partons d'ici, l'enjoignit son frère, avant qu'il nous arrive la même chose.

— Je dois d'abord savoir ce qui est arrivé à Gorén. Je continue de chercher. (C'était plus fort que lui, il était comme attiré par ces horreurs, si bien que ses deux protecteurs étaient obligés de rester auprès de lui.) Son cadavre n'est peut-être pas loin.

Les os de l'Elfe donnaient l'impression d'avoir été littéralement rongés. Ses assassins lui avaient, en guise d'adieu, enfoncé un long clou à travers la bouche et l'occiput, la reliant ainsi au tronc. Là où il y avait sans doute eu des yeux magnifiques, on ne trouvait plus que deux orbites noires béantes.

— Regardez ça, cria Boïndil. On l'a d'abord clouée à l'arbre et ensuite, on l'a dévorée vivante. Cela ne ressemble pas du tout aux Orcs : ils auraient mangé cette Oreille-pointue sur-le-champ, et lui auraient sucé la moelle.

Tungdil déglutit et observa son visage, qui conservait sa beauté même dans la mort et les tourments. En son for intérieur, il sentait bien qu'il n'aimait pas les Elfes, mais pas au point d'éprouver du plaisir à les voir mourir de si cruelle façon.

Pendant ce temps, Boëndal fit le tour de l'arbre, trouvant d'autres cadavres et, sur le sol, des empreintes courbes et noircies.

— Des traces de sabots, dit-il, sur une terre qui semble avoir été comme marquée au fer. Que penses-tu que cela puisse être, l'érudit ?

Tungdil se souvint des deux cavaliers venus trouver les Orcs la nuit précédant l'attaque de Bonsprés.

— Des Albes, dit-il doucement. Les sabots de leurs chevaux démoniaques produisent des étincelles et brûlent le sol.

Il comprit dès lors les mutilations infligées à l'Elfe. Les Albes tiraient grand plaisir à exécuter cruellement leurs cousins.

— Des Albes ? répéta Boïndil. (Ses yeux s'enflammèrent, le feu de l'enthousiasme crépita de nouveau en lui.) Ce sera déjà autre chose que ces abrutis de faces de groin. Tu as entendu, mon frère, nous allons débiter de l'Oreille-pointue de Tion !

Tungdil, lui, contemplait de nouveau le squelette. Il revoyait en imagination les Démons de la Nuit en train de dévorer la souveraine de Vertbois clouée à l'arbre, la faisant hurler et se tordre de douleur. Il eut une envie pressante de vomir ; d'un geste rapide, il parvint à mettre la main devant sa bouche. Il ne souhaitait pas en effet que les jumeaux perdent le peu d'estime qu'ils avaient de lui.

Recroquevillé non loin de l'Elfe, un cadavre d'Humain attira leur attention. Celui-ci était étendu, hérissé de flèches, sur une petite surface de terre intacte tandis qu'une mer de flammes avait fait rage tout autour de lui, à en juger par le sol complètement roussi. À l'intérieur de ce qui était un cercle parfait, ils comptèrent sept Orcs calcinés.

Tungdil attribua ce phénomène à un sortilège.

— C'était peut-être Gorén. Il aura voulu se protéger de ses agresseurs grâce à ce feu magique.

Les doigts tremblants, il fouilla le cadavre et découvrit une petite boîte en fer-blanc contenant des sucres d'orge, et sur laquelle était gravé son nom : Gorén.

— Un bouclier lui aurait été plus utile, constata sèchement Boïndil. À trop compter sur la Magie, elle vous laisse en plan dans les moments cruciaux.

Son frère, lui, observait les arbres déchaînés qui perdaient leur feuillage en plein été.

— Ce bois elfique ne me dit rien qui vaille. Partons, ordonna-t-il. On dirait qu'ils veulent arracher leurs racines du sol pour marcher sur nous.

— Que faisons-nous des morts ? demanda Tungdil. Est-ce qu'il ne faudrait pas…

— Ils sont morts, répliqua froidement Boïndil.

Boëndal fit mine de repartir.

— C'est leurs affaires, tout ça.

Tungdil comprit qu'il était vain d'essayer de les convaincre. Aussi traversa-t-il les ruines à leurs côtés afin de rejoindre le chemin qui les emmènerait loin de Vertbois.

Cela lui faisait de la peine d'abandonner l'Elfe et Gorén comme du bétail mort, et il se tourna vers eux pour s'excuser du regard. C'est alors qu'il aperçut quelque chose d'étrange entre deux vestiges.

Un chevalet! Celui-ci était dressé parmi les décombres d'une maison comme si le peintre avait fait une pause et était sorti un court moment. Cette vision émut Tungdil, qui imagina fort bien ce qui s'était passé. L'artiste avait été interrompu dans son œuvre par les Orcs, laissant une peinture inachevée, souvenir muet de ces atrocités.

Je me demande ce qu'il ou elle était en train de peindre.

—Je reviens tout de suite.

Il enjamba les ruines, intrigué par cet étrange tableau.

Boëndal soupira, faisant trembler les poils de sa moustache.

—Cela ne va pas être une mince affaire de le ramener.

—Non, vraiment pas, grommela Boïndil, qui prit sa natte noire pour essuyer la sueur de son visage.

Ils le suivirent donc en grommelant.

Leur protégé se tenait devant le tableau, lequel avait quelque chose d'étrange et d'illogique. *Il représente la clairière dévastée.*

Le tableau avait été peint de main de maître. L'artiste avait employé exclusivement des rouges, afin de rendre les destructions avec d'autant plus de force sur la lisse toile blanche. Chaque détail, si infime fût-il, était rendu avec une exactitude pénible: les cadavres, les restes des bâtiments, les arbres.

Tungdil observa la toile de plus près. *Cela ne ressemble pas à du lin.* Il fit le tour du chevalet et eut un sursaut d'effroi. Le verso était rouge, humide, et à peine l'eut-il touché du bout du doigt qu'il retira celui-ci d'un geste de dégoût. *De la peau!* Le peintre avait utilisé de la peau comme support pour son sujet! À en juger par la perfection de celle-ci, il avait dû choisir la peau de la souveraine du bois. Le Nain devina que le rouge ne devait pas être du pigment ordinaire. Il appela les jumeaux.

Un peu à l'écart du premier se tenaient deux autres tableaux, plus petits. Le premier montrait le visage tourmenté de l'Elfe, les yeux luisants de peur et de douleur, tandis que l'autre figurait le corps rongé de celle-ci dans toute son exactitude. Pris de dégoût, il renversa ces œuvres sordides.

—Il n'est pas encore sec, dit Boëndal après avoir examiné de plus près le tableau sur le chevalet. Le dément qui a peint ces tableaux peut revenir d'un instant à l'autre.

—Tant mieux, qu'il vienne, gronda son frère, qu'on l'écorche vif, lui aussi.

—On n'a pas le droit de faire des choses aussi abjectes, déclara Tungdil, à qui ces peintures faisaient horreur. Bien qu'il reconnût n'avoir que rarement admiré pareille maîtrise, il s'empara du chevalet et le jeta au feu. Les deux autres tableaux l'y rejoignirent peu après.

Ils s'apprêtaient à reprendre en silence le sentier qui menait hors de la colonie lorsqu'ils entendirent un cheval s'ébrouer, de manière hostile, avant de pousser un hennissement furieux et suraigu.

À vingt pas sur leur droite, un moreau surgit de la forêt dénudée. De ses yeux émanait une lueur rouge, et chaque coup de sabot au sol faisait jaillir des étincelles qui tourbillonnaient jusqu'à la bride.

Ce Démon de la Nuit portait sur le dos une Albe élancée aux longs cheveux brun foncé, qui portait une armure de cuir noir renforcé, incrustée de morceaux de tionium polis en guise d'ornements.

— Des Troglodytes puants ?!

La poignée d'une épée dépassait dans son dos. Sa main droite tenait un arc en accolade dont les longues flèches noires étaient rangées dans un carquois de selle. Tungdil se souvenait encore très bien de ces projectiles.

— Vous avez détruit mes tableaux ! Alors il me faut du sang frais pour en peindre de nouveaux.

Elle se redressa légèrement sur sa selle pour mieux voir les Nains. Son visage et la finesse de ses traits la faisaient ressembler à s'y méprendre à une Elfe. Elle aurait fort bien pu passer pour une créature de la déesse Palandiell, si ses orbites noires ne l'avaient pas trahie.

— J'espère que votre sang n'est pas trop grumeleux. (Elle saisit de sa main libre la tige d'une flèche.) Il faut qu'il soit fluide si l'on veut bien rendre les détails.

— Oh, ça ne va pas être triste ! On va l'avoir, notre combat ! Mais d'abord, tous aux ruines, ordonna joyeusement Boïndil en langue naine. En rase campagne, cette Oreille-pointue nous tirerait comme des lapins.

Ils coururent ventre à terre se jeter à l'abri derrière une cloison.

Le premier projectile arriva sur eux en sifflant. Avec une extrême facilité, il passa à travers les planches derrière lesquelles ils s'étaient mis à couvert, rebondissant sur la cotte de mailles renforcée de Boëndal non sans produire un « ping » bien audible. La pointe noire en tionium fit une égratignure dans le métal. Le Nain jura.

Ils rampèrent donc encore davantage au milieu du champ de ruines fumantes pour échapper à l'Albe le temps de trouver un moyen de l'attaquer par surprise.

Tungdil jeta un coup d'œil à travers les ruines. Il vit la tête élongée du Démon de la Nuit ; celui-ci rôdait à la manière d'un fauve dans les décombres de Vertbois, et chaque fois que les sabots de cette ancienne créature de lumière touchaient le sol et le marquaient comme au fer rouge, on entendait un léger sifflement. Ses naseaux se dilataient, traquant leur odeur.

Le Nain sentit la peur s'emparer de lui comme jamais auparavant : la selle de l'animal était vide ! *Où est-elle passée ?* L'Albe se trouvait donc quelque part dans la colonie. Il ferma les yeux, s'interdisant de penser à quoi que ce fût qui eût un rapport avec les Albes.

Lorsqu'il ouvrit les yeux, Boëndal et Boïndil avaient eux aussi disparu, et à sa peur s'ajouta la panique.

— Où êtes-vous ? chuchota-t-il, la hache bien en main.

Comment pouvaient-ils dire de lui qu'il n'était pas un combattant et le laisser tout seul dans les ruines, traqué par deux des plus redoutables créatures du Pays Sûr ?

Quelqu'un attrapa son bras. Tungdil tressaillit et frappa immédiatement. Sa hache atteignit l'Humain à la poitrine, sous les côtes. Horrifié, le Nain garda le regard rivé sur le blessé.

— Gorén ?! Je te croyais mort ! balbutia-t-il.

Le *famulus* considéra d'un air absent la plaie qu'avait infligée le tranchant de la hache. Il en tâta les bords avant de le regarder lui.

— Je…, gémit-il, ne sens… rien. (Il retira une flèche d'Orc de son corps.) Rien, répéta-t-il, désespéré. Mais… je… hais…

Sa main empoigna une poutre, son regard éteint sembla passer à travers le Nain sans le voir.

— Gorén, non, attends, je…

Lorsque Gorén voulut frapper, Tungdil glissa sur le côté, et le bout de bois alla s'écraser à grand bruit contre la cloison.

Un bruit suffisant pour que les chasseurs l'entendent. Le Démon de la Nuit hennit, ses sabots approchèrent.

Le Nain rampa en toute hâte pour disparaître sous un plafond qui s'était écroulé.

— Je… ressens…

Gorén, chancelant et titubant comme un ivrogne, se fraya un chemin parmi les restes du bâtiment avant de regagner la clairière, tout en traînant sa planche derrière lui.

Le moreau lui bondit dessus et le piétina sans autre forme de procès. Chose effroyable, alors que la patte avant de l'animal lui avait percé la paroi abdominale dans un jet d'étincelles, l'Humain remua de nouveau !

Cette scène ouvrit les yeux au Nain. *Le Pays Mort a pris possession de Vertbois. Quiconque y meurt devient un mort-vivant.* Ce n'étaient donc pas les arbres qui pleuraient l'Elfe, non, c'étaient les puissances des Ténèbres qui s'étaient infiltrées dans le sol, s'insinuant jusque dans leurs racines.

Comment est-ce possible ? Comment ont-elles pu passer outre la barrière de protection ? pensa-t-il, décontenancé. *Il faut absolument que j'en avise Lot-Ionan avant de partir pour le Sud avec les jumeaux. Si le Mal est parvenu à franchir la barrière à un endroit, il y est peut-être également arrivé ailleurs.*

Mais encore fallait-il que les trois Nains sortissent vivants de cette forêt, ce dont il n'était pas encore sûr.

Le Démon de la Nuit avait senti son odeur et revint à la charge. Les sabots piétinèrent le refuge de Tungdil, des éclairs jaillirent, réduisant en miettes des parties du plancher. Le moreau voulait déloger Tungdil de sa cachette.

Ce dernier n'avait d'ailleurs plus d'autre choix. Il en sortit de l'autre côté en rampant, pour ensuite se jeter derrière l'abri le plus proche, mais le Démon l'en empêcha.

D'un bond immense, celui-ci franchit l'obstacle. Le cou de l'animal s'allongea, ses mâchoires se refermèrent et lui saisirent l'épaule droite. La cotte de mailles empêcha les dents acérées d'infliger de graves blessures, mais la force de préhension fut suffisante pour lui écraser l'articulation.

— Maudite bestiole, cria Tungdil, qui tenta de la frapper de sa hache.

La combativité des Nains s'éveilla en lui, prenant le pas sur la peur.

Mais le moreau ne voulait pas lâcher sa proie. Il leva la tête et secoua Tungdil comme une poupée de chiffon. Tout à coup, le cheval ouvrit la gueule, et le Nain fit un vol plané avant de s'écraser dans l'herbe devenue grise. Le Démon hennit et gratta le sol d'une jambe arrière, creusant un profond sillon. Tungdil était encore en train d'essayer de recouvrer ses esprits lorsque la créature fondit sur lui.

Soudain, les jumeaux apparurent. Au moment où le cheval passa au galop à leur hauteur, ils bondirent hors de leurs cachettes de part et d'autre du chemin.

— Viens, mon dada ! Que je te transforme en poney !

Le couperet tenu à deux mains de Boïndil traversa le genou droit du Démon de la Nuit, le bec-de-corbin de son frère disloqua le genou gauche.

La créature de Tion s'écroula en pleine course, en plusieurs culbutes désordonnées. Soulevant des nuages de cendres, le moreau voulut se redresser, malgré la douleur provoquée par ses blessures. Mais les guerriers Nains étaient déjà sur lui.

— Maintenant, on va se battre les yeux dans les yeux. (Le Démon voulut mordre Boïndil, qui lui enfonça profondément sa lame dans la gueule.) Avale ça !

La tête noire recula d'un trait, ce qui scella le destin de la créature.

Bandant les muscles des bras et du torse, bien campé dans ses bottes, Boëndal lui planta avec violence la pointe courbée de son arme pile entre les deux yeux, illustrant ainsi la raison pour laquelle on l'appelait Cloue-de-la-Main. Tirant à lui le crâne ainsi cloué du moreau, il donna à son frère l'occasion d'abattre son couperet sur la nuque de celui-ci.

— Tu veux toujours mordre, sale canasson ?

Boïndil lui infligea une véritable pluie de coups. Les cervicales cédèrent, et le Démon s'affaissa.

Boëndal posa sa botte sur la tête de la créature pour mieux en retirer le long éperon. Son jumeau ricana.

— Au tour de la petite cavalière aux oreilles pointues, maintenant. (Il désigna un endroit derrière Tungdil.) Cache-toi mieux que ça et regarde comment on se bat pour que tu apprennes.

Ils se tapirent non loin du Démon mort et attendirent. Tungdil voulut leur faire part de ce qu'il avait vu au sujet des morts-vivants, mais ils lui firent signe de ne pas bouger. Ils devaient d'abord se défaire de l'Albe.

Peu après, ils entendirent un long cri inhumain.

Boïndil arqua joyeusement les sourcils, rejeta sa natte en arrière et se tint prêt.

— Quelle douce musique à mes oreilles.

Boëndal tendit l'oreille, puis bondit hors de sa position sans crier gare ; son frère le suivit sans mot dire.

Je devrais les accompagner, au lieu de rester assis à regarder comme un lâche. Tungdil se sentit obligé de leur prêter main-forte contre cette terrible adversaire, ne fût-ce que pour faire diversion. Il saisit sa hache en soupirant et voulut se lever, au moment précis où deux mains squelettiques le saisirent aux épaules par-derrière et le mirent à terre.

— Qui es-tu ? demanda une petite voix féminine tandis que des doigts osseux malodorants et encore humides lui palpaient le visage. Tu es petit. Tu es un Troglodyte ?

On retourna le Nain sur lui-même. Il tomba nez à nez avec le visage profané de l'Elfe, autrefois si gracieux. Elle était devenue une revenante elle aussi. La souveraine de Vertbois s'était arrachée de son hêtre et errait dans la colonie, aveugle depuis que les Albes lui avaient enlevé les yeux.

— Laisse-moi, Elfe ! cria Tungdil en essayant d'atteindre son arme.

Mais celle-ci tenait si fermement ses bras qu'il ne put que dégainer son poignard. Il la frappa ; la lame cliqueta en heurtant les côtes mises à nu, sans occasionner le moindre dommage.

— Que fait un Nain dans mon bois ?! lui cria-t-elle. (Sa main osseuse se referma sur sa gorge.) Fais-tu cause commune avec les Albes ? Votre haine envers mon peuple a-t-elle crû au point que vous vous soyez acoquinés avec le Mal pour l'anéantir ?

Il surmonta sa peur et perçut une différence dans le ton de sa voix. Elle ne parlait pas comme Gorén. Au contraire, elle possédait encore manifestement un reste de volonté propre.

— Non, ma dame ! C'est Lot-Ionan qui m'a envoyé remettre des artefacts à Gorén..., parvint-il à articuler.

Ses orbites noires se fixèrent sur lui.

— Que m'arrive-t-il ? murmura-t-elle avec angoisse. Je sens que je me transforme... J'étais morte, et pourtant... mon âme... (L'Elfe s'interrompit.) C'est Lot-Ionan qui t'a envoyé ? Le mentor de mon bien-aimé ? (Son impitoyable poigne se relâcha.) Il y a un ouvrage, là, dans la bibliothèque de la maison principale. Gorén voulait le faire porter à ton maître lorsque les Albes nous ont attaqués...

— Je l'ai, l'interrompit-il.

— Il ne faut pas qu'ils mettent la main dessus ! l'enjoignit-elle. Rapporte-le en Ionandar et remets-le au Mage ! Il comprendra quand il lira la lettre que lui a adressée mon bien-aimé. (Ses doigts de squelette se resserrèrent de nouveau.) Jure-le !

Tungdil le jura sur Vraccas et sur son père adoptif en bégayant. L'Elfe squelettique parut satisfaite et s'éloigna en se traînant.

— Tranche-moi le cou, demanda-t-elle doucement. Je ne veux pas que le Pays Mort me prenne le peu d'âme qui me reste. (La souveraine de Vertbois étendit ses bras décharnés.) Vois ce qu'ils ont fait de moi. Voudrais-tu que j'erre et obéisse à tout jamais aux ordres du Mal ?

Les trous ténébreux qu'elle avait à la place des yeux le subjuguaient.

— Je…

— Tout ce qui m'était cher, ils me l'ont pris. Mon amour, ma beauté, ma maison et ma forêt. (Elle leva la main gauche, tendit son index et l'enfonça avec hésitation dans son orbite vide.) Je ne peux même plus pleurer ce que j'ai perdu. Aie pitié.

Tungdil ne put supporter plus longtemps l'infinie tristesse qui se dégageait de sa voix et de son visage. Tremblant, il se releva, fit un lourd pas dans sa direction et brandit sa hache pour frapper. Lorsque la tête coupée de l'Elfe roula dans les ruines de la maison, son squelette se désintégra. Elle était définitivement morte.

La forêt poussa un gémissement. Aux grincements et aux craquements de centaines d'arbres se mêla le bruit du combat sans merci que les jumeaux livraient encore à l'Albe.

Le Pays Mort ! Ils ne le savent pas encore ! Tungdil se ressaisit. *Il faut couper la tête des cadavres pour les empêcher de devenir des morts-vivants !*

Boëndal et Boïndil étaient aux prises avec une adversaire qui ne songeait pas un instant à se battre selon les règles des Nains. L'Albe possédait l'agilité d'un chat, elle sautillait, bondissait, se baissait pour esquiver leurs coups, sans toutefois parvenir à percer la cuirasse renforcée des jumeaux.

— Hé !

Tungdil fit un grand pas et lança sa hache sur cette coriace adversaire. Mais celle-ci vit venir le projectile et l'évita d'un agile mouvement de côté.

C'est alors que Gorén apparut soudainement derrière elle et voulut la frapper avec son morceau de poutre. Le sifflement produit par le mouvement du bois eut beau l'avertir, elle ne put éviter le coup.

La poutre l'atteignit en plein dans le dos, la catapultant vers l'avant, à l'endroit même où Boïndil venait à sa rencontre avec ses couperets, riant d'un rire dément et visant ses cuisses, dont la cuirasse était moins épaisse.

— Viens voir un peu par ici, Yeux-noirs !

Son attaque fut couronnée de succès. Grièvement touchée, l'Albe poussa un cri avant de recevoir aussitôt le plat du bec-de-corbin de Boëndal dans le ventre. Elle se tut, et ce pour de bon, lorsque les couperets lui tranchèrent la tête.

— Ce n'était pas nécessaire, magicien. On n'avait pas besoin de ça pour venir à bout de cette Oreille-pointue, dit Boïndil, vexé, à Gorén qui s'avançait vers lui en vacillant. Et d'ailleurs, comment se fait-il que tu sois encore vivant, toi ?! s'étonna-t-il dans la foulée.

—Nous sommes en Pays Mort ! Il faut le décapiter, c'est le seul moyen de le faire mourir définitivement, lança Tungdil.

—Si c'est comme ça, grommela le guerrier en évitant les tentatives maladroites du mort-vivant de le frapper.

En un éclair, un couperet s'abattit et la tête de Gorén roula sur le sol. Le magicien était mort.

—Tant qu'on y est, autant s'occuper aussi des autres, dit Boëndal en faisant signe en direction de la route.

Les dépouilles calcinées des Orcs et des habitants de Vertbois commençaient en effet à se relever, sur ordre des puissances des Ténèbres. Si celles-ci ne faisaient plus la différence entre agresseurs et victimes, les jumeaux firent, eux, preuve d'une grande circonspection. Ils placèrent les revenants en file avant de les décapiter l'un après l'autre, les délivrant ainsi de leur sort. Tungdil se contenta de les regarder faire.

—C'était trop facile, rouspéta Boïndil lorsqu'ils eurent terminé leur répugnante tâche. Mais il fallait bien cela pour exorciser ma rage. (La flamme dans ses yeux s'éteignit progressivement.) Allons-nous-en.

Ils se hâtèrent de reprendre leur route vers le sud, quittant ce qui avait été autrefois Vertbois.

Les arbres dénudés leur laissèrent le passage. Ultime faveur accordée, apparemment, à ceux qui avaient quand même tué une des Albes qui avaient apporté la mort et la désolation sur cette paisible colonie. Troncs et branches craquaient et grinçaient, s'inclinaient vers eux, se frottaient de façon menaçante, mais en restèrent là.

Les seuls bruits qu'ils perçurent encore furent le crépitement et le bruissement des feuilles desséchées sous les semelles de leurs bottes. Il n'y avait plus aucune trace des nombreux animaux de la forêt. Plus aucun oiseau n'osait élever la voix pour chanter.

—Je dois d'abord aller voir Lot-Ionan, c'est important, leur déclara Tungdil, qui leur expliqua en quelques mots la nouvelle mission dont l'avait indirectement chargé l'Elfe. Jamais nous n'aurions dû tomber sur le Pays Mort et les Orcs si loin à l'ouest. Il faut que j'en informe mon Mage et que je lui remette ces livres. Apparemment, ils sont d'une importance capitale.

—L'Ionandar ? C'est un détour de six cents milles, dit Boëndal, peu enthousiaste. Cela retardera d'autant plus notre arrivée au Royaume des Seconds.

—Il n'y a pas d'autre solution, répliqua Tungdil, toujours aussi opiniâtre. Ce que nous pouvons faire aussi, c'est nous rendre en Lios Nudin pour demander audience au Conseil des Mages.

Boïndil rit.

— Voilà, c'est bien, montre-nous que tu es une tête de mule, comme un vrai Nain.

Son frère se fit plus conciliant.

— C'est bon, allons en Lios Nudin. Le Grand-Roi a déjà vécu si longtemps, il n'en est plus à quelques lunes près. Vraccas lui accordera sûrement la longévité nécessaire.

Il prit son outre d'eau.

— Et puis, tu as fait preuve d'une grande bravoure, pour quelqu'un qui n'a jamais appris à tenir une hache, le complimenta Boïndil. Mais un Nain, note bien cela, ne jette jamais son arme s'il n'en a pas une seconde sur lui. Et il faudra aussi que tu travailles ton style de combat. Je t'enseignerai comment manier la hache, Tungdil, et bientôt les faces de groin auront aussi peur de toi que de moi.

Tungdil n'eut rien à y redire.

— Plus tôt je saurai m'en servir, mieux ce sera.

Au soir, lorsqu'ils durent faire halte, parce qu'il fallait bien qu'ils se reposent, Boëndal entonna une nouvelle chanson naine, qui parlait de la vieille inimitié entre Elfes et Nains. Lorsque son regard croisa celui de Tungdil, il se tut. Une chanson sur la mort et la désolation n'aidait pas à le mettre de meilleure humeur.

— Que savez-vous sur ma tribu ? leur demanda-t-il.

— Les Quatrièmes ? (Boëndal se gratta la barbe et sortit un morceau de fromage pour le faire griller au-dessus du feu, comme le précédent.) La Quatrième Maison compte douze clans, la plupart de ses membres sont plus petits et plus fragiles que la moyenne, un peu ramollis. Cela vient de leur métier, la taille des pierres précieuses. (Il toisa Tungdil.) Oui, tu ferais un bon Quatrième. Ils n'ont certes pas d'érudits dans leurs rangs, mais ils ont à peu près ta carrure… Quoique, non, tu es déjà presque trop costaud. Tu as les reins trop larges. (Il réfléchit à ce qu'il venait de dire.) Je ne dis pas cela pour t'offenser. C'est comme ça, c'est tout, expliqua-t-il amicalement. C'est Vraccas qui nous a faits comme nous sommes.

Tungdil ne se satisfit pas de cette réponse. Celle-ci était si générale qu'elle ne lui apprenait rien de neuf.

— Comment, c'est tout ?

Les jumeaux échangèrent des regards.

— Cela fait très longtemps que les Royaumes Nains n'ont plus de nouvelles les uns des autres, lui répondit honnêtement Boëndal. Nous ne savons pas grand-chose. Attends de les avoir rencontrés par toi-même. Mais il y a une chose que je peux te dire à propos des Seconds. Nos dix-sept clans ont les tailleurs de pierre les plus doués de toutes les tribus. La forteresse d'Ogremort te coupera le souffle. Tu n'as encore jamais vu pareille chose ! Même le plus gros château fort des longs-sur-pattes ne soutient pas la comparaison.

Boëndal se laissait peu à peu emporter par l'enthousiasme, et vantait la magnificence des ouvrages de pierre qui rendaient les autres tribus vertes de jalousie. Tungdil était suspendu à ses lèvres, se réjouissant de pouvoir bientôt admirer de ses propres yeux les monuments érigés par son peuple.

Le Pays Sûr, Lios Nudin, en l'été du 6234e cycle solaire

Ils marchèrent sans répit pour rejoindre la capitale et paraître devant l'assemblée des magiciens.

Boïndil avait d'abord insisté pour qu'ils longent le chemin, par sécurité. Après quatre jours dans les sous-bois, ils en eurent assez des branches qui les éraflaient, des épineux qui s'accrochaient dans leurs cottes de mailles et des rameaux qui les gênaient dans leur progression, et qui, comme par hasard, atteignaient sans cesse Tungdil au nez ou aux yeux. Ils revinrent donc sur la route poussiéreuse, se méfiant de chaque rencontre.

Les derniers événements n'avaient pas été sans laisser de traces sur Tungdil. Il fit des cauchemars, et lorsqu'il se pencha au bord d'un ruisseau en chemin pour y puiser de l'eau pour son outre, son visage lui parut plus âgé, plus mûr, et ses yeux bruns plus sévères qu'au début de son périple. Les horreurs qu'il avait vécues l'avaient bel et bien marqué.

N'ayant pas l'intention d'être victime d'un Orc, il se donnait beaucoup de peine lors des exercices de combat quotidiens avec Boïndil, et apprenait vite, presque trop vite, comme le lui fit remarquer son professeur. Chaque fois qu'ils s'exerçaient à enchaîner coups, parades et feintes, Boëndal restait assis sur le côté à observer attentivement Tungdil sans rien dire, tirant sur une petite pipe.

Quand le trio rencontrait des Humains ou tombait sur des colonies, Tungdil leur parlait des événements qui s'étaient produits à Vertbois, leur déconseillant fortement de s'approcher des limites du Pays Mort.

Ses dires étaient étayés par les convois de réfugiés en chariots qui défilaient quotidiennement sur la route, cherchant refuge en Lios Nudin. Les Orcs avaient fait leur apparition en d'autres endroits, et les Humains croyaient Nudin le Curieux plus à même de s'opposer à ces hordes que le roi Bruron.

Un après-midi, Tungdil resta quelques pas en arrière à l'approche d'un tournant, signe qu'il désirait satisfaire en toute quiétude un besoin naturel et pressant. Les jumeaux poursuivirent leur chemin sans rien remarquer.

Après que Tungdil fut revenu sur la route, soulagé, il parvint à un croisement, mais ne vit aucune trace des Nains. Comme un panneau indiquait Porista vers l'est, il se mit au trot dans cette direction.

Peu après, il aperçut une roulotte bigarrée en bois, garée de travers au bord de la route. Sur ses flancs avaient été peints des ciseaux, des couteaux, des couperets et des haches dans des couleurs vives. Les bêtes de trait avaient été dételées, le véhicule laissé négligemment sur le bas-côté.

— Ohé !

La porte de derrière ne fermant pas correctement, on pouvait entr'apercevoir l'intérieur sombre de la roulotte. Tungdil trouva cela suspect.

— Tout va bien ?

Par prudence, il mit la main à sa hache. Peut-être que le propriétaire de cette roulotte avait été victime des Orcs, et que ceux-ci étaient encore dans les parages. *Mais où sont donc passés Boïndil et Boëndal ?*

— Il y a quelqu'un ? Ohé ! lança-t-il encore avant de gravir l'étroit marchepied de bois qui menait à l'entrée.

Il poussa la porte de la tête de sa hache et jeta un coup d'œil dans le petit atelier. Les tiroirs avaient été tirés, les portes des placards ouvertes. Au fond du véhicule, dans un coin, il vit deux chaussures dépasser de sous une armoire.

Tungdil entra dans la roulotte.

— Répondez-moi. Je ne vous veux aucun mal.

Il y eut une odeur métallique, douceâtre. Une odeur de sang. Il eut le pressentiment que celui qui était étendu devant lui n'était plus parmi les vivants. À présent, il en était convaincu : les dieux avaient maudit son voyage, il n'y avait pas d'autre explication aux horreurs qui se succédaient en permanence partout où il mettait les pieds.

Il glissa son arme dans son ceinturon. Il posa les mains sur les semelles qui dépassaient, puis les secoua doucement.

— Vous êtes blessé ?

Comme il n'y eut pas de réaction, il redressa l'armoire pour libérer celui qui était coincé dessous. Il vit alors qu'il s'agissait d'un corps de Nain, mais d'un corps seulement. Car on lui avait coupé la tête. Il n'y avait aucune trace du crâne, et la plaie au niveau du cou n'était pas encore sèche. Le meurtre avait dû se produire peu de temps avant son arrivée.

— Par Vraccas, que se passe-t-il, ici ?

Dans sa peur, l'armoire lui glissa des mains et retomba sur le cadavre. Tungdil recula et tenta de mettre de l'ordre dans ses pensées. Il avait de la peine pour ce Nain nomade, victime lui et sa forge ambulante de brutes criminelles. La soif d'or et de pièces des Humains avait scellé son destin.

Je ne devrais pas le laisser ainsi, se dit-il. Il agrippa le cadavre par les pieds et le tira de dessous l'armoire, lorsque quelque chose tomba sur le plancher dans un tintement.

— Hein ?

Il observa l'objet de plus près. Il s'agissait d'un poignard souillé de sang, et si le demi-jour ne le trompait pas trop, il s'agissait de l'arme du mercenaire dont il avait ferré le cheval plusieurs semaines auparavant.

Tungdil entendit le martèlement de sabots. Il jeta un coup d'œil prudent par l'étroite fenêtre, un grossier juron nain aux lèvres. Cinq

Humains en armure chevauchaient en direction de la roulotte. Il resta donc où il était, se pressant derrière la porte, contre le bois. Il ne ressortirait sans doute pas vainqueur d'un combat contre ces guerriers expérimentés, aussi devait-il se cacher s'il voulait survivre. Il ne se sentait pas encore prêt à se mesurer à un adversaire supérieur en nombre, même si cela aurait été un jeu d'enfant pour Boïndil ou Boëndal.

Des pas lourds approchèrent du véhicule, des bottes gravirent le marchepied, qui grinça, la roulotte bascula, et une ombre apparut en travers de l'entrée.

Le Nain empoigna sa hache des deux mains.

L'Humain murmura quelque chose et s'accroupit à côté du mort.

— Quelqu'un est passé par ici, cria-t-il. Le court-sur-pattes n'est pas comme on l'a laissé tout à l'heure. Couvrez-moi. (Il chercha son couteau.) Et camouflez bien le pot de miel avec la tête dedans, ordonna-t-il. Je ne tiens pas à expliquer à qui que ce soit pourquoi on y conserve une immonde tête de Troglodyte.

— C'est pourtant simple. C'est parce qu'il y a de l'or en échange, dit un de ses comparses en riant grassement.

— Ça ne regarde personne d'autre que nous, répondit le meurtrier. C'est déjà bien assez difficile de mettre la main sur ces nabots pour qu'on ait en plus des rivaux. (Il découvrit le poignard.) Ah, te voilà.

Il l'essuya soigneusement sur les vêtements de sa victime, le rengaina et se releva.

Son armure refléta les rayons du soleil qui entraient par la fenêtre latérale ; l'un des rayons vint frapper le tranchant de la hache de Tungdil, qui étincela instantanément.

— Qu'est-ce que...

Le meurtrier se retourna.

Tungdil se devait d'agir tant que la surprise jouait encore pour lui. Celui-ci bondit droit devant lui et abattit le tranchant de sa hache, perçant le cuir et sectionnant les tarses de l'Humain. Dans son excitation, il avait frappé si fort que sa hache resta coincée dans le plancher. Il tira dessus de toutes ses forces pour l'en sortir.

Le guerrier poussa un hurlement. Maintenant, ses compagnons savaient que quelque chose ne tournait pas rond, s'ils ne s'en doutaient pas déjà.

— La voilà, ta récompense.

Le Nain arracha la lame du bois et prit la fuite. Il bondit hors de la roulotte, vociférant pour effrayer les chevaux.

Les quadrupèdes firent un pas en arrière. Les Humains, qui s'apprêtaient justement à en descendre et avaient encore un pied à l'étrier, perdirent l'équilibre et mordirent la poussière.

Sans attendre, Tungdil fila vers la profonde forêt sur sa droite. Leurs chevaux ne seraient d'aucune utilité aux mercenaires vu la densité de cette forêt, et même à pied, les fourrés les empêcheraient d'avancer rapidement. Pour une fois, sa petite taille l'avantageait. De plus, sous le feuillage, la nuit tombait plus vite qu'en rase campagne, ce qui ne causait pas la moindre difficulté à Tungdil.

— Rattrapez ce salaud de Nain ! hurla leur chef. Ça nous vaudra une grosse prime !

Le Nain s'enfonçait à toute allure dans la forêt, s'arrêtant de temps à autre pour écouter ses poursuivants. Ils n'abandonnaient pas si facilement, à en juger par les branches qui craquaient et les jurons, mais ils perdaient du terrain. Au bout d'un moment, il n'entendit plus leurs pas lourds d'Humains en armures. Il les avait semés.

Haletant, Tungdil s'appuya contre un tronc d'arbre et lutta pour retrouver son souffle. L'endurance, c'était bien joli, mais courir pour sauver sa vie avec tout un paquetage sur le dos était quand même un effort plus que violent. En hâte, il contrôla s'il avait encore bien tout. Le sac aux artefacts, qui cliquetait bizarrement depuis le coup de l'Orc, était bien à sa place.

Tungdil but une gorgée d'eau tout en tendant l'oreille. *Ils chassent les membres de mon peuple pour une récompense !* Il n'en revenait pas, tant cela dépassait tout ce qu'il avait enduré jusqu'alors. Mettre la tête des Nains à prix allait à l'encontre des lois du Pays Sûr, et il ne parvenait pas à imaginer, même avec la meilleure volonté du monde, ce que l'on voulait faire de son crâne.

Après une courte halte, il fila de nouveau en droite ligne à travers la forêt pour rejoindre la première route venue. Grande fut sa surprise lorsqu'il vit Boïndil et Boëndal venir à sa rencontre.

— Ah, mais le voilà ! lui dit Boïndil comme pour le saluer. Tu t'étais perdu ?

— Non, c'est vous qui vous êtes trompé de chemin. Vous n'alliez pas vers Porista, dit-il en haletant.

Boëndal l'observa de plus près.

— Qu'y a-t-il, l'érudit ? Des ennuis ?

— J'espère que non, parce que cela voudrait alors dire que je les aurais ratés, grommela son frère. Ce n'était quand même pas un écureuil qui voulait te les…

— C'étaient des chasseurs de prime, l'interrompit Tungdil. Ils traquent les Nains pour leur couper la tête parce que quelqu'un leur donne de l'or en échange.

— Quoi ?! beugla Boïndil, les yeux écarquillés ; son imposante barbe trembla. Par où sont-ils partis ?

— Je n'en ai aucune idée et pour être franc, je suis bien content de ne plus les avoir à mes trousses, avoua-t-il.

Ils cherchèrent une petite clairière à l'écart du chemin pour tenir conseil.

— Ont-ils dit qui les payait ? s'enquit Boëndal.

—Non. Je les avais déjà rencontrés une fois, mais ils n'avaient rien entrepris à ce moment-là. Il y avait sans doute trop de témoins à la ferme où j'étais alors. *J'ai été à deux doigts de me faire tuer.*

—Hum… C'est peut-être une nouvelle ruse des Troisièmes pour faire traquer et détruire les autres tribus. Ou alors, ils veulent que nous soyons brouillés avec les longs-sur-pattes comme avec les Elfes, et que cela provoque une guerre. (Boëndal regardait autour de lui.) En tout cas, il y aura pas mal de choses dont nous devrons parler quand nous aurons atteint le Second Royaume Nain.

Tungdil étendit sa couverture sur lui et passa la nuit sous le toit de feuilles d'un chêne. Ils renoncèrent à faire du feu, dont on aurait vu la lueur à des milles à la ronde, et même le craquement d'une brindille résonnait désagréablement dans le silence de la nuit. Il croisa les bras derrière la tête, sentit un coléoptère se promener dans ses cheveux fournis et l'en retira.

—Ce qui est étrange, dit-il en réfléchissant à haute voix, c'est que cette prime a été offerte peu après que l'on vous a envoyés à ma recherche.

Boïndil, qui se mettait à l'aise et enroulait sa longue natte noire pour en faire un oreiller, fronça les sourcils.

—Tu veux dire que ce n'est pas une ruse de Lorimbur ? Que quelqu'un en aurait après nous ?

Son frère secoua la tête.

—Non, tu n'y es pas. Notre érudit veut dire que c'est surtout après lui qu'on en a, c'est juste ?

—C'est une hypothèse un peu hardie, je sais, admit Tungdil en soupirant. Mais vous aviez évoqué un second prétendant au trône.

Boëndal saisit l'allusion.

—Jamais, dit-il catégoriquement. Un Nain digne de ce nom n'intrigue pas. Le roi Gandogar Barbe-d'Argent est à mille lieues de ce que tu insinues.

—Tu le défends comme s'il était de notre tribu, marmonna son frère avec une pointe de reproche.

—Je le défends parce que c'est un Nain. Un Nain honnête, même si je ne partage pas ses vues, dit le jumeau, campant sur ses positions. En outre, ton existence n'a été révélée au Conseil que bien après notre départ. (Il réfléchit.) Non, reprit-il fermement. Cette prime, c'est un stratagème de Lorimbur. Et c'est déjà bien assez grave comme ça. Tu imagines ? Des Nains qui comploteraient les uns contre les autres ? Ce serait la fin de tout ! Bref, ce n'est pas possible.

Ils se turent, pensifs, et se couchèrent.

Tungdil eut un rêve agité. Des bataillons entiers d'Orcs et d'Albes le poursuivaient avec du savon à barbe et des couteaux pour lui couper la barbe, qui avait entre-temps bien poussé. Ils parvenaient à le rattraper, à l'immobiliser et à le raser. C'était un spectacle humiliant et bouleversant que d'avoir le visage aussi glabre qu'un nouveau-né.

Cela le tira de son sommeil, qui était tout sauf réparateur. Il mangea un peu de ses provisions, et pria Vraccas avec plus de ferveur que d'habitude pour qu'il échappe aux chasseurs de primes du Gauragar et qu'il accomplisse sa mission.

Tu ne me facilites pas la tâche, Vraccas. Tungdil avait la nostalgie de ses galeries, et désirait ardemment revoir Frala, Sunja et Ikana. Il en était presque au point de se réjouir à l'idée de revoir Jolosin.

* * *

Ce voyage rapprochait les Nains. Chaque fois qu'ils avaient un moment de libre, Boïndil le prenait à part et l'initiait plus avant à l'art du combat.

— Alors ? lui demanda un soir Boëndal à voix basse près du feu de camp, alors que son frère était endormi. Qu'est-ce que tu penses des premiers Nains que tu as rencontrés de toute ta vie ?

Tungdil ricana.

— Franchement ?

— Je t'en prie, l'érudit.

— Boïndil est le plus emporté de vous deux, même si son cerveau met plus de temps que ses poings à se mettre en mouvement. Quand sa décision est prise, plus rien ne peut l'en détourner. Et la plupart du temps, il fait ce qui lui vient à l'idée.

— Ce n'était pas difficile à deviner. Mais encore ?

— Il ne fait aucun mystère de sa haine des Orcs et des Elfes, et rien ne vaut pour lui le combat, dans lequel il se jette avec une ardeur comme je n'en avais encore jamais vue.

— Par Vraccas ! Tu as déjà bien observé mon frère, jugea le jumeau en riant. Mais garde tout cela pour toi. Et que penses-tu de moi ? demanda-t-il avec curiosité en lui tendant une pipe entamée.

— Toi, tu es d'un tempérament plus doux, mais d'un esprit plus vif, et tu es ouvert aux propositions d'autrui, dit Tungdil avant de tirer une bouffée. Tes yeux bruns te confèrent un regard amical, alors que l'expression de ceux de ton frère est… indescriptible.

Boëndal applaudit doucement.

— Pas mal, l'érudit.

— Comment se fait-il que vous soyez tous deux devenus des guerriers ?

— Comme nous n'étions pas particulièrement doués pour le travail du marbre et autres roches, nous avons décidé de renforcer les patrouilles de garde, dit-il en ricanant. Notre tribu est responsable de la défense de la Porte Haute, ainsi que nous appelons le ravin qui sert de passage vers le sud. C'est en fait un accès de cinquante pas de large, bordé par des à-pics de mille pas de haut, qui se rapprochent l'un de l'autre à partir d'une hauteur de huit cents pas environ. Ce n'est que lorsque le soleil est parfaitement à la verticale de la faille que la lumière pénètre dans le ravin.

—Alors, il devrait plutôt s'appeler la Porte Sombre, remarqua Tungdil.

—Jusqu'à présent, il ne nous a jamais fallu davantage qu'un petit contingent de Nains pour défendre la Porte Haute, et ce, quel que fût le nombre d'assaillants.

—Avez-vous des portails, comme les Cinquièmes?

—Non. Nos ancêtres ont creusé un fossé de cent pas de profondeur sur une longueur de quarante mètres, flanqué d'un épais mur fortifié doté d'un pont-levis mécanique. Les ingénieurs ont peaufiné leur construction durant tout le temps que mirent les ouvriers à creuser cette dépression dans la pierre des Montagnes Bleues, dit Boëndal, rêveur, pour décrire ce chef-d'œuvre de la technique. Pour ce faire, ils ont accolé de minces dalles coulissantes à une infrastructure ultralégère, mais dure comme du granit. Dans le même temps, ils ont fait évider la fosse de façon à obtenir des colonnes de soutien supplémentaires, pour que le pont ait suffisamment de points d'appui. Le pont est relié à l'ouvrage principal de façon que l'on puisse à tout moment le rétracter au moyen de chaînes, de roues dentées et de câbles.

—C'est... (Tungdil était sans voix.) Je ne connais aucun peuple qui ait jamais construit pareil pont. Mais qu'est-ce qui se passerait si les Orcs et les Ogres parvenaient à grimper dessus?

—Nous pouvons les en faire tomber à tout moment. La fosse est tapissée des restes des monstres de Tion qui se sont essayés à franchir cet obstacle. (Il rit doucement.) Ils ont même tenté d'envoyer leurs guerriers de l'autre côté de la fosse, voire par-dessus la muraille, grâce à des catapultes. Ceux qui survivaient à l'impact tombaient devant nos haches.

Tungdil fit écho à son rire.

—Moi, j'aurais essayé de combler la fosse. Ou bien d'y descendre, pour mieux remonter de l'autre côté, dit-il en se creusant la tête.

—Ils y ont pensé, mais c'était tout aussi vain. Une fois seulement, nous nous sommes retrouvés dans une situation analogue à celle du valeureux Giselbart et de ses défenseurs, admit Boëndal, se référant aux anciens écrits de sa tribu. Une armée d'Ogres, qui n'essaya même pas de construire un ponton ou une passerelle pour franchir la fosse, avait eu la même idée que toi. Après être descendus prudemment au fond de la fosse, ils s'enfouirent dans les ossements de leurs congénères morts depuis longtemps, avant de remonter par centaines de l'autre côté.

—Mais vous les avez repoussés?

—La forteresse s'appellerait Nainmort et non pas Ogremort, sinon, dit Boïndil. Pourriez pas parler moins fort, j'ai besoin de dormir. (Il se retourna vers eux et plongea son regard dans le feu.) Ça va, vous avez réussi, je suis réveillé, maintenant.

Il déballa un morceau de fromage pour le faire cuire au-dessus du feu. Cette fois, Tungdil accepta le fromage qu'il lui proposa. Le goût était moins désagréable qu'il le croyait au début.

— Toujours est-il, dit Boëndal pour reprendre le fil de son récit, que ces brutes auraient bien pu franchir la muraille si le Second n'avait pas tué leurs meneurs et si les autres Ogres avaient su comment poursuivre en leur absence. Nos ancêtres firent alors une sortie surprise pour rejeter l'ennemi dans la fosse. Quand tout cela a eu lieu, nous n'étions encore que deux petits chiards. Cela fait au moins trois décennies que l'on n'a plus vu le moindre monstre au pied de la Porte Haute, conclut-il.

— Ils ont fini par savoir que c'était nous qui montions la garde, s'esclaffa son frère. Et c'est parce que tout était si calme que le Grand-Roi nous a envoyés chercher son successeur potentiel. (Il regarda à travers les flammes en direction de Tungdil, et ses yeux bruns jetèrent une lueur.) Sinon, tu avais raison : je suis né pour me battre, je n'évite pas le combat, car c'est mon destin d'être guerrier.

— C'est mon frère, je n'allais pas le laisser y aller seul. Nous sommes un astre double et nous le resterons. Pour toujours. Là où est l'un, l'autre y est aussi.

— Donc, il y a une providence qui assigne à chaque Nain une… vocation ? dit Tungdil pour résumer, impatient de savoir ce qu'il allait bien pouvoir devenir. Serai-je un simple ouvrier qui creusera des galeries, ou est-ce qu'en moi sommeille le savoir-faire d'un maître artisan ?

— Les Quatrièmes sont les lapidaires, les tailleurs de pierres précieuses du peuple Nain. As-tu un penchant particulier pour tout ce qui est bijoux ? lui demanda Boëndal.

Curieusement, Tungdil n'avait jamais été spécialement attiré par ces objets scintillants. Lot-Ionan avait bien quelques joyaux, ornés de saphirs et de rubis, de brillants et d'améthystes. Tungdil aimait à les observer parce qu'ils réfractaient la lumière de superbe manière, mais jamais il ne lui serait venu à l'idée de tailler ou de polir un diamant brut disgracieux pour le mettre en valeur.

— Je ne crois pas. À bien y réfléchir, c'est la forge qui m'attire le plus, dit-il avec une pointe de déception dans la voix.

La lueur changeante de braises que l'on croirait presque vivantes, l'odeur du fer brûlant, le tintement du marteau de forge et le sifflement du fer que l'on plonge dans l'eau pour le refroidir, voilà en quoi consistait le monde du Nain jusqu'alors.

— Eh bien, tu seras forgeron, trancha Boïndil, satisfait. Un forgeron lettré. C'est bien, ça aussi. Et très nain.

Tungdil se rapprocha du feu et médita. Il vit des montagnes de diamants, puis des étincelles orange qui remontaient le conduit de la cheminée en dansant et en tourbillonnant. La forge lui plaisait bien davantage. L'or, aussi. Il adorait le doux miroitement jaune de ce métal.

— Je collectionne aussi tous les morceaux d'or abandonnés, si petits soient-ils, poursuivit-il en murmurant. Les pièces d'or, les bijoux, et même les pépites tombées de la poche d'un chercheur d'or distrait.

Les guerriers rirent.

— Tu as dû te constituer un bon petit trésor bien à toi, alors. Si ce n'est pas nain, ça, je veux bien embrasser une face de groin, dit Furibard en hochant la tête. Et si je faisais de toi un guerrier ? lui proposa-t-il en prenant la pipe.

— Je ne crois pas que cela soit possible. Déjà, contre un ennemi supérieur en nombre…

— Il n'y a pas de surnombre, le contredit l'autre tout de go, il n'y a que des défis, plus ou moins difficiles, retiens bien cela.

— Alors, je vais le dire autrement. Je suis de plus en plus convaincu que ma place est près d'une enclume. Voilà ce qui me rend heureux.

Tungdil décida provisoirement de ne plus s'occuper l'esprit avec pareilles questions. Il tira le sac qui contenait les livres de Gorén, enveloppés dans du papier ciré et des chiffons, et les en sortit pour les déballer et les feuilleter délicatement. Les jumeaux le regardèrent faire.

— Et alors ? Qu'est-ce qu'on y raconte, l'érudit ? s'enquit Boïndil. La voilà peut-être, ta vocation ! Ingénieur, ou scribe. Nous autres, Nains, avons de grands ingénieurs.

— Je n'y comprends rien. (La déception l'envahit quand il vit qu'il ne pouvait même pas lire ce qui était écrit sur le dos.) Il doit s'agir d'ouvrages destinés à des Mages de haut rang.

Le Nain se demanda comment l'ancien *famulus* de Lot-Ionan avait seulement pu les déchiffrer.

Tungdil se frappa le front et se traita de Kobold. *L'Elfe, bien sûr ! La souveraine de Vertbois ! Elle était sûrement capable de lui inculquer les arcanes de la Magie et de l'aider à traduire ces ouvrages.*

Ses doigts parcoururent les couvertures de cuir. *Que renfermez-vous que les Albes ne doivent pas découvrir ?* les interrogea-t-il en silence. *Depuis quand les parents mauvais des Elfes craignent-ils quelques écrits ?*

— Tant pis, dit-il, faussement résigné.

Alors qu'il remettait bien soigneusement les ouvrages dans leur enveloppe protectrice, son regard tomba sur le sac aux artefacts. À en juger par le cuir épais dont il était fait, il avait déjà bien vécu. Blanchi par le soleil, il commençait à se craqueler ; des taches plus sombres se dessinaient çà et là, dues semblait-il à sa transpiration ou à des provisions grasses. Le sac portait encore le souvenir du coup d'épée de l'Orc : une ligne brun clair, véritable cicatrice infligée au cuir.

Plus Tungdil regardait le sac, plus il souhaitait jeter un œil à son contenu. Cela faisait déjà longtemps qu'il luttait contre la tentation de défaire le cordon multicolore pour regarder ce qu'il y avait à l'intérieur de ce sac.

Oh, et puis flûte. Gorén est mort, et je veux savoir ce que j'ai trimballé à travers tout le Pays Sûr.

Incapable de se maîtriser plus longtemps, il tendit le bras vers le contenant en question, le visage impassible afin de ne pas donner aux Nains l'impression qu'il désobéissait à son Mage. Il défit habilement le nœud, puis élargit le col du sac.

Instantanément, un son épouvantablement strident retentit. De petites billes de lumière fendirent l'air en pétaradant, avant de faire place à des explosions de toutes les couleurs.

— Par le marteau de Vraccas et tous les feux de sa forge !

Boïndil et Boëndal se levèrent d'un bond, se mirent dos à dos et brandirent leurs armes.

Tungdil jura et renoua rapidement le cordon. Le feu d'artifice ne cessa que lorsqu'il eut refermé le col du sac avec exactement le même nœud qu'auparavant. Ce petit système d'alarme mis au point par Lot-Ionan l'avait bien eu. Le Mage avait prévu son accès de curiosité et lui avait donné une leçon.

— Par toutes les montagnes du Pays Sûr ! Qu'est-ce que c'était que ça, l'érudit ? exigea de savoir Boïndil. Un tour de magicien ?

— Je voulais juste voir si… le piège magique fonctionnait encore, après tout ce temps, répondit-il, s'efforçant de calmer son souffle. (La frayeur lui avait tout autant coupé les bras et les jambes qu'aux jumeaux.) C'est contre les… voleurs qui voudraient prendre le sac.

— C'est cette petite chose qui a fait tout ce boucan ?! (Furibard observa le cuir, incrédule.) C'est pour quoi faire, ce feu d'artifice ? Pour que le voleur amuse l'assistance et puisse récolter des pièces d'or avec ?

— Non. Grâce à lui, je sais toujours où il est et je peux récupérer mon bien, mentit Tungdil.

Cette explication était plus flatteuse que de devoir avouer qu'il s'agissait en fait d'un dispositif contre sa propre curiosité.

— N'aurait-il pas été plus malin de jeter simplement un sort contre les vols ? grogna Boïndil, qui cracha par terre. Ah, la Magie des longs-sur-pattes ! C'est rien que de l'esbroufe.

Son frère le rejoignit dans ses récriminations.

— Ce qu'il faudrait, c'est qu'un marteau en sorte et frappe le coquin sur la tête, dit-il dans un ricanement.

— Ou bien lui écrase les mains pour lui apprendre à ne plus les poser sur ce qui ne lui appartient pas, ajouta Boïndil.

Boëndal se rassit.

— Allez comprendre les Mages. Tant de pouvoir, et ils ne pensent même pas aux choses les plus simples.

Tungdil déglutit. Il était reconnaissant à son père adoptif de ne pas avoir prévu une punition aussi brutale.

— Je lui soumettrai tes propositions, dit-il en leur adressant un signe de tête.

— Nous pouvons le faire nous-mêmes.

— Non, répliqua-t-il immédiatement. Non, c'est moi qui lui dirai. Il n'aime pas les propositions. Venant d'étrangers.

Il rougit ; par bonheur, ses compagnons de voyage ne regardaient pas dans sa direction, préférant essayer de sauver avec une baguette un morceau de fromage tombé dans le feu.

— Un boucan pareil aurait pu nous coûter la vie, à Vertbois, gronda Boïndil. Ne touche plus à ce cordon, lui dit-il avec fermeté. (En soupirant, il retira son souper des braises, trempa brièvement le morceau de fromage dans sa gamelle pour en ôter la cendre, et le mit en bouche.) Ouf, il est encore mangeable, constata-t-il.

En tout cas, cet incident fut une bonne leçon pour Tungdil. *Je ne toucherai plus à ce sac que pour le mettre sur l'épaule et le déposer le soir. Il peut bien y avoir un trésor là-dedans, ça m'est égal.*

Chapitre 7

Le Pays Sûr, Lios Nudin, en l'été du 6234e cycle solaire

Rantja survola la foule du regard. Les cent quatre-vingts meilleurs *famuli* des Royaumes magiques attendaient d'être reçus par Nudin le Curieux dans le hall du palais. Leurs maîtres et maîtresses respectifs les avaient mandés en Lios Nudin pour qu'ils les aidassent dans leur combat contre le Pays Mort. Des murmures impatients emplissaient la vaste salle.

— Il faut vraiment que la situation soit grave du côté des barrières magiques pour que l'on mette même les apprentis Mages à contribution afin de repousser les forces des Ténèbres venues du Nord, dit un *famulus* à côté d'elle. Tu es chaque fois plus jolie, Rantja.

— Jolosin ! s'exclama-t-elle avec joie en lui tendant la main. (C'est alors qu'elle remarqua sa nouvelle robe bleu foncé.) Oh, tu es passé au quatrième niveau. Tu as enquiquiné Lot-Ionan jusqu'à ce qu'il craque, c'est ça ?

— Et toi, Nudin t'a élevée directement au cinquième niveau, à seulement trente-deux cycles ? Je suis impressionné, répliqua l'Humain aux cheveux foncés sur un ton de plaisanterie mêlée d'admiration. Est-ce que tu vas bien ?

— Très bien, sourit-elle, avant de reprendre une mine grave. J'irais encore mieux si je n'avais pas appris que le Pays Mort gagnait en puissance. (Elle remarqua de nombreuses petites coupures sur ses doigts.) Comment t'es-tu fait cela ?

Il lui fit signe de ne pas insister.

— Ce serait trop long à expliquer. Disons que je travaille sur un sort d'épluchage des pommes de terre, éluda-t-il, contrarié. Pas mécontent de pouvoir enfin quitter mes marmites et faire quelque chose de sensé. (Il jeta un coup d'œil autour de lui.) As-tu déjà vu les grands maîtres ?

— Ils viennent juste de sortir, de même que mon Mage, répondit Rantja, inquiète. En sais-tu davantage ?

— Tout ce que j'ai reçu, c'est un message selon lequel leurs cérémonies d'incantation requéraient une concentration totale, et que l'on remettrait donc les retrouvailles à plus tard, dit-il, insatisfait, avant de déposer le sac de cuir contenant des artefacts qu'il avait sur l'épaule, et qu'un cordon vert maintenait fermé. As-tu jamais vu situation plus grave ?

Rantja secoua la tête.

Les portes s'ouvrirent, et Nudin le Curieux apparut pour leur souhaiter la bienvenue. Il chancelait légèrement et paraissait exténué.

— Je vous salue, cria-t-il d'une voix rauque, presque croassante. (Sa voix semblait affectée et se faussait. L'assistance eut l'impression qu'un homme et une femme parlaient en même temps.) Aujourd'hui est un jour noir pour le Pays Sûr. Suivez-moi et voyez ce que le Pays Mort a fait.

Le Mage fit signe aux élèves de l'accompagner, et passa devant.

— J'ai déjà rencontré Nudin par le passé, et je dois dire qu'il a plutôt changé, murmura Jolosin à l'oreille de Rantja. Il a dû prendre au moins cinquante livres, et doit porter des chaussures à talons.

— Je sais. Beaucoup le croient plus grand qu'il n'est.

— Bien plus grand. Et plus imposant. Et il est exclu qu'un Humain de son âge grandisse encore. Alors, qu'a-t-il bien pu se passer ? Une expérience qui aurait mal tourné ?

Ils marchaient à présent juste derrière Nudin. Ils sentirent une odeur putride et douceâtre à la fois. L'eau de toilette du Mage devait être éventée, ce dont il ne semblait pas s'être aperçu.

Rantja glissa sur le marbre. Jolosin intervint, l'empêchant de faire une mauvaise chute.

— Merci, s'empressa-t-elle de dire.

Ils reprirent leur chemin, notamment parce que ceux de derrière poussaient. C'est ainsi qu'aucun apprenti ne vit la longue traînée rouge foncé sur le dallage. Le Mage perdait du sang.

L'extrémité inférieure de son bâton de magicien claquait à intervalles réguliers sur le sol. Nudin marchait à grands pas, les guidant à travers un labyrinthe d'arcades et de salles, jusqu'au moment où ils s'arrêtèrent devant une autre porte à deux battants. Il brandit son bâton de la main gauche, et l'onyx rougeoya lugubrement.

— Soyez forts, leur dit-il avant de prononcer la formule d'ouverture du portail.

Les battants coulissèrent. Une odeur de décomposition avancée reflua de la pièce, quelques apprentis Mages eurent la nausée. Rantja vacilla, s'appuyant contre Jolosin qui la soutint bravement, luttant contre l'envie de vomir.

Cette puanteur ne semblait pas déranger le Mage.

— Voyez, à présent, comme le Pays Sûr a besoin de vous !

Il entra le premier, puis les *famuli* pénétrèrent dans la pièce, hésitants.

Des cris d'horreur bouleversés retentirent lorsque les apprentis virent les différents restes de leurs mentors. Une statue, un tas de vêtements, des cadavres en décomposition... On ne reconnaissait même plus Andôkai tant son corps était putréfié.

—Par Palandiell, gémit Jolosin en voyant son maître changé en statue. (Malgré toute la rancune qu'il lui vouait à cause de la punition, jamais il ne lui aurait souhaité pareille fin.) Nous sommes perdus, balbutia-t-il en déposant le sac de cuir qu'il avait apporté à la demande de son mentor. S'ils n'ont rien pu faire contre le Pays Mort...

Le bâton de Nudin frappa le sol avec force, et les conversations s'interrompirent. Tous les yeux étaient tournés vers lui.

—Nous avons sous-estimé le Pays Mort d'une manière impardonnable, annonça-t-il d'une voix tremblante. Nous en étions encore à charger le cristal accumulateur et à la première phase de la cérémonie lorsque la Terreur venue du Nord a frappé. La précieuse pierre a été détruite! Ce n'est qu'à grand-peine que j'ai survécu à cet assaut. (Il pointait l'extrémité de son bâton vers ce qui restait des Mages: tristes vestiges, restes malodorants, répliques infamantes.) J'ai perdu de bons amis. Mais vous, vous êtes leurs apprentis, les meilleurs qu'il y ait encore au Pays Sûr. (Nudin toussa, régurgitant un caillot de sang, avant de chanceler et de s'appuyer sur Lot-Ionan.) Voyez, je souffre encore de cette attaque. Nous devons nous dépêcher de recoller les morceaux de l'accumulateur, haleta-t-il avec peine. C'est seulement de cette façon que nous arrêterons le Pays Mort. Si nous échouons, les Humains sont perdus. Jamais leurs armées ne parviendraient à arrêter la progression de la Terreur venue du Nord.

Les apprentis magiciens se regardèrent, perplexes. Ses paroles, et la vue de leurs mentors anéantis les ébranlèrent jusqu'au plus profond de leur âme.

—Les Cinq, qui passaient pour tout-puissants ou presque, ont été vaincus par le Pays Mort, murmura Jolosin, abattu. Et il faudrait que nous...

—Il faudrait que nous les enterrions, dit Rantja l'air absent. Nous ne pouvons les laisser dans cet état, c'est indigne d'eux.

Elle s'interrompit et commença à trembler.

—Ressaisissez-vous! les adjura le Mage. Il importe d'abord d'agir rapidement. Ensuite seulement il sera temps de s'occuper des morts. (Son bâton décrivit un cercle.) Mettez-vous en position. Prenez-vous par les mains les uns les autres et répétez après moi, ordonna-t-il.

Tous obtempérèrent. Rantja et Jolosin se mirent côte à côte. Ce contact leur donna du courage.

Nudin posa son bâton devant lui sur le dallage et vint se placer à côté du *famulus* de Lot-Ionan. Ses mains étaient à la fois molles et poisseuses au toucher, et Jolosin dut se faire violence pour ne pas retirer sa main d'un geste de dégoût.

—Honorable Mage, j'ai avec moi les artefacts que Lot-Ionan vous avait empruntés, dit-il en désignant ses affaires du regard.

Nudin fit un bref signe de la tête.

Puis ils entamèrent l'invocation collective de la Magie, afin de la faire venir à eux sous une forme concentrée et de la canaliser vers les éclats de malachite.

Les heures passèrent.

* * *

La journée commença par de la pluie. Une forte pluie.

L'été abandonna le Pays Sûr aux nuages pour quelques heures, afin qu'il reçoive son content d'eau après la sécheresse.

Si les plantes ne pouvaient que se réjouir de cette averse, ce ne fut pas le cas des trois Nains. Ceux-ci se blottirent sous un arbre, maussades, et attendirent.

— Voilà pourquoi nous, nous vivons dans les montagnes, se plaignit Boïndil, qui profita de l'occasion pour se raser les tempes de plus près.

Ces derniers jours, il était devenu de plus en plus agité. Son cœur de guerrier réclamait des gueules d'Orcs sur lesquelles crier, cracher et frapper. Or il était plus qu'improbable d'en rencontrer au cœur de Lios Nudin.

— Que faisons-nous s'il lui prend un accès de fureur ? chuchota secrètement Tungdil à Boëndal. Devons-nous grimper à un arbre ?

Le Nain, qui était en train d'essorer sa natte, sourit d'une oreille à l'autre.

— Tant que je suis là, tu n'as rien à craindre. J'arrive toujours à faire en sorte qu'il passe sa fureur sur des choses inanimées. Du moins, presque toujours.

Ils observèrent les charrettes et les chariots défiler sur la route, à quelque distance de là. Deux jeunes amoureux, qui se préoccupaient davantage l'un de l'autre que de leurs bœufs, étaient assis sur un siège de cocher. Les bêtes, indifférentes, continuaient de suivre la route d'un pas lourd.

À la vue de ces amoureux, le commis de Lot-Ionan fut confronté à un problème qui le travaillait depuis déjà un bon bout de temps. Un sujet délicat qu'il hésitait à aborder avec les deux autres. À force de poser sans cesse des questions sur son peuple, il avait le sentiment de paraître incroyablement sot à leurs yeux. Pendant des cycles et des cycles, il avait vécu entouré de centaines de livres, et il ignorait encore tout des Nains. *Vous parlez d'un érudit.*

Mais toutes ces tergiversations étaient inutiles, il lui fallait des certitudes. Évitant le regard de l'un et de l'autre, Tungdil demanda :

— Comment sont-elles, les Naines ?

Silence. Le crépitement des gouttes de pluie sur les feuilles de leur abri devint assourdissant. Manifestement, les jumeaux le laissaient mijoter dans son jus.

— Jolies, dit Boïndil laconiquement.

— Très jolies, renchérit Boëndal.

— Ah, fit Tungdil.

Silence.

L'averse faiblit. Le bruissement et le clapotis s'atténuèrent peu à peu pour laisser place à des gouttes qui tombaient à intervalles réguliers, sans bruit ; l'eau coulait le long des branches et des rameaux.

— Ont-elles une barbe, elles aussi ? demanda-t-il, revenant à la charge.

Silence.

Tungdil se dit que c'était fou le nombre de bruits différents que font les gouttes, quand on écoutait bien.

— Barbe n'est peut-être pas le bon mot, commença Furibard.

— Duvet serait plus exact, dit son frère en d'autres termes. Très attirant.

Silence.

Le soleil fendit la grisaille, l'été revint au Pays Sûr. Tungdil s'apprêta à poser la question suivante, quelque peu délicate.

— Les Naines et les Nains...

Les deux frères se tournèrent vers lui sans mot dire. Boëndal le toisa d'un air compatissant.

— Il est plus que temps qu'il rencontre son peuple, celui-là, constata-t-il sèchement avant de lever les yeux en direction de la cime de l'arbre. La pluie s'est arrêtée. Nous repartons.

Il se leva, suivi par son frère.

— Tu n'as pas répondu !

— Nous sommes des guerriers, pas des lettrés. De plus, ce n'était pas une question.

— Sont-elles des guerrières, elles aussi ?

— La plupart des Naines de notre tribu ne le sont pas, en tout cas, dit Boëndal tandis qu'ils marchaient de front. Elles s'occupent plutôt des affaires domestiques. Elles font paître les bêtes, veillent à ce que les garde-manger soient toujours remplis et les chopes aussi, et ce sont elles qui font nos vêtements.

— Quand l'homme et la femme combattent côte à côte, cela ne donne rien de bon, grommela Furibard sur le ton de quelqu'un qui parlait d'expérience, mais qui interdisait à Tungdil de demander des précisions.

— Garde-toi de te moquer de leurs arts. Leur fierté est tout aussi exacerbée que la nôtre. Certaines sont parmi les tailleurs de pierre et les forgerons les plus talentueux qui soient. En concours, elles manient le burin et le marteau avec une telle précision que leurs rivaux n'en reviennent pas.

— Des exceptions, marmonna Boïndil, qui ne faisait aucun mystère de son opposition résolue à ce qu'une Naine endossât les responsabilités d'un homme Nain. Leur place est au foyer. Telle est leur vocation.

Tungdil écouta tout cela attentivement.

— Donc, c'est un peu comme chez les Humains, conclut-il.

Il était de plus en plus curieux de rencontrer des Naines et se réjouissait beaucoup d'en voir une de plus près.

Enfin, ils arrivèrent à Porista. Si Tungdil fut émerveillé par les tours et les dômes du palais, les jumeaux n'admirèrent que par politesse les réalisations architecturales des longs-sur-pattes, qui n'arrivaient qu'à la cheville de celles de leur peuple.

L'espoir secret de Tungdil d'y rencontrer Lot-Ionan ne se réalisa pas. Ils apprirent en effet que les Mages étaient repartis pour leurs Royaumes respectifs depuis déjà plusieurs jours. Nudin le Curieux ne recevant plus personne, il ne restait plus aux Nains qu'à retourner en Ionandar.

Alors qu'ils passaient devant une ruelle, Tungdil aperçut dans une écurie un cheval attaché qu'il pensa avoir déjà vu quelque part.

— Attendez une minute.

Il s'approcha de la jument alezane, qu'il pensait avoir déjà ferrée par le passé. Non sans précaution, il lui prit la patte avant droite et considéra le fer. Celui-ci portait sa signature.

— Ce sont eux, murmura-t-il.

— Des amis à toi ? s'enquit Boëndal, le bec-de-corbin négligemment posé sur l'épaule.

Son frère passait les doigts sur ses tempes pour vérifier s'il y avait encore des cheveux rebelles.

— Cela m'étonnerait.

Tungdil se tourna vers les fontes archipleines, prit un seau, le retourna, monta dessus et dut tendre le bras pour attraper les rênes. Il rabattit la couverture avant de fouiller à tâtons dans la sacoche, jusqu'à ce qu'il tombe sur un grand bocal en verre, qu'il retira d'un geste.

— Vous vous souvenez du Nain ambulant que j'ai trouvé mort ?

Son intuition ne l'avait pas trompé. Il ouvrit le bocal et y vit la tête tondue d'un Nain. Les chasseurs de primes avaient coupé sans ménagement les poils de leur victime pour faire passer le crâne dans le récipient. Le miel qui entourait hermétiquement la tête coupée la préservait de la décomposition. Le peu de sang qui s'en écoulait encore dessinait des stries rouges dans le liquide doré.

— Ce sont ses meurtriers.

Les jumeaux s'approchèrent dans un cliquetis de cotte de mailles. Ils restèrent muets. Ils regardèrent fixement, horrifiés, ce qu'un Humain avait fait à un membre de leur peuple pour un peu d'or.

— Par Vraccas ! Je m'en vais les découper en rondelles ! gronda Furibard. (La fureur le traversa jusqu'à la pointe de ses cheveux, les couperets volèrent comme d'eux-mêmes dans ses mains.) Laissez…

C'est alors que s'ouvrit la porte qui séparait l'écurie de la maison. Tungdil reconnut immédiatement l'Humain, et il en fut de même pour le chasseur de primes. Celui-ci s'arrêta net et regarda fixement les trois Nains.

— Malédiction !

Le rapport des forces ne lui semblant pas assez équilibré, il tourna les talons et disparut dans la maison.

— Viens te battre, lâche ! Même une face de groin vaut mieux que toi !

Déjà Boïndil était à ses trousses. À l'intérieur du bâtiment, on entendit un combat bref, mais violent, qui se termina sur le cri d'agonie perçant du mercenaire.

L'avertissement de Tungdil parvint trop tard à Furibard le frénétique.

— Il nous sera plus utile vivant !

Mais il n'en fit pas reproche au Nain. La fureur accumulée de Boïndil ne le laissait pas revenir à la raison avant d'avoir vu le sang et le corps sans vie de son adversaire.

— Eh bien, attendons que les autres reviennent, dit sèchement Boëndal. Il y en a encore quatre, si je me souviens bien.

Tungdil acquiesça, et ils se cachèrent dans l'écurie.

Les mercenaires revinrent tôt dans la soirée ; à en juger par leurs expressions, ils n'avaient pas eu de chance et revenaient bredouilles.

Furibard se tenait derrière la porte, écumant, les couperets en main, impatient de tomber sur eux ; son frère avait choisi de se dissimuler dans la paille et était également à l'affût. Tungdil préféra rester en retrait. Rompus comme ils l'étaient au combat en équipe, Tungdil n'aurait fait que les gêner.

Lorsque les quatre Humains furent dans l'écurie et eurent mis pied à terre, les jumeaux s'adressèrent un signe de tête et chargèrent.

— Laissez une de ces canailles en vie ! leur rappela Tungdil, qui les suivit.

Un des guerriers saisit la poignée de son épée.

Il n'avait qu'à moitié sorti l'arme de son fourreau lorsque le couperet de Boïndil l'atteignit à la hanche gauche. La force du coup le précipita contre le mur. La deuxième lame le frappa à pleine vitesse en oblique de bas en haut, tranchant peau et tendons et lui disloquant le genou droit. Il s'effondra en hurlant.

Mais Furibard était déjà ailleurs. Conscient et certain de l'effet de ses deux coups, il bondissait déjà sur son prochain adversaire en riant.

Son frère s'occupait des deux autres assassins. Boëndal fondit tête baissée sur le plus avancé des deux, et dans un éclair, le bec-de-corbin s'abattit.

Le mercenaire eut juste le temps de saisir son bouclier et de le tenir en garde devant lui, mais c'était sous-estimer la force de pénétration de l'arme du Nain. L'extrémité pointue de celle-ci passa outre cette protection garnie de ferrures et traversa le bras de l'Humain de part en part. Ce n'étaient pas de la chair et des os qui entraveraient la course d'une arme qui venait à bout du bois et du métal. Le mercenaire poussa un cri.

Le Nain retira à toute force cet ergot de la ferraille, orienta son arme côté plat vers l'avant et frappa le genou, qui n'était pas protégé. L'articulation fut littéralement retournée sous l'énorme pression et se brisa dans un craquement. Le deuxième adversaire était hors de combat.

— Je vais te montrer ce qu'il en coûte d'assassiner lâchement des Nains !

Pris de fureur, Furibard couvrit son ennemi de coups de couperets rapides et bas.

Les mercenaires paraient à grand-peine les coups frénétiques de leurs assaillants, et leurs mines désespérées en disaient long sur leur situation. Là où la peur s'installe, la défaite s'invite peu après.

Boïndil faisait tournoyer ses couperets de façon à désorienter complètement le mercenaire. Pris de peur, ce dernier fit volte-face et tenta de se remettre en selle.

Il avait beau être plus rapide à la course que le Nain, il n'était pas plus leste que le bec-de-corbin lancé à ses trousses par Boëndal.

Avec un son mat, l'arme heurta son dos au moment où il voulut sauter en selle. La lourde extrémité lui brisa les côtes, compromettant ainsi d'autant sa fuite. Cela suffit à Furibard pour combler la distance.

— Tu es un peu trop grand à mon goût, le long-sur-pattes, dit-il avant de trancher les mollets de l'Humain.

Le chasseur de primes ne s'était pas encore écroulé que Boïndil le frappa de nouveau, le tuant de deux rudes coups aux clavicules.

Boïndil se retrouva ensuite face au quatrième mercenaire, tapi derrière la paille.

— À ton tour ! dit-il, les yeux fous et étincelants. (Le sang de ses ennemis tachait sa cotte de mailles en de nombreux endroits.) En quel dieu crois-tu ? Palandiell ? Samusin ?

L'Humain jeta ses armes et leva les bras.

— Je me rends ! s'empressa-t-il de crier.

Le Nain montra les dents.

— Ça m'est égal, grogna-t-il avant d'enfoncer ses couperets dans le corps de l'Humain sans défense.

Celui-ci s'écroula en geignant. Il eut une mort rapide, mais extrêmement douloureuse, à en juger par ses gémissements.

Tungdil se retourna. Leur chef, que Boïndil avait mis hors de combat au début de la mêlée, gisait dans une immense mare de sang et perdait sa force vitale à vue d'œil. Il se précipita sur cet homme.

— Qui vous payait pour cette besogne ? le pressa-t-il. Dis-le nous, et nous te sauvons la vie.

— Sinon, on te regarde patauger dans ton sang, le menaça Furibard.

— Un garrot, par Palandiell ! dit au lieu de cela le chasseur de primes, les mains appuyées sur la plaie qu'il avait à la hanche.

Vu le rouge qui jaillissait d'entre ses doigts, Tungdil douta de pouvoir tenir sa promesse s'il parlait. Lot-Ionan aurait été certainement capable de le soigner, mais un bandage était d'ores et déjà inutile.

— Dis-le, lui cria Boïndil en colère, ou je mets fin à ce que ta mère a mis au monde dans la douleur !

Mais l'Humain mourut avant qu'il puisse mettre sa menace à exécution.

Les jumeaux se retournèrent et se dirigèrent d'un pas décidé vers le dernier survivant de cette bande de meurtriers, celui dont la longue pointe de l'arme de Boëndal avait percé le bouclier et le bras.

Le mercenaire serrait les dents. La douleur d'un genou éclaté mettait à très rude épreuve sa résolution de ne pas crier.

— Grâce, je ne sais presque rien, balbutia-t-il. Nous avions juste entendu dire que quelqu'un offrait au Gauragar une récompense à quiconque lui rapportait la tête d'un Troglodyte. C'était peu après que nous avons rencontré celui-là (il désigna Tungdil) pour la première fois.

— Qui vous en a parlé ? gronda Furibard, l'un de ses couperets appliqué contre la gorge de l'Humain en armure.

— Le maître de la guilde ! Le maître de la guilde ! lâcha-t-il, apeuré. C'est lui qui nous a envoyés dans cette région. Nous collectons les têtes, et toutes les trente lunes, un messager vient chercher les bocaux. En échange, nous recevons notre part de la guilde. Trente pièces chacun par crâne.

— Quelle guilde ? insista Tungdil.

— Celle des chasseurs de primes, déclara le guerrier, qui poussa un gémissement de douleur. Laissez-moi partir. Je vous ai dit tout ce que je savais.

Tungdil le crut, mais il était certain que les jumeaux ne le laisseraient pas en vie. La cupidité de cet Humain exigeait réparation.

— Tu n'iras nulle part.

La lame de Boïndil fit son office en moins de temps qu'ils ne mirent à l'en empêcher, et le dernier mercenaire poussa son dernier soupir.

— Ne restons pas là, dit Boëndal d'une voix éteinte. Filons vite d'ici avant que la milice arrive.

Ils ramassèrent leurs affaires en hâte et quittèrent Porista pour poursuivre leur route vers l'Ionandar, craignant que des gardes de la cité les poursuivent. Mais ils ne furent pas inquiétés.

Tungdil eut mauvaise conscience.

— Ce n'était pas juste. Nous aurions dû le livrer à la garde de la ville, ainsi que le bocal, dit-il en chemin alors qu'ils pataugeaient dans les flaques et dans la boue.

Les yeux de Boïndil s'étrécirent.

— Tu me reproches d'avoir tué tous les longs-sur-pattes ? (Il essuya les gouttes de pluie de sa barbe noire.) Qu'est-ce que cela aurait changé à leur destin ? On les aurait de toute façon condamnés et exécutés.

— La mort, ils l'avaient méritée. Seulement…

Tungdil ne savait pas comment expliquer ses remords à Furibard. Boëndal fit écho à son frère.

— Non, l'érudit. Pas de « mais » ni de « seulement » qui tienne. Ils ont tué pour de l'argent, ils ont péri à cause de l'argent. Que ce soit nous qui les tuons ou les longs-sur-pattes qui les exécutent, quelle différence ? Au moins avons-nous vengé les Nains qu'ils ont tués. C'était mieux ainsi.

Il rejeta sa natte par-dessus son épaule, signe qu'il ne changerait plus d'avis.

Tungdil était à court d'arguments. Il était encore trop érudit et pas assez Nain pour comprendre la mentalité de ses compagnons de voyage.

— Reprenons notre route. Le Conseil des Nains nous attend, dit Boïndil sur un ton plus conciliant.

La bataille ayant libéré sa fureur accumulée, il était redevenu plus sociable.

Le Pays Sûr, Lios Nudin, en l'été du 6234e cycle solaire

— Je n'en peux plus, gémit Rantja tout bas.

— Je t'en prie, il faut que tu tiennes bon, lui murmura Jolosin. Si un seul d'entre nous quitte le cercle, c'en est fait du rituel. Je le dois à mon mentor, et tous ici, nous le devons au Pays Sûr.

La voix de Nudin changea. Le croassement fit place à un susurrement aigu qui ne lui ressemblait pas. L'instant d'après, il parlait d'une voix de basse sombre qui fit vibrer les entrailles des apprentis. Même les plus expérimentés d'entre eux ne se souvenaient pas avoir jamais entendu une telle chose.

Le rituel fut bientôt suivi d'effet.

Les débris de malachite s'illuminèrent d'une lueur vert sombre et s'élevèrent à trois pas de haut, flottant librement dans la pièce. Même les éclats encore prisonniers du corps de Maira la Gardienne se frayèrent un passage à travers la chair pourrissante pour en ressortir avec un léger bruit de ventouse qu'on enlève.

— Regarde ! (Jolosin lui serra la main.) Encore un effort et nous aurons réussi !

Le Curieux reprit son rôle de maître de cérémonie. Les hommes et les femmes présents dans la salle répétaient ses paroles, jusqu'au moment où elles devinrent incompréhensibles. Nudin semblait ânonner n'importe quoi, et ses assistants n'arrivaient plus à répéter ce qu'il disait. Le rituel risquait d'échouer.

Les débris formèrent un disque lumineux de dix pas de diamètre qui se mit à tourner autour de son axe.

— Ça te paraît normal ? demanda Jolosin à Rantja. Je n'ai encore jamais participé à un tel rituel.

Elle laissa la question sans réponse.

Les rotations se firent plus rapides, et plus les éclats de malachite prenaient de la vitesse, plus ils se rapprochaient. Progressivement, ils s'emboîtèrent les uns dans les autres jusqu'à former un seul cristal de grande taille.

—Le Curieux sait parfaitement ce qu'il fait, dit Rantja en reprenant son souffle avant de se taire, comme les autres apprentis.

Ce silence avait quelque chose de solennel. Cent quatre-vingts personnes encerclaient la pierre précieuse, qui jetait une lueur vivace et à laquelle la volonté de Nudin avait donné une nouvelle forme. Quelques apprentis magiciens soupirèrent de soulagement, se réjouissant du majestueux spectacle qui s'offrait à eux.

—Nous avons réussi, exulta Jolosin, qui voulut lâcher la main de Nudin pour prendre Rantja dans ses bras, mais le Mage le retint d'une poigne de fer.

La bouche du Curieux s'ouvrit pour ne prononcer qu'un seul mot, inconnu de tous.

Un éclat se détacha du cristal recomposé et vint se ficher comme un projectile dans la poitrine de Jolosin, sans que les autres s'en aperçoivent.

—Que...

Le jeune homme gémit. Il voulut se défaire de la poigne du Mage et tâter l'endroit où avait pénétré le morceau de malachite. Cette partie du cristal tranchante était entrée profondément en lui, il sentit le sang s'écouler de la plaie et se répandre sur son ventre, mais les doigts froids et poisseux du Mage ne voulaient plus lâcher sa main.

—Honorable Mage, gémit Jolosin de douleur. Je... suis blessé. La pierre m'a attaqué.

Nudin tourna vers lui son visage bouffi et pâle. Ses pupilles étaient tellement dilatées que ses iris étaient réduits à de minces cercles. C'est alors que le noir devint subitement terne, argenté. Une lumière brilla à travers ce voile.

—Je sais, mon garçon. Mais il le fallait. J'avais besoin de ta Magie. (Il lui serra la main pour l'encourager.) Tu n'auras bientôt plus à souffrir.

Le Curieux ferma les yeux.

Le second morceau de malachite traversa la salle à la vitesse de l'éclair et atteignit Rantja. Le cristal projeta ainsi des éclats à intervalles toujours plus réduits, et ce ne fut que lorsque la moitié des apprentis eût été victime de ces attaques que l'autre moitié se rendit compte de ce qui se passait. Ils en appelèrent à Nudin, le priant de faire quelque chose.

—Restez où vous êtes ! Vous ne voudriez pas tout gâcher ?!

Il demeura à sa place, les yeux fermés.

Les derniers étudiants à n'avoir pas encore subi ces tirs ne firent aucun cas des paroles du Mage. Ils voulurent briser le cercle et se mettre à l'abri avant de se voir infliger des blessures mortelles. En vain. Horrifiés, ils s'aperçurent que leurs mains étaient indissociablement jointes à celles de leurs voisins, et furent atteints à leur tour.

Des rayons vert foncé jaillirent de la malachite, courant sur les corps des apprentis Mages et s'infiltrant à travers les plaies ouvertes par les projectiles.

Nudin releva les paupières, les yeux brillants de démence. Il ouvrit son habit au niveau de la poitrine et prononça un second mot à voix haute.

Dans un éclair aveuglant, un éclat du cristal long d'un doigt s'enfonça dans son corps. Le rayon enfla, gagna en volume, s'animant de soubresauts tandis que faiblissaient les liens d'énergie verts par lesquels les apprentis étaient reliés à la malachite. Soudain, ils s'évanouirent.

— Parfait ! (De la bouche de Nudin sortit un puissant cri de joie, inhumain. Le Mage rit de satisfaction.) C'est parfait ! Maintenant, je peux tomber le masque et redevenir Nôd'onn le Dédoublé.

Tous les apprentis s'écroulèrent. Comme tous les autres, Jolosin et Rantja étaient incapables de parler, la pierre leur ayant brutalement dérobé leurs forces et leur Magie.

Ceux qui étaient de constitution plus faible moururent les premiers. Leurs cœurs cessèrent de battre, leur souffle s'interrompit.

Jolosin et Rantja parvinrent, avec quelques autres, à mobiliser leurs dernières réserves pour ramper vers la sortie et échapper à Nudin.

De ses doigts effilés, le Mage s'empara de l'éclat fiché dans sa poitrine. Il ressortit le fragment rouge de sang et le contempla pensivement avant de l'y remettre. Puis il se dirigea vers le disque de malachite.

— Tu as fait ton office. Va.

À peine eut-il effleuré le cristal flottant avec son onyx que le disque retomba, se brisant en d'innombrables particules.

Ne perds pas de temps. Passe au sortilège suivant. Nôd'onn se dirigea vers le sac aux artefacts, s'en empara et se hâta de gagner la sortie. Il enjamba trois apprentis en train de ramper, non sans les tuer en leur enfonçant la pointe de son bâton dans le dos. L'érable blanc se teignit de rouge.

Parvenu sur le seuil, il se retourna une dernière fois et parcourut la salle du regard. L'odeur de décomposition allait bientôt devenir bien plus forte. Cela ne le dérangeait pas. Il n'aurait bientôt plus aucune raison de revenir dans la salle des rituels, car il était à deux doigts d'avoir réalisé son objectif.

C'est alors qu'il remarqua Jolosin et Rantja. D'un coup dur et brutal, il enfonça le crâne du jeune homme ; quant à sa propre disciple, il la repoussa dans la salle à coups de bottes.

Rantja se retrouva sur le dos et tenta, en larmes, de lancer une formule d'autoguérison, mais son sort échoua.

Nôd'onn s'accroupit et caressa délicatement les longs cheveux bruns de sa disciple. Il la connaissait très bien, et la considérait comme un de ses meilleurs élèves ; elle aurait même pu prendre sa succession à la tête de Lios Nudin, mais jamais elle ne l'aurait suivi sur la voie qu'il avait choisie.

— Si tu n'y arrives pas, c'est parce que tu as cet éclat de cristal en toi et parce que tu es vidée, consommée, lui expliqua-t-il. Tu vas mourir, comme les autres, Rantja.

Les yeux sombres de la jeune femme jetèrent un regard plein de mépris à ce Mage à qui elle avait fait confiance et qu'elle avait cru connaître durant tout ce temps.

Bien qu'il l'évitât, le regard de la mourante l'emplissait de tristesse.

— Je regrette d'avoir dû anéantir toutes ces vies pour m'emparer de leur force, s'excusa-t-il. D'un autre côté, jamais vous n'auriez approuvé mon projet, à l'instar de Sabora, de Turgur, de Lot-Ionan, d'Andôkai et de Maira. Je n'avais pas d'autre choix, et cette décision ne fut pas facile à prendre, je l'avoue. C'est le destin qui m'a commandé d'agir ainsi. Il fallait sauver le Pays Sûr d'un péril plus effroyable encore, dit-il doucement en réponse à sa question muette.

— Rien n'est plus grave que la Terreur venue du Nord, le contredit-elle avec difficulté. Traître ! Les dieux te puniront !

Nudin la regarda d'un air songeur.

— Peut-être, répondit-il lentement. Peut-être bien. Je suis prêt à courir ce risque si le salut des Humains est à ce prix. (Il se releva. Les gigantesques portes se refermèrent à son signal.) Et celui-ci ne sera possible qu'avec l'aide de certains élus et du Pays Mort uniquement.

— Tu es fou, chuchota Rantja, dont les yeux se révulsèrent. Tu es...

Son corps se détendit, sa tête tomba en arrière et tourna légèrement sur le côté.

— Non, répliqua Nôd'onn, attristé. Incompris, nuance. Mais il m'avait prévenu...

Brusquement, il tourna les talons et traversa le palais en hâte pour se rendre dans des souterrains voûtés. D'un bruit sourd, les portes de ce qui allait être la dernière demeure des meilleurs magiciens du Pays se refermèrent.

Le Dédoublé descendit les marches en hâte, et parvint au point où le flux de Magie qui traversait son royaume était le plus intense. Lios Nudin possédait l'avantage d'être situé à la source de cette puissance, laquelle irriguait les cinq autres Royaumes enchantés. Mais cela allait bientôt changer.

Il avait beau avoir vaincu les Mages et leurs meilleurs élèves, il devait aussi s'occuper des apprentis qui en étaient encore aux échelons inférieurs de l'échelle du savoir. Étant incapable d'interrompre le flux, Nôd'onn avait un tout autre plan pour priver ces apprentis du peu de pouvoir qu'ils possédaient.

Mais d'abord, je vais m'occuper de quelque chose d'au moins aussi important. Il retira le cordon de cuir vert, ouvrit le sac et le retourna en le secouant pour faire tomber les objets qu'il renfermait.

Un sablier se fracassa d'abord sur le marbre. Deux amulettes rebondirent ensuite sur le sol dans un bruit métallique, suivies enfin d'un rouleau de parchemin.

Nôd'onn fixa les objets, furieux. *Ce ne sont pas les bons !* La pointe de son bâton fouilla dans le sable. *Malédiction !*

Il s'efforça de garder son calme. Après tout, il pouvait encore envoyer les Orcs au repaire de Lot-Ionan pour qu'ils lui rapportent son bien.

Le Mage se concentra et chercha à entrer en contact mental avec le champ de Magie. Une fois établi le lien avec celui-ci, il prononça le sort que lui avait appris le Pays Mort, libérant ainsi l'énergie dérobée aux apprentis.

Chapitre 8

Le Pays Sûr, en Ionandar, à la fin de l'été du 6234e cycle solaire

Les trois Nains se procurèrent des poneys pour aller plus vite et chevauchèrent sans relâche, ne mettant pied à terre et marchant à côté de leurs bêtes que lorsque leurs postérieurs les faisaient vraiment trop souffrir.

En chemin, les jumeaux apprirent à Tungdil quelques chansons naines communes à toutes les tribus, dernier lien unissant tous les enfants du dieu forgeron.

Ces chansons étaient simples et faciles à retenir, les Nains n'ayant en effet que peu de goût pour les mélodies compliquées. Ce qui n'empêcha pas Tungdil de les trouver quelque peu mélancoliques, peut-être en raison de l'obscurité permanente dans laquelle vivait son peuple. Ces chansons ne devenaient plus joyeuses que lorsqu'il y était question d'or et de trésors, comme dans « Ô mineur, vois-tu l'or luire » et « Diamant, brille de mille feux, froids et clairs ». Ils le firent même chanter la chanson à boire intitulée « Mille chopines pour mille copains » après que Boïndil eut acheté un petit fût de bière.

Le lendemain matin fut un de ces jours où Tungdil aurait bien voulu ne pas avoir de tête. Boëndal lui assura qu'avec de la bière naine, il n'aurait pas eu ce genre de désagréments, et que c'était le breuvage brassé par les longs-sur-pattes qui était de piètre qualité.

En chemin, un marchand ambulant qui répondait au nom de Sami, un Humain chichement vêtu et pas rasé depuis plusieurs jours, les informa d'étranges événements.

— On raconte un peu partout que les meilleurs apprentis des cinq Royaumes magiques alentour seraient partis pour Lios Nudin, dit-il tandis que Tungdil s'intéressait à un étalage de bijoux.

Il avait promis à Frala de lui rapporter quelque chose de joli, promesse qu'il souhaitait tenir avant de l'oublier complètement. Les jumeaux attendirent patiemment.

— A-t-on des nouvelles de Vertbois ?

— L'Elfe a succombé au Pays Mort, et la forêt est devenue un lieu de terreur. Le roi Bruron a parlé de mettre le feu aux arbres pour qu'aucun voyageur imprudent ne soit pris au piège et tué, raconta Sami, qui en profita pour désigner ses savons à base de plantes. Celui-là lui ferait du bien, Troglodyte.

— Nous sommes des Nains ! Est-ce à dire que nous puons ? gronda Furibard. Descends de là, que je t'en passe un, moi, de savon, espèce de grande perche.

— Mais non, pas du tout. Je croyais qu'il cherchait un article pour une dame, dit le marchand pour tenter de se rattraper.

— Mais maintenant que tu le dis, fit Tungdil, saisissant la perche qui lui était tendue. (Il lança un cube de savon grossier à Boïndil.) Attrape.

Il fit l'acquisition d'un savon au jasmin, d'un peigne orné de motifs pyrogravés, ainsi que de poupées pour Ikana et Sunja.

Boïndil renifla le savon, en gratta un morceau et le goûta.

— Du savon. Pour se laver. Pouah ! Si encore ça avait bon goût !

Il le remballa négligemment.

— Le Pays Mort continue de gagner du terrain, alors ? s'enquit son frère dans l'intervalle.

— On peut dire cela, oui. Les Elfes se sont retranchés dans la dernière poche de résistance de leur royaume d'Âlandur et la défendent contre les attaques incessantes des Albes, dit-on. On raconte aussi que les premiers Elfes ont déjà pris la fuite pour chercher refuge dans la Plaine aux Épis, dans le Royaume de Tabaîn. (L'Humain emballa les cadeaux dans du tissu grossier.) Les Albes avancent lentement, mais sûrement, à ce qu'on dit. L'Âlandur va tomber, si vous voulez mon avis, et il n'y aura bientôt plus de Royaume elfique au Pays Sûr. (Il remit le paquet à Tungdil.) Cela fait un sou d'argent, monsieur le Troglodyte.

— Le Nain, corrigea Tungdil.

— Pardon ?

— Nous sommes des Nains, pas des Troglodytes.

— C'est juste, j'oubliais, s'excusa Sami en hâte, observant d'un air méfiant Boïndil, qui inspectait ses tempes rasées dans un miroir.

Toutes ces nouvelles inquiétèrent Tungdil.

— Je suis impatient d'entendre ce qu'en dira le Conseil des Maisons naines.

— Il jubilera, dit Furibard en haussant les épaules. Une fois les Elfes liquidés, nous éliminerons d'autant plus facilement les autres Oreilles-pointues qui viendraient s'aventurer dans nos montagnes. Pour ma part, je ne tolérerai aucune Gueule-d'Elfe dans nos Montagnes Bleues, qu'elle soit Albe ou Elfe. Les réfugiés n'ont qu'à rester où ils sont.

Tungdil gratta sa barbe brune.

— Et les Orcs ?

— Oh, si ce qu'on raconte sur eux est vrai, ils sont à trois endroits en même temps, maintenant. (Sami fit une moue de désespoir.) Les routes sont peu sûres. Le roi Bruron ne parvient pas à faire obstacle aux créatures de Tion, qui continuent leurs pillages, et ce sont nous autres qui devons nous soucier de protéger nos vies et nos biens.

Boïndil afficha un regard empli de convoitise et se pourlécha. Tungdil l'entendit même murmurer « Grouïk, grouïk ».

Enfin, ils prirent congé du marchand ambulant et reprirent leur chevauchée.

Tungdil effectua quelques travaux de forge en chemin pour remplir leurs bourses de quelques pièces ; quand ils ne l'assistaient pas, les jumeaux ornaient de superbes gravures les linteaux des portes et des fenêtres des paysans et des villageois, ce qui leur valut du jambon et du fromage en quantité suffisante pour gagner leur objectif immédiat : le repaire du Mage.

— Tu as des miettes de fromage dans la barbe, fit remarquer Tungdil lors d'une halte.

— Et alors ? répondit Boïndil.

— Cela ne fait pas très... bien élevé, tenta-t-il d'expliquer diplomatiquement.

Furibard se passa simplement la main sur les joues et le menton pour en faire tomber les plus gros morceaux.

— Il y en a encore...

— Tous les autres resteront là où ils sont, déclara-t-il brusquement. Ils aident à maintenir ma barbe bien souple.

Comme pour confirmer ce qu'il venait de dire, une miette de pain vint se loger dans ses poils de barbe crépus. Tungdil imagina les poils en train de développer une vie propre et d'engloutir les restes. C'était sans doute pour cette raison qu'aucune vermine ne venait y nicher. Celle qui voulait s'y loger se faisait tout simplement dévorer.

— Mais que diraient les Naines si elles vous voyaient aussi négligés... ?

— Tu ne vas pas recommencer, avec les bonnes femmes ?

Boïndil sourit salement. Il avait de nombreuses particules de fromage coincées entre les dents. Il donna à Tungdil une tape d'encouragement dans le dos.

— Patience, l'érudit, lui conseilla Boëndal. Tu en sauras bientôt davantage sur ce sujet si tu t'y prends bien. Et comme je pense que tu n'es pas le plus laid d'entre nous, on en trouvera bien une pour toi.

— Si je m'y prends bien, dis-tu. Mais... comment ?

L'autre lui donna une bourrade.

— Tu lui fais les yeux doux. Ensuite, tu lui chantes une chanson et tu lui forges un anneau pour conquérir son cœur. Puis tu lui baises les pieds, tu la frictionnes avec son fromage préféré et tu lui fais faire quatre tours sur elle-même. C'est alors et alors seulement que s'ouvrira la porte de son Pays Sûr.

— C'est… ce n'est pas ce que j'ai lu, dit Tungdil, désemparé.

Il interrogea Boëndal du regard, dont les yeux bruns brillaient d'espièglerie. C'est à ce moment que Furibard pouffa, avant de s'écrouler de rire.

— Bande de sots. (Tungdil fit une moue.) Je ne trouve pas ça drôle, se plaignit-il, vexé. Je n'y peux rien, moi, si je ne connais pas de Naines.

Boïndil essuya les larmes d'hilarité du coin de ses yeux.

— Ne le prends pas mal, mais mon frère a toujours eu du succès avec cette méthode.

Cette fois, le rire tonitruant des deux frères s'étendit sur les douces collines d'Ionandar.

— Sois toi-même, tout simplement, dit Boëndal, un brin plus sérieux. Je ne peux pas parler pour tous les autres, bien sûr, mais j'ai appris qu'elles voient très vite si on leur joue la comédie ou pas.

— Il a toujours voulu jouer les poètes avec elles, glousa son frère, mais ça n'a marché avec aucune. Peut-être que cela marcherait, pour toi.

— Qu'est-ce qu'elles aiment, comme cadeaux ?

— La corruption ?! Pas bête, ça ! Mais pour atteindre le cœur d'une Naine qui ne soit pas déjà promise, il n'y a pas de recette, l'érudit, fit Boëndal. Ou bien elle t'aime bien, et elle te le fera sentir, ou bien elle ne t'aime pas.

— Et ça aussi, elle te le fera savoir ! lança Furibard sur un ton enjoué.

— Et par pitié, ne demande pas comment, rit Boëndal. Si tu lui plais, il peut t'arriver n'importe quoi. Mais assez parlé d'elles.

Ils reprirent leur route. Quelques lunes plus tard, Tungdil commença à reconnaître la région, preuve qu'ils touchaient au but.

Il se réjouissait à l'avance des retrouvailles avec les apprentis et surtout avec sa chère Frala et ses filles. *Ils vont en faire une tête quand ils sauront ce que le peuple Nain attend de moi.* Il noua son foulard autour du cou pour lui montrer qu'il ne l'avait pas oubliée.

Le petit groupe parvint au bord d'un fleuve. Sur l'autre rive tanguait un bac, et sur la berge se dressait la maison du passeur. De la fumée s'élevait de la cheminée.

La main de Tungdil se tendit vers la cloche qui pendait à une branche à côté de l'embarcadère pour demander au passeur de venir les chercher.

Furibard le retint.

— Qu'est-ce que tu allais faire ?

— Appeler le passeur, répondit le Nain. À moins que tu aies appris à nager sans quitter ta monture et que tu comptes nous faire traverser le fleuve à dos de poney ?

Boïndil contempla le courant. Des vaguelettes glougloutaient et clapotaient contre la rive.

— Trouvons un autre chemin, dit-il. L'eau me semble trop profonde, ici. Nous pourrions tomber du bateau et nous noyer.

— Tu pourrais aussi tomber de cheval et te rompre le cou, objecta Tungdil, acerbe. Le gué le plus proche est à au moins deux lunes ! (À la vue des mines interdites des deux jumeaux, il comprit qu'il pouvait épargner sa salive.) C'est par là, soupira-t-il, plus en amont. Pourquoi est-ce que vous ne voulez pas traverser le fleuve ?

Boëndal lui conta une légende naine.

« La déesse Elria, qui s'était élevée d'elle-même hors de l'eau et se sentait extrêmement attachée à cet élément, éprouva immédiatement de l'aversion pour les Nains. Les Enfants du Forgeron, nés du feu et des flammes, étaient pour elle la négation incarnée de ses créatures, qui s'ébattent dans les eaux.

Pour ne pas nous laisser entrer en contact avec ses créatures, elle jeta une malédiction sur les Nains. Tout Nain quittant son Royaume pour une étendue d'eau est inéluctablement condamné à s'y noyer. »

Dès lors, les mers, les lacs, les fleuves, les ruisseaux et même les mares représentaient aux yeux des deux frères autant de dangers de mort. Ils évitaient soigneusement tout ce qui ressemblait à des étendues d'eau un tant soit peu profonde.

— En tout cas, c'est une excellente excuse pour ne pas avoir à se laver, dit Tungdil.

Ils passèrent le reste de la journée à longer le fleuve, pour atteindre enfin le gué le lendemain. Les jumeaux traversèrent très prudemment le rapide courant, qui baignait leurs cuisses si violemment qu'on eût dit qu'il voulait réellement les saisir par les jambes pour les noyer.

Vers la fin de la journée, ils n'étaient plus très loin de l'entrée du repaire souterrain dans lequel Lot-Ionan avait installé son école. Les jumeaux se sentaient de plus en plus mal à l'aise, dans la mesure où ils se rapprochaient de nouveau dangereusement de la Magie.

— Et dire que mon frère et moi, on est déjà passés par là. Ton Mage est bien gentil, mais il est et reste un moulin à formules, gronda Boïndil. Toute cette Magie, ça n'apporte rien de bon. N'importe quel Nain sait cela ! Si Vraccas avait voulu que nous maîtrisions la Magie, il nous en aurait fait don. (Il jeta un œil méfiant en direction de son protégé.) Tu comprends ce que je veux dire ? demanda-t-il avec insistance. Il ne t'a pas converti, j'espère ?

— Je ne sais pas lancer de sorts, et je n'ai jamais essayé non plus, répondit sans broncher Tungdil pour rassurer un Furibard excité. Mais ce que j'aimerais, c'est que vous continuiez à faire montre de respect à l'égard de Lot-Ionan, dit-il en les en adjurant successivement du regard. C'est lui qui m'a recueilli et sauvé. N'oubliez pas que sans lui, il n'y aurait même pas eu de prétendant au trône…

— Ma foi, je jurerais entendre parler l'érudit derechef, fit remarquer Boëndal en le singeant. Sa langue commence presque à se faire quelque peu hautaine, et il tourne ses phrases de manière fort singuyère dans ses conversations avec les autres créatures…

— Fort singulière, le reprit Tungdil en souriant. J'ai compris, pardon. Restez polis, tout simplement, ou bien ne dites rien si cela vous est plus facile. Vous pouvez aussi attendre devant les portes, je ne vous en voudrais pas.

Le soir tombait lorsqu'ils arrivèrent en vue du repaire. Malgré l'obscurité et la distance, Tungdil remarqua quelque chose d'inhabituel : la porte principale était entrouverte. Un apprenti négligent avait dû oublier de bien refermer les portes et de les verrouiller magiquement.

Un rictus mauvais se dessina malgré lui sur son visage hâlé, et des pattes-d'oie se formèrent autour de ses yeux. Quel que fût le responsable de cette négligence, il allait le regretter amèrement. Le Nain prévoyait de flanquer une belle frousse aux apprentis et aux servantes.

— Regardez-moi ça, fit remarquer Boïndil d'un ton réprobateur lorsqu'il aperçut la porte ouverte. Par Vraccas, est-ce un appât pour prendre au piège les voyageurs imprudents ?

— Qu'est-ce qu'ils feraient d'un voyageur ? demanda son frère.

— Pour essayer sur lui de nouveaux maléfices, qu'est-ce que j'en sais… Peut-être qu'ils ne lancent leurs sorts sur eux-mêmes qu'une fois qu'ils sont sûrs de leurs effets. (Il interrogea du regard Tungdil, mais celui-ci préféra se taire par prudence. Boïndil apprêta l'un de ses couperets.) Si un de ces enrobés à chapeau pointu me regarde de travers, il va le regretter, grommela-t-il dans sa barbe noire.

Boëndal eut un rire grave.

— Ne t'inquiète pas, s'ils te changent en souris ou en savon, je te vengerai.

Il tapota la tête du bec-de-corbin d'un air qui en disait long, mais son frère ne crut pas bon de répliquer, se contentant de froncer les sourcils.

Tungdil remarqua que tous deux rentraient un peu la tête dans les épaules et que leurs mouvements s'apparentaient de plus en plus à une attitude de combat. Aussi se mit-il en tête du petit détachement par mesure de précaution.

— Un peu de silence, dit-il. Je voudrais leur faire une surprise.

Boïndil demeura sceptique.

— Tu es sûr que c'est une bonne idée ? Et s'ils nous ensorcelaient dans un accès de frayeur ? objecta-t-il. Et s'ils ne te reconnaissaient pas ?

Tungdil l'interrompit d'un signe et avança dans l'entrée du repaire, d'où émanait une odeur familière. Le papier, le papyrus et le parchemin, ainsi que la poussière de centaines de grimoires se mêlaient à l'odeur, caractéristique, de la pierre, à quoi venait s'ajouter le discret fumet du souper.

— Il doit y avoir du bouillon et du rôti au menu, ce soir.

Il jeta un coup d'œil en direction des jumeaux par-dessus son épaule. Mais ceux-ci n'avaient d'yeux que pour les parois du tunnel où ils se trouvaient, s'entretenant à voix basse de ceux qui avaient creusé ces galeries et de la façon dont ils avaient procédé.

— Ce sont des longs-sur-pattes qui ont fait ça. Cela se voit, et je l'avais déjà remarqué lors de notre première visite, déclara Furibard avec l'œil du connaisseur. Trop grossier, et aucune connaissance des propriétés de la roche. Ils se sont éreintés à creuser à même les strates au lieu de suivre les veines. (Il pointa du doigt les fines veinures qui parcouraient la pierre.) Même moi je sais cela, et je ne suis qu'un guerrier.

— La teneur en sable est très élevée. (Boëndal observait le plafond, soutenu par des poutres tous les quelques mètres.) Un agencement très audacieux, estima le Nain. Ce n'est l'œuvre ni de mineurs, ni d'ingénieurs. (Il saisit son arme et frappa prudemment le plafond, d'où tombèrent immédiatement de petits filets de poussières.) Je ne suis pas un maître en la matière, mais moi, je l'aurais entièrement fait coffrer, ce couloir. La chaleur a chassé l'humidité des couches de sable interstitielles. Résultat : le sable est tout sec. Ton Mage, il n'a aucune idée de ce à quoi il faut prêter attention quand on creuse des galeries. Encore heureux que nous soyons re…

— Mais taisez-vous donc, leur ordonna de nouveau Tungdil. Vous allez gâcher ma surprise !

— Regarde-moi ça ! Maintenant je sais pourquoi Vraccas nous a ordonné de veiller sur les longs-sur-pattes. (Boïndil roula les yeux.) Pas un garde, pas un fil d'alarme, rien. Chez nous, ce serait impensable, chuchota-t-il à son frère tout en restant suffisamment audible pour que Tungdil le comprenne. Il est plus facile de se promener ici que dans l'antre au trésor d'un dragon mort.

Tungdil avançait sur la pointe des pieds, rasant les parois. Ses yeux s'étaient rapidement habitués à la lumière faiblissante, mais il trouvait tout de même que tout était trop calme dans le repaire. Il n'entendait ni portes qui claquent, ni brouhaha. N'était l'odeur alléchante du souper, il aurait presque pu croire que le Mage et ses disciples avaient quitté les lieux.

— Peut-être qu'ils ont laissé le cuisinier ici et qu'ils ont quitté le repaire ? supposa Furibard à mi-voix. Ils ont peut-être quand même fini par remarquer la vétusté de leur tunnel.

Boëndal jeta un regard réprobateur à son frère jumeau.

— Pourquoi est-ce qu'ils auraient abandonné justement le cuisinier ?

— Parce qu'il était mauvais, ricana Boïndil. En punition, il doit rester ici et faire la cuisine jusqu'à ce que la roche s'effondre. Ou alors, ils l'ont laissé macérer dans son propre bouillon.

Tungdil les laissa à leurs conjectures et se rendit directement au cabinet de travail de son père adoptif. Il frappa à la grande porte et entra, ne recevant aucune réponse.

— On va attendre ici, pour ne pas gêner les retrouvailles, lui lança Boëndal.

Le Nain sursauta en voyant l'intérieur de la pièce. D'un côté régnait le plus complet chaos : livres, notes et autres feuillets gisaient toujours aussi épars, tandis que de l'autre côté de la pièce, tout était parfaitement rangé.

Tungdil n'avait encore jamais vu le repaire de Lot-Ionan dans cet état. Les grimoires reposaient en ordre alphabétique sur leurs étagères, les papiers étaient empilés proprement, plumiers et encriers se trouvaient dans les supports prévus à cet effet.

Il aura mis au point un nouveau sort pour l'aider à faire le ménage, se dit-il, encore sous le coup de la surprise. Il était probable qu'il ne l'ait appliqué qu'à un seul côté de la pièce pour l'essayer. *Espérons que ce sort ne l'ait pas directement enseveli sous les ouvrages.*

Il parcourut la petite pièce en tous sens dans l'espoir de découvrir quelque chose qui expliquât le silence qui régnait dans les couloirs et dans l'école de Magie.

* * *

Furibard inspira bruyamment.

— Attendre, ça me donne faim, déclara-t-il. Je vais aller à la cuisine des longs-sur-pattes. Peut-être qu'ils nous donneront quelque chose si on le leur demande gentiment.

— Nous devrions prendre Tungdil avec nous, proposa son frère. Pense que personne ne nous connaît, ici…

— Bah, alors on fera connaissance, dit Boïndil en riant avant de démarrer d'un pas lourd. (Sa faim venait à bout de toutes les objections.) Tu peux attendre ici, si tu veux. Moi, j'ai l'estomac dans les talons, si pas plus bas.

Boëndal ne voulut pas le laisser y aller seul, ne fût-ce que pour inculquer un minimum de savoir-vivre à son frère.

— Tungdil ! Nous, on va à la cuisine, je fais attention à lui, cria-t-il avant de courir rejoindre Boïndil, qui avait déjà disparu au tournant.

La pénombre et le caractère quelque peu labyrinthique du repaire ne leur posaient aucun problème. Le peuple des Nains avait reçu de Vraccas le don de savoir parfaitement s'orienter sous terre. C'est ainsi qu'ils étaient en toutes circonstances capables de sentir la moindre déclivité, de détecter les plus subtils changements de direction et de dire au degré près vers quel point cardinal ils se dirigeaient. En l'occurrence, ce n'étaient pas les astres, mais l'agréable fumet en provenance de la cuisine qui déterminait leur itinéraire.

Les jumeaux passèrent devant des salles laissées ouvertes, dans lesquelles on ne trouvait plus un seul Humain.

— Peut-être qu'ils sont tous à table pour le souper, suggéra Boëndal, qu'un mauvais pressentiment rongeait.

Ils gagnèrent de leurs pas bruyants le couloir où l'odeur de viande rôtie était la plus forte. Leurs cottes de mailles et les parties cuirassées de celles-ci cliquetaient faiblement, tandis que les épaisses semelles de leurs chaussures heurtaient le sol en claquant. Enfin, ils parvinrent devant une porte qui semblait mener au royaume des chefs cuisiniers, à en juger par les taches les plus diverses qui la constellaient.

Boëndal voulut passer devant en vitesse pour épargner aux cuisiniers une entrée par trop impolie, mais Furibard avait déjà la main sur la poignée.

La haute salle aux quatre foyers différents était visiblement aussi abandonnée que le reste du repaire. Ses occupants ne pouvaient en être partis que depuis peu : les feux brûlaient toujours, chauffant les plaques des poêles, et les grandes casseroles couvertes sifflaient et gargouillaient. Deux chaudrons ventrus, dans lesquels bouillonnaient des soupes, étaient suspendus au-dessus des flammes des deux cheminées. De petits morceaux de viande remontaient çà et là à la surface brune avant de redisparaître dans le liquide.

Luttant contre un malaise grandissant, Boëndal examina très attentivement la pièce. Toutes ces pièces vides et ces récipients remplis en même temps n'avaient aucun sens. *Qu'est-ce qui se trame, ici ?*

— Ah, tout de même, s'exclama Boïndil de bonne humeur, qui ôta la main du couperet pour rompre un pain.

D'un pas résolu, il se dirigea vers le foyer le plus proche. Il traîna un tabouret devant le poêle, souleva légèrement le couvercle et jeta un coup d'œil sur ce qui lui mettait l'eau à la bouche. Il s'agissait de petits quartiers de viande bien juteux, qui marinaient.

— Bon, eh bien, à table !

Il trempa un bon morceau de pain dans la sauce et écarta largement les mâchoires de manière à pouvoir engloutir d'un seul coup ce qui n'était pour lui qu'un hors-d'œuvre.

— Boïndil, non !

Le cri d'alarme de son frère l'arrêta en plein mouvement.

— Qu'est-ce qu'il y a encore ? demanda-t-il d'un air désagréable. (Son estomac grondait, protestant qu'on le laissât ainsi en plan.) Tu ne vois pas que je suis en train de manger ?

Boëndal se tenait à côté de la porte, le bec-de-corbin dans la main gauche, l'air de se préparer à une attaque.

— Tu vas vite perdre l'appétit. Regarde dans le coin.

Boïndil se tourna vers le coin en question. Sur le bloc de désossage et de découpe du cuisinier étaient posés de longs os qu'il ne parvenait à attribuer à aucune bête connue, et les quatre têtes écorchées d'à côté ne pouvaient avoir appartenu qu'à des longs-sur-pattes.

Il lui fallut un moment pour se rendre compte de ce qu'il avait failli avaler. Saisi de dégoût, il jeta le pain au loin et descendit de son tabouret d'un bond tout en tirant ses couperets.

— Quand je mettrai la main sur ce Mage, ses petits tours ne lui serviront à rien, jura-t-il, écœuré.

— Je n'ai encore jamais entendu dire que les Humains ou même les sorciers faisaient ce genre de choses, fit observer Boëndal. Il y a de nouveaux habitants dans ce repaire, si tu veux mon avis. Si la porte était ouverte, c'est qu'on l'aura forcée. (Il tendit l'oreille en direction de la porte.) Il faut immédiatement retrouver notre érudit.

Dos à dos, ils parcoururent les lugubres couloirs déserts pour regagner la sortie.

* * *

Tungdil était assis sur le tabouret qui se trouvait au pied du fauteuil à oreilles de Lot-Ionan, attendant patiemment le retour de son père adoptif. Il en profita pour secouer le plus gros de la poussière qu'il avait sur les vêtements. Il était impatient d'entendre ce que lui dirait le Mage de tout ce qu'il avait à lui rapporter. Ayant décidé de commencer par le plus important, il lui remettrait sans plus tarder les ouvrages de Gorén, avec l'espoir que le magicien l'initie au moins en partie aux secrets que recelaient ces mystérieux grimoires.

Des pas légers approchèrent dans le couloir. Ce n'étaient pas Boïndil et Boëndal. Plutôt un homme ou une femme sans armure.

Tungdil se leva et se glissa rapidement derrière la porte pour s'y cacher et faire une frayeur au *famulus*. Il pouvait au moins s'accorder ce petit plaisir. Il laissa son sac à dos et le sac aux artefacts à leur place, risqua un coup d'œil de derrière la porte pour guetter ce qui venait et attendit, tout excité.

Un jeune homme aux cheveux noirs et courts entra dans la pièce. Il portait une robe couleur malachite, celle des apprentis de Nudin le Curieux, et fouilla dans les papiers et les affaires personnelles de Lot-Ionan avec un sans-gêne incroyable.

Par Vraccas, mais que fait-il, là ? Le Nain préféra rester dans sa cachette et observa ce long-sur-pattes en train de trier et de classer les notes du Mage. Il en déduisit que c'était à lui que l'on devait d'avoir rangé les affaires dans la pièce. Installé au bureau du Mage, il examinait papiers et ouvrages d'un regard critique, avant de les empiler sur différents tas et d'en noter les titres sur une liste.

Mais que viennent faire les disciples de Nudin ici ? s'étonna Tungdil. *Et surtout : qui leur a permis de se conduire de façon aussi inconvenante ?* Si Lot-Ionan avait eu besoin que l'on range son cabinet, il aurait eu suffisamment de domestiques pour le faire. Mais ces écrits, et le Nain en était sûr, faisaient partie des affaires que son père adoptif considérait comme on ne peut plus personnelles. Si ses propres apprentis n'avaient pas le droit de les consulter, il ne voyait pas pourquoi il en irait autrement pour ceux d'un autre.

Quelqu'un qui traînait des pieds franchit le seuil de la pièce. Le *famulus* leva les yeux, irrité qu'on vînt le déranger.

— Qu'est-ce que c'est ?

Tungdil pressa son visage tout contre la porte pour jeter à travers le mince entrebâillement un coup d'œil sur le nouvel arrivant, dont il ne put voir que le large dos, revêtu d'une simple chemise.

— J'ai fini ce que j'avais à faire à la cuisine, dit une voix traînante et grave.

Le Nain la reconnut immédiatement. C'était celle d'Eiden, le valet d'écurie du Mage.

— Bien. Assieds-toi dans n'importe quel coin et cesse de me déranger, lui ordonna le *famulus* d'un ton bourru.

Eiden ne bougea pas. Celui-ci resta, pétrifié comme une statue, dans l'encadrement de la porte.

— J'ai faim, dit-il d'une voix monocorde.

— Va à la cuisine sucer quelques os, mais on ne touche pas à la viande. Elle est pour nos gardiens, lui signifia-t-on durement. Allez, va-t'en. Disparais.

— Je veux de la viande, insista l'Humain d'une voix sourde.

— Sors d'ici !

Le *famulus* saisit le coupe-papier et le lança sur Eiden. Hasard ou pas, la pointe de celui-ci se planta dans la poitrine du valet, qui poussa un gémissement avant de se retourner pour quitter la pièce.

Le Nain aperçut le visage cireux d'Eiden, entièrement défiguré, caricature grotesque d'Humain à qui un coup de massue avait enfoncé le côté droit du crâne.

Tungdil eut le souffle littéralement coupé. L'étoffe autrefois blanche de la chemise d'Eiden était tachée de sang séché par pans entiers, taches sans doute dues aux deux plaies béantes qu'il avait au-dessus du cœur et de la clavicule, et dont les bords présentaient déjà les premiers signes de décomposition. Son corps brillait d'une lueur pâle et livide sous le tissu en lambeaux.

Tungdil repensa immédiatement aux événements de la forêt de la dame Elfe et aux morts-vivants. *Mais ce n'est pas possible ! Les barrières érigées contre le Pays Mort tiennent toujours !* Lot-Ionan et les autres Mages étaient censés avoir rechargé les barrages magiques d'une énergie nouvelle, contenant ainsi toute avancée du Pays Mort. De plus, le repaire était à quatre cent cinquante milles de la limite sud du territoire conquis par la Terreur venue du Nord. *Qu'a-t-il bien pu se passer ici ?*

Une bourrasque traversa la pièce. À côté du *famulus* apparut une vision tremblante et bleuâtre, qui prit la forme et les contours d'un Humain. Nudin le Curieux.

Son *famulus* se leva et s'inclina devant la réplique d'origine magique.

— Je cherche toujours, honorable Mage, dit-il pour le saluer. Je n'ai pas encore trouvé les objets que vous aviez réclamés. (Il releva la tête pour regarder le visage bouffi de son maître.) Ces galeries sont vastes. Le vieil homme avait de nombreux laboratoires et bibliothèques, s'excusa-t-il par précaution. C'est une tâche difficile pour un seul homme, honorable Mage.

— Raison pour laquelle je vais bientôt venir te tenir compagnie, croassa ce dernier.

Le Nain ne bougea plus d'un pouce et ne fit plus le moindre bruit pour ne pas se faire repérer. Vraccas semblait l'avoir destiné à écouter les conversations sans y être convié. Il n'avait vu Nudin qu'une seule fois dans sa vie, mais il avait le souvenir d'un Mage moins laid, moins bouffi, et surtout plus amical. Ce Nudin-là faisait figure de pâle imitation qu'un envieux aurait confectionnée pour se moquer du magicien.

— Lot-Ionan m'a dit à Porista qu'il avait oublié mes artefacts dans une armoire, poursuivit le Mage, tournant lentement sur lui-même pour inspecter minutieusement la pièce. (Sa voix était sombre et haut perchée à la fois.) As-tu déjà regardé attentivement autour de toi ?

— Non, Maître, s'excusa le disciple. Je pensais que vous vouliez d'abord les livres, aussi avais-je commencé par les chercher en premier.

Nudin se dirigea vers le grand meuble d'où Tungdil avait pris le sac aux artefacts.

— Il n'est pas certain que ces ouvrages soient parvenus à mon vieil ami. Les Albes m'ont rapporté qu'une troupe de guerriers est intervenue à Vertbois et a dérobé les livres de Gorén après que les Orcs ont conquis la colonie. Ils disent que ces guerriers étaient des Nains.

— Comment !? laissa échapper le jeune homme. Ne leur aviez-vous pas ordonné…

— Les Albes sont de bons alliés. (La réplique du Mage avait atteint l'armoire. Elle posa son bâton contre le mur, ses doigts boudinés enserrèrent les poignées. Insistant un peu, elle parvint à ouvrir le meuble.) Mais dans leur zèle, ils n'agissent pas toujours selon des critères humains. Cela fut fatal à leur messagère.

Il se pencha un peu et retira un sac de cuir en tout point pareil à celui de Tungdil.

— Il semble que nos efforts soient enfin couronnés de succès, dit-il en parlant pour son apprenti.

Il dénoua le cordon, et le contenu, cinq rouleaux, tomba à terre dans le désordre. Nudin pesta. Ce n'était manifestement pas ce qu'il cherchait.

Tungdil sortit la tête de derrière la porte. Ses affaires étaient cachées par le fauteuil à oreilles, mais quelque chose lui disait que Nudin serait très heureux de les découvrir.

Soudain, lorsqu'il vit les deux sacs l'un à côté de l'autre, il se rendit compte d'une chose : son sac à lui était fermé par un cordon bleu, alors que Lot-Ionan lui avait bien dit de prendre le sac muni du cordon vert ! *Je me suis tout bonnement trompé de couleur ! Je n'avais pas les bons artefacts sur moi.*

Même s'il avait retrouvé Gorén vivant à Vertbois, il aurait fait tous ces milles pour rien. Ce qui, finalement, n'était pas plus mal, vu les circonstances.

Le Nain ne parvenait toutefois pas à saisir le sens des paroles qu'il venait d'entendre. S'il n'arrivait toujours pas à s'expliquer pourquoi Nudin et son apprenti se conduisaient comme s'ils étaient les nouveaux maîtres du repaire, en revanche, le fait qu'Eiden fût toujours vivant malgré ses graves blessures, que son comportement fût tout sauf habituel, et que Nudin considérât les Albes comme des alliés éveilla un terrible soupçon en lui. Pour d'obscures raisons, le Curieux semblait avoir changé de camp.

Il lui fallait absolument savoir ce qu'il était advenu de son père adoptif et des autres disciples, et ce, sans tomber entre les mains de Nudin.

— Ce n'est pas tout, dit le *famulus*. (Après quelques instants de recherches, il sortit deux lettres d'une pile. C'étaient les nouvelles que Tungdil avaient fait parvenir à son mentor.) Lot-Ionan a reçu des lettres d'un dénommé Tungdil, qu'il avait chargé de retrouver Gorén.

Il tendit les feuilles à son maître, qui les parcourut de ses yeux injectés de sang.

— Cela me dit quelque chose. Bien sûr ! Le vieil homme avait un Nain de ce nom sous sa protection. Il y a des chances pour que ce soit lui qui soit en possession des grimoires et des artefacts. (Nudin jeta la lettre sur la table.) Je vais lancer les Albes à ses trousses, ils trouveront sa trace et me le ramèneront, mort ou vif. Un Nain au Pays Sûr, ce n'est pas chose courante, dit-il en adressant un signe de tête au jeune apprenti magicien. Très bien, *famulus*, même si l'idée t'est venue un peu tard. Tu recevras ta récompense à mon arrivée. Continue de chercher, peut-être trouveras-tu d'autres informations qui pourraient nous être utiles.

La réplique vacilla, devint translucide, puis disparut.

Avec tout ce qu'il avait déjà vécu, Tungdil pensait jusqu'alors qu'il en fallait beaucoup pour lui faire perdre sa contenance. Il eut néanmoins toutes les peines du monde à rester de marbre lorsqu'il entendit prononcer son arrêt de mort.

Le *famulus* s'assit, et l'on put lire sur son visage une grande satisfaction. Il avait réussi à impressionner son maître, s'assurant ainsi un peu de sa bienveillance tant désirée. Il se replongea dans les papiers.

Alors qu'il trempait sa plume dans l'encrier pour compléter sa liste, ses yeux tombèrent fortuitement sur le fauteuil à oreilles. Il aperçut une des courroies du sac à dos.

— Mais qu'est-ce que… ?

Il se leva lentement, et traversa la pièce pour voir de plus près cet objet qui ne se trouvait pas là l'heure d'avant. Il se pencha pour ramasser le sac aux artefacts.

Tungdil empoigna sa hache, conscient qu'il devait frapper le magicien avec la rapidité de l'éclair s'il ne voulait pas lui laisser le temps de jeter un sort. Ses muscles se tendirent.

Au moment où il s'apprêtait à fondre sur lui, des hurlements et des bruits retentirent dans le couloir qui les firent tressaillir tous les deux.

* * *

Cette fois, les jumeaux s'efforcèrent de ne pas faire de bruit. Quelles que fussent les créatures qui erraient dans les couloirs, ils ne tenaient pas à les avertir qu'ils comptaient leur tomber dessus pour les découper en rondelles. Une créature qui mange des longs-sur-pattes ne refuserait sûrement pas du Nain, mais un bec-de-corbin et une hache-couperet dans le gosier devraient suffire à lui faire perdre l'appétit.

Quelqu'un venait à leur rencontre d'un pas lourd.

Sur un signe de Boïndil, ils s'arrêtèrent et attendirent au tournant ce qui se traînait dans le couloir en gémissant. Soudain, il y eut une odeur de vieille viande avariée, et un Humain apparut, titubant.

Une créature vivante normale ne pourrait plus se tenir debout sur ses jambes avec de pareilles blessures, mais l'Humain avançait, imperturbable. À la vue des Nains, il poussa un hurlement de joie. Ses mouvements se firent soudainement beaucoup plus rapides, aiguillonné qu'il était par son désir de chair fraîche. Mais celui-ci ne lui fut d'aucune utilité face à l'expérience des deux guerriers.

Boëndal plongea sur le côté, lui assenant un coup au genou pour lui faire perdre l'équilibre.

Dans sa chute, Eiden se jeta sur Furibard, qui l'accueillit d'un cri de guerre nain, les armes brandies, prêtes à l'attaque. Il esquiva le corps et ses lames firent un bref mouvement vers l'avant, tranchant l'avant-bras gauche du long-sur-pattes. Eiden poussa un cri rageur, et continua d'avancer en rampant vers les frères, toutes dents dehors.

— Regarde-moi ça ! Il n'abandonnera pas ! Sa haine doit être sans limites.

Boïndil lui trancha la tête, et le calme revint instantanément dans le reste du corps.

Les jumeaux coururent le long des tunnels pour venir en aide à Tungdil. Ils étaient certains que ce monstre n'était pas seul et que le prétendant au trône courait le plus grand danger.

En arrivant devant la porte, ils jetèrent un coup d'œil dans la pièce et découvrirent un jeune Humain vêtu d'une robe couleur malachite qui se tenait près du fauteuil à oreilles avec dans les mains le sac aux artefacts de leur protégé.

Celui-ci, alerté par le bruit du combat contre le mort-vivant, s'attendait à les voir arriver.

— Vermines ! Je m'en vais vous brûler vifs !

Sa bouche s'ouvrit, son bras droit se mit à gesticuler en direction des Nains, et la porte claqua.

Les frères s'interrogèrent du regard.

— Il lui a fallu un sort, pour ça ? s'étonna Boïndil.

— Les Mages sont vraiment des êtres étranges. Moi, je n'aurais pas eu besoin de tout ce tralala pour fermer la porte.

— Eh bien, rouvrons-la !

Boïndil enfonça son épaule dans le bois et se précipita, hurlant, dans la pièce.

Le long-sur-pattes était étendu sur le dos dans l'armoire et ne bougeait plus. Plusieurs étagères avaient quitté leurs supports et s'étaient écroulées sur lui ainsi que leur contenu. Les planches et les objets empilés dessus lui avaient infligé une plaie ouverte.

Tungdil se tenait devant lui et se frottait le crâne.

— Maintenant je sais pourquoi on met un casque quand on veut rentrer sa tête dans le ventre de l'adversaire, dit-il en souriant.

— Ne t'avais-je pas dit qu'elles serviraient, mes leçons ? dit Furibard, laudateur. Tu es en très bonne voie de devenir un Nain.

— Et maintenant explique-nous ce qui se passe ici. Qu'est-ce que c'est que ce Mage qui fait traîner des zombies dans les tunnels et cuire de la chair humaine ? demanda Boëndal.

— Ce n'est pas Lot-Ionan.

En toute hâte, Tungdil leur résuma la conversation qu'il avait surprise entre l'apprenti magicien et Nudin. De leur côté, les frères racontèrent ce qu'ils avaient vu dans la cuisine. Il résultait de ces récits la triste certitude que le Curieux avait conquis le repaire et y avait anéanti toute vie.

Morts ? Le chagrin et la stupeur s'emparèrent de Tungdil, qui dut s'asseoir. Tous ces gens, les servantes, les apprentis, Frala, Sunja et Ikana auraient été victimes du Curieux devenu fou ? Il refusa l'idée que le puissant Mage qu'était Lot-Ionan eût pu périr ainsi. *Il est vivant. Il le faut ! Il aura certainement pu s'échapper, et rassembler les meilleurs élèves pour combattre Nudin. Je dois le retrouver.*

— Nous partons immédiatement, décida Boëndal. Ces événements sont de la plus haute importance, et nous devons en aviser le Conseil des Nains.

— Non, dit Tungdil, toujours aussi opiniâtre. Je dois savoir ce qui est arrivé à Lot-Ionan… (Il regarda le *famulus* inconscient.) Lui, il va nous le dire.

À peine avait-il prononcé ces mots que déjà Tungdil était agenouillé auprès de lui et lui administrait des gifles à la volée pour le réveiller. Le jeune homme battit des paupières.

Boïndil gardait la porte, tandis que son frère plaçait la pointe d'acier du bec-de-corbin pile entre les sourcils du prisonnier.

— Ne pense même pas à un sort, ou je t'enfonce ce bon acier dans la cervelle, le prévint-il avec rudesse, et un regard plus que féroce. Je fais craquer les os comme toi les coquilles d'œufs vides.

— Où est Lot-Ionan ? voulut savoir Tungdil, à la fois excité et craignant la réponse.

— Les Nains de Vertbois ?! haleta-t-il, hébété. Vous… Je pensais que vous étiez…

— Où est Lot-Ionan ? demanda Tungdil en le secouant. (Boëndal appuya un peu plus fort sur la pointe du bec-de-corbin, s'amusant à lui percer la peau ; du sang coula, sans que le métal réduisît sa pression sur son front.) Parle. Ou meurs.

— Non, je vais tout vous dire ! Nôd'onn l'a tué, fit l'Humain terrifié.

— Le Maître du Pays Mort ?

— Il les a tous tués, à Porista.

Et c'est ainsi qu'ils apprirent l'incroyable vérité sur ce qui s'était passé en Lios Nudin. Nudin était désormais sans rival.

— Nôd'onn a modifié les champs de Magie de manière à ce que lui seul puisse les utiliser, balbutia le *famulus*.

Un poing glacé s'empara du cœur de Tungdil.

— Le Curieux, c'est Nôd'onn ?! C'est lui le Maître du Pays Mort ? (Il connaissait la vérité depuis des semaines et ne s'était douté de rien. Il eut envie de crier, mais aussi et surtout de planter sa hache dans la tête du prisonnier.) Le grimoire et les artefacts, à quoi servent-ils ? lui cria-t-il. Parle !

— Je n'en ai pas la moindre idée ! Nôd'onn les cherche, c'est tout ce que je sais, affirma-t-il.

Tungdil le frappa à la tête du plat de sa hache, le renvoyant ainsi dans l'inconscience. Puis ils le ligotèrent avant de l'enfermer dans l'armoire. Ils se consultèrent sur le sort qu'il fallait lui réserver avant de repartir. En principe, et les trois Nains étaient d'accord sur ce point, ils étaient obligés de le tuer. Une personne du camp adverse qui maîtrisait la Magie représentait un danger. Et tant qu'ils pouvaient la mettre hors d'état de nuire aussi facilement, ce serait une sottise impardonnable que de la laisser en vie.

La tension de Tungdil fit place à la douleur d'avoir perdu ses proches. Des larmes roulèrent sur ses joues pour finir dans sa barbe. Il s'essuya les yeux avec le foulard de Frala ; le talisman de celle-ci était devenu un souvenir. *Je vous vengerai, toi et tes filles*, promit-il d'un air sinistre à sa grande sœur.

Une odeur familière lui monta aux narines ; il releva la tête et interrogea les frères du regard. Tout comme lui, ceux-ci avaient senti cette odeur de fartage acide et répugnante que seuls des Orcs pouvaient dégager. Tungdil saisit sa hache et se redressa.

— Voyons si j'ai bien assimilé mes leçons, dit-il d'un air rude en se dirigeant vers la sortie.

Le Pays Sûr, Royaume nain du Second Père, Beroïn, en la fin de l'été du 6234e cycle solaire

Le bruit courait que le Grand-Roi était mourant. Pis, on supposait même que Gundrabur avait déjà été écrasé par le marteau de Vraccas et emporté dans la Forge Éternelle.

Il n'était pas difficile de savoir qui avait répandu pareilles nouvelles. Celles-ci provenaient des clans de la Maison de Goïmdil, qui n'en pouvaient plus d'attendre de voir leur roi sur le trône de marbre. La guerre contre le Royaume elfique d'Âlandur devait avoir lieu, peu importe qu'elle eût un sens ou non.

Partout où plusieurs Nains étaient réunis au même endroit, on trouvait Bislipur. Le mentor boiteux de Gandogar n'avait apparemment pas besoin de sommeil, et battait les fers tant qu'ils étaient encore chauds. Il s'accordait aussi peu de répit que Balendilín, le conseiller du Grand-Roi, en qui il voyait son pire ennemi.

— Puisse Vraccas le frapper de son marteau, jura Bislipur en pénétrant dans la chambre qui lui avait été attribuée par les Seconds.

Cela n'avance pas, s'énerva-t-il en s'asseyant sur son lit. Les membres de ses propres clans qui doutaient du bien-fondé de la campagne contre les Elfes étaient de plus en plus nombreux. *Balendilín est en train de tout gâcher. Il faut que je m'occupe de lui.*

— Maître, j'ai des nouvelles pour vous, fit une voix grêle sous sa couche, même si c'est à contrecœur que je reviens vers vous. En fait, je ne voulais pas revenir du tout.

Le Nain se leva et donna un coup de pied au châlit.

— Sors de là, Gnome !

Swerd était à peine sorti de sa cachette en rampant que la main calleuse de son maître le saisit par la peau du cou pour le relever. Bislipur le secoua dans tous les sens comme un chat le ferait d'une souris, avant de l'envoyer voler dans un coin de la pièce.

— Et ne t'avise plus de t'introduire dans ma chambre !

Le Gnome se releva avec peine, avant de rajuster sa veste rouge.

—Je ne me suis pas introduit, maître. Comme vous n'étiez pas là, je vous ai attendu en un lieu où l'on ne me découvrirait pas, ainsi que vous me l'aviez ordonné.

Il tira sur sa chemise de jute pour recouvrir son imposante bedaine bistre tirant sur le vert, sur laquelle proliféraient des poils noirs. Ses oreilles pointues se dressaient à la verticale, donnant l'impression que c'étaient elles qui maintenaient son bonnet bleu sur la tête. Cette espèce se faisait rare au Pays Sûr.

—Voulez-vous entendre ce que j'ai à vous rapporter, maître ? demanda Swerd avec de grands yeux innocents. (Son pantalon et ses chaussures à boucles étaient abîmés et couverts de poussière. Le Gnome avait dû parcourir de nombreux milles à pied.) Et pourrai-je disposer ensuite ?

—Tu t'en iras quand je n'aurai plus besoin de toi, le tança Bislipur, la main sur le fil d'argent qui lui permettait de modifier magiquement la longueur du collier que portait le Gnome. Parle, avant que je te prive d'air.

—Ooh, qu'est-ce qui m'a pris de m'introduire dans votre salle au trésor, gémit le Gnome, larmoyant. Je le regrette tellement.

Il interrogea Bislipur du regard, espérant vainement déceler un signe de clémence sur le visage impitoyable du Nain.

—Pas étonnant que ton espèce ait pratiquement disparu. Vous êtes faibles, et repoussants.

Le mentor du roi était aussi froid que les nombreux anneaux et boucles précieux qu'il portait. Il tira sur le petit collet d'argent, rétrécissant ainsi encore un peu le collier de cuir que son esclave avait autour du cou.

Les doigts de Swerd enserrèrent le lien magique pour l'empêcher de s'étrécir, mais il échoua, comme chaque fois depuis quarante-trois cycles. Il s'effondra sur la pierre en râlant, et le Nain relâcha la pression avant qu'il s'évanouisse par manque d'air.

Le Gnome toussa.

—Mille mercis, maître. Vous m'offrez un jour radieux de plus à vos côtés, dit-il, haletant, avant de se hisser sur une chaise. Votre plan démoniaque a échoué. Le prétendant au trône est encore en vie, ai-je appris. En revanche, nos chasseurs de primes ne le sont plus. Dans la hâte, je n'ai pu rassembler d'autres Humains désireux de perpétrer votre lâche attentat. Les temps ont bien changé, au Pays Sûr.

Bislipur ne prêta pas attention aux pointes de son homme de main. Swerd lui parlait ainsi depuis qu'il était à son service dans l'espoir qu'un jour son maître le tue dans un accès de colère, mais ce dernier ne lui ferait pas cette faveur. Il devait souffrir.

—Que s'est-il passé ?

—Je l'ai suivi, lui et les deux jumeaux, jusqu'à l'antre de Lot-Ionan, où ils sont tombés sur des Orcs…

Le Pays Sûr, Ionandar, à la fin de l'été du 6234e cycle solaire

Le cliquetis et le bruit des armes et des armures trahissaient la présence de ces brutes à cent pas à la ronde. Leurs voix repoussantes couinaient pêle-mêle : elles avaient découvert le mort-vivant qu'ils avaient tué.

Au moment où les Nains tournèrent au coin du couloir, ils se trouvèrent nez à nez avec leurs ennemis de toujours. La sortie était à trois cents pas et il sembla à Tungdil que le tunnel était rempli d'Orcs jusqu'à la porte. Une forêt d'armes se dressait entre eux et la liberté.

—Magnifique ! se réjouit Furibard, qui baissa agressivement la tête. Regarde, mon frère, comme le couloir est étroit. Comme ça, on n'en ratera aucun. (Il fit tournoyer ses couperets.) Grouïk, grouïk ! Par Vraccas, c'est Jour gras, aujourd'hui !

—C'est ton premier combat avec nous, l'érudit, dit Boëndal d'un ton grave au prétendant au trône. Mets-toi dos à nous. Ton postérieur doit constamment sentir nos arrière-trains, c'est ainsi que nous nous couvrons mutuellement. (Ses yeux bruns cherchèrent le regard de Tungdil.) Aie confiance en nous comme nous te faisons confiance. Tu vas y arriver, tu es un Enfant du Forgeron.

Le cœur battant la chamade, Tungdil se mit en position. Il sentit leurs corps dans son dos. *Confiance*, se redit-il. *Que Vraccas soit avec moi.* Il déglutit, et sa peur s'estompa. *Pour Lot-Ionan, Frala et le Pays Sûr !*

—Arrêtez de parler ! jubilait Boïndil, un scintillement fou dans les yeux. Fendons plutôt des têtes et broyons des genoux !

Les frères ouvrirent la danse macabre. Tungdil suivit le mouvement, un peu gauche, pour ne pas les perdre et laisser s'ouvrir la garde.

* * *

Au début, après les trois, quatre premières rotations, Tungdil pouvait encore très bien percevoir les détails. Il distinguait les différentes gueules d'Orcs, les différents types d'armures par lesquels ils cherchaient à se protéger des armes naines, les étais et autres poutres de soutien du couloir au milieu de la forêt de jambes, quand il ne voyait pas rapidement passer l'une des deux longues nattes noires dans son champ de vision.

Or la situation ne tarda pas à s'embrouiller, à évoluer incroyablement vite. Son esprit se concentra sur les épées, dagues et massues à esquiver ou à parer qui s'abattaient sur lui. Sa hache rencontra plus d'une fois de la résistance, mais comme le tranchant de celle-ci finit par se colorer de vert, il supposa que dans ce maelström, il avait bel et bien blessé l'un ou l'autre adversaire.

Les jumeaux adoptèrent la même tactique qu'à Vertbois. Ils avancèrent en tournoyant comme une toupie, étouffant dans l'œuf les attaques adverses, frappant et se retrouvant un battement de cils plus tard à un autre endroit pour empêcher leurs ennemis d'ajuster leurs coups.

Tungdil était content d'avoir sa cotte de mailles. Ne disposant ni de la routine ni de l'expérience de ses compagnons, il reçut plus d'un coup de taille ou d'estoc, mais aucun ne traversa sa chemise de fer. Les contusions, les ecchymoses, et peut-être même les fractures étaient supportables, du moment qu'il restait en vie et que les livres et les artefacts ne tombaient pas dans les griffes de Nôd'onn.

Il entendait le rire féroce de Furibard, toujours suivi d'un cri orc. Boëndal, en revanche, économisait sa salive et son souffle.

Les bras de Tungdil se firent peu à peu de plus en plus lourds. Non seulement l'ennemi leur barrait la route, mais ceux qui n'avaient pas été victimes des armes naines continuaient de les harceler. La situation devenant critique, une idée lui vint.

— En zigzag ! hurla-t-il pour attirer l'attention des frères et couvrir le bruit des armes. Aux étais !

— Bien vu, l'érudit ! cria en retour Boëndal, parant un coup de son bec-de-corbin et blessant un Orc du plat de celui-ci.

Peu après, sa puissante arme s'écrasait avec fracas sur l'étançon de bois.

Instantanément, l'entretoise se sépara du plafond, faisant s'abattre une pluie de cailloux et de saleté. Tous trois répétèrent cette manœuvre encore quelques fois, jusqu'à ce que la roche s'effondre derrière eux, privée de soutien. Les monstres de Tion disparurent sous des tonnes d'éboulis. Le couloir bloqué par l'avalanche assurait les arrières des trois guerriers.

De peur d'être également ensevelis, les Orcs s'enfuirent vers la sortie, poursuivis par un Boïndil déchaîné qui en tua encore quelques-uns. Il s'arrêta à quelques encablures de la porte pour attendre les deux autres Nains.

— Allez, haleta-t-il, heureux. Il y a encore au moins une vingtaine de ces petits cochons qui nous attendent dehors. Ce serait dommage qu'ils ratent la fête.

Les deux autres le rejoignirent. Malgré toute la haine qu'il leur vouait, Tungdil espérait que les adversaires restants avaient pris la fuite ; il doutait de pouvoir lever ses bras épuisés plus haut que la boucle de son ceinturon.

Ils reprirent leur formation en trèfle et quittèrent le repaire. Les étoiles les saluèrent de leur scintillement argenté, qui éclairait également les Orcs. Les yeux verts luisant dans la pénombre de ces bêtes à l'affût leur indiquaient où et combien elles étaient. Celles-ci devaient être encore une centaine à leur faire face, reniflant, grognant et grondant doucement.

— Une vingtaine, hein ? marmonna Tungdil, découragé.

— J'avoue qu'il y en a un peu plus que ce que j'avais prévu, admit Boïndil, que le rapport de forces ne semblait pas inquiéter outre mesure. Bon, eh bien, nous avons là l'un de ces grands défis dont je t'avais parlé.

—On les passe par la gauche ou par la droite? demanda Tungdil pour connaître la marche à suivre.

—On fonce dans le tas, gronda Boïndil. Comme ça, ils se gêneront mutuellement et nous aurons de meilleures chances d'en sortir à peu près indemnes. Je prends leur chef. Ensuite, on pourra les attaquer sur les flancs et les terminer.

—Tungdil n'est pas encore prêt, fit observer Boëndal. Notre mission n'est pas de tuer de l'Orc, mais de le ramener sain et sauf dans nos montagnes, mon frère.

Tungdil, qui n'aurait pas osé émettre d'objection pour ne pas décevoir les jumeaux, fut très heureux de ce soutien. Boëndal était une personne réfléchie, dont l'œil avisé avait sans doute déjà noté son degré d'épuisement.

—Bon, ben, alors on foncera juste dans le tas, dit Boïndil à demi vexé, et on laissera leurs flancs tranquilles.

Sitôt adopté, leur plan fut mis en pratique sans plus attendre pour éviter que les Orcs saisissent leurs arcs. Leur tactique éprouvée de la toupie sembla fonctionner. Elle aurait même pu les sortir d'affaire si leurs ennemis n'avaient pas reçu un soutien inattendu.

Les rangs adverses s'éclaircirent soudainement. Les Orcs reculèrent, leur cédant visiblement le passage.

—Halte! Revenez, bande de résidus de fausses couches d'Elfes grabataires! (Boïndil exprimait bruyamment sa déception devant la défection des monstres.) Vous n'échapperez pas à mes couperets!

En lieu et place des Orcs se tenait à présent face à eux un Humain, seul, de forte stature. Tungdil le reconnut immédiatement: il avait vu sa réplique parler au *famulus* dans le cabinet de Lot-Ionan. Cette silhouette bouffie en robe vert foncé n'était autre que celle du Mage renégat qui avait assassiné son père adoptif.

L'Humain réel était encore plus repoussant que son image. Des larmes de sang coulaient sur ses joues, la peau pendait mollement de son visage, déformant ses traits. Il puait comme quelqu'un qui avait pataugé dans une fosse de déchets en décomposition.

—Vous avez fait un long voyage, dit-il d'une voix susurrante. Mais il est terminé, maintenant. Il se tourna vers Tungdil et lui tendit sa main enflée. Donne-moi le sac de cuir aux artefacts et les grimoires que tu as volés à Vertbois, et je te laisserai partir.

Tungdil saisit sa hache, peu enclin à collaborer.

—Non. Ces affaires appartiennent à mon maître, et il n'a jamais dit qu'elles devaient te revenir.

Nôd'onn rit.

—Écoutez-le parler, ce brave Nain. (Il avança d'un pas.) Ce que tu transportes est ma propriété. Je ne discuterai pas plus longtemps.

Il enfonça son bâton en terre, pointant l'extrémité à l'onyx légèrement vers l'avant.

Soudain, le sac aux objets magiques et le sac à dos s'animèrent, tirant sur les épaules de Tungdil pour se libérer de lui. Celui-ci se cramponna aux courroies pour les retenir, mais les forces mises en œuvre par le Mage étaient trop puissantes. Les bretelles cassèrent et lui filèrent entre les doigts. *In extremis*, il posa son pied sur un coin de sac.

Sans hésiter, il brandit sa hache.

— Je vais détruire les artefacts, menaça-t-il.

— Vas-y. Cela me facilitera la tâche, lui enjoignit Nôd'onn.

Celui-ci leva la main droite, raidit ses doigts et serra brusquement le poing.

Une force énorme projeta les sacs, que Tungdil ne put retenir. Ils tombèrent dans les bras d'un Orc gigantesque qui les serra contre lui en grognant.

Soudain, le Mage toussa ; un filet de sang s'écoula de son nez, qu'il s'empressa d'essuyer d'un mouvement rapide.

— Retournez dans votre Royaume, Nains, et faites savoir à votre roi que j'ai besoin de son pays. Il peut me le laisser sans effusion de sang, ou forcer mes troupes et mes alliés à venir le prendre par la force. (Il désigna Tungdil.) Celui-là, vous pouvez l'emmener avec vous. Je n'ai plus besoin de lui.

Les deux frères ne dirent rien ; ceux-ci tenaient leurs armes avec une détermination de fer et attendaient une occasion propice pour attaquer le Mage. Dès que quelque chose viendrait le distraire, ils le frapperaient de toutes leurs forces. Mais il leur fallait encore attendre cette diversion qui détournerait l'attention et du Mage et des Orcs.

Soudain, un peu à l'écart, l'agitation gagna les monstres, qui se poussèrent, se bousculèrent, lâchèrent leurs premières insultes. Un spécimen particulièrement musclé et impressionnant tira son épée et l'enfonça jusqu'à la garde dans le ventre de son congénère le plus proche en poussant un grognement. En l'espace de quelques battements de cils, une sanglante escarmouche éclata au sein de la horde.

Furibard baissa insensiblement la tête – signe certain qu'il allait attaquer le Mage. Les yeux bruns du Nain se rivèrent sur le genou de Nôd'onn.

— Toi, tu lui romps son bâton, ordonna-t-il à Tungdil en langue naine. Ce serait bien la meilleure si nous n'arrivions pas à le vaincre.

Des mots comme « présomption » ou « doute » semblaient inconnus de Boïndil.

— Non. Nous n'y arriverons pas avec des armes conventionnelles. (Tungdil loucha en direction du monstre en armure qui tenait le sac à dos et le sac aux artefacts.) Il nous faut ces objets. S'il veut les détruire, c'est qu'il les craint, pour une raison ou une autre, chuchota-t-il.

— Alors tu sais ce qu'il te reste à faire, Tungdil. Attendez mon signal, marmonna Furibard.

Or les trois Nains n'eurent pas le temps de passer à l'attaque, car quelqu'un les devança.

De la colline jaillit un rayon lumineux aveuglant qui vint frapper le Mage renégat au flanc. L'homme ahana avant de vaciller sur sa droite, et ses doigts relâchèrent le bâton.

Un autre javelot de Magie pure fendit l'air et désintégra dix Orcs, n'en laissant plus que des restes puants de métal et de chair. Les bêtes restantes beuglèrent, cherchant du regard le nouvel assaillant. Elles remarquèrent bientôt une mince silhouette perchée au sommet de la colline, et prirent d'assaut la légère élévation.

Nôd'onn se retourna brusquement et ouvrit la main droite. Son bâton vola vers lui.

C'était le moment qu'attendaient les Nains. Boïndil fondit sur lui à toute allure en hurlant et lui planta ses couperets dans les jambes. Boëndal, qui tenait son arme au-dessus de sa tête pour obtenir l'élan nécessaire, plongea profondément son bec-de-corbin dans le large dos du Mage. Il tira sur le manche de son arme pour l'amener à terre, et Nôd'onn s'effondra sous l'effet de cette double attaque.

Les Orcs qui entouraient le Mage n'avaient d'yeux que pour leur nouvel ennemi, lequel savait se défendre. Comme surgis de nulle part, de noirs nuages apparurent au-dessus des têtes des monstres pour former un orage accompagné de roulements de tonnerre.

Lorsque les premiers assaillants furent à deux doigts d'atteindre le sommet de la colline, l'orage se déchaîna de toute sa puissance. Des éclairs jaillirent en crépitant, frappant les brutes qui éclataient comme des saucisses dans l'eau bouillante. Ces traits de lumière éblouirent les autres Orcs, de sorte que l'assaut de la crête faiblit.

Un vent violent se leva, balayant comme autant de fétus de paille les monstres, qui heurtèrent de plein fouet leurs congénères, s'écrasèrent sur les arbres en tournoyant ou se firent littéralement écorcher vifs par les bourrasques.

D'un bond, Furibard rejoignit son frère, qui avait empalé Nôd'onn et le maintenait au sol. Quatre fois il abattit ses couperets, jusqu'au moment où les vertèbres cédèrent et où la tête du Mage roula devant eux. Un liquide rouge, noirâtre et nauséabond jaillit de la blessure pour se répandre dans la boue.

— Les artefacts ! dit Boëndal à son frère qui s'apprêtait, hilare, à ouvrir son pantalon pour faire subir au cadavre un dernier outrage en l'arrosant d'eau-de-Nain.

Pendant ce temps, Tungdil s'était jeté avec la dernière énergie sur l'Orc qui détenait son sac et les objets. Ne réfléchissant pas trop à ses attaques, il mania sa hache à l'instinct, combinant ses propres mouvements à ceux qu'il avait appris. Le monstre tomba plus rapidement que prévu. Il fut presque surpris de sa victoire. *Je sais aussi me battre sans l'aide des deux autres!* se dit-il avant de ramasser en vitesse les deux sacs.

—Eh bien, il semble que nous ayons débarrassé le Pays Sûr de son pire ennemi.

Boëndal se plaça à côté de lui, la natte pendant par-dessus son épaule comme un serpent vivant.

Son frère, qui le couvrait, expédia encore deux Orcs dans l'au-delà.

—Cela n'aura pas été difficile, de le... (Il jeta un coup d'œil sur le côté et poussa un soudain cri de rage.) Non! Par Vraccas, nous l'avons pourtant...

Nôd'onn se releva. Son corps sans tête se redressa, puis tendit la main. Flottant dans les airs, la tête vint se poser d'elle-même sur le cou, où ne subsistait plus rien du travail des couperets, pas même une cicatrice. Il ne semblait nullement dérouté lorsqu'il ameuta les Orcs restants contre les Nains, avant de se retourner vers la colline pour se préparer à anéantir son adversaire inattendu.

—Apportez-moi les artefacts et les grimoires, cria-t-il. Tuez les Nains!

La pierre précieuse de son bâton se mit à rougeoyer. Nôd'onn tendit les mains en direction de la colline et le terre se mit à trembler. Sa Magie creusa un profond sillon dans la terre, se dirigeant droit vers la silhouette qui se tenait au sommet de la crête. Les éclairs qui jaillissaient des nuages dans sa direction s'arrêtaient à une coudée de lui grâce à un sort de protection.

Je m'en doutais. On ne peut pas le vaincre avec des armes ordinaires. Tungdil héla ses compagnons.

—Par ici, haleta-t-il. La route du Sud est par ici.

Les trois Nains se hâtèrent de fuir. Pour échapper aux Orcs, ils se jetèrent dans un fossé et ils purent entendre les ennemis qui s'étaient rués à leurs trousses sauter par-dessus sans les remarquer.

—Nous aurions dû continuer le combat, se plaignit Boïndil en chuchotant.

—Alors, nous serions morts. As-tu vu Nôd'onn se relever? Sans tête? (Tungdil se pressa contre la terre chaude.) Il est encore plus dangereux que le Pays Mort. (Son regard s'arrêta sur le petit sac aux artefacts qu'il avait sauvé.) Mais la clé de sa destruction est là-dedans.

—C'est toi l'érudit. Trouve comment faire, dit Boëndal. Nous allons retourner chez les Seconds et leur dire ce que le Mage compte faire. Les Royaumes nains sont en danger, et le pouvoir d'arrêter ce magicien est entre tes mains, à ce qu'il semble.

—Je n'y arriverai pas tout seul.

Au moment où le sommeil s'empara de lui, ses pensées tournaient autour de l'adversaire de Nôd'onn, cet autre magicien qui l'avait attaqué et leur avait vraisemblablement sauvé la vie. *Vraccas, je t'en prie, fais que ce soit Lot-Ionan*, souhaita-t-il.

Le Pays Sûr, Royaume nain du Second Père, Beroïn, à la fin de l'été du 6234ᵉ cycle solaire

—… et c'est alors que je voulus les suivre dans la forêt, mais ils disparurent subitement, dit le Gnome pour terminer son récit. (Il tira sur le collier, qui avait imprimé une strie sombre sur son cou, pour l'assouplir un peu.) J'ai donc pris mes jambes à mon cou afin d'échapper aux Orcs.

Bislipur était plongé dans ses réflexions. Toutes ces nouvelles l'obligeaient à remanier ses plans et à revoir ses projets.

—Donc, ils viennent par ici, se dit-il à mi-voix.

—Les Orcs, ou les Nains ? (Bislipur ne fit pas attention à Swerd.) Ne devriez-vous pas avertir les clans que cet Humain projette d'entrer tôt ou tard en guerre contre les Nains ? Êtes-vous vil au point de garder cela pour vous ?

Bislipur se dirigea en boitant vers la sortie.

—Attends ici et ne te montre pas avant que je te le dise, lui ordonna-t-il en quittant la pièce.

—Mais certainement, mon terrible maître, soupira le Gnome, qui balança les jambes et attendit.

* * *

Bislipur frappa à la porte de la chambre de Gandogar.

—Ouvre, lui dit-il, il faut qu'on parle.

Gandogar apparut sur le seuil et regarda son mentor avec étonnement.

—Dehors, Bislipur ?

—Une promenade nous fera du bien à tous les deux. D'autant que l'on jase déjà sur mon compte. Je passerais trop d'heures enfermé, j'ourdirais un complot contre le Grand-Roi, dit-il amèrement. Cette fois, c'est nous qui nous montrons à eux.

Gandogar passa une légère cape par-dessus son armure et suivit Bislipur à travers les labyrinthes de pierre d'Ogremort.

Ils passèrent devant les sculptures des Seconds. Leurs clans avaient réussi, en partant de la simple pierre, à donner forme à des œuvres et des figures qui possédaient un immense pouvoir d'attraction, précisément dû à leur beauté toute simple. Leur savoir-faire avait fait d'un décor quotidien quelque chose d'extraordinaire. Les paroles de son compagnon empêchaient Gandogar de les contempler.

—Je disais, répéta Bislipur tout bas, qu'une longue attente peut nous être fatale. L'attitude du Grand-Roi n'est que pur caprice, rien de plus.

—Et que proposes-tu ?

— J'ai parlé à de nombreux autres clans entre-temps. Ils sont d'accord pour que nous attaquions et anéantissions enfin les Elfes, avant que le Pays Mort le fasse à notre place.

Gandogar tiqua.

— Serait-ce si grave ? Nous n'aurions dès lors plus à nous soucier d'eux.

— Non. La situation empirerait plus qu'autre chose, expliqua-t-il. Pense au pouvoir de la Terreur de transformer en morts-vivants tous ceux qui meurent par sa faute. Notre peuple aurait alors à combattre contre des Elfes morts-vivants pratiquement invincibles. Les pouvoirs du Pays Mort sont gigantesques. (Il claudiquait à côté de son roi, sa cotte de mailles cliquetant légèrement.) Ou bien, les Elfes trouveraient refuge en un lieu où il nous serait impossible de les retrouver pour leur infliger le juste châtiment qu'ils méritent pour tous leurs crimes contre les Nains, et tu pourrais faire une croix sur ton serment de venger la mort de ton père et de ton frère.

Bislipur parlait doucement, mais avec insistance. La plupart des Nains qu'ils croisèrent durant leur promenade pensaient qu'ils fourbissaient leurs arguments pour la prochaine assemblée.

— Tu dois monter sur le trône et gagner les autres tribus à ta cause contre l'Âlandur, l'adjura Bislipur. On dit que le Pays Mort ne va plus rester très longtemps sans agir. S'il devait se réveiller, nous devrions rester dans nos forteresses à attendre que l'orage passe.

— Tu as entendu le Grand-Roi. Il s'en tient aux lois de nos ancêtres, lui fit remarquer Gandogar. Et c'est ce que je compte faire aussi.

Ils parvinrent dans une splendide vallée baignée de lumière, aux pentes d'un vert intense où paissaient chèvres et moutons. Des sommets abrupts se dressaient de part et d'autre. Le roi eut l'impression qu'ils s'enfonçaient jusque dans les nuages, les empêchant de poursuivre leur course.

— Regarde comme tout est paisible, ici, soupira-t-il en s'asseyant sur une pierre. Si seulement nos assemblées pouvaient se dérouler aussi tranquillement.

— C'est une bonne analogie. (Les yeux froids de Bislipur parcoururent les plaines en pente raide.) Les autres Nains se comportent comme des moutons. Ils rentrent, se bêlent mutuellement après jusqu'à ce que leurs gamelles et leurs chopes soient remplies, et retournent satisfaits dans leurs réduits. (Il posa une main sur l'épaule du souverain.) Tu es un roi, Gandogar, qui ne mérite pas d'attendre plus longtemps un hypothétique prétendant, venu d'on ne sait où. Exige du Conseil qu'il prenne une décision, et laisse-moi m'occuper de convaincre la majorité des clans.

— Tu me demandes beaucoup.

Gandogar se leva. Ils reprirent leur chemin et retournèrent aux couloirs souterrains qui les menaient plus profondément dans la dure chair du massif.

Ils empruntèrent des ponts en arc, déambulant le long de leurs extrados gravés au-dessus de puits dont ils ne purent distinguer le fond. Il s'agissait de puits désaffectés, de filons épuisés. Les Nains y avaient prélevé toutes les richesses de la montagne, dont les profondeurs portaient encore les stigmates de cette exploitation.

Bislipur marchait au côté de son seigneur sans mot dire, lui laissant le temps de réfléchir à ses paroles.

— Un nouveau scrutin, dit Gandogar, abîmé dans ses réflexions. Réclamer un nouveau vote revient à fouler aux pieds les lois de notre peuple et à contester la décision du Grand-Roi.

— Pour cela, il faut bien du courage, et la conviction de faire ce qui est juste. Tu possèdes l'un et l'autre, l'adjura une fois encore Bislipur. Monte sur le trône. Maintenant.

Ils parvinrent dans une de ces nombreuses carrières où l'on extrayait le marbre le plus fin en grosses plaques. Une rivière serpentait sur la droite. Depuis un pont, à bien cent quatre-vingts pas d'altitude, ils observèrent les ouvriers au travail.

— Et si Gundrabur meurt subitement ? Resterons-nous assis à attendre que cet inconnu veuille bien se montrer ? demanda Bislipur pour provoquer une décision. Et si le Pays Mort attaque à un moment où les clans n'ont personne pour les conduire à la bataille ? Qui dirigera la défense et la contre-attaque ? Tu veux que je te dise ce qui se passera ? Les Nains se disputeront, et les Nains périront !

Gandogar fit mine de ne pas écouter Bislipur, bien que les paroles de ce dernier fissent mouche. Lui aussi se posait ces questions, sans en connaître la réponse. *Ce sont les lois que nous a données Vraccas. Mais se peut-il qu'à force de vouloir les respecter, elles nous soient néfastes ? Pouvons-nous nous permettre de laisser passer des occasions uniques à cause d'elles ?* Il contempla les ouvriers pour penser à autre chose. Bien qu'il s'agît de pierre, d'un matériau inanimé, ceux-ci procédaient avec la plus grande circonspection à son égard, et leurs efforts en disaient long sur la taille de la prochaine plaque de marbre. À coups de pioche, de marteau et de burin, ils s'efforçaient d'arracher un morceau de chair du corps de la montagne. Les lames des énormes scies à pierre étaient mues par des roues à eau.

De la poussière grise était en suspension dans l'air, et les Nains s'en protégeaient grâce à des tissus sur le nez et la bouche. D'épaisses couches de poussière de roche recouvraient les outils utilisés plus rarement.

Gandogar éprouva une immense fierté d'être bientôt le Grand-Roi des Nains, qui ne constituaient qu'un seul peuple et étaient pourtant si différents. Seuls les unissaient l'origine, le sang et leurs ennemis communs.

Se peut-il que nos propres lois jouent contre nous ? Il vit les visages de son père et de son frère, tués par les flèches elfiques. *Sans aucune raison.* Il serra les poings, fronça les sourcils.

Gandogar en avait assez vu et avait pris sa décision.

— Tu as raison, Bislipur, nous devons agir. C'est moi, et moi seul, qui unirai de nouveau les Enfants du Forgeron. Et pour cela, je ne vois rien de plus adéquat qu'une guerre victorieuse contre notre ennemi commun, dit-il en pesant ses mots. Un triomphe sur les Elfes ressoudera les Maisons et fera oublier toutes les réserves, les querelles et les conflits passés.

— Et ton nom sera inséparable de cette splendeur retrouvée, ajouta avec satisfaction son mentor, dont les continuels sermons semblaient avoir enfin porté leurs fruits.

— Il faut en finir avec cette attente. Je vais exiger de Gundrabur qu'il convoque dans les trente prochains jours une assemblée de confirmation définitive de mon accession au trône.

— Et s'il meurt avant ? Il est vieux, et fragile…

Gandogar répondit sans hésiter.

— Alors je monterai sur le trône, que cet imposteur soit arrivé ou pas, déclara-t-il, déterminé. Rentrons. Je suis fatigué, et j'ai faim.

L'esprit de Bislipur fignolait déjà les détails de la nouvelle mission que venait de lui confier tacitement et inconsciemment le roi.

Il peut se passer bien des choses en trente jours, pensa d'un air sombre le Nain à la barbe gris brun. Celui-ci était déjà allé plus loin encore que le meurtre pour appuyer l'accession au pouvoir de Gandogar, et ce n'était pas une vilenie de plus qui allait changer quoi que ce fût. Mais cette fois, son projet requérait une planification absolument parfaite.

— J'arrive, mon roi ! s'exclama-t-il.

Bislipur se pencha par-dessus le rebord du pont pour regarder dans le trou béant qui semblait sans fond en contrebas. *Quiconque tombe dans pareil abîme est perdu pour toujours.* Swerd allait bientôt avoir de nouveau à faire.

Le Pays Sûr, l'Ionandar, à la fin de l'été du 6234e cycle solaire

— Debout, l'érudit. On est repartis, susurra quelqu'un à son oreille.

Des poils de barbe lui chatouillèrent le cou, mettant fin à son rêve d'un monde meilleur. Tungdil se redressa et se frotta les yeux.

Les jumeaux guettèrent depuis leur fossé pour voir s'il ne restait pas encore des Orcs rôdant entre les arbres, mais ces bêtes semblaient parties à leur recherche dans une autre direction. Aussi purent-ils quitter les lieux sans crainte pour se rendre dans le Royaume des Seconds, vers le sud.

Quelle aventure, pensa Tungdil, attristé. Jamais il ne se serait imaginé plus atroce périple. Il était parti pour remettre quelques objets à un Humain, et voilà qu'il se retrouvait soudainement prétendant au trône du Royaume des Nains, en pleine guerre, menée contre le Pays Sûr par un Nudin devenu fou. Tous ceux qu'il avait connus et aimés autrefois étaient morts, il ne restait plus que lui, fuyant en compagnie de deux autres Nains le Mage dément qui voulait leur ôter la vie et reprendre les objets qu'ils transportaient avec eux. *Et je n'ai toujours pas la moindre idée de ce que je dois en faire.*

Tungdil retira quelques petits restes de brindilles et de feuilles de ses cheveux et de sa barbe. Nudin avait déclaré la guerre à tout le Pays, à tous les rois, à tous les Elfes, et ne reculait pas même devant l'idée de menacer les Nains à leur tour.

— On dirait que tu te fais du souci, dit Furibard, qui lui tendit un morceau de pain avec du fromage avant de désigner la forêt. Viens. Tu peux aussi manger en chemin.

Tungdil obéit au guerrier.

— Il faut vraiment que Nudin ait tout préparé depuis très longtemps et qu'il soit très sûr de son fait pour qu'il ait voulu faire de nous ses émissaires, réfléchit-il à haute voix.

Boïndil se mit à rire.

— Seulement, il n'avait pas prévu qu'on lui couperait la tête.

— Ce qui ne l'a pas dérangé plus que ça, ajouta son frère, maussade. Tu en sais beaucoup à ce sujet, l'érudit ? Est-ce que tous les Mages sont capables de ressusciter comme cela ?

Le Nain secoua la tête.

— Non. Les Mages sont des mortels ordinaires, sauf qu'ils vivent plus longtemps que le commun des Humains, mais ils saignent, et peuvent être blessés comme tout le monde. Moi-même j'ai vu un jour Lot-Ionan se couper avec un couteau. Après qu'il s'est soigné grâce à un sort, je lui ai demandé s'il pouvait également faire ressusciter…

Il revit les visages familiers de son père adoptif et de Frala ; le chagrin s'empara de lui, et il se tut. Ses compagnons n'insistèrent pas.

— Ils ne peuvent rien contre la mort, dit-il, abattu.

Malheureusement.

— C'est ce que tu crois, ajouta Boëndal. Nôd'onn s'est bien relevé. Même avec mon bec-de-corbin dans le dos et sa vilaine tête en moins !

— Rien de bien étonnant à cela, fit Furibard avec mépris. C'est sûrement un don du Pays Mort.

Tungdil ne trouva pas d'explication à cela. Il supposa d'abord que Nudin était devenu mort-vivant, mais la résurrection du Mage suffisait à faire voler en éclats son hypothèse. Dans le pire des cas, si le renégat était parvenu à percer les secrets de la vie éternelle, cela signifierait que d'éternelles ténèbres menaçaient de s'abattre sur le Pays Sûr.

— Nous aurions dû le découper en mille morceaux et les brûler ensuite, grommela Boïndil.

— Cela ne vous aurait pas servi à grand-chose, fit une voix claire d'entre les arbres. Nôd'onn ne peut plus être détruit par les armes des mortels, ni l'épée, ni la hache, ni la Magie ne le peuvent. J'ai moi-même essayé et j'ai échoué.

Les Nains empoignèrent leurs haches, couverts par Boïndil.

— Ce ne peut être les Orcs, chuchota Boëndal à Tungdil.

— Nous verrons bien ce que c'est, répondit son frère. Petit ou grand défi ?

De l'abri qu'offraient les verts sapins sortit une silhouette qui coupa littéralement le souffle à Tungdil. Jamais il n'aurait cru possible que les Humains puissent atteindre pareille taille. Celui-ci était haut comme au moins deux Nains et sa poitrine était aussi large qu'une barrique.

À part dans ses livres, il n'avait jamais vu d'armure aussi imposante. Le plastron à gorgerin haut, les brassards et les jambières étaient en tionium précieux et avaient été forgés de manière que leur porteur donne l'impression d'être tout de muscles d'acier. Les anneaux d'une cotte de mailles dépassaient de sous les plates de métal, procurant à cet homme un surcroît de protection. Afin d'éviter que son habit d'airain cliquette trop, il portait un gambison léger entre ces couches de métal.

Ses pieds, gigantesques, étaient chaussés de bottes ferrées, et un heaume à la visière richement gravée en forme de démon enserrait sa tête, elle-même ceinte au niveau du front d'un cercle de pointes chacune aussi longue qu'un doigt qui faisait penser à une couronne.

Sa main droite tenait une hache à deux tranchants avec la même aisance que si c'était un bout de bois, sa main gauche un bouclier. À sa ceinture pendaient encore une petite massue et une épée, qui sur ce guerrier avait l'air d'une simple dague. Et comme si le poids de cet arsenal ne suffisait pas, il portait sur le dos un espadon.

Boïndil avait à peine jeté un rapide coup d'œil par-dessus son épaule pour se faire une idée du nouvel arrivant qu'il ne pouvait déjà plus quitter cet Humain des yeux.

— Laisse-moi passer devant, supplia-t-il son frère. Tu n'as qu'à protéger toi nos arrières pendant que je m'occupe de cette montagne de fer. (Ses yeux lançaient des éclairs.) Voilà ce que j'appelle un grand défi. Il vaut sûrement mieux que les faces de groin.

— Tais-toi, dit Boëndal en le remettant vertement à sa place. Nous ne savons même pas ce qu'il veut.

— Il a une voix plutôt haut perchée pour un type grand comme un arbre, s'étonna Tungdil.

Une femme aux cheveux blonds tressés en natte et au visage sévère vint se placer auprès du guerrier.

— Ce n'était pas sa voix. (Elle toisa le trio de ses yeux bleus.) Mais la mienne.

Tungdil réfléchit pour voir s'il la reconnaissait, mais les traits marqués de celle-ci ne lui disaient rien, tout comme sa manière de s'habiller. Son corps athlétique était couvert d'une robe de cuir brun foncé, fendue aux jambes de façon à laisser la plus grande liberté de mouvement possible. En outre, elle portait de hautes bottes noires et des gants. Elle enserrait la poignée d'une épée de la main droite. Plus il l'observait, plus il repensait à une anecdote que lui avait racontée son père adoptif.

— Vous êtes Andôkai, celle que l'on appelle l'Impétueuse ? demanda-t-il, hésitant.

La Mage hocha la tête.

— Tout à fait. Et toi, tu es Tungdil, qui a réussi à échapper à Nôd'onn avec ses amis. (Elle désigna le géant à côté d'elle, qui la dépassait de presque cinq têtes et qui restait sur place, immobile, telle la statue d'un dieu de la Guerre.) Et lui, c'est Djerůn, mon fidèle compagnon.

— Et qu'est-ce que tu nous v..., commença à demander Boëndal d'un air suspicieux, mais Tungdil lui coupa la parole d'excitation.

— Qu'est-il arrivé à Lot-Ionan ? Vit-il toujours, honorable Mage ?

Andôkai l'observa, la douleur et la colère assombrirent son visage.

— Il est mort, Tungdil. Comme Maira, Turgur et Sabora. Nôd'onn leur a ôté la vie pour mieux régner sur le Pays Sûr.

Le Nain baissa la tête. Cette confirmation fut douloureuse à entendre, le chagrin causé par la perte définitive de son père adoptif lui arracha un morceau de son être, laissant un grand vide en lui.

— Les meilleurs élèves ont suivi les Mages dans la mort, si bien qu'il est devenu le maître incontesté, poursuivit-elle implacablement.

— Alors c'est toi qui l'as attaqué à coups d'éclairs ! As-tu réussi à lui infliger plus de dégâts que nous ? demanda Furibard à la volée.

— Il les a tous parés, dit-elle. Je l'ai attaqué en mettant en œuvre tout mon savoir, et pourtant il a résisté. Nous avons eu la confirmation de nos craintes lorsque nous avons constaté que même la décapitation était sans effet.

— Ah, ces longs-sur-pattes, grommela Boëndal de façon désobligeante. On s'arrache la barbe et les cheveux à les protéger des hordes de Tion qui rôdent à l'extérieur du Pays Sûr, et que font-ils ? Ils œuvrent à leur propre destruction de l'intérieur. Vraccas aurait mieux fait de vous donner une nourrice ou une gouvernante pour vous taper sur les doigts chaque fois que vous faites une bêtise.

— Tu as peut-être raison. (La Mage s'approcha d'eux.) Si je vous ai cherchés, c'est pour savoir ce que vous voulait Nôd'onn, dit-elle pour expliquer sa présence auprès d'eux. (Elle s'accroupit devant Tungdil.) Tu dois posséder quelque chose qu'il veut absolument avoir. C'est ce que nous avons pu voir depuis la colline. Quelle est cette chose ?

— Non, ce n'est rien. Ce sont juste des souvenirs de mon maître, mentit-il. Nudin devait sans doute le haïr, et a réclamé ces objets pour les détruire.

— Au contraire, ils s'entendaient très bien, autrefois. C'est plutôt moi que ton maître n'aimait pas, lâcha-t-elle en souriant.

Tungdil se souvint. C'était à cause de ses convictions religieuses, et notamment de sa foi en Samusin, son dieu. *Si les deux autres apprennent qu'elle tolérait les Orcs dans son royaume, nous risquons d'avoir un combat inégal.* Non seulement en raison des pouvoirs magiques de la femme, mais aussi de la puissance présumée de son compagnon, qui semblait capable de déraciner un arbre – ce qu'il était tout à fait disposé à croire.

— Moi non plus, je ne t'aime pas, lui dit ouvertement Boïndil. Passe ton chemin et laisse-nous en paix. Nous avons d'autres soucis.

— D'autres soucis ? répéta Andôkai d'un air moqueur en se redressant. Des soucis, vous n'en aurez plus aucun, une fois que le Mage aura en sa possession l'ensemble des Royaumes. Les pays nains tomberont, tout comme les territoires des Humains et des Elfes. Nôd'onn et le Pays Mort, avec qui il a conclu un pacte, veulent le pouvoir. Un pouvoir sans limites. (Andôkai adressa un regard plein de mépris à Boïndil.) Allez-y, courez vous réfugier dans vos montagnes. Mais je te le dis : les créatures de Tion vont bientôt attaquer vos forteresses des deux côtés.

— Qu'allez-vous faire ? demanda Tungdil.

— Partir d'ici, lui répondit-elle franchement. Je n'ai pas la sottise de croire que je pourrais arrêter le Pays Mort. Aucune armée ne pourrait d'ailleurs quoi que ce soit contre Nôd'onn, quoi qu'en disent les rois. Qu'aurais-je à gagner à rester ici ? Revenir comme morte-vivante après ma mort ? Samusin m'en garde. (Elle observa les Nains.) Et vous ? Comptez-vous rejoindre le Royaume des Seconds ? Si c'est le cas, je me joins à vous, je passe la Porte Haute et vous ne me reverrez plus jamais. Jusque-là, soyons alliés.

Les Nains délibérèrent brièvement et décidèrent de donner bonne suite à sa proposition, contre l'avis de Furibard. Tungdil et Boëndal, qui avaient retenu la leçon, voulaient ainsi s'assurer les services de la magicienne afin de parer à toute éventualité durant leur voyage.

Boïndil eut beau protester, il dut s'avouer vaincu face à Tungdil, car il était davantage lutteur que rhéteur.

— Maintenant, leur jura-t-il, si jamais ça tourne mal avec eux, vous allez m'entendre.

— Vous pouvez vous joindre à nous, annonça Tungdil.

— Mais c'est nous qui décidons de la marche à suivre, enchaîna Boïndil, qui jaugea du regard l'Humain en armure. (Il était aisé de voir qu'il aurait bien aimé se mesurer à ce géant.) Tu sais parler ? Ohé ! Est-ce que tu nous entends, seulement, depuis là-haut, avec ce seau sur la tête ?

— Djerûn est muet, s'interposa la Mage d'un ton sec. Laisse-le tranquille et fais-moi le plaisir de rester poli, sans quoi je pourrais faire des remarques sur ta taille et ton odeur.

— C'est moi qui décide quand je suis poli, répliqua le Nain, vexé, en rejetant sa natte par-dessus son épaule. Et toi, ne te mets pas en travers de mon chemin, dit-il en s'adressant au guerrier avant de se mettre en tête du groupe. Les Orcs sont à moi. Toi, tu attendras ton tour.

Le groupe se mit en route. Tungdil marchait derrière Andôkai. *Je m'entretiendrai avec elle au prochain feu de camp*, décida-t-il. Il souhaitait la questionner sur des sujets qui n'étaient pas censés tomber dans les oreilles des jumeaux.

* * *

— Comment est mort Lot-Ionan, honorable Mage ? demanda Tungdil à la magicienne, qui était assise sur son manteau un peu à l'écart du feu en contemplant les flammes.

Il avait choisi la langue des lettrés simplifiée pour lui montrer qu'il avait reçu une éducation et lui signifier qu'il était plus qu'un simple Nain.

Il lui avait fallu longtemps pour rassembler son courage et s'approcher d'elle afin de lui parler seul à seul.

Le guerrier était accroupi à côté d'elle, adossé à un arbre. Ses armes étaient étendues de part et d'autre, soigneusement disposées par ordre de taille et à portée de main immédiate. Il était impossible pour le Nain de dire s'il dormait ou s'il montait la garde sous son heaume.

— Lot-Ionan ne t'a pas laissé dans l'ignorance, à ce que je vois, répondit-elle lentement sans détourner le regard. Un Nain lettré, c'est rare, au Pays Sûr. Plus rare encore qu'un Nain tout court. (Elle se tut.) Dois-je nous faire souffrir tous les deux en te racontant ce qui s'est passé le soir où Nudin nous a trahis ? Que t'importe d'apprendre comment ton maître est passé de vie à trépas ?

— J'essaie de comprendre pourquoi Nudin a changé.

— Moi aussi, Tungdil. (Andôkai tourna son visage sévère vers lui.) Mais je n'y arrive pas.

Elle lui raconta comment les choses s'étaient passées pour elle ce soir-là :

— Nudin m'a attaquée par surprise et m'a fait perdre connaissance avec un sort. (Elle se passa la main sur le menton.) Je l'ai pourfendu d'un coup d'épée, mais cela ne lui a rien fait, et il m'a transpercée de son bâton en retour. Ensuite, je ne me rappelle plus que des bruits que j'ai perçus à demi cette nuit-là, malgré mon inconscience. (La femme inspira profondément, allongea les jambes et releva la tête pour observer les étoiles.) Ils ont dû se défendre jusqu'au bout. Jamais je n'oublierai leurs cris d'agonie. Je sentais mon sang s'écouler sans pouvoir entreprendre quoi que ce soit.

— Comment avez-vous survécu ?

Elle regarda d'un air attendri le guerrier impassible.

—Djerůn. Nôd'onn avait oublié que je l'avais amené avec moi au palais. C'est lui qui s'est introduit dans la salle après le départ de ce fou et qui a soigné ma blessure. J'étais trop affaiblie pour m'opposer encore à ce traître. Djerůn a ensuite pris un cadavre dans un cimetière de la ville, l'a habillé avec mes propres vêtements et l'a déposé à ma place à côté des autres morts pour faire croire à Nôd'onn que je ne représentais plus aucun danger pour lui. (Elle tendit le bras pour saisir une branche et la jeter dans le feu. Les étincelles s'élevaient en crépitant et en dansant vers le ciel noir.) D'ailleurs, même vivante, je ne suis plus une menace pour lui, dit-elle, abattue.

—Et… Lot-Ionan ? demanda Tungdil.

—Quand Djerůn m'a emmenée, ton maître avait été changé en pierre, répondit-elle doucement. Nôd'onn l'a transformé en statue.

Une larme de rage impuissante coula du coin de son œil.

—Une statue, chuchota le Nain tandis qu'il se rapprochait du feu. Est-il possible que ce sort… ?

La femme blonde secoua la tête, renonçant à fournir d'autres explications. Ils restèrent assis l'un à côté de l'autre, muets, plongés dans leurs pensées. Les étoiles tournaient au-dessus d'eux, le temps suspendit sa course.

—Vous voulez quitter le Pays Sûr ? Pour aller où ? Qu'adviendra-t-il de votre Royaume ? demanda Tungdil, fatigué.

Ses yeux lui brûlaient, car il n'avait pas cillé depuis un moment pour observer le jeu changeant des couleurs du feu de camp. La chaleur des flammes faisait s'évaporer ses larmes, et le sel lui irritait la peau.

—Vous pensez que cela irait mieux pour vous si vous partiez au loin, honorable Mage ?

—Il n'est pas intelligent de vouloir faire obstacle à une avalanche quand on est seul, répliqua-t-elle à voix basse. Je répugne à prolonger les souffrances inutilement, aussi est-ce volontairement que j'ai abandonné mon Royaume. Que gagnerais-je à résister ? Je vais me rendre au-delà des montagnes. Le Pays Sûr ne mérite plus son nom. (Elle fit sentir à Tungdil qu'il était temps qu'il se retire.) Je voudrais dormir, maintenant.

—Encore merci, honorable Mage.

Tungdil retourna auprès des jumeaux et leur raconta les événements qui avaient agité la capitale de Lios Nudin.

—Alors comme ça, les autres magiciens sont vraiment morts ? s'étonna Furibard tandis qu'il faisait griller un petit bout de fromage issu de son stock, qui semblait pratiquement inépuisable. Et dire qu'on racontait les choses les plus fantastiques sur leurs pouvoirs.

—Contre le poignard d'un traître, même le plus solide des boucliers ne sert à rien, dit son frère, qui se mettait du pain grillé sous la dent. Triste peuple que les longs-sur-pattes. Ce ne devait pas être un bon jour pour les dieux quand ils les ont créés, dit-il en mâchant. Mais ce qui est encore plus triste, c'est qu'ils entraînent tout le Pays avec eux dans leur chute.

Tungdil accepta le fromage qu'on lui proposait et l'enfourna dans sa bouche. Il en venait presque à aimer ce goût pour le moins étrange. Il réalisa alors à quel point il commençait à devenir un authentique membre de son peuple.

Boïndil lui donna une bourrade, la brochette pointée vers l'étrange couple de l'autre côté du feu.

— Regarde, il a toujours sa casserole sur la tête, dit-il en riant. Il a dû grandir avec, c'est sûr, et maintenant il ne peut plus la retirer.

Boëndal fit montre d'un peu plus de respect.

— Je n'ai encore jamais vu pareil long-sur-pattes, déclara-t-il. Bien sûr, je n'ai pas vécu bien longtemps parmi les Humains, mais c'est de loin le plus grand spécimen que j'aie jamais croisé. Il ferait peur même à un Orc.

— Tu veux dire que ce n'est peut-être pas un Humain du tout ? Un jeune Ogre, peut-être ? craignit son frère. Il pourrait y avoir n'importe quoi sous cette armure. (Et aussitôt, il fit mine d'aller l'interroger.) Si jamais c'est une Peau-Verte ou une autre bestiole, il meurt sur-le-champ, annonça-t-il. Et sa maîtresse avec. M'en fiche, que ce soit une magicienne, les longs-sur-pattes n'ont plus besoin d'elle de toute façon.

Tungdil en fut littéralement pétrifié. Après tout, il était tout à fait possible que le compagnon de la Mage fût une créature de Tion. *Il faut absolument que j'empêche Boïndil de lui chercher querelle. Si jamais il se bat contre le guerrier, Andôkai prendra le parti de Djerûn, et cela pourrait mal finir.*

— Non, attends, c'est un Humain, lui dit-il avec insistance pour le rassurer. Il y a des Humains au Pays Sûr qui atteignent cette taille. J'ai lu qu'ils se rassemblaient en armées indépendantes qui forcent le respect même des Orcs.

Le fait de mentir à des membres de son peuple lui donna des sueurs froides, mais après tout, c'était à des fins louables.

— Et comment est-ce que tu expliques leur taille ?

Boïndil n'en démordait pas. Il jouait avec son couperet, espérant toujours trouver une raison de chercher querelle au guerrier en armure pour se mesurer à lui.

— Leurs… mères… (Tungdil cherchait fiévreusement une explication, qui ne devait pas forcément être logique) attachent… des cordes au tronc et aux jambes des nouveau-nés sitôt après leur naissance… et les étirent en longueur. Elles font cela tous les jours, matin et soir, improvisa-t-il. Et cela fonctionne, comme vous pouvez le constater. Leur réputation de guerriers n'est plus à faire. Ils grandissent dans ces armures, et ils en sont inséparables.

Les frères le regardèrent, stupéfaits.

— Il y a des Humains qui font ça ? (Furibard n'arrivait pas à y croire.) C'est plutôt cruel, non ?

— C'est ce que j'ai lu dans les livres.

Boëndal observa le combattant vêtu d'airain.

— J'aimerais bien savoir combien il pèse et combien il peut porter.

Les trois Nains observèrent cet Humain, ne sachant toujours pas s'il dormait ou pas. Le visage démoniaque et grimaçant de la visière réfléchissait la lueur du feu et semblait se moquer d'eux.

Boëndal haussa les épaules.

— Il faudra bien qu'il mange tôt ou tard, marmonna-t-il. Alors on verra bien à quoi ressemble son visage.

Chapitre 9

Le Pays Sûr, Royaume du Gauragar,
à la fin de l'été du 6234e cycle solaire

Cela faisait des millénaires que le Pays Sûr n'avait pas vu un groupe de voyageurs aussi peu communs, lequel parcourait l'Ionandar depuis plusieurs lunes et approchait à présent du Gauragar.

La tête des Nains ne dépassait pas encore du sommet des douces collines que la vue de l'impressionnant plastron du guerrier provoquait bouches bées et cris d'affolement parmi les paysans occupés aux champs.

Les jumeaux ouvraient la marche, comme à l'accoutumée, Tungdil marchait au milieu, et la Mage et son guerrier suivaient à quelque distance ; Djerůn avançait à tout petits pas pour ne pas sans cesse devancer la femme et les Nains. Contre une somme exorbitante, Andôkai avait acheté à un métayer un cheval, qu'ils avaient chargé de leurs bagages et d'une partie des armes de l'Humain.

Tungdil n'avait pas cessé de se demander s'il devait parler à la magicienne des livres qu'il transportait avec lui. Les secrets que renfermaient ces écrits semblaient inquiéter Nôd'onn tout autant que les artefacts, d'où l'espoir que nourrissait le Nain de pouvoir encore lui faire obstacle. *Mais si j'échoue, Andôkai devra abandonner ses projets de fuite. C'est la dernière des Six.* Il espérait instamment pouvoir la convaincre. Aussi ralentit-il un peu l'allure pour se retrouver à sa hauteur.

— Il y a quelque chose qui me préoccupe, lui dit-il. Comment se fait-il que vous puissiez encore employer la Magie ? Nudin… Nôd'onn l'a pourtant accaparée à son seul profit.

— Pourquoi veux-tu savoir cela ? répliqua-t-elle.

— C'est important.

— Pour toi ou pour moi ?

— Pour le Pays Sûr.

— Oh, si c'est ça, je vais répondre, bien sûr. (Andôkai eut un léger sourire.) Samusin, mon dieu, est le dieu de l'Équilibre, il aime les ténèbres autant que la lumière, et de ce fait, je peux les utiliser indifféremment. Le fait que la Magie ait été retournée pour servir le Mal ne me dérange pas plus que cela. J'ai juste davantage de difficultés à l'invoquer et à l'accumuler. Le traître ne s'attendait pas à ce que je survive. Mais qu'importe, je ne compte plus, à présent. (Elle mit sa main en visière et scruta l'horizon.) Nous devrions bientôt atteindre une forêt qui nous dispensera un peu d'ombre. Ce soleil est à la limite du supportable.

C'est maintenant ou jamais. Tungdil prit son courage à deux mains.

— Honorable Mage… Si l'on vous disait qu'il existe une possibilité d'arrêter le traître, essaieriez-vous d'en savoir davantage ? demanda-t-il sans détour.

Andôkai continua de marcher, imperturbable, le laissant mijoter.

— Tu veux parler de ce que tu transportes avec toi, petit homme ?

— C'est ce que nous avons pu récupérer à Vertbois, chez Gorén, lui dit-il en pensant à leurs mésaventures dans cette forêt. Des Albes et des Orcs étaient à leur recherche, mais nous les avons devancés.

— Puis-je y jeter un coup d'œil ?

Tungdil hésita. Mais au point où il en était, cela ne faisait plus grande différence. Tungdil les déballa soigneusement, avant de les tendre à la Mage.

Andôkai les feuilleta délicatement, sans rien laisser paraître.

Le Nain sentit monter une grande déception en lui. Il s'attendait en effet au moins qu'elle fût étonnée de les voir. Il interpréta comme un mauvais signe le fait que la magicienne demeurât aussi calme.

— Est-ce tout ? s'enquit-elle au bout d'un moment en lui rendant les ouvrages.

— De quoi parlent-ils ? répondit-il par une autre question, ne se laissant pas démonter.

— Ce sont des recueils traitant d'êtres légendaires, des histoires d'armes fabuleuses, et un mystérieux récit de voyage d'une troupe d'exploration, qui partit autrefois pour l'Outre-Pays en empruntant le passage de Pierre. Un seul Humain revint, mortellement blessé, à ce qu'il est écrit dans la préface. C'est lui qui rapporta les faits qui ont servi de base à ce livre. Je ne vois pas pourquoi Nôd'onn y attache tant d'importance, à moins qu'il ait retrouvé sa vieille soif de connaissance.

— Rien d'autre ? s'étonna Tungdil tandis qu'il remballait les ouvrages.

— Rien d'autre.

— Mais… à cause d'eux, il a fait attaquer et détruire une colonie entière. Il a lancé ses Orcs à nos trousses pour mettre la main dessus. (Il la regarda, l'air révolté.) Vous vous trompez, honorable Mage. Je suis sûr qu'il y a un secret dans ces grimoires qui vous a échappé.

— Qui m'a éch... ? (La souveraine du Brandôkai rit à gorge déployée.) Tu entends cela, Djerůn ? Je voyage sur une route poussiéreuse à côté d'un Nain qui prétend être plus savant que moi.

Le guerrier continua de marcher à petits pas, impassible.

— Je ne suis certes pas plus savant, mais sûrement moins suffisant et hautain que vous, lui fit remarquer Tungdil. Êtes-vous sûre de ne pas avoir du sang d'Elfe dans les veines ?

— Oho, le Nain montre les dents, dit-elle d'un ton amusé. On voit que c'est Lot-Ionan qui t'a élevé. (Elle désigna les deux jumeaux.) Eux auraient depuis longtemps sorti une hache et essayé à leur manière de mettre fin à l'entretien. (Andôkai redevint soudainement plus sérieuse.) Ce soir, je parcourrai de nouveau ces ouvrages, Tungdil, bien tranquillement, en prenant tout le temps nécessaire. Peut-être s'y cache-t-il vraiment plus que ce que je pensais de prime abord.

— Merci, honorable Mage.

Le Nain lui adressa un signe de tête et partit au trot rejoindre les frères à l'avant.

— On va peut-être bientôt savoir pourquoi le Mage voulait avoir nos livres, leur annonça-t-il.

— Tu n'en as quand même pas parlé à la longue-sur-pattes ? demanda Boïndil, qui n'en revenait pas.

— Je les lui ai même montrés.

Son interlocuteur secoua la tête d'un air réprobateur.

— Tu es vraiment un brave érudit, toi. Quand vas-tu cesser de te comporter en humain et devenir l'un des nôtres ?

— Ah bon ? Et qu'est-ce que j'aurais dû faire ? Lui fendre le crâne, c'est ça ? répliqua Tungdil, irrité.

— Ce serait un début, rétorqua Boïndil, non moins renfrogné.

Boëndal s'interposa entre les deux coqs.

— Assez ! Gardez votre colère pour les Orcs que nous allons certainement rencontrer, dit-il avec insistance. Il a bien fait de le lui demander. Je n'aime pas que l'on me pourchasse à cause de quelque chose dont je ne sais rien.

Son frère marmonna quelque chose d'incompréhensible, et força l'allure.

— Je n'ai jamais prétendu que ce serait facile de voyager avec nous, l'érudit, dit Boëndal avec un rictus.

Tungdil ne put s'empêcher de rire.

Ils firent halte le soir venu. Les nuits étaient déjà sensiblement plus fraîches ; il y avait une odeur de terre et d'herbe mêlées, et les grillons les gratifiaient d'un concert.

Pendant que les Nains engloutissaient leurs dernières réserves – ils avaient en effet repéré les premiers sommets de leur imposant massif montagneux à l'horizon et comptaient bien goûter à des délices nains tout frais sous peu –, Andôkai se penchait sur les livres comme promis, étudiant leur contenu.

Tungdil la laissa tranquille pour ne pas la déranger, ce qui ne l'empêcha pas toutefois de se rendre auprès de Djerůn et de lui apporter son repas. Comme les soirs précédents, il lui déposa une assiette garnie d'une miche de pain, d'un demi-fromage et d'un bon morceau de viande.

Mais cette fois, il allait attendre le moment où le guerrier prendrait son repas. Jusqu'à présent, personne encore ne savait à quoi il ressemblait sous son casque d'acier.

— Djerůn prendra le premier tour de garde, dit Andôkai sans lever les yeux de son livre. Vous pouvez vous coucher.

— C'est pas de refus, marmonna Boïndil, qui lâcha un rot sonore. (Il secoua sa barbe pour faire partir le plus gros des miettes, enroula sa natte pour en faire un confortable oreiller et s'allongea près du feu.) Mais s'il y a des faces de porc qui se pointent, le long-sur-pattes, tu seras gentil de bien vouloir me réveiller, histoire qu'ils tâtent de mes couperets, dit-il au combattant qui restait assis, immobile, comme toujours.

Les frères saisirent cette occasion de dormir les premiers. Peu après, leurs ronflements résonnaient à travers toute la forêt, faisant trembler les brindilles.

À bout de nerfs, la Mage referma son livre.

— Voilà pourquoi ils prenaient toujours le premier tour de garde, s'exclama-t-elle. Il faut déjà être profondément endormi pour supporter un bruit pareil.

Tungdil rit doucement.

— Et encore, ils ne sont que deux. Vous imaginez le bruit, quand tout leur Royaume s'y met ?

— Je n'y resterai pas assez longtemps pour répondre à ta question, répliqua-t-elle, de mauvaise humeur, avant de s'étirer.

Les muscles de ses bras gonflèrent, ce qui lui valut un regard admiratif de la part de Tungdil. Même les servantes qui effectuaient les travaux les plus pénibles au repaire n'auraient pu rivaliser en force avec elle.

— Avez-vous trouvé...

Tungdil se mordit la lèvre. Il avait en effet pris la ferme résolution de ne pas lui parler des livres.

Elle plia les jambes, s'accouda dessus et enfonça son menton dans ses paumes. Ses yeux bleus cherchaient son regard.

— Tu penses que je changerais d'avis si je trouvais dans ces livres un moyen d'agir contre Nôd'onn ?

— Votre dieu est le dieu de l'Équilibre. Vous devriez vous faire un devoir de restaurer l'harmonie entre la lumière et les ténèbres au Pays Sûr, lui dit-il pour en appeler à ses convictions, le sens de l'honneur ne semblant pas signifier grand-chose pour elle : comment expliquer autrement la facilité avec laquelle elle avait abandonné son royaume ?

Andôkai posa une main sur le dos du gros ouvrage relié de noir qu'elle tenait.

— Si la formule d'un sortilège par lequel mettre Nôd'onn à genoux s'y trouvait, alors oui, je serais disposée à me dresser contre lui, admit-elle d'un air pensif. Mais je n'ai rien trouvé de tel. Des descriptions fleuries d'êtres fabuleux, des contes, des légendes… rien de plus.

— Ce qui veut dire que vous avez toujours l'intention de quitter le Pays Sûr ?

— Toutes mes années d'expérience ne comptent pour rien face à la puissance dont dispose Nôd'onn. J'étais surtout préoccupée de lui échapper saine et sauve. (Elle ouvrit une page au hasard.) S'il existe une énigme dans ces syllabes, alors je n'en trouve pas la clé.

Il décida de tout révéler à la Mage, et lui tendit la lettre rédigée dans la langue des lettrés.

— Elle était jointe aux livres, dit-il. Peut-être en tirerez-vous quelque chose.

— Est-ce enfin tout, ou est-ce que tu as d'autres secrets à me révéler ?

— Non, vous savez tout, maintenant.

Andôkai prit le papier, le plia et l'inséra entre les pages de l'un des pavés. Puis elle se frotta les yeux.

— La lumière du feu ne convient guère pour l'étude. Je reprendrai demain.

Elle remit les ouvrages dans leur tissu protecteur, les empila pour s'en faire un repose-tête et s'allongea pour dormir.

— Demain ?

Tungdil, qui avait espéré qu'elle lirait la lettre sans tarder, poussa un gros soupir. Cette femme était du genre difficile à vivre. Avant de se glisser auprès du feu, il jeta un regard en direction de Djerůn.

L'assiette du guerrier était vide, et celui-ci avait son heaume de nouveau vissé sur la tête. Voilà qu'à cause de la conversation avec la Mage, Tungdil avait manqué l'occasion d'observer son compagnon de route, dont l'armure n'avait pas fait un traître bruit. Il commençait à trouver ce combattant plutôt inquiétant.

Le Pays Sûr, Royaume nain du Second Père,
Beroïn, à la fin de l'été du 6234e cycle solaire

Balendilín n'avait plus un instant à lui. À peine venait-il de regagner sa chambre qu'il reçut un message l'informant que deux Nains de la délégation des Quatrièmes souhaitaient lui parler.

C'est bon signe. Et ce ne sont pas les premiers. Les clans de Gandogar reviennent à la raison. Il se rendit immédiatement au point du rendez-vous, fixé non loin des pâturages.

Le conseiller du Grand-Roi était de bonne humeur. Ces dernières semaines, sa tâche avait principalement consisté à dissiper les rumeurs au sujet du mauvais état de santé de Gundrabur. Et de fait, le chef suprême des Maisons naines jouissait d'un cœur solide et d'une volonté de fer qui lui avaient permis de faire patienter les Nains jusqu'à ce que le second prétendant au trône arrive enfin. À terme, on parlait même d'intensifier les contacts sporadiques qu'entretenaient entre eux les Royaumes nains.

Tout se passe presque trop bien, se dit Balendilín au sortir d'un couloir, avant de se retrouver à l'extrémité d'un pont à arcs de cinquante pas de long qui surplombait de deux cents pas les ruines d'une mine de cuivre. Il emprunta le pont, absorbé dans ses pensées.

Ses contre-feux seraient plus efficaces si Bislipur n'était pas sans relâche occupé à attiser les flammes de l'enthousiasme que suscitait l'idée d'une guerre contre les Elfes. *Les idées de Gandogar sont en réalité les siennes. C'est lui qui souffle au jeune roi ce qu'il doit dire.*

Soudain, il vit quelque chose bouger du côté opposé au pont. Comme s'il avait lu dans ses pensées à travers l'épaisseur des parois rocheuses de la montagne, Bislipur se tenait dans le couloir droit devant lui, la main gauche posée sur la tête de sa hache. Tout dans son attitude donnait l'impression d'une menace informulée. Balendilín s'arrêta, puis resta où il était, dans l'expectative.

— Qu'est-ce que tu veux ?

— Certains appellent cela « la querelle des estropiés », lui lança Bislipur depuis son couloir, dont les parois firent écho. Le boiteux contre le manchot. Penses-tu qu'ils ont raison ?

Balendilín tendit l'oreille pour vérifier si d'autres Nains se trouvaient dans les parages, en vain. Il était entièrement livré à lui-même.

— « Querelle » est un terme malheureux, répondit-il. Nous avons des divergences d'opinion et essayons de gagner la majorité à nos causes respectives. (Il fit un pas en avant, puis un autre, et Bislipur fit de même.) Eh bien, que veux-tu ?

— Le bien de notre peuple, répliqua le Nain, courroucé.

— Que veux-tu *de moi*, voulais-je dire.

— Ce que je veux, c'est que tu voies que Gandogar et moi sommes l'avenir des tribus et des clans nains. Comment t'en convaincre ?

— Aussi longtemps que tu réclameras une guerre contre les Elfes, tu ne parviendras pas à faire de moi l'avocat de ton roi, répondit honnêtement Balendilín, qui ne bougea pas.

Bislipur fit de même. Quinze pas les séparaient encore.

— Alors il y a bien un différend entre nous, dit froidement l'autre Nain. Tant que le nouveau Grand-Roi n'aura pas été désigné, je te considérerai comme un ennemi, une menace pour les Maisons naines. Et je veillerai à ce que les autres clans soient du même avis que moi.

Balendilín poursuivit son chemin; Bislipur l'imita, jusqu'à ce qu'ils ne fussent plus qu'à une coudée l'un de l'autre.

— Et moi, je veillerai à ce que le roi qui est sous ton influence retrouve toute sa clarté d'esprit.

Les deux se tenaient maintenant si près l'un de l'autre qu'ils pouvaient presque se toucher du bout de leurs nez.

— C'est toi qui parles de retrouver ses esprits?

Balendilín lut de l'aversion dans le regard de Bislipur, et y décela une insondable hostilité à son égard.

— Ce que je te dis, c'est que j'empêcherai cette guerre contre l'Âlandur, mon frère Nain, dit-il pour ne pas donner l'impression qu'il avait peur. (Il paraissait pourtant plus dangereux que jamais). Tes propres clans commencent à se poser des questions.

— Tu ne nous empêcheras pas de monter sur le trône, Gandogar et moi, lui prédit Bislipur d'un air sinistre.

Il émanait de ce Nain une aura de violence et de brutalité contenues qui menaçaient d'exploser sous peu.

— Gandogar et toi? Qu'est-ce que toi, tu viendrais faire sur le trône?

Chacun se tenait immobile sur le pont, sans qu'aucun détourne le regard. Mais tout d'un coup, l'attitude menaçante de Bislipur se dissipa.

— Je te souhaite bonne chance dans ton entreprise désespérée et que Vraccas te bénisse, dit-il, sans trop y croire, avant de faire un pas de côté pour éviter Balendilín.

Le conseiller du Grand-Roi ferma les yeux un court instant et déglutit. Il s'attendait tellement à devoir livrer un combat singulier qu'il n'en revenait toujours pas d'être arrivé indemne de l'autre côté du pont. Il entendit Bislipur siffloter un petit air, que l'écho amplifia pour en faire un canon.

Au moins Balendilín savait-il à présent à quoi s'en tenir. C'est avec soulagement qu'il se retrouva sur le plancher des vaches, et il se hâta de gagner le point de rendez-vous avec les Nains de la Quatrième Maison.

Il venait à peine de tourner dans le couloir que le sol trembla légèrement sous ses pieds. Un Humain aurait été incapable de détecter pareilles vibrations, mais son peuple avait appris à sentir les mouvements de la montagne. Quelque chose de lourd approchait par le tunnel dans lequel il se trouvait.

Puis il perçut le tremblement de nombreux sabots et des mugissements nerveux. Quelque chose devait avoir fait paniquer les vaches de sa tribu sur le chemin menant aux étables.

Malédiction. Balendilín eut beau regarder autour de lui, il ne trouva nulle part de niche ou d'anfractuosité capable de le mettre à l'abri des cornes du bétail. Il ne lui restait plus qu'une seule possibilité : retourner au pont et enjamber le parapet.

Sans plus tarder, il tourna les talons et se mit à courir à toute allure. Il entendit le fracas des sabots et des cornes frotter contre les parois de pierre sculptées, ce qui lui donna des forces supplémentaires. Haletant, il atteignit le bout du couloir et vit le pont salvateur ; il pouvait presque sentir le souffle des bêtes sur sa nuque.

En pleine course, le Nain sauta par-dessus le parapet sur le rebord extérieur du pont pour se retrouver en équilibre sur l'étroite bande de pierre. Son élan risquait de le faire basculer en avant, et donc dans le vide, mais il réussit quand même cet exploit. Le troupeau traversa le pont en trombe dans son dos.

Merci à toi, Vraccas.

Un grincement sonore parcourut l'édifice. Les premières lézardes apparurent sur le parapet.

Balendilín se souvint que ce pont n'était d'ordinaire pas utilisé pour faire passer les vaches. Il avait été construit pour les Nains, pas pour leur bétail. Le troupeau et ses nombreuses tonnes en avaient sollicité trop durement la structure. Les effets des vibrations issues du passage des bêtes étaient désastreux.

Le pont céda en son milieu, à l'endroit le plus fragile ; puis ce furent les culées qui cassèrent net, annonçant l'étape suivante de la catastrophe.

Un tronçon de quatre pas de long s'affaissa, entraînant dans l'abîme les bêtes qui se trouvaient dessus. Pan par pan, le pont allait s'écrouler. Les vaches disparurent au fond du précipice, leurs meuglements étant de moins en moins audibles, sans que le Nain entende pour autant de bruit d'impact.

Sauve-toi ! Balendilín se trouvait en grand danger : en effet, le point de rupture approchait toujours davantage, tandis que derrière lui le troupeau mourait et devant lui les ténèbres de la mine sans fond le guettaient.

Enfin les animaux cessèrent leur course, et le Nain tenta un bond au milieu de leurs rangs.

Mais la fortune ne voulut plus lui sourire. À peine eut-il touché le sol que la roche céda sous son poids. Il agrippa au vol une pierre saillante et s'y cramponna de toutes ses forces.

Si Balendilín avait encore son second bras, c'est sans effort qu'il se serait hissé sur le pont ; mais là, il se balançait au-dessus du précipice, sans personne pour l'aider. Ses muscles et ses tendons ne pourraient pas résister éternellement.

— Ohé, vous m'entendez ? cria-t-il pour attirer l'attention. (Il mit tous ses espoirs dans l'arrivée imminente des bouviers.) Hé, je suis là !

Les vaches se calmèrent, répondant à ses cris par de faibles et simples meuglements. Deux des bêtes s'aventurèrent près du bord, reniflèrent sa main et la lui léchèrent. Leur salive formait une petite mare qui rendait la roche encore plus glissante.

Balendilín avait l'impression de peser autant que trois Orcs adultes. Son bras devenait de plus en plus long et sa voix de plus en plus rauque, jusqu'à s'enrouer.

Soudain, les vaches se mirent à remuer : quelqu'un se frayait un chemin parmi elles.

— Par ici ! cria-t-il, soulagé, car ses doigts menaçaient de lâcher prise. J'ai besoin d'aide !

Il y eut un bruit de pas traînants, de la poussière tomba, s'incrustant dans sa barbe et ses cheveux. Le Nain aperçut le visage vert sombre du Gnome, sur l'imposant nez duquel trônait une verrue qui était plus imposante encore. Les gros yeux de celui-ci le toisaient avec envie, et les doigts griffus palpèrent son bras.

— Ah, mais il est là ! (Swerd se pencha au-dessus du bord, puis il s'affaira autour de la ceinture du Nain.) Encore un instant, j'y suis presque, dit-il pour rassurer l'infortuné Nain.

Il y eut un déclic, la boucle de ceinture se défit, et Swerd se retira, tout content. Il tendit à Balendilín la bourse et la précieuse boucle de ceinture qu'il venait de lui dérober.

— Voilà, tu peux lâcher, maintenant, fit-il dans un rire moqueur avant de prendre le large.

— Attends ! Reviens ! hurla le Nain, qui n'en revenait pas. Tu ne peux quand même pas me...

Ses doigts glissèrent. Toutes ses tentatives pour s'agripper furent vaines, car la mare de salive poisseuse lui interdisait toute prise. Le gouffre l'aspira.

C'est alors qu'une hache surgit du parapet. La courte pointe d'acier s'enfonça dans le maillage de sa cotte et y resta accrochée. Puis on le hissa. Son sauveur inconnu le remonta avec son arme comme on remonte une ancre.

Balendilín s'écroula au sol pour reprendre son souffle auprès de son sauveteur, qui haletait également en raison de l'effort fourni.

— Gandogar ?!

La surprise se lisait sur chaque pli du visage de Balendilín ; il s'attendait à tout sauf à cela.

— Nous sommes peut-être adversaires, mais pas ennemis à ce point-là, déclara Gandogar avec un sourire en coin. Nous sommes un seul et même peuple, les Enfants du Forgeron. Nos ennemis sont les créatures de Tion, pas nos propres tribus et clans. Voilà au moins une chose que notre brouille n'a pas réussi à me faire oublier. (Il se redressa, puis aida le manchot à se relever.) Que s'est-il passé ?

Le Nain saisit la main tendue avec gratitude. Après pareil geste, il ne doutait plus un instant que le prétendant au trône parlait et agissait en toute sincérité.

— Le troupeau a dû s'emballer et échapper à ses bergers, supposa Balendilín.

Il ne voulait pas en dire davantage. Il lui fallait des preuves tangibles s'il voulait accuser Swerd, et donc aussi Bislipur, d'être à l'origine de cet accident – qui était le fruit de tout sauf du hasard. L'arrivée un peu trop rapide de Swerd sur les lieux l'avait persuadé que le mentor de Gandogar avait voulu attenter à sa vie, car Swerd ne faisait jamais rien sans l'assentiment ou l'ordre de son maître.

— Je te dois la vie, dit-il gravement. Je serai toujours aussi intraitable au sujet de la guerre contre les Elfes, mais je te suis obligé de tout mon être.

— Je n'en attendais pas moins de toi, répondit amicalement Gandogar. Tu aurais fait la même chose pour moi en pareille situation.

— N'en sois pas si sûr, répliqua Balendilín avec un sourire amusé. Moi, j'aurais eu une très bonne excuse si je t'avais laissé tomber dans ce gouffre.

— Ah tiens ?

— Comment aurais-je pu te hisser avec seulement un bras ? dit le Nain avec un rire qui gagna également le roi après un court moment de surprise.

Balendilín regretta beaucoup qu'ils fussent adversaires. *Sans Bislipur,* lui souffla son intuition, *Gandogar serait le candidat idéal au trône.*

De retour dans ses appartements, il était désormais certain d'avoir été victime d'un piège depuis le début. Les Quatrièmes qui souhaitaient le rencontrer n'avaient jamais existé.

En revanche, sa boucle de ceinture et sa bourse étaient posées devant sa porte. Le Gnome s'était visiblement ravisé, de peur de fournir des preuves de sa culpabilité dans cet ignoble attentat. Balendilín ramassa ses affaires. *En tout cas, il n'y aura pas de seconde fois.*

Le Pays Sûr, Royaume de Sangreîn, au début de l'automne du 6234e cycle solaire

L'automne montrait à la petite troupe qu'on ne plaisantait pas avec lui, du moins la nuit. Le groupe avait beau avoir atteint le Sud et les premiers contreforts arides du pays désertique de la reine Umilante, il faisait très froid, et le sable fin que le vent soufflait sans relâche à leurs visages n'arrangeait rien.

Dès que le soleil avait terminé sa course pour faire place à l'obscurité, la température baissait sensiblement, au point qu'Andôkai insistait pour faire un grand feu à chaque halte, contre la volonté des jumeaux. Boëndal était d'avis que cela attirerait les Orcs et autres ordures. Il ne voulait plus prendre le moindre risque si près d'arriver au Second Royaume Nain, et ne souhaitait en aucun cas risquer la vie du prétendant au trône. Même Boïndil donnait raison à son frère, quoique de mauvaise grâce. Mais toutes ces objections n'empêchaient pas la Mage d'allumer des feux, quitte à devoir les alimenter elle-même en bûches.

À environ huit lunes de route de la forteresse, ils s'offrirent une nuitée dans un village situé près d'un paisible petit lac. Le commerce y était actif, et même florissant.

De nombreux marchands de retour de la forteresse d'Ogremort, où ils faisaient du troc avec les Nains, s'accordaient ainsi qu'à leurs caravanes une dernière petite pause avant de traverser les vastes étendues désertiques du Sangreîn. Passée cette colonie, ils ne rencontreraient plus que des pierres, ou des bandits de grand chemin.

— N'ayez crainte. Les Humains par ici apprécient les Nains. Car nous sommes pour eux synonymes d'articles solides et de qualité grâce auxquels on peut faire de gros bénéfices sur les autres marchés, expliqua Boëndal.

Tungdil nota que la seule chose qui attirait l'attention des Humains était Djerûn, qui les accompagnait telle une tour de fer ambulante. Les gamins émerveillés encerclaient le guerrier, qui supportait cette agitation avec un calme infini. Il n'avait que trop conscience de l'effet qu'il produisait.

Les voyageurs pouvaient trouver des tentes pour la nuit au bord du lac. Celles-ci, faites de bois et de lin, étaient extensibles à loisir, selon les besoins du voyageur ; et grâce à des planchers intermédiaires, il était même possible d'ériger des structures à deux étages dignes d'une maison.

Le garde du corps de la Mage ne pouvant entrer sous aucune tente conventionnelle, ils en érigèrent une à deux niveaux sans plancher intermédiaire. Ils se retirèrent à l'abri du vent frais derrière les parois de toile et lancèrent un petit feu dans une niche pour se faire du thé.

— Je suis tout content et tout excité, avoua Tungdil tandis qu'il sirotait cette boisson brûlante. Je vais bientôt rencontrer ma tribu et mon clan.

— Je peux te comprendre, dit Boëndal, qui lui lança un regard amical. Le Conseil des Nains doit mourir de curiosité, maintenant. Cela fait longtemps que tu es attendu.

— Du thé ! s'écria son frère avec dégoût. Par Vraccas ! Ce breuvage ne passera pas par moi ! déclara-t-il avant de se lever. Je vais aller faire un tour dans ce village où il n'y a même pas de vrais murs, voir s'il n'y a pas moyen de dénicher une bonne chope de bière.

Ce qu'il fit.

— Qu'as-tu de si particulier qu'il faille t'envoyer une escorte pour t'amener au Royaume du Second ? demanda Andôkai, qui ruminait au-dessus des livres ouverts.

La lettre, dépliée, était posée sur sa cuisse. Jusqu'à présent, elle ne s'était pas encore souciée de savoir quelle était la mission des jumeaux et pourquoi Tungdil était recherché par son peuple. Il hésita.

— C'est pour me demander quelque chose, répondit-il, éludant la question. Mais que vous importe ? Vous allez quitter le Pays Sûr, de toute façon.

La Mage releva la tête, surprise de sa fermeté.

— Comptes-tu m'en faire grief éternellement ? Cela dit, si c'était une tentative d'éveiller mon sens de l'honneur pour m'inciter à rester, alors épargne ta salive. Tu perds ton temps.

Boëndal leva les sourcils, perplexe.

Tungdil était irrité par l'indifférence de la Mage. Cependant des préoccupations bien plus graves l'attendaient. Il allait retrouver son peuple, mais pour probablement mieux sombrer avec lui si jamais l'on ne trouvait rien dans les livres de Gorén qui soit en mesure d'arrêter Nôd'onn. Au moins mourrait-il parmi les siens...

On entendit un tapotement contre les parois de la tente. La pluie se mit à tomber. Les gouttes déposaient la poussière sur la toile des tentes où elles dessinaient des lignes confuses. Rien que de très ordinaire en automne dans les contrées désertiques du Sangreîn. Sécheresse et humidité alternaient, ce qui aurait parfaitement convenu pour la culture de céréales, mais rien ne poussait sur ces terres arides. Plants et arbres ne sortaient de terre qu'à quelques rares endroits, jalousement gardés par leurs propriétaires.

Sans crier gare, on écarta violemment la toile qui fermait l'entrée, et une silhouette encapuchonnée s'invita dans leur logis.

Djerûn sortit de son apparente torpeur telle une statue qui viendrait à la vie. Sa main gauche gantelée de métal avait à peine saisi l'épée à deux mains, la main droite la rejoignant sur la poignée, que déjà le guerrier avait adopté une position de combat agenouillée ; la lame de son épée siffla, filant droit vers la gorge de l'intrus.

— Non ! s'écria la Mage, et le guerrier s'immobilisa instantanément.

— P-pardonnez-moi, balbutia l'Humain, tremblant de peur, qui portait un fût des deux mains. Je devais vous apporter ceci. Je ne voulais en aucun cas vous déranger.

Il s'inclina, déposa le fût en hâte et détala sans plus attendre.

— Pas mal, dit à Djerûn le jumeau resté dans la tente. Pour un Humain en armure, il est si rapide que c'en est presque louche.

Le guerrier se rassit en tailleur sur le sol. Ni lui ni sa maîtresse ne réagirent à la remarque du Nain.

Mais celui-ci n'abandonna pas.

— Mon frère et moi, nous ne nous sommes pas plus souciés que cela de ce géant jusqu'à présent, mais s'il désire passer la Porte Haute avec vous, il devra montrer son visage aux gardes.

— Voilà de bien singulières consignes, déclara Andôkai. En quoi cela intéresse-t-il les Nains de voir les visages de ceux qui veulent quitter le Pays ? (Sa voix était celle de quelqu'un qui en avait assez d'être interrompu sans cesse.) Occupez-vous de sa défense, plutôt que de ceux qui veulent en sortir.

— Aucune créature de Tion n'entrera vivante au Royaume du Second, répliqua le Nain avec emphase. D'où qu'elle vienne.

—Mais c'est un Humain, à qui l'on a étiré…, tenta d'ajouter Tungdil.

—Si j'ai joué le jeu jusqu'ici, c'était pour que nous puissions voyager en paix. Mais nous serons bientôt aux Montagnes Bleues. C'est la loi de notre peuple, à laquelle tout voyageur doit se plier. Personne ne t'empêche cela dit de chercher un autre passage à travers les montagnes, mais tu n'entreras pas dans notre Royaume si sous ce heaume se cache quelque chose qui pourrait être notre ennemi, affirma Boëndal, courroucé.

—C'est ce que nous verrons, dit la Mage en hochant la tête.

—Est-ce à dire que c'est un rejeton du Mal qui t'accompagne ? Qui nous accompagne ? s'écria-t-il, stupéfait.

—Ce n'est pas ce que j'ai dit. Mais si c'était le cas ? Mon dieu Samusin ne me l'interdit pas.

—Samusin ? Ce dieu ne me dit rien qui vaille. (Le visage du Nain s'assombrit. Lentement, il se leva, et posa la main sur le manche du bec-de-corbin.) Qu'est-ce qui se cache derrière cette visière ?

—Assez ! lâcha Andôkai en refermant brutalement son livre. Même si c'était Nôd'onn en personne qui se cachait sous cette armure, ou un esprit malin ou un jeune Ogre, cela ne te regarderait pas, Nain ! (La Mage illustrait maintenant pourquoi on l'appelait l'Impétueuse.) C'est mon compagnon de voyage, et contrairement à toi et ton frère, sa conduite est irréprochable ! Lui au moins n'empeste pas le bouc ! (Ses yeux bleus lançaient des éclairs ; elle rejeta en arrière la mèche de cheveux blonds qui lui était retombée sur le visage d'un mouvement véhément.) Il montrera son visage quand il le jugera utile, et tant pis pour toi s'il ne te convient pas. (Elle fit un signe en direction de sa droite.) Du reste, il y a des bains, par là, au cas où tu ne le saurais pas. C'est un miracle que les oiseaux ne tombent pas morts du ciel partout où vous passez.

Elle le gratifia d'un regard froid avant de prendre un livre et de l'ouvrir d'un geste énergique.

Dans le silence qui s'ensuivit, ils entendirent des pas rapides s'approcher de leur tente et, peu après, Furibard fit irruption.

—Des Oreilles-pointues ! Il y a des Oreilles-pointues ici ! leur signala-t-il, hors de lui. Ils viennent de l'Âlandur, m'a dit le marchand, et… (Son attention se tourna vers le fût de bière qui était étendu là, un peu perdu, devant lui.) Il n'y a donc personne qui ait soif ? s'étonna-t-il, et il prit un de ses couperets pour enfoncer le couvercle. (Il y plongea un plein hanap, vida celui-ci d'un trait, et lâcha un gros rot.) Pas mauvaise, se réjouit-il, avant de retremper le récipient dans le fût.

—Des Elfes, corrigea Andôkai d'un ton sec avant qu'il pût se consacrer entièrement à la bière.

—Parfaitement, confirma Boïndil, qui s'assit sur un tabouret recouvert de cuir. Je venais d'acheter ce fût lorsque le marchand m'a demandé si j'avais entendu les dernières nouvelles de l'Âlandur et si je voulais fêter la défaite de mes ennemis. D'après lui, les Elfes sont à deux doigts d'abandonner leur Royaume. Et maintenant, leurs éclaireurs cherchent de nouvelles contrées où s'établir.

— Et ces éclaireurs auraient fait tout ce chemin jusqu'au Sangreîn ? dit la Mage, incrédule. Il n'y a rien ici qui puisse plaire aux Elfes. Pas de forêts, rien que de la poussière, des pierres et du sable. Je trouve cela très curieux.

Tungdil regarda Boëndal et s'aperçut que la même idée leur traversait l'esprit.

Son frère eut un éclair de lucidité comparable après une autre gorgée de son breuvage, comme souvent.

— Tu veux dire que ce sont des Albes ? demanda-t-il enfin.

— Nôd'onn ne compte pas renoncer aux livres, répliqua Tungdil. Et nous sommes facilement repérables sur la route. Voilà pourquoi ils arrivent justement maintenant dans cette oasis, expliqua-t-il. De plus, la nuit, ils ressemblent trait pour trait à des Elfes.

— Mais il pourrait tout aussi bien s'agir d'authentiques Elfes, si l'on suit ton raisonnement, l'érudit, fit observer Boëndal. Nous allons répartir les tours de garde. Si ce sont des Albes, c'est après nous et les livres qu'ils en ont. Je ne saurais m'expliquer autrement leur visite. Quoi qu'il arrive cette nuit, personne ne quitte la tente. Laissons-les attaquer.

— Pourquoi ne pas les prendre de court ? grogna Boïndil, qui avait envie d'en découdre, depuis le temps qu'il ne s'était pas battu. Si ce sont des Albes, ils méritent la mort. Si ce sont des Elfes, ils méritent aussi la mort. Une bonne Oreille-pointue est une Oreille-pointue morte.

Andôkai suivit la conversation sans mot dire, puis elle fit à Djerŭn un bref signe de la main et se coucha.

— Non, mon frère, nous allons les laisser tranquilles, répliqua Boëndal en accentuant chaque mot. Nous risquerions de nous mettre toute la colonie à dos. Nous ne sommes pas encore dans notre Royaume. Modère ton ardeur. Je prends le premier tour de garde.

Tungdil bâilla et but encore un hanap de bière avant de s'étirer sur les tapis qu'il avait empilés. Il serra le manche de sa hache, ce qui lui procura un sentiment de sécurité. Il souhaitait presque une attaque des Albes. Celle-ci achèverait de convaincre la Mage de l'importance de ces livres.

* * *

Tungdil commençait seulement à somnoler lorsqu'un cri d'alarme strident retentit à travers l'oasis. Les Nains furent immédiatement sur pied, prêts au combat. Même Andôkai était debout l'épée au clair, surveillant l'entrée et les parois de la tente en alternance.

Djerŭn s'agenouilla devant l'entrée, armé de sa hache et tenant son bouclier à la verticale pour former une barrière infranchissable. La visière en forme de gueule de démon s'illumina, et semblait presque vivante à la lumière du feu faiblissant. Tungdil crut voir pendant un très court instant une lueur violette derrière les fentes de vision.

Boëndal éteignit le feu pour éviter que le contre-jour trahisse leur présence. Les trois Nains se mirent dos à dos, la femme s'immobilisa à un pas à côté d'eux.

Le silence régna un moment, mais bientôt d'atroces cris d'agonie s'élevèrent dans la nuit. C'est alors que le camp s'anima. Les Humains quittèrent leurs tentes, parlant tous à la fois et s'enquérant de la raison de toute cette agitation. Peu après, ils virent défiler à toute vitesse les ombres et les silhouettes déformées des marchands sur la toile de leur tente et entendirent les cliquetis d'armures et de cuirasses revêtues à la va-vite, ainsi que des boucliers ou des fourreaux heurter doucement les mâtures de tentes. L'oasis se réveillait à une heure inhabituelle et s'armait.

— Diversion, ou véritable assaut ? murmura Tungdil. Qu'en pensez-vous ?

Quelque part dans le camp, quelqu'un hurla, horrifié :

— Des Orcs !

Juste avant que des épées s'entrechoquent. Le combat avait commencé.

Dès que les brutales créatures, qui avançaient à pas feutrés, surent qu'elles étaient découvertes, elles cessèrent tout effort de furtivité. Tungdil entendit leurs grognements et leurs couinements. Sans le vouloir, il repensa à Bonsprés, au repaire, à tous les morts...

Il était tiraillé. Une partie de lui voulait sortir aider les Humains à se défendre, mais l'autre savait que les Albes étaient à l'affût, n'attendant que le moment où ils se montreraient.

— Qu'est-ce qu'on fait ? s'enquit-il nerveusement auprès des jumeaux, plus expérimentés.

— On attend, lui renvoya Boëndal, tendu, dont la main enserra encore un peu plus fort le manche du bec-de-corbin.

Le choc des armes se faisait de plus en plus violent ; on entendait à présent le bruit du combat et les cris des blessés et des mourants dans toute la colonie. Les Orcs avaient dû encercler l'oasis et attaquer de tous les côtés à la fois pour empêcher les Humains de s'échapper.

Les passes d'armes se rapprochaient à présent de leur tente. Comme au théâtre d'ombres, ils pouvaient suivre le déroulement des combats opposant Humains et Orcs sur les parois de toile de leur habitation.

Boïndil délibéra un court moment avec son frère.

— On y va, annonça-t-il. Les faces-de-porcs sont bien parties pour l'emporter, et toi, Tungdil, tu es trop important pour qu'on te mette en danger. Nous...

C'est alors qu'un Orc armé surgit dans la tente en grognant, pour se heurter aussitôt de plein fouet au bouclier de Djerůn, qui se campa tel un mur de fer.

Hébété et saignant du nez, la bête fit un pas de côté en titubant, puis la hache du guerrier s'enfonça en oblique dans sa clavicule gauche. Pièces d'armure et os cédèrent sous la violence du coup ; coupé en deux moitiés obliques, le monstre s'écroula. Son sang et ses viscères se répandirent sur le sol, et il y eut une sale odeur.

— Hé, le long-sur-pattes ! Je t'avais dit qu'ils étaient à moi ! se plaignit immédiatement Boïndil. Le suivant, tu le laisses passer, compris ?!

Un second adversaire entra en trombe dans la tente. Andôkai lança quelque chose d'incompréhensible à Djerůn, et le bouclier bascula instantanément sur le côté. L'Orc fonça aveuglément droit devant lui, avant de remarquer le corps de son congénère sur le sol puis le gigantesque guerrier à côté de l'entrée.

— Je n'y crois pas ! Il l'a laissé passer ! se réjouit le Nain, qui se rua sur le nouveau venu et le tua sans difficulté. Ses couperets firent leur office, et le monstre mourut dans un couinement.

— Boïndil, assez d'enfantillages ! lui ordonna Boëndal sur un ton sérieux, avant de percer une fente d'observation dans la paroi du fond et de jeter un coup d'œil à l'extérieur. Tout est encore calme par ici, dit-il.

Le bec-de-corbin acéré se joua du tissu. Le Nain se glissa rapidement hors de la tente, vérifia que les alentours immédiats étaient sûrs, avant de donner aux autres le signal de le suivre.

Le groupe n'avait pas fait plus de quelques pas qu'une longue ombre élancée se dressa devant Boëndal et attaqua celui-ci sans prévenir.

Ce fut son casque qui empêcha l'épée ennemie de lui fendre le crâne ; mais le coup fut rude, et suffit à le mettre à genoux.

— Elfe ou Albe, tu vas mourir pour ce que tu viens de faire !

Son frère accourut en poussant un cri sauvage et repoussa son adversaire.

Lorsque celui-ci laissa glisser sa cape sur le côté, ils aperçurent une armure de plates noires qui lui descendait jusqu'aux mollets. Le visage gracieux du mystérieux assaillant et ses oreilles pointues les renseignèrent sur l'identité de celui qui voulait déjouer leurs plans d'évasion.

Djerůn était également confronté à un Albe ennemi, auquel il livrait déjà un violent combat. Dans la main d'Andôkai apparut une boule noire clignotante qui lança un éclair grésillant contre un troisième Albe, qu'elle avait pris pour cible.

Tungdil pensait voir l'Albe se consumer sur place, mais il n'en fut rien. L'Albe brandit un cristal en direction du rayon d'énergie qui arrivait sur lui en sifflant. Il absorba entièrement la décharge magique, laissant absolument indemne son porteur. La Mage poussa un juron et tira son épée.

Le Nain regarda autour de lui pour voir s'il ne restait pas un quatrième adversaire quelque part. À sa grande frayeur, un autre Albe sauta d'un chariot pour atterrir juste devant lui. Gants rouges, long épieu acéré et cheveux d'or… *Sinthoras!* L'un des deux Albes qu'il avait espionnés au milieu des Orcs devant Bonsprés. Celui-ci s'adressa à lui.

— Articule, lui enjoignit Tungdil d'un ton revêche.

La peur céda le pas au caractère proverbialement récalcitrant de son peuple, le Nain refusant de capituler face à cette créature.

— Regarde-moi. Ta mort a pour nom Sinthoras, dit l'Albe blond d'une voix flûtée. Je vais t'ôter la vie, comme je l'ai ôtée à tous les Troglodytes que j'ai rencontrés.

— Tu te trompes. Vraccas va me venir en aide, comme à Vertbois où nous avons tué l'une des vôtres, répliqua férocement Tungdil. Pour Lot-Ionan et Frala! cria-t-il avant de se ruer sur lui afin de l'empêcher de prendre l'initiative.

Sinthoras rit et esquiva adroitement les coups de hache zélés mais peu réfléchis. Il comprit immédiatement qu'il avait affaire à un combattant inexpérimenté, et s'offrit donc le luxe de tourmenter sa victime avant de l'achever.

L'épieu à la longue et fine pointe se fraya un chemin aussi douloureux que peu profond entre les anneaux de la cotte de mailles et à travers les vêtements, atteignant Tungdil à l'épaule gauche. Ce coup d'estoc ne fit qu'irriter davantage le Nain. Avec rage, il s'en prit à l'Albe sans s'apercevoir que son adversaire ne faisait que jouer avec lui.

Dans le même temps, Sinthoras l'attirait de plus en plus loin de ses compagnons, l'entraînant dans le labyrinthe des tentes. L'Albe sautillait entre les piquets et par-dessus les cordes tendues là où Tungdil trébuchait et avait toutes les peines du monde à garder l'équilibre.

Les attaques à l'épieu de Sinthoras étaient trop rapides pour être parées avec une hache. Le sang s'écoulait de nombreuses petites plaies, qui brûlaient terriblement.

Tungdil ne comprit son erreur qu'au moment où, cherchant du regard ses compagnons, il s'aperçut qu'il les avait perdus de vue dans cet enchevêtrement de coupes de tissu et de mâts. Il prit soudain conscience qu'il avait également perdu toute trace de Sinthoras; l'Albe adorait pratiquer son jeu mortel.

Les Humains de l'oasis combattaient avec l'énergie du désespoir et la certitude de ne devoir attendre aucune grâce de la part des Orcs, tandis que ces bêtes faisaient tout pour mettre la main sur les biens des marchands, et se mettre leurs chairs sous la dent.

Les premières tentes s'effondrèrent et prirent feu. Les eaux du lac reflétaient les flammes et les atrocités de manière déformée, jusqu'au moment où trop de vaguelettes vinrent en rider la surface.

— Où es-tu? *Bon sang, c'est plus difficile que contre un Orc.*

Tungdil décida de rejoindre les autres en empruntant le chemin le plus direct, pour peu que l'Albe le laissât faire, ce qui ne fut pas le cas.

— Tu m'as appelé ?

Comme surgi du néant, celui-ci apparut dans le dos de Tungdil et lui rentra son épieu avec force et violence dans l'épaule droite.

Le Nain crut sentir quelque chose se déchirer dans son bras ; puis il eut l'impression de n'être constitué que de feu liquide. Sa main s'ouvrit, et sa hache heurta le sol.

Son adversaire balaya ses jambes de façon à le faire tomber face contre terre avant de se percher sur lui. Quelques anneaux de sa cotte tintèrent faiblement lorsque l'Albe lui enfonça la longue pointe de son épieu dans le dos, à hauteur du cœur.

— Je t'ai fait la promesse d'être ta mort, chuchota-t-il à l'oreille de Tungdil. Vous n'en seriez pas là si vous aviez laissé les livres à Vertbois.

— Qu'y a-t-il dans ces livres ? dit Tungdil dans un gémissement de douleur. Dis-le-moi avant de me tuer.

L'Albe rit.

— Vous ne savez même pas ce que vous avez transporté durant tout ce temps ? Par Tion, il n'y a que les Troglodytes pour être aussi simplets. (Il réfléchit.) L'un d'entre eux est incroyablement précieux. Pour une syllabe du secret qu'il renferme, tu pourrais demander un sac d'or et devenir ainsi la créature la plus riche du Pays Sûr. Ou encore, tu pourrais faire usage toi-même de ce secret et te hisser au rang d'un héros tel que ce monde n'en a jamais connu. Tu avais en main la clé de la gloire. (La pression de l'arme augmenta.) Je trouve l'idée de te tuer après t'avoir appris cela on ne peut plus excitante, dit-il d'une voix douce, mais pleine de cruauté.

Sinthoras passa en langue albe et marmonna des paroles que Tungdil ne comprit pas, mais qui lui donnèrent la chair de poule. Dans un instant, la lame allait lui traverser le cœur et mettre fin à sa vie.

C'est à cet instant qu'une ombre gigantesque s'étendit sur eux. Tungdil eut à peine le temps d'entendre un lourd objet fendre l'air en sifflant que l'Albe quitta le sol, sans élégance aucune cette fois, pour s'abattre tête la première sur une paroi de tente, qu'il déchira.

Djerůn passa à hauteur du Nain, poursuivant Sinthoras, et utilisant le bas de son bouclier comme un hachoir. Il abattit l'arête inférieure du bouclier en alternance avec son énorme hache dans le tas de tissu jusqu'à ce que la toile se colore de rouge et que plus rien ne bouge en dessous. Puis il faucha sans coup férir trois Orcs qui voulaient intervenir.

Tungdil ne voulut pas en croire ses yeux.

Le guerrier, qui lui tournait le dos, se pencha en ouvrant sa visière, d'après ce que le Nain crut voir au mouvement de son bras ; puis il arracha un morceau de chair du corps d'un des Orcs et porta le lambeau dégouttant de sang à hauteur du visage.

Mais que fait-il ? Dans un gémissement, le Nain se releva en utilisant sa hache comme appui et appela Djerůn.

Le combattant se redressa, surpris, puis se retourna tout en rabattant sa visière.

À la faveur des flammes, Tungdil eut juste le temps d'apercevoir une moue grimaçante, osseuse et décharnée, de larges mâchoires aux canines proéminentes et des yeux bridés. D'un clic, la visière arriva en butée, et de nouveau, on vit cette lueur violette derrière les fentes du masque démoniaque. Le morceau de chair d'Orc arraché avait disparu ; seuls les gantelets, brillants du sang vert foncé poisseux de son adversaire, et le cadavre mutilé de l'Orc prouvaient qu'il venait de se passer quelque chose de louche.

Qu'est-ce que c'est que ça ? Ce n'est même pas un Orc, un Ogre ou quoi que ce soit de comparable !

Djerůn indiqua de sa hache d'où il était venu et aida le Nain à retrouver son chemin dans le dédale de tentes. Faisant le chemin en sens inverse, Tungdil laissa le soin au guerrier de tuer les Orcs qu'ils croisaient, tant ses blessures étaient douloureuses.

À mi-parcours, Furibard accourut à leur rencontre l'air inquiet. Voyant le sang sur la cotte de mailles du prétendant au trône, il pinça les lèvres et serra les mâchoires. Le Nain devina que sans Djerůn, les choses auraient mal fini pour son protégé.

En retournant auprès des autres, ils virent Andôkai. Elle venait tout juste de décapiter un Albe blessé qui rampait sur le sol. Sans plus attendre, elle s'empara de l'amulette de cristal grâce à laquelle il avait paré ses attaques magiques. Elle respirait si fort que sa poitrine menaçait de faire craquer son armure de cuir. La Mage semblait physiquement à bout de forces.

Djerůn, les jumeaux et elle avaient abattu trois Albes. Elle adressa un bref signe de tête à Tungdil avant de se tourner vers le sud et de prendre la tête du petit groupe.

Du sang s'écoulait lentement le long du cou de Boëndal, sans que cela le dérange outre mesure. Les Nains étaient du genre à encaisser.

Tungdil, lui, serra les dents et se traîna d'un pas lourd derrière ses compagnons. Il serait toujours temps de panser ses plaies ; pour l'instant, ils devaient d'abord échapper aux acolytes de Nôd'onn, mettre les livres en sûreté et gagner le plus vite possible la forteresse naine.

Ils gravirent une dune de sable, sur laquelle Djerůn s'en prit à trois Orcs qui montaient la garde.

— Maintenant, ça suffit !

Furibard se mit immédiatement à ses côtés pour participer au combat contre les Orcs, plein d'ardeur. Il mit dans ses coups toute la colère qu'il éprouvait contre lui-même et contre sa propre négligence, parvenant ainsi à terrasser deux des Peaux-Vertes.

— Tu vois ? lança-t-il à Djerůn. Je suis plus rapide que toi !

Les rumeurs de combat faiblirent dans le camp en contrebas. À en juger par les couinements et les hurlements triomphants, les hordes avaient remporté leur sanglante victoire sur les marchands et les défenseurs de l'oasis. D'autres tentes s'embrasèrent, on découpa les cadavres en morceaux pour les emporter sur des chariots. Une troupe d'Orcs repéra les fugitifs au sommet de l'élévation et se lança à leur poursuite. Bientôt, deux douzaines de monstres se précipitaient sur eux.

— Ils n'en ont toujours pas eu assez.

Andôkai attendit et les laissa s'approcher encore un peu, puis elle étendit les bras vers le ciel et prononça une formule.

Un vent fort se leva soudainement, formant bientôt un tourbillon de quatre pas de diamètre, qui s'agrandissait à chaque syllabe sortant de la bouche de la Mage. Aspirant le sable, les éboulis et les cailloux, il se jeta ensuite sur les Orcs déconcertés, sur ordre de sa maîtresse.

Le vent et les fines particules de pierre les écorchèrent littéralement. Poussant de grands cris perçants et plaintifs, les Orcs tentèrent d'échapper au tourbillon dévastateur.

— Passez devant, ordonna-t-elle aux Nains. Je les occupe encore un peu et je vous rattrape.

Les Nains s'exécutèrent. Peu après, la Mage était de nouveau parmi eux. Djerŭn fermait la marche, veillant à ce que personne ne les suive.

Mais cette fois-là, les Orcs en avaient eu pour leur compte. Contrairement aux Albes, ils n'étaient pas préparés à affronter la Magie. Et leur assaut de cette nuit leur avait rapporté bien assez de butin, de toute façon.

Chapitre 10

Le Pays Sûr, Royaume nain du Second Père, Beroïn, au début de l'automne du 6234e cycle solaire

— J'exige que l'Assemblée des Maisons prenne une décision aujourd'hui, dit Gandogar bien haut afin que tous dans la grande salle l'entendissent. (Il avait revêtu son armure et son casque incrusté de diamants pour faire impression sur les clans.) Nous avons patienté trente lunes, sans résultat...

L'assistance écouta en silence la suite de son discours.

Le Grand-Roi Gundrabur était assis sur son trône, le marteau posé transversalement sur les accoudoirs de pierre, et écoutait attentivement l'orateur, les yeux fermés. Balendilín, son conseiller, suivait le discours avec une mine renfrognée. Il n'était toujours pas parvenu à réunir des preuves contre Bislipur ou Swerd, son Gnome de main, et, comble de malchance, les clans étaient de plus en plus las.

— Nous tous avons vu les colonnes de fumée qui se sont élevées non loin d'ici. (Gandogar leur fit face pour que tous puissent le voir et pour regarder en face les Nains dont il cherchait à gagner la confiance.) Selon nos informateurs, il s'agissait des Orcs ! L'engeance de Tion quitte son royaume pour attaquer ouvertement le Pays Sûr. Notre peuple a besoin d'être rassuré. Qui sera le successeur de Gundrabur ? Chaque jour qui passe apporte de nouvelles difficultés. Les marchands parlent d'événements étranges en Âlandur et dans les Royaumes magiques. On raconte que les Elfes cherchent une nouvelle demeure où s'établir. Nous ne pouvons attendre plus longtemps !

— De partir en guerre, ou d'élire un successeur au trône ? demanda quelqu'un dans les rangs des délégués.

— Les deux, tonna Bislipur à la place de Gandogar. (Tous ces bavardages faisaient bouillir son sang de Nain incapable de supporter plus longtemps ces discours qui n'en finissaient pas.) Nous devons attaquer et anéantir les Oreilles-pointues avant qu'elles disparaissent pour de bon dans des forêts inconnues. (Il ferma les poings.) Les nôtres qu'ils ont assassinés réclament vengeance !

La plupart des personnes présentes clamèrent leur approbation. Seule une petite fraction demeura muette ou exprima son désaccord par des mouvements de tête et des expressions renfrognées.

Le regard de Gandogar tomba sur le Nain qui portait l'oreille d'Elfe coupée en pendentif. La campagne contre les Elfes semblait chose acquise. Ce qu'il lui manquait encore, c'était le titre de Grand-Roi, auquel le vieillard chenu qu'était Gundrabur se cramponnait de toutes ses forces.

Les yeux fatigués du souverain de toutes les tribus s'ouvrirent lentement.

— Silence ! fit-il sur un ton de commandement. Vous vous comportez comme des bêtes voraces à l'odeur de la chair fraîche, les réprimanda-t-il. (Il désigna de sa main noueuse le délégué qui portait le macabre trophée autour du cou.) Retire cela.

Le Nain hésita, et ses yeux se tournèrent vers Gandogar comme pour lui demander son aide.

Gundrabur saisit le marteau, se leva du trône et descendit les marches pour se dresser devant les insoumis. Les doigts plissés et ridés se fermèrent sur la chaîne et la rompirent ; l'oreille d'Elfe tomba sur le dallage.

— Que je sache, c'est encore moi le Grand-Roi, tonna-t-il, et c'est encore moi qui préside aux destinées des tribus Naines. Nous attendrons que...

— Nous n'attendrons pas plus longtemps, l'interrompit Gandogar. Je suis las de rester assis dans la montagne à parler, alors que les Elfes s'enfuient et que les Orcs rôdent.

Balendilín descendit les marches à son tour et se mit devant le roi des Seconds, la main sur sa boucle de ceinturon en pierre.

— C'est au Grand-Roi, souverain des Seconds que tu t'adresses, le rappela sévèrement à l'ordre Balendilín, sans égard pour son titre.

— Je m'adresse à un Nain trop vieux pour assumer sa charge et prendre encore des décisions lucides, répliqua Gandogar, très en colère. Je ne compte pas me soumettre à un tel entêtement et regarder passer une occasion unique de venger les affronts faits à notre peuple sans la saisir. La donne est en train de changer complètement, il nous faut agir, agir plutôt que de nous perdre en discussions ou de nous gorger de bière à en tomber saouls sur nos couches dans le seul but de reprendre les bavardages et la beuverie le jour suivant !

Balendilín pencha légèrement la tête en avant.

— Ce que tu t'apprêtes à faire, roi Gandogar, ne me plaît pas. Qui es-tu pour enfreindre les lois de notre peuple ? (Son bras tendu pointait vers les tables sur lesquelles étaient gravés les textes en question.) Quiconque les ébranle brise les fondations et avec elles les derniers vestiges de notre communauté. Si telle est ton intention, alors prends ton marteau et brise ces tables ! Écris tes propres lois, mais l'Histoire n'oubliera ni ton nom ni tes actes.

Bislipur se mit à côté de Gandogar, la main sur la hache. La tension monta de manière inquiétante dans la salle, un déchaînement de violence se préparait.

C'est alors que les portes à battants furent repoussées avec force et fracas.

— Non, pas de bière ! Pas maintenant ! cria Gandogar rouge de colère, pensant que l'on se proposait d'apporter de nouveaux tonneaux de cervoise.

Au lieu de quoi un messager cria :

— Le second prétendant au trône est arrivé !

Les têtes des Nains se tournèrent d'un seul coup vers l'entrée. Les silhouettes de trois Nains, d'une longue-sur-pattes et d'un colossal guerrier s'y dessinèrent. Des murmures montèrent.

— Je veux lui parler d'abord, dit Gundrabur, soulagé, pour lui souhaiter la bienvenue. Seul à seul.

Il retourna sur le trône avec l'aide de Balendilín et attendit que les envoyés des différents clans aient quitté la salle.

En sortant, ceux-ci jetèrent des regards empreints de curiosité à ce Nain qu'ils ne connaissaient pas et qui se tenait entre les jumeaux, mais n'osèrent pas lui adresser la parole. Sauf Bislipur.

Celui-ci se planta devant Tungdil d'un air menaçant.

— Tu n'es pas des nôtres ! lâcha-t-il sur un ton méprisant. Retourne chez Lot-Ionan et laisse les Nains régler eux-mêmes leurs affaires. Nous n'avons pas besoin de toi, nous avons déjà un successeur.

— Et nous, on vient en apporter un meilleur, répliqua froidement Boëndal en s'imposant devant son protégé. Tu as entendu Gundrabur. Dehors, Bislipur.

Furibard se mit à côté de son frère en ricanant au nez du mentor de Gandogar.

— Si c'est la bagarre que tu cherches, le Quatrième, fais-le moi savoir. Je te rafraîchirais la barbe avec mes couperets, dit-il en lui adressant un clin d'œil. Bislipur souffla bruyamment du nez et s'en fut. Les portes se refermèrent, laissant au passage Andôkai et Djerůn seuls avec les autres à l'extérieur de la salle.

Le Grand-Roi leur fit signe d'approcher. Son conseiller et lui regardaient Tungdil d'un air amical.

— Le fils prodigue est revenu parmi les siens, déclara-t-il pour le saluer, et il se leva pour lui mettre la main sur l'épaule. Loué soit Vraccas de nous avoir permis de te retrouver.

Saisi d'émotion, Tungdil baissa la tête. Il fut incapable d'articuler le moindre mot, car la nervosité rendait sa gorge sèche. Il se sentait sale et tout en sueur, ses blessures le faisaient encore souffrir malgré les soins prodigués par Boïndil, et la poigne du Grand-Roi avait touché un point sensible. Somme toute, ce n'était pas très convenable de sa part de paraître dans pareil état devant le souverain de toutes les tribus, mais ce dernier était enclin à fermer les yeux sur son aspect dépenaillé.

Gundrabur s'adressa aux jumeaux.

— Vous avez fait plus qu'honneur à votre réputation, les félicita-t-il. Soyez assurés de ma gratitude. Allez, maintenant, mes meilleurs guerriers, et reposez-vous.

Furibard baissa les yeux, ne pouvant accepter ces félicitations. Depuis l'oasis, il ne cessait de se faire le reproche d'avoir failli : sans Djerůn en effet, le prétendant au trône serait mort. Cette idée le rongeait terriblement. Avec son frère, il quitta la salle.

— Raconte-nous ce qui vous est arrivé en chemin, avant que je t'explique tout, lui enjoignit Balendilín.

Tungdil surmonta sa nervosité ; il était soulagé et plein de gratitude de pouvoir faire le récit de son périple. Au fur et à mesure que son récit avançait, il retrouvait son calme. Même si les gigantesques salles, les remparts monumentaux, les statues, tous ces ouvrages nains tout autour de lui menaçaient d'avoir raison de sa contenance.

— Avant que je commence, je souhaiterais que l'on procure à Andôkai et Djerůn tout ce dont ils pourraient avoir besoin. Ils m'ont été d'un précieux secours durant ce voyage.

Inconsciemment, il avait de nouveau adopté une façon de parler plus châtiée. Cela était sans doute dû au contexte.

Tungdil eut la promesse du manchot, et il entama donc son récit. Il leur parla de Lot-Ionan et du temps qu'il avait passé parmi les Humains, de sa mission, qui l'avait mené au Noirjoug et à Vertbois, de la trahison de Nudin, ou plutôt de Nôd'onn, de la prime offerte pour la tête des Nains, des mystérieux grimoires et des Albes qui tenaient absolument à s'en emparer, et enfin de l'intention de Nôd'onn de conquérir les Royaumes nains, ainsi que le reste du monde connu.

Le temps passa, durant lequel il narra ses aventures, les joues brûlantes, s'efforçant toujours de ne rien embellir inutilement.

Son récit ne se fit hésitant qu'à un seul moment, mais pour une raison très compréhensible. La porte s'ouvrit, laissant entrer trois Naines qui leur apportaient à manger et à boire. À partir de ce moment, Tungdil eut toutes les peines du monde à quitter des yeux ces créatures, dont il avait rêvé de nombreuses fois et qu'il avait tant souhaité approcher. Celles-ci étaient un peu plus petites que lui, un peu moins bien bâties mais tout à fait robustes, d'après ce qu'il put voir en dépit des sortes de robes qu'elles portaient. Leurs visages arrondis étaient recouverts d'un mince duvet, à peine perceptible, mais qui devenait plus visible au fur et à mesure que l'on descendait des pommettes vers les mâchoires. Ces poils, de la même couleur que les cheveux, avaient l'air tout sauf drus, rien à voir avec les poils des barbes dont les hommes Nains tiraient fierté. C'était sans doute ce duvet qui était à l'origine de la légende selon laquelle les femmes des Nains portaient elles aussi la barbe. Tungdil le trouva en tout cas très plaisant à regarder.

Lorsqu'en plus, elles lui sourirent, avec retenue mais tout à fait amicalement, son cœur se mit à battre la chamade. Ce ne fut que lorsque les trois Naines eurent quitté la salle qu'il put retrouver le fil de son récit. Gundrabur et Balendilín ne firent aucun commentaire, même si le manchot ne put réprimer un rictus.

Tungdil termina son rapport par l'attaque de l'oasis, en saisissant l'anse d'un hanap d'où émanait une odeur de bière. Il la goûta, la bouche sèche, et eut le goût malté du puissant breuvage noir sur la langue. Il ne lui fallut pas plus que cette timide gorgée pour savoir qu'il aurait volontiers embrassé le maître brasseur sur-le-champ. Les Humains auraient toujours beau s'évertuer : ils ne faisaient pas le poids face aux Nains. C'étaient bel et bien les Nains qui possédaient les meilleures recettes. Il en reprit une grosse gorgée.

— Tu n'apportes pas de bonnes nouvelles, Tungdil, dit le Grand-Roi d'un air pensif. Comme nous voulons être honnêtes avec toi, c'est donc à notre tour de t'en dire plus sur le Conseil des Maisons. (Une tâche qui échut au conseiller du souverain, lequel lui fit sommairement état des querelles qui déchiraient le Conseil.) Ce que tu nous as raconté me prouve que nous n'arriverons à quelque chose contre le Pays Mort et ses alliés que si Humains, Elfes et Nains agissent de concert.

Tungdil inspira profondément.

— Cette alliance ne changera rien si nous ne perçons pas le secret des livres et des artefacts, leur dit-il. Ils renferment un moyen d'agir contre Nôd'onn que celui-ci craint beaucoup. Mais sans Andôkai l'Impétueuse, nous avons les mains liées. Tout dépend d'elle, mais elle compte tourner le dos au Pays Sûr. Or, sans son savoir, nous sommes littéralement livrés au Pays Mort, comme les autres Royaumes.

— Qu'il est cruel de devoir contempler, impuissant, le Mal qui approche si rapidement, murmura Gundrabur avec peine et les yeux fermés. Je vais parler à la Mage et tâcher de la convaincre.

Tungdil ne dit rien, sachant déjà qu'il pouvait économiser sa salive. La magicienne avait d'autres critères de jugement que les Nains. Tandis qu'il pensait à Andôkai, il s'aperçut que Djerůn et elle-même étaient entrés dans la forteresse sans que le géant ait dû retirer son masque. Cela lui était complètement sorti de l'esprit. Les jumeaux n'y avaient pas non plus pensé, ni les gardes de la forteresse. Les Nains avaient laissé entrer ce gigantesque guerrier sans le moindre contrôle ! *Elle a sûrement dû recourir à la Magie*, se dit-il. Il décida de n'en parler à personne, et encore moins à Furibard, qui ne manquerait certainement pas, à moitié fou comme il l'était, d'éclater de rage et de défier le guerrier en combat singulier.

Mais il était également temps de régler un autre problème.

— Ne me prenez pas pour un ingrat, je suis très heureux d'avoir enfin retrouvé mon peuple, mais je ne monterai pas sur le trône, dit-il pour refuser d'emblée toute idée de régence. Il y a déjà un successeur, bien plus apte que moi. J'ai grandi parmi les Humains et je dois tout mon savoir sur les Nains à des livres, lacunaires, de surcroît. Tout ce que je souhaite, c'est annoncer le retrait de ma candidature au trône et retourner vivre parmi les Quatrièmes. Ce dont les Nains ont besoin, c'est d'un Grand-Roi reconnu de tous.

— Tes paroles t'honorent, Tungdil, mais tu n'as jamais été candidat au trône, lui révéla Gundrabur. Cette histoire au sujet de tes origines, c'est nous qui l'avons inventée. C'est également nous qui avons demandé à Lot-Ionan de jouer le jeu tout en gardant le secret. Nous ne savons même pas, à vrai dire, si tu es bien un Quatrième.

Cette nouvelle glaça Tungdil jusqu'à la moelle.

— Mais alors pourquoi… m'avoir convoqué et fait faire tout ce chemin ?

— N'était-ce pas une bonne idée ? Au moins avons-nous eu l'occasion d'en apprendre davantage sur le Pays Mort, répliqua Balendilín. Sinon, tu serais déjà mort, tué par les Orcs à Vertbois.

— Sûrement, mais… (Les mots lui manquaient.) Les délégués, l'assemblée des tribus et des clans, tous ces cycles passés à attendre que j'arrive… et je ne suis même pas candidat ?

Il eut l'impression que le monde s'écroulait autour de lui. Après tous ces efforts et toutes ces terribles épreuves, il se sentait enfin chez lui, et voilà qu'on le renvoyait dans l'incertitude.

— Comprends-nous. Si le nouveau Grand-Roi a pour nom Gandogar, il va partir en guerre contre les Elfes, expliqua Gundrabur. C'est justement cela que nous voulons éviter, et c'est pour cela que nous avons retardé aussi longtemps que possible son élection, le temps pour nous de faire voter le Conseil contre cette guerre. Ayant reçu la lettre du Mage, nous avons inventé cette histoire d'origines nobles comme manœuvre dilatoire.

— Nous espérions trouver entre-temps une solution, un passage dans les textes de loi ou autre chose, enchaîna Balendilín. Personne ne gagnera quoi que ce soit à cette guerre, mais personne ne veut le reconnaître. Si nous conspirons et mentons comme des Kobolds, c'est pour une seule et unique raison : empêcher notre peuple de se nuire.

Tungdil renonça à répondre, de peur que ne sortent que fiel et méchancetés de sa bouche. Il reprit de la bière et vida son hanap d'un trait.

— Êtes-vous parvenus à vos fins, au moins ?

— Non. Ou du moins, en partie seulement, avoua le Grand-Roi. Raison pour laquelle nous comptions te demander de prendre part à notre conspiration et de te présenter quand même comme candidat au trône contre Gandogar.

— Pourquoi cela ? (Tungdil haussa les épaules.) Jamais je n'aurai la majorité des voix.

— Bien sûr. Mais j'ai encore la possibilité d'opposer mon veto à la décision du Conseil si je suis d'avis que mon successeur est incompétent.

— Et alors ? Ce serait le début d'une guerre fratricide, dit Tungdil. Est-ce préférable à une campagne contre les Oreilles-pointues ?

— Cela n'ira pas jusque-là. Nos ancêtres ont édicté une loi qui permet dans ce cas d'affronter son rival en combat singulier. La seule chose dont le rival a besoin est le soutien d'une partie des clans, expliqua Balendilín. Ces dernières semaines, j'ai réussi à gagner environ un tiers des délégués à la cause de la paix. Cela suffira.

— Et après, Gandogar me coupe en deux au beau milieu des délégués réunis ? grommela Tungdil, de mauvaise humeur. Je ne saisis toujours pas ce que cela apporte à notre peuple.

Les deux Nains échangèrent un rapide regard.

— Il faut que tu nous jures de n'en parler à personne, exigea Balendilín d'un air grave. (Tungdil s'exécuta.) Nous cherchons un moyen d'éloigner Bislipur et Swerd de Gandogar, lui confia-t-il. Bislipur est obsédé par l'idée d'anéantir les Elfes, idée dont il a infecté son protégé. Il le monte contre les Elfes du matin au soir, au point que Gandogar n'a même plus le temps d'avoir une idée à lui. (Balendilín eut un regard féroce.) Je sais même qu'il a essayé de m'éliminer. Mais je ne suis pas en mesure de le prouver. Pas encore.

— Quand bien même tu y arriverais, est-ce que cela suffira pour que Gandogar abandonne son projet ? demanda Tungdil, dubitatif.

— Nous lui ouvrirons les yeux sur la bassesse de celui qui se prétend son ami et sur la fausseté de ses conseils. Gandogar n'est pas un mauvais Nain, il a juste choisi un mauvais conseiller, répliqua Balendilín. Mais j'ai besoin de temps. Un temps que tu peux nous faire gagner grâce à notre petite supercherie.

Il fixa le Nain droit dans les yeux.

— Voilà qui serait rendre service à ton peuple, même s'il ne t'en serait reconnaissant que plus tard, dit Gundrabur. Dans les livres d'histoire, il sera écrit que Tungdil, Nain prodigue, apparut comme taillé dans la pierre pour sauver de sa main les Enfants du Forgeron de la discorde et de la ruine.

— D'accord, j'y consens, affirma Tungdil. Mais j'aurai besoin de tout votre soutien.

— Il t'est acquis, mon cher Tungdil. Je ne connais nul Nain qui agirait aussi honorablement, le loua Balendilín. Pardonne-nous de ne t'avoir accordé aucun répit en te convoquant auprès de nous sitôt arrivé, mais il fallait absolument clarifier la situation avant toute autre chose. Repose-toi, à présent ! Nous t'accordons une journée de récupération. Ensuite, le Conseil t'attendra pour entendre tes prétentions au titre.

Le manchot lui adressa un sourire d'encouragement.

— Fais-nous gagner du temps, Tungdil, lui dit le Grand-Roi pour prendre congé, afin que nous puissions avoir un avenir meilleur, sans Bislipur. (Il prit le marteau de cérémonie et le tendit en direction du Nain.) Jure sur ce marteau, par lequel Vraccas nous a créés, que tu ne diras rien de tout cela à qui que ce soit !

Tungdil en fit le serment et se dirigea vers la sortie. Lorsqu'il quitta la Salle du Conseil, Andôkai et Djerůn l'attendaient toujours.

— On nous a proposé de rester un peu, déclara-t-elle d'un ton indifférent. Cela tombe à pic. Ces derniers jours de voyage en ta compagnie furent très pénibles.

— Pour moi aussi, rétorqua Tungdil avec un rictus, jouant de l'ambiguïté de sa remarque.

Un Nain les conduisit à leurs appartements. Le chemin qui y menait ébahit le prétendant au trône. Les tailleurs de pierre avaient travaillé les parois avec une minutie et une méticulosité tout bonnement époustouflantes, tant au niveau des paysages, en relief, que des textes, gravés au ciseau. Des symboles ornementaux nains avaient été recouverts de métaux précieux aux reflets d'or, d'argent, rouges et jaunes.

Mais ce n'était pas tout. Les escaliers qu'il connaissait étaient anguleux, lisses, de facture simple.

Ici, non. Il n'y avait pas deux marches identiques. Les girons étaient ornés de motifs, tandis que les contremarches étaient pourvues de syllabes frappées dans la pierre.

Le sens de celles-ci lui échappa tout d'abord, mais lorsqu'il mit les lettres bout à bout au fur et à mesure qu'il gravissait les marches, il s'aperçut que chaque escalier racontait une histoire. C'est de cette manière que les Seconds se rendaient plus douces les pénibles montées d'escaliers. Tungdil nota à l'expression de curiosité des yeux d'Andôkai qu'elle avait remarqué la même chose et qu'elle les lisait elle aussi.

Il y était question d'aventures toutes plus glorieuses les unes que les autres, remontant à l'âge d'or du peuple nain. Tungdil prit plaisir à lire chaque contremarche, jusqu'à ce qu'ils parviennent à leurs appartements.

La Mage disparut si vite dans sa chambre qu'il n'eut pas l'occasion de l'interroger de nouveau au sujet des livres. Peut-être y avait-elle découvert quelque chose, ou peut-être était-elle sur la piste d'une solution. Il ne trouvait pas d'autre explication à sa brusque saute d'humeur.

Pourvu que Gundrabur arrive à mieux la raisonner que moi, espéra-t-il en pénétrant dans sa chambre, fatigué.

* * *

— Ce qu'il y a de bien quand on est en terrain ami, c'est qu'on n'est pas obligé de verrouiller sa porte, dit une voix sombre qui réveilla Tungdil.

Encore à moitié endormi, il se redressa sur son lit et aperçut Bislipur, qui se tenait juste à côté de sa couche.

— Bonjour, Tungdil, le salua ce dernier sur un ton pas forcément amical. Même si nous allons nous refaire face devant le Conseil, j'ai pensé que ce serait une bonne idée que nous discutions un peu avant cela. Qu'en dis-tu ?

— Que cela vient un peu à brûle-pourpoint, répondit le Nain.

L'entrée inopinée du conseiller de Gandogar n'était pas vraiment du goût de Tungdil. En y pensant, il la trouvait même on ne peut plus impertinente. La sympathie qu'il avait initialement éprouvée pour un frère Nain et qu'il avait conservée malgré l'hostilité affichée de ce dernier dans la salle du trône diminuait à vue d'œil.

Bislipur s'assit sur le lit et l'observa de très près.

— Alors comme ça, tu désires devenir l'un des nôtres ? demanda-t-il, moqueur. Toi, un enfant trouvé qui a grandi auprès d'un Mage. Et de sang royal, à ce que j'ai entendu dire. À peine croyable. (Il se pencha en avant.) D'ailleurs, je n'y crois pas. Je suis prêt à parier ma tête que tu es un imposteur. Où sont les preuves de ta filiation ?

— Tu les verras en temps utile, répliqua Tungdil, agacé.

N'avait été la conversation avec Balendilín et le Grand-Roi, il aurait certainement opiné du chef et aurait immédiatement déclaré à son interlocuteur et adversaire qu'il retirait sa candidature. Peu avant de s'endormir, il se demandait même encore s'il lui fallait jouer le jeu ou pas, mais le comportement de Bislipur dissipa toutes ses hésitations.

— Cette histoire d'enfant perdu ne dit rien à personne chez les Quatrièmes.

— Et toi, bien sûr, tu connais personnellement des milliers de Nains de la Maison du Quatrième, tu sais parfaitement où chacun d'entre eux habite dans les montagnes, et tu es informé du moindre petit malheur de chacun ? riposta Tungdil en se levant. (C'est à ce moment qu'il sentit clairement que toutes ces longues soirées passées dans la bibliothèque, toutes ces lectures et toutes ces controverses avec Lot-Ionan, à qui il devait ses capacités rhétoriques, n'avaient pas été vaines. Se sentant nu sans cotte de mailles et sans arme, il enfila le treillis d'anneaux de métal et mit le ceinturon qui tenait sa hache. Immédiatement, il reprit confiance en lui.) Attends de savoir ce que j'ai à te dire et tu verras.

— Je ne crois pas. Que dirais-tu de ne pas paraître du tout devant le Conseil ? lui glissa Bislipur à titre de proposition. Renonce à ton projet, et nous t'accueillerons comme membre de notre tribu. Nous te donnerons tout ce dont tu as besoin, toute ta vie. En échange, tu soutiens Gandogar, au lieu de le combattre.

— Ou bien ?

— Je vois que tu m'as compris. (La large main de Bislipur se posa sur la tête de son arme.) Sinon, tu verras ce qu'il en coûte à un membre de la Quatrième Maison, si tant est que tu en sois un, de s'opposer à son roi. Aucun d'entre nous ne te suivra. Jamais tu ne seras un Grand-Roi légitime.

Tungdil entendit à sa voix maîtrisée à grand-peine que ce n'étaient pas des paroles en l'air que proférait le Nain à la barbe gris brun.

— L'Assemblée seule décidera, pas toi, le remit-il à sa place, s'efforçant de sonner quelque peu comme un souverain potentiel. Va-t'en, lui ordonna-t-il.

— Ou sinon ? demanda le Nain à la large carrure, singeant la question du prétendant au trône.

— Tu m'as très bien compris. Sinon, je te mets à la porte. J'ai déjà vaincu des Orcs et des Albes, alors je ne vais pas me gêner pour éconduire un Nain qui entre dans ma chambre comme un voleur et me tire de mon sommeil, tempêta Tungdil, dont la sympathie s'était transformée en hostilité avouée. Dehors !

Bislipur sembla tenté par une épreuve de force, mais en décida autrement, au grand soulagement de Tungdil, et quitta la pièce sans le saluer.

— Tu aurais dû m'écouter, lança-t-il encore.

— Il y a bien des choses que j'aurais dû faire dans ma vie.

Tungdil mit les mains sur les hanches, pencha la tête un peu en avant et s'observa dans le miroir qui se trouvait à côté du lit. Il adopta une mine résolue et s'habilla. En d'autres circonstances, il se serait recouché pour disparaître sous sa couverture. Mais pas cette fois.

Au moment où il était en train de retirer sa chemise de nuit, la porte s'ouvrit de nouveau après qu'on eut brièvement frappé. Une Naine en jupe et chemisier de cuir entra, lui apportant une pile de vêtements frais qu'elle déposa sur la commode en pierre. Elle gloussa en voyant Tungdil rester planté là comme une souche. *Qu'est-ce que je fais, maintenant ?* pensa-t-il, désespéré. Mais celle-ci disparut rapidement de sa chambre avant qu'il pût ouvrir la bouche.

— Il faut croire que je ne suis pas un bourreau des cœurs, se dit-il.

Il continua à s'habiller, lentement, l'esprit assailli par le doute.

Tout ce flou autour de ses origines le chagrinait. Il se trouvait au beau milieu de son peuple, et était pourtant le Nain le plus seul du Pays Sûr. Même parmi les Humains, il avait connu somme toute des jours meilleurs. Auprès de Lot-Ionan et au sein de l'école de Magie, il était à sa place, au moins.

Or, voilà que dans les Montagnes Bleues, il devait en plus se faire passer pour un Quatrième et faire celui qui se réjouissait d'avoir enfin réintégré sa tribu. Tungdil, bien qu'il eût de nobles intentions, avait le sentiment d'être doublement un imposteur.

Histoire de penser un peu à autre chose, il lut la lettre du Mage défunt, gravant dans sa mémoire chaque détail ayant trait à ses origines fictives afin de pouvoir répondre aux questions dont le Conseil ne manquerait pas de l'assaillir. Après quoi plus rien ne le retenait dans sa chambre, et il erra le long des reliefs raffinés des couloirs rocheux, l'estomac gargouillant.

Il croisa ainsi de nombreux Nains, des ouvriers des carrières, à en juger par leur apparence et par la poussière qui collait à leurs tabliers de cuir. Ceux-ci le saluaient amicalement, et il leur rendait leur salut par un signe de tête.

Un messager l'intercepta pour le mener à son petit déjeuner, ce qui surprit Tungdil tout d'abord ; mais lorsqu'il se retrouva assis en face de Balendilín peu après, il comprit qu'on voulait lui donner les dernières instructions avant de comparaître devant l'Assemblée.

— Nous avons tout préparé, ne t'inquiète pas, le rassura le conseiller. (Tungdil fut fasciné par les barrettes, boucles et autres agrafes ornementales de pierre qui pendillaient dans les mèches de barbe de son interlocuteur.) Trois des Quatrièmes sont de notre côté. Ils ont écouté la voix de la raison et feront comme s'ils avaient déjà entendu parler d'un enfant perdu, lui confia-t-il. Avec la lettre de ton Mage, cela suffira temporairement pour te donner un semblant de crédibilité. Tu devras aussi prononcer un discours…

— Un discours ? fit Tungdil en écho, détournant son regard des fromages odorants, des différents saucissons secs et de la mousse grillée.

Il y avait également du jambon, et aussi du gruau et du pain, mais l'idée de devoir faire un discours eut des effets extrêmement négatifs sur la faim qu'il éprouvait juste avant.

— Inutile d'en faire un long. Tu n'auras qu'à y mettre ce que tu sais du Pays Mort et ce que tu as vu. Tu perdras au vote, mais cela ne fait rien. Après l'élection de Gandogar, nous passerons à la phase suivante de notre plan. (Balendilín cligna de l'œil.) Ne t'inquiète pas, lui dit-il de nouveau.

— Facile à dire, soupira Tungdil, qui prit un peu de tout sur son assiette en bois tout en lui racontant ce qui s'était passé avec Bislipur.

— Cela lui ressemble bien, dit Balendilín, presque blasé. Sais-tu ce que cela signifie ? Que nous sommes sur la bonne voie. Que ce grincheux soit venu te trouver est plutôt bon signe.

Tungdil était d'un avis légèrement différent. Il se souvenait encore très bien avoir entendu Balendilín parler d'un attentat, et il croyait Bislipur tout à fait capable de commettre pareil acte contre sa personne.

— Autre chose, ajouta le manchot, la magicienne nous a quittés, elle et son guerrier.

— Hein ? fit le Nain, horrifié. *Elle a bel et bien abandonné la partie et quitté sans hésitation son pays !* Quand est-elle partie ?

— Ce matin, aussitôt après le lever du soleil. Nous l'avons laissée traverser le pont, parce qu'il n'y avait aucune raison de la retenir. Et d'ailleurs… comment retenir une magicienne ?

— En n'essayant pas du tout.

Tungdil fit claquer sa langue de déception. Andôkai partie, le dernier espoir d'affronter Nôd'onn à armes à peu près égales s'envolait. Andôkai en était sans doute arrivée à la conclusion qu'elle ne saurait décrypter les ouvrages de Gorén, et était partie chercher une nouvelle demeure dans les régions sauvages, en quête de nouveaux champs de Magie. *Pourquoi Maira ou Lot-Ionan n'ont-ils pas survécu ? Eux seraient restés et nous auraient aidés à combattre le renégat*, pensa-t-il, abattu.

— C'est maintenant à ton tour d'arracher leur véritable signification aux vers des érudits humains, l'encouragea Balendilín. Les rouleaux de nos collections sont à ta disposition, s'ils peuvent t'être d'une quelconque aide.

— Mieux vaut laisser cela à vos propres érudits, murmura Tungdil.

Balendilín secoua la tête.

— Ils ne comprennent pas la langue des magiciens. Personne ne connaît les Mages aussi bien que toi. (Il jeta un regard compréhensif au Nain désespéré.) Le poids que nous te mettons sur les épaules est lourd, mais notre reconnaissance n'en sera que plus grande. Et d'ailleurs, nous te sommes dès maintenant redevables.

— J'essaierai, répondit-il en mâchant bravement, avant d'étouffer un renvoi.

C'était le fromage, mais son estomac s'habituait peu à peu à manger beaucoup, gras et vite. Il but avec cela un peu de lait caillé, dans lequel il avait mis une cuillerée de miel pour le sucrer un peu. Il aimait la cuisine naine.

Il prit congé de Balendilín et retourna dans sa chambre. Cette fois, il ne quitta pas le dallage du regard, se concentrant sur chacune des beautés gravées dans la pierre. Tungdil prépara mentalement un discours, qui reprendrait tout ce qui l'avait ému ces dernières semaines.

* * *

D'un trait, Tungdil vida le hanap de bière noire et forte, s'essuya la bouche et se tourna vers les délégués. Ceux-ci avaient patiemment écouté sa lecture de la lettre de Lot-Ionan, de même que ses tentatives de prouver qu'il était un membre de la tribu des Quatrièmes, et de sang royal.

Comme convenu, les Nains des clans des Quatrièmes qui avaient été mis dans la confidence se souvinrent avoir entendu des rumeurs au sujet de cette histoire, ce qui leur valut d'être immédiatement traités de menteurs par Bislipur.

— Vous voulez connaître les raisons pour lesquelles je revendique le titre, dit Tungdil en élevant la voix pour couvrir le brouhaha. (La cervoise lui avait ôté le trac, en même temps que les inhibitions qui l'empêchaient de prendre la parole devant les nombreux représentants des Maisons naines.) C'est parce que je sais mieux que vous de quelles horreurs est capable le Pays Mort, et je sais que si notre peuple doit s'unir, ce n'est pas pour se laisser entraîner dans une guerre à courte vue contre les Oreilles-pointues. Les Elfes sont peu nombreux, mais savent encore bien se battre.

— Nous n'avons pas peur d'eux ! l'interrompit Bislipur, furieux.

— Alors ce serait sans peur et sans reproche que nous mourrions contre eux. Nous serions certes tous unis, mais dans la mort, répliqua Tungdil avec véhémence. Cela fait des centaines de cycles qu'ils se battent contre ces créatures perfides que sont les Albes. Croyez-vous que nous serions une menace pour eux ? Les Elfes sont les meilleurs archers du Pays Sûr. Nous serions encore à trois cents pas d'eux qu'ils nous cribleraient de leurs flèches.

— Comme si nous allions nous annoncer d'abord, objecta encore Bislipur.

— Et tu crois que nous arriverons à cacher aux Elfes qu'une armée de plusieurs milliers de Nains marche sur eux ? Clans ! Cette guerre nous mènerait droit à la défaite ! les adjura-t-il. La tâche que Vraccas nous a donnée est de défendre le Pays Sûr. Le Mal a réussi à pénétrer au cœur de ce pays. C'est à nous qu'il incombe maintenant de terrasser Nôd'onn, les Orcs et toutes les autres créatures des Ténèbres. Avec les Oreilles-pointues et les Humains, s'il le faut !

— On croirait entendre le Grand-Roi, dit Gandogar avec mépris. Ce n'est pas toi qui parles. Quelqu'un t'a enfoncé ce discours dans la tête.

— Au moins sommes-nous deux à entendre la voix de la raison. Dans ta tête, c'est plutôt l'entêtement qui s'est installé, et qui a fait sortir ton intelligence par les oreilles, répondit Tungdil, récoltant quelques rires étouffés.

— Les Elfes, tonna Bislipur, furieux et se redressant de tout son long, doivent être châtiés. Vous avez entendu les lignes qui révélaient leur bassesse lors de la bataille du passage de Pierre. C'est une trahison pour laquelle ils doivent enfin rendre des comptes !

— Pour que Nôd'onn nous anéantisse encore plus facilement, parce que la bataille nous aura affaiblis ! (Tungdil frappa une colonne du poing.) Tenons-nous tant que cela à faciliter encore la tâche de celui qui a trahi tout le Pays Sûr ? Pourquoi ne pas ouvrir tout de suite les portes à ses hordes ? Nous pourrions même leur demander s'ils ne veulent pas se joindre à nous contre les Elfes ! (Il attendit que le brouhaha retombe.) J'ai en ma possession des ouvrages du Mage auprès duquel j'ai grandi, qui décrivent comment vaincre la Terreur venue du Nord, affirma-t-il témérairement. Tout ce que je dois encore faire, c'est les traduire, et alors notre peuple sera en mesure d'en finir avec Nôd'onn ! Pensez à la gloire qui rejaillirait sur nous, les sauveurs du Pays ! Cette action d'éclat serait pour les Elfes une humiliation bien plus cuisante qu'une défaite contre nous sur-le-champ de bataille.

L'assistance était à présent en pleines messes basses. Un moyen d'en finir avec le Pays Mort, en voilà une nouvelle !

— Tout cela n'est que mensonges éhontés ! s'emporta Bislipur. La Magie ne nous a jamais apporté autre chose que malheurs et désolation. Jamais ce sorcier n'aurait atteint une telle puissance sans elle.

— Moi je dis qu'il faut combattre les Elfes et nous retirer dans nos montagnes le temps que les Humains aient réglé eux-mêmes cette affaire, ajouta Gandogar, qui avait bondi de son siège. (Il se rua au milieu de l'hémicycle pour attirer à lui les regards des délégués des différents clans.) N'écoutez pas ce Nain venu d'on ne sait où, qui ne nous connaît, nous et notre mode de vie, que par des livres ! Comment pareil individu pourrait-il nous comprendre ? (Il lâcha un rire sonore.) Lui, Grand-Roi ? Ridicule !

— Il faut croire que ce n'est pas si ridicule que ça, vu comme tu t'énerves ! fit remarquer ironiquement Tungdil, qui entendit de nouveaux rires contenus.

Lot-Ionan serait fier de lui, même si la bière lui déliait dangereusement la langue. *Il faut que je fasse attention*, se dit-il.

Gundrabur en avait assez entendu. Il saisit son marteau, dont la lourde extrémité heurta durement les dalles de marbre.

— Assez ! Le Conseil a entendu les candidats et doit maintenant prendre une décision. Que ceux qui souhaitent voir Gandogar Barbe-d'Argent du clan des Barbes-d'Argent, roi des Quatrièmes, me succéder au trône de Grand-Roi lèvent leur hache !

À la vue des armes brandies, Tungdil fit de grands yeux. Les partisans du souverain des Quatrièmes représentaient à présent tout juste les deux tiers de l'assemblée, le challenger récoltant nettement plus de voix que prévu. Balendilín, reconnaissant, lui adressa un signe de tête.

Mais son succès d'estime ne changeait rien à l'issue du vote. La majorité des délégués présents voulaient Gandogar, et ainsi la guerre. Bislipur se dressa de toute sa hauteur. Il se voyait toucher au but et ne cachait pas sa satisfaction.

— Gandogar serait ainsi le prochain Grand-Roi, trancha Gundrabur, si je l'en jugeais digne. Or moi, Grand-Roi en titre, le déclare indigne de cette charge, en raison de son obstination à vouloir mener les Maisons et les clans à leur perte. C'est pourquoi je propose à sa place Tungdil comme héritier du trône. Ai-je le soutien des délégués des tribus ?

Gandogar et Bislipur n'en revinrent pas de voir se dresser les haches du tiers des membres du Conseil, constituant ainsi une minorité de blocage.

Gundrabur frappa de nouveau le sol de son marteau.

— Il est donc décidé que les deux candidats se mesurent dans le cadre d'un concours, afin que seules leurs capacités les départagent. Chacun d'entre eux proposera une épreuve. L'Assemblée en proposera deux autres, la cinquième sera tirée au sort. Les épreuves commenceront dans sept jours, proclama-t-il solennellement. Les débats sont clos.

* * *

Tungdil déambula comme hébété au milieu de la petite haie de Nains qui lui tapaient sur l'épaule et lui souhaitaient bonne chance, ainsi que la bénédiction de Vraccas. Les visages, les barbes et les armures les plus diverses se succédaient en sarabande rapide devant lui, tandis que la bière, inhabituellement forte pour lui, et l'enthousiasme suscité par son relatif succès commençaient à produire leurs effets. Il avait réussi à convaincre maints délégués du bien-fondé de sa requête, même si cela ne lui faisait pas oublier que son succès reposait sur un mensonge.

Balendilín avait promis à Tungdil de faire des recherches sur ses origines, quand bien même ce projet n'avait que peu de chances d'aboutir à un résultat probant, selon son propre aveu. Le conseiller avait eu beau ne pas en parler explicitement, on subodorait encore que Tungdil pût être un enfant des Troisièmes, la tribu de Lorimbur. Ce que Tungdil contesta avec force, se sentant très lié aux Nains et ne nourrissant pas le moindre soupçon de ressentiment à leur égard. Mais tout cela devait attendre. Pour l'heure, il importait de parfaire la formation de Tungdil au combat pour le cas où la proposition de Gandogar consisterait en une épreuve guerrière. Lui-même ne savait pas encore quelle épreuve choisir.

Le tirage au sort de la cinquième et dernière épreuve demeurait source d'incertitude. Chacun d'entre eux avait pu proposer quatre épreuves de son choix sur de petits papiers qu'ils avaient jeté dans un sac, et le résultat final était entre les mains de Vraccas...

Lorsque Tungdil pénétra dans sa chambre, les livres de Gorén et le sac aux artefacts étaient posés sur son lit. *Andôkai les a quand même examinés !*

Il vit les restes de deux carafes argentées et en examina les gravures aux motifs compliqués. *Quel dommage.* Une seule goutte d'un liquide, pouvait-on y lire, et celles-ci en étaient instantanément remplies. Entre deux morceaux de verre scintillaient les bris d'un miroir à main dans lequel se reflétait, déformé, son visage barbu. *Sept ans de malheur.* Il prit un éclat en main et y rit de son humour macabre. *Comme si cela changeait quoi que ce soit pour moi.*

Ensuite, il scruta deux morceaux de bois, longs d'une coudée environ, aux reflets gris métallique et dont il ne pouvait dire de quel arbre ils provenaient. Leurs nervures partaient confusément dans toutes les directions. *Des gourdins ? Pour quoi faire ?* Il les rejeta négligemment sur le lit.

La Mage avait également laissé un message à son intention, qu'il ne voulut d'abord pas lire car il éprouvait une colère noire à son égard, considérant son départ et le fait qu'elle avait fouillé dans ses affaires comme une véritable trahison. Mais bientôt la curiosité l'emporta de nouveau.

Le mystère est en grande partie élucidé.

Les livres recelaient bel et bien toutes les indications nécessaires pour anéantir Nôd'onn. Malheureusement, c'est une entreprise irréalisable. D'où mon départ.

Dans l'ouvrage qui traite de l'Outre-Pays, il est question de créatures démoniaques qui habitent une région appelée les Terres Désolées et prennent possession des Humains, tout en leur donnant des pouvoirs incommensurables. Le possédé n'est alors plus animé que par le désir de soumettre toutes choses et de détruire le Bien partout où il le rencontre.

L'autre ouvrage traite d'une arme, une hache, forgée par les « Chtoniens » pour détruire ces démons possesseurs.

La lame est faite de l'acier le plus pur et le plus dur, les crochets opposés sont en pierre, le manche en bois de sigurdacia, les incrustations et les runes sont faites de tous les métaux précieux que l'on peut trouver dans les montagnes, le tranchant étant pour sa part garni de diamants.

Cette arme passe pour avoir été forgée dans le brasier le plus brûlant qu'un fourneau puisse allumer. La Lame de Feu est son nom.

C'est avec elle qu'il faut tuer le possédé. Le tranchant de la Lame de Feu traverse chair et os de l'Humain pour frapper au cœur le Démon qui l'habite, et le détruire. Tout le mal qu'il a causé est alors annulé.

Un passage ayant refusé de me livrer ses secrets, il reste dès lors une part d'incertitude, ce qui rend tout espoir vain.

Je sais à présent pourquoi Nôd'onn voulait le sac aux artefacts. Il cherchait les morceaux de bois, qui proviennent d'un sigurdacia.

Il n'existe plus de sigurdacias au Pays Sûr. Leur bois était trop dur et trop lourd pour être travaillé avec les outils habituels. Les Humains le crurent enchanté par les dieux, et l'utilisèrent comme combustible sacré, en raison de l'odeur intense et des flammes rouge sombre qu'il dégage, jusqu'au jour où l'espèce s'éteignit. Moi-même, je n'ai jamais vu qu'un seul spécimen dans mon Royaume, auquel on mit le feu lors d'une fête en l'honneur de Palandiell, et encore était-ce il y a une centaine de cycles.

Même si l'on parvenait à la forger, il faudrait encore pouvoir s'approcher suffisamment de Nôd'onn pour le tuer de cette arme miraculeuse. Or c'est impossible, une chimère, un rêve fou.

Si les Nains ont encore toute leur raison, qu'ils quittent les montagnes et se mettent en quête d'une nouvelle demeure dans l'Outre-Pays. Peut-être les Chtoniens les accueilleraient-ils.

Pour ma part, plus rien ne me retient ici.

Tungdil lut le message plusieurs fois, jusqu'au moment où il se rendit compte qu'il était bel et bien encore possible d'agir contre le meurtrier de Lot-Ionan. *Tout est là. Nous avons même le bois!*

Il courut à toute allure retrouver Balendilín dans sa chambre, éclairée par de petites lampes à huile. Comme partout ailleurs, le mobilier avait été soigneusement sculpté dans la pierre. Les artisans avaient même extrait le lit et les placards de la pierre avec une telle minutie qu'on aurait dit que la montagne avait aménagé une chambre spécialement pour Balendilín.

Tungdil lui tendit la lettre de la Mage.

—Il existe des rouleaux qui traitent de parents de notre peuple vivant de l'autre côté des montagnes, murmura le conseiller d'un air pensif après être tombé sur le terme «Chtoniens». Il semble qu'on ait là-bas plus d'expérience avec le Pays Mort qu'ici.

—Rien d'étonnant alors à ce que Nôd'onn ait fait la chasse aux livres et aux artefacts, mais c'est trop tard, maintenant. Balendilín, nous connaissons son point faible! Nous devons en aviser les Royaumes des Humains pour qu'ils ne perdent pas espoir et tiennent bon le temps pour nous de forger la Lame, dit Tungdil avec enthousiasme. Tout ce dont nous aurions besoin, c'est que les armées des Humains le retiennent jusque-là.

Songeur, Balendilín lut le passage sur la composition de la Lame de Feu.

—Nous aurons besoin des Quatrièmes. Leurs clans ont les meilleurs tailleurs de diamant. Notre peuple pourra aligner les tailleurs de pierre, mais il nous manquerait encore les meilleurs forgerons.

—Borengar?

—Tout juste. Les Cinquièmes aussi étaient passés maîtres dans l'art de la forge, autrefois, mais ils ne sont plus. Quant aux neuf clans de la Première Maison, ils n'ont pas répondu à notre convocation. (Le visage de Balendilín s'assombrit.) Et ce n'est pas le seul problème. La plus brûlante forge à avoir jamais rougeoyé au Pays Sûr se trouvait dans le Royaume des Cinquièmes. On l'appelait Dragonhaleine, et on y faisait fondre même le métal le plus dur. Or cela fait plus de mille cycles que le Pays Mort y règne en maître. (Il plongea son visage dans sa large main.) La magicienne avait raison. C'est impossible.

—Moi, je n'abandonnerai pas. Réunissons le Conseil et laissons-le décider, exigea Tungdil. Nous devrions au moins aller trouver les Premiers pour leur demander leur aide. Ensuite… (Il se tut.) Je vais parcourir les anciens écrits. Peut-être y découvrirai-je d'autres passages qui pourraient nous être utiles.

—Bonne chance, alors.

Le Nain sortit de la chambre de Balendilín pour se rendre sous les voûtes où les Seconds avaient rassemblé tout leur savoir. À l'allégresse initiale succédait la désillusion, le sentiment cruel de ne rien pouvoir faire ou presque pour sauver les Nains de la ruine, et ce, malgré les révélations d'Andôkai.

Moi, je n'abandonnerai pas. Tungdil était devenu d'autant plus opiniâtre que la situation était désespérée.

Avec l'entêtement et la ténacité proverbiaux de son peuple, il se mit à lire les écrits et les grimoires de la Seconde Maison. Tungdil jura de ne pas relâcher son effort avant d'avoir trouvé une solution.

* * *

Tungdil allait et venait avec empressement dans les couloirs voûtés sculptés dans la pierre, avec dans ses bras d'anciens grimoires, rouleaux de parchemin et tablettes, et les empilait sur une table où il pourrait les étudier en paix.

Lot-Ionan avait dû pressentir que j'aurais un jour besoin de tout ce savoir. Maints écrits étaient devenus trop fragiles, se déchirant, se brisant ou tombant en morceaux au simple contact du Nain. Ah, s'ils avaient pu tout graver sur des plaques de marbre. Celles-ci au moins pouvaient durer une éternité, pour peu qu'on ne les laissât pas tomber.

Après avoir parcouru bien des écrits, il trouva confirmation des vagues affirmations de Balendilín. Il semblait bien exister, de l'autre côté de la montagne, des Nains que l'on appelait les « Chtoniens ». Il ne savait dire s'ils avaient été créés ou non par Vraccas, mais ils ressemblaient fort à ceux de son peuple, maîtrisaient l'art de la forge à la perfection et partageaient le même amour des fourneaux et des braises que les Nains.

Quatre lunes après avoir commencé ses recherches, il perça le secret de l'alimentation et de la chaleur de Dragonhaleine. Sa confiance en lui en fut quelque peu ébranlée.

Avant de le tuer et de s'emparer de son trésor, les Cinquièmes étaient parvenus à arracher sa flamme blanche à Branbausíl, le Grand Dragon qui avait autrefois vécu dans les Montagnes Grises. Sa femelle, Argamas, se réfugia dans un lac de feu, une petite mer intérieure de magma bouillonnant située au plus profond du royaume, pour ne plus jamais réapparaître.

Grâce à Dragonhaleine, les forgerons parvinrent à obtenir des températures encore jamais atteintes jusqu'alors et à allier des métaux qui passaient pour infusibles. Même le tionium, ce métal noir créé par le dieu Tion, capitula devant Dragonhaleine, et dut s'allier au palandium, le métal blanc et pur de la déesse Palandiell.

Dans des écrits plus récents, on racontait que la flamme s'était éteinte avec la chute du Royaume des Cinquièmes ; les Albes et autres créatures de Tion, ne sachant que faire de cet étrange feu blanc, avaient fini par le laisser mourir.

Le seul espoir de Tungdil reposait donc sur la femelle du dragon qui avait échappé aux haches des Cinquièmes. Il avait besoin d'elle pour sa flamme, comme il avait besoin des Premiers pour forger la Lame de Feu qui terrasserait Nôd'onn.

— Il va encore falloir partir en voyage, soupira-t-il. *Trouver les Premiers et, de chez eux, pousser directement vers le royaume perdu des Cinquièmes, en plein cœur du Pays Mort. Mais comment y parvenir?*

Cette question, il la posa également à Gundrabur et Balendilín, à qui il fit état de ses découvertes autour d'un hanap de bière; les Nains échangèrent des regards rapides.

— Il existe un moyen, lui révéla Gundrabur. C'est un secret, tombé dans l'oubli au fil des cycles et que m'avait confié mon prédécesseur. (Il alluma une pipe et tira dessus avec des bruits de bouche.) Il remonte à l'âge d'or de notre peuple. En ces jours bénis, les voyages n'avaient rien de pénible, et pour cause: les Nains utilisaient des tunnels souterrains qui sillonnaient en tous sens le Pays Sûr et reliaient les Royaumes entre eux.

— Des tunnels... Alors nous pourrions passer inaperçus. En prenant des poneys...

— Pas besoin de poneys. Ces tunnels sont carrossables.

Il rajusta son habit et se fit amener une couverture supplémentaire pour se réchauffer. Sa flamme de vie continuait de se refroidir.

Tungdil fronça les sourcils.

— Je ne comprends pas...

— Tu connais ces wagonnets à l'aide desquels on remonte le minerai des puits et galeries de mine?

— Bien sûr, dit-il en hochant la tête. C'est avec ces wagonnets qu'ils parcouraient les tunnels?

Gundrabur sourit.

— Exactement. Grâce à eux, ils pouvaient se rendre de chez Goïmdil droit chez Borengar, et partout ailleurs s'ils le voulaient. Pas de marécages, de régions sauvages, de pluie, de neige pour leur compliquer la tâche. Il leur était ainsi possible de garder les principaux chemins creux et points de passage du Pays Sûr avec des troupes en nombre toujours suffisant. En l'espace de quelques lunes, des armées entières pouvaient se déplacer sous terre sans qu'Humains, Elfes et Mages n'en sachent rien.

— Ces tunnels sont notre salut! s'écria Tungdil, tout excité. S'ils sont un tant soit peu praticables, nous pouvons réussir à forger la hache qui pourrait abattre le traître avant qu'il écrase les armées des Humains, et l'ensemble de leurs Royaumes.

— J'ignore si l'on peut encore les emprunter, avoua Gundrabur. Les anciens écrits qui font mention de ces canaux disent que de larges portions du réseau se sont effondrées ou sont inutilisables. Balendilín, apporte-les-nous, s'il te plaît.

— Et comment se fait-il que l'on n'ait pas redécouvert ces tunnels avant ?

— Un jour, des vapeurs de soufre envahirent l'entrée du réseau et les Nains s'en retirèrent. Ils ne retournèrent plus dans cette zone, et l'on oublia peu à peu les tunnels, répondit Gundrabur.

Peu après, Balendilín apporta deux vieilles cartes, l'une représentant le réseau de tunnels des Seconds, l'autre reprenant les accès à ce réseau qui parcourait les Montagnes Bleues jusque dans leur cœur. Les tunnels comme les accès étaient bien cachés, bien protégés, et de nombreux dispositifs et pièges mécaniques empêchaient les intrus de les utiliser. Autant de facteurs qui obligeaient le Mal à conquérir le Pays Sûr par voie de terre plutôt que de l'investir par surprise par le sous-sol.

— De cette façon, nous pouvons y arriver, dit Tungdil aux deux Nains. Je suis prêt.

— Très bien, se réjouit Balendilín, qui se resservit de la bière. C'est à toi que reviendra l'honneur d'avoir redécouvert ce savoir perdu. Cela fera impression sur les clans.

Sur quoi ils trinquèrent et vidèrent leurs hanaps.

* * *

— Si Vraccas m'a fait mettre la main sur ce savoir perdu, c'est pour que nous revienne la tâche de libérer le Pays Sûr du Mal, dit Tungdil pour terminer son discours enflammé. Pour quelle autre raison m'aurait-il fait retrouver ces engins ?

— C'est sur les vestiges d'une grande époque que tu es tombé, dit Gandogar. Mais je n'y vois pas pour autant de vérité qui nous soit utile. Forger pareille lame à l'insu de tous, en plein Pays Mort, dans un fourneau qui doit être allumé par le souffle d'un dragon, ce n'est pas possible ! C'est un conte, une légende qui s'est immiscée par mégarde dans les chroniques des historiens.

— D'innombrables Humains sont morts pour ces informations, le coupa Tungdil. On a même voulu me tuer à cause d'elles. Si Nôd'onn en a peur, c'est qu'elles sont vraies ! Mettez sur pied une expédition, au moins ! Vraccas est de notre côté.

— Et n'oubliez pas de bien l'équiper. Vaincre un dragon n'est pas une mince affaire. À moins que tu lui racontes ton histoire pour le faire mourir de rire, objecta sarcastiquement Bislipur.

Tungdil renonça au vote à hache levée. Les rires au sein du Conseil lui signifiaient qu'il n'aurait pas la majorité. La raison se refusait toujours aussi obstinément à pénétrer dans les têtes de bois des délégations.

— Si nous sommes réunis ici, c'est pour désigner l'héritier du Grand-Roi, rappela Gandogar, impatient. (Il jeta son manteau, son armure richement décorée scintilla un instant. Son conseiller lui tendit bouclier et hachette, un autre lui arrima son casque étincelant sur la tête.) Je me vois donc obligé de faire le premier pas et de choisir la première épreuve. Et j'ai décidé de provoquer mon rival en combat singulier. Le premier à blesser ou à mettre à terre son adversaire marque le premier point.

Boïndil et Boëndal vinrent immédiatement aux côtés de Tungdil pour le harnacher. Comparée au harnois rayonnant de Gandogar, sa cotte de mailles avait l'air terne et de mauvaise facture.

— Méfie-toi de son bouclier, lui souffla Furibard. Il va sûrement l'utiliser pour te bousculer ou te frapper. (Il serra les poings.) Ah, si seulement je pouvais être à ta place. Je lui ferais mordre le marbre, à ce Quatrième, gronda-t-il.

— Vous avez été de bons maîtres, tant durant notre voyage que ces derniers jours, dit Tungdil pour remercier les jumeaux tout en ajustant sa mentonnière. Si je perds, ce ne sera pas de votre fait.

Les deux adversaires entrèrent dans l'hémicycle, entre trône et tribunes. Balendilín, qui faisait office d'arbitre, jeta un coup d'œil amical à Tungdil pour le rassurer.

— Combattez avec bravoure, et honneur, finit-il par lancer avant de reculer pour libérer l'arène.

Gandogar lança immédiatement une série d'attaques, heurtant l'une après l'autre le bouclier de Tungdil, qu'entamaient encore un peu plus les diamants aux reflets changeants dont était garnie sa lame. Tungdil guettait par-dessus le rebord métallique, attendant de voir le prochain endroit sur lequel le tranchant, déjà quelque peu émoussé, de son adversaire allait s'abattre. Mais à force de reculer, il finit par sentir une colonne dans son dos.

Au coup suivant du roi, il plongea, pour placer aussitôt une attaque remontante inattendue. Sa hachette racla avec un bruit désagréable le bouclier remonté en hâte, et rebondit sur la bordure inférieure du casque. Étourdi, Gandogar recula de deux pas en vacillant.

— Ne le lâche pas ! hurla Boïndil, qui suivait fébrilement le déroulement du combat.

Se réjouissant de son succès et encouragé par son professeur, Tungdil bondit fougueusement vers l'avant.

Jamais. Bislipur vit que le combat prenait une mauvaise tournure pour son protégé et décida d'agir. Il donna une bourrade à Swerd, qui se tenait à côté de lui, et la tête du Gnome entra en collision avec le hanap d'un Nain. De la bière s'échappa du récipient pour se répandre sur le sol de l'arène dans un claquement.

La flaque ainsi formée fut fatale à Tungdil. Dans sa hâte, celui-ci ne vit pas le liquide sur les dalles de marbre, qui transformait le sol en véritable patinoire à cet endroit. Son pied droit glissa vers le côté, il fit un faux pas qui lui fit manquer Gandogar.

— Stupide Gnome !

Bislipur réprimanda tout de suite Swerd pour sa maladresse de manière bien audible, le menaçant de lui infliger une copieuse correction.

— Il l'a fait exprès ! s'emporta Boëndal.

— Non, je ne l'ai pas fait exprès. Mais soyez rassurés, je vais le battre comme plâtre, dit Bislipur, simulant des regrets pour cette bévue.

Ce qui n'apportait évidemment rien à Tungdil. Gandogar se reprit rapidement, et frappa à l'instant même où son adversaire passait devant lui en glissant. La lourde hachette atteignit durement Tungdil au dos ; la violence du coup acheva de lui faire perdre l'équilibre. Dans un juron, Tungdil chuta, perdant ainsi la première épreuve.

Quelques clans de la Quatrième Maison et autres partisans de Gandogar jubilèrent et se moquèrent de Tungdil, qui se remettait avec peine sur ses jambes. Il n'avait pas imaginé que le combat se terminerait de cette façon.

— À mon tour, s'écria-t-il soudainement. Aussitôt, les huées cessèrent.

— Dans quelle discipline allons-nous nous mesurer, maintenant ?

— Nous allons recopier un texte. Le plus rapide gagne.

— Quoi ? fit son vis-à-vis, surpris. Je vais devoir composer un poème sur mon accession au trône ?

— J'ai dit recopier, pas composer. Un bon roi doit savoir lire et écrire. Comment feras-tu, sinon, pour édicter les lois ? répliqua Tungdil du tac au tac. À toi de montrer que tu sais manier aussi bien la plume que la hache.

Sans ajouter un mot, il s'assit à un pupitre et attendit que Gandogar l'imite.

— Et si je refuse ?

— Tu perds cette épreuve, et vous serez à égalité, dit Balendilín, prenant la parole. Ce seront alors les épreuves suivantes qui désigneront le successeur de Gundrabur.

— Ce qui ne serait pas un signe de grand courage, intervint méchamment Boëndal. L'érudit s'est prêté à ton jeu. Eh bien maintenant, prouve-nous qu'une chose aussi fragile et légère qu'une plume ne te fait pas peur, roi des Quatrièmes.

Cette remarque acerbe provoqua de nombreux rires. Gandogar déposa son casque et son bouclier, et s'assit à côté de Tungdil.

L'arbitre fit apporter des rouleaux et en choisit un au hasard dans la pile.

— Commencez.

L'érudit, comme l'appelait Boëndal pour le taquiner, commença presque instantanément à écrire, au contraire de Gandogar, qui fixa rageusement les runes avant de gribouiller quelque chose sur sa feuille. Un certain temps s'écoula, durant lequel les Nains écrivirent avec application.

— J'ai fini, annonça Tungdil le premier.

On examina son texte pour voir s'il contenait des fautes. En vain. Gandogar mit plus de temps, et fut loin d'être aussi méticuleux que son challenger. Balendilín déclara Tungdil vainqueur.

Les jumeaux poussèrent des cris de joie, ravis de voir que leur protégé avait réussi à égaliser par une ruse permise.

— Hé, Bislipur, y a encore des efforts à faire de ce côté-là ! lui lança Boïndil dans sa bonne humeur.

Balendilín ordonna aux délégués des clans d'inscrire à présent leurs propositions, puis collecta les bulletins. Gandogar tirerait en premier l'épreuve qui allait suivre, puis ce serait au tour de Tungdil.

— La prochaine épreuve, annonça leur arbitre, consistera à forger une hache du plus mauvais fer qui soit, puis à en donner dix coups sur un bouclier sans qu'elle se brise.

Tungdil se sentit plus à l'aise, ne croyant pas que Gandogar puisse le surpasser à la forge ; il avait trop longtemps travaillé dans celle de Lot-Ionan pour cela. Balendilín ordonna une pause le temps de faire apporter des foyers et des outils dans la Salle du Conseil. Peu après, le chant métallique du marteau et de la pince de forgeron retentissait dans la vaste salle.

Tungdil fut bientôt lancé. Au rythme de ses coups de marteau, il chantait une chanson naine que les jumeaux lui avaient apprise. Sans attendre, Gandogar lui emboîta le pas, avant de chanter une autre chanson à tue-tête et de frapper de plus en plus fort.

— Voilà qu'ils font aussi un concours de chant, maintenant, ricana Boïndil avant de rajuster son ceinturon. Quant à savoir si cela plaît à Vraccas…

— C'est Tungdil qui chante le mieux, dit son frère. Vraccas lui viendra en aide.

Les deux concurrents chantèrent jusqu'à ce que les haches fussent prêtes. Balendilín leur fit emboîter les têtes de leurs armes sur des manches de fer. Ensuite, chacun prit la hache de l'autre et se plaça devant les boucliers dressés. On pouvait être ainsi certain qu'ils allaient frapper avec toute la force qui leur restait. Au signal, ils commencèrent.

— On va maintenant voir si le roi est aussi un roi de la forge, dit Tungdil en nage avant d'abattre sans ménagement l'arme de son rival sur le bouclier.

Dans la semi-obscurité de la salle, la tête de sa hache, qui rougeoyait encore légèrement, dessina un demi-cercle orange foncé avant d'atteindre l'obstacle. De petites étincelles jaillirent, mais le fer tint bon.

— Un meilleur forgeron que toi, en tout cas, répliqua Gandogar, dont le coup n'eut rien à envier à celui de Tungdil.

Mais la hache forgée par Tungdil résista également à la violence du choc.

Au septième coup, Tungdil entendit craquer légèrement l'arme forgée par Gandogar, et sut alors qu'elle ne résisterait pas au huitième.

— Regarde ce que je fais de ton ouvrage, lui lança-t-il.

Le fer éclata en mille morceaux. Tungdil jeta le manche au sol, pantelant, le bras tendu vers une outre d'eau.

Un murmure parcourut le Conseil des Maisons. Le roi banda ses muscles et mit tout son poids dans le coup suivant. Le bouclier résonna à l'impact et céda même sous la violence de celui-ci, mais le tranchant tint bon.

— On dirait qu'un forgeron a trouvé son maître, beugla Furibard. Et deux à un pour Tungdil. C'est le chant, sa voix a dû assouplir le fer.

Gandogar baissa sa hache et la reposa pour féliciter son adversaire.

— Je n'aurais jamais cru possible qu'on puisse forger une si bonne arme à partir d'un métal aussi mauvais. Tu es un véritable maître, mais il t'en faudra davantage pour monter sur le trône. La prochaine épreuve, c'est moi qui vais la remporter.

— Eh bien, essaie.

Balendilín déplia le bulletin suivant sans leur laisser le temps de souffler.

— La quatrième épreuve est une course. Chacun reçoit un gobelet d'or liquide et doit courir d'ici au premier pâturage, jusqu'à la grande porte et retour. Tous deux auront leur cotte de mailles et un sac à dos de quarante livres sur eux. Le vainqueur est celui qui revient le premier, sans avoir rien renversé.

Il envoya ensuite deux observateurs au pré à vaches en question et deux autres à l'entrée.

Voilà une épreuve à mon goût, pensa Tungdil tandis qu'il enfilait son sac à dos. Il était habitué à la chaleur étouffante des fourneaux, et le droit de transporter le métal jaune le réjouissait davantage encore. Quant au poids du sac, vu ce qu'il avait porté durant son long périple, ce n'étaient pas ces quelques livres sur son dos qui allaient le déranger.

Un Nain leur tendit les récipients en question, d'épaisses timbales à large paroi de sable pressé contre une fine paroi de fer. La température de l'or fondu était meurtrière et devait bien être de quelques centaines de degrés. Une goutte renversée sur la main suffisait à infliger une grave brûlure.

— Partez ! cria Balendilín, donnant le signal de départ de la course.

Gandogar ne daigna pas regarder sa timbale, se concentrant sur le parcours. Tungdil, lui, faisait exactement l'inverse, tant la vue de l'or fondu le mettait en joie. Ses pieds trouveraient d'eux-mêmes le chemin, comme ils l'avaient déjà fait durant son long voyage.

Le roi prit rapidement de l'avance et disparut de la salle. Tungdil le suivait, mais sans précipitation. Balendilín avait dit expressément que le vainqueur serait celui qui reviendrait le premier sans rien renverser. Il préféra ainsi prendre son temps et tout ramener plutôt que de renverser une goutte de ce précieux liquide. Lorsque la chaleur était trop forte et risquait de lui brûler les mains, pourtant endurcies par son métier de forgeron, il déposait la timbale un instant.

Il était à peine entré dans le pré que Gandogar en revenait déjà.

— Ce n'est pas comme ça que tu me vaincras, Tungdil, le salua-t-il d'un air de défi en passant.

Tungdil sentit une odeur de corne braisée ; le roi ne voulait pas reposer son récipient pour ménager ses doigts, mais n'avait encore rien renversé.

Tungdil se retrouva à l'air libre, reposa encore la timbale et reprit sa poursuite. *Malheur, j'ai trop compté sur une erreur de Gandogar*, s'en voulut-il.

Ses bras commençaient peu à peu à trembler. L'épreuve de forge lui avait coûté une bonne partie de son énergie, mais il devait continuer. Il atteint la porte, où il croisa un Gandogar qui transpirait et jurait. Celui-ci n'avait toujours rien renversé, et afficha même un sourire victorieux lorsqu'il vit Tungdil.

— Je vais égaliser, et c'est la dernière épreuve qui tranchera, promit-il.

En disant cela, il attisa l'ambition et l'entêtement de son concurrent. *C'est ce que nous allons voir*, pensa Tungdil, qui pressa le pas pour rattraper Gandogar le plus vite possible.

C'est à ce moment qu'une petite silhouette vint se fourrer dans ses jambes, lui faisant faire un faux pas.

— Par Vraccas, qu'est-ce que… ?

L'or liquide s'agita, ondoya dangereusement, mais il n'était pas question pour Tungdil de laisser tomber quoi que ce soit, pas même en rêve. Lorsqu'une vaguelette déborda et coula sur le dos de sa main, il serra les dents et n'émit pas un son, alors que la douleur était atroce. Furieux, il regarda autour de lui dans le couloir pour voir qui lui avait fait un croc-en-jambe, mais il ne vit pas âme qui vive.

Cet incident lui fit rejoindre la Salle du Conseil après Gandogar, mais il avait déjà perdu de toute façon à partir du moment où il avait renversé de son or. Gandogar paya sa victoire par d'énormes cloques aux deux mains, qu'une Naine soignait avec de l'eau glacée.

Cette fois-ci, c'était au tour de Tungdil de féliciter son adversaire, ce qu'il ne fit que verbalement, afin de ménager les mains du roi. Puis il plongea lui aussi sa main abîmée dans l'eau glacée.

— Tu as tenu la promesse que tu m'as faite quand on s'est croisés.

— J'ai aussi promis de remporter la dernière épreuve, répliqua Gandogar avant de se retirer.

Tungdil examina sa blessure. L'or figé ne voulait plus quitter sa peau et avait formé une tache de la taille d'une pièce de monnaie.

Boïndil s'aperçut que la main droite de Tungdil scintillait à la lueur des braseros.

— Regarde, frérot, ce qu'il a fait !

— Voilà enfin un nom honorable pour l'érudit, dit Boëndal en blaguant. Tungdil Main-d'Or, ce n'est pas mal, je trouve. On le lui proposera plus tard.

—Ce sera toujours mieux que Bolofar, approuva Furibard, opinant du chef.

—Écoutez, clans et tribus! Les deux candidats sont à égalité, proclama Balendilín. La dernière épreuve sera donc d'une importance capitale, tant pour les prétendants au trône que pour l'avenir de l'ensemble des tribus.

Il ordonna aux deux Nains de coucher sur papier leurs propositions.

En quoi est-ce que je pourrais bien le battre? Tungdil hésita et réfléchit, puis il eut un rictus. *Mais bien sûr!* Une épreuve bien particulière lui était venue à l'esprit.

Ils plièrent leurs bulletins de manière parfaitement identique et les jetèrent dans le sac de cuir que tenait ouvert devant eux le conseiller du Grand-Roi. Ensuite, Balendilín noua le cordon du sac pour le fermer, le secoua pour mélanger les bulletins et longea les rangs des délégués.

—Afin de me laver de tout soupçon de favoritisme, j'aimerais que ce soit toi qui effectues le tirage au sort, Bislipur, mon ami.

Balendilín lui tendit le sac.

Le Nain, qui n'avait pas que les traits de grossiers, lui arracha le sac plus qu'il le lui prit, et dénoua le cordon, fixant son vis-à-vis de ses yeux cruels.

Sans regarder dans le sac, il y plongea la main, retourna encore une fois les petits papiers et en prit un. En retirant son bras, le papier lui glissa entre les doigts, l'obligeant à recommencer. Sans mot dire, il tendit le morceau de papier à Balendilín. Tungdil ne put voir s'il s'agissait d'un des siens.

—Non. C'est toi qui as tiré au sort, c'est toi qui lis, refusa l'arbitre.

C'est seulement à ce moment-là que Bislipur baissa les yeux. Après avoir déplié le papier, il le parcourut du regard.

—Ah, mais ce n'est pas le bulletin que j'ai tiré en premier, dit-il l'air innocent, et il voulut mettre encore une fois la main dans le sac.

—Tiens-t'en aux règles. (Balendilín lui reprit le sac.) Tu as choisi, alors annonce la cinquième épreuve.

Bislipur pinça les lèvres, comme pour empêcher que ce qu'il allait dire parvienne aux oreilles des clans. Il prit une inspiration. La lecture du papier lui coûtait, ce qui rassurait Tungdil.

—Une expédition. La prochaine épreuve consistera à conduire une expédition dans les Montagnes Grises, d'en revenir avec la Lame de Feu, proclama-t-il, furieux, et de mener le combat contre Nôd'onn grâce à cette arme.

Gundrabur laissa échapper un gros soupir de soulagement. Balendilín plissa les paupières et se permit un léger sourire.

Ironie du sort, c'était maintenant à Bislipur de freiner les ambitions de son protégé. À cet instant, il devint évident que la plupart des Nains présents avaient sous-estimé l'habileté du second prétendant au trône. L'assemblée se tut. La surprise paralysait les langues.

Avant que quelqu'un prenne la parole ou que s'élèvent des protestations, Tungdil s'avança.

— J'accepte cette épreuve, vu que c'est moi qui l'ai écrite, s'exclama-t-il avant de lancer un regard interrogateur à Gandogar.

Le roi trembla.

— J'accepte cette épreuve moi aussi, gronda-t-il.

— Attendez ! Ce papier n'est pas valable, dit Bislipur, tentant d'infléchir le résultat du tirage au sort. (L'épreuve de longue haleine qui s'annonçait menaçait de ruiner ses projets de guerre contre les Elfes.) Ce n'est pas le premier que j'ai tiré, vous l'avez vu !

Balendilín demeura inflexible.

— Comme ni toi ni moi ne savons lequel des bulletins tu as laissé retomber dans le sac, nous nous en tiendrons à ce résultat. Les deux candidats ont accepté l'épreuve ; c'est celui qui remplira sa mission qui succédera donc à Gundrabur.

— Il va falloir attendre de nombreuses lunes avant de connaître le vainqueur, continua de protester Bislipur.

— Pas avec les tunnels. Je me dépêcherai, promit poliment Tungdil, récoltant de nouveaux rires. À présent, si vous voulez bien m'excuser, je dois m'occuper de mes préparatifs, pour partir le plus tôt possible, dit-il pour prendre congé. (Le Nain fit signe à Boïndil et Boëndal de l'accompagner.) Je serais très heureux de pouvoir compter sur votre savoir-faire, leur dit-il. Vous m'avez amené en un seul morceau à la forteresse. Maintenant, accompagnez-moi jusqu'aux Montagnes Grises et aidez-moi à en revenir sain et sauf.

— Oh, tu entends, mon frère ? C'est de nouveau l'érudit qui a parlé. (Furibard lâcha un rire tonitruant.) Ce sera un honneur pour nous, affirma-t-il. Mais seulement si tu arrêtes de parler pour ne rien dire avec des mots compliqués. En plus, je dois encore laver un affront depuis l'oasis, ajouta-t-il tout bas et de façon moins détendue.

Tungdil mit la main sur son épaule, ainsi que sur celle de son frère.

— Ne t'inquiète pas, Boïndil. Je suis sûr que tu auras l'occasion de me sauver plus d'une fois en chemin.

Le Nain ricana, son frère se contentant d'un hochement de tête.

— Au fait, tu t'es fait un nom, aujourd'hui. (Boëndal désigna la couche luisante qui s'était formée sur sa peau.) Tungdil Main-d'Or. Qu'est-ce que tu en dis ?

— Main-d'Or, répéta Tungdil en observant sa main droite. Oui, je crois que cela me plaît.

Tungdil s'efforça de sourire, malgré la douleur. *Main-d'Or. Un vrai nom de Nain.*

* * *

Le Conseil s'étant dissous, et Bislipur et Gandogar étant sortis en trombe pour faire en hâte leurs préparatifs, il ne restait plus au final que Balendilín et Gundrabur dans la vaste salle.

— C'est toi qui lui as conseillé cette épreuve ? demanda Gundrabur, qui se saisit de sa pipe.

Son conseiller eut un petit rire.

— Non, sûrement pas. Même dans mes pires cauchemars, il ne me serait pas venu à l'idée de proposer une entreprise aussi démente. Ce Nain a dû nous être envoyé par Vraccas lui-même. (Il gravit les marches qui menaient au trône pour se mettre à côté du chef suprême des Nains.) Tungdil a vraiment l'étoffe d'un Grand-Roi. Chacune de ses idées vaut de l'or.

— C'est une sage décision qu'il a prise là, approuva le Nain âgé. Quel que soit celui qui revient en premier, notre peuple et le Pays Sûr ne pourront qu'y gagner. Quant à nous, nous allons veiller à ce que rien de fâcheux dans notre Royaume n'arrive dans l'intervalle, mon vieil ami.

— Il va te falloir entretenir encore un peu ta flamme de vie, et tu le sais, dit Balendilín, soucieux.

Dans un gémissement, Gundrabur se releva du trône et mit sa pipe entre ses dents.

— Vraccas me sera clément et attendra encore un peu avant de me frapper de son marteau, répliqua-t-il, confiant, avant de se retirer.

Le conseiller suivit du regard le Grand-Roi. Puis il prit place au pied du siège royal pour inspecter le contenu du sac et retrouver le papier que Bislipur avait tiré en premier. Balendilín savait parfaitement de quel papier il s'agissait, car celui-ci était légèrement corné à son sommet. Mais il avait préféré se taire devant le comportement de Bislipur à la lecture du second petit papier.

Et il avait eu raison. Si Bislipur n'avait pas ouvert les doigts par mégarde, Tungdil aurait dû affronter Gandogar dans une épreuve de taille de pierres précieuses au lieu de partir en expédition. *Il aurait certainement perdu, et le titre de Grand-Roi serait revenu à Gandogar.*

Lorsqu'il eut déplié les autres petits papiers, il ne put s'empêcher d'éclater de rire. Gandogar avait inscrit quatre fois la taille de diamants comme épreuve, tout comme Tungdil avait noté quatre fois l'expédition dans les Montagnes Grises.

Vivent les mains tremblantes de Bislipur! pensa-t-il, un sourire de soulagement aux lèvres.

Deuxième partie

Lame de Feu

Chapitre premier

**Le Pays Sûr, Royaume nain du Second Père, Beroïn,
à l'automne du 6 234e cycle solaire**

Au cours de ses préparatifs de voyage, Tungdil demanda au conseiller du Grand-Roi de lui choisir le meilleur tailleur de pierre parmi les clans des Seconds. Balendilín promit de présélectionner des candidats et de lui envoyer ses favoris, préférant lui laisser le soin de prendre la décision finale. Peu de temps après, un Nain borgne entra dans la chambre de Tungdil.

Surpris, Tungdil leva la tête.

— Balendilín a procédé à une sélection très rigoureuse à ce que je vois, dit-il pour saluer le tailleur de pierre. Si rigoureuse qu'il n'en reste plus qu'un ?

— Je suis Bavragor Poing-Marteau du clan des Poings-Marteaux et depuis plus de deux cents cycles solaires Maître de la Pierre, dit son visiteur en guise de présentation.

Ses mains étaient larges comme des battoirs et le prétendant au trône pensa immédiatement à Balendilín. Sa barbe noire était taillée avec beaucoup d'art sur le menton et les joues, ses cheveux noirs flottaient sur ses épaules.

— Mon talent est inégalé. Mon œil droit, qui détecte le plus petit défaut dans la pierre et dans le travail, est plus perçant que deux paires d'yeux réunies.

Tungdil lui expliqua qu'il aurait à tailler le crochet en granit d'une hache. Mais comme l'arme ne serait pas fabriquée à Ogremort, mais dans les Montagnes Grises, il ne pourrait adapter les pièces qu'une fois sur place.

— Cela signifie que tu dois m'accompagner au Pays Mort. Seuls les dieux savent ce qui nous attend en route, dit Tungdil pour conclure sa brève présentation de l'expédition.

Il plongea son regard dans celui du tailleur de pierre et remarqua que le cercle noir entourant la pupille devenait rouge foncé. *Étrange.*

— J'accepte. Je t'accompagnerai, répondit Poing-Marteau en lui tendant la main droite. Donne-moi ta main et ta parole que je serai celui de la tribu des Seconds qui t'accompagnera, moi et nul autre.

Le prétendant au trône lui serra la main, Bavragor ricana et Tungdil crut déceler chez lui une certaine forme de soulagement.

— Quand partons-nous ?

— Après-demain, dès que j'aurai choisi un tailleur de diamants parmi les clans des Quatrièmes, répondit-il.

— Alors je vais choisir mes meilleurs outils pour que la Lame de Feu puisse naître, dit Bavragor avant de s'éclipser.

Tungdil ne prit pas la peine de s'attarder davantage sur cette brève rencontre qu'il trouvait un peu étrange, car il devait se préparer à son entrevue avec Gandogar.

Comme aucun des Quatrièmes ne se rangeait volontairement de son côté, il souhaitait s'adresser à lui afin qu'il désigne l'un des membres de ses clans. Tungdil ne risquait pas vraiment de se tromper, puisque la délégation ne comptait que les meilleurs parmi les meilleurs dans ses rangs, ainsi que le voulait la coutume.

Par fierté, Tungdil rechignait à adresser cette requête, mais il se souvint que l'enjeu était le Pays Sûr et que sa vanité ne comptait pas.

Alors qu'il avançait dans le couloir rocheux, quatre Nains vinrent à sa rencontre, visiblement à sa recherche. Ils se présentèrent à tour de rôle.

— Balendilín nous envoie pour que tu choisisses l'un d'entre nous, expliqua le premier.

Tungdil scruta avec étonnement les visages barbus qui l'observaient dans l'expectative.

— Mon choix est déjà fait, déclara-t-il.

Il regretta aussitôt d'avoir agi avec un tel empressement. Le comportement de Bavragor lui avait laissé supposer qu'il était le seul à se présenter pour la mission.

— J'ai désigné Bavragor Poing-Marteau.

— Poing-Marteau ? L'ivrogne chantant ? Celui qui attendrit les pierres avec sa voix et son haleine de soûlard, c'est lui que tu as choisi ? explosa l'un des Nains, épouvanté.

— Il a été plus rapide que vous.

— Il n'a jamais été désigné par le conseiller ! Tu dois le renvoyer ! Il essaie depuis des cycles d'abréger ses jours en se saoulant. Ses doigts ne sont agiles que lorsqu'il a englouti aux moins quatre chopes.

— Impossible ! Je lui ai donné ma parole et on s'est serré la main.

Tungdil rougit ; sa colère enfla, car Bavragor l'avait manifestement roulé. *Je vais lui demander de me libérer de mon serment.*

Ils lui expliquèrent dans quelle taverne trouver l'arnaqueur et Tungdil se rua dans les galeries dans l'intention de lui dire ses quatre vérités.

Il trouva rapidement le lieu. Le plafond était voûté ; des lampes étaient suspendues aux grands piliers centraux et des lanternes, dont les vitraux jaunes diffusaient une lumière dorée, pendaient au plafond. Tout au fond, quatre Naines derrière un comptoir en pierre versaient de la bière dans d'immenses récipients sombres et les portaient aux clients. Deux joueurs de cromorne, un joueur de flûte en pierre et un tambour accompagnaient un chœur.

Poing-Marteau était assis avec d'autres Nains couverts de poussière qui avaient terminé leur journée de travail dans la carrière, et fêtait son départ en expédition vers les Montagnes Grises comme il se doit pour un tailleur de pierre : il brandissait un pichet et entonnait avec les autres une chanson à faire trembler la pierre. De la mousse blanche débordait du pichet et aspergeait sa culotte en cuir sombre.

— Bavragor ! tonna Tungdil.

— Voici le futur Grand-Roi ! dit le Nain en guise de salutation tout en levant son verre. Vive Tungdil Main-d'Or !

Ses compagnons de beuverie l'imitèrent ; un nuage de poussière grise s'élevait à chacun de leurs mouvements brusques.

Tungdil sentit sa colère monter. Il traversa l'établissement à grands pas, arracha la chope des mains du tailleur de pierre et la reposa brutalement sur la table.

— Libère-moi de mon serment, tu m'as trompé ! Balendilín ne t'a jamais envoyé à moi.

— Attention avec la bière, ce serait dommage de la renverser, rétorqua Poing-Marteau avec un sourire innocent. Ai-je prétendu que j'avais été envoyé à toi ?

— Non… mais…, bredouilla Tungdil, abasourdi.

Bavragor attrapa la chope.

— Était-ce indispensable ?

— Non… mais au moins…

— Je vais te dire comment ça s'est passé. Je suis entré dans ta chambre et je t'ai demandé si tu voulais de moi. Tu m'as donné ta parole. On s'est serré la main. C'est aussi simple que ça. (Il avala une longue gorgée.) Sois tranquille. Sans mentir, tu as à tes côtés le meilleur tailleur de pierre de tout le Royaume des Seconds. Tu as dû admirer mon travail en entrant dans la forteresse, je suppose. Gravures, statues, mon travail est partout. (Il leva la main droite.) Tu as posé ta main dans la mienne et tu as bien fait. Va chercher un tailleur de diamants chez les Quatrièmes pour que nous puissions nous mettre en route.

Il se retourna alors vers ses amis et entonna le couplet suivant.

Feinté ! Fou de rage, Tungdil s'éloigna. Il était en train de s'énerver mais ne savait pas exactement pourquoi. Il avait peut-être trouvé le meilleur tailleur de pierre du royaume mais l'effronterie dont avait fait preuve Bavragor pour forcer sa décision le mettait hors de lui.

À mi-chemin de chez Gandogar, il se mit soudain à rire. Encore une fois, le proverbe selon lequel plus c'était gros, plus cela passait s'était vérifié. Et voilà que Vraccas lui mettait à lui, l'imposteur, un ivrogne dans les jambes qui, par son outrecuidance, s'était assuré une place dans l'expédition. *Je dois juste veiller à emporter suffisamment de bière et d'eau-de-vie dans les Montagnes Grises pour que ses doigts restent tranquilles. Il faut aussi que je me renseigne pour savoir s'il est vraiment le meilleur. Balendilín doit le savoir, lui.*

Tungdil arriva enfin à l'entrée de la salle où il devait rencontrer le roi des Quatrièmes, l'un des deux morceaux de bois de sigurdacia sur lui.

Gandogar était attablé avec cinq de ses suivants et attendait. Leurs cottes de mailles et leurs armures étaient beaucoup plus luxueuses que celles des Seconds ; elles étaient ornées d'une multitude de pierres précieuses et d'éclats de diamant.

— Je n'ai pas coutume de laisser les autres quémander. Épargne-toi un long discours, Tungdil. Je sais ce que tu veux. (Le Nain désigna les hommes de son escorte, qui se levèrent.)

— Choisis-en un. Ce sont tous des maîtres de leur art. Ils taillent, coupent et facettent les gemmes, les pierres précieuses et les diamants comme personne.

Tungdil les passa en revue, scrutant leurs visages, s'efforçant de suivre son instinct et son inspiration.

Il s'arrêta justement devant le plus fluet des artisans, qui étaient déjà tous d'une carrure très modeste. Un pressentiment lui disait que ce Nain-là était le bon. Sa barbe bouclée était constellée de poussière de diamant qui s'était prise dans les poils pendant qu'il taillait les pierres précieuses. On aurait dit que des milliers de minuscules étoiles étaient prisonnières de sa toison. Tungdil marqua un arrêt.

— Il s'appelle Goïmgar Barbe-brillante, dit Gandogar en guise de présentation. Excellent choix, ajouta-t-il.

La mine mal assurée du lapidaire s'assombrit totalement. Il semblait terrifié. Il se tourna vers son maître.

— Par pitié, Gandogar, mon roi… ne me demande pas ça, implora-t-il. Tu sais que…

— Je lui ai promis qu'il pourrait choisir celui qu'il voudrait ! Devrais-je manquer à ma parole à cause de toi ?! le tança Gandogar d'une voix tranchante. Tu partiras avec lui, Goïmgar !

— Mon roi…, tenta faiblement Barbe-brillante une dernière fois.

— Ne nous fais pas honte. Tu obéiras aux ordres de Tungdil et si vous atteignez la forge avant nous, tu tailleras ses pierres précieuses avec autant d'habileté que si tu le faisais pour moi, lui ordonna-t-il fermement. Va, et reviens-nous sain et sauf.

Gandogar se leva et fit signe aux quatre Nains de le suivre. Il s'arrêta au niveau de la porte et regarda son adversaire.

—Je ne te souhaite aucun mal, Tungdil Main-d'Or, mais aucun bien non plus. Le trône me revient et, avec ma victoire, Vraccas montrera aux clans que tu n'es qu'un usurpateur. Ils finiront tous par voter pour moi.

—Bats-toi pour le titre, roi Gandogar, répondit amicalement Tungdil en posant devant lui le bois de sigurdacia, mais n'oublie pas de protéger ensuite le Pays Sûr, et donc notre peuple, contre Nôd'onn.

Il se tourna et se dirigea vers la porte sans attendre de réponse. Le chétif tailleur de diamants le suivit, l'air abattu.

* * *

Les jumeaux, Bavragor et Barbe-brillante étaient assis dans la salle centrale de la bibliothèque, une immense voûte sur croisée d'ogives avec de nombreuses lampes et des miroirs qui fournissaient suffisamment de lumière pour lire et travailler. Ils étaient entourés de rouleaux de parchemin et de tout un savoir accumulé depuis de nombreux siècles. Environnés par le passé, ils devisaient pour trouver un moyen de préserver l'avenir.

Tungdil déroula une carte sur laquelle figurait le Pays Sûr dans sa totalité.

—Nous irons à l'entrée du tunnel, expliqua-t-il. Avec un peu de chance et l'aide de Vraccas, nous gagnerons rapidement l'Ouest par le réseau souterrain.

—Le Nord, corrigea le robuste Bavragor, tout en se penchant en avant pour désigner les Montagnes Grises. Nous devons aller vers le nord.

—Plus tard. Nous irons d'abord vers l'ouest pour rendre visite à la tribu des Premiers, déclara Tungdil pour expliquer le détour. Ils ont toujours eu les meilleurs forgerons de notre peuple et sont donc les seuls à pouvoir forger la Lame de Feu.

—C'est toi qui le dis, rétorqua Bavragor en le sondant de son œil droit. Qu'est-ce qui nous prouve qu'ils existent encore ? Ils ont peut-être été exterminés depuis longtemps par les Orcs ? (Il empoigna sa chope de bière.) Nous ferions mieux de trouver un forgeron ici et de partir immédiatement pour les Montagnes Grises.

—Oh ! écoutez donc, nous avons un nouveau chef ! s'écria Boëndal. Tu veux peut-être aussi prétendre au trône, ami Bavragor ?

—Excellente proposition ! Comme ça, je pourrai interdire que des fous comme ton frère se promènent en liberté ! répliqua le tailleur de pierre, d'un ton glacial.

Boïndil fronça les sourcils et porta machinalement la main à son couperet.

— Attention, le borgne, ou tu pourrais bien finir aveugle.

Boëndal se tourna vers Tungdil.

— Ils ne se sont jamais appréciés et depuis cette histoire avec la sœur de Poing-Marteau, les choses ne se sont pas arrangées, lui souffla-t-il.

Tungdil soupira, devinant qu'il lui faudrait surmonter beaucoup de difficultés durant leur voyage.

— Que s'est-il passé avec sa sœur ?

— Une autre fois, quand ces deux-là seront plus loin, répondit Boëndal. Sinon, ils vont encore se battre. Ou pis.

— Est-ce qu'on a un plan pour s'emparer du feu du Dragon ? s'enquit Goïmgar, qui avait l'air d'un gringalet à côté des jumeaux et de Poing-Marteau. Je commence à m'inquiéter un peu. Les Orcs, le Pays Mort, les Albes, les Dragons… (Il déglutit nerveusement.) Ça fait quand même beaucoup de… défis.

— Pour moi, c'est le bon moment, rugit Furibard d'un ton enjoué en donnant une bourrade au Quatrième, ce qui le fit grimacer. Débiter de la face de groin, cela fait pourtant la joie de tout Nain, non ?!

À la lueur des bougies, on comprenait pourquoi Goïmgar portait un tel surnom ; sa barbe scintillait réellement.

— Toi peut-être, mais moi, je préfère mon atelier.

Boïndil l'observa, d'un air critique.

— Dis-moi, tu sais te servir d'une hache, au moins ? Qu'est-ce que c'est que cet Enfant du Forgeron-là ? On dirait presque une longue-sur-pattes en train de gémir ! (Il sauta sur ses pieds et lui lança un couperet.) Vas-y ! Montre-moi que tu sais te battre !

L'arme tomba devant Barbe-brillante en tintant sur le dallage. Le Quatrième ne la toucha pas, préférant tapoter la poignée de son épée courte.

— Je préfère ça et mon bouclier, répondit-il, vexé. Le guerrier l'avait blessé avec ses moqueries.

— Une épée courte ? Je croyais que c'était ton couteau à pain ! Es-tu un Gnome pour combattre avec une si petite lame ? s'esclaffa le jumeau, incrédule. Par Vraccas ! notre dieu doit t'avoir sculpté dans une pierre particulièrement tendre.

Il se rassit en secouant la tête, Bavragor gloussa le nez dans sa chope et la vida d'un trait avant de roter bruyamment. Ils semblaient tous d'accord contre Goïmgar.

Boëndal reporta son attention sur la carte.

— Vers le Royaume de Borengar, donc. Au moins, le Pays Mort ne se mettra pas en travers de notre route à cette étape. J'ai hâte de voir ce que ces tunnels nous réservent et si nous pourrons ne serait-ce que les emprunter.

— Nous le saurons quand un wagonnet déraillera et nous précipitera vers une mort certaine, dit Goïmgar, découragé. Personne n'est entré dans les tunnels depuis de nombreux cycles. Cela tient du miracle si les…

— Je sais déjà pourquoi Gandogar nous a laissé ce Nain en pierre tendre, lança Furibard, désobligeant. Je n'ai encore jamais entendu autant de jérémiades, pas même à un enterrement.

— Tu aurais dû entendre ma mère quand…, objecta instantanément Bavragor.

— Silence ! tonna Tungdil.

Il commençait sérieusement à douter qu'un groupe si divisé garderait sa cohésion bien longtemps. *Vraccas, donne-moi la force !*

— Ne suis-je donc entouré que de gamins ?! On dirait que je suis le plus âgé d'entre nous, ajouta-t-il à juste titre. Nous nous apprêtons à sauver le Pays Sûr. Ce n'est pas une simple excursion pour visiter une mine d'or ou de sel.

— Je pensais que nous mettions notre vie en jeu pour t'aider à monter sur le trône, nota Goïmgar d'un ton sarcastique.

Bavragor renversa sa chope par mégarde, récupéra les dernières gouttes avec sa main et se lécha la paume.

Tungdil sourit au tailleur de diamants.

— Non, Goïmgar. Tu as mal compris. Je veux forger l'arme contre Nôd'onn pour que nous ayons au moins une chance de faire quelque chose contre le Mal. Sans la Lame de Feu, personne n'arrêtera le Mage.

Il omit volontairement de dire qu'il n'avait pas réussi à traduire un passage du parchemin.

— Et c'est ainsi que tu veux persuader le clan des Premiers de laisser leur meilleur forgeron nous accompagner jusque dans les Montagnes Grises ? demanda le tailleur de pierre. Ils n'ont probablement jamais entendu parler du Mage et du Pays Mort.

Le regard de Tungdil passa de Bavragor à Goïmgar.

— Pourquoi faites-vous tant de difficultés, alors que nous ne sommes même pas encore partis ? leur demanda-t-il ouvertement.

Bavragor se gratta la barbe.

— Je ne fais pas de difficultés. Mais je te le dis tout net : nous aurons besoin de plus que de la bénédiction de Vraccas pour revenir à la forteresse avec la hache.

— Alors partez du principe que nous aurons plus que cela, rétorqua Tungdil. Avant de me présenter devant l'Assemblée, j'ai vécu tant d'aventures que je ne doute pas un seul instant du bien-fondé de notre cause. J'agis pour notre peuple et pour le Pays Sûr, Bavragor, pas en mon nom.

Pas en mon nom, mais pour Lot-Ionan, Frala, Sunja et Ikana, ajouta-t-il intérieurement.

— Et nous trouverons sûrement aussi de l'or.

— Je porterais bien un toast. (Bavragor se leva.) Mais d'abord, je dois aller chercher de la bière.

Tungdil se tourna vers Barbe-brillante.

— Est-ce que tu me crois, Goïmgar ?

— Oui. Pour le Pays, répondit-il avec apathie, ce qui ne convainquit en rien Tungdil.

Goïmgar évita son regard et le tourna plutôt vers les rayonnages qui s'élevaient jusqu'au plafond.

Bavragor revint rapidement avec une grande chope dont il avait déjà bu la moitié en chemin.

— Je bois aux espoirs de notre nouveau roi, cria-t-il sans préciser s'il pensait à Tungdil ou à Gandogar. Qu'ils se réalisent tous !

La bière coula dans son gosier.

— Quelle descente ! s'étonna Furibard. Il doit avoir un lac dans son ventre.

Poing-Marteau essuya la mousse prise dans sa barbe noire.

— La chope est de nouveau vide, s'excusa-t-il.

— Reste, ordonna Tungdil gentiment, mais fermement. Tu pourras boire quand nous aurons fini de parler de notre projet. (Bavragor reprit sa place, maussade. La chope vide atterrit sur le sol de la bibliothèque.) Nous irons d'abord en direction des Montagnes Rouges, pour expliquer aux Premiers le danger qui nous menace au cas où ils n'en auraient pas encore entendu parler. Nous les persuaderons de nous adjoindre leur meilleur forgeron, puis nous emprunterons les tunnels pour rejoindre les Montagnes Grises.

Il prit une deuxième carte et la déroula devant les quatre Nains.

— C'est une vieille carte du Royaume des Cinquièmes qui date du 5 329e cycle solaire et sur laquelle figurent les routes principales.

— C'est le Lac de Flammes, dit Boëndal, qui se concentrait sur les croquis jaunis. Nous y trouverons sûrement le Dragon dont il est question dans les anciens manuscrits.

— Et ensuite ? articula Goïmgar.

Tungdil se cala au fond de sa chaise.

— Je n'ai pas l'intention d'affronter le Dragon. Cela suffira si nous nous emparons de son feu. Boïndil dansera sur sa queue et l'agacera jusqu'à ce qu'il crache dans notre direction. Nous nous tiendrons prêts à capturer les flammes avec des torches afin d'allumer la forge.

— Est-ce que je dois seulement l'énerver ou est-ce que je peux aussi le blesser ? se renseigna Furibard qui se réjouissait à l'avance, ce qui lui valut un regard réprobateur de Goïmgar.

— Si tu veux vraiment le tuer, laisse-le d'abord cracher du feu, lui conseilla son frère. Il ne nous servira plus à rien quand il s'effondrera et que plus rien, pas même de la fumée, ne sortira de ses naseaux.

— La forge se trouve à proximité de l'entrée de la forteresse, dit Tungdil, en jetant un regard particulièrement insistant à Boïndil. Je sais que tu veux tuer des Orcs, mais ils y sont si nombreux que nous ne nous en sortirons pas tous victorieux si nous devons nous battre. Sois raisonnable.

— Si tu le dis, grommela Boïndil en croisant les bras, frustré. Eh bien, laissons les faces de groin vivre leur minable existence jusqu'à ce que nous les rencontrions de nouveau sur le champ de bataille. (Il jeta un coup d'œil à la ronde.) Au moins une chose est sûre : si nous rencontrons en chemin une bande d'Orcs ou d'autres créatures, les dix premiers sont à moi. Vous pourrez vous battre pour le reste.

— Sûrement pas, murmura Goïmgar si doucement que seul Tungdil put l'entendre.

— Et maintenant, au cas où nous devrions quitter le tunnel : l'un de vous deux est-il déjà resté longtemps à la surface parmi les Hommes ? demanda Tungdil.

Ses compagnons d'armes répondirent par la négative.

— Bien. Je vous donnerai encore quelques indications, quand nous serons en route, sur ce à quoi il faut veiller lorsque l'on rencontre des longs-sur-pattes. Et maintenant allez vous reposer, nous partons demain.

Bavragor et Goïmgar se levèrent pour se rendre dans leur chambre.

— Et nous, que faisons-nous ? demanda Boëndal.

— Nous partons en reconnaissance.

Tungdil et les jumeaux s'engagèrent dans l'escalier qui s'enfonçait encore plus profondément dans la montagne, à la recherche de l'entrée des anciens tunnels grâce auxquels les Enfants du Forgeron pouvaient parcourir d'immenses trajets en peu de temps.

Boïndil et Boëndal n'en revinrent pas de pénétrer, sous l'égide de Tungdil, qui portait sur lui une copie de la carte, dans des régions de leur pays dont ils n'avaient encore jamais entendu parler. À cause des gaz sulfureux, personne n'était entré dans cette partie des Montagnes Bleues depuis des centaines de cycles.

Dans certains endroits où vivaient les Nains, l'air était vicié et sentait mauvais, mais pas au point de sentir le soufre. Ils trébuchaient parfois sur des squelettes de moutons ou de chèvres qui s'étaient égarés en rentrant à la bergerie et étaient morts de soif dans d'atroces souffrances.

Heure après heure, ils descendirent les marches. De larges ponts en pierre permettaient de passer au-dessus de profonds ravins dont le fond brillait d'une mystérieuse couleur jaune foncé ; ils traversèrent des salles soutenues par des piliers qui, par leurs dimensions, ne cédaient en rien à la Salle de l'Assemblée, et passèrent devant d'impressionnantes chutes d'eau. N'osant pas parler, ils écoutaient religieusement le silence, qui n'était troublé que par le bruit de leurs pas et le grondement des cascades. Bientôt ils se remirent à monter.

— Ces tunnels étaient à notre disposition pendant tous ces cycles, s'extasia finalement Furibard à voix haute.

— Ainsi en est-il des choses qui ne sont plus utilisées, déclara son frère. On les oublie. Les vapeurs toxiques ont probablement disparu depuis bien longtemps.

— Précisément, acquiesça Tungdil. (Il désigna devant lui un portail large de quatre pas et haut de trois, gravé de runes d'or.) Je crois que nous y sommes.

À la lueur de leurs lampes à huile, ils nettoyèrent les runes de la poussière accumulée depuis des siècles. Il s'agissait d'un ancien dialecte que les bâtisseurs de la porte avaient utilisé autrefois, et il fallut un moment à Tungdil pour comprendre le sens des mots et pouvoir les lire à voix haute :

« Voyage pour retrouver des amis,
voyage pour anéantir des ennemis,
voyage avec la bénédiction de Vraccas
et reviens sain et sauf. »

Dès que Tungdil se tut, les portes grincèrent et libérèrent le passage aux trois Nains.

Ils pénétrèrent dans une pièce gigantesque où Tungdil et ses compagnons découvrirent une forêt de couronnes dentées toutes différentes, recouvertes de vert-de-gris, de rouille ou de patine, s'imbriquant horizontalement et verticalement les unes dans les autres. Des systèmes de barres et de tiges reliaient le mécanisme à une série de chaudières ventrues ; l'ensemble était posé sur des clapets d'alimentation et était surmonté par de petites et de grandes cheminées.

Boëndal promena lentement son regard le long de la salle.

— Nous avons ramené à la vie un savoir qui a bien failli être perdu.

— Pas tout à fait encore.

Tungdil approcha des chaudières ventrues d'où sortaient de petits tuyaux en verre qui renfermaient des billes de plomb. Le verre portait des repères, et sur la chaudière figuraient les runes de l'eau. Il se pencha pour regarder vers le bas dans la cavité et nota la présence de cendres.

— Bavragor penserait qu'il s'agit d'un alambic, déclara-t-il en riant tout en cognant contre la tôle. Moi, je dirais plutôt que c'est un système d'entraînement.

— Et comment est-il censé fonctionner, l'érudit ? se renseigna Boëndal, pendant que Boïndil passait devant eux pour se rendre en face du mur de chaudières, de tiges et de tubulures.

Tungdil se souvint de dessins similaires qu'il avait feuilletés dans des livres de la bibliothèque de Lot-Ionan.

— Comme un moulin, mais différent, ricana-t-il. Les roues dentées tournent et entraînent quelque chose.

— Hé ! s'écria Furibard. Venez par là ! Il y a autre chose.

Ils le suivirent.

Au milieu de la salle, huit larges rails légèrement en pente menaient directement à huit portails fermés.

Au bout de quatre lignes se dressaient des barricades en bois auxquelles étaient suspendus les restes de paillasses défraîchies.

— C'est sans doute là-dessus que les wagonnets étaient posés, présuma Boëndal.

Tungdil hocha la tête.

— On ne saurait voyager plus en sécurité : il suffit de glisser sur les rails.

— Cela rassurera Goïmgar, railla Boëndal.

Tungdil regarda Boïndil, qui se tenait de l'autre côté de la salle. Il y avait là environ une centaine de wagonnets.

— Jetons-y un coup d'œil.

Les wagonnets étaient tous de conception très différente. Certains possédaient dix bancs étroits placés les uns derrière les autres, d'autres n'avaient qu'un siège et étaient destinés au transport de marchandises.

À l'avant de chaque voiture se trouvait une longue poignée. Tungdil l'actionna avec précaution, et quelque chose grinça sous le wagonnet. Il se baissa pour mieux regarder.

— Des freins, annonça-t-il. Cela permet de réduire la vitesse du véhicule pendant le trajet. Si on enlève la rouille, ils devraient fonctionner.

— Et comment va-t-on mettre les wagonnets sur les rails, l'érudit ?

Boëndal regarda les rampes de lancement qui partaient en biais et dont le point culminant se trouvait à deux pas du sol.

— On les soulève à la force de nos bras ? Ils sont bien trop lourds.

— Non, regarde, dit Tungdil en désignant le plafond.

Un dispositif de levage !

— C'est ça ! Avec les griffes, ils attrapaient les wagonnets, les soulevaient et les posaient sur les rampes. Venez, essayons de voir ce qui se passe quand on le met en marche.

Ils découvrirent des restes de charbon de bois qu'ils firent brûler avec leurs lampes à huile. Ils puisèrent dans le bassin de l'une des cascades l'eau nécessaire pour remplir un minimum la chaudière.

— Et maintenant ? demanda Boïndil, tendu.

— Nous attendons, répondit Tungdil.

Ils somnolèrent un moment pour se reposer de la fatigue engendrée par l'effort qu'ils venaient de fournir. Furibard agrippa soudainement le bras de Tungdil.

— Là ! La bille en plomb a bougé dans le tube !

Tungdil se releva. La bille grise était vraiment en train de danser dans le petit tube. De la vapeur brûlante s'échappait de deux soupapes.

— Et ensuite ? articula Boëndal avec curiosité.

Le système de vérins et de barres tourna lentement sur son propre axe et la première des innombrables roues dentées se mit en branle en grinçant, fit une demi-rotation puis stoppa. Une troisième soupape s'ouvrit. L'air s'échappa bruyamment en sifflant.

— Mais bien sûr ! c'est la pression de la vapeur ! comprit Tungdil.

Il éprouva un grand respect pour les ingénieurs qui avaient conçu ce mécanisme des milliers de cycles auparavant.

— Ce n'est pas la force de l'eau, mais celle de la vapeur qui met les roues en mouvement !

Les jumeaux le regardèrent, déconcertés.

— N'avez-vous jamais essayé de maintenir un couvercle sur une casserole posée sur le feu ?

— J'ai l'air d'un cuisinier, peut-être ? s'indigna Boïndil.

— Je comprends, dit son frère avec un signe de tête. Avec la vapeur, les roues dentées tournent. Ainsi, les palans peuvent bouger et déposer les wagonnets sur les rails, sans effort de notre part. (Il observa l'enchevêtrement de vérins et de barres.) Seulement, la pression de la vapeur d'une seule chaudière ne suffira pas à mettre en marche tout le dispositif.

— Ça ne fait rien, dit Tungdil. De toute façon, nous ne partons que demain matin, et d'ici là…

Furibard se retourna brusquement et scruta l'entrée avec méfiance.

— Il y a quelque chose, gronda-t-il, et son instinct de combattant se ranima.

— Sûrement un Orc, le taquina Tungdil. Va voir.

— Tu peux y compter.

Il courut vers le portail qu'il était en train d'observer. Il ramassa une pierre, la soupesa, se tourna vers la droite en faisant brusquement tournoyer sa main et lança son projectile dans l'obscurité.

Quelque chose poussa effectivement des cris perçants dans le noir ; ils entendirent un trottinement rapide alors que la créature s'éloignait. Une petite silhouette, qui parut curieusement familière à Tungdil, passa rapidement l'entrée et s'enfuit devant le Nain qui avait déjà dégainé ses couperets et se préparait au combat.

— Qu'est-ce que cela pouvait bien être ? demanda Tungdil. As-tu distingué quelque chose ?

— Non. Mais comme ça ne nous a pas attaqués, ça ne peut pas être bien méchant, répondit Boëndal, tandis que son frère revenait, la mine déconfite.

— Ce n'était pas un Orc, se plaignit-il. Une sorte de bestiau qui courait trop vite pour qu'on puisse s'occuper de son cas.

— Regardons ce qui se cache derrière le plus petit portail et rentrons, décida Tungdil. Cela suffira pour aujourd'hui.

— Qu'est-ce qu'il peut bien y avoir d'autre là derrière ? Des rails, sûrement. Même moi, je le sais, répliqua Boïndil, dépité de n'avoir pas rencontré le moindre adversaire sur lequel aiguiser sa lame.

Tungdil actionna le levier qui saillait du sol à côté du premier rail, et les portes s'ouvrirent. La voie menait vers un gouffre obscur.

— Oh ! ça va être une sacrée chevauchée, dit Furibard. Il fait plus noir que dans le derrière d'un Troll. On n'y voit rien de rien.

— Tu vois aussi bien que moi dans le noir, répliqua son frère, amusé, même s'il concéda que l'obscurité de la galerie mettait son acuité visuelle à rude épreuve. (Il ne pouvait pas voir à plus de dix pas.) Les longs-sur-pattes utiliseraient des torches, ajouta-t-il.

— Nous devrions aussi en emporter et les allumer, conseilla Tungdil, sinon nous nous habituerons trop aux ténèbres et risquerions d'être éblouis si le moindre rayon de lumière nous atteignait en route. Une fissure dans la montagne suffirait à nous coûter la vue.

Pendant ce temps, Boïndil faisait preuve d'esprit d'investigation en risquant quelques pas dans le tunnel, tandis que Tungdil lisait l'inscription poussiéreuse sculptée dans le mur à côté de la galerie.

— « Voici la voie qui mène au Royaume des Premiers », traduisit-il à haute voix pour les autres. Il s'imagina alors à quoi devait ressembler la salle par le passé.

C'est sur ces rails qu'ils commençaient leur voyage et les wagonnets revenaient à l'endroit où se trouvent les murs en bois. Les barricades recouvertes de paillasses devaient sûrement servir à arrêter les voitures quand leurs freins ne fonctionnaient plus.

Il parcourut les quais en ruminant jusqu'à ce qu'il atteigne la quatrième porte.

— Regardez ! Celle-là mène à la tribu de Lorimbur ! cria-t-il aux deux autres.

Nos rapports étaient-ils meilleurs autrefois ? Quelle autre raison pouvait-il y avoir de maintenir une liaison étroite avec les Troisièmes ?

— C'était sûrement pour pouvoir leur faire la guerre, résonna la voix de Furibard en provenance du boyau dans lequel il avait disparu. C'est sacrément étroit, ici. Quand les wagonnets sont dedans, il doit rester à peine assez de place pour un Nain de chaque côté de la voie.

Tungdil ne répondit pas à la supposition de Boïndil concernant une guerre avec les Troisièmes.

— Reviens, nous partons, lui ordonna-t-il pour qu'il sorte du tunnel.

— Oh ! je suis arrivé au bout et ici... les rails descendent presque à la verticale. Il ne faut pas le dire à Goïmgar, il ne voudra jamais monter, sinon. (Son rire sans joie leur parvint ; étouffé d'abord, puis il s'amplifia lorsqu'il revint de sa petite promenade d'exploration.) Regardez de quoi j'ai l'air !

Il était recouvert de toiles d'araignées, et des cadavres desséchés d'insectes s'étaient accrochés dans sa barbe. Boëndal attrapa les fils pris dans sa cotte de mailles et épousseta sa barbe.

— Apparemment, d'autres créatures vivent encore sous la montagne, dit Tungdil en actionnant le dispositif qui permettait de refermer le premier passage.

— Rien qui doive nous effrayer, en tout cas, dit Boïndil en secouant la tête. Et si les araignées sont plus grosses qu'une tête de Nain, elles sont à moi.

Ils firent écho à son rire. Ils éteignirent ensuite le feu sous la chaudière, verrouillèrent la porte aux versets gravés et s'engagèrent sur le chemin du retour. Sans le soleil, Tungdil ne parvint pas à estimer de combien de temps ils avaient eu besoin pour aller de la partie habitée du Royaume nain à la zone abandonnée, mais d'après sa faim, ils avaient dû marcher un bon moment.

Ils arrivèrent en sueur et éreintés dans la grande salle où les délégués prenaient leur repas. Ils s'assirent, à bout de forces, à une table, ignorant volontairement les regards curieux des Nains présents.

— Nous ne leur montrerons que demain où se trouvent les tunnels, expliqua Tungdil aux jumeaux. Je ne voudrais pas que Gandogar parte avant nous et prenne de l'avance. Ce sera déjà bien assez difficile de s'imposer en vainqueur face à lui et à son groupe.

— Les meilleurs combattants sont de ton côté quoi qu'il en soit, ricana Furibard. (Il se coupa une rondelle de champignon géant grosse comme une assiette et la recouvrit d'un fromage à l'odeur épicée.) Qu'est-ce qui te retient encore ? Je te le dis, les jours de Nôd'onn sont comptés.

— Je partage l'avis de mon frère, acquiesça Boëndal. Mais je viens de penser à une chose. Je n'arrive pas à me sortir de la tête la description de la Lame de Feu.

— Que veux-tu dire ?

— L'acier le plus pur et le plus dur, un manche et un crochet en pierre, les incrustations et les runes dans les métaux les plus nobles qui soient et la lame doit en plus être couverte de diamants, énonça le Nain.

— Nous en prendrons un stock avec nous, dit Tungdil, lisant dans ses pensées. J'ai demandé à Balendilín de nous donner tous les matériaux dont nous avons besoin en quantité suffisante. Il a pensé que le trésor des Seconds était assez vaste pour supporter une perte si infime étant donné l'importance de notre expédition.

— De l'or, de l'argent, du palandium, du vraccasium, du tionium et une poignée de diamants par-dessus le marché ? s'étonna Boëndal. Par le divin Forgeron ! nous serons la proie rêvée des pillards et des coupeurs de gorges !

— Tu peux ajouter du granit et du fer, ainsi que des provisions, enchérit Boïndil. Nous avons certes de bonnes jambes, mais même un Ogre ne pourrait soulever ce que tu prévois d'emporter.

— Si tout va bien, nous utiliserons les tunnels et n'avons donc aucun souci à nous faire. Sinon, nous devrons nous acheter un poney pour porter notre précieux chargement. C'est aussi simple que ça.

Les jumeaux se turent et se concentrèrent sur leur repas, mais leur silence signifiait à Tungdil qu'ils n'approuvaient pas son plan.

—Avez-vous une meilleure solution à proposer ? ou bien préférez-vous exploiter les anciennes mines des Cinquièmes dans les Montagnes Grises pour en extraire métaux et minerais ? soupira-t-il en mettant un bout de fromage dans sa bouche.

—Nous pourrions juste emporter suffisamment de diamants et trouver les autres choses dont nous avons besoin en cours de route, proposa Boëndal. Avant d'avoir passé la frontière du Pays Mort. Ou mieux encore, nous nous ravitaillons en métaux une fois sur place.

—Pas assez sûr, répliqua Tungdil. Si à la fin nous ne trouvons pas de tionium, il nous manquera un élément indispensable à la fabrication de la Lame de Feu. (Il porta sa quatrième chope à ses lèvres et la vida d'un seul trait.) Restons-en là. Nous emporterons avec nous tout ce dont nous avons besoin. (Il se leva et ressentit les effets de la bière qu'il avait bue trop vite.) Nous y arriverons, les encouragea-t-il.

Il se dirigea vers la sortie et gagna en titubant sa chambre, où il s'écroula légèrement ivre sur sa couche. Mais la petite silhouette qu'ils avaient surprise à proximité du portail ne quittait plus ses pensées. Il l'avait déjà vue quelque part.

Y parviendrons-nous vraiment ? Dans quoi me suis-je donc engagé ? songea-t-il, jusqu'au moment où la fatigue de la marche le terrassa et où il s'endormit d'un coup sur son lit.

* * *

Quelqu'un extirpa violemment Tungdil de ses rêves. À moitié endormi, il se leva et se mit à gémir tellement il avait mal au crâne. *Je pensais que ça n'arrivait pas avec la bière des Nains.*

Il entendit Balendilín crier :

—Ils sont partis ! Tu m'entends, Tungdil ?! Ils sont partis.

Il ouvrit les yeux. Le conseiller manchot se tenait au pied de son lit ; les jumeaux, Bavragor et Goïmgar étaient attroupés derrière lui. Ils portaient tous leur cotte de mailles et semblaient prêts à se mettre en route.

—Mais non, bredouilla Tungdil, la bouche pâteuse, ils sont juste derrière toi.

—Mais pas eux ! Gandogar et son groupe, ils sont partis, dit Balendilín, un peu plus fort et d'un ton plus acéré. Vous devez les suivre sur-le-champ, sinon leur avance sera trop importante.

Tungdil se rua hors de son lit. Son corps et son esprit étaient tout sauf suffisamment reposés pour le voyage dans l'obscurité des tunnels et des galeries.

—Il leur faudra longtemps pour atteindre les Montagnes Grises, dit Balendilín pour le rassurer. Demande à Barbe-brillante combien de temps les Quatrièmes ont mis pour arriver ici.

— Ils ne sont pas partis à pied, intervint Boëndal. Ils ne sont plus là, à l'exception de Bislipur, et personne ne sait où ils sont allés.

— Ils ne sont pas passés par la porte en tout cas, ajouta Boïndil.

Tungdil eut une soudaine révélation. *Ce n'était pas un animal que nous avons vu là-bas.* Tout d'un coup, le Nain fut parfaitement réveillé.

— Swerd !

C'était le Gnome de Bislipur qui les avait suivis la veille et les avait écoutés tandis qu'ils parlaient à côté des wagonnets, jusqu'à ce que Boïndil l'atteigne avec sa pierre. *Ainsi Gandogar sait précisément d'où partent les voitures.* Il trouva Swerd soudainement aussi antipathique que son maître.

Tungdil revêtit en hâte son pourpoint de cuir, mit sa cotte de mailles par-dessus, se glissa dans son pantalon de cuir et ses bottes pour se lancer dans l'aventure. Entre-temps, il ordonna aux jumeaux d'emmener Bavragor et Goïmgar dans la partie abandonnée du Royaume des Seconds afin d'allumer la chaudière.

— Les wagonnets doivent être sur les rails quand je vous rejoindrai. D'ici là, j'ai quelques mots à dire à Bislipur, annonça-t-il, puis il demanda à Balendilín de l'accompagner.

— Tu as choisi Bavragor comme tailleur de pierre, à ce que je vois, lui dit ce dernier en chemin.

— Non, pas tout à fait. Il s'est désigné lui-même et je lui ai donné hâtivement ma parole que je l'emmènerai avec nous, dit Tungdil avec un soupir. Je ne peux pas me dédire. Mais pourquoi les autres me le déconseillent-ils avec tant de véhémence ? Sa soif est-elle vraiment inextinguible ?

Balendilín inspira profondément.

— Quand il est à jeun, ce n'est qu'un vieux Nain aigri, et quand il a eu sa ration de bière, il ne fait que chanter et raconter des blagues. Il a connu son heure de gloire comme sculpteur, mais c'est terminé.

— Il n'est pas le meilleur ?

— Si, c'est bien lui le meilleur. Tous les travaux magistraux sur les murs fortifiés, dans les salles et les couloirs témoignent de l'ampleur de son talent, mais il n'a pas touché un burin depuis dix cycles et même plus, parce qu'à cause de la boisson ses mains ne font plus toujours ce que son esprit leur commande. À ce jour, aucun artiste n'a réussi à surpasser son œuvre. Il reste donc le meilleur de tous les clans des Seconds. (Balendilín pinça les lèvres.) Je ne voulais pas que tu le choisisses. Il est instable, et personne ne sait s'il est toujours aussi habile. Mais on ne peut plus rien y faire maintenant.

Ils trouvèrent le mentor de Gandogar dans la salle en train de prendre son petit déjeuner, attablé avec plusieurs Nains de la tribu des Quatrièmes, avec lesquels il discutait tranquillement. Ses domestiques lui firent remarquer la présence des deux arrivants.

— Vous êtes en retard, dit Bislipur, visiblement surpris, en guise de salutation. Seul le forgeron matinal termine à temps son travail.

— Nous serions bien partis avec Gandogar. Pourquoi a-t-il déjà pris la route ? demanda Tungdil en tâchant de réprimer sa colère. Et comment savait-il où se trouvaient les tunnels ?

Les yeux noirs de Bislipur le scrutèrent avec froideur.

— Nous avons fait des recherches, expliqua-t-il sans réfléchir. En outre, nous ne nous étions pas mis d'accord sur une quelconque heure de départ. Mon roi a constitué son groupe et est parti pour revenir avec la Lame de Feu. (Il fit la moue.) On n'y peut rien si tu préfères boire un coup de trop et flemmarder au lit. Tu sembles très bien te faire aux habitudes de Poing-Marteau.

— Oh ! mais ce n'est pas un problème. Son avance n'est pas si importante, je pourrai facilement le rattraper.

Bislipur leva son gobelet de lait chaud.

— Eh bien, en route, va trouver les Premiers. Tu as ma bénédiction.

Les Nains assis à sa table rirent sous cape.

— Où est ton Gnome ? demanda Balendilín d'un ton acerbe. Est-il de nouveau en train d'espionner pour ton compte ? Prépare-t-il un coup contre Tungdil ?

Bislipur sauta sur ses jambes et se redressa, menaçant.

— J'ai mon honneur ! Si tu avais deux bras, Balendilín le manchot, je te défierais en duel, gronda-t-il.

— D'accord, mais seulement si tu me bats à la course, riposta calmement Balendilín. La bataille pour le trône du Grand-Roi doit se dérouler à la loyale, c'est tout ce que je voulais entendre de toi.

Bislipur mit les poings sur les hanches.

— Je jure par Vraccas que je ne m'immiscerai pas. C'est précisément pour cette raison que je suis resté dans la forteresse : tous doivent voir que je n'interviens pas.

— Cela est-il aussi valable pour ton petit assistant ? insista Balendilín.

— Naturellement, répondit-il avec condescendance. Tant que je sais où il se cache. Il lui arrive parfois de disparaître.

Tungdil ne crut pas un mot de ce que disait Bislipur. *Raison de plus pour garder les yeux bien ouverts pendant tout le voyage.* Il prit congé brusquement, quitta la salle et se hâta de rejoindre les wagonnets.

Balendilín demanda doucement à Bislipur :

— Pourquoi es-tu resté ici, en réalité ?

Le Nain rit méchamment.

— Tu connais déjà une de mes raisons. L'autre, c'est que j'aimerais éviter que tu présides seul au destin de notre peuple au cas où le Grand-Roi serait amené à disparaître soudainement. Quelqu'un doit veiller à ce que les clans des Seconds ne s'accaparent pas le pouvoir tandis que l'héritier légitime du trône est au loin. (Il pencha la tête.) Et je ne parle pas de ta marionnette, le manchot. Ce Nain n'est pas un Quatrième.

— Et pourtant, il est l'un des vôtres. Tu as vu et entendu les preuves, insista Balendilín.

Bislipur s'approcha encore et chuchota à son oreille :

— Je vais te dire où mon Gnome est allé. Il est parti vers notre royaume pour faire des recherches dans nos archives et parler à ceux qui doivent être mis au courant à propos du bâtard. (Son regard se durcit et s'emplit d'animosité.) L'histoire de Tungdil est abjecte, une véritable insulte à notre ancien roi. Swerd reviendra avec des preuves et convaincra Tungdil de mensonge, d'usurpation et de diffamation, je te le promets, le manchot. Ensuite, je le mettrai moi-même en accusation. Le rêve de cet escroc volera en éclats comme le crâne d'un Orc sous ma hache, ami Balendilín. Tous ceux qui auront participé à cette machination subiront le même sort. J'en fais le serment.

Balendilín écouta les menaces sans sourciller. Bislipur lui semblait un peu trop sûr de découvrir la duperie. Si Tungdil revenait, il devrait à tout prix être protégé jusqu'à ce que Nôd'onn soit anéanti. La lutte contre le Mal passait avant toute autre chose.

— J'entends tes paroles avec joie, car je suis aussi intègre que toi et je ne crains pas la vérité, répondit-il amicalement. Attendons de voir lequel des deux revient victorieux des Montagnes Grises. Ensuite, je vérifierai la véracité de tes propos et si les Elfes ont véritablement trahi les Cinquièmes autrefois. Si les textes que tu as présentés se révèlent être des faux, alors je saurai qui les a rédigés.

Il le salua d'un rapide hochement de tête et quitta la salle.

Bislipur s'assit et observa le manchot passer par la porte et disparaître.

— Et contrairement à toi, je sais qui sera bientôt assis sur le trône, murmura-t-il.

Cette farce de faux Quatrième freinait ses ambitieux projets, mais le Nain n'y pensa pas davantage. *J'ai beaucoup trop travaillé aux préparatifs au cours des derniers cycles pour me laisser distraire par cette histoire. La guerre contre les Elfes aura bien lieu !*

Et même dans le cas, improbable, où les Enfants du Forgeron changeraient subitement d'avis, il avait un plan de secours.

Bislipur se retourna pour attraper quelque chose à manger. Alors qu'il coupait un morceau de jambon et observait la viande rouge nervurée de blanc, il eut une révélation. *Les ennemis de mes ennemis sont mes amis. Il en a toujours été ainsi.*

* * *

Tungdil avait empaqueté en toute hâte les objets les plus importants et parcourut en courant tout le chemin qui menait aux wagonnets, après avoir rapidement révélé le secret du Noirjoug à Balendilín et à Gundrabur pour qu'ils en fassent part aux autres Nains du clan et pour que tous soient mis dans la confidence.

À son arrivée, les quatre autres Nains l'accueillirent avec des mines déconfites. L'air dans la grande salle était humide et chaud, ils transpiraient par tous leurs pores.

L'air sombre, Boëndal lui dit :

— Quelqu'un a voulu nous faciliter le plus possible le départ. Regarde.

Les rails qui menaient à la rampe de lancement vers le Royaume des Premiers avaient été tordus et en partie arrachés. La vapeur qui sortait de la chaudière percée de trous dégageait une chaleur étouffante. Même s'ils parvenaient à réparer les voies dans l'urgence, il n'était plus possible de déplacer les lourds wagonnets.

— On dirait bien que Gandogar ne veut pas que le meilleur gagne, dit Boëndal, furieux. C'est signe qu'il a peur de toi.

— Je me passerais bien de ce genre de signes, répondit Tungdil, songeur. En plus, je ne suis pas certain que ce soit vraiment Gandogar qui ait orchestré ce sabotage. (Il se pencha pour examiner les rails. Quelqu'un les avait arrachés de leur support avec le palan.) Je pense plutôt que c'est Bislipur qui a fait du zèle.

Et que vais-je faire maintenant ?

Goïmgar se tenait à l'écart et faisait comme si tout cela ne le concernait en rien. Bavragor s'appuya contre l'une des chaudières abîmées et but une gorgée de son outre. Il claqua la langue avec satisfaction, remit le bouchon en place et les rejoignit pour évaluer les dommages.

— Il suffit d'échanger les rails, dit-il avec entrain en montrant du doigt le quai d'à côté où étaient censés arriver les wagonnets en provenance du Royaume des Premiers.

— Tu as bu, constata Boëndal d'un ton réprobateur.

— Et alors ? Toi tu as mangé, pour moi c'est la même chose, lui répondit-il sèchement sans lui accorder un regard.

Ses larges mains calleuses tapotèrent le fer.

— L'un de nos forgerons devrait bien pouvoir détacher ces rails.

Son œil droit se posa sur la chaudière endommagée.

— Et le rétameur qui vit dans le quartier commerçant s'occupera de ça. Non pas que notre tribu en soit incapable, mais il aura sûrement plus d'idées. Les Naines qui brassent la bière devraient aussi venir. Elles s'y connaissent, en chaudières et en chaudrons.

Tungdil regarda le borgne qui regorgeait soudainement de confiance et d'énergie. L'instabilité dont Balendilín avait parlé correspondait parfaitement à l'état du tailleur de pierre.

— Ce sont de bonnes propositions, Bavragor, le complimenta-t-il.

— Je sais.

Le tailleur de pierre se releva en ricanant et avala une autre gorgée.

Et de fait, les Naines brasseuses de bière et le rétameur, aidé de ses apprentis, réussirent à colmater les chaudières afin qu'elles puissent, au moins pendant un temps, retenir la pression de la vapeur.

Malgré tout, il fallut deux lunes pour tout réparer et tout préparer. Les chaudières furent remplies d'eau et mises en route, les roues se mirent sagement en marche et le palan effectua le travail que l'on attendait de lui. Le midi de la troisième lune, les wagonnets étaient enfin sur les nouveaux rails, parés pour le grand voyage vers l'inconnu.

Tungdil et Furibard s'assirent à l'avant, suivis par Bavragor et Goïmgar, le dernier banc étant occupé par Boëndal. Les bagages, les provisions et les matières premières pour la Lame de Feu étaient répartis uniformément à leurs pieds.

Tungdil se tourna vers les autres et scruta attentivement ses compagnons. Aucun d'entre eux ne savait ce qui les attendait après la vertigineuse descente, ni ne connaissait l'avance que Gandogar avait prise vers l'ouest. Leurs visages étaient graves.

— Notre vie est entre les mains de Vraccas, dit-il.

Tungdil se retourna de nouveau, les yeux rivés sur les portes. Il posa sa main gauche sur le levier situé à côté des rails. Il tira la poignée vers l'arrière, le portail s'ouvrit sur les ténèbres.

— Allons sauver le Pays Sûr !

Tungdil lâcha les freins du wagonnet, le véhicule roula doucement sur la rampe inclinée et se dirigea droit vers le gouffre.

— Que se passera-t-il si Gandogar a tordu les rails ? demanda anxieusement Goïmgar. Ou si nous sommes trop lourds et que nous déraillions ?

— Alors nous le remarquerons, dit Boïndil en riant, une folle lueur dans l'œil tandis qu'il attendait le départ. Hourra ! on va bien s'amuser !

Le wagonnet accéléra et atteignit le point où la voie plongeait. La voiture pencha vers l'avant, lentement, les passagers se cramponnèrent aux poignées, puis le véhicule se rua en mugissant et en cahotant dans les profondeurs.

Furibard poussa un cri de joie bestial. Boëndal s'agrippa en silence à son siège, Bavragor entonna un chant plein d'allégresse, Goïmgar se mit à implorer Vraccas à voix haute, et Tungdil se demanda quelle bande de fous l'accompagnait.

Chapitre 2

Le Pays Sûr, quelque part sous terre,
à la fin de l'automne du 6234e cycle solaire

Le vent soufflait au visage des Nains et faisait tourbillonner leurs longues barbes et leurs cheveux par-dessus leurs épaules tandis que le wagonnet dévalait les rails à toute allure dans un bruit de tonnerre assourdissant. La vitesse plaquait littéralement les Nains sur leurs sièges. Tungdil n'avait encore jamais ressenti de telles forces s'exercer sur lui.

Bavragor avait cessé de chanter depuis qu'une petite chose était entrée dans sa bouche sous l'effet du vent et qu'il l'avait avalée par mégarde. Seul Boïndil exultait encore, jouissant de cet air qui lui chatouillait l'estomac.

Goïmgar ne desserrait pas les paupières et priait Vraccas à mi-voix qu'il les protège et qu'il les sauve. Il devait apparemment croire son roi capable de bien des vilenies pour éprouver une telle peur.

Les parois de pierre taillées avec précision défilaient à toute vitesse sous leurs yeux, trop rapidement pour qu'ils puissent distinguer le moindre détail. Bientôt, le tunnel s'élargit suffisamment pour laisser passer leur wagonnet dans le sens de la longueur s'il l'avait fallu.

— Boïndil, tais-toi ! cria Boëndal à son frère. Tu me crèves les tympans, avec ce vent qui double le volume de ta voix !

Furibard riait avec exubérance.

— Voilà ce que j'appelle un sacré trajet ! Un poney, c'est un escargot à côté de cette chose, cria-t-il à pleine gorge. Nos ancêtres savaient comment voyager rapidement.

— Oui, mais je n'arrive pas à boire en même temps, se plaignit Bavragor qui fermait les yeux pour en chasser l'eau-de-vie. Les ancêtres auraient quand même pu y penser.

Tungdil ne put s'empêcher d'afficher un rictus. Il se plaisait parmi les Nains. En dépit de tout ce qui lui était arrivé jusqu'à présent, il ne regrettait pas le moins du monde d'avoir retrouvé son peuple, même si celui-ci l'envoyait de nouveau par monts et par vaux. Mais cette fois-ci, il n'était plus seul, et cela le rassurait.

— Sans ces maudites querelles, ce serait encore bien mieux, dit-il à voix basse.

— Hein ? cria Boïndil. Qu'est-ce que tu dis ?

Le prétendant au trône lui fit signe de ne pas y prêter attention.

Tout d'un coup, la descente prit fin ; leur wagonnet cessa d'accélérer, adoptant une vitesse de croisière agréable, gravissant doucement les côtes pour réaccélérer légèrement dans les pentes.

Leur véhicule franchit deux bifurcations avec fracas, sans toutefois dérailler.

— J'espère que nous sommes toujours sur la bonne voie, l'érudit, fit savoir Boëndal derrière lui. Quelqu'un a-t-il vu un panneau indicateur ou quelque chose du genre ?

— Peu avant chacun des deux aiguillages, il y avait un levier, lui répondit Tungdil en criant. Mais ils semblaient tous deux grippés et étaient recouverts de lichen. Il est impossible que quelqu'un les ait actionnés.

C'était du moins ce qu'il espérait.

Le tunnel avait à présent cessé de s'élargir, et le panorama, aux endroits où les Nains pouvaient enfin distinguer quelque chose, était extrêmement monotone. Seuls quelques lichens et un peu de mousse ornaient les parois taillées avec soin ; à deux reprises, le wagonnet brisa des petites stalagmites sur son passage, qui avaient poussé en plein milieu de la voie.

— Cela prouve au moins que Gandogar n'est pas passé par ici, dit Bavragor, avant de déboucher son outre de cuir et de profiter de la vitesse réduite pour s'accorder quelques gorgées avant la prochaine descente. Mais peut-être qu'il a touché aux aiguillages et que…

— Non, ils n'avaient pas changé de position, insista Tungdil. *Quel chemin ont-ils bien pu prendre, alors ?* se demanda-t-il.

— Peut-être qu'ils ont changé de voie en soulevant leurs wagonnets à la force des bras, pour prendre discrètement un raccourci ? proposa Furibard.

— Possible, dit Tungdil, approuvant cette hypothèse, bien qu'il en ait une tout autre en tête.

Ils pourraient aussi avoir utilisé un autre tunnel pour parvenir plus rapidement au Royaume des Premiers. Peut-être existait-il un plan ou une carte qui indiquait davantage que les seuls accès et issues. Dans le pire des cas, leur rival était parvenu à actionner habilement les leviers pour les induire en erreur, tandis que lui-même roulait à pleine vitesse vers l'ouest. Mais il préféra garder tout cela pour lui.

Leur wagon suivit la voie en ronronnant, comme s'il n'avait rien fait d'autre durant les cent derniers cycles, jusqu'au moment où le tunnel s'élargit soudain et ils se retrouvèrent dans une grande salle où débouchaient trois autres voies ferrées. Le wagonnet ralentit, puis arrêta sa course.

Les jambes encore raides, Tungdil en sortit d'un bond.

— Vite, vérifions comment repartir d'ici, lança-t-il, heureux de pouvoir se dégourdir un peu les jambes après tout ce temps passé assis.

Les Nains explorèrent la salle. Ils tombèrent sur des palans et des chaudières à vapeur similaires à ceux et celles que l'on trouvait au Royaume des Seconds.

— C'est sûrement ici que l'on triait et orientait les wagonnets, réfléchit Boëndal à haute voix, le bec-de-corbin sur l'épaule et le regard en alerte afin que rien qui vive sous terre et qui soit autre chose qu'un Nain ne le surprenne.

— Ho ! Barbe-brillante ! s'exclama tout d'un coup Boïndil. Qu'est-ce que tu fais, là ?

Le Nain tressaillit, comme pris sur le fait, et s'éloigna du tableau au pied duquel il se trouvait. Ce tableau avait la taille et la largeur d'un Gnome, avait été taillé dans du granit clair et fixé au mur grâce à de longues tiges de fer, qui avaient rouillé depuis.

— Je voulais… l'épousseter, prétexta-t-il. Pour voir ce qui était écrit dessus.

— Cela ressemble à un plan, dit Tungdil après s'en être approché et y avoir jeté un coup d'œil. Bien joué, Goïmgar ! Tu as l'œil vif.

C'est à dessein que Tungdil le félicita : il avait remarqué que Goïmgar avait voulu détruire de sa dague les gravures de la roche pour les rendre illisibles et donner à Gandogar un avantage. N'ayant aucune preuve, Tungdil garda ses soupçons pour lui et recopia le plan. *Je me méfierai davantage de lui à l'avenir.*

— Nous sommes sur la bonne voie, dit Bavragor avec joie. Cela ne fait aucun doute.

— Au pays des aveugles…, dit Goïmgar suffisamment fort pour que Poing-Marteau l'entende aussi.

Le tailleur de pierre se retourna brusquement en soufflant bruyamment du nez ; d'un geste de sa large main droite, il attrapa le Quatrième par la barbe pour l'attirer à lui.

— Viens là, espèce de demi-portion, que je te dise une bonne chose, gronda-t-il. (De son autre main il releva son bandeau, révélant un reste d'œil desséché dans lequel était fiché un éclat de pierre, bien net.) Un jour, la roche que je travaillais a réclamé son tribut. Alors que j'étais occupé à donner forme à un bloc, ce morceau de granit fin comme une aiguille s'est planté dans mon œil. Mais Vraccas a béni l'autre et m'a offert en compensation une vision dix fois meilleure de ce côté-là. Dix fois meilleure, tu entends ?! (Il lâcha le Nain chétif en éclatant d'un rire sans joie.) Je distingue les plus petites aspérités de la roche, je vois les pores de ta peau, et je perçois la peur dans ton regard, Barbe-brillante. Qu'est-ce que tu dis de ça, hein ?

Goïmgar recula devant ses battoirs et se frotta le menton. Furieux d'avoir été humilié, il proféra une menace :

— Tu regretteras ce geste, Poing-Marteau ! Une fois que Gandogar sera devenu Grand-Roi, je te réserverai un traitement de faveur.

— Et lâche, avec ça ! ironisa Bavragor.

— Assez ! Vous vous êtes suffisamment insultés, tous les deux, fit Tungdil pour les rappeler à l'ordre. Aucun de vous ne s'est comporté de façon particulièrement amicale, alors restez-en là. Vous êtes quittes. (Les paroles de Goïmgar lui en avaient dit long sur ce qu'il pensait de cette expédition.) On continue.

Il revint au wagonnet, suivi en silence par les quatre autres Nains. Il y avait de l'orage dans l'air. Leur mission pouvait difficilement commencer plus mal.

Pourvu qu'ils continuent de m'écouter, faute de quoi on court à la catastrophe. Non sans effroi, il se souvint que Bavragor et Furibard se supportaient aussi peu que Goïmgar et le tailleur de pierre ; il n'y avait que Boëndal, toujours aussi calme et réfléchi, pour bien s'entendre avec eux tous. *Pour l'instant*, pensa Tungdil, affligé. *Vraccas, donne-moi la force. Je ne suis pas habitué à jouer les meneurs de Nains.*

En quête d'éventuels adversaires, Boïndil avait poussé jusqu'au portail suivant. Il l'ouvrit, et longea le tunnel du regard.

— Par ici, ça redescend, signala-t-il. Il faudra pousser un peu notre wagon, la pente fera le reste.

Unissant leurs forces, ils transportèrent leur véhicule jusqu'aux rails en question, puis y reprirent place d'un bond, sauf Boïndil, qui devait donner la dernière impulsion. Leur étrange véhicule les emporta de nouveau vers l'ouest avec grincements et fracas, en direction du Royaume des Premiers.

Le Pays Sûr, Royaume magique de Lios Nudin, à la fin de l'automne du 6 234e cycle solaire

Les éclaireurs revinrent de leur mission de reconnaissance et signalèrent que la capitale, Porista, était paisible et ne semblait pas craindre les quarante mille soldats qui avançaient vers elle de deux côtés, menés par les meilleurs guerriers du Pays Sûr.

Le soleil automnal répandait sa lumière sur les prés verdoyants et sur le feuillage des arbres et des buissons aux couleurs éclatantes qui déployaient une fois encore toute leur beauté avant l'arrivée de l'hiver.

Tilogorn et Lothaire reçurent leurs patrouilleurs devant la tente de réunion montée pour les protéger du vent, qui avait sensiblement fraîchi.

Le messager qu'ils avaient dépêché pour négocier avec Nôd'onn à Porista bien des cycles solaires auparavant leur avait rapporté des revendications tout à fait inacceptables, et lorsqu'il les informa en outre de la mort des magiciens, ils réalisèrent que la première chose à faire était de supprimer le Mage. Il représentait la plus grande menace.

Tout en buvant une tasse de thé, ils examinèrent la carte où étaient indiquées les installations défensives de la ville et s'étonnèrent du peu de résistance offert à un assaillant potentiel. Un seul mur protégeait la ville des envahisseurs.

Vêtu d'une cuirasse simple mais lourde, Tilogorn se réjouit à la vue de cette muraille facile à prendre d'assaut. N'importe quel petit village d'Idoslân déployait contre ses assaillants des moyens plus importants que la capitale du Royaume magique.

— Si le Mage ne nous tourmente pas trop avec ses sorts, ce sera vite fait. Nous avons bien fait de réunir une première armée.

— Elle sera suffisante pour soumettre ce fou meurtrier. Il ne peut pas se trouver à deux endroits à la fois ; un côté tombera et il sera alors à notre merci, supposa Lothaire en ajustant sa légère armure de cuir.

Le style des armures reflétait la stratégie guerrière des royaumes. En Idoslân, Tilogorn était confronté aux Orcs armés et extrêmement résistants, on y avait donc choisi une bonne protection contre les haches et les hachettes ; Lothaire, pour sa part, venait d'un pays de montagnes et de lacs. Une lourde cuirasse signifiait une agilité réduite, un poids important et une mort certaine en cas de faux pas sur les étroits sentiers de montagne.

L'armée semblait plus disparate encore que ses souverains. Tous les rois et toutes les reines avaient envoyé des contingents à Porista, laissant à Lothaire et Tilogorn le soin de diriger ces troupes hétéroclites. Un renfort composé de quarante mille hommes était en chemin, qui devait permettre d'envahir Dsôn Balsur.

Ainsi, les guerriers d'Umilante, très peu armés et trop légèrement vêtus, se trouvaient assis aux côtés des soldats de Wey IV, formés à la guerre navale, et des rangers de la reine Isika. Aucun d'entre eux n'avait eu à prendre d'assaut une cité jusqu'alors. La cavalerie légère de Tabaîn ainsi que les soldats de Lothaire et de Tilogorn constituaient le pilier sur lequel les autres s'appuyaient et s'alignaient.

C'est une chance que nous n'affrontions pas encore les monstres de Tion. Les hommes doivent d'abord apprendre à combattre ensemble. Le blond souverain d'Urgon désigna les portes de la ville.

— Tilogorn, vous vous chargerez de la porte nord ; moi, je prendrai le sud d'assaut. Les échelles sont prêtes, les catapultes montées. (Il releva la tête.) J'y vais en premier et vous, tenez prêts vos vingt mille hommes. Dès que mes émissaires vous parviendront, assaillez le refuge de Nôd'onn par l'autre côté.

— Qu'il en soit ainsi, acquiesça Tilogorn en s'emparant de son casque. Libérons le Pays Sûr de son premier fléau, ensuite, ce sera au tour des Orcs et des Albes. Que Palandiell soit avec nous !

— Elle le sera, cela ne fait aucun doute.

Ils se serrèrent la main, quittèrent l'abri et se mirent en selle pour rejoindre leurs unités qui avaient pris position à une lieue des accès à Porista.

Un océan de drapeaux se souleva sur un signal de fanfare. Comme convenu, les divisions de Lothaire attaquèrent d'abord la porte sud. Elles menèrent l'assaut dissimulées derrière d'épaisses palissades en bois qu'ils avaient montées sur des roues et qui leur offraient une protection mobile.

Toutefois, lorsqu'ils furent à portée de tir, la capitale de Lios Nudin sortit ses griffes. Une avalanche de flèches obscurcit le ciel, des projectiles traversèrent l'air en sifflant pour s'abattre sur les troupes.

Les fantassins s'accroupirent hâtivement derrière les solides planches. Les flèches ne firent que peu de victimes parmi les assaillants, dont les tireurs ripostèrent. Ils poursuivirent leur progression à l'abri des palissades roulantes. Parvenus au pied des murs et aux portes de la ville, ils relevèrent les palissades ; soutenues par des poutres, elles devaient servir de toit horizontal aux hommes placés aux béliers et les protéger des pierres et autres projectiles lancés depuis la muraille ; on alla chercher les échelles d'assaut que l'on dressa contre les murs.

C'est à ce moment que Nôd'onn leur donna un avant-goût de sa puissance.

* * *

Juché sur son destrier à une certaine distance de la scène du combat, Tilogorn observait l'avancée discrète des unités de fantassins vers l'accès nord. De ce côté, la résistance était tout simplement négligeable : on avait fait croire à Porista que l'assaut aurait lieu de l'autre côté. Les portes seraient ouvertes bien avant que les défenseurs des remparts sud aient vent de la seconde attaque.

— Dans peu de temps, elle sera entre nos mains, dit-il à voix basse. *Une armée contre la Magie.* (Cette idée le mettait mal à l'aise.) *Mais avons-nous le choix ?*

De son propre chef, il s'était attribué le commandement des cinq mille cavaliers à travers les ruelles de la ville, ainsi que l'assaut du palais du magicien, dont il voulait s'emparer par surprise. Seuls comptaient la rapidité et l'effet de surprise si l'on voulait sortir vivant d'une campagne contre ce Mage.

Deux cavaliers isolés approchèrent de leur garnison de manière détournée, hissèrent les drapeaux et émirent le signal convenu.

— Que Palandiell nous vienne en aide !

Tilogorn contrôla ses armes et vérifia qu'il pouvait dégainer assez vite son poignard et son épée courte ; puis il ordonna à la fanfare de sonner l'assaut des portes. Telle une armée de fourmis, une première vague de huit mille hommes assaillit l'accès ; la stratégie était la même que celle employée par Lothaire à moins d'une demi-lieue.

Les assaillants ne rencontrèrent que peu de résistance. Seules quelques flèches isolées furent tirées de derrière les créneaux, si bien qu'ils n'eurent pratiquement aucune victime à déplorer.

Les échelles se retrouvèrent contre les murs en un clin d'œil. Peu après, les premiers guerriers se tenaient sur les remparts et combattaient au corps à corps la poignée de braves détachés pour défendre l'accès nord.

Tilogorn contempla le sommet de la muraille où le drapeau d'Idoslân venait d'être hissé et coiffa son heaume. Il rabattit la visière avec force.

— Pour le Pays Sûr ! s'exclama-t-il en se ruant avec ses cinq mille cavaliers sur les portes de la ville qui s'ouvraient.

* * *

La pierre supérieure du créneau sembla se détacher spontanément de son lit de mortier et s'abattit sur les assaillants comme sous l'effet d'un tir de catapulte. Le bloc de pierre atteignit un soldat à la poitrine ; de son arête de la longueur d'un avant-bras, il l'écrasa comme un nid d'abeilles mou.

Cette chute marqua le début d'une avalanche terrible, telle qu'aucun des guerriers n'en avait jamais vu et telle que la plupart d'entre eux n'en verraient plus jamais.

Le mur de la ville de Porista se disloqua pierre par pierre. Les blocs dégringolèrent de leur emplacement et s'écrasèrent avec une telle violence sur les rangs des assaillants que tous les dispositifs de protection volèrent en éclats. Les palissades mobiles furent transpercées, renversées voire complètement démolies, et les troupes qu'elles dissimulaient se retrouvèrent sous une pluie de débris et grièvement blessées.

Chacune des pierres atteignit sa cible. Le bruit sourd des impacts, les craquements d'os et le fracas métallique des armures n'en finissaient plus ; les cris d'horreur se muèrent en appels à l'aide et en hurlements d'agonie. Les rares échelles d'assaut encore debout se renversèrent faute de support.

— Retraite ! ordonna Lothaire en faisant volter son cheval.

C'est alors qu'un bloc de pierre heurta la tête de l'étalon qui s'effondra instantanément et succomba en tressaillant.

Le prince tomba lourdement au sol ; il mit longtemps à se dégager du corps de l'animal. Il avait l'impression d'avoir la jambe cassée. Marcher était dès lors hors de question. Deux de ses soldats comprirent sa situation et se hâtèrent de porter secours à leur souverain, qu'ils déposèrent dans un fossé qui longeait la route menant à la ville. C'était l'endroit le plus sûr tant que les fragments de pierre de taille voltigeaient autour d'eux.

— Maudit Mage ! jura Lothaire avant de serrer les dents tandis qu'une vague de douleur traversait sa jambe.

La Magie tant redoutée était entrée en action, semant la mort parmi la troupe des alliés. Il préférait ne pas penser au nombre de pierres qui constituaient ce côté de la muraille ni au nombre de projectiles que Nôd'onn avait ainsi à sa disposition.

Lorsque le vacarme cessa, le roi osa regarder par-dessus le bord du fossé.

La plaine qui s'étendait devant les portes de la ville était parsemée de blocs, petits et grands ; même les pierres des fondations, longues comme un homme adulte, avaient quitté leur emplacement habituel pour tournoyer sous l'effet des forces invisibles du Mage. Des membres, des lances brisées, des boucliers déformés et des javelots tordus dépassaient çà et là de la pierre, indications grotesques de l'endroit où un soldat avait été écrasé.

Le regard de Lothaire glissa des décombres aux rues et aux maisons sans défense de Porista qui s'étendaient, sans murailles, dépourvues de toute protection, devant le souverain d'Urgon. Seules les deux tours supportant les portes étaient encore en place.

— C'est le moment, dit-il d'une voix étouffée par la souffrance. Il faut attaquer.

Aidé des deux guerriers, il quitta le fossé pour encourager ses troupes à livrer un nouvel assaut.

De ses vingt mille guerriers, il en restait à peine trois mille, occupés pour la plupart à fuir ces forces inquiétantes. *Je ne peux même pas leur en vouloir.*

Les soldats reprirent courage en le voyant. Une troupe de mille cinq cents hommes se regroupa et s'apprêta à envahir la capitale du Mage et à pénétrer dans le palais.

C'est alors que les pierres se remirent en mouvement. Les grosses, d'abord, s'envolèrent l'une après l'autre pour se poser instantanément à leur emplacement d'origine ; les petites les suivirent et s'empilèrent jusqu'à ce que le mur de la ville se dresse, entièrement intact, devant des assaillants interloqués. Mais cette fois, il rougeoyait, humide du sang des soldats écrasés.

Le courage de Lothaire et sa certitude de pouvoir contrer Nôd'onn s'évanouirent. Il se laissa tomber dans l'herbe mouillée, gorgée du sang de ses hommes, et contempla fixement ce rempart qu'ils ne parviendraient jamais à franchir. Il découvrit des fragments métalliques, des vestiges des armes et des restes de ses soldats disséminés sur le mur, exposés tels des trophées narguant les assaillants, les défiant de réitérer leur vaine tentative. *Comment contrer cela, ô dieux ?*

Perplexes, les guerriers se tenaient alentour, armes brandies. Lothaire espérait encore une inspiration subite lorsque la voix du magicien leur parvint.

— Êtes-vous venu me livrer votre armée, roi Lothaire ?

— Savourez votre sanglante satisfaction, Nôd'onn, répliqua rageusement le Roi, elle sera de courte durée.

Le Mage apparut à un créneau vêtu d'une robe rouge sombre ; Lothaire discerna l'ovale blanc et large de son visage gras.

— Vous avez cru trouver une ville sans défense. Ce n'est pas le seul piège dans lequel vous êtes tombé. L'œil humain est facile à duper. (Il fit un geste étrangement gracieux.) Je vous souhaite bien du succès pour votre dernière bataille, prince. Soyez assuré que vous ne combattrez pas des chimères, mais des ennemis réels.

Sur ces mots, il rentra dans l'ombre du créneau et disparut.

Lothaire regarda autour de lui et l'effroi le paralysa. Les brins d'herbe verts entre ses doigts devinrent gris, les arbres, parés de si belles couleurs un instant auparavant, se départirent de leur beauté et laissèrent pendre leurs branches dont les feuilles reposaient depuis longtemps sur le sol. Le Mage avait attiré l'armée sur le territoire du Pays Mort et créé l'illusion d'un monde intact pour que les guerriers se croient en sécurité.

Lothaire comprit le sort qui les attendait, lui et ses mille cinq cents hommes.

Ce qui y meurt, n'est pas mort. Il repensa aux récits sur l'inquiétante puissance venue du nord et fut saisi d'appréhension à l'idée de ce qui allait suivre. Lothaire ferma les yeux et pria avec ferveur Palandiell et tous les dieux miséricordieux de lui venir en aide sans tarder.

Ses pieuses pensées empreintes de désespoir furent troublées par les gémissements faibles mais poussés par centaines un peu partout sur le champ de bataille. Les morts se relevèrent gauchement, s'arc-boutant pour sortir des cratères laissés par les gros blocs de pierre, se dégageant des débris de bois. Selon la gravité de leurs blessures, ils se dirigèrent vers les survivants en rampant, en boitant ou en titubant ; d'autres encore se déplaçaient comme des êtres humains ordinaires dont ils ne se distinguaient en rien si ce n'est par les blessures mortelles qui les défiguraient. Les cent premiers qui s'approchèrent d'eux, munis d'épées, de lances et d'autres armes, gagnèrent rapidement en nombre.

— Comment est-ce possible ? Que devons-nous faire, roi Lothaire ? s'écria l'un des officiers, empli de crainte.

— Tentons une retraite vers le sud, décida-t-il. Partons d'ici, ou nous allons finir comme ces soldats naguère courageux et devenir les esclaves du Pays Mort ! (Ses deux aides se tenaient prêts, ils le soulevèrent sous les bras et une dizaine de guerriers se postèrent en gardes du corps autour du souverain blessé.) Vite ! Que Palandiell soit avec nous.

Ainsi débuta leur tentative désespérée d'échapper aux morts-vivants qui les encerclaient, et avec qui ils avaient combattu côte à côte une heure auparavant.

* * *

La cavalerie traversa les rues désertes de Porista au galop, ne ménageant ni les hommes ni les montures. De nombreux chevaux dérapèrent sur les pavés lisses dans les virages et percutèrent les murs des maisons. Ceux qui les suivaient sautaient par-dessus et poursuivaient leur course.

Leur objectif se dressait, immense, devant eux : le palais où le Conseil des Mages avait coutume de se réunir se dressait vers le ciel et leur montrait la voie.

Tilogorn était heureux que les habitants ne cherchent pas à s'opposer aux assaillants. Le roi et ses gens avaient maîtrisé sans peine les rares sentinelles postées à leur porte. À présent, leur attaque était dirigée contre Nôd'onn lui-même.

Le roi ne pouvait imaginer un sort capable d'opérer contre des assaillants en si grand nombre et comptait entièrement sur cela. Penser différemment aurait découragé sa troupe, les doutes favorisant toujours la victoire de l'adversaire.

La cavalerie se déversa en une vague étincelante dans les rues, qui canalisèrent sa progression pour la conduire droit à la muraille entourant le palais. Les cavaliers arrivèrent de trois côtés sur la place du marché, devant le parvis du palais.

Les troupes de Tilogorn se retrouvèrent nez à nez avec une foule qui se rassemblait pour bloquer le passage. À en juger par les vêtements que portaient les membres de cette assemblée, il s'agissait de simples habitants de Porista – des femmes et des enfants qui les accueillaient pacifiquement et sans armes.

L'un d'eux se détacha du groupe serré, composé de quelque trois cents personnes, et s'approcha d'eux les bras levés.

— Laissez notre seigneur en paix, Hommes de l'Est, leur cria-t-il. Il ne vous a rien fait et ne vous veut aucun mal.

Le prince Mallen, habillé de l'armure des Ido, se fraya un passage avec son cheval pour se poster aux côtés de Tilogorn. Il se pencha vers lui.

— Ils sont sous l'influence de Nôd'onn, murmura-t-il. Nous devons les disperser si nous ne voulons pas perdre l'avantage que la rapidité de notre attaque nous procure. (Il observa nerveusement les fenêtres des tours du palais.) Nous constituons une cible fixe.

— Prince Mallen ? Ne deviez-vous pas apporter votre soutien à Lothaire…

— L'offensive sud a échoué. Vous et vos hommes êtes le dernier espoir du Pays Sûr.

Je m'en doutais. Maudite Magie! Tilogorn se redressa sur sa selle.

— Écartez-vous! Nous ne vous voulons aucun mal. Seul le Mage nous importe.

— Nous ne bougerons pas, répondit le porte-parole des citoyens. Il faudra nous tuer pour passer la porte.

Il tourna le dos à la troupe et rejoignit les rangs de la foule, qui se resserrèrent encore.

Tilogorn ordonna à trois cents cavaliers d'avancer en une ligne parallèle à la porte et de repousser la foule. Le corps cuirassé des chevaux agit comme un mur, repoussant les premiers habitants de Porista sur le côté tandis qu'une deuxième unité s'assurait qu'ils ne retournent plus devant l'entrée du palais.

Soudain, un des cavaliers poussa un cri en se tenant la jambe et fut désarçonné. Un des habitants enfourcha immédiatement sa monture. Avec sa massue cloutée, il frappa en plein visage le soldat à sa gauche, pris au dépourvu, mais l'Idoslânien à sa droite le tua d'un coup d'épée. Dans sa chute, les simples vêtements du citoyen se muèrent en armure, et l'Homme se métamorphosa en un Orc, qui s'écrasa au sol en grognant, et mourut.

La Magie cessa d'opérer, les citoyens se transformèrent en Orcs armés. Si quelqu'un avait encore besoin d'une preuve de l'alliance de Nôd'onn avec les créatures de Tion et, de ce fait, avec le Mal, il l'avait, à présent.

— Tuez-les! ordonna Tilogorn. Tuez-les tous! Ne vous fiez plus à vos yeux!

Le peuple apparemment désarmé de Porista attaqua soudain la cavalerie à coups de massues, de haches et d'épées grossières et la surprise coûta la vie à des dizaines de soldats.

La cavalerie se remit de son premier choc et tenta de s'extraire de la mêlée, le combat rapproché ne permettant pas aux guerriers de frapper leurs ennemis à peau verte de manière précise.

Mais les Orcs les poursuivirent, frappant les jambes postérieures et les flancs des chevaux, s'y accrochant comme des chiens fous furieux, les incitant à s'emballer sous l'effet de la peur et de la douleur.

Aveuglés par la terreur, les chevaux se précipitèrent sur les unités en attente et provoquèrent davantage de confusion.

Les Orcs semblaient surgir de partout, ils frappaient en hurlant puis disparaissaient. Les chevaux ruaient, heurtant amis et ennemis, hennissaient et renâclaient. Ils suivirent finalement leur instinct et prirent la fuite. Même les meilleurs cavaliers furent incapables de les retenir, leur instinct grégaire étant plus fort que les éperons et les rênes.

Il fallut bien du temps à Mallen et Tilogorn pour mettre de l'ordre dans leurs unités et revenir sur la place. Leurs troupes de fantassins les rejoignirent et les accompagnèrent pour dégager le passage devant la porte du palais.

Les Orcs avaient subitement disparu sans laisser de traces, seuls les morts et les blessés témoignaient du combat brutal qui venait d'avoir lieu. Le roi et le prince ne perdirent pas de temps à se demander où étaient passés leurs adversaires, ils donnèrent ordre de forcer les portes.

Trois mille cavaliers pénétrèrent au galop dans l'avant-cour du palais. Mallen et Tilogorn répartirent leurs forces et se mirent hâtivement à fouiller le palais en quête de Nôd'onn. Les marches étaient si larges et si plates que les chevaux pouvaient traverser sans peine les salles et les halls ; les assaillants ne trouvèrent ni gardes ni Orcs.

— Vous, restez ici pour fouiller. (Le roi d'Idoslân se chargea des tours les plus élevées, pensant y trouver le Mage.) Moi, je monte.

Il s'éloigna en compagnie de trois cents soldats pour gravir des escaliers de plus en plus raides et étroits. Il ouvrit sa visière pour mieux respirer.

Par les larges fenêtres de la première pièce, son regard tomba sur la partie Sud de Porista où de nouveaux soldats se frayaient un passage en direction du palais. Les drapeaux d'Urgon et des autres alliés flottaient au vent.

— Regardez, prince Mallen ! dit-il à son compagnon pour lui signaler sa découverte, soulagé. Le roi Lothaire a quand même fini par s'emparer de la porte. À présent, le Mage ne pourra plus s'en sortir.

L'Ido blond était surpris.

— J'ai moi-même vu…

Il se tut et suivit le roi. Ils poursuivirent leur progression avec un courage et des forces renouvelés jusqu'au moment où ils parvinrent devant une porte colossale, qu'ils enfoncèrent.

Leur courage fut récompensé. Un personnage grand et replet vêtu d'une robe couleur malachite se tenait à vingt pas d'eux et leur tournait le dos. Il observait les événements au pied de la tour et tout autour du palais. Le Mage ne jugeait même pas nécessaire de se retourner.

Tilogorn n'eut rien à dire. Ses soldats se déployèrent, les archers tirèrent sans préavis sur le magicien mais leurs flèches n'atteignirent pas la cible, pourtant immanquable. En approchant de son dos, elles devinrent poreuses ; le métal des pointes rouillait et les tiges se désagrégeaient, laissant une traînée de farine de bois derrière elles, jusqu'à ce qu'il n'en reste plus rien. De petits copeaux de fer tombèrent sur les dalles en tintant.

— Bienvenue. (Le Mage ne bougeait toujours pas.) Bienvenue en Lios Nôd'onn, roi Tilogorn. Que désirez-vous ?

— Le salut du Pays Sûr, répliqua Tilogorn d'une voix ferme en tirant son arme, prêt à combattre le magicien. Vous lui faites obstacle.

— Vous êtes entré dans mon royaume avec vos troupes, vous avez assiégé ma ville et vous voulez me tuer. Ne serait-ce pas à moi de me soucier du salut de mon pays ?

— Nous avons appris que vous aviez fait acte de trahison et assassiné plusieurs personnes.

— J'ai tué, oui. Mais pour une bonne raison, car je souhaite protéger le Pays – tout comme vous. Un danger approche, dont seul mon ami et moi pouvons protéger le Pays Sûr, et pour cela, je dois être maître de tous les Royaumes. Les souverains des Hommes, des Nains, des Elfes, les magiciens, tous doivent obéir ou périr pour le salut du Pays. (Il se retourna enfin et ses yeux verts voilés étaient pleins de tristesse.) Certains ont déjà péri et cela me chagrine beaucoup. Voulez-vous, vous au moins, vous joindre à moi ?

Il fit un pas en avant et tendit la main au roi.

— Jamais !

Sur l'ordre de Tilogorn, une dizaine de soldats se précipitèrent pour s'emparer de lui. Mais leurs armures, leurs armes, leurs vêtements et finalement leurs personnes connurent le même sort que les flèches. Les forces invisibles agirent si rapidement qu'ils n'eurent même pas le temps de quitter le rayon d'action du Mage. Leurs restes réduits en poussière reposaient à quatre pas de Nôd'onn. Le vent d'automne balaya la substance poudreuse. Intimidés, les autres guerriers reculèrent.

— Vous avez sous-estimé ma puissance de manière impardonnable, roi Tilogorn, dit Nôd'onn d'une voix traînante. Vous avez refusé la main que je vous tendais. À présent, vos hommes paient le prix de votre arrogance.

La brise fraîche leur porta le bruit de nouveaux combats, incitant Tilogorn à tendre l'oreille.

— Vous pensiez avoir remporté la bataille ? (Le Mage désigna la fenêtre.) Voyez ce qu'il est advenu de l'armée de Lothaire et du roi lui-même.

Tilogorn ne quitta pas Nôd'onn des yeux, préférant envoyer un soldat regarder en bas et faire son rapport.

— Lothaire et son armée se battent contre nos propres hommes, mon roi, annonça le soldat, consterné. Je distingue clairement la bannière d'Urgon, les soldats… prêtent main-forte aux Orcs ! (L'homme s'interrompit.) Par Palandiell ! Ils se relèvent… Même lorsqu'ils ont été blessés mortellement, ils se relèvent !

Nôd'onn rit.

— Vous vous trouvez depuis longtemps déjà sur un sol appartenant au Pays Mort. Mes pouvoirs magiques vous ont fait miroiter autre chose pour que vous m'ameniez l'armée dont j'ai urgemment besoin…

Il voulut ajouter quelque chose mais fut secoué par une quinte de toux. Du sang dégoulina de son nez et du coin de sa bouche, il tomba à genoux, pantelant, et de nouvelles coulées de sang épais s'échappèrent de ses lèvres pour souiller les dalles d'un blanc immaculé.

— Maintenant ou jamais ! s'écria Tilogorn en se précipitant. Pour le Pays Sûr !

Ses guerriers le suivirent.

La plupart des courageux furent réduits en poussière mais la faiblesse de Nôd'onn avait amoindri l'efficacité du sort. Trente guerriers, dont le roi, parvinrent à franchir la barrière et à s'approcher du Mage. Un archer tira trois, quatre flèches sur son corps empâté, puis les soldats lardèrent de coups le Mage affaibli. Soudain, le prince Mallen se trouva lui aussi à ses côtés.

La peur d'être victime d'un sortilège au dernier instant donna aux hommes une force de berserk. Leurs lames lacérèrent le Mage de plus en plus rapidement et de plus en plus violemment. La pierre rougit du sang qui coulait à flots de son corps tailladé. Une puanteur atroce régnait.

Il sembla à Tilogorn avoir perçu un mouvement dans les blessures béantes. *Quelque chose vit en lui*. Il frappa de toutes ses forces.

— Vas-tu mourir !?

— Non ! s'écria Nôd'onn. (Une rafale de vent repoussa les assaillants en les soulevant de terre.) Je dois protéger le Pays Sûr !

L'onyx de son bâton magique cracha un entrelacs d'éclairs noirs. De nombreux hommes furent réduits en cendres, armures comprises.

— N'abandonnez pas ! (Le roi fit un bond en avant et sortit son épée.) Nous devons réussir l'impossible, cria-t-il à bout de souffle en tendant sa main droite vers le Mage. Je…

Un éclair fendit l'air en sifflant et traversa le cuir jusqu'à son cœur. Tilogorn s'effondra en gémissant, ses doigts lâchèrent la poignée de son épée qui disparut dans un enchevêtrement de jambes et de chaussures. *Ne…*

— Toutes mes félicitations, prince Mallen, dit Nôd'onn, railleur. Vous venez juste de devenir roi, le nouveau souverain d'Idoslân. (Il tendit une nouvelle fois la main.) Je vous le demande : voulez-vous me suivre ou perdre Tilogorn et votre souveraineté aussi rapidement que vous l'avez obtenue ?

L'Ido ne réfléchit pas longtemps ; il se baissa, ramassa l'épée et remit le roi grièvement blessé sur ses jambes.

— Je vous éloigne, nous ne le vaincrons pas aujourd'hui, dit-il à Tilogorn en le traînant vers la sortie.

Les soldats les couvrirent.

Nôd'onn le regarda partir, décontenancé.

— Vous aussi ?

— Vous êtes le Mal, l'ennemi de l'Idoslân. Comment pourrais-je conclure un pacte avec vous ?

Mallen soutint Tilogorn et descendit les marches clopin-clopant mais Nôd'onn les suivit à grands pas.

— Dans ce cas, mourez ensemble ! hurla-t-il d'une voix démente. Je n'ai pas besoin de vous !

Lorsque les premiers éclairs ravagèrent les rangs des derniers guerriers en crépitant, Mallen jeta Tilogorn sur son épaule pour descendre l'escalier en courant.

— Je ne sais pas si nous en sortirons tous deux vivants, mais je ne vous abandonnerai certainement pas à cette créature, haleta-t-il en chemin.

— Mallen, gouvernez l'Idoslân mieux que vos aïeux, murmura le roi mourant. (Du sang s'échappa de sa bouche et s'écoula sur l'épaule cuirassée de son porteur.) Écoutez : rassemblez les renforts à bonne distance de Porista, sauvez les blessés et brûlez les cadavres, faute de quoi vous devrez affronter une armée de morts-vivants dont rien ni personne ne pourra jamais venir à bout. Vous ne devez à aucun prix fournir à Nôd'onn son armée invincible !

— Vous allez vivre et m'aider à préparer les représailles. Vous êtes plus expérimenté, Tilogorn, le contredit le prince, éreinté. (Le poids supplémentaire pesa lourdement sur ses jambes.) Ressaisissez-vous, nom d'un chien ! Vous voulez donc abandonner le trône de votre pays à un Ido ? demanda-t-il, attisant la colère du roi pour le maintenir en vie.

— Promettez-le ! Soyez plus sage que votre grand-père ! Ne déchirez pas le pays.

— Je le promets.

— Brûlez les morts, l'enjoignit-il encore une fois à voix basse, sauvez notre patrie. Que Palandiell soit…

Son corps se relâcha entièrement.

Non ! Je n'ai jamais voulu le trône de cette manière. Mallen parvint au pied de la tour et déposa doucement le mort sur le sol. *Mais je tiendrai ma promesse, Tilogorn.* Il prit la chevalière, la fibule et l'épée du souverain et poursuivit son chemin.

Avec le reste de ses hommes, il se fraya de justesse un passage à travers la horde de morts-vivants.

Tout en battant en retraite, ils mirent le feu à Porista et déclenchèrent une mer de flammes qu'aucune Magie au monde ne pouvait éteindre. Même la pluie conjurée par Nôd'onn ne put empêcher la ville de se consumer jusqu'aux fondations, le palais du magicien inclus. Le roi Tilogorn et le roi Lothaire disparurent eux aussi dans cet enfer.

Chapitre 3

Le Pays Sûr, quelque part sous terre,
à la fin de l'automne du 6234e cycle solaire

Entre-temps, les cinq Nains avaient pu déterminer à peu près à quelle distance ils se trouvaient encore de leur destination. En effet, ils avaient fini par s'apercevoir que tous les vingt-cinq milles, une marque avait été gravée dans la roche. En peu de temps, ils avaient parcouru la distance incroyable de deux cents milles.

Lorsque leur véhicule s'immobilisa dans une salle plutôt vaste, ils décidèrent de s'y reposer quelques heures, avant la descente suivante. Certes, ils n'avaient pas des heures de marche pénible derrière eux, mais l'inconfort de leur position assise, les virages serrés et les hauts et les bas leur avaient contracté les muscles, et le bruit de ferraille monotone de leur wagonnet les avait fatigués.

Boïndil escalada le rebord de leur véhicule et chercha soigneusement des traces de pas sur le sol sale avant de les laisser descendre.

— Cela fait longtemps que plus personne n'est venu ici, annonça-t-il avant de sauter à terre, soulevant un nuage de poussière. Ou alors ceux qui sont venus sont tous tombés en poussière.

— Les rails devant nous sont sales, eux aussi. Gandogar doit avoir pris un autre itinéraire, fit observer son frère.

Tungdil déploya le schéma du réseau de tunnels qu'il avait dessiné lors de leur dernière halte.

— Possible, dit-il.

— Puisse le plafond lui tomber sur la tête, grommela Furibard en ramassant des restes de petit bois pour faire un feu.

Or, à peine effleurait-il les poutres apparentes qu'elles tombaient en sciure ou en petits morceaux vermoulus. Il dut faire une croix sur les champignons émincés grillés au fromage fondu.

Les Nains prirent leur repas en silence, chacun perdu dans ses pensées. Bavragor but plus que de raison, et entonna ses chants sans se soucier des éventuelles objections de ses compagnons. Sa voix puissante résonnait dans la salle, se propageant à travers les couloirs.

— Vas-tu te taire, à la fin ? Tu veux que chaque être vivant sous terre sache qu'il y a des Nains ici ? se plaignit Goïmgar.

— Avec les beuglements qu'il n'a cessé de pousser depuis notre départ, ils sont déjà au courant, dit Boëndal en ricanant.

— Le petit Barbe-brillante a encore peur, c'est ça ? le taquina Boïndil, occupé à aiguiser à la pierre ses couperets, qu'il avait posés sur ses cuisses. Ne t'en fais pas, mon frère et moi, on est là. (Il passa le pouce sur la lame pour vérifier son tranchant.) Cela fait longtemps qu'elle n'a plus bu de sang d'Orc. Elle est aussi impatiente que moi.

— Parce que tu crois qu'il y en a, ici ? demanda Goïmgar, angoissé.

— Qui sait ce qu'on peut rencontrer, dans ces galeries ? répliqua-t-il avec un regard dément. (Boëndal et Tungdil comprirent immédiatement qu'il se payait la tête du lapidaire pour l'effrayer encore davantage.) Elles n'ont plus été utilisées depuis des centaines de cycles. On va peut-être rencontrer des bestioles qui s'y sont confortablement installées. (Il frappa le plat des deux couperets l'un contre l'autre pour produire un tintement.) Il faudrait même que nous leur déclarions la guerre pour les en chasser.

— Suffit, brave guerrier, le refréna Tungdil.

Ce à quoi Furibard répondit par un rire tonitruant. Il était en effet déjà en condition pour se battre.

— Venez seulement, Ogres, Trolls, Orcs et toutes les repoussantes créatures de Tion ! Les Enfants du Forgeron vont vous anéantir ! cria-t-il assez fort pour couvrir le chant du tailleur de pierre. Venez que je vous massacre !

— Chhh, s'il te plaît, tais-toi ! le supplia Goïmgar, qui rampa à reculons jusqu'à ce qu'il se sente en sécurité contre le mur. N'en rajoute pas !

— J'ai entendu parler de créatures créées spécialement par Tion pour être les ennemies des Nains, de même que les Albes sont les ennemis mortels des Elfes, intervint Bavragor, qui se rinça le gosier d'une gorgée supplémentaire de sa mystérieuse outre.

— Et moi, j'ai entendu parler de créatures qui sont mortes dans d'atroces souffrances après t'avoir entendu chanter, plaisanta Boëndal.

— Si jamais des Orcs viennent nous rendre visite, surtout, ferme-la. Tu serais encore capable de les faire déguerpir, enchaîna Boïndil.

Bavragor le gratifia d'un geste impoli et voulut commencer une nouvelle chanson, mais Tungdil lui ordonna de se taire.

— Je croyais que nous ne voulions pas être repérés ? dit-il, immédiatement approuvé par les jumeaux et Goïmgar.

— C'est bon, j'ai compris…

Bavragor se mit à chantonner tout bas, et prépara sa couche à l'aide de couvertures. Peu après, il ronflait plus fort encore qu'il avait chanté, ou presque. Les jumeaux se reposèrent à leur tour, tandis que Goïmgar ne voulait plus bouger de là où il s'était terré. Tungdil dut même lui passer sa couverture, car il comptait dormir assis.

—Je sais ce que tu as essayé de faire tout à l'heure, lui dit-il tout bas au bout d'un moment, quand il fut certain que les trois autres dormaient.

—Je ne comprends pas…

—Tout à l'heure, dans l'autre salle, lui rafraîchit-il la mémoire. Tu as voulu endommager le plan pour le rendre illisible. Pourquoi ?

Le frêle Nain le regarda d'un air de défi.

—Je voulais enlever la poussière.

—Avec ta dague ? (Tungdil scrutait son visage, cherchant son regard.) J'aimerais que tu comprennes que je ne suis pas ton ennemi.

—Mon ennemi ? Non, tu n'es pas mon ennemi. Tu n'es rien, pas même un Quatrième, répliqua-t-il sur un ton hostile. Vraccas sait peut-être d'où tu viens, mais une chose est sûre : tu n'es pas de notre tribu. Tu n'es qu'un Nain surgi de nulle part, qui souhaite s'emparer d'un trône qui ne lui revient pas. Mais tu n'y arriveras jamais ! Même si mon roi m'a ordonné de suivre toutes tes instructions, je trouverai un moyen d'empêcher ton accession au titre et d'aider Gandogar à faire valoir ses droits.

—Était-ce là la raison pour laquelle tu ne voulais pas te joindre à nous ?

—Peut-être. Peut-être aussi que je déteste voyager, combattre, faire des choses que je ne veux pas faire, tout simplement. Déjà que partir pour le Royaume des Seconds ne me disait rien, voilà qu'en plus je risque ma précieuse vie pour un imposteur !

—Le titre de Grand-Roi ne m'intéresse pas, Goïmgar, dit Tungdil pour le rassurer. Pour être honnête avec toi, je m'en moque même complètement.

Le Nain le regarda, surpris.

—Mais alors, le concours… ?

—Ce que je veux, c'est que nous forgions la Lame de Feu, pour combattre et vaincre Nôd'onn, déclara-t-il avec insistance. Si cela tourne mal pour le Pays Sûr, nous serons, nous les Nains, les seuls à pouvoir arrêter ce Mage fou. Voilà tout ce qui m'importe.

—Si j'étais à ta place, je serais prêt à raconter n'importe quoi pour arriver à mes fins. Qu'est-ce qui me prouve que ce que tu dis est la vérité ? Et qu'arrivera-t-il si c'est nous qui rentrons les premiers aux Montagnes Bleues ? Ne deviendrais-tu pas roi malgré tout ? Est-ce pour cela que nous sommes si pressés ?

Tungdil comprit qu'il n'arriverait pas à le convaincre de sa sincérité ce soir-là. Goïmgar se méfiait trop de lui

De plus, ce qu'il lui avait dit au sujet de ses origines, qui étaient toujours aussi obscures pour lui, l'avait touché. Quels que fussent ses efforts pour sauver les apparences, au fond de lui, il se sentait seul, perdu. Seul le sort de Lot-Ionan et de sa chère amie Frala lui donnait encore la force de continuer à jouer le jeu et de mener le groupe au royaume perdu des Cinquièmes. Il donnerait tout pour priver le Mage renégat de son pouvoir et de sa vie.

— On en reparlera plus tard, dit Tungdil, attristé, pour terminer la conversation. Repose-toi, je monte la garde.

Tungdil jeta une couverture sur ses épaules pour se protéger du froid qui régnait dans ces galeries. C'est alors qu'un bruit retentit. Un bruit qui ressemblait à un coup de marteau frappant la roche.

Goïmgar, qui était justement en train de se mettre à l'aise, s'arrêta en plein mouvement.

— Les Ogres ? chuchota-t-il, apeuré. Ou les esprits des Nains morts durant la construction de ces couloirs ?

Tout est possible. Tungdil ne lui répondit pas, préférant empoigner sa hache et tendre l'oreille dans l'obscurité. Le coup ne se reproduisit pas.

— Une pierre, sans doute, dit-il doucement, avant de se détendre. Une pierre se sera détachée du plafond et en aura heurté une autre. Pas de quoi s'inquiéter.

— Est-ce qu'on ne devrait pas réveiller les jumeaux ? Ils ont sûrement plus d'expérience que toi.

— Non. Ce n'était rien. Dors, et oublie ce bruit.

Le lapidaire tira sa couverture jusqu'à la barbe, plaça son bouclier devant son buste, et Tungdil l'entendit tirer son épée courte. Alors seulement ses paupières se refermèrent.

Qu'est-ce que cela pouvait bien être ? Il se leva en silence, se tourna à droite puis à gauche pour vérifier s'il entendait des bruits de pas ou d'autre chose dans les couloirs.

Rien. Les galeries étaient silencieuses.

Mais son mauvais pressentiment ne voulait pas le quitter. *Il n'est pas impensable que d'autres monstres se considèrent comme les maîtres du lieu, après tout ce temps.* Les paroles bravaches de Boïndil avaient peut-être eu plus d'effet qu'il l'aurait souhaité.

* * *

Lorsque le groupe reprit son voyage, Tungdil fit part aux autres du bruit que Goïmgar et lui avaient entendu. Furibard, toujours à la recherche d'un peu d'action, leur en voulut de ne pas l'avoir réveillé. Il décida donc de bouder, et ne leur adressa plus la parole pendant un bon moment.

Le wagonnet filait comme le vent sur le rail, tantôt rapidement, tantôt moins, tantôt en montée, tantôt en descente. Par deux fois, l'élan fut insuffisant pour qu'il atteigne la descente suivante, et les Nains durent le pousser, bon gré, mal gré.

Ce faisant, Bavragor en profitait bien entendu pour pousser aussi la chansonnette, histoire de les encourager pendant qu'ils s'esquintaient le dos, et lorsqu'il entonna une chanson d'amour, ce fut le comble pour Furibard.

Il fait exprès de le provoquer. En outre, Tungdil avait nettement l'impression que le borgne, pourtant costaud, tirait au flanc pour ajouter à la charge de Furibard. Lors d'une halte, il prit le tailleur de pierre à part pour lui demander des explications.

— Bien sûr que je le fais exprès, avoua-t-il sans vergogne. Pendant tout le voyage, je vais le faire souffrir.

— Eh bien, je ne suis pas d'accord, fit Tungdil, réprobateur. (Bavragor haussa les épaules.) C'est à cause de ta sœur ?

Il jeta un regard en direction des jumeaux. Boëndal tendait une outre d'eau à son frère, essoufflé et en nage.

— Ouiii, répondit-il en sortant et en débouchant son propre récipient. (Instantanément une pénétrante odeur d'eau-de-vie s'éleva. Il en prit une gorgée, avant d'en essuyer quelques gouttes de sa barbe noire.) Oui, chuchota-t-il encore une fois d'un air absent, baissant les yeux.

— Que s'est-il passé entre elle et Boïndil ? demanda prudemment Tungdil, qui voulait en savoir davantage.

Bavragor releva la tête. Il serra les mâchoires, et une larme isolée coula de sous son bandeau. Il ne put répondre, préférant porter de nouveau l'outre d'eau-de-vie à ses lèvres.

— Tu comptes te saouler à mort à cause d'elle ?

Il s'interrompit.

— Non. Je bois pour oublier ma maîtrise passée, répondit-il, triste. Mais je n'y arrive pas. Mes œuvres sont réparties aux quatre coins du Royaume du Second, elles me narguent, elles se moquent de mes mains qui ne sont plus bonnes à rien. (Il s'adossa au mur et considéra la salle dans laquelle ils se trouvaient.) Tu veux savoir pourquoi je me suis embarqué dans cette expédition ? demanda-t-il subitement. (Tungdil hocha la tête.) Pour ne pas en revenir, dit-il avec la voix enrouée et la gravité du Nain ivre. Je ne supporte plus les regards compatissants des Nains. Je veux rester dans les mémoires comme Bavragor Poing-Marteau, Maître inégalé de la Pierre, celui qui a ravivé la Lame de Feu et donné sa vie pour les Nains, et pas comme Poing-Marteau l'ivrogne, dont le burin tremblait tellement dans ses mains qu'il en gravait involontairement la roche. (Il regarda Tungdil en face et fit un léger sourire.) Je ferai ma part pour protéger le Pays Sûr et notre peuple, mais je resterai au Royaume des Cinquièmes.

Comme pour appuyer ses dires, il reprit une gorgée d'eau-de-vie sans ajouter un mot.

Tungdil avait été touché par ses paroles. Il n'aurait pas cru que ce Nain, si bruyant et vulgaire à l'occasion, puisse avoir bon fond et être déstabilisé.

—Mais non, tu en reviendras sûrement, tout comme nous, répliqua-t-il, même s'il trouvait sa remarque misérable après des aveux si sincères. Nous avons besoin de la dureté de tes poings contre les troupes de Nôd'onn!

Bavragor lui agrippa l'avant-bras.

—Ce dont tu as besoin, c'est de Nains tels que les jumeaux, qui savent se battre et ne connaissent pas le doute. (Il le relâcha.) Sois sans crainte. Ce qui me reste de maîtrise suffira pour façonner les plus beaux et les plus fiables crochets de hache que le Royaume nain ait jamais vus. Et maintenant, laisse-nous, moi et mon outre. Je te raconterai une autre fois ce qui s'est passé avec ma sœur.

Tungdil se releva et alla retrouver les guerriers, qui s'offraient du jambon et du fromage. *Triste histoire.*

Boëndal avait suivi la conversation de loin, sans comprendre de quoi ils parlaient, mais ne posa pas de questions pour éviter de mettre la puce à l'oreille de son frère. Il tendit à Tungdil un morceau de fromage de chèvre très odorant.

—Si les rails ne nous lâchent pas, dans moins de deux jours nous serons chez les Premiers, l'érudit, dit-il.

—Ce qui veut dire que Gandogar y sera déjà, dit Tungdil, grognon.

—S'il ne s'est pas perdu en route, dit Furibard dans un rire avant d'essuyer la sueur qui coulait dans ses yeux. J'espère que son raccourci l'a mené tout droit dans un trou profond. (Goïmgar lui jeta un regard méchant.) Oh, tu peux bien me regarder comme ça. Le souverain de tous les Nains, il est assis là, dit-il, relevant le défi tacite. Alors que ton roi, c'est un va-t-en-guerre, un mou qui…

—Assez, Boïndil, fit Tungdil pour le rappeler à l'ordre. Je sais que tu préfères te battre plutôt que de rester assis, mais il va falloir que tu tempères ton ardeur. (Le Nain grommela, puis se tut.) En route. Plus tôt nous atteindrons notre première étape, mieux ce sera.

Il se releva. Les quatre autres comprirent qu'ils devaient retourner s'asseoir sur les durs sièges du wagonnet. *Aurai-je seulement un jour de calme avec eux?* se demanda Tungdil, soucieux.

—Je me demande à quoi peut bien ressembler leur royaume, réfléchit Boëndal à mi-voix en se préparant à pousser le véhicule. Ils passent pour les meilleurs forgerons de notre peuple. Je me ferais bien forger une nouvelle arme, encore meilleure que mon bec-de-corbin.

—Oh! c'est une bonne idée, frérot, lança Furibard. Ce n'est pas que mes couperets soient mauvais, mais si les clans des Premiers ont mieux à proposer, je suis preneur.

Lentement, le wagonnet se remit à rouler. À l'approche de la descente, Boëndal bondit sur son siège, et le voyage se poursuivit.

Le Pays Sûr, Royaume nain du Second Père, Beroïn, en l'automne du 6 234e cycle solaire

— J'ai répondu à ton invitation, Gundrabur, mais ne compte pas me faire changer d'avis, dit Bislipur en se relevant après s'être agenouillé devant le Grand-Roi.

Le ton de sa voix dénotait l'entêtement et le refus, et laissait entendre au souverain de toutes les tribus naines et à son conseiller qu'ils auraient pu s'épargner cette conversation en privé dans la Salle du Conseil. Mais peut-être Vraccas allait-il procéder à un miracle et lui faire rentrer la raison dans le crâne d'un coup de son marteau. Gundrabur désigna le fauteuil dans lequel le Nain massif pouvait à présent s'asseoir.

Il va de plus en plus mal. Ses mains tremblent, c'est à peine s'il arrive à lever le bras, constata Bislipur avec satisfaction. *Son âge joue pour moi.*

— Nous avons choisi de procéder comme nous aurions dû le faire depuis le début, au lieu d'intriguer, commença Balendilín en s'asseyant à côté de son seigneur. Il n'est pas dans notre nature de régler des divergences d'opinion comme le feraient d'infâmes Kobolds, je me trompe, Bislipur ?

— « Intriguer » n'est sûrement pas le bon terme. Je cherche des alliés pour saisir l'occasion unique qui s'offre à notre peuple, répliqua Bislipur.

— Le Grand-Roi et moi, nous nous demandons quel est ton véritable motif, avoua franchement Balendilín. Nous ne comprenons pas que tu veuilles entraîner les Enfants du Forgeron dans une guerre contre les Elfes alors qu'une bataille bien plus importante les appelle.

Bislipur avait l'air ennuyé.

— Ô Grand-Roi ! laisse-moi me retirer. Je comprends aussi peu vos intentions que vous les miennes, ce qui rend cette conversation dénuée de fondement et en fait une pure perte de temps.

— Du temps pour quoi faire ? insista Balendilín.

— Pour réfléchir, répondit Bislipur, grognon.

Sans demander congé, il se leva et boita en direction de la porte.

— Réfléchir, dis-tu ? dit Gundrabur. Eh bien, réfléchis, et dis-moi ce que tu penses du fait que personne dans ta délégation ne te connaît de famille, Bislipur.

Le Nain s'immobilisa, mais ne se retourna pas.

— Qu'essaies-tu de me dire, Grand-Roi ?

— Je n'essaie pas, je te le dis, répliqua Gundrabur.

Balendilín prit le relais de son maître affaibli.

— Tu mets en doute les origines de Tungdil, soit. Mais il y a un vieux proverbe qui dit qu'il vaut mieux éviter de se moquer de la paille dans l'œil de son voisin quand on y a soi-même une poutre.

Bislipur revint à sa place, les poings serrés.

—J'ai l'impression que vous êtes en train d'intriguer encore mieux que les Kobolds, gronda-t-il. Qu'est-ce que vous mijotez ?

—Mais rien. Nous voulions juste souligner que tes origines étaient aussi obscures que celles de notre successeur favori, dit gravement le conseiller. Et que les passages que tu as lus au sujet de la responsabilité des Elfes dans la chute des Cinquièmes sont une mystification.

—Calomnies !

Bislipur frappa des deux mains sur la table avec une telle force qu'il fit grincer la pierre.

—Regarde-toi. Tu es d'une plus grande corpulence que tous les Nains de la Quatrième Maison, personne ne t'a jamais vu tailler une pierre précieuse ni faire œuvre de bijoutier, et ton habileté au combat est redoutée jusque chez les Orcs, répliqua froidement Balendilín. Tout cela, je l'ai appris en posant juste quelques questions. Tes ennemis pourraient facilement te prendre pour un membre de la tribu de Lorimbur.

—Tu oses me dire cette infamie en face ?! Par ma barbe ! je te défierais en combat singulier sur-le-champ pour laver cet affront, si tu n'étais pas un infirme !

Balendilín jubilait intérieurement. *On dirait que mes affabulations ont bel et bien fait mouche !*

—Nous te proposons un marché. Tu te tiens tranquille jusqu'à ce que le premier des deux groupes soit revenu des Montagnes Grises, et tu proclames que la responsabilité des Elfes dans la chute des Cinquièmes n'est pas attestée, que ces écrits sont des faux, qu'importe de qui. En échange de quoi nous te promettons de ne pas répandre de rumeurs sur tes origines douteuses.

—Laisse l'issue du concours décider qui sera le futur souverain, et rien d'autre, demanda Gundrabur Blanc-Chef.

Bislipur accepta, non sans grincer des dents.

—Nous devrions trinquer à notre armistice, dit Balendilín.

Bislipur se dirigea tout d'un coup vers la sortie.

—Buvez si cela vous chante. Moi, j'ai encore beaucoup à faire, dit-il pour prendre congé, se forçant à afficher un sourire sans conviction. Ne vous inquiétez pas, je tiendrai parole, et je vais provisoirement laisser tous mes petits conciliabules de côté, mais on me permettra encore, j'espère, de convoquer une Assemblée de nos clans.

Il disparut de la salle, sans saluer d'aucune sorte le souverain de tous les Nains. *Vous n'êtes pas au bout de vos surprises. Que m'importe ma promesse. Je serai juste plus prudent à l'avenir.*

En chemin, il croisa un Nain avec une cruche et trois chopes en main. *La bière pour le roi ? Voilà qui est bienvenu.* Lorsqu'ils furent à hauteur l'un de l'autre, il trébucha, bousculant le serviteur qui perdit l'équilibre et tomba. Sans se laisser distraire, Bislipur intercepta le gros récipient et deux des chopes, la troisième se fracassant sur le dallage de marbre.

— Pardonne-moi, j'ai glissé sur les dalles. Je maudis ma patte folle, parfois, s'excusa-t-il. J'ai sauvé la bière et deux des chopes.

Il fallut un moment au Nain à demi assommé pour se remettre et se relever. Il regarda les éclats.

— C'était ta chope. Je vais de ce pas en chercher une…

— Ce n'est pas grave, je n'aurais rien bu de toute façon. Tu n'as qu'à balayer les débris, dit Bislipur, laissant le serviteur consacrer son attention aux éclats, qu'il ramassa dans son tablier.

— Voilà, tu peux me redonner la cruche et les chopes.

Bislipur était en train de pencher la cruche pour observer l'épaisse mousse claire qui s'était formée à la surface de la bière noire.

— Joli contraste, dit-il, pensif. Le blanc sur le noir. (Il lui passa la cruche et les chopes.) Espérons qu'il en aille de même pour le Pays Sûr et que le Bien l'emporte sur le Mal. Va, maintenant. Ton roi a soif.

Le Nain poursuivit son chemin, tandis que Bislipur rejoignait les clans de sa tribu en fredonnant.

Le Pays Sûr, quelque part sous terre, à la fin de l'automne du 6 234e cycle solaire

La dernière pente les ayant gratifiés d'une accélération époustouflante, leur wagonnet filait à présent à une vitesse extrêmement élevée sur les rails, au point que Tungdil dut actionner pour la première fois le levier de frein. *Nous allons dérailler au prochain virage si nous continuons à accélérer*, se dit-il. Des étincelles jaillirent à l'arrière de leur véhicule, accompagnées d'un crissement strident qui mit leurs oreilles à rude épreuve.

— C'est encore pis que quand Bavragor chante, dit Boïndil tout haut pour se faire entendre malgré le vent et les crissements.

Sur quoi le tailleur de pierre s'empressa de faire monter la torture d'encore un cran en leur infligeant une chanson. Le guerrier en eut les yeux révulsés.

Tel un projectile, leur wagon jaillit du tunnel, traversant une cavité naturelle, ainsi qu'un gigantesque pont sculpté dans la pierre, qui enjambait un énorme cours d'eau, dont le grondement était plus fort encore que le crissement des freins. Des voiles d'écume eurent à peine le temps de s'élever jusqu'à leur hauteur qu'ils se trouvaient déjà dans le couloir suivant.

— Vous avez vu ça ? demanda Tungdil, impressionné.

— Oui, hélas, chuchota Goïmgar d'un air misérable. Nous avons bien failli trouver la mort dans ce fleuve.

Tungdil, lui, était plutôt impressionné par le spectacle.

— Bavragor, as-tu jamais vu pareil ouvrage ? Comment nos ancêtres ont-ils pu ériger cela ?

Pour sa part, le tailleur de pierre aurait préféré faire marche arrière pour observer de plus près la construction à laquelle Tungdil faisait allusion.

— Il n'y a que les clans des Seconds pour avoir fait cela, répliqua-t-il avec fierté. Aucune autre tribu n'en aurait été capable. (Personne ne le contredit.) Cela vaut bien un petit coup à leur santé. (Soudain, le wagonnet se mit à cahoter et à vibrer anormalement.) Dis à cet engin de se calmer avant que je renverse quelque chose ou que le tailleur de gemmes se sente mal, beugla-t-il, craignant une catastrophe.

Tungdil était moins d'humeur à plaisanter.

— Il y a des petits cailloux sur les rails, signala-t-il. Cela risque de…

Il y eut un énorme choc, leur véhicule quitta le rail du côté droit et pencha dangereusement. Des éclairs orange jaillirent jusqu'au plafond.

Il n'était plus temps d'admirer encore quoi que ce soit : leur wagonnet se renversa et fit plusieurs tonneaux, avant de finir sa course contre une massive paroi rocheuse comme surgie du néant devant eux.

Tungdil se recroquevilla complètement dans l'espoir de limiter les dégâts, et fit un vol plané. Il heurta durement le sol, la pierre lui écorcha le visage, puis il cogna son casque contre quelque chose de lourd. *Cela devait arriver.* Encore à demi hébété, il se redressa pour voir ce qui était arrivé à ses compagnons.

Les jumeaux étaient déjà debout. Leurs pantalons de cuir étaient, à l'instar du sien, déchirés en de nombreux endroits, mais ils ne semblaient pas blessés.

Bavragor se releva en gémissant et en se tenant la hanche. Seul Goïmgar gisait à côté du véhicule tordu, la poitrine se levant et s'abaissant faiblement.

— Malédiction ! s'écria Tungdil. Il approcha de lui en chancelant.

Furibard et Boëndal entreprirent de l'examiner de plus près, et constatèrent qu'il allait bien, physiquement du moins, au soulagement général.

— Cela vaut bien un petit remontant, dit Bavragor, qui gratifia le lapidaire d'une gorgée de son outre. J'espère qu'il appréciera mon sacrifice.

Le Nain chétif se réveilla en crachant, sans doute parce qu'il n'était pas habitué à une eau-de-vie si forte. Il poussa un cri et posa la main sur son épaule droite, le visage déformé par la douleur.

— Ça brûle ! Elle est cassée ! (Boëndal voulut l'examiner de nouveau, mais Goïmgar ne le laissa pas faire.) Non, ça ne ferait qu'aggraver la blessure !

— Moi, je peux te l'aggraver tout de suite, si tu veux, grogna Boïndil d'un air menaçant. Laisse mon frère regarder ta blessure !

— Goïmgar, allons, le pria Tungdil. C'est un guerrier, mais il sait aussi soigner.

— Les coupures, peut-être, mais pas les fractures, dit Goïmgar, refusant de le laisser approcher. (Il se releva en gémissant, le bras droit pendant le long de son corps, inerte.) J'ai l'épaule cassée, geignit-il. Je n'arrive plus à la bouger.

— Tiens, bois quelque chose contre la douleur.

Bavragor lui jeta son outre. Par réflexe, il l'attrapa. Les quatre Nains regardèrent Goïmgar d'un air réprobateur.

— Tu voulais nous jouer une petite comédie, espèce de sous-Nain ?! s'écria Furibard, la voix déformée par la rage.

— Je me suis trompé, s'empressa de rectifier Goïmgar. Elle n'était que… luxée. Et mon mouvement l'a remise en place. Vous l'avez entendue craquer, vous aussi ? (En guise de vérification, il remua le bras et feignit encore quelques légères douleurs.) J'ai encore un peu mal, mais ça ira. (Il rendit son alcool à Bavragor.) Bois-le tout seul, ton tord-boyaux. Il a un goût horrible.

— La prochaine fois que tu veux te jouer de nous, tâche de mieux t'y prendre, lui recommanda Boïndil, furieux, ou tu recevras une telle raclée que tu prendras ton petit derrière pour un fourneau.

Je n'ai pas fait un bon choix. Je me suis moi-même mis une épine dans le pied. Tungdil s'en voulait. Il aurait dû pressentir, au calme de Gandogar, que Barbe-brillante allait leur causer des ennuis, c'était de plus en plus évident. *Je ne croirai plus rien de ce qu'il dit, dorénavant.*

Mais il y avait plus important. Il regarda autour de lui et observa le tunnel, qui se terminait là, obstrué par un effondrement. Le matériel dont ils avaient besoin pour la Lame de Feu était éparpillé. Il appela Bavragor.

— À ton avis, cet effondrement, il est ancien ou récent ?

Le borgne examina les éboulis, les escalada, les inspecta en passant les doigts sur les arêtes, puis il revint auprès de lui.

— Il est récent. Je le vois aux facettes encore brillantes de certains blocs, la poussière des autres pierres provient du plafond, ce n'est pas de la poussière qui s'est déposée avec le temps. (Il se rendit en titubant près de la paroi complètement tordue du wagonnet.) Si notre véhicule n'avait pas fait cette embardée, nous aurions foncé tout droit sur cet amas.

— La galerie ne s'est donc pas écroulée par accident ?

Bavragor s'essuya une poussière de l'œil.

— Je ne pourrais pas le dire, mais c'est possible. (Il posa une main sur la paroi, plein de tendresse.) Après tous ces cycles, il faudrait que le tunnel s'écroule justement maintenant ? J'ai peine à le croire.

— C'était sûrement ton chant, ergota Goïmgar. Ton chant, et les cris du fou, là.

— Si ce ne sont pas tes jérémiades qui ont ramolli la pierre, riposta le tailleur de pierre.

— Ou bien les pierres se sont écroulées de rire en voyant ta carrure, surenchérit Boïndil, désireux de ne pas être en reste.

Avant que Goïmgar ait pu répliquer quoi que ce soit, Tungdil leur ordonna de ramasser leurs trésors et de les recouvrir de pierres.

— Nous allons remonter à la surface, dit-il pour leur faire part de sa décision. Non loin d'ici, il y a une sortie. C'est là que nous quitterons le tunnel. Ensuite, nous chercherons une ferme ou une ville et nous y achèterons un poney. (Il déplia la carte.) L'accès suivant aux tunnels se trouve à cet endroit, à quatre-vingts milles d'ici.

—Encore faut-il alors qu'un véhicule nous y attende, l'érudit, espéra Boëndal. Et s'il n'y en a pas?

—Nous achèterons d'autres montures et ferons les deux cents milles restants à dos de poney.

Tungdil roula la carte et aida à entasser les lourdes barres de métal précieux, ne gardant sur lui que le bout de bois.

Son regard se porta sur ses quatre compagnons. *Avec leurs chamailleries, l'ambiance ne s'est pas améliorée d'un iota. Il faut que je veille à renforcer la cohésion du groupe si je ne veux pas qu'il vole en éclats. Vraccas, donne-m'en la force!*

Après une brève prière d'action de grâce à Vraccas, qui avait épargné leurs vies, ils suivirent les couloirs, jusqu'au moment où ils atteignirent un escalier étroit et raide qui montait en colimaçon.

—Mais où sommes-nous? demanda Goïmgar, avant de suivre Bavragor.

—En Oremaira, le pays de la Gardienne, d'après la carte, répondit Tungdil. Ou plus exactement dans ce qu'en a fait Nôd'onn.

—En plein pays magique, dit Boïndil, renfrogné et les mains sur les manches de ses couperets. Espérons juste qu'il nous enverra quelques faces de groin à débiter. Ses maudits tours, je m'en passe volontiers.

Les quatre autres Nains l'approuvèrent en silence.

* * *

Après une ascension longue et éprouvante, ils ouvrirent la porte ornée de runes censée les mener à l'air libre. Les cinq Nains tenaient leurs armes prêtes.

Mais c'est dans une grotte qu'ils parvinrent, de quatre pas de haut sur sept de large. Ils furent salués par le grondement d'une chute d'eau. Des masses d'eau assourdissantes se déversaient devant l'ouverture de la grotte pour plonger ensuite dans le vide; l'écume débarrassa les cottes de mailles, les casques et les vêtements de leur poussière. La lumière du jour, pâle, baignait le sol humide de la grotte, sur lequel elle dessinait des motifs brillants.

—J'ai horreur de ça! hurla Boïndil à l'adresse de la chute d'eau. Si j'ai envie de me laver, je le fais moi-même.

—Oui, «si»..., lui cria son frère en retour.

Ils trouvèrent un étroit sentier menant derrière le rideau formé par la chute d'eau, puis sur un plateau rocheux. *Bon point de vue*, pensa Tungdil.

—Allons-y, ordonna-t-il aux autres. Voyons où nous sommes arrivés.

Ils avancèrent prudemment, pour éviter de glisser sur la pierre humide. L'un après l'autre, ils traversèrent la chute d'eau et furent douchés contre leur gré. Goïmgar faillit être renversé.

Il devait être midi. Le soleil automnal faisait naître, comme par magie, un arc-en-ciel à travers les embruns, l'air était frais et humide. Ils atteignirent le haut plateau rocheux, qui formait un à-pic de cinquante pas sous leurs pieds. Les cimes sombres de sapins, de pins et d'épicéas se dressaient vers eux comme autant de lances pointées dans leur direction. Les nuages gris en mouvement annonçaient une prochaine ondée.

Loin vers l'ouest, l'horizon scintillait. Un grand lac s'y étendait. En direction du nord, ils distinguèrent les maisons et les murs d'une cité humaine qui s'étendait pratiquement jusqu'à la lisière d'une forêt, et qui était seulement entourée de champs moissonnés.

Une lune nous suffira pour nous y rendre.

— Vraccas ne nous a pas abandonnés, dit Tungdil, que cette situation favorable réjouissait. Nous aurons bientôt notre poney.

— Une cité pleine de longs-sur-pattes, dit Goïmgar peu enthousiaste. Est-ce qu'ils supporteront notre présence ?

— Cesse de geindre, sinon, la roche va encore s'écrouler sous nos pieds, le tança Furibard. Les longs-sur-pattes ne sont que des longs-sur-pattes, rien de plus. Nous saurons bien nous débrouiller avec eux.

— Vous me laisserez parler, leur ordonna Tungdil, saisi d'un mauvais pressentiment. De nous tous, c'est moi qui connais le mieux les Hommes.

Les autres opinèrent du chef. En quête d'une descente praticable, ils finirent par trouver un étroit sentier qui coupait à travers l'épaisse forêt.

Les cimes des conifères tamisaient la lumière du soleil. Une légère brume automnale planait entre les troncs. À hauteur des cuisses, celle-ci en devenait même opaque, faisant l'effet d'une eau laiteuse. Le demi-jour permettait aux Nains de s'accoutumer à la clarté.

— Voici donc les forêts où Maira donne asile aux licornes persécutées, dit Tungdil, ravi de voir de ses propres yeux ce qu'il avait lu dans les livres. Avec un peu de chance, nous en rencontrerons peut-être.

— Et qu'est-ce que je dois faire si on en voit ? dit Boïndil, perplexe. Sûrement pas les chevaucher.

— Les regarder. Il n'y en a plus beaucoup depuis que les Albes les chassent.

— Est-ce normal que cette forêt soit aussi calme qu'une galerie abandonnée ? demanda Bavragor. Je pourrais chanter une chanson pour attirer ces bestioles, histoire qu'on les observe.

— Les licornes sont farouches. Les chants…

— Ses chants, corrigea Boëndal tout bas.

— … n'y changent rien. On raconte qu'elles ne s'approchent que des vierges, lui dit Tungdil d'un ton docte.

— Bon, alors qui pourrait-on choisir pour servir d'appât ? demanda Bavragor, et Tungdil ne put s'empêcher de rougir.

Soudain, Boïndil trébucha sur quelque chose qu'il n'avait pas vu à cause du voile de brume.

— Eh bien ? s'étonna-t-il, avant d'appuyer prudemment un de ses couperets sur l'objet mou, toujours invisible.

Boïndil s'empara du bouclier et s'en servit pour chasser la brume. Il vit alors ce qui gisait sur le sol, dans une mare de sang.

— Un cheval ? s'étonna Bavragor en voyant le corps au pelage blanc. À moins que ce soit… une licorne ?

Tungdil s'agenouilla près de la créature, morte, dont le corps portait maintes marques de morsures de fauve, et dont la gorge avait été déchirée en lambeaux, tandis que sa précieuse corne avait été brutalement arrachée du crâne.

— C'était une licorne, dit-il tristement en caressant le pelage blanc. (Les livres de Lot-Ionan ne tarissaient pas d'éloges sur ces créatures, qu'ils disaient pures, dépourvues de toute méchanceté, ce qui n'empêchait pas le Mal de les tuer pour autant.) Les hordes de Nôd'onn ont dû passer par ici.

— Tu veux dire qu'elles sont peut-être encore ici à nous épier derrière les arbres ? s'enquit Boïndil, plein d'espoir, sur quoi Goïmgar s'éloigna de plusieurs pas du cadavre et tomba presque aussitôt.

Il disparut à reculons dans la brume pour en ressortir peu après en poussant de grands cris et se réfugia auprès des autres, les mains pleines de sang.

— Il y en a encore une là, cria-t-il, dégoûté. Rends-moi tout de suite mon bouclier !

Furibard se rendit à l'endroit où le Quatrième était tombé, et y dissipa les nuées blanches, aidé en cela par un vent léger qui soufflait à travers la forêt.

Tous eurent le souffle coupé en voyant ce spectacle monstrueux. Une dizaine de licornes et trois fois plus d'Orcs étaient étendus, morts. Ces brutes étaient tombées sous les coups de sabot et de corne des quadrupèdes, qui étaient couverts de plaies béantes et criblés de longues flèches.

Les Nains aperçurent à travers la brume qui se dissipait les vagues contours de barricades de troncs d'arbres, qui avaient été fatales aux créatures de lumière.

— Ils ont organisé une battue pour prendre les licornes au piège, dit Bavragor, bouleversé. Tu disais qu'il en restait combien ? demanda-t-il à Tungdil.

— Un peu plus d'une dizaine, répondit-il, non moins horrifié. (Même après avoir été massacrées par de viles créatures, les licornes dégageaient encore une aura de paix, de noblesse et de bonté.) Toutes celles qu'il y avait encore au Pays Sûr sont là.

— La situation est grave, fit remarquer Boëndal avec tristesse. Allons, vite, à la cité, procurons-nous un poney et partons sans attendre. Plus tôt nous entamerons le combat contre Nôd'onn, plus nous sauverons de vies.

Ils se ressaisirent, escaladèrent les palissades et reprirent leur chemin à travers la forêt.

La peine qu'éprouvait Tungdil pour la perte de Lot-Ionan, de Frala et des filles de celle-ci fut ravivée.

Boïndil tenait ses couperets prêts, souhaitant comme toujours les abattre sur un Orc pour passer sa fureur sur lui. Brusquement, son expression changea, et un rictus se dessina sur son visage. Sans poser de question, son frère prit son bec-de-corbin à deux mains.

— Je les sens, chuchota Furibard, excité. Grouïk, grouïk, grouïk !

Il ne fallut pas longtemps non plus à Tungdil pour sentir la graisse rance des armures des Orcs, qui jurait avec l'odeur agréable de mousse, de terre humide et celle, aromatique, des aiguilles des sapins.

— Allons-y, nous devons rejoindre la cité.

— N'importe quoi. Ce que nous devons faire, c'est fendre le crâne de ces bêtes ! le contredit ouvertement Boïndil, submergé par sa folie guerrière. Où êtes-vous, mes petits cochons ? Venez, votre boucher vous attend ! lança-t-il, avant de pousser un long grognement porcin.

Un grognement lui fit écho.

Goïmgar se fit si petit derrière son bouclier qu'il disparut presque.

— Tais-toi, espèce de fou ! fit-il, craintif. Ils…

Les tintements et les cliquetis d'armures se rapprochèrent. Furibard savourait le moment les yeux fermés.

— Ils viennent juste de franchir l'enclos, dit-il pour traduire aux autres les bruits qu'ils entendaient. Il doit y en avoir… (il tendit l'oreille) vingt ou plus. (Ses mains maniaient les couperets avec impatience.) Ils nous ont repérés. Ils arrivent sur nous.

Brusquement, il rouvrit les yeux et lâcha un triple « grouïk » comme pour les appeler. Boëndal adressa un regard à Tungdil comme pour excuser son frère avant de lui emboîter le pas. Peu après, l'acier heurtait l'acier, remplissant la forêt de chocs sonores.

Je n'arrive tout simplement pas à y croire ! Un de ces jours, il perdra toute raison, tant sa forge de vie est brûlante. Tungdil se sentait dépassé par les événements.

— On ne va pas les laisser se battre seuls ? demanda Bavragor d'un air incrédule en brandissant son marteau de guerre.

— Eh bien si, dit Goïmgar, intimidé. Ce sont eux qui ont commencé, qu'ils se débrouillent.

— Non. On les aide, et ensuite, on se réfugie derrière les murs de la cité, ordonna Tungdil, qui avait tiré sa hache depuis longtemps.

Tous trois se portèrent au secours des jumeaux. Le tailleur de pierre les précéda, puis se jeta en hurlant sur le premier Orc qu'il rencontra. Les monstres, qui tentaient justement d'encercler les deux guerriers, furent surpris par ces renforts inopinés. Leur riposte s'en ressentit.

Peu après, deux douzaines d'Orcs gisaient sur l'humus, Goïmgar s'étant cela dit contenté de rester derrière Bavragor et d'éviter tout contact avec les Peaux-Vertes.

Si Furibard avait fait la plus grande part du sanglant travail, Boëndal et Poing-Marteau avaient mis tant d'ardeur au combat que Tungdil faillit bien ne pas pouvoir placer un seul coup.

— En voilà qui ne tueront plus de licornes, dit Boïndil en riant tandis qu'il essuyait du dos de la main la sueur sur son front. Hein, bande de petits cochons ? (Il donna un coup de pied à un cadavre.) Tiens, voilà un coup de pied en prime. Remets-le de ma part à Tion quand tu le verras dans l'au-delà.

— Hé ! vous entendez ? Il en arrive encore, cria Goïmgar tout angoissé, qui leva son bouclier jusqu'à ce qu'on ne voie plus que ses yeux.

Furibard donna une bourrade à son frère.

— Regarde, on dirait un bouclier avec deux pieds, se moqua-t-il avant de se tourner vers les nouveaux adversaires. C'est mon jour de chance, aujourd'hui, dit-il avec un sourire. (De nouveau, il écouta attentivement les bruits que faisaient les Orcs pour en estimer grossièrement le nombre.) Un, deux, trois… (il compta plus lentement, d'un air plus pensif, la nonchalance qu'il affichait encore l'instant d'avant avait disparu) quatre, cinq… Un, deux… (Il rouvrit les yeux d'un seul coup et baissa la tête d'un air déterminé.) Ce sera un défi digne de Nains comme nous.

Il avait à peine achevé sa phrase que l'on entendit les bruits des armures.

— Eh bien, combien y en a-t-il ? demanda Tungdil, inquiet.

Si Furibard parlait de « défi », c'est qu'ils devaient être nombreux.

— Cinq et deux, répliqua laconiquement le Nain. Ils arrivent principalement de front, mais aussi sur notre flanc droit.

— Sept ? fit Goïmgar, rassuré, avant de sortir le nez de son abri.

— Cinq dizaines et deux cavaliers, corrigea Boëndal en lui traduisant la manière de compter de son frère.

Tungdil agrippa Furibard à l'épaule.

— Ce n'est pas du défi, c'est de la démence. On repart pour la cité, et sur-le-champ, ordonna-t-il.

Le tailleur de gemmes tourna les talons et partit en courant.

— Non !

— Cette fois, tu vas faire ce que je te dis ! Tu t'es assez amusé, Boïndil. Pense à notre mission !

Contrarié, le guerrier fit volte-face.

— Bon, d'accord. Les faces de groin s'en tirent à bon compte, cette fois, dit-il. Mais s'ils nous rattrapent, ils comprendront leur erreur. (Il pointa son index vers Bavragor.) Et toi, le borgne, pas touche à mes adversaires avec ton marteau. Si j'ai besoin de ton aide, je te le ferai savoir.

— Ce n'est pas toi que j'aidais, mais ton frère. Cela m'aurait fait trop plaisir de voir un Orc te rafraîchir la nuque avec son épée, déclara-t-il méchamment.

— Ce n'est pas le moment ! Venez ! ordonna Tungdil avant de se mettre en mouvement.

Ils coururent à toute vitesse entre les arbres, brisant branches et rameaux sur leur passage, filant droit devant eux pour échapper à la horde qui était à leurs trousses. Goïmgar avait pour sa part déjà disparu entre les troncs d'arbres.

Des appels de cor retentirent dans leur dos. Les Orcs organisaient la chasse, mais les Nains avaient le gros avantage de pouvoir se faufiler à travers la végétation du sous-bois grâce à leur petite taille, là ou un Homme aurait dû lutter pour se frayer un chemin.

Bientôt, les Nains approchèrent de la lisière de la forêt : celle-ci était de plus en plus clairsemée.

Haletant, Tungdil jeta un regard derrière lui et vit les silhouettes des monstres plus nettement encore qu'au début de leur fuite. *Cela va être juste.*

Sortis du bois, ils augmentèrent encore légèrement la cadence. Les murailles salvatrices de la cité étaient à un peu plus d'un demi-mille, et Goïmgar avait déjà parcouru la moitié de cette distance.

Mais qu'est-ce que c'est? Tungdil crut d'abord que ses yeux lui jouaient un tour, puis il entendit le bruissement de cottes de mailles et le cliquetis d'armures de plates, et il comprit. *Nous sommes tombés au beau milieu d'un assaut !*

Juste après eux, une horde d'Orcs sortit de son abri sylvestre. Il en estima le nombre à un millier, peut-être davantage. Dans leur avance, ceux-ci formaient une ligne noire vivante qui se dirigeait vers l'importante colonie humaine. Or, de tous côtés, d'autres Orcs accouraient, transformant la ligne en cercle, qui se refermait inexorablement. Il ne semblait pas y avoir d'issue, ni pour la cité, ni pour les Nains.

— Courez ! relança-t-il ses compagnons. Courez aussi vite que vous pouvez !

Le Pays Sûr, Royaume magique d'Oremaira,
à la fin de l'automne du 6 234e cycle solaire

Parvenu devant la porte de la cité inconnue, Goïmgar la martela de ses poings.

— Laissez-moi entrer ! cria-t-il en direction des créneaux, derrière lesquels il aperçut des visages. Je vous en prie, par Vraccas le Forgeron ! protégez-moi de ces hordes !

— Il pourrait demander pour nous tous, quand même, dit Bavragor, haletant à quelque distance de là.

Une petite poterne s'ouvrit. Goïmgar la franchit tel un courant d'air, et on la referma. Lorsque les quatre autres l'atteignirent, elle demeura close.

— Hé ! on veut entrer, nous aussi ! cria Bavragor.

Il a recommencé, pensa Tungdil, déçu. *On ne peut pas faire confiance à Goïmgar.*

Pendant ce temps, les Orcs approchaient, inexorables. Des flèches volèrent dans leur direction, mais les manquèrent.

Boïndil se retourna pour faire face aux assaillants, tenant fermement ses couperets.

— On dirait que je vais quand même l'avoir, mon petit combat, dit-il, hilare, en faisant tinter fortement le dos de ses tranchants. Grouïk, grouïk ! fit-il aux hordes pour les narguer.

— Ohé ! nous sommes avec l'autre Nain ! cria Tungdil pour demander la permission d'entrer. Ouvrez-nous la porte ! Nous sommes des Nains, nous sommes de votre côté !

Rien ne se passa.

Soudain, les plus rapides des Orcs fondirent sur eux. Ils furent reçus de sanglante façon par Furibard. Leurs couinements alertèrent d'autres congénères, qui se hâtèrent de venir donner le coup de grâce à ces Nains.

Boïndil et Boëndal assenaient coup après coup. Le sang vert des monstres giclait, aucun d'entre eux ne parvenant à approcher Tungdil et Bavragor. Même avec une flèche dans la jambe, Boïndil resta debout, tuant un Orc après l'autre, hilare.

Une dizaine de ces brutes gisaient déjà devant la poterne, lorsque enfin on ouvrit la porte.

Ses compagnons durent même saisir Boïndil par le col et le tirer violemment, tant il se consacrait à ses adversaires. Boëndal le raisonna jusqu'à ce que la lueur folle et vacillante ait disparu de ses yeux. Bavragor fit un signe de tête entendu à Tungdil.

— Ne l'avais-je pas dit ? Il est fou, imprévisible et dangereux.

Tungdil ne répondit rien.

De l'autre côté de la muraille se tenaient trente Hommes lourdement armés et cuirassés qui gardaient les nouveaux venus à l'œil d'un air soupçonneux. On se méfiait encore d'eux. Goïmgar attendait à côté de la porte, le visage livide.

Leur capitaine s'avança.

— Qui êtes-vous, et que voulez-vous, Troglodytes ? exigea-t-il de savoir sans ménagement.

Tungdil entreprit de les présenter l'un après l'autre, puis ajouta :

— Nous sommes des Nains, en quête de hordes d'Orcs pour les attaquer, ainsi que Vraccas nous l'a ordonné, avança-t-il comme explication à leur présence dans ces murs. Nous avons appris que le Mal sillonne le Pays Sûr, plus puissant que jamais auparavant, et nous avons pris la résolution de prêter assistance aux Hommes.

— Avec succès, comme vous l'avez vu, ajouta joyeusement Furibard. Je serais bien resté dehors pour leur peler le râble, à ces faces de groin, mais ceux-là m'en ont empêché, tout ça parce qu'on était un peu moins nombreux.

Boëndal s'agenouilla auprès de lui et examina la blessure causée par la flèche. Celle-ci n'ayant fait que transpercer les chairs, il se contenta d'en briser l'empennage et de faire ressortir la pointe de l'autre côté. Son frère ne tiqua même pas. Ce ne fut que lorsque Boëndal appliqua quelques plantes hémostatiques et banda la blessure qu'il fit de brèves grimaces.

Le capitaine fut visiblement impressionné par le flegme du Nain.

— Eh bien, dans ce cas, soyez les bienvenus à Mifurdania, dit-il. C'est le bon moment pour accomplir votre mission, mais un mauvais moment pour notre cité. Vous allez bientôt avoir fort à faire. Faites-moi signe quand vous serez prêts à combattre à nos côtés.

Il fit volte-face. Dix de ses guerriers étaient restés à la poterne, la barricadant d'une plaque de fer supplémentaire placée en travers du passage et assurée par de longues chevilles. De l'autre côté, les Orcs tentaient à toute force de défoncer l'étroit passage, mais le métal était trop résistant. Les monstres finirent par abandonner.

— C'était tout juste. Pourquoi avoir attendu avant de nous ouvrir ? demanda Bavragor à l'un des gardes de la cité.

L'Homme regarda Goïmgar qui était blanc comme un linge. Le Nain n'osait pas sortir de son coin.

— C'est lui qui nous a dit de refermer la porte sitôt entré, répondit-il avec une relative indifférence. Demande-lui.

Les soldats ne se soucièrent pas plus longtemps des Nains, occupés qu'ils étaient à renforcer les ferrures de la porte afin qu'elle résiste aux assauts furieux qui l'attendaient. Toute une forêt de madriers vint appliquer suffisamment de contre-pression pour résister à l'impact d'un bélier.

— Ce n'est pas vrai, balbutia le Nain. J'ai seulement dit de refermer dès que *vous* seriez entrés.

Il recula devant la silhouette menaçante de Poing-Marteau et se précipita hors de la tour pour rejoindre la place et prendre la fuite dans les ruelles de Mifurdania. Bavragor se mit en colère :

— Je ne te crois pas ! Depuis notre départ, tu n'es qu'infamie et bassesse ! (Il brandit ses larges poings.) Viens ici, que je te donne une correction.

— Et quand il en aura fini avec toi, ce sera mon tour, enchaîna Furibard. Je te raserai ta barbe de singe avec mes couperets.

C'en fut trop pour Goïmgar. Entendant ces menaces, il tourna les talons et prit la fuite dans le dédale de ruelles de la cité.

—Attends ! s'écria Tungdil pour le retenir, en vain. *Cela devait arriver tôt ou tard.* Il regarda Bavragor et Boïndil d'un air réprobateur.

—Vous avez été *excellents*, vous deux, les félicita-t-il avec une ironie mordante. Nous sommes entourés d'Orcs, nous avons une mission importante à remplir, et maintenant, vous faites fuir Goïmgar avec vos gamineries. Nous allons devoir jouer à cache-cache avec lui. Comme si nous n'avions pas plus urgent à faire !

Cette fois, il ne fit aucun effort pour réprimer sa colère. Il était furieux, et il tenait à le faire savoir.

Gênés, les deux accusés regardaient fixement le sol.

—Mais il nous a trahis, protesta Bavragor.

—Tu ne l'as pas laissé s'expliquer, dit Tungdil pour le remettre vivement à sa place. Tu as commencé à l'enguirlander dès que tu as entendu le garde.

—Et c'est là qu'il a pris la poudre d'escampette, dit Furibard. C'est donc qu'il est coupable.

—Et toc, vous voilà de nouveau d'accord ! Nous allons le chercher et régler toute cette histoire. Dans le calme, les enjoignit-il. (Il aperçut une auberge plus bas dans la rue.) Vous deux, allez-y, dit-il à Bavragor et Boïndil. Asseyez-vous à une table et restez-y jusqu'à ce que Boëndal et moi revenions. Pas de disputes ! Et n'oubliez pas ce que je vous ai dit au sujet des Hommes.

Bavragor se gratta la barbe.

—Et vous, qu'allez-vous faire ?

—Comment ça ? Le chercher ! Il a trop peur de vous, et retournerait immédiatement se terrer quelque part s'il vous voyait.

Il fit un signe de tête à Boëndal avant de s'éloigner.

Obéissants, les deux autres se rendirent à l'établissement désigné, y entrèrent et choisirent une table. Affamés, ils commandèrent à manger, ainsi qu'un hanap de bière pour rendre l'attente plus supportable.

Les Hommes assemblés dans la salle toisèrent ouvertement ces Nains encore tout poisseux du sang des Orcs. Les deux Nains se contentèrent de leur répondre d'un regard féroce et de mâcher en silence.

Boïndil vida son hanap d'un trait, et voulut faire table rase de leur passé commun.

—Écoute, tu sais, à l'époque…

Mais Poing-Marteau l'interrompit d'un signe de la main.

—Non, je ne veux rien entendre à ce sujet, dit-il, étouffant la tentative de réconciliation dans l'œuf. Jamais elle n'aurait dû s'acoquiner avec toi, mais elle ne voulait pas écouter mes conseils. Rien ne pourra expier ta faute. En tout cas, moi, je ne te le pardonnerai jamais. Il faudra que tu vives avec cette idée, jusqu'à la fin de tes jours. (Il prit une chope et en versa la bière dans son gosier, avant de lâcher un gros rot.) Plus j'y pense, et moins j'ai envie d'être assis à la même table que toi. (Il se leva et se dirigea vers la porte.) Quand Tungdil reviendra, dis-lui que je suis parti acheter un poney.

Boïndil pinça les lèvres. Sans mot dire, l'aubergiste posa une bière fraîche sous son nez.

* * *

Les deux autres se séparèrent pour passer au crible les rues et ruelles de Mifurdania. Après avoir grimpé sur un chemin de ronde de la ville, Tungdil eut de celle-ci une première vue d'ensemble ahurissante.

Le nombre de maisons était incroyable ; les toits se blottissaient les uns contre les autres, formant un tissu de tuiles et de paille seulement troué par les sanctuaires et les places. Des milliers de cachettes possibles s'offraient au Nain qui souhaitait échapper à une correction et à un rasage forcé.

Soupirer ne lui était d'aucune utilité : Tungdil devait le retrouver et le ramener. Avant de replonger dans le dédale des ruelles, il jeta un coup d'œil par-delà les fortifications, pour voir ce que faisaient les Orcs. Ces bêtes s'étaient retirées jusque dans la forêt, où elles installaient un campement. Il était évident qu'elles allaient encercler la cité.

Nous sommes pris au piège. Il suivit la ruelle par laquelle Goïmgar avait détalé, l'appelant sans cesse, si bien que les habitants le regardaient bouche bée ou le dévisageaient. Il décida alors de poursuivre ses recherches en silence.

La fugue du Nain constituait pour lui le triste point culminant des dissensions qui régnaient au sein du groupe. *Vraccas, fais que je le retrouve*, implora-t-il, cherchant le fugitif du regard dans chaque ruelle, dans chaque cour, si minuscule soit-elle, sans en trouver la moindre trace.

Sur une place un peu plus grande que les autres, il aperçut un bonimenteur en tenue bariolée ornée de grelots. Il était perché sur un grand piédestal et cherchait à attirer d'une voix forte l'attention de la foule.

— Approche, cher public, approche, viens découvrir la vérité sur Nudin le Curieux, devenu dans d'atroces circonstances Nôd'onn le Dédoublé, le Mage qui précipite le Pays Sûr dans le malheur ! clama-t-il sur un ton captivant. Le théâtre Curiosum, sa vedette, l'Incroyable Rodario, et son *magister technicus* Furgas, vous entraînent dans un monde où tout finit bien !

L'Homme versa un peu du contenu de sa fiasque dans sa bouche, saisit la torche et cracha un jet de flammes au-dessus de la tête des citoyens.

— Nous offrons à nos chers spectateurs un divertissement inédit, une grande première, interprétée par notre grande compagnie, et tout cela pour trois modestes piécettes ! poursuivit-il. Aujourd'hui, offre spéciale sur notre représentation, estimé public, parce que les Orcs sont à nos murs et qui sait si nous jouerons encore demain ?! Vous avez déjà essayé de jouer sans tête ?! (Il fit une grimace, quelques citoyens rirent.) Alors, haut les cœurs et n'hésitez pas plus longtemps. (Il désigna l'entrée de la maison.) La scène est prête, les acteurs attendent ! Hardi, hardi ! Laissez-nous vous faire oublier vos soucis !

Et de fait, une marée humaine s'engouffra entre les larges portes, tant était grand le besoin d'évasion.

Tungdil grimpa sur le piédestal du bonimenteur.

— Faites excuse, mais avez-vous vu quelqu'un comme moi ? demanda-t-il.

— Quelqu'un comme toi ? se moqua l'Homme. Que non ! Je m'en souviendrais, sinon… (Il roula des yeux, loucha soudainement, et redevint tout d'un coup tout à fait normal.) Ah ! mais si ! bien sûr ! Un peu plus mince ? Un peu plus barbu ? (Le Nain hocha la tête.) Le petit a foncé droit dans la salle du Curiosum, affirma-t-il.

Il n'avait pas encore fini sa phrase que Tungdil sautait déjà du piédestal pour rejoindre la foule et acquérir un billet.

Il acheta une place en loge pour bénéficier d'une meilleure vue. Qu'est-ce que Goïmgar venait faire dans cette salle de théâtre ? Mystère. *Peut-être croit-il pouvoir passer inaperçu dans la foule ?*

Tungdil entra dans la salle de spectacle. Les gradins étaient disposés en cercle pour que l'on puisse voir la scène et suivre l'action de tous côtés.

Le théâtre était entièrement en bois. Les planches et les poutres grinçaient sous le poids des spectateurs, mais résistaient bravement.

Les odeurs de sueur et de parfum se livrèrent un combat acharné dans les narines du Nain, auxquelles s'ajoutait l'odeur des lampes à pétrole qu'on avait accrochées aux madriers et qui dispensaient un faible éclairage dans cette salle sombre et sans fenêtres. Les conversations des Hommes se mêlaient pour former un brouhaha peu différent de celui produit par les oies.

Où peut-il bien se cacher ? Tungdil trouva une loge. C'était un réduit aux minces parois et doté d'un banc de bois inconfortable, lequel était si bas que Tungdil ne pouvait plus voir la scène, pourtant gigantesque, quand il s'y asseyait. Il prit donc place sur le dossier, posant ses pieds sur l'assise rembourrée.

Il scruta la foule pour repérer le visage familier du Nain en fuite, sans toutefois l'apercevoir dans la foule.

— Où es-tu, Goïmgar ?

Il gardait encore un espoir, cependant. Une partie de la salle restait cachée à sa vue par de longs rideaux rouge foncé qui pendaient du plafond tout autour de la scène, jusqu'au moment où ils se levèrent et où la représentation commença. Il attendit patiemment.

Un coup retentit, et les lampes s'éteignirent, les criaillements du public se muèrent en chuchotements, qui faiblirent à leur tour. La tension monta.

Un orchestre, logé à un quelconque étage de la salle de spectacle, entama doucement ses premières notes, préparant les Hommes à ce qui allait venir. Des treuils firent leur office en grinçant, les tentures s'élevèrent, dévoilant la scène, dont le décor figurait un paysage de steppes désolé.

Tungdil fut étonné de voir à quel point l'herbe était réaliste, il crut même sentir le vent, et l'odeur de la terre.

Loin au-dessus des spectateurs, le soleil se leva, des assistants du théâtre Curiosum ayant retiré les caches des plaques de verre du toit. Les vitres étaient disposées de façon que seules la grande estrade centrale et la scène soient éclairées. La salle et l'arrière-scène restaient plongées dans la pénombre.

Les yeux du Nain, habitués à l'obscurité, compensèrent ce manque de lumière. Enfin, il put observer l'autre côté de la salle et chercher le Quatrième du regard.

Pendant ce temps, l'action commençait sur scène. Tungdil n'en eut que vaguement conscience. Il était tout sauf d'humeur à regarder des Hommes déguisés se livrer à un jeu d'enfants. Il s'efforça de repérer Goïmgar, sans y parvenir.

Tant pis, je vais devoir poursuive mes recherches dehors. Il se leva et voulut partir, lorsqu'il vit sur la scène une silhouette en longue robe beige. Cette silhouette lui coupa le souffle.

Comment est-ce possible ? Ce vieil Homme à la barbe blanche qui venait de s'asseoir, épuisé, sur une pierre et qui entamait un monologue, c'était Lot-Ionan ! Et la femme blonde en armure qui se tenait à ses côtés et posait une main sur son épaule ressemblait trait pour trait à Andôkai. Il tendit l'oreille pour vérifier si la voix du Mage était telle que dans son souvenir.

Il venait à peine de se concentrer sur l'action qu'il en oublia le pourquoi de sa présence. Les acteurs étaient si bons qu'ils parvenaient à lui faire croire que c'étaient les vrais Mages qui se tenaient là, à quelques pas de lui, alors même qu'il savait son père adoptif mort et la Mage quelque part en route en dehors du Pays Sûr.

—Debout, Lot-Ionan, dit l'Impétueuse. L'heure n'est plus à la patience…

Intermède

— ...mais au combat contre le Pays Mort.

— Une fois de plus, sans pouvoir le repousser, soupira le Mage, tandis qu'il passait le plat de la main sur l'herbe verte. (À seulement un demi-mille de l'endroit où ils se trouvaient, les brins d'herbe se changeaient en grisaille terne, le Pays Mort ne tolérant nulle vie partout où il régnait.) Nous le retenons, mais nous sommes incapables de faire davantage.

Andôkai ne répondit rien, préférant rejoindre les autres Mages au sommet de la légère élévation où ils attendaient. Lot-Ionan la suivit, s'appuyant lourdement sur son bâton. Les magiciens du Pays Sûr furent ensuite réunis sur le plateau herbeux légèrement pentu, l'œil tourné vers leurs ennemis.

Devant eux, le sol s'affaissait pour former une forte déclivité. Le vent s'amusait à soulever leurs vêtements, et leur portait les sons horribles proférés par les créatures de Tion.

À bonne distance de leur point de vue, celles-ci s'étaient attroupées derrière la barrière invisible qu'avaient dressée les Mages, elles piaffaient, grognaient, hurlaient d'impatience, réjouies à l'idée de pouvoir enfin parvenir de l'autre côté.

Vus d'en haut, ces monstres ressemblaient à une masse sombre et remuante. Des Orcs en armure lourde se tenaient aux côtés d'Ogres, de Trolls repoussants et d'autres créatures inconnues, dans un amas désordonné. Ces terribles créatures venues du nord, qui avaient franchi le passage de Pierre pour parvenir jusqu'ici depuis leur pays d'origine, se pressaient contre la barrière en attendant de déferler, telle une nuée de criquets, sur les villages et les colonies pour les détruire sans raison.

Une fois seulement, une armée d'Hommes avait tenté de faire obstacle à ces hordes, qui la balayèrent purement et simplement. Depuis lors, c'était aux Six qu'incombait la tâche d'arrêter ces envahisseurs et le Pays Mort.

— Laissez-les approcher, dit Andôkai aux autres Mages. Permettez-leur de pousser jusqu'à proximité des portes du village, après quoi nous les attaquerons.

Maira regarda les maisons qui avaient été construites au pied de la montagne et qui se pressaient contre ses flancs comme si la roche pouvait les protéger de leurs ennemis.

— Quelle peur doit régner dans ces chaumières ! dit-elle tout bas avec compassion. Ils se croient certainement perdus.

— Ils se réjouiront d'autant plus quand nous les sauverons, répliqua Turgur, qui dans son habit ressemblait à quelqu'un qui se rendait à une fête plutôt qu'à la guerre.

Nudin le Curieux parcourait du regard les rangs adverses, se réjouissant de découvrir tant de choses nouvelles et inhabituelles. Il se disait qu'il essaierait de laisser en vie quelques-unes de ces brutes pour leur parler après la bataille et en apprendre davantage sur elles. En secret, bien entendu, pour éviter qu'on lui reproche une trop grande mansuétude envers ces monstres.

Maira avait deviné ses pensées.

— Tue-les tous, Nudin ! l'enjoignit-elle. Le Mal ne doit pas entrer au Pays Sûr !

Nudin acquiesça d'un signe de tête et se concentra pour le combat qui les attendait, et qui, en principe, était joué d'avance, grâce à l'arrivée à point nommé des magiciens. C'était d'ailleurs lui qui avait découvert les points faibles de la barrière grâce au foyer de malachite et avait convié le Conseil à l'endroit où les Orcs se croyaient à l'abri des Mages.

Un crépitement emplit l'air. Le Pays Mort avait attaqué la barrière et fini par la percer. Hurlant à pleins poumons, les créatures de Tion se ruèrent sur la colonie. Ogres et Trolls dépassèrent les Orcs, qui dépassèrent les Bogglins, plus petits, qui criaillaient de leur voix stridente leur déception d'être les derniers.

Andôkai invoqua une tempête. En quelques battements de paupières, le ciel au-dessus de l'élévation s'assombrit, les massifs nuageux se chargèrent d'éclairs, que l'Impétueuse fit s'abattre sur les premières rangées d'assaillants.

Son attaque contre les serviteurs du Pays Mort servit de signal aux autres Mages, qui unirent à leur tour leurs pouvoirs dévastateurs contre le Mal.

Des boules de feu jaillirent du haut de la montagne, des êtres de pierre et de poussière surgirent du sol pour se jeter sur les Orcs. En d'autres endroits, ce même sol s'ouvrait, engloutissant Trolls et Ogres.

L'assaut donné par ces brutes s'interrompit. Les plus petites d'entre elles furent les premières à décamper, cherchant refuge sur le sol du Pays Mort qu'elles croyaient plus sûr, à tort. Sans barrière, les projectiles magiques des défenseurs les atteignirent, consumant d'innombrables adversaires.

Les Mages étaient très attentifs à ce qu'il ne reste rien des monstres. Ils voulaient éviter qu'ils servent les puissances des ténèbres après leur mort. Leurs corps étaient tantôt désintégrés par le feu ou les éclairs, tantôt réduits en poussière ou en minuscules fragments.

Andôkai déclencha un vent terrible, qui projeta dans les airs les derniers courageux et les rejeta sur le territoire du Pays Mort. Pendant ce temps, les autres s'apprêtaient à renouveler et à renforcer encore davantage les barrières.

Sur un signe de Lot-Ionan, les apprentis Mages accoururent pour apporter le cristal de malachite accumulateur de puissance. La coûteuse invocation fut un succès, le foyer alimenta la barrière, préservant ainsi le Pays Sûr. Les Hommes osèrent de nouveau s'aventurer hors de leurs maisons et acclamèrent les magiciens.

Même si ces derniers étaient soulagés, ils avaient conscience que tout n'était pas terminé. En effet, le Mal revendiquait à présent le sol qu'avaient foulé les monstres, le Pays Mort avait étendu sa puissance plus loin vers le sud, et le village sauvé était maintenant situé directement au pied de la barrière invisible.

Turgur fit signe aux villageois.

— Nous devrions descendre, et profiter de la liesse, dit le Beau, ravi. Voyez comme ces gens simples se réjouissent.

— Et voyez comme Turgur se délecte des gens simples, sourit Nudin, épuisé. S'il l'osait, il se jetterait dans leurs bras d'ici.

Les autres Mages rirent sous cape.

— Retournons à nos tentes nous reposer autour d'un verre de vin, proposa Maira.

— Allez-y, je vous rejoins. Je vais d'abord rendre visite aux villageois et leur suggérer de partir d'ici, déclara Nudin. Si une nouvelle attaque avait lieu, ces gens pourraient être en danger.

Andôkai lui lança un regard qui en disait long, mais s'abstint de tout commentaire.

Nudin suivit l'étroit sentier qui menait à la colonie. À peine arrivé aux portes de la localité, il fut couvert de modestes offrandes. Les habitants du village lui offraient du pain, des fruits et du vin en témoignage de leur gratitude.

Le Mage but une gorgée de vin pour faire honneur à toutes ces attentions, et leur exposa la gravité de leur situation.

— Mais je vous enverrai des gens pour vous aider, les rassura-t-il. Je vous trouverai un endroit où vous pourrez vivre en sécurité.

Nudin prit une pomme au passage et, sur le chemin du retour, passa par la partie du champ de bataille qui n'était pas tombée aux mains du Pays Mort.

En maints endroits, de la fumée s'élevait du sol, les décharges d'énergie avaient vitrifié le sable, quand elles n'avaient pas ravagé la terre ou laissé de profonds sillons et cratères, qui puaient la mort.

Le pouls du Mage s'accéléra lorsqu'il entendit un léger râle. Nudin s'arrêta pour écouter d'où provenait ce bruit et où se trouvait la bête blessée. L'ahan torturé se fit entendre de nouveau, et il sut cette fois quelle direction suivre.

Avec prudence, il enjamba les cadavres, piquant de son bâton au hasard dans la masse confuse des dépouilles, jusqu'à ce que la créature pousse un feulement. C'était un Bogglin, coincé sous un gigantesque torse de Troll. Il ressemblait à un Orc qui n'aurait pas achevé sa croissance.

—N'aie pas peur. Je ne te ferai aucun mal, lui dit Nudin, dans la langue de ces monstres.

Le Bogglin lui tira la langue et tenta de saisir la poignée de son épée.

—Je te propose un marché, dit Nudin. Je t'aide à sortir de ton piège si tu me dis d'abord tout ce que tu sais de toi et des tiens. D'où tu viens, comment vous vivez, ce que vous faites quand vous ne nous attaquez pas. (Il sortit un rouleau de parchemin et un énorme encrier de sa sacoche.) Grâce à un sort je veillerai à ce que tu dises la vérité.

Confus, le prédateur sans âme cligna des yeux. Le Bogglin ne savait que penser de cet Homme fou qui ne voulait ni le tuer ni le libérer. Il n'eut pas le temps de dire quoi que ce soit : une longue flèche noire lui transperça le cou, le clouant au cadavre du Troll.

—Andôkai ?

Nudin fit volte-face et vit un groupe de quatre Albes s'approcher de lui. *Non. Pis.* Abasourdi, il vit le dernier d'entre eux franchir la barrière magique. Celle-ci ne semblait pas inquiéter les Albes le moins du monde. Leur meneur encocha une seconde flèche dont Nudin était cette fois la cible.

Oh ! que non. En toute hâte, il lança un sort de protection, faisant ainsi dévier la flèche qui sifflait dans sa direction, et il la renvoya vers l'archer. L'Albe mourut, la surprise se lisant dans ses yeux couleur de nuit.

Nudin exécuta deux autres Albes avec d'énormes éclairs de Magie qu'il fit jaillir de sa main gauche. Le quatrième, il l'étourdit seulement, afin de l'interroger.

À la vue du visage de son adversaire, il ne put s'empêcher de penser à Turgur. Si Turgur enviait la beauté parfaite des Elfes, qui vivaient en Gwandalur et dans la Plaine d'Or, il envierait sûrement celle de leurs maléfiques parents. Le regard de Nudin fut attiré par les amulettes de cristal qui pendaient à leur cou.

Des runes de protection, s'étonna le Mage, qui se les appropria. Cela expliquait pourquoi les Albes avaient pu passer la barrière indemnes. *Apparemment, le Pays Mort a trouvé un moyen d'expédier les plus dangereux de ses serviteurs au-delà de notre barrière*, pensa-t-il, inquiet. *Je dois absolument en aviser le Conseil.*

Il prononça un charme, et tira l'Albe de son inconscience. Les paupières s'ouvrirent. Comme on était en plein jour, au lieu des iris entourés de blanc, le Mage ne vit que des orbites complètement noires. Il tint l'amulette devant son visage.

— Qui vous a donné ceci ?

L'Albe lui adressa un regard dénué d'expression.

Nudin lui jeta un sort de vérité, et l'Albe lui révéla son secret, mais dans sa propre langue, langue que le Mage, bien qu'érudit, ne comprenait pas. Celle-ci était élégante et mélodique, à l'instar de l'elfique, mais les intonations étaient nettement plus sombres.

Il ne fut pas plus avancé. Il se leva, s'éloigna de quelques pas de la créature, et la fit disparaître dans un jet de flammes ; il fit de même avec les cadavres des autres Albes et le Bogglin.

— Une victoire qui ne durera pas, murmura-t-il, troublé.

Demain matin, au petit déjeuner, je leur parlerai de ces amulettes ; qu'ils s'endorment encore de bonne humeur cette nuit. Après avoir enjoint les gardes à redoubler de vigilance, il partit se reposer.

* * *

La nuit gratifia Nudin d'un rêve singulier.

Du brouillard encercla la tente, filtra à travers la toile et baigna sa couche. Au cœur de cette brume trouble, on pouvait apercevoir des reflets noirs, argentés et rouges, qui se succédaient rapidement.

Après avoir flotté discrètement autour des pieds du lit, la brume s'approcha du dormeur, s'élevant lentement jusqu'au bord. On aurait dit que Nudin flottait sur un nuage blanc scintillant.

Une excroissance nuageuse en forme de doigt s'étira vers lui et toucha sa main. Le Mage fut réveillé par cette sensation légère et veloutée.

— N'aie pas peur. Je ne te ferai aucun mal, dit une voix en chuchotant.

Nudin se redressa prudemment et observa le brouillard scintillant.

— On m'appelle le Curieux, pas le Peureux, répliqua-t-il calmement. Qu'es-tu ?

— Je suis l'âme du Pays Mort, dit la brume. Je suis venue te trouver pour te donner le choix.

— Quel genre de choix ? Ou je suis ton ami, ou je suis ton ennemi, auquel cas tu me tuerais, je me trompe ?

La brume s'éleva encore un peu, baigna les pieds de Nudin et remonta lentement le long de ses jambes, lui procurant une douce chaleur.

— Non. Je te donne le choix entre sauver le Pays Sûr, et causer sa perte avec tes amis magiciens.

— Mais c'est contre toi que nous le protégeons, notre Pays. C'est toi, sa perte, la contredit vivement le Mage.

—Non. Si je suis venue, c'est pour protéger Hommes, Elfes et Nains, ainsi que leurs royaumes, grâce à ma puissance, susurra la brume. Je voulais prendre de vitesse ce qui menace de tout dévaster. (Dans la brume un visage humain prit forme.) Mais votre Magie m'en empêche. Bientôt, le Mal atteindra le passage de Pierre, si ce n'est la porte de l'Ouest dans les Montagnes Rouges, et déferlera sur le Pays Sûr, pour m'emporter d'abord, puis détruire tout ce que protège la ceinture de montagnes.

—Je ne te crois pas. Quelle est donc cette âme qui se nourrit d'autres âmes pour vivre ?

—Une très grande âme, qui ne dévore pas, mais qui absorbe pour protéger, susurra la brume. Quand le Pays Sûr ne sera plus en danger, je les libérerai toutes, afin qu'elles puissent rejoindre les dieux de l'au-delà. Mais d'ici là, j'aurai besoin de votre puissance.

—Hors d'ici ! ordonna Nudin. Hors d'ici, car je ne te crois pas !

Le voile blanc devint plus transparent.

—Alors, écoute encore ce que j'ai à te soumettre, murmura celui-ci. Prête-moi ton corps pour une courte période, afin que je prenne forme. Avec moi, tu obtiendras connaissances et capacités dont tu ne pouvais pas même rêver, puisque tu en ignores jusqu'à l'existence. Je connais des sorts de pays lointains conçus par les plus intelligents des Mages, je sais des choses sur les étoiles, les Hommes, la nature, la vie, les animaux qui ne sont mentionnées dans aucun livre. Tu seras le Mage le plus sage et le plus puissant que le Pays Sûr ait jamais connu, et ton nom sera Nudin l'Omniscient. (Le brouillard se dissipa.) L'Omniscient…

L'Omniscient ! Nudin se réveilla en sursaut et observa sa tente, sans voir quoi que ce soit d'inhabituel. Il se traita de sot et se recoucha.

Au matin, tandis que les Mages parlaient entre eux de leurs projets, il prit son petit déjeuner en silence, perdu dans ses pensées.

Il ne parla pas de sa rencontre avec la brume et les Albes. Il s'abstint également de mentionner l'existence des amulettes.

* * *

Nudin dut relire plusieurs fois la missive qu'on lui avait apportée peu avant l'heure du coucher.

Lesinteïl, le Royaume des Elfes du Nord, était tombé aux mains des Albes. Ceux-ci étaient mystérieusement parvenus à franchir la barrière et avaient attaqué ses habitants par surprise.

Le message disait aussi que les premières colonies avaient été prises en quelques jours seulement. Lorsque les Elfes parvinrent enfin à mettre sur pied une armée pour leur résister, les Albes étaient déjà en si grand nombre que celle-ci fut d'emblée condamnée à la défaite.

Le Pays Mort s'infiltrait à présent dans Lesinteïl, anéantissant la culture florissante des Elfes, dans laquelle ils s'étaient tellement investis qu'elle avait atteint un niveau de perfection inégalé.

Contrarié, le Mage jeta le parchemin et se laissa tomber sur ses coussins. Dans deux jours, on réunirait le Conseil pour restaurer les barrières autour du royaume elfique envahi. Dans le message, il était également dit que depuis leur nouvelle conquête, les Albes se propageaient comme une traînée de poudre à travers le Gauragar, l'Idoslân et le royaume d'Urgon en vue de conquérir d'autres territoires pour le compte du Pays Mort.

Nudin avait la conscience taraudée. Il pensait en effet savoir pourquoi les Albes étaient parvenus à franchir la barrière : grâce aux amulettes. D'un autre côté, cela n'aurait rien changé s'il avait fait part de sa découverte aux autres.

Si ! Ils auraient pu étudier les runes magiques et ériger une barrière contre laquelle elles auraient été inefficaces, lui reprocha une voix intérieure. *C'est ta faute si cette invasion a pu avoir lieu !*

— Non !

C'est toi le responsable de la chute de Lesinteïl ! Tu les as trompés, les Elfes comme les magiciens !

Il enfouit la tête sous sa couverture et tenta de trouver rapidement le sommeil pour ne plus avoir à supporter cette insistante mauvaise conscience.

Mais le pire était encore à venir, car cette nuit-là, il rêva une nouvelle fois de la brume tentatrice, de l'âme du Pays Mort, qui ne voulait pas lâcher prise.

— As-tu réfléchi à ce que je t'ai dit ? Souhaites-tu devenir Nudin l'Omniscient, sauveur du Pays Sûr ? murmura-t-elle dans son esprit.

— Comment as-tu fait pour passer outre la barrière à Lesinteïl ?

— Nudin l'Omniscient ne poserait pas cette question, chuchota le brouillard luminescent, avant de s'immiscer sous la couverture, la réchauffant agréablement. *Le premier royaume elfique est mien, à présent. Ensuite, je prendrai possession de l'Âlandur sans que vous puissiez rien y faire. Ma puissance protectrice va s'étendre toujours plus vers le sud, mais le temps me manque.*

— Si tu souhaites nous protéger, pourquoi prendre ces terres par la force ? argumenta Nudin.

— Quiconque possède la liberté ne la cède jamais volontiers, même si celle-ci ne dure qu'un battement de cils au regard de l'histoire. Les rois, les peuples, ne sont que de petits enfants, et moi je suis la mère qui cherche à les préserver de graves dangers. (La brume forma de nouveau un visage.) *L'enfant ne comprend pas lorsqu'une mère le prend dans ses bras pour empêcher qu'il soit mordu par un chien. Il refuse, se débat, veut encore jouer alors que le chien n'attend que le moment de planter ses crocs dans sa chair. Il se croit plus malin que sa mère. C'est seulement quand la mère a chassé le chien qu'elle repose sa progéniture à terre et lui redonne son libre arbitre. Des années plus tard, quand l'enfant, devenu adulte, se souvient de ce jour, il comprend pourquoi sa mère avait agi ainsi et la remercie de sa sollicitude, même si celle-ci lui fut imposée.*

Nudin comprit le sens de cette parabole, et cessa de prêter l'oreille à la petite voix intérieure qui lui disait de se méfier de ces paroles doucereuses.

— Pourquoi ne pas expliquer cela aux puissants de ce monde comme tu me l'as expliqué à moi ? Et pourquoi avoir choisi les Orcs, les Albes et toutes ces autres créatures répugnantes que les Hommes craignent et auxquelles les Elfes et les Nains vouent une haine sans bornes ?

La brume l'enveloppa alors entièrement, le privant de la vue. Il se sentit caressé, dorloté par mille mains.

— *Le temps joue contre le Pays Sûr, je n'avais pas le temps de choisir de meilleurs alliés, et j'ai pris ceux qui se présentaient. Mes serviteurs remportent des victoires éclairs, et c'est ce qui me permettra de protéger ton Pays.*

— As-tu déjà souvent fait face à cette autre terreur dont tu parles ? demanda Nudin, déjà somnolent, distrait.

— *D'innombrables fois, sans jamais remporter une seule victoire sur elle. Elle est forte, rapide et agile, et nous ne pourrons sauver le Pays que si nous avons suffisamment d'avance sur elle.* (Les caresses se firent encore plus tendres.) *Donne-moi forme, Nudin. Laisse-moi entrer en toi, et je te donnerai un savoir comme aucun autre mortel avant toi n'en a jamais possédé. N'hésite plus, lui susurra-t-on de toutes parts. Quand nous aurons terrassé notre ennemi commun, je quitterai ton corps. Et d'ici là, tu pourras même m'en expulser à tout moment, si tu le souhaites.*

— Comment m'assurer que ce savoir est aussi grand que tu le prétends ?

— *Je vais te montrer.*

La brume s'épaissit tout autour de ses tempes, la succession d'éclairs noirs, argentés et rouges s'intensifia.

Le Mage écarquilla les yeux lorsque l'âme du Pays Mort lui donna en rêve un aperçu de ce dont il pourrait bénéficier.

Des symboles qu'il ne connaissait pas flottèrent dans son champ de vision, il entendit des langues qui lui étaient étrangères et aperçut des fragments de formules magiques, il vit les images de paysages riants et d'autres effrayants, qui devaient se trouver au-delà des montagnes, il vit aussi des cités et des palais dont il n'aurait jamais cru la construction possible.

Son esprit curieux absorba avidement toutes ces impressions, en réclama davantage et fut exaucé. La sarabande semblant ne jamais vouloir prendre fin, il se baignait, nageait dans tout ce savoir et le buvait, jusqu'au moment où la brume y mit fin.

— Non, continue ! exigea un Nudin presque concupiscent.

— *Me laisseras-tu entrer en toi ?*

— Je…

Des runes apparurent dans un éclair et s'évanouirent aussitôt, il entendit le lointain écho de langues qu'il n'avait encore jamais entendues, une plaine à la beauté stupéfiante s'assombrit et s'estompa, des piles de grimoires, hautes comme des tours et renfermant formules et sorts, chancelèrent avant de tomber en poussière.

— *Veux-tu sauver le Pays Sûr, toi, l'Omniscient ? Aide la mère à protéger son enfant du chien enragé,* chuchota la brume, qui vint à bout des dernières réticences de Nudin.

— Oui, répondit celui-ci d'une voix rauque en regardant fixement la brume. Oui, je vais t'y aider. (Outre les promesses, une autre idée lui était venue : cette force ayant besoin de lui pour vivre, il pourrait la contrôler. *Et si la terreur annoncée ne venait pas, je lui ferais retirer ses troupes des royaumes des Hommes, des Elfes et des Nains, et repasser pour toujours le col du Septentrion.* D'une manière ou d'une autre, le Pays Sûr en ressortait gagnant.) Que dois-je faire ?

Le brouillard scintilla de plus belle.

— *Rien. Reste allongé, et ne m'offre aucune résistance. Vide ton esprit, ne pense à rien et ouvre la bouche.*

Nudin s'étendit et obéit.

Trois excroissances du brouillard s'immiscèrent dans sa gorge, emplissant sa cavité buccale, comme des éclaireurs reconnaissant d'abord le terrain avant de signifier aux autres qu'ils pouvaient suivre.

Ensuite, tout alla très vite. La brume se concentra et se força un passage à travers sa gorge. Nudin eut l'impression que ses mâchoires étaient tellement écartées qu'elles allaient se rompre. Un puissant craquement retentit au niveau de ses oreilles. Il se cramponna aux coussins jusqu'à les déchirer.

Une fois entrée, la brume se fraya un chemin sans ménagement, dilatant le gosier de Nudin, chassant l'air de ses poumons, à un tel point que celui-ci crut étouffer. Son sang circula quatre fois plus vite dans ses veines et ses artères.

Sans avertissement, un liquide rouge jaillit de son nez et de ses yeux, et il en fut d'autant plus effrayé qu'il comprit que c'était son sang qui s'échappait à grands jets de son corps. Le sang suintait de chacun de ses pores. Les gouttes s'unissaient pour former des ruisselets qui souillaient les draps de son lit.

Il se releva. Son corps produisait des gargouillis qu'il ne s'expliquait pas. Il tomba durement en tentant d'atteindre la porte.

Ses jambes et l'ensemble de son corps refusaient de lui obéir. Même son cerveau échappait à tout contrôle : Nudin bredouilla des paroles incompréhensibles et confuses, rit, haleta et poussa des cris de peur et de douleur, rampa sur le dallage et traversa sa chambre à quatre pattes, laissant une traînée rouge derrière lui.

Il pouvait parfaitement sentir la brume qui s'étendait à chaque fibre de son corps, repoussant et comprimant sa chair, retournant ses viscères, tourmentant sa virilité et lui infligeant les pires souffrances.

Brusquement, celles-ci prirent fin.

Hors d'haleine, Nudin était étendu sur le marbre froid et tentait de reprendre son souffle. L'hébétude fit place à une clarté et à une vivacité d'esprit inhabituelles.

C'est avec peine qu'il se remit sur ses jambes. Il était recouvert de sang, et une odeur d'excréments flottait dans l'air. Dégoûté de lui-même, il parcourut à la hâte les couloirs de son palais et se précipita dans la première fontaine venue pour laver son corps de ces souillures. L'eau froide lui fit recouvrer ses esprits. Le Mage se sentit rafraîchi et tout à fait éveillé.

Il est temps de faire un essai. Il tenta de se souvenir de la dernière formule qu'il avait vue. Non seulement il y parvint immédiatement, mais en plus, il connaissait son utilité, il connaissait chaque geste de la main qu'elle requérait, en connaissait exactement chaque syllabe, intonations comprises, alors même que c'était la première fois qu'il interrogeait sa mémoire à son sujet.

Plus précisément, ce n'était pas vraiment sa mémoire, ni ses connaissances propres qu'il avait interrogées. Mais cela ne le dérangea pas.

Tel un accès d'ivresse, ce qu'il avait vu l'assaillit de nouveau, par les yeux, la bouche, le nez. Il reconnut la plaine qu'il avait entrevue fugacement, en reconnut l'odeur particulière, sut quels chants les oiseaux y entonnaient, il se souvint que cette contrée idyllique avait pour nom Pajùla, il sut où la situer sur une carte, carte qu'il lui faudrait d'abord dessiner, car cette plaine s'étendait loin au-delà des frontières du Pays Sûr.

Nudin éclata de rire, barbotant dans l'eau de la fontaine.

Es-tu satisfait? lui souffla une voix intérieure. *T'avais-je promis trop peu?*

—Non…, dit le Mage à haute voix, avant de s'interrompre aussitôt. *Non*, pensa-t-il. *Il semble que tu aies dit la vérité pour ce qui est des connaissances.* Il décida de mener une expérience décisive. *Je veux que tu quittes mon corps.*

Nudin ressentit immédiatement des brûlures désagréables, suivies d'une sensation de froid glacial, et un sentiment de solitude, d'abandon l'envahit. La brume s'apprêtait à sortir de son corps. Nudin eut peur de devoir endurer une nouvelle fois les souffrances qui lui avaient été infligées.

—*Non,* pensa-t-il, *reste. Je voulais juste m'assurer que je pouvais te faire confiance sur ce point.*

—*Il va falloir que tu me fasses confiance,* poursuivit la voix, *tout comme je t'ai confié mon expérience, mon savoir. Nous ne formons plus qu'un.*

—*Nous ne formons plus qu'un, murmura le magicien, qui quitta la fontaine pour trouver un miroir.*

Son reflet ne lui révéla rien de nouveau, il avait gardé la même apparence, et pourtant, la chemise qu'il sortit d'une de ses armoires pour l'essayer était un peu juste, et les manches étaient légèrement trop courtes.

J'ai bien choisi, dirait-on, dit l'âme du Pays Mort, tout aussi satisfaite de ce qu'elle voyait. *Non, ne t'inquiète pas. Tu ne commets aucune trahison.*

Tu peux lire mes pensées ? s'étonna-t-il, avec l'impression d'avoir été pris en flagrant délit de nourrir encore un dernier soupçon de méfiance.

Nous ne faisons qu'un, maintenant.

Alors pourquoi est-ce que moi, je ne devine pas les tiennes ?

Sois patient. Cela demande de l'apprentissage, et cet apprentissage, tu l'auras, Nudin l'Omniscient. Nous allons taire aux autres notre pacte jusqu'au moment opportun. Ta mission consistera à me faire gagner le temps dont j'ai besoin pour devenir la mère des Royaumes. Prends tes dispositions, œuvre dans l'ombre, mais ne te trahis pas : ils ne manqueraient pas, en effet, de te prendre pour un traître, ce que tu n'es pas, mon ami, mon seul ami, mon cher ami. La voix chuchotante s'éteignit, laissant l'homme seul.

Nudin se dirigea vers la fenêtre et observa Porista endormie, sur laquelle le soleil allait bientôt se lever, puis il se retourna et considéra les dos des innombrables ouvrages qui tapissaient la pièce.

Sa tête renfermait plus de savoir que tous ces recueils, compendiums et manuels réunis, et il en était heureux. Une question, un doute, et son esprit avait la réponse. Plus besoin de faire des recherches, de compulser des ouvrages, d'entreprendre des voyages ou de mener des expériences.

Soudain, l'ennui le saisit. En effet, il n'avait plus rien à faire. *Le seul défi qui me reste, c'est de sauver mon Pays. Rien ni personne ne s'emparera de lui.*

* * *

Nudin était obsédé par sa mission, il élaborait des plans, conscient de ne pouvoir laisser à son seul ami la tâche grandiose de protéger le Pays Sûr. Il voulait accomplir sa part, et entrer dans la lutte contre la terreur qui allait, dans son esprit, s'abattre de tous côtés sur les montagnes protectrices qui ceinturaient son pays.

Tout ce nouveau savoir était bel et bon, mais pour parvenir à mettre en pratique ces nouvelles formules et ces nouveaux sorts, il avait besoin de puissance, d'encore plus de puissance.

Or, le Mage savait comment en obtenir davantage, et comment l'accumuler. Il comptait profiter d'une des prochaines cérémonies de renouvellement des barrières magiques qui entravaient le Pays Mort pour absorber les énergies en présence et contraindre les apprentis Mages de le soutenir ou de disparaître.

C'était devenu sa seule préoccupation. Il se réfugiait dans ses laboratoires et sélectionnait parmi son contingent d'apprentis ceux qui lui étaient le plus fidèlement dévoués ; ceux-là seraient ses partisans et vassaux.

Les Albes lui rendaient secrètement visite, lui faisant part de leurs missions de reconnaissance dans les montagnes d'Urgon, les plaines du Gauragar et les douces collines de l'Idoslân, lui rapportant que les Orcs qui vivaient au royaume de Tilogorn étaient prêts à le suivre s'il le leur demandait.

Pour Nudin, quiconque trahissait sa cause trahissait le Pays Sûr. Toute résistance mettait son projet en péril et devait être brisée sur-le-champ.

À de très rares moments, le doute s'insinuait en lui : faisait-il tout cela de sa propre volonté, ou obéissait-il aux ordres tacites de l'être qui l'habitait ?

Mais son inquiétude s'évanouissait aussi vite qu'elle était apparue, sans qu'il puisse l'expliquer. De temps en temps, son ami lui parlait, lui prodiguait des conseils, attirait son attention sur des aspects qu'il avait négligés en élaborant son plan.

— *Nous ne faisons qu'un*, pensa-t-il avec gratitude. *Nous apportons la paix aux Hommes.*

— *Et pourtant, on t'a trompé*, lui murmura-t-on.

— *Comment ?*

— *Ton* famulus *Heltor a parlé avec un Homme du nom de Gorén, un ancien* famulus *de Lot-Ionan. Mes amis les ont entendus parler lorsqu'ils se sont rencontrés sur le parvis du palais pendant la dernière session du Conseil. Les membres du Conseil pensent savoir ce qui nous lie et comment nous séparer.*

— *Nous séparer ? Jamais ! Comment serait-ce possible ?* pensa Nudin, stupéfait. *Je dois empêcher cela.*

— *Gorén n'est pas le seul à conspirer*, le prévint la voix. *Il agit sans doute sur ordre de son Mage : celui-ci lui a donné des grimoires qui révèlent notre secret. Ils en ont après ta puissance et ton savoir. Ne permets pas que l'on nous sépare l'un de l'autre. Nous ne faisons qu'un, Nôd'onn !*

— *Je vais envoyer les Albes à sa poursuite. Ils me rapporteront les grimoires et le châtieront*, dit-il.

« Châtier » signifiait pour lui mettre à mort l'apprenti magicien.

— *Sa mort effraiera les autres. Supprime-les tous*, lui suggéra le murmure.

— *Non*, répliqua-t-il. *Je vais d'abord leur parler, comme tu l'as fait avec moi. J'ai bon espoir qu'ils se rendent à la raison, car si nous possédions la puissance des Six, nous pourrions être en de nombreux endroits en même temps pour aider nos amis à remporter la victoire encore plus rapidement.*

L'être n'approuva pas son idée. Craignant que le Mage se libère de son influence, il s'abstint toutefois de la critiquer plus avant.

— *Je crois que tu te trompes sur leur compte, mon seul véritable ami.*

— J'espère que non, dit Nudin à voix basse, avant de se tourner vers un livre qu'il connaissait déjà et pouvait réciter par cœur, comme tous les autres ouvrages de sa bibliothèque, d'ailleurs.

Une goutte de sang tomba avec un son mat sur la page du livre qu'il venait d'ouvrir, recouvrant quatre caractères et les rendant illisibles. Du sang s'écoula de son nez et de ses yeux, lentement d'abord, puis comme un ruisseau impossible à tarir.

Nôd'onn savait à quoi s'en tenir. Il se leva rapidement et courut s'allonger. Ses os craquèrent, son crâne grinça, sa peau se tendit douloureusement : son corps fut agité de convulsions.

Il poussa des cris, hurla, se mordit les lèvres au sang, se tortilla tant et si bien qu'il tomba de son lit et perdit connaissance.

Lorsqu'il revint à lui, c'était comme s'il n'avait enduré aucune souffrance, et il lui fallut un copieux repas, comme chaque fois. Ces excès lui avaient fait prendre énormément de poids. Les tailleurs devaient renouveler sa garde-robe toutes les semaines.

— *Quand ces douleurs cesseront-elles ?* demanda-t-il à son ami tandis qu'il essuyait le sang de ses mains et de son visage.

— *Bientôt*, chuchota-t-il. *Ton savoir est trop grand pour ton petit corps d'Homme, il se fait de la place. Sois tranquille, tu n'en mourras pas. Nous ne faisons qu'un.*

Affamé, il se rendit à la salle à manger et se fit servir sur une longue table un repas qui aurait rassasié une famille entière. Mais cela ne fut pas suffisant pour lui. Le cuisinier dut apporter deux poulets rôtis supplémentaires avant que le Mage, gavé, se lève de table. Ses manches, constata-t-il en sortant, étaient de nouveau trop courtes.

Une Albe entra dans la salle, portant un message qui lui était destiné…

Chapitre 4

Le Pays Sûr, Royaume magique d'Oremaira,
à la fin de l'automne du 6 234e cycle solaire

Tungdil était totalement absorbé par la pièce. Il ne pouvait même plus faire la distinction entre son imagination et le jeu des acteurs sur l'estrade.

Cependant, son attention fut détournée par une main habile qui, écartant le rideau de la loge, attrapa la bretelle de son sac à dos pour le tirer prudemment vers elle.

Il ne vit rien. Ce fut le frottement dans son dos, causé par un voleur trop avide, qui alerta le Nain. Lorsqu'il fit volte-face, il eut tout juste le temps de voir le bras du pickpocket disparaître derrière le rideau avec son bagage.

— Hé ! arrêtez ! s'écria le Nain, en colère. Au voleur ! Arrêtez-le ! (Il empoigna sa hache et se précipita à sa poursuite. Les dures semelles cloutées de ses bottes firent un tapage épouvantable.) Je vais t'apprendre, moi, à escamoter ce qui ne t'appartient pas !

Ce vacarme suffit à déchirer le voile d'illusion au sein du théâtre, ce que sa voix menaçante avait peut-être déjà fait. Des voix indignées s'élevèrent, s'adressant moins au voleur qu'à sa victime.

J'aimerais avoir leurs soucis. Indifférent à ces protestations, Tungdil poursuivait la silhouette vêtue de sombre. Il était court sur jambes. La cadence soutenue de ses pas provoqua un grondement ininterrompu dans la salle.

— Est-ce que cela dérangerait notre estimé spectateur de bien vouloir marteler un peu plus doucement le plancher ? lança le faux Nôd'onn, outré, depuis la scène. (L'Albe fit une grimace, les mains campées sur ses hanches étroites. Contrairement au faux Mage, celle-ci avait encore l'air très authentique dans son armure noire, et ce bien que le mirage se soit dissipé.) J'essaie ici de divertir les autres spectateurs, si cela ne vous fait rien.

— Un voleur ! lui répondit le Nain sans s'arrêter. On vole les gens, dans votre si distingué théâtre !

— Bien sûr. Car le voleur, c'est vous, monsieur l'énergumène. Vous me dérobez non seulement un temps précieux, rétorqua le comédien avec causticité, mais aussi mon inestimable patience ! Et maintenant que vous les avez tous les deux, veuillez sortir avec votre butin et me laisser terminer ma pièce dans d'heureuses conditions pour les connaisseurs, comme il se doit.

L'assistance l'applaudit, des rires éclatèrent, l'acteur fit une révérence.

Pauvre sot. Sur ce, Tungdil regagna la ruelle, s'arrêtant devant l'entrée du Curiosum pour chercher des yeux ce gredin culotté. Il l'aperçut qui tournait au coin de la rue, le sac sur le dos pour avoir les mains libres.

— Arrête ! Rends-le-moi ! exigea-t-il en se lançant à la poursuite du voleur.

Il parvint à le suivre sur trois rues, mais après la quatrième, et sans doute le dixième changement brusque de direction, Tungdil le perdit de vue et se retrouva, perplexe, en bordure d'une place de marché surpeuplée. Les Hommes formaient un véritable paravent derrière lequel son bagage disparut.

Le morceau de sigurdacia ! constata-t-il avec horreur. Voilà précisément ce qui n'aurait jamais dû arriver. *Je n'ai quand même pas fait tout ce chemin pour me faire détrousser par un simple filou !* se ressaisit-il, courroucé.

D'une main, il empoigna sa hache, de l'autre il bouscula les Hommes ou les poussa de côté, jusqu'à ce qu'il se retrouve devant une échoppe de vannerie beaucoup plus haute que les autres. Il escalada les piles de paniers d'osier.

Mais, même de là-haut, il ne vit rien. Sans l'aide des gardes de la cité, il lui était impossible de récupérer son bien. Et vu le nombre d'Orcs qui guettaient devant les portes, les gardes ne l'écouteraient que d'une oreille, voire pas du tout, et à juste titre. Comment les convaincrait-il, du reste, de l'importance de son affaire en de telles circonstances ?

Excusez-moi, mais j'ai perdu un bout de bois qui peut m'aider à sauver la cité et tout le Pays du Pays Mort… Qui me croirait ?

Lorsqu'il redescendit pour revenir à l'auberge où l'attendaient Bavragor et Boïndil, du moins l'espérait-il, il se rendit compte que, pour couronner le tout, il s'était perdu dans Mifurdania.

* * *

Tungdil ne connaissait même pas le nom de l'auberge où il avait envoyé les deux autres. La porte était son seul repère.

Sommes-nous arrivés par la porte nord ou par une autre ?

Maugréant, il se mit en quête de l'auberge, s'orientant grâce aux tours de guet les plus proches, qui pointaient çà et là entre les chiens-assis. Alors qu'il passait devant une ruelle sombre, il entendit soudain un gargouillis étouffé.

Immédiatement, il s'arrêta, empoigna sa hache des deux mains et avança dans la ruelle. Regardant avec prudence, il vit une silhouette élancée et de grande taille, dont les vêtements étaient couverts par un manteau gris foncé à capuche.

À ses pieds gisait le voleur qui avait détroussé Tungdil. Le sang s'écoulait d'une dizaine de blessures d'estoc sur le pavé ; l'homme qui avait abattu le gredin fouillait avidement l'intérieur du sac.

Le Nain ne se sentit pas du tout à l'aise. La carrure de l'homme était plutôt celle d'un Albe.

— Vraccas, soutiens-moi dans cette épreuve, pria-t-il à voix basse.

Le nouveau propriétaire du sac à dos referma le rabat, prit les bretelles dans la main gauche et le dissimula sous son manteau pour l'emporter avec lui. Le voleur se tourna sur le dos, geignant et se tordant de douleur. La silhouette longea la ruelle en flânant, comme si elle n'avait rien à voir avec la souffrance de l'homme à ses pieds.

— Excusez-moi, mais ceci est mon sac à dos, cria Tungdil.

L'homme se retourna brusquement, écartant son manteau de sorte que Tungdil fut d'abord incapable de distinguer les traits de son visage. Puis il reçut deux rudes coups sur la poitrine. Les couteaux de jet rebondirent sur sa cotte de mailles et retombèrent en tintant sur le pavé.

Le temps que Tungdil se remette de sa surprise, le perfide agresseur avait déjà disparu au carrefour le plus proche. Lorsque Tungdil qui courait aussi vite que ses courtes jambes le permettaient tourna au coin de la rue qu'avait empruntée le meurtrier, celui-ci était déjà hors de vue.

Haletant, Tungdil s'adossa contre un mur à l'ombre, reprenant son souffle. *La chance m'abandonne trop souvent. Aurais-je offensé Vraccas ?*

C'est alors qu'un bras vint s'enrouler autour de son cou. Une dague effilée passa en un éclair devant ses yeux et se posa sur sa gorge nue.

— C'est ton sac, Nain ? Alors tu dois être Tungdil, lui dit une voix étouffée. Nous te croyions tout à fait ailleurs. Mon ami est obsédé par l'idée de te retrouver depuis que tu as tué sa compagne à Vertbois.

Tungdil tenta de faire une clé de bras, mais la lame s'enfonça plus profondément dans sa chair.

— Non, tiens-toi tranquille. Tu vas répondre à quelques questions que j'ai à te poser, exigea l'inconnu.

— Non, le contredit Tungdil toujours aussi entêté, et certain d'être tombé sur un Albe de Nôd'onn.

— Non ? C'est ce qu'on va voir. (Son agresseur le traîna à reculons vers une porte cochère puis sous un porche où il faisait noir comme dans un four.) Où voulais-tu aller avec cet artefact ?

Le Nain refusa obstinément de répondre.

— Tu veux mourir ?

— Tu vas me tuer de toute façon, Albe. Pourquoi te révélerais-je la teneur de ma mission ? rétorqua-t-il.

— En échange d'une mort rapide et sans douleur, rit-il. Reprenons. Voyageais-tu seul ?

On entendit des pas qui se rapprochaient, accompagnés du cliquetis de cottes de mailles. Deux personnes remontaient la ruelle. L'Albe se tut.

Le destin devait avoir un sens de l'ironie assez cruel, car ce furent Goïmgar et Boëndal qui passèrent précisément à cet instant devant l'obscure cachette.

Boëndal était occupé à amadouer le lapidaire, lui expliquant que ni Bavragor ni Boïndil n'étaient vraiment sérieux lorsqu'ils proféraient leurs menaces et qu'au besoin il le protégerait de leurs exactions. Puis ils disparurent à l'intersection suivante.

— Donc, cinq, lui murmura l'Albe à l'oreille. Cinq Nains qui vont où ?

— Qui vont faire obstacle aux tiens et à votre maître, dit Tungdil d'une voix forte, qui prit la décision de se défaire de l'étreinte de l'Albe.

Saisissant le bras armé, il se jeta en arrière avec force pour projeter son agresseur contre le mur, mais celui-ci esquiva la manœuvre, et Tungdil heurta la pierre. Il dut ensuite lutter pour échapper au bras qui tenait la dague.

Le bruit suffit à éveiller l'attention des deux autres Nains, qui accoururent.

— L'érudit ? C'est toi ?

Le guerrier se campa solidement sur ses jambes devant le porche, le bec-de-corbin paré. Goïmgar demeura à quelque distance, fusionnant avec son bouclier.

Le genou de l'Albe heurta le nasal du casque de Tungdil. Le morceau de métal pressa douloureusement contre son organe olfactif, lui arrachant quelques larmes. Tungdil reçut en outre un coup d'estoc sur la partie non protégée de son avant-bras gauche.

Toi, tu restes ici. Ne perdant pas son objectif de vue, Tungdil voulut attraper le sac à dos, et parvint à en saisir le rabat. Il s'y cramponna dans un grognement et voulut trancher la main de l'Albe.

Il manqua son coup, mais la lame de la hache déchira le sac à dos, le rabat céda sous la traction et Tungdil tomba.

— J'ai eu ce que je voulais.

La situation étant devenue trop délicate, l'Albe préféra prendre la fuite. Il voulut esquiver le jumeau grâce à une feinte, mais le guerrier expérimenté ne s'y laissa pas prendre et porta son coup. La pointe de son arme dévastatrice perfora l'armure de cuir et pénétra profondément dans le corps de son adversaire.

L'Albe trébucha, jura de manière incompréhensible et passa à travers un rai de lumière isolé, qui donna à ses yeux bleu foncé l'aspect de deux trous noirs.

Mais là n'était pas le plus inquiétant. De minces lignes commencèrent à se dessiner sur son visage blafard. Tout d'un coup, son visage et son cou furent parcourus de lignes en dents de scie qui ressemblaient à autant de fissures. L'Albe pressa sa main sur sa blessure et s'enfuit de la ruelle à toute allure, le sac rebondissant en cadence sur son dos.

— Tu ne t'en tireras pas comme ça.

Le jumeau voulut se lancer à sa poursuite, mais Tungdil le rappela.

— Non, laisse-le. C'est peut-être pour nous attirer dans un piège.

— Mais il a le sac à dos !

Tungdil essuya le sang qui coulait de son nez. Il exhiba fièrement le morceau de bois de sigurdacia.

— Il n'y a que cela qui comptait. Et je l'ai récupéré.

— Comment as-tu fait pour le perdre, l'érudit ? s'étonna Boëndal.

— Je vous raconterai en chemin. (Il adressa un hochement de tête à Goïmgar.) Sois tranquille. Les deux autres grincheux ne te feront rien.

— Je leur ai vraiment dit d'attendre que vous soyez entrés pour refermer la porte, dit-il tout bas.

— Restons-en là, fit Tungdil, même s'il n'était pas sûr de devoir accorder du crédit à ce qu'il venait d'entendre.

N'ayant plus confiance en lui, il décida de ne plus lâcher Goïmgar d'une semelle tant que ce dernier n'aurait pas compris le but véritable de ce périple.

— Nous devrions aviser les gardes qu'au moins un Albe sévit dans les murs de Mifurdania, dit Boëndal. Il est sûrement en train d'élaborer un plan pour faciliter aux Orcs la prise de la cité.

— Et il sait que nous sommes ici, ajouta Goïmgar d'un ton hésitant. Vont-ils nous prendre en chasse, à présent ?

— Ils sont à notre poursuite depuis le début, répondit honnêtement Tungdil, et malheureusement, ils savent où nous sommes maintenant. Nous devons retourner dans les tunnels le plus vite possible. Aussi longtemps qu'ils en ignoreront l'existence, nous serons à l'abri des Albes.

Ils se hâtèrent de traverser les rues, et atteignirent la porte sud toute proche, où Tungdil fit état de sa rencontre avec un Albe aux factionnaires. Puis ils se rendirent à l'auberge où ils espéraient retrouver Bavragor et Boïndil.

* * *

À proximité de la gargote, ils entendirent les cris bestiaux de Furibard. Ils entendirent aussi le bois qui volait en éclats et de grands cris d'Hommes excités.

— Par Vraccas ! Les Albes les ont retrouvés ! s'écria Boëndal, qui se rua furieusement à l'aide de son frère.

C'est alors qu'un Homme fit un vol plané à travers la petite fenêtre et atterrit dans une pluie d'éclats de verre sur le pavé. Un autre l'y rejoignit, arrachant au passage les gonds de la porte, puis se releva et s'éloigna, le visage en sang.

Les Nains se ruèrent à l'intérieur de la taverne, où il semblait qu'un cyclone venait de passer. Tout était sens dessus dessous. Les tables, les bancs, tout était renversé ou brisé. Des clients gémissants étaient étendus çà et là, certains plus gravement contusionnés que d'autres.

Boïndil se tenait au beau milieu. Tel un dieu vengeur, il arrachait poil après poil la moustache d'un Homme. Bavragor avait disparu.

— Mais qu'est-ce que tu fabriques ? lui demanda son frère, contemplant le désordre, décontenancé. C'est toi qui as fait ça ?

Furibard se retourna et ils virent sa barbe toute roussie.

— Oh ! que oui, articula-t-il. Ils y ont mis le feu, et pour ça, ils ont fait connaissance avec mes poings. (Il gloussa, et arracha un autre poil à sa victime.) C'est ce long-sur-pattes qui a commencé. Il m'a noirci la barbe, et quand j'ai voulu le punir, les autres sont venus à sa rescousse. J'ai trouvé cela très urbain de leur part. J'ai eu d'autant plus à faire.

— S'il vous plaît, dites-lui de cesser de me faire mal et de me lâcher, gémit l'Homme. C'était un accident, je voulais seulement lui tendre de quoi allumer sa pipe !

Boïndil lui tira les oreilles et lui adressa un regard noir.

— Tu me jures que tu ne feras plus jamais de trou dans une barbe, la fierté d'un membre de notre peuple ? haleta-t-il.

— Plus jamais ! glapit l'Homme.

— Tu me le jures ? (Il jura bien sagement, et le guerrier le relâcha.) Bon, ça va pour cette fois. Sauve-toi, long-sur-pattes. (Il lui arracha encore toute une poignée de cheveux et lui administra un coup de pied au derrière en guise d'adieu. Il s'affala sur la table dans un grand éclat de rire, tendit le bras vers son hanap et le sirota bruyamment.) Cela faisait longtemps que je ne m'étais plus autant amusé, lâcha-t-il en même temps qu'un rot. (Il vit Goïmgar.) Ah ! mais c'est notre délicate jouvencelle !

— Il est ivre mort, dit son frère en pinçant les lèvres.

— Où est Bavragor ? demanda Tungdil, de mauvaise humeur. *Ils tiennent encore moins en place qu'une horde de puces.* Devons-nous aussi nous mettre à sa recherche ?

— Lui ? Bah, il reviendra bien. Le borgne est parti acheter un poney pour convoyer nos trésors…

— Boïndil ! Tais-toi ! le gronda Boëndal, lui arrachant la bière des mains et l'obligeant à descendre de la table. Mais où as-tu donc la tête ?! Nous sommes entourés d'ennemis et tu te prends pour le tailleur de pierre !

— Ah bon, parce que c'est lui qui est allé acheter des poneys au marché, peut-être ?! dit une voix vexée depuis la porte. Contrairement à lui, j'ai fait quelque chose de plus productif que de me bagarrer avec les longs-sur-pattes, moi.

— Mais c'est le borgne ! lança Furibard, tout joyeux, avant de reprendre le hanap de la main de Boëndal et de le vider d'un trait. Bon ! en voilà un que tu ne m'enlèveras plus ! ricana-t-il toutes dents dehors avant un renvoi.

— Les Orcs !

Le cri retentit de l'extérieur. Un garde fit irruption dans la salle.

— Les Orcs sont dans les rues ! Tout le monde aux armes ! Ils sont entrés par la porte sud ! Sauvez Mifurdania ! Dépêchez-vous, citoyens ! (Son regard tomba sur les Hommes évanouis sur le plancher.) Mais qu'est-ce qui…

— Aux armes ! s'écria Boïndil en jubilant. Grouïk, grouïk, grouïk ! Venez ! On va débiter du cochon !

Il tira ses couperets de sa ceinture et se précipita d'un pas chancelant vers la sortie. Son frère le retint pour le raisonner.

— Excuse-le. Il ne pense pas toujours ce qu'il dit, dit Tungdil à Bavragor pour éviter la prochaine bagarre.

— Il peut, parce qu'il aurait raison la plupart du temps, rétorqua calmement Bavragor. Deux poneys que j'ai achetés pour un prix modique nous attendent dehors. Ils nous seront très utiles.

— Nous devons immédiatement quitter les lieux, ordonna Tungdil, décidé à leur raconter ses déboires au théâtre Curiosum une fois qu'ils auraient laissé la cité derrière eux. *Mais comment ?* Les Albes savent où nous sommes. Ils vont nous prendre en chasse.

— Mais comment ? demanda le tailleur de pierre.

— C'est bon, l'érudit, fit Boëndal. Il va y avoir une bataille devant les portes. Tout ce dont nous avons besoin, c'est trouver une poterne. De là, nous disparaîtrons en nous frayant un passage en marge de la mêlée. (Il jeta un coup d'œil en direction de son frère, devenu soudainement plus calme, et qui se tenait appuyé contre l'encadrement de la porte en commençant d'émettre des ronflements.) Même si ce ne sera pas si facile dans ces conditions, ajouta-t-il avec un soupir.

Goïmgar pâlit.

— En pleine bataille ? Se frayer un chemin ? reprit-il. (Il voyait déjà des nuées de flèches, des épées, des épieux et des lances s'abattre sur lui, des Orcs grognant, des Bogglins criaillant et des Albes, inquiétants et silencieux, tous à sa poursuite.) Il n'y a pas d'autre possibilité ?

— Tu sais voler ? Je veux dire, sans catapulte ? s'enquit Bavragor, et Goïmgar répondit par la négative. Alors il n'y a aucune autre possibilité.

Un bruit terrible retentit. Furibard était tombé à la renverse, raide comme une planche, et ne bougeait plus. Seuls ses ronflements prouvaient qu'il n'avait pas été frappé par le marteau de Vraccas.

— Voilà un fier guerrier, dit Goïmgar, réprobateur. Alors qu'on aurait bien besoin de lui maintenant, la bière a eu raison du tueur d'Orcs.

— Je ne comprends pas non plus, acquiesça Bavragor, qui souleva le Nain avec l'aide de Boëndal et le mit en travers du dos d'un poney. D'autant que la bière des longs-sur-pattes ne vaut rien. Comment peut-on se mettre dans un état pareil ?

— Tu en as pris cinq hanaps, toi aussi ? s'étonna Goïmgar.

— Non. Sept. Et deux autres au marché, dit-il avec un clin d'œil au frêle Nain en lui mettant les rênes des poneys dans la main. Tiens. Voilà une tâche à ta mesure.

Armé de son gigantesque marteau de guerre, il se rendit à l'arrière pour couvrir leur retraite. Tungdil et Boëndal formèrent l'avant-garde.

Chaque fois qu'ils entendaient le bruit d'une bataille, ils changeaient d'itinéraire pour éviter de s'exposer au danger, ce qu'appréciait beaucoup Goïmgar.

Les citoyens de Mifurdania couraient tout autour d'eux, les uns passant devant eux en armes pour prendre part aux combats et défendre leur cité, les autres serrant contre eux leurs enfants et leurs biens, cherchant refuge dans la partie encore sûre de la colonie humaine.

Une autre cité au bord de la ruine. Tungdil qui avait encore en tête les images de Bonsprés dévastée, savait ce qui attendait la cité. Il luttait intérieurement contre la tentation d'oublier sa mission et de venir en aide aux Hommes, qui avaient sûrement besoin d'une hache affûtée supplémentaire. Il était à deux doigts de proposer aux autres de se joindre aux défenseurs.

Mais si l'un d'entre nous meurt ? Sans la Lame de Feu, c'est tout le Pays Sûr qui est perdu. À l'issue de son combat intérieur, il décida qu'il ne pouvait se permettre de s'attarder sur le sort de Mifurdania. Il baissa la tête et garda le silence. *Puissent les dieux vous venir en aide.*

Boëndal posa une main sur son épaule. On devinait à son regard qu'il était tiraillé lui aussi par ce terrible dilemme.

Ils parvinrent à la muraille est et aperçurent une poterne gardée par deux Hommes. Un cor retentit, et ces derniers saisirent leur lance pour courir en direction de la porte nord.

Les bruits de combats s'intensifiaient : les Orcs repoussaient les défenseurs.

La porte devant laquelle ils se tenaient était munie de quatre verrous de fer ; d'épais cadenas et autres chaînes interdisaient aux personnes non autorisées de les retirer.

— Mais qu'avons-nous là ? Cinq quilles à pattes ? Tss, tss, tss, qui veulent fuir, en plus ? fit une voix réprobatrice.

Un Homme aux traits aristocratiques et à la barbe finement taillée en bouc sortit d'une ruelle adjacente ; ses vêtements avaient l'air luxueux. Une femme le suivait. Elle portait une armure de cuir et était de haute stature, élancée, et ses longs cheveux noirs étaient en partie dissimulés sous un foulard rouge foncé. Un autre Homme aux yeux gris-vert, aux cheveux noirs et à la fine moustache, dont la mise était plus simple, les accompagnait. Chacun d'eux portait un sac marin.

— Ne savez-vous donc pas, bande de géants verticalement contrariés, qu'il est défendu d'utiliser cette porte ? demanda l'Homme au bouc.

— Vous êtes des voleurs ? gronda Bavragor qui referma ses mains larges comme des battoirs autour du manche de son marteau.

L'Homme eut un rire exagéré.

— Vous entendez cela, les enfants ? Ils sont drôles, ces petits, dit-il à l'adresse de ses compagnons. Écoute, mon ami barbu à l'œil éteint, nous ne sommes même pas à ranger parmi le menu peuple, alors comment pourrions-nous faire partie de la vulgaire racaille ?

Les cris des Orcs approchaient de plus en plus.

— Laissez passer, dit, pour couper court à la discussion, la femme aux cheveux noirs, qui remonta le petit groupe de Nains, pris au dépourvu par cette entrée en scène.

Elle sortit une bourse en cuir de sous son large ceinturon pour en extraire de petits morceaux de fer de un doigt de long, tantôt courbes, tantôt pointus, avec lesquels elle s'attaqua aux cadenas. Peu de temps après, on entendit un déclic.

— Donc, vous êtes bien des voleurs, constata le tailleur de pierre, satisfait.

— Nullement, très cher, rétorqua l'Homme au bouc. Furgas est le meilleur *magister technicus* qu'on ait vu depuis… (il fit un geste vague de la main) des temps immémoriaux. (Il désigna la femme.) En outre, j'ai l'honneur et le plaisir de vous présenter la ravissante Narmora, dont la beauté fait se flétrir de jalousie les roses de la maison du maire, et pour ma part, je suis…

— L'Incroyable Rodario ! s'écria Tungdil, qui reconnut la voix de l'acteur.

Le comédien se fit nettement plus affable.

— Un admirateur ? Qui l'eût cru ? Et dire que je pensais que vous… (Il s'interrompit.) Que s'abatte sur moi un plein pot de chambre si vous n'êtes pas le tapageur, celui qui a gâché ma scène, le destructeur du tissu de rêves mis en place avec tant de soin et dans lequel je tenais les spectateurs captifs ! (Il regarda les bottes de Tungdil d'un air accusateur.) Oui, les voici, les coupables ! Ce sont ces chaussures et vos maudits cris qui ont ruiné mon jeu !

Il y eut un nouveau déclic. Narmora ouvrit les cadenas et retira les chaînes de leurs passants ; celles-ci tombèrent en cliquetant.

— Allez-y !

— Et toi ? lui demanda Furgas, inquiet.

Elle lui sourit et lui donna un long baiser sur la bouche.

— Je referme derrière vous et j'escalade la muraille. Je ne voudrais pas que l'on dise que c'est nous qui avons provoqué la chute de la cité en laissant une poterne ouverte pour les Orcs.

Les Nains passèrent d'abord, suivis de Rodario et de Furgas.

Un regard leur suffit pour comprendre que les cohortes des assaillants campaient devant les portes, ne s'occupant pas du tout des flancs de la cité. Deux gardes sur les chemins de ronde les hélèrent, les sommant de rester où ils étaient et de s'identifier, mais ils n'y prêtèrent guère attention.

Seul l'acteur leur fit signe.

— Veillez bien sur mon théâtre ! Nous reviendrons quand vous aurez gagné la bataille ! Bonne chance ! leur fit-il d'un air enjoué.

— Nous ne sommes pas en représentation, Rodario, lui rappela Furgas, un peu plus conscient que lui de la gravité de la situation. Il le poussa dans le dos.

— Peut-être, mais on s'y croirait presque, répliqua le comédien. D'ailleurs, je pourrais fort bien faire une pièce de tout cela, excellente idée, mon cher Furgas. (Il prit une posture héroïque, les mains sur les hanches.) Je me vois déjà, moi, factionnaire sans peur et sans reproche, voyant les Orcs approcher au loin et remporter un combat contre… disons, une demi-douzaine d'entre eux, sauvant ainsi la cité.

Une corde pendilla tout à coup de la muraille. Narmora s'y agrippa, et les rejoignit en un éclair, tandis que des gardes alarmés accouraient à grands cris pour hisser la corde vers le haut avant que les Orcs la remarquent.

Le groupe de Tungdil se hâta de gagner la lisière de la forêt toute proche pour s'y mettre à l'abri, suivi sans relâche par les trois comédiens.

— Excusez-moi, amis de l'or et des trésors. Puis-je vous dire deux mots ? Vous n'avez rien contre le fait que nous vous accompagnions un petit peu durant votre expédition à la surface ? demanda l'Incroyable Rodario avec le visage avenant et bronzé de celui qui doit vendre des poissons pourris pour très cher. Les temps sont incertains, et sauf votre respect, vous semblez du genre capable d'écarter tout danger, *a fortiori* s'il a la peau verte. Alors que nous, nous ne sommes que de maigres saltimbanques. (Il se regarda et leur montra ses maigres bras, qui dépassaient de son coûteux vêtement comme des manches à balai.) Regardez : deux Hommes, pas plus épais que de jeunes bouleaux et une jolie mais néanmoins faible femme qui ne porte son armure que pour épater la galerie. Seuls les dieux savent ce qu'il adviendrait d'elle si elle devait tomber entre les griffes des Orcs et s'ils s'avisaient de lui…

— Vous pouvez nous accompagner, je n'y vois aucun inconvénient, coupa simplement Tungdil.

Comme Boïndil était encore sous l'effet de sa soif de bière et qu'on ne pouvait plus compter sur ses couperets en cas de combat, ce beau parleur et ses deux comparses pourraient toujours faire diversion face à une horde d'Orcs pendant que ses amis et lui-même attaqueraient ces monstres.

— Ne devait-il pas juste nous dire « deux mots » ? s'étonna Goïmgar après cette interminable logorrhée.

— Les Hommes parlent déjà beaucoup quand ils ont peur, commenta Bavragor. Mais alors lui, il doit avoir copieusement fait dans sa robe. Vous avez vu sa barbichette ? Même quand j'étais nourrisson, j'avais déjà plus de poils, se vanta-t-il.

Tungdil prit le chemin de la montagne où ils devaient récupérer leur précieux chargement, à travers bois. Il se plaisait à converser en langue naine, heureux que les Hommes ne comprennent pas les railleries des Nains à leur sujet.

Il faudra du temps pour remonter l'escalier, traverser la chute d'eau avec les différents lingots et les charger sur les poneys. Contretemps d'autant plus fâcheux que ledit contretemps avait été selon lui provoqué à dessein, pour les retarder.

Il n'osa pas penser à la distance que devaient avoir déjà parcourue Gandogar et ses compagnons. Il jura, car il y pensa quand même. Il se contraignit à se concentrer sur le chemin et les bruits de la forêt.

— Ohé ! petit homme, vous qui semblez être le chef de cette petite bande, lui dit Rodario, qui venait d'apparaître à ses côtés. (Il ne semblait pas dérangé par le fait qu'on pouvait l'entendre dans toute la forêt.) Des Troglodytes…

— Des « Nains », corrigea Tungdil presque sans y penser.

— Fort bien, des Nains comme vous, on n'en voit pas tous les jours, aussi me demandais-je ce que vous cinq faisiez en dehors du monde souterrain. Avez-vous été chassés par les vôtres ?

— Cela ne vous regarde pas, monsieur Rodario.

— C'est vrai, cela ne me regarde en rien. Mais peut-être auriez-vous un peu de temps pour voyager avec mes amis et moi et nous aider à monter une pièce de théâtre ? dit-il en souriant. Avec votre accord, je pourrais écrire une pièce dont les principaux protagonistes seraient cinq Nains. Ce serait une telle attraction que tous au Pays Sûr voudraient la voir et nous jetteraient leurs pièces avant même que nous ayons fini.

— Non, monsieur Rodario. Nous avons autre chose à faire.

— Autre chose ? Quelle autre chose ? (Il fronça les sourcils.) Vous recherchez des trésors ?

— Non, la Lame de Feu ! intervint Furibard depuis le dos de son poney. (Il avait parlé en langue commune.) On va aux Montagnes Grises forger l'arme qui crèvera la grosse paillasse de Nôd'onn…

— Tais-toi, espèce de poivrot ! ordonna Boëndal d'un ton brusque. Quitte à tout lui révéler, fais-le au moins dans notre langue !

— Ne faites pas attention à lui, dit Tungdil au comédien, dont le visage trahissait une dangereuse curiosité. (Il s'efforça de paraître détendu pour ne pas éveiller davantage le soupçon.) Il est ivre, il délire.

— Oh ! mais laissez-le délirer, je suis bon public. Toute inspiration est bonne à prendre pour un artiste, répliqua Rodario du tac au tac. Et c'est un bon sujet que nous avons là, je vous le dis franchement. Le public est friand de ce genre de choses. Seulement… où trouverais-je des Hommes si petits ? Des enfants ? Des Gnomes ou des Kobolds avec de fausses barbes ?

(Il leva les bras au ciel.) Ah ! mais non, cela n'irait pas ! Il me faut de solides gaillards comme vous pour que ça ait l'air vrai. Vous ne voulez vraiment pas venir avec nous ?

— Nous sommes des Nains, pas des Troglodytes. Retiens bien cela. (Boëndal regarda le comédien d'un air mauvais.) Et vas-tu enfin te taire, ou as-tu plus d'inspiration avec une épée d'Orc dans le ventre ?

L'Homme secoua ses longs cheveux bruns et retourna auprès de ses deux amis avec qui il engagea une conversation à voix basse.

— Des comédiens, murmura Boëndal dans un soupir. Je vois déjà d'ici ce long-sur-pattes raconter notre histoire à qui veut l'entendre sur chaque place de village avant même que nous ayons atteint les Montagnes Grises. Si jamais Nôd'onn a vent de notre projet par ce biais…

Il n'acheva pas sa phrase.

— Le temps qu'il termine de rédiger sa pièce, nous aurons abattu Nôd'onn depuis belle lurette. (Tungdil donna une tape d'encouragement sur l'épaule de Boëndal. Il déchanta un peu lorsqu'il vit l'Incroyable Rodario couvrir de notes les premières pages d'un carnet de voyage qu'il avait accroché autour du cou.) On les emmène avec nous, annonça-t-il après un moment de réflexion.

— Tu ne dis pas ça sérieusement ?!

— Si. Nous allons les emmener avec nous jusqu'au Royaume des Premiers. Le comédien ne laissera pas passer cette occasion. Une fois là-bas, on les enfermera jusqu'à ce que nous ayons suffisamment d'avance ou que nous ayons accompli notre mission, confia-t-il au Nain. Les Premiers ont sûrement des chambres confortables, mais bien gardées, dans lesquelles ces trois-là pourront jouir de l'hospitalité de notre peuple.

— Si tant est qu'ils veuillent bien nous y accompagner.

Tungdil, de plus en plus content de son idée, lui adressa un clin d'œil.

— Ils viendront. Je leur ferai miroiter les choses les plus improbables au sujet du Royaume nain. Rodario ne pourra pas faire autrement que de demander à voir tout ça de ses propres yeux. (Boëndal grommela quelque chose dans sa barbe.) Je préviendrai les autres pour éviter qu'ils s'étonnent.

Prétextant qu'il leur fallait vérifier si les armures tenaient bien en place, Tungdil alla trouver d'abord Goïmgar, puis Bavragor pour les mettre discrètement au courant de son plan.

Ils traversèrent la forêt et repassèrent à l'endroit où gisaient les licornes massacrées, et où Rodario prit immédiatement des notes et fit des croquis de ces êtres autrefois magnifiques et si paisibles.

Avons-nous bien fait de fuir ? Un accès de mauvaise conscience assaillit Tungdil lorsqu'il vit ces créatures. En quittant Mifurdania, il abandonnait à leur propre sort les deux dernières licornes connues du Pays Sûr. *Ô dieux ! vous savez que nous n'avions pas d'autre choix.*

Le groupe parvint au pied du plateau, à partir duquel le petit chemin escarpé et secret menait à la plate-forme d'observation.

—Attention!

Boëndal se tendit, et il brandit un bec-de-corbin paré au combat. Le tailleur de pierre empoigna son marteau de guerre, ce que Goïmgar interpréta comme une injonction à se dissimuler derrière son bouclier.

—Attention? Mais à quoi? Bonnes gens, qu'avez-vous l'intention de faire? s'étonna Rodario, pendant que la femme qui l'accompagnait dégainait elle aussi ses armes.

Le créateur de la première avait placé deux lames de serpe courbes de part et d'autre d'une courte poignée centrale, tandis que l'autre était dotée de lames droites, dont chaque tranchant était affûté, à en juger par l'éclat de celles-ci. Les doigts étaient protégés des attaques adverses par une coque de métal.

L'acteur se retourna dans sa direction.

—Mais que comptes-tu faire, fleur inégalée du Pays Sûr?

Si Tungdil avait appris une chose ces dernières semaines, c'était bien à se fier à l'instinct de ses amis; il se prépara donc lui aussi à affronter une éventuelle menace.

Peu après, il sentit les adversaires encore à couvert. Leurs émanations étaient plus âcres et plus douceâtres à la fois que celles des Orcs, ce qui ne l'empêchait toutefois pas de percevoir également une odeur de graisse rance, portée par la brise.

Soudain ils surgirent du sous-bois.

Une horde de Bogglins se rua sur eux dans un tapage épouvantable. Derrière eux deux Orcs sortirent des fourrés. Ils les rouaient de coups de fouets dont les lanières étaient tressées de paille de fer et les jetaient contre les Hommes et les Nains.

Les Bogglins, créatures lâches, agitaient des épées courtes ébréchées encore maculées du sang de leurs dernières victimes. Ils bondissaient et sautillaient comme des singes, criant leur peur et leur haine à la fois, cherchant maladroitement à frapper leurs adversaires. La plupart du temps, s'ils venaient à bout de leurs ennemis, c'était plus grâce à leur surnombre qu'à leur bravoure. Là où tombait un Bogglin, trois autres venaient le remplacer, frappant, mordant, griffant ou sautant sur leur adversaire pour le mettre à terre.

—En cercle! ordonna Boëndal laconiquement.

Bavragor le rejoignit en courant, entraînant de force Goïmgar derrière lui, qui n'eut dès lors plus d'autre choix que de faire front avec les autres. Rodario avait soudainement disparu. En revanche, Furgas et Narmora se joignirent aux autres.

Les armes des Nains s'abattaient sans discontinuer, fracassant crânes et os. Ils devaient néanmoins prendre garde à ce qu'aucun de leurs agiles adversaires ne leur immobilise le bras. Goïmgar, lui, était retranché derrière son bouclier, son épée courte n'en sortant que pour dessiner de petits éclairs argentés qui perforaient les corps de ses adversaires, médiocrement protégés par des armures de cuir. Le sang couleur de pus giclait, puis s'écoulait sur son bouclier.

Les mouvements de la femme étaient trois fois plus rapides que ceux des Nains. Ses armes, légères mais incroyablement acérées, lui donnaient l'avantage face aux Bogglins. Il ne fallut pas longtemps pour que la mêlée tourne à l'avantage des Hommes et des Nains. Mais les Orcs frappaient tant et si bien leurs cousins de petite taille que ces derniers se jetaient sur le groupe de peur d'être tués par leurs propres maîtres.

L'assaut en masse des Bogglins prit le cercle des défenseurs dans un étau. Les Nains se gênaient mutuellement dans leur élan et leurs armes les encombraient. La longue pointe du bec-de-corbin et le manche du marteau s'accrochèrent, Bavragor perdit son arme. Immédiatement, deux, puis trois de ces créatures se jetèrent sur lui pour le renverser, tandis que d'autres s'engouffraient dans la brèche, rendant critique la situation de Tungdil.

C'est alors que retentit un puissant sifflement, et qu'un nuage de fumée vert criard mugissant et pétaradant jaillit d'entre deux arbres. Les contours d'un abominable monstre à deux têtes se dessinèrent à travers cette brume. Celui-ci poussa un hurlement assourdissant et sa gueule hérissée de dents pointues cracha une gerbe de flammes en direction des Bogglins. Deux de ces bestioles furent victimes du feu, les autres furent pétrifiées de terreur.

Cette diversion permit à Bavragor de ramasser son arme et de réduire en purée les quelques Bogglins qui s'étaient introduits à l'intérieur de leur cercle. Tungdil et Boëndal purent quant à eux reprendre l'offensive.

— Si cette nouvelle bête vient dans notre direction, elle trouvera à qui parler ! dit le guerrier. Tant qu'elle en a après les Bogglins, laissons-la faire.

Narmora sortit du cercle pour disparaître dans les fourrés les plus proches. Elle réapparut peu après derrière l'un des deux flagellateurs. Les lames courbes tranchèrent la puissante nuque du premier Orc, qui s'effondra sur l'humus dans un soubresaut. Habilement, elle esquiva le fouet du second. Prenant appui sur le sol, elle bondit droit sur lui tête baissée, et lui enfonça l'arme aux lames droites à l'horizontale dans le ventre. Les étroites pointes traversèrent les anneaux de la cotte et la peau du monstre, l'atteignant directement aux viscères et le tuant sur le coup.

L'apparition de ce monstre inconnu et la défaite de leurs maîtres suffirent à mettre en déroute les Bogglins, qui se dispersèrent aux quatre coins de la forêt, laissant derrière eux trente cadavres.

— Maintenant à ton tour, répugnante engeance de Tion, gronda Boëndal, qui baissa la tête et attaqua le cracheur de feu, lequel se retirait en hâte dans la fumée qui commençait de se dissiper.

— Arrête ! cria Furgas pour rappeler le guerrier. C'est Rodario !

— Quoi ?! s'écria Bavragor en clignant des yeux.

Il venait juste d'armer son coup et dut ralentir l'élan de son marteau en lui faisant décrire un tour sur son axe.

On entendit des bruits de ferraille, suivis d'un rire sonore.

— Pour détaler, ils ont détalé, proclama le comédien qui émergea du nuage dans son vêtement de cuir beaucoup trop long pour lui. Dans sa main droite, il tenait les gigantesques têtes, et dans sa main gauche une paire d'échasses pliables.

— Je me disais bien que je vous serais plus utile en tant que monstre qu'en tant que combattant. Si j'ai bien quelques notions d'escrime, elles ne sont guère efficaces en dehors de la scène et amusent mes adversaires plus qu'autre chose. D'où ces quelques accessoires réunis à la hâte pour tenir en respect ces bestioles miniatures. Formidable science que l'alchimie !

— J'aurais pu te tuer ! dit Bavragor, décontenancé.

— J'étais donc si réaliste ? dit Rodario d'une voix nasillarde, qui prit cela pour un compliment. (Il fit une courbette.) Eh bien, vénérés spectateurs ? Aucun applaudissement ? dit-il déçu.

Les Nains se contentèrent de le regarder fixement, d'un air perplexe.

— Ils sont fous, ces Hommes, statua Bavragor sans autre forme de procès. J'avais toujours pensé que Boïndil était le plus fou des fous, mais cela dépasse tout ce que j'ai vu en matière de folie.

— Mais sa folie à lui nous a rendu un fier service, lui fit remarquer Tungdil. Sans elle, tu serais probablement mort, Bavragor. Une bestiole de papier et de tissu, et tout le monde tombe dans le panneau.

Il ne put s'empêcher de rire, et les autres Nains l'imitèrent, non sans un moment d'hésitation.

L'acteur fit une nouvelle révérence, tout sourires cette fois.

— Merci, merci. C'est également aux rires que je juge du succès de mes représentations.

Tungdil jugea le moment opportun et appela les deux hommes et la femme.

— Mes amis et moi, nous nous sommes consultés, leur dit-il d'un air mystérieux et quelque peu emprunté. Vous vous êtes avérés dignes de confiance, et ainsi dignes de connaître la vérité à notre sujet. Nous sommes en route pour le Royaume nain des Premiers, trouver les clans gardiens du passage du Couchant.

— Je comprends. Vous vous rassemblez pour affronter Nôd'onn ? s'empressa de supposer Rodario. Mais alors, ces divagations à propos de la Lame de Feu n'étaient pas de la fabulation ?

Il se mit en quête de sa plume.

— Ce que nous voudrions vous proposer, c'est de nous accompagner au Royaume des Premiers, afin que vous voyiez quelle magnificence règne là-bas. Ce sera, avec des pièces d'or, votre récompense pour votre aide.

Sentant que ses paroles ne convainquaient guère que l'acteur maniéré, Tungdil insista sur la magnificence, que lui-même n'avait encore jamais vue, du royaume en question, inventa à l'attention de Furgas les constructions et les réalisations naines les plus extraordinaires, et évoqua les armures et les bijoux, espérant par là appâter la femme. Parvenu à la fin de son long discours, il attendit leur réponse avec impatience.

Horrifié, il s'aperçut que Bavragor avait les mains sur le manche de son marteau ensanglanté, manifestement prêt à attaquer les trois Humains s'ils refusaient la proposition qui leur était faite. Quant à Boëndal il ne semblait pas moins hostile.

—Avec cet or, je pourrais ouvrir un nouveau théâtre, songea Rodario en se frottant le bouc. Furgas, pense à tous les moyens techniques que nous pourrions mettre en œuvre ! Et puis, nous allons voir des choses qu'aucun autre Homme n'a vues avant nous.

—D'accord, acquiesça Furgas. (Seule Narmora semblait mécontente. Il lui donna un baiser en lui caressant tendrement les cheveux, mais elle continua à faire la moue.) Et elle aussi va donner son consentement, n'est-ce pas ?!

Tungdil l'observa très attentivement. C'était elle qui jouait l'Albe au Curiosum. *Mais son visage n'est pas assez elfique. C'est une femme à qui la providence a octroyé une beauté supérieure à celle des autres femmes de sa race.*

—Puis-je vous demander où vous avez appris à combattre de cette façon ? demanda-t-il avec insouciance. (Il désigna les armes qui pendaient dans d'étroits fourreaux à son ceinturon.) Comment appelle-t-on ces armes ? Je n'en ai encore jamais vu de pareilles.

—Elles ont pour nom Demi-Lune et Rai-de-Soleil. C'est moi qui les ai inventées.

—Vous ?

Furgas lui redonna un baiser.

—Elle interprète l'Albe dans notre pièce, et nous avons pensé qu'il fallait donner à une Albe des armes tout aussi rares, expliqua-t-il, rayonnant et fier de l'imagination de sa compagne. Il nous a fallu du temps pour trouver un forgeron capable de les faire.

—Je veux bien vous croire, dit Tungdil à qui la première réponse avait suffi. (Il désigna le sentier escarpé.) Remontons par là avant que les Bogglins reprennent courage.

Or, Tungdil n'était pas dupe. *Personne ne s'amuse à inventer de telles armes, et* a fortiori *ne les maîtrise comme Narmora.*

Il lut sur le visage de Bavragor et Boëndal qu'ils pensaient la même chose. Pour une raison ou une autre, cette femme était une authentique et redoutable combattante qui préférait la scène au champ de bataille.

Le Nain vit une grande tendresse dans les yeux de Furgas lorsque celui-ci la prit dans ses bras. *Est-ce son amour pour cet Homme qui lui a fait tourner le dos au métier des armes ?* conjectura-t-il. Il lui poserait la question à l'occasion. *C'est sûrement une ancienne mercenaire, qui a travaillé en Idoslân, ou au service de la reine Umilante. Même si elle a l'air d'être fort jeune.*

Furgas et Narmora aidèrent le comédien à s'extraire de son pantalon démesuré. Goïmgar s'occupa des poneys effrayés, mais qui, fait étonnant, ne s'étaient pas enfuis durant le combat. Boïndil, lui, était toujours juché sur le dos de sa petite monture. Il ronflait et cuvait sa bière.

— Écoutez-le, celui-là, dit Bavragor. Si ses ronflements étaient une scie, toute la forêt serait abattue.

— J'ai hâte de voir sa tête quand il saura qu'il a manqué une escarmouche, dit Boëndal avec une joie maligne. Il en sera si chagriné qu'il ne touchera plus une bière.

Comme une petite procession, ils gravirent le flanc de la montagne jusqu'au plateau d'où ils pouvaient observer Mifurdania et les environs. Une épaisse fumée s'étendait sur la cité, autour de laquelle grouillait une multitude de petits points noirs. Les défenseurs ne semblaient pas à même de remporter la victoire contre les hordes de Nôd'onn. Même l'humeur, pourtant rayonnante, de l'acteur fut assombrie par cet affligeant spectacle. Narmora se tenait au bord de la plate-forme de pierre et observait la forêt en contrebas, indifférente au sort de la cité, tandis que Furgas et les autres Nains allèrent se laver les mains du sang des Bogglins.

— Où allons-nous, maintenant ? s'enquit Narmora quand il eut remarqué qu'il n'y avait aucune issue apparente au sommet de cette montagne.

— Nous allons redescendre dès que nous aurons chargé les poneys, lui répondit Tungdil. Avant de nous rendre à Mifurdania, nous avions dissimulé nos présents pour les Premiers, dans une petite grotte, derrière la chute d'eau.

— Devons-nous vous aider ? proposa Furgas.

— Non, merci, ce ne sera pas la peine, répondit le Nain, soucieux d'éviter qu'ils découvrent le secret des galeries. Reposez-vous un peu, pour pouvoir monter la garde quand viendra notre tour de dormir.

Sur un signe de tête, Goïmgar, Bavragor et Boëndal le suivirent dans la galerie.

Ce fut une véritable corvée. Il leur fallut des heures et des heures éreintantes pour remonter les lingots d'or, d'argent, de palandium, de vraccasium, de tionium. Accablés par les efforts fournis durant la bataille ainsi que par cette noria, ils s'écroulèrent contre des rochers et s'endormirent dès la tombée de la nuit.

Boïndil finit de cuver sa bière peu avant leur réveil, et il eut très honte. Non pas d'avoir tant bu, mais de tenir si peu l'alcool. Bavragor ne se priva pas d'ajouter à sa honte.

Boïndil considéra la troupe de comédiens d'un œil extrêmement méfiant, et préféra n'échanger que quelques mots avec eux. Ayant manqué le combat contre les Bogglins, il ne pouvait estimer leur combativité. Il se réserva donc le droit de se montrer hostile à leur égard tant qu'ils n'auraient pas fait leurs preuves comme il l'avait été avec les autres. Le charme de Rodario n'eut absolument aucun effet sur lui.

Le Pays Sûr, Royaume nain du Second Père, Beroïn,
à l'automne du 6234e cycle solaire

— Ton royaume nous appartient, Gundrabur, dit l'Albe qui se tenait près du lit du Grand-Roi dans une pénombre qui le rendait presque invisible. Nous allons nous en emparer, tout simplement, comme nous l'avons déjà fait pour le Royaume des Cinquièmes.

— Et tu ne pourras rien faire pour nous en empêcher. (Un deuxième visage d'Albe émergea des ténèbres et le regarda. Des symboles noirs tatoués ornaient ce visage, soulignant davantage la pâleur de sa peau et lui conférant un aspect effrayant.) Tu vas mourir, et tu gémiras dans la Forge Éternelle de ton dieu Vraccas.

— Tu seras oublié de tous, pauvre vieux Nain fragile, lui prédit un troisième Albe sorti sans bruit de l'obscurité, qui se tenait désormais au pied de son lit. Tu seras le Grand-Roi qui dans ses derniers jours aura voulu beaucoup mais n'aura rien accompli. (Il tendit l'oreille, ses yeux violets levés vers le plafond. Des sons clairs de battements résonnèrent dans la chambre. On enfonçait un burin dans la roche.) Entends-tu cela, Gundrabur ? Ce sont les clans des Seconds. Ils effacent ton nom, parce que tu as été un mauvais souverain. (D'autres martellements se joignirent au burin isolé, et ce furent bientôt des milliers de coups de marteau et de ciseau qui rongèrent le crâne de Gundrabur.) Plus rien ne portera ton souvenir, on appellera l'époque de ton règne l'« Interrègne », celui qui précéda la honte de la défaite. Par ta faute, Nain. Par…

— *Gundrabur ! Gundrabur !*

Les Albes se retournèrent vers la porte, qui s'ouvrit violemment. Une vive lumière inonda la pièce.

— Nous nous reverrons bientôt, dirent-ils avant de disparaître dans une noirceur que même ses yeux de Nain ne parvenaient à percer.

— *Gundrabur !*

Le Grand-Roi se réveilla en sursaut, tremblant, le cœur palpitant. Il lui fallut longtemps avant de revenir à la réalité. En gémissant, il passa la main sur son visage.

Balendilín était assis sur son lit ; il essuya les sueurs froides du front du roi et essora le tissu dans un petit récipient posé sur son ventre qui vacillait dangereusement.

— Tu as fait un cauchemar, dit le conseiller pour le rassurer, en lui tenant la main.

— Ils m'attendent, chuchota Gundrabur encore sous le choc. (Il avait l'air encore plus vieux que d'habitude : l'air d'un Nain d'âge canonique qui menaçait de s'abîmer dans ses draps de lit à tout moment.) Et ils ont raison. (Il lui fit le récit rapide, mais entrecoupé, de son rêve.) Je ne quitterai plus ce lit vivant, Balendilín, soupira-t-il. J'aurais bien voulu mourir en combattant Nôd'onn, ou éclater le crâne d'un Orc au moins encore une fois dans ma vie. (Il rit et toussa en même temps.) Les Démons seuls savent d'où vient cette faiblesse.

Balendilín, pour sa part, n'avait aucun mal à imaginer l'origine du mal dont souffrait Gundrabur. Après la bière qu'ils avaient bue à l'issue de l'entretien avec Bislipur, lui-même s'était senti mal pendant trois jours, son estomac avait refusé toute nourriture et toute boisson et il avait eu de la fièvre. Ce que sa constitution avait pu endurer plus ou moins avait eu des conséquences dévastatrices sur la santé du Grand-Roi, déjà très âgé.

Entre-temps, il avait appris que le serviteur qui avait apporté les boissons était entré en collision avec Bislipur. Bislipur s'y entendait en intrigues, mieux que s'il avait appris chez les Kobolds, mais on ne pouvait jamais rien prouver contre lui.

Cet attentat au poison fait de lui un meurtrier, l'assassin du chef suprême de notre peuple. Balendilín jura secrètement de le faire accuser, condamner et exécuter à la moindre preuve. Et si son adversaire ne commettait pas d'erreur bientôt, il se chargerait de le pousser à la faute.

— Je n'ai pas d'héritier. Aussi t'ai-je désigné pour me succéder, dit Gundrabur d'une voix faible. Tu prendras la tête des clans des Seconds et tu seras pour eux un meilleur roi que je l'ai été.

Balendilín épongea les perles de sueur sur le large front de Gundrabur.

— Tu as été un bon roi, le contredit-il, et tu l'es encore.

Les yeux de Gundrabur brillèrent de larmes.

— J'aimerais aller à la Porte Haute, là où j'ai disputé mes meilleures batailles.

— Ce n'est pas une bonne idée. Dans l'état où tu es, cette sortie pourrait t'achever.

— Alors ce sera la volonté de Vraccas, et la place sera libre pour toi ! (Il repoussa le plat et se redressa.) Ma hache, mon armure, ordonna-t-il, recouvrant un peu plus de sa prestance passée à chaque élément d'armure qu'il endossait : son pourpoint en cuir, une cotte de mailles légère qui lui arrivait aux genoux, un gorgerin, des spalières et un plastron de métal incrusté de pierreries, auxquels s'ajoutèrent son casque et ses gantelets, des bottes ferrées et un pantalon de cuir. Enfin, il prit sa hache, dont le manche arrivait à la hauteur de sa hanche, et il se dirigea vers la sortie.

Les suppliques de son conseiller n'y firent rien : le Grand-Roi était décidé à sortir, et rien ne pouvait faire changer d'avis ce Nain obstiné.

Ils parcoururent ensemble les couloirs du Royaume nain. Le Grand-Roi s'appuyait sur Balendilín en chemin, ainsi qu'à chaque petite pause qu'ils durent marquer après avoir descendu quelques volées de marches. Enfin ils parvinrent à la muraille construite par leurs ancêtres pour endiguer le flot d'Orcs et autres bêtes, et se rendirent sur le chemin de ronde le plus élevé.

Gundrabur s'assit sur un merlon bas, entre deux créneaux, en poussant un gémissement. Son visage était baigné de sueur, ses bras et ses mains tremblaient, mais il était heureux. Lorsque le vent du sud joua avec ses cheveux blancs aussi transparents que de la fine laine, il ferma les yeux.

— Tu dois sûrement te dire que c'est Bislipur qui a mis dans la bière une chose qui me vide de mes forces, dit-il. Et à raison, je pense. Mais même si pour Bislipur la fin justifie les moyens, ne deviens pas comme lui pour le vaincre, Balendilín, ou tu seras tout aussi mauvais et vil.

Balendilín approcha de son seigneur et l'observa.

— Que puis-je faire d'autre contre lui ? Ne combat-on pas le feu par le feu, le mal par le mal ?

— Il va se trahir, et ce sera à toi de te trouver là pour prouver sa duplicité aux yeux de tous, afin que même ses meilleurs amis se détournent de lui. Mais avant cela, garde le silence, faute de quoi les clans de la Quatrième Maison te traiteront de braillard, de calomniateur. L'eau éteint plus sûrement le feu et ne laisse pas de traces de brûlé contrairement au contre-feu. (Les yeux troubles de Gundrabur se tournèrent vers lui.) Pour cette fois, sois comme l'eau, Balendilín, pour le bien des Nains. (Son regard vagabonda dans le large fossé où gisaient les ossements pourris d'innombrables bêtes cruelles.) Pendant tout mon règne, aucun Orc n'est venu de ce côté, murmura-t-il, avec une nuance de fierté dans la voix. Nous avons défendu le Pays Sûr contre les rejetons de Tion. Sauvons-le maintenant de ceux qui le menacent de l'intérieur. (Il se tut un instant, laissant la majestueuse vue produire son effet sur lui et inspirant le vent vespéral comme pour le déchiffrer.) Est-ce toi qui me les as envoyés, mon cher ami ? marmonna-t-il avec gratitude. Tu voulais me donner l'occasion de mourir en guerrier ?

Il inspecta du pouce le tranchant de sa hache.

Au même moment, les gardes qui étaient sur le chemin de ronde donnèrent l'alarme : ils avaient repéré à leur tour les monstres qui approchaient. Des cors assourdissants appelèrent les Nains aux armes, les portes qui jalonnaient l'intérieur de la forteresse s'ouvrirent à toute volée, les guerriers cantonnés aux remparts quittèrent leurs quartiers et se hâtèrent de monter les escaliers qui menaient aux chemins de ronde.

Balendilín observa le visage de son roi, visage qui semblait rajeunir à chaque instant. L'odeur des Orcs haïs ramena le feu dans sa forge de vie, rendit sa poigne plus ferme et sa vue plus claire. *Un miracle !*

— Baissez le pont-levis, ordonna Gundrabur, qui se releva d'un bond. (Ses jambes, qui quelques instants auparavant tremblaient sous le poids de sa cotte de mailles, le portaient à présent avec facilité, et lui-même semblait avoir grandi de un empan.) Je veux voir si les Orcs sont toujours aussi abrutis qu'à ma grande époque et s'ils peuvent repousser un vieux Nain.

Quand la herse fut relevée, quand les piliers de soutien sortirent du fond de la fosse et que les premières dalles s'assemblèrent pour former une voie d'accès qui surplombait le ravin, cinq cents Nains se rassemblèrent pour former une escorte autour de leur Grand-Roi.

Balendilín tenta une dernière fois de le convaincre.

— Cela te tuera, Gundrabur. Je t'en prie…

Le vieux Nain lui mit une main sur l'épaule, puis la lui tendit, et Balendilín la serra vigoureusement.

— Je veux mourir, mon fidèle ami, avant que le poison me tue à petit feu. Bislipur n'aura pas la satisfaction de m'avoir eu en traître, lui murmura-t-il en le tenant longtemps dans ses bras. Ma mort sera glorieuse, comme il se doit pour un membre de notre peuple. On s'en souviendra avec respect. (Il se sépara de son conseiller et ami.) Les dix premiers Orcs à tomber sous mes coups seront pour ton bras perdu. Adieu, Balendilín. Nous nous reverrons dans la forge de Vraccas, lui dit-il dans un rire avant de tourner les talons. Guerriers de la Maison de Beroïn ! s'écria-t-il. (Les murailles de la forteresse renvoyaient sa voix, la répercutant encore un peu plus loin.) Combattez à mes côtés, et défendez notre royaume et le Pays Sûr !

Les Nains, heureux de voir le Grand-Roi se battre contre les Orcs à leurs côtés, poussèrent des cris de joie. Ils ignoraient tout du mal insidieux qui le rongeait.

Nous nous reverrons. Balendilín sentit une boule dans sa gorge lorsqu'il vit son ami franchir noblement la porte et le pont, puis fondre sur les premières lignes orcs pour précipiter le moment du corps à corps.

Il s'écoula un long moment avant que retentisse le cri horrifié qui annonça la chute de Gundrabur. Au même instant, Balendilín décida, en dépit du conseil du Grand-Roi, qu'il serait le feu plutôt que l'eau et qu'il tuerait Bislipur. *L'eau n'est pas dans notre nature,* se dit-il dans un accès de colère, *nous aimons trop le feu.*

* * *

Au cinquième jour après la mort du Grand-Roi, les affaires étaient toujours en berne au Royaume des Seconds. Les Nains de tous les clans se réunissaient par milliers dans la gigantesque salle de deuil, dont les colonnes semblaient ne pas avoir de fin.

Au centre de celle-ci était posé un sarcophage de pierre, confectionné par les meilleurs tailleurs de pierre de la tribu et orné des plus belles gravures. Elles célébraient les hauts faits de Gundrabur et faisaient la part belle à sa toute dernière bataille, victorieuse, contre les Orcs devant la Porte Haute.

Sur le couvercle, on avait gravé la réplique parfaite, quoiqu'un peu plus jeune, du Nain : un Gundrabur de marbre dans sa plus belle armure, les doigts posés autour du manche de sa hache.

Il avait été exposé sur un catafalque surélevé, de façon que même les derniers rangs puissent le voir de loin. De minces rayons de soleil tombaient sur lui depuis les quatre points cardinaux à travers les ouvertures naturelles de la montagne, le baignant ainsi d'une sublime clarté.

Le temps des adieux. Un Balendilín sérieux gravit les marches qui menaient au sarcophage, s'approcha du pied de celui-ci et s'arrêta devant. Il s'agenouilla, et baissa le front pour témoigner au roi tombé au combat le respect qui lui était dû. Puis il se releva, et considéra calmement la foule des Nains, dont il allait à présent prendre la tête.

—Il avait senti l'ennemi à la Porte Haute avant même que les sentinelles les voient. Il a toujours distingué nos ennemis avant tout le monde et nous a toujours protégés d'eux, clama-t-il. (Son regard croisa involontairement celui de Bislipur, qui se tenait en marge de l'assemblée en compagnie des Quatrièmes. Il ne pouvait se permettre d'être absent aux funérailles de Gundrabur.) Notre roi s'en est allé avant d'avoir pu réaliser son rêve d'une communauté retrouvée des tribus de notre peuple, mais il a initié quelque chose de nouveau et de grandiose. Je jure par Vraccas le divin Forgeron que ses objectifs sont maintenant les miens et que je n'aurai pas de repos tant que je ne les aurai pas atteints.

Les membres de l'assistance témoignèrent leur approbation en frappant le sol du manche de leur hache. Un grondement souterrain parcourut la montagne comme un orage menaçant.

Le chagrin du deuil lui nouant la gorge, il ne parvint pas à en dire davantage. Il fit donc le tour du cercueil de pierre, embrassa le front de la réplique, mit de nouveau un genou à terre et redescendit du catafalque.

Cinquante porteurs accoururent pour passer de longues barres métalliques dans les œillets discrets du sarcophage, et le soulever à un commandement. Ils descendirent les marches en silence et traversèrent la salle afin que les Nains puissent s'incliner une dernière fois devant le souverain défunt avant qu'il rejoigne la Salle des Rois.

Balendilín, qui allait veiller le roi seul une nuit durant, suivait le cercueil. Lorsqu'il reviendrait le lendemain matin de la chambre funéraire il porterait la couronne des Seconds et il reposerait un jour aux côtés de Gundrabur.

Du coin de l'œil, il vit que Bislipur se frayait un chemin jusqu'au premier rang. Bislipur ne le quittait pas des yeux comme s'il essayait de deviner ses pensées et de savoir ce qu'il avait à craindre de lui. *Tu as raison d'être inquiet, Bislipur. Tu n'échapperas pas à ma juste vengeance.* Balendilín regarda droit devant lui, faisant comme s'il n'avait même pas remarqué le puissant Nain.

Les porteurs atteignirent la Salle des Rois et placèrent le sarcophage sur le piédestal de basalte prévu à cet effet. Un nouveau puits de lumière avait été creusé à même la montagne de façon que le soleil du Pays Sûr éclaire le visage de pierre de Gundrabur.

Les Nains quittèrent la vaste salle où reposaient les vingt-six dépouilles mortelles des rois de la Seconde Maison.

Balendilín gagna le fond de la Salle, posa le manche de sa hache au sol, et la main droite sur la tête de l'arme. Il contempla les traits de pierre de son souverain et ami. *Adieu, Gundrabur.* Quant à lui, il devint pierre également, ne sentant plus la course du temps. Ses pensées s'abîmèrent dans le néant à la vue du sarcophage, son esprit se vida complètement, emporté par les vagues du chagrin.

Il crut parfois entendre des voix, les esprits des autres rois, qui s'adressaient à lui en chuchotant, sans toutefois les comprendre.

Les légendes des Seconds racontaient, non sans art, que les âmes des rois défunts revenaient de la forge de Vraccas observer de près leurs successeurs, se réservant le droit de refuser l'accès au trône aux futurs rois qui leur déplairaient, mais à leur façon. Ainsi, il y avait eu des prétendants au trône que l'on ne revit jamais plus après qu'ils furent restés derrière les portes de la Salle.

Ce destin lui fut épargné.

Lorsqu'il franchit de nouveau la porte le lendemain matin, rompu de fatigue, la même foule de Nains l'accueillit. Ils lui firent la révérence et martelèrent le sol du manche de leur hache. Après avoir salué leur nouveau roi, ils lui donnèrent de la bière de malt, du pain et du jambon pour qu'il reprenne rapidement des forces.

Balendilín prit de petites bouchées, les fit descendre avec de la bière puis gravit le piédestal sur lequel était encore posé le cercueil de Gundrabur le jour d'avant.

— Je ne voulais pas de ce titre, dit-il clairement à haute voix. J'aurais préféré voir encore cent cycles ou plus Gundrabur sur le trône et le servir fidèlement, mais il en est allé autrement. Le marteau de Vraccas a frappé notre roi après qu'il a abattu quatorze Orcs et qu'il a été touché de quatre flèches. (Il considéra la foule.) Mais il m'a désigné comme son successeur, et je vous pose à mon tour la question : voulez-vous de moi comme votre nouveau roi ?

Un puissant « Oui ! » s'éleva de toutes les gorges. De nouveau, le bois heurta la pierre, puis ils scandèrent son nom, tandis qu'un frisson d'émotion parcourait son dos.

— Vous avez choisi. Tâchons maintenant de ne jamais oublier Gundrabur, et de réaliser son rêve, leur cria-t-il. Qu'importe la tribu ou le clan, la mission commune à tous les Nains est de protéger le Pays Sûr ! (Il chercha Bislipur dans la foule, et le trouva à l'endroit où il se tenait déjà la veille.) Viens à moi ! l'invita-t-il en tendant la main.

D'abord ébahi, le Nain se mit en mouvement, gravit le piédestal en boitant et salua le nouveau roi d'un hochement de tête. Il jetait autour de lui des regards craintifs.

—Nos tribus n'ont plus de Grand-Roi, et les deux candidats à cette fonction sont en train de disputer leur dernière épreuve. Ce n'est un secret pour personne que Bislipur et moi-même avons des divergences d'opinion dans cette affaire. Jusqu'à ce que le premier des deux prétendants au trône soit revenu, je fais le serment de mettre fin à notre querelle, afin que les relations entre nos tribus n'en soient pas entachées et afin d'empêcher qu'elles tournent à l'inimitié. (Il s'étira.) Souvenez-vous : toute querelle entre nous, Nains, renforce le Mal. Quoique le futur Grand-Roi ordonne, nous lui obéirons et le suivrons. (Balendilín tendit la main à son vis-à-vis.) Es-tu de cet avis ?

Bislipur n'avait pas d'autre choix que de toper, mais il ne semblait absolument pas humilié ou furieux, ce qui déconcerta le roi.

—Je jure tout comme toi de cesser mes discours de persuasion auprès du Conseil des Maisons tant que le premier des deux candidats ne sera pas revenu, répéta-t-il distinctement. Nos opinions divergent, mais nous n'avons qu'un seul ennemi : le Mal. L'anéantir, sous quelque forme qu'il se présente, est et sera toujours la tâche de notre peuple.

Les Nains les ovationnèrent tous les deux, tandis qu'ils se serraient la main sans se quitter des yeux. Personne ne se rendit compte que leurs regards respectifs juraient une haine éternelle.

—Et pour vous prouver que mon serment est sincère, je propose de commencer le combat contre les forces du Mal dans l'heure, dit Bislipur. Pouvons-nous tolérer que les Orcs tuent, pillent et incendient aux portes mêmes d'Ogremort ? (Il se tourna vers les Nains rassemblés.) Moi, je dis que non !

Les grands cris d'approbation qu'il reçut en retour lui donnèrent raison, et la certitude qu'ils pensaient comme lui.

—J'ai envoyé une délégation rejoindre par les tunnels les clans des Quatrièmes dans le Nord afin qu'ils reviennent avec cinq mille de nos meilleurs guerriers, révéla-t-il à un Balendilín et à une assemblée pris au dépourvu. Les clans des Seconds et des Quatrièmes vont libérer la région des Orcs qui l'infestent. Ensemble ! (Il leva les bras, brandissant sa hache d'armes au passage, qui réfléchit la lumière étincelante du soleil.) Offrons à Gundrabur l'ébauche de son rêve : celui d'une armée naine unie !

Tous l'ovationnèrent avec enthousiasme. Ils tambourinèrent tant, qu'ils firent trembler le granit.

Salopard. Balendilín s'efforça de sauver les apparences malgré ce coup bas. *Je sais ce que tu cherches à faire en réalité*, se dit-il en toisant le dur visage de Bislipur. *Tu fais venir une armée pour avoir une assurance contre moi. Mais peut-être brigues-tu directement le trône de Grand-Roi pour mieux imposer ta sale guerre contre les Elfes ?*

Bislipur se tourna vers lui, ses yeux semblaient glaciaux, impitoyables.

— La chasse sera bientôt ouverte, roi Balendilín, lui promit-il, en omettant de préciser qui serait le gibier.

Chapitre 5

Le Pays Sûr, Royaume magique d'Oremaira,
à la fin de l'automne du 6 234e cycle solaire

Après une froide nuit presque hivernale, au matin, ils chargèrent les lingots sur les poneys et se mirent en route vers l'ouest. Plus aucune colonne de fumée ne s'élevait de la cité vers le ciel ; les maisons étaient désertes, les points noirs étaient calmement allongés devant les murs et ne bougeaient plus. Chaque point correspondait en fait à un cadavre, et la plaine qui entourait Mifurdania en était noire.

Plus que jamais, Tungdil haïssait les Orcs et Nôd'onn. *Bonsprés, Mifurdania, d'innombrables villages, fermes et hameaux, la moitié du Pays Sûr est en flammes.* Au loin en direction du nord-ouest s'élevait un nuage de poussière : sans doute l'armée orc. *Je n'abandonnerai jamais.*

En chemin, ils mangèrent des fruits séchés et du pain, choses que les Nains n'avalèrent qu'à contrecœur, mais il n'y avait plus rien d'autre. Dans leur hâte, ils avaient oublié de se ravitailler en nourriture à Mifurdania, et personne dans le groupe ne voulait y retourner. Goïmgar trouva tout de même quelques champignons en chemin, que les Nains dégustèrent crus.

— Devons-nous vraiment les emmener avec nous dans les tunnels ? dit Boïndil en désignant du menton les trois Humains qui marchaient derrière.

— Attendons de voir où nous en serons dans quatre-vingts milles, dit Tungdil. Peut-être n'y aura-t-il pas d'accès et devrons-nous continuer à marcher.

— Alors il faudra acheter des poneys pour tout le monde, dit Goïmgar.

— Cela ne fera pas de mal à tes petites gambettes de les utiliser un peu, dit Furibard avec mépris. Même la femme est plus forte que toi. Fais un effort, et comporte-toi comme un Enfant du Forgeron.

Après deux journées passées sous une pluie battante, ils parvinrent dans une plaine bordée de montagnes au nord. D'après la carte de Tungdil, ces hauteurs avaient pour nom les « Pierres du Roi », et à leur pied se trouvait la ville de Pierre-du-Roi. Le Nain se souvint avoir lu dans les livres de Lot-Ionan des passages qui décrivaient le luxe dans lequel vivaient les habitants de cette ville. C'était là que la plupart des membres de la petite noblesse du Royaume de Weyurn entretenaient villas coûteuses, belles maisons de maître et petits palais. Non pas parce que l'air y était meilleur, mais pour le prestige et les bals.

— Nous allons acheter des poneys et poursuivre notre voyage, annonça-t-il tandis qu'ils marchaient vers les portes de Pierre-du-Roi. Mais nous n'irons pas au cœur de la ville, où les riches ont leurs demeures. Nous trouverons des provisions et des animaux dans les quartiers plus modestes.

— Cela est extrêmement regrettable, dit Rodario d'une voix nasillarde en imitant le ton blasé d'un noble. Nous vivions au voisinage de tous ces riches, et jamais nous n'avons eu l'occasion de faire un crochet par Pierre-du-Roi. (Les murs épais et les nombreux soldats qui défendaient la ville le rassuraient. Ces remparts offraient une protection suffisante à son goût contre les peaux vertes et noires.) Nous pourrions donner une petite représentation improvisée, dit-il en s'adressant à ses deux compagnons, les yeux brillants. Un peu de théâtre d'improvisation, qu'en dites-vous ? Avec la maigre recette, nous pourrions remplir nos bourses vides et cesser de souffrir de la faim.

— Tu pourrais parler comme tout le monde ? gronda Furibard, qui se passa la main sur les tempes : un rasage devenait urgent.

— Je parle comme il me sied, Maître Nain, répliqua le comédien, vexé. Il existe des êtres qui possèdent un répertoire plus étendu que les simples grommellements, grognements et rots. Pourquoi devrais-je, moi, faire mystère de mon éducation quand vous prouvez à tout bout de champ que vous n'en avez aucune ?

— J'ai hâte de voir ce que t'apportent tous ces bavardages contre une face de groin, murmura le guerrier nain sur un ton mauvais.

Boëndal, en revanche, voulut savoir comment il avait fait pour utiliser le jet de flammes contre les Bogglins.

Rodario rayonna.

— C'est une invention de Furgas. Prenez un mince tube rempli de graines de pied-de-loup inflammables, une mèche allumée que vous mettez en travers de la sortie de la fausse tête, soufflez, et voilà que vous crachez du feu. (Il secoua ses manches.) Pour mes entrées en scène, lorsque je joue les Mages, il existe également une variante plus légère, où le tube est fixé à mon avant-bras. L'extrémité dotée d'une petite pierre à briquet est tournée vers l'avant, et à l'autre, on a attaché une petite bourse en cuir remplie d'air et de graines de pied-de-loup. (Il illustrait ses propos avec force gesticulations désordonnées.) Quand j'appuie sur la bourse, les graines sont expulsées vers l'avant. Dans le même temps, cette pression actionne un petit cordon qui tire en arrière la pierre à briquet. Une étincelle enflamme alors les graines qui jaillissent du tube. (Ses mains imitèrent le mouvement d'une boule de feu.) Et voilà comment nous maîtrisons la Magie, et le feu magique par la même occasion.

Boëndal, qui avait écouté attentivement, gratifia Furgas d'un regard admirateur.

— Ingénieuse invention.

Le *magister technicus* le remercia d'un hochement de tête.

Devant la porte s'entassaient les carrioles et les chariots des marchands et des réfugiés qui avaient échappé à l'enfer de Mifurdania.

Fouillant et inspectant les chargements, les gardes de la ville consignaient avec précision ce qu'apportaient les négociants et les paysans à Pierre-du-Roi, avant de percevoir des droits de douane. Les Nains ne firent pas exception, et durent laisser moult pièces aux fonctionnaires. Par-dessus le marché, parce qu'ils étaient étrangers, ils ne furent pas autorisés à pénétrer dans les beaux quartiers et furent cantonnés à des endroits précis pour passer la nuit.

C'est ainsi qu'ils remontèrent une étroite rue en pente raide pour tourner dans une ruelle juste assez large pour qu'un Homme puisse passer. Les étages supérieurs des maisons à colombages se rapprochaient tellement que leurs murs se touchaient presque, ne laissant la lumière du jour tomber que parcimonieusement sur le pavé irrégulier. Les Nains pensèrent immédiatement à une galerie souterraine. Sauf que chez eux, cela ne sentait pas les égouts et les excréments. Une enseigne, sur laquelle avait été peint un poney dansant, se balançait au-dessus de la ruelle. Ils avaient trouvé la taverne qu'on leur avait indiquée.

Dégoûté, Rodario fouilla dans les poches de son manteau trempé pour en sortir un mouchoir, qu'il appliqua sur sa bouche et son nez.

— Sauf votre respect, je ne résiderai certainement pas ici, annonça-t-il. (On pouvait également lire la répulsion sur le visage de Furgas et de Narmora.) Je vais vous dire ce que nous allons faire : nous allons chercher un gîte qui nous agrée, et nous nous retrouvons demain tôt le matin à la porte, d'accord ? Jusque-là, chacun a quartier libre. Ma troupe et moi-même allons donner une représentation dans une taverne. Est-ce une proposition acceptable pour vous ?

Furibard opina immédiatement du chef, trop heureux de pouvoir se débarrasser de ce moulin à paroles.

Le comédien fit demi-tour. Ses vêtements bigarrés flottaient au vent, et sans son sac marin sur les épaules, on l'aurait aisément pris pour un noble. Narmora et Furgas le suivirent ; leurs bottes se défirent de la boue puante de la ruelle avec un bruit de ventouse.

— Pour être honnête, je ne trouve pas non plus l'endroit particulièrement accueillant, dit Goïmgar, se rappelant ainsi à leur bon souvenir. Il ne quittait pas la ruelle des yeux.

— Tu as entendu les gardes. C'est ici que nous sommes censés descendre. (Boëndal prit les poneys pour les emmener à l'écurie, tandis que les quatre autres se dirigèrent vers l'entrée.) Je vais les surveiller, les poneys et nos lingots. Je suppose qu'ils seront plus en sécurité dans l'écurie que dans les chambres. Venez à mon aide si vous entendez mon cor.

— D'accord. Nous te ferons apporter à manger.

Tungdil poussa la porte et se retrouva dans une auberge où les volutes de fumée que dégageaient la cheminée et les pipes formaient un rideau presque impénétrable. À l'évidence, le conduit ne tirait pas comme il le devait. Ils gagnèrent une table située près de la cheminée en naviguant entre les clients. Ils y étendirent leurs chaussures mouillées qu'ils dirigèrent vers le feu.

— Au moins avons-nous un toit au-dessus de la tête, annonça Goïmgar, un peu plus conciliant. Je déteste la pluie. (Les Nains approuvèrent en silence, eux qui dans leurs royaumes de pierre n'étaient mouillés que lorsqu'ils l'avaient voulu. Ce qui était chose rare.) C'est juste que... l'auberge aurait pu être un peu plus confortable.

Tungdil ne se souciait pas du décor, tant que le toit ne laissait pas passer la pluie. Au bout de quelques battements de paupières, il sentit la chaleur s'insinuer dans son cuir, ferma les yeux et poussa un soupir d'aise. Les conversations alentour devinrent plus indistinctes au fur et à mesure que la fatigue s'emparait de son esprit et l'invitait au sommeil.

— Avez-vous une chambre pour nous qui soit chaude et sèche ? demanda-t-il au patron qui leur apportait de la bière et à manger, conformément à la commande de Bavragor.

— Bien sûr, dit-il avec un hochement de tête. Suivez-moi. L'homme passa devant, et les Nains saisirent leurs affaires et le reste de la nourriture, ne renonçant que trop volontiers à la compagnie des Hommes de la salle à manger, lesquels leur semblaient peu dignes de confiance.

L'aubergiste les guida jusqu'à une chambre mansardée à travers laquelle passait le conduit de la cheminée. Celui-ci était muré et produisait énormément de chaleur, irradiant la pièce.

— Encore une bière ?

Bavragor hocha la tête.

Ils pendirent leurs vêtements trempés à une corde à linge improvisée autour de la cheminée. Torse nu sous sa cotte de mailles, Boïndil sortit de l'auberge à grands pas pour relever son frère de la garde de l'écurie.

Une fois que Boëndal les eut rejoints, Tungdil mit ses bottes à sécher près du conduit maçonné, grimpa dans le simple lit et se couvrit.

— Après la sieste de midi, j'irai en ville en éclaireur, pour trouver des informations sur les clans des Premiers, dit-il. Tout indice sur eux sera le bienvenu, histoire de savoir ce qui nous attend là-bas.

— Cette période de silence de leur part peut signifier n'importe quoi, et même le pire, jugea Bavragor, qui faisait tourner son hanap en regardant sa bière. Peut-être même qu'ils ne sont plus de ce monde ?

— Sûrement des ronchons dans ton genre, le taquina Boëndal en faisant un clin d'œil. Puis il se mit au lit en sous-vêtements et cotte de mailles.

Le tailleur de pierre but la bière, rota et vida jusqu'à la dernière miette le plat que lui avait laissé le jumeau.

— Je suis curieux de les rencontrer, les Premiers, avoua-t-il en bourrant sa pipe. Je prie Vraccas que tout aille pour le mieux pour eux.

Tungdil contemplait les poutres crevassées du plafond. Les fines fentes lui rappelèrent sa rencontre avec l'Albe au visage couvert de tatouages.

— Il connaissait mon nom.

— Tu disais, l'érudit ? dit Boëndal dans un demi-sommeil.

— L'Albe connaissait mon nom, répéta Tungdil, angoissé. (Sans le vouloir, il chercha à tâtons le foulard de Frala, qui le réconfortait et représentait quelque chose de bon, de familier.) Je suis plus connu que je le croyais.

— Le Mal a peur d'un Nain, rit Bavragor tout bas en allumant sa pipe. (La pièce ne tarda pas à sentir le tabac, agrémenté d'une nuance d'eau-de-vie, une odeur qui n'était pas forcément désagréable.) C'est pas mal.

— Je comprends ton inquiétude. Je ne serais pas très à l'aise non plus si je savais que les Albes étaient à ma recherche et connaissaient parfaitement mon visage, dit Goïmgar, compatissant.

— Oui, mais toi, t'es un lâche, c'est normal, dit Bavragor, dont les paroles dépassèrent peut-être la pensée.

— Couche-toi, avant de dire plus que des bêtises, dit Tungdil pour le remettre à sa place. *Pas moyen qu'ils se laissent en paix l'un l'autre.*

Goïmgar le regarda un court instant, puis prit son épée courte et son bouclier et s'assit sur son lit de telle manière qu'il puisse avoir à l'œil et la fenêtre, et la porte.

Le prétendant au trône se demanda si Goïmgar gardait les yeux ouverts et prenait le premier tour de garde pour se protéger lui-même ou pour le bien de tous. Et tandis qu'il méditait cette question, il s'endormit.

* * *

Lorsque Tungdil s'éveilla, il faisait déjà sombre.

Ses vêtements et ses bottes étaient secs comme ils ne l'avaient plus été depuis longtemps. Les trois autres Nains dormaient, Goïmgar, la tête appuyée contre le mur, s'était joint au concert de ronflements, couvert jusqu'au bout du nez par son bouclier.

Tungdil décida de s'occuper des poneys et du ravitaillement, enfila ses habits encore chauds et son cuir sec, ainsi que sa cotte de mailles et glissa sa hache dans son ceinturon. Il décida cette fois-ci de laisser le précieux morceau de bois de sigurdacia dans la chambre. Puis il descendit l'escalier jusqu'à la salle à manger, pria rapidement l'aubergiste de bien vouloir dire à ses amis qu'il serait de retour dans quelques heures s'ils le lui demandaient, et sortit.

Il pleuvait toujours. Un vent froid puant soufflait à travers les ruelles étroites. Cette sordide ville basse ne laissait rien présager du luxe et de la pompe qui régnaient plus haut. *En haut, il y a les riches, en bas, il y a les pauvres, qui vivent comme ils peuvent, et admirent et haïssent à la fois ceux qui les dominent et qui peuvent s'offrir tout ce qu'ils veulent.*

À plusieurs reprises, il dut se défendre contre des mendiants insistants; deux filles de joie en fin de carrière se moquèrent de lui et lui demandèrent si tout était aussi petit et poilu chez lui.

Tungdil les ignora: elles traînaient dans la boue l'image romantique qu'il s'était faite de l'amour, image qu'il devait aux livres ou à Frala et à son mari. Il effleura son foulard et repensa à elle. L'idée qu'il n'allait plus jamais revoir Frala ni ses filleules lui était encore plus douloureuse que la mort de Lot-Ionan. Il aurait tant aimé s'occuper de Sunja et d'Ikana.

Son moral chuta, aidé en cela par la pluie, les nuages gris, et toute la tristesse qui régnait à Pierre-du-Roi. Loin de leur auberge douteuse, il trouva un marchand de chevaux prêt à lui vendre les poneys dont ils avaient besoin, à condition qu'il repasse le lendemain. Il acheta chez un petit épicier des provisions pour la suite du voyage, ainsi qu'un gâteau dont l'aspect l'appâtait depuis trop longtemps. Les morceaux de fruits qui dépassaient de la pâte brune levée lui avaient donné faim. D'appétissants grumeaux s'étaient formés çà et là dans la fine couche dorée de grains de pâte sablée, et les raisins secs au rhum mélangés en dessous formaient autant de points sombres. Tungdil sentait qu'il devait mordre dedans, et il l'acheta tout entier pour le rapporter avec lui à l'auberge. Peut-être ce gâteau réussirait-il à chasser ses idées noires.

Lorsqu'il prit le chemin du retour avec son gâteau à l'emballage épais, il faisait noir comme dans un four. Ses bottes produisaient des bruits répugnants dans la boue et les immondices. La pluie avait transformé la partie non pavée de la rue en bourbier graisseux.

Comment peut-on vivre de son plein gré dans une ville pareille? Et bien sûr, il dérapa. Il glissa sur du crottin de cheval ramolli, et trébucha vers l'avant. Il se rattrapa d'une main pour éviter de s'écrouler complètement dans la saleté. Le gâteau avait échappé de justesse au bain de boue. *Je préférerais mille fois être dans une galerie ou une montagne.*

Un vent violent se leva, qui effleura le lobe de son oreille gauche. Une douleur aiguë lui arracha un cri de surprise. Tâtant son oreille, il sentit le sang chaud couler le long de son cou.

Tungdil fit volte-face, sa hache déjà dans sa main libre.

—Ma bourse et mon gâteau, vous allez me les…

Il se tut. *Ils nous ont retrouvés!*

À l'extrémité de la ruelle se tenait l'Albe qui avait failli lui trancher la gorge à Mifurdania. Sa cape flottait au gré du vent malodorant. Une deuxième flèche était encochée sur son grand arc, et il relâcha la corde à l'instant même où il aperçut Tungdil.

Une grande forme surgit sur le côté. Tungdil n'eut que le temps de voir une lueur violette et une gueule argentée grimaçante avant de recevoir un coup d'une incroyable dureté qui le projeta tête la première jusque dans la rue adjacente. Il atterrit dans la boue et glissa sur quatre pas en laissant une large traînée derrière lui.

Qu'est-ce que... Encore hébété, il roula sur le dos et empoigna sa hache, s'attendant que l'Albe apparaisse pour l'achever, mais il ne vit rien. Il se releva dans un gémissement. De la boue brunâtre s'était infiltrée dans chaque anneau de sa cotte. Il ressemblait à un porc qui viendrait de s'y vautrer.

Il jeta un coup d'œil prudent au coin de la ruelle. Celle-ci était complètement déserte. Même son gâteau avait disparu. Le peu de traces qu'il pouvait espérer trouver avaient été nettoyées par l'averse. Il trouva seulement une flèche albe noire et un fluide étrange de couleur jaune vif qui se mélangeait à l'eau.

Pourquoi m'a-t-il épargné ? Le lobe de son oreille brûlait. *Et qui m'a sauvé ? On aurait dit un mur qui m'a éjecté.* Il tenta de se souvenir avec plus de précision. *Si je ne savais pas que Djerůn se trouve au loin, je jurerais que...*

Regrettant la perte du délicieux gâteau, il se hâta de regagner leur chambre, tout en jetant des coups d'œil par-dessus son épaule, de peur d'être victime d'un attentat perpétré par un Albe. Il entra en trombe dans l'auberge, monta l'escalier à toute allure, et tomba sur Boëndal en train de s'habiller. Il se préparait pour une petite excursion.

— Que s'est-il passé, l'érudit ? demanda-t-il immédiatement. Tu as eu une soirée agitée, à ce que je vois.

— Dont j'aurais très bien pu me passer.

Sans perdre de temps, Tungdil lui décrivit sa rencontre avec l'Albe, ainsi que son mystérieux sauveur.

— Nous devons quitter les lieux dès demain. (Boëndal avait l'air très inquiet.) Comment as-tu pu être assez bête pour t'aventurer seul dans une ville que tu ne connais pas, l'érudit ? Tu crois que ton savoir et ta hache constituent une protection suffisante ? (Il réfléchit.) Ce n'est donc plus après le morceau de bois que les Albes en ont. Nôd'onn leur a donné pour mission de nous tuer parce que nous connaissons son secret.

Il réveilla Bavragor et Goïmgar pour les mettre au courant, puis il alla rejoindre son frère pour monter la garde avec lui. Il n'était plus question pour lui de dormir.

Et si c'était quand même Djerůn ? conjectura Tungdil, qui rejeta tout de suite cette hypothèse. Le guerrier se trouvait avec sa maîtresse, dans l'Outre-Pays.

* * *

Comme convenu, l'Incroyable Rodario, Narmora et Furgas attendaient à la porte aux premiers rayons du soleil. Le comédien jetait des coups d'œil nerveux dans toutes les directions. Il avait l'air d'avoir enfilé ses vêtements à la hâte. Narmora portait une cape de cuir sur les épaules. Elle semblait ne jamais retirer son foulard rouge. Furgas se protégeait de la pluie battante à l'aide d'une gabardine.

Les Nains arrivèrent avec des poneys et des provisions.

— Des Albes ? s'étonna Boïndil. Vous avez vu des Albes ?

— Mon ami a plus peur des maris, dit le machiniste sur un ton qui laissait supposer que l'intéressé était coutumier des incartades. Après notre petit spectacle, l'Incroyable a donné une représentation spéciale à la femme de l'aubergiste et à sa fille.

— Tais-toi donc ! Tu veux que toute la ville l'apprenne et me tombe dessus ? siffla Rodario en secouant la tête. (Il scruta la foule à la recherche de visages connus devant lesquels il serait contraint de prendre le large.) Elles ont dit toutes les deux qu'elles étaient divorcées.

— Toujours une bonne excuse, railla Narmora. Dommage qu'elle ne te soit d'aucune utilité avec les deux maris cocus.

— La mère et la fille ? demanda Furibard en riant.

— Trente-quatre et seize printemps. L'été et le printemps dans le même lit, avec le roi des saisons, dit le comédien, non sans vantardise.

— Plutôt un paysan en rut qui laboure toutes les terres qu'il voit, dit Narmora pour ruiner sa comparaison. Inutile de préciser que la plupart de ces terres lui sont très reconnaissantes pour ses labours, en raison du peu de sillons qu'y creusent leurs propriétaires. À moins qu'elles aient eu pitié d'un si petit soc, poursuivit-elle sur sa lancée.

Ses piques détournèrent l'attention de Rodario, qui se tourna vers elle, acceptant la joute oratoire.

— Je suis sûr que tu aurais très volontiers accueilli mon impressionnant araire, très chère Narmora, mais c'est que je choisis mes champs, moi. Je laisse à d'autres le soin de se pencher sur les plaines arides qui ne rapportent que des bleus. (Il adressa un sourire à Furgas avant de recouvrer subitement son sérieux.) Des Albes ? Dans la ville ? Comment…

— C'est lui, c'est le séducteur ! beugla un homme. On agita une fourche à fumier. Le comédien prit ses jambes à son cou, fonça vers la porte et disparut habilement entre deux chariots de la file d'attente. Peu après, quatre poursuivants passèrent devant le groupe sans les regarder.

Bavragor et Boïndil se tordaient de rire, Boëndal se contentant de hocher la tête, tandis que Goïmgar se cramponnait à son bouclier, prêt à le brandir au cas où les Hommes voudraient passer leur rage sur eux.

Mais ceux-ci étaient préoccupés par la seule capture de Rodario, qui parvint à fausser compagnie aux vengeurs et à les planter là sous la pluie.

Les Nains, Narmora et Furgas quittèrent Pierre-du-Roi avec moins de précipitation.

— Des Albes ? dit la comédienne pour reprendre le fil de la discussion. Où ? Quand ?

— Hier, dit Tungdil. Il était seul. Mais vous, en avez-vous vu ?

Tungdil ressentit une légère défiance à l'égard de Narmora, peut-être due aux traits légèrement elfiques de son visage. *Ce n'est qu'une comédienne*, se tança-t-il. *Rien de plus.*

Elle secoua la tête.

— Non, nous n'avons pas été inquiétés. Mais c'est bien que tu nous aies avertis.

Elle posa sa main droite sur l'arme en demi-lune.

Ils tombèrent peu après sur le coureur de jupons, qui se tenait sous un puissant sapin pour se protéger de la pluie et les attendait, à un bon mille de la porte.

— Est-ce qu'elles valaient la peine de provoquer tout ce tintouin, au moins ? ne put s'empêcher de demander Bavragor.

Le visage de Rodario prit une expression absente, celle du jouisseur.

— Oh que oui ! Même si j'ai eu l'impression de ne pas être le premier qui goûtait au plaisir de choyer de conserve ces deux bougresses. (Il marchait d'un pas lourd à côté des poneys.) Mais tout cela est de l'histoire ancienne ! Gagnons maintenant le Royaume des Premiers pour admirer des splendeurs qu'aucun Homme n'a jamais contemplées.

Le bruit de succion que produisaient ses semelles embourbées eut un effet préjudiciable sur sa tirade solennelle, mais l'esprit y était.

Les souvenirs que Tungdil garda de la fière ville humaine de Pierre-du-Roi étaient tout sauf agréables. Il força l'allure afin de laisser au plus vite la perle du Royaume de Weyurn derrière lui. Les bannières et autres oriflammes avaient beau flotter majestueusement au vent, les toits de tuiles et les coupoles avaient beau étinceler de toute leur beauté, le Nain ne pensait plus qu'aux yeux assassins de l'Albe.

Pourvu que mon mystérieux sauveur l'ait tué.

Chapitre 6

Le Pays Sûr, Royaume de Weyurn,
en l'hiver du 6 234e cycle solaire

Dès qu'ils en eurent l'occasion, les voyageurs firent l'acquisition d'un petit chariot pour les bagages, ainsi que de deux chevaux, Narmora et Furgas devant se partager l'un d'eux. Cet achat simplifia et accéléra considérablement leur progression vers l'ouest.

De tous, Rodario était celui qui voulait avancer le plus vite, craignant toujours la vengeance des époux trompés, ce qui ne l'empêcha pas d'aligner de nouvelles conquêtes en chemin grâce à son charme et à son bagout.

Le vent du nord rabattait les premières giboulées de neige sur le Pays. Il maintenait les flocons sur le sol gelé jusqu'à ce qu'ils forment une couche blanche. Cet hiver-là semblait vouloir s'abattre sur la nature et les habitants plus vite et plus rudement que d'habitude. Le groupe était ainsi contraint de chercher des emplacements à l'abri des intempéries chaque fois qu'il désirait établir un campement. Ils faisaient halte sous des arbres, des promontoires rocheux ou parmi les ruines de maisons et de forteresses abandonnées.

Les lacs immenses qui recouvraient plus des trois quarts du Weyurn scintillaient, gelés. Les nuages s'ingéniaient à créer de subtils jeux d'ombre et de lumière à leur surface, que les Nains observaient en frissonnant. Le danger d'être entraîné dans les profondeurs glacées de leurs eaux était trop grand à leur goût, et ils ne voulurent même pas accompagner Rodario et Furgas à la pêche.

— La glace et l'eau sont tout aussi perfides, leur expliqua Furibard en allumant un feu dans les ruines d'un ancien temple où ils avaient trouvé refuge. Elles t'attirent, et dès que tu baisses la garde, elles t'engloutissent pour toujours.

— C'est comme le mariage. Dans un premier temps, les femmes cherchent à te prendre dans leurs rets, mais si tu ne t'en dépêtres pas, c'en est fait de ta vie, dit Rodario, forçant la comparaison. Non, un homme comme moi est fait pour…

— … cocufier les autres hommes, se faire rouer de coups et mourir un beau jour des suites d'une maladie vénérienne douloureuse, enchaîna Narmora avec un sourire.

— Ta jalousie me met en joie.

Il montra les dents, et suivit Furgas vers la berge la plus proche.

— Il me fait penser à un bouc que nous avons eu, dit Boïndil. Cette bestiole sautait sur tout ce qui se trouvait sur son chemin.

— Et comment a-t-il fini ?

— Il a monté une chèvre qui se tenait près d'un précipice. Dans leur exubérance, ils ont tous les deux dégringolé de la falaise.

Il se mit à se raser les tempes pour faire mieux ressortir sa natte noire.

— Est-ce à dire que lors de l'une de ses aventures, il tombera du lit et se rompra le cou ? ricana Tungdil.

— Ou bien de la fenêtre, ajouta Boëndal, qui s'amusait à l'idée d'une fin si peu glorieuse pour cet homme.

— Vous imaginez, il atterrit à poil sur les pavés, avec seulement un drap pour couvrir sa virilité, et toute la ville est autour de lui, pouffa Boïndil, qui se hissa au sommet d'un morceau de ruine incliné, du haut duquel il avait la meilleure vue d'ensemble sur les environs. (Il s'y assit, et alluma une pipe. Son frère lui jeta à manger.) De toute manière, ce serait une fin qui correspondrait bien au personnage, conclut-il avant de faire un sort au fromage.

Goïmgar ne participait pas à la discussion. Il avait l'air de dormir. Il s'était enveloppé dans deux couvertures, son bouclier posé sur lui comme une troisième couverture, et avait fermé les yeux.

Les ombres dansaient sur les parois couvertes de mousse. Les peintures s'étaient effacées au fil des cycles, et les enduits tombés en plaques laissaient des trous gros comme le poing dans les représentations de dieux humains complètement inconnus des Nains. Pour eux, il n'y avait que Vraccas qui faisait autorité, et ils auraient fort bien pu se passer des autres.

Le grand feu réchauffa rapidement la pièce, sa lumière douce rendant un semblant de vie aux statues crevassées.

Tungdil ne put s'empêcher de repenser à la représentation à laquelle il avait assisté au Curiosum. Il était toujours incapable de dire si ce qu'il avait vu était ou non un tour que lui avait joué son imagination. *Tout cela avait l'air si vrai.*

Bavragor revint après avoir parcouru les salles du temple en ruine, et expertisé les travaux de taille et les sculptures en marmonnant. Son verdict :

— C'étaient sans doute de bons artisans, mais pas assez pour se mesurer aux Nains.

Tungdil lui tendit du pain et du jambon.

— Je peux te poser une question ?

Bavragor prit la nourriture.

— Ç'a l'air sérieux.

— Je n'ai pas cessé d'y penser. Cette histoire, avec ta sœur…

— Smeralda. (Bavragor déposa son frugal repas sur la pierre, près des flammes, pour le réchauffer et pour rehausser le goût de la viande.) Jamais je ne lui pardonnerai sa faute, dit-il amèrement après s'être offert une bonne gorgée de son outre d'eau-de-vie.

Tungdil n'insista pas. Il sentait qu'il allait enfin savoir toute l'histoire ce soir-là, et il avait raison.

— Smeralda était une jeune créature de tout juste quarante cycles solaires lorsque Boïndil jeta ses yeux de fou sur elle et décida qu'elle serait sienne. Elle était d'esprit presque aussi guerrier que lui, et s'exerçait au maniement de la hache, rêvant de le seconder. (Bavragor serrait les poings au fur et à mesure qu'il revivait le passé.) Nous lui avions interdit de le fréquenter, de peur que dans sa folie, il lui fasse du mal. Mais elle s'est opposée à la volonté de notre père, et a continué de le voir. Un jour qu'elle voulait se battre à ses côtés à la Porte Haute… (Bavragor couvrit son œil restant de sa main gauche, la droite portant l'outre à sa bouche.)… il l'a tuée. Il ne l'a pas reconnue. Son esprit était embrumé par la fureur du combat et il l'a prise pour un des monstres.

Tungdil déglutit pour faire disparaître la boule qui s'était formée dans sa gorge.

— Smeralda, confondue avec un monstre… On a parlé de tragédie, de terrible drame, et lui-même a dit qu'il ne se souvenait de rien. Mais cela m'est égal, Tungdil. Il a tué ma sœur. Pardonnerais-tu pareille chose à quelqu'un ? Moi, je ne peux pas.

Tungdil ne sut que répondre au tailleur de pierre.

Cette histoire l'avait vivement ému. Il posa une main sur le bras de Bavragor en un geste de compassion.

— Excuse-moi de t'avoir fait souffrir, dit-il pour s'en tenir là.

Ses propres souvenirs de la perte de Lot-Ionan et de Frala, qu'il avait aimée comme une sœur, l'assaillirent à son tour. *Dans un sens, je peux le comprendre.*

— N'en parlons plus.

Bavragor prit une profonde inspiration et rinça les souvenirs avec son eau-de-vie. Il ne toucha plus à son repas ce soir-là.

Tungdil leva les yeux en direction de Boïndil, assis à son poste, la pipe aux lèvres, veillant avec vigilance à leur sécurité. Les ronds de fumée bleus montaient vers le ciel, et il crut entendre le grésillement d'un flocon de neige tombé sur le tabac brûlant.

— Qu'il ait une forge de vie si brûlante est une malédiction, dit tristement Boëndal. Il ne sait toujours pas ce qui s'est passé à ce moment-là sur le pont. Tout ce dont il se souvient, c'est Smeralda étendue morte devant lui. Il a d'abord cru que c'étaient les Orcs qui lui avaient pris sa bien-aimée, mais lorsqu'il a appris de Bavragor et des autres que c'était sa faute à lui…

— Et toi, où étais-tu ?

— J'avais été blessé, et Vraccas sait combien je maudis cette blessure aujourd'hui encore. Je me dis que Smeralda serait encore en vie si j'avais été là. (Il gratta un point de rouille de sa cotte de mailles et la traita à l'huile.) Parfois, dans ses rêves, il l'appelle par son nom. Il souffre, au moins autant que Bavragor, ça, je peux te l'assurer, l'érudit, mais jamais il ne l'avouera.

Ils bourrèrent une deuxième pipe qu'ils fumèrent à tour de rôle, chacun perdu dans ses pensées. Tungdil remarqua en regardant par la fenêtre que les chutes de neige s'intensifiaient.

Lorsqu'ils revinrent, Furgas et Rodario ressemblaient à deux bonshommes de neige ambulants. Le technicien avait réussi à faire mordre deux carpes adultes à l'hameçon, l'acteur devait quant à lui se contenter d'une petite tanche à écailler.

— On peut être bon laboureur devant les dieux et être nul à la pêche, le taquina Bavragor pour se distraire de ses mauvais souvenirs.

— Oui, les dieux, reprit Rodario en parcourant du regard les fresques délavées et abîmées par l'humidité. Tiens, vois ce qu'ils deviennent quand on ne s'occupe plus d'eux. Ils s'effacent et disparaissent, parce que sans les mortels, ils n'ont plus aucune raison d'être.

— Vraccas n'a pas besoin de raison d'être, rétorqua Boëndal avec conviction. S'il s'est créé lui-même, c'est parce que lui l'a voulu ainsi, et personne d'autre.

— Je connais les mythes de nos origines, merci, mon brave, pas besoin de me faire un cours de rattrapage, rétorqua le comédien, qui se pencha de nouveau sur son poisson. Nous les avons déjà adaptés à la scène, et avec succès. C'est ce que je dis toujours : c'est dans les vieilles marmites que l'on fait les meilleures soupes, même si notre dernière création sur Nôd'onn, plus en phase avec l'actualité, a été très bien accueillie.

C'est alors que Tungdil pensa enfin à demander aux comédiens quels trucs ils utilisaient au Curiosum pour créer des illusions si trompeuses.

— Comment ça fonctionne ? (Rodario pointa son couteau souillé vers Furgas.) Demande à notre maître en effets spéciaux, là.

Furgas en était déjà à sa deuxième carpe, tandis que son ami malmenait sa tanche plus qu'il l'écaillait.

— J'ai beaucoup étudié l'alchimie. C'est grâce à elle que nous créons toute la fumée dont nous avons besoin, expliqua-t-il. Je peux la rendre plus lourde ou plus légère, la faire rouge ou noire. La science des éléments est quelque chose de fascinant.

Tungdil savait que Lot-Ionan avait enseigné l'alchimie, et il en connaissait divers ingrédients après les avoir rapportés au repaire.

—Mais comment avez-vous fait pour éteindre toutes les bougies d'un seul coup ?

—Magie, chuchota Rodario en faisant une grimace. En réalité, je suis le seul Mage du Pays Sûr encore vivant. (Il s'approcha du Nain, lui effleura l'oreille, et exhiba une pièce d'or.) Alors ? Qu'en dis-tu ?

—J'en dis qu'elle m'appartient, répondit Tungdil avant de la lui reprendre. (Mais une brève morsure suffit à éventer la supercherie. *Du plomb, recouvert d'une feuille d'or de quelques carats*, estima-t-il, avant de rejeter le disque de métal.) Elle ne vaut rien, ta Magie.

—C'est un prestidigitateur, rien de plus, dit Boëndal en riant et en pointant vers lui le tuyau de sa pipe.

Rodario leva l'index.

—Mais ce qui compte, c'est que les spectateurs s'y laissent prendre, comme ces affreux petits Bogglins. Moi, j'appelle cela un succès.

—Donc vos trucs reposent sur la prestidigitation, la vitesse et l'alchimie ? résuma Tungdil.

Furgas acquiesça, et jeta un rapide coup d'œil en direction de la femme de haute stature.

—Et le maquillage, ajouta-t-il. Lui aussi crée bien des illusions. Grâce à lui, Narmora se transforme en Albe capable de terroriser les plus jeunes spectateurs et de les faire fuir dans les jupes de leur mère. (Il rit.) Et nous adorons ce genre de choses, bien sûr.

—Estimez-vous heureux que Boïndil n'ait pas assisté à votre pièce, fit Bavragor d'un air sinistre. Il aurait pris la scène d'assaut.

—Déjà qu'elle ressemble presque à une Oreille-pointue, dit distraitement Boëndal. La nature ne l'a pas vraiment gâtée.

Cette réflexion lui valut un regard noir de la part de Narmora, et un large sourire de la part des hommes. Tungdil et Bavragor rirent si fort qu'ils réveillèrent Goïmgar. Celui-ci risqua un coup d'œil de derrière son bouclier.

—Oups ! pardonne-moi, ce n'est pas ce que je voulais dire, s'excusa Boëndal, visiblement gêné.

—Qui dit que je ne suis pas une véritable Albe, qui va vous faire passer une nuit d'enfer ? répliqua Narmora avec une lueur de méchanceté dans ses yeux presque noirs. Ne vous étonnez pas si vous vous réveillez en criant.

Elle se leva, ajusta son foulard et quitta leur abri de ruines pour se fondre aussitôt dans l'obscurité.

—Dieux qu'elle joue bien son rôle ! s'écria Rodario, enchanté. N'est-elle pas excellente, brillante à ce jeu ? Mais jamais je ne le lui dirai en face, elle finirait par réclamer une augmentation.

Enthousiaste, il se tourna vers les Nains, qui étaient de son avis mais gardèrent le silence. Boëndal s'inquiétait sérieusement de ce qui allait lui arriver dans son sommeil.

Les Hommes s'occupèrent de nouveau de leurs prises, et bientôt, il y eut une odeur de poisson grillé. Les voyageurs se servirent, affamés qu'ils étaient.

—Il y a encore une chose que j'aimerais savoir. Comment avez-vous fait pour mettre tout cela sur scène ? demanda Tungdil à Furgas. La forêt, le palais… tout avait l'air si vrai.

—Tu sais garder un secret ?

—Oui.

—Vraiment ? Tu es sérieux ?

—Bien sûr !

—Tu le jures sur ta hache ?

Tungdil le jura.

—Alors ?

—Grâce à la Magie, dit Furgas en clignant joyeusement de l'œil, tout en tirant sur sa moustache.

—Allons donc, fit le Nain, déçu, qui s'en voulut d'être tombé dans le panneau.

* * *

Lorsque Boëndal se réveilla en sursaut, il s'efforça de ne pas crier. En même temps, il était soulagé d'avoir échappé aux visions nocturnes et confuses qui l'assaillaient.

Mais la frayeur suivante ne se fit pas attendre longtemps. Lorsqu'il voulut saisir son bec-de-corbin par sécurité, il s'aperçut que l'arme avait disparu, et une main gracile se referma fermement autour de la sienne.

Le Nain se retourna, et croisa directement le regard d'une Albe au visage fin et cruel, en armure complète, accroupie à côté de lui, qui le regardait fixement de ses yeux froids et noirs. *Ce n'est pas possible ! Je suis encore en train de rêver !*

—Que cela te serve de leçon, murmura-t-elle d'un ton menaçant.

À peine avait-elle prononcé ces paroles que les paupières de Boëndal se refermèrent sans qu'il puisse rien y faire.

À son deuxième réveil, quelque temps plus tard, il se leva d'un bond en soufflant et regarda autour de lui. Cette fois, il trouva tout de suite son bec-de-corbin et s'empressa de le saisir.

Narmora se blottissait dans les bras de Furgas. Rodario, lui, s'était enroulé dans ses couvertures au pied du feu, qui ne brûlait plus que faiblement, le visage dans les écailles de la tanche.

Boëndal les observa de très près tous les trois, sans trouver d'indices quant à un éventuel tour qu'ils lui auraient joué. Son cœur, qui battait la chamade, se remit peu à peu de cette frayeur, et lui-même se jura de ne plus jamais faire de remarque désobligeante à propos de la femme.

Il chercha Goïmgar qui était censé monter la garde au sommet du morceau de temple effondré. Or, le poste surélevé était désert. Il y avait bien des empreintes de pas qui menaient à l'extérieur, mais les poneys étaient encore là où on les avait attachés.

Il n'aura quand même pas eu la folie de vouloir fuir en pleine tempête de neige ? Le Nain fit quelques pas à l'air libre. À peine était-il sorti que la neige s'abattit sur lui comme pour le jeter à terre. Il aperçut une silhouette étendue.

— Goïmgar ! s'écria-t-il en se précipitant vers lui.

Le Nain frêle n'eut aucune réaction. Du sang s'écoulait d'une mince blessure à son front. Boëndal le porta jusque dans les ruines, et le posa à côté du feu dans lequel il jeta deux nouvelles bûches.

— Je..., dit-il en claquant des dents, suis tombé.

Le guerrier l'enroula dans deux couvertures. *Manquer de mourir de froid en voulant aller pisser*, se dit-il, préférant garder ses réflexions pour lui afin de ne pas l'humilier complètement. Il ne comprenait toujours pas pourquoi Tungdil avait décidé d'emmener ce tailleur de gemmes et pas un autre alors qu'il avait eu plus que l'embarras du choix. *Vraccas devait avoir une bonne raison*, se dit-il en silence tout en considérant le pauvre malheureux, qui dégelait petit à petit. La glace et la neige qu'il avait dans la barbe, les cheveux et les sourcils se mirent à fondre.

Il se pencha en avant.

— Goïmgar, tu voulais mourir, là-dehors, ou quoi ?

— Non, finit-il par dire.

— Sois plus prudent. Nous avons besoin de toi pour notre mission.

— Besoin de moi pour aider un imposteur à monter sur un trône qui ne lui revient pas, répliqua le Nain tout tremblant avec hostilité.

Boëndal économisa sa salive. Goïmgar n'avait toujours pas compris que l'enjeu était beaucoup plus important que de savoir qui serait Grand-Roi, et ce en dépit de tous les sermons bienveillants de Tungdil. *Vous parlez d'un borné. S'il se referme ainsi, c'est uniquement par refus de voir et de comprendre la responsabilité qui nous incombe.*

Goïmgar ayant cessé de grelotter, il regardait dans le fond de la pièce, là où se dressaient les statues. Il déglutit.

— Combien ? murmura-t-il.

— Quoi ?

— Combien de statues y avait-il à notre arrivée ici ?

Le combattant réfléchit.

— Sept. Trois petites et quatre grandes.

Goïmgar ferma les yeux.

— Il y en a huit, chuchota-t-il, dont cinq grandes. Qu'est-ce qu'on fait, maintenant ?

— Laquelle est la nouvelle ?

Les doigts de Boëndal enserrèrent le manche du bec-de-corbin, et son corps se tendit.

— La troisième en partant de la droite, je crois...

— Je vais frapper en criant très fort pour réveiller les autres. Toi, tu vas prendre ton bouclier et me seconder jusqu'à ce que Boïndil vienne à mes côtés.

— Moi ?

— Qui d'autre ?

Tout à coup, il brandit sa lourde arme, qui décrivit un arc de cercle. La longue pointe alla droit au but, un point situé un peu au-dessus de la hanche, un endroit où aucun os n'arrêterait le bec-de-corbin, et où la blessure serait profonde et mortelle. Sa natte suivit le mouvement comme un petit fanion.

— Vraccaaaas !

Son cri de combat résonna dans tout le temple.

La statue explosa sous la violence du choc. La pointe de l'arme avait pénétré comme une pioche la pierre devenue poreuse, la faisant voler en éclats. L'œuvre d'art, autrefois sculptée en l'honneur d'un dieu des Humain, fut brisée en mille petits morceaux.

— Non, en partant de la droite pour moi, rectifia Goïmgar, malheureux, mais il était déjà trop tard.

L'immense silhouette restée immobile jusqu'alors revint à la vie. Derrière sa visière, il y eut une lueur violette.

— Imbécile ! l'injuria Boëndal avant de prendre son élan pour un nouveau coup.

Or, son titanesque adversaire ne lui en laissa pas l'occasion. Celui-ci fut sur lui plus vite que le Nain l'en aurait cru capable. Ses battoirs se refermèrent sur ses bras, puis le soulevèrent à au moins deux pas du sol. Le bec-de-corbin heurta le dallage fendu avec un bruit d'enclume.

Son frère s'était déjà relevé et avait compris la situation d'un seul coup d'œil.

— Lâche-le !

Brandissant ses couperets, il était sur le point de se jeter sur son surpuissant adversaire lorsqu'une lumière aveuglante le contraignit à se détourner.

— Arrière, Boïndil ! lui ordonna une voix de femme. La lumière vive se mua en une faible lueur, juste suffisante pour éclairer la pièce.

Une femme en manteau écarlate, sur lequel fondaient les derniers flocons de neige, sortit de derrière une statue et se tint aux côtés du géant, une boule de lumière flottant au-dessus de sa paume.

— Tu peux le reposer, Djerůn. Je crois qu'ils ont compris qui nous sommes.

— Andôkai ! s'écria Tungdil, surpris. (Il baissa sa hache.) Donc c'était bien vous !

Elle rejeta sa capuche en arrière pour dévoiler son visage.

— L'Impétueuse ? enchaîna Rodario, sans s'apercevoir qu'il avait des écailles de poisson collées à la joue, ce qui ne l'avantageait guère. Andôkai l'Impétueuse ? La Mage ? Je vous croyais morte ! ? (Il l'observa sans vergogne des pieds à la tête.) Mais non, elle est vivante ! Elle est vivante ! Bon sang ! (Il se tourna vers Furgas et Narmora.) Il faut qu'on réécrive la pièce.

— Pièce ? (Andôkai se rendit près du feu, fit disparaître la sphère de lumière et approcha ses mains des flammes, tandis que son compagnon reposait le Nain au sol.) De quoi parle-t-il ? Et qui est-il, d'abord ?

— Un comédien, dit Tungdil comme pour l'excuser.

Lui-même arrivait tout juste à se retenir de l'accabler de questions.

— Tiens ? Alors comme ça, je fais déjà l'objet d'un spectacle ? Qui me fait honneur, j'espère ?

Rodario s'apprêtait à lui servir un discours flatteur, mais il en fut grossièrement empêché.

— Qu'est-ce que ton monstre faisait ici ? s'enquit Boëndal avec colère. Pourquoi nous a-t-il espionnés ? Il s'en est fallu d'un cheveu que je le tue !

— Il ne vous espionnait pas, il était à l'affût. Et dire que tu as failli le tuer est très exagéré, rectifia-t-elle avec condescendance en enlevant son manteau pour profiter plus rapidement de la chaleur du feu. (Sous son manteau, elle portait son armure, de chauds vêtements d'hiver et son épée. La quantité de choses qu'elle avait sur elle la rendait bien plus imposante qu'elle l'était déjà.) C'est sur mon ordre qu'il a pris les devants pour intercepter les Albes qui vous poursuivent depuis Mifurdania.

— Je le savais, s'écria Goïmgar tout malheureux.

Furibard rit.

— Il ne manquait plus que ça, qu'un monstre nous sauve d'autres monstres. (Ses doigts caressaient ses couperets au manche court.) On arrivera bien à leur faire la peau sans lui.

— Vous n'aviez même pas remarqué Djerůn durant tout ce temps. Alors vous ne les auriez pas davantage remarqués s'ils s'étaient introduits dans votre campement, ajouta la Mage sur un ton grave. Djerůn en a tué deux à environ trois milles d'ici, deux autres se sont échappés. Je l'ai envoyé en avant parce que j'avais pressenti qu'ils ne se contenteraient plus de simplement vous suivre.

— J'en étais sûr ! C'est lui qui m'a épargné de recevoir la flèche à Pierre-du-Roi, dit Tungdil.

Andôkai hocha la tête.

—Mais l'Albe lui a échappé, malheureusement.

—Moi, je ne les aurais pas laissé s'enfuir, ces Oreilles-pointues, grommela Boïndil. Aucun adversaire ne m'échappe, même si je dois lui courir après.

—Quitte à recevoir une flèche? (Elle le gratifia d'un regard apitoyé.) On peut facilement t'attirer dans un piège si tu cours derrière chaque adversaire.

—Personne ne m'attire dans des pièges, moi, la contredit avec entêtement le Nain, qui escalada le pilier renversé pour reprendre son ancien poste de garde.

Parvenu au sommet, il se retrouva au même niveau que la tête du géant. Curieux, il voulut scruter l'intérieur du casque, mais même ses yeux, pourtant habitués à l'obscurité, furent incapables d'y discerner quoi que ce soit. C'était comme s'il y avait un gouffre sans fond derrière le métal.

Les autres prirent place autour du foyer.

Les Hommes étaient tout à fait éveillés, Rodario prit son papier pour constater peu après que son encre avait gelé. Narmora avait déjà remis ses étranges armes dans leurs fourreaux, et Djerůn se retira dans la pénombre du fond de la pièce pour redevenir une statue.

—Qu'est-ce qui vous a fait changer d'avis, ô Mage? demanda enfin Tungdil une fois que l'excitation fut retombée. Et comment nous avez-vous retrouvés?

—Puis-je parler librement devant vos nouveaux compagnons de voyage?

—Ils nous ont aidés, vous pouvez leur faire confiance.

—Mouais, mouais, mouais, grommela Furibard depuis son perchoir.

—Et comment, que l'on peut nous faire confiance! lui dit Rodario, qui entreprit de présenter sa troupe avec son style inimitable... Et c'est ainsi que nous avons appris l'existence de la Lame de Feu et que nous avons volé au secours de ces futurs héros et personnages d'épopée en détresse, pour les arracher aux griffes et aux épées des Bogglins, honorable Mage, conclut-il en gesticulant. Nous sommes vos fidèles compagnons de voyage.

Son sourire, capable de faire fondre les couches de glace les plus épaisses et les pierres les plus dures, n'eut aucun effet sur Andôkai, qui demeura parfaitement impassible.

—C'est ta faute. (Ses yeux bleus étaient rivés sur Tungdil.) Je n'arrivais plus à me sortir ton petit discours de la tête. Sans cesse, je t'entendais parler de ma responsabilité vis-à-vis de mon royaume. Je n'ai pas réussi à faire taire ma conscience. Et puis, Nôd'onn mérite la mort pour des centaines de raisons.

Les flammes vacillantes ôtaient à son visage une partie de son austérité, adoucissaient ses traits, les rendaient plus féminins. Rodario ne cessait de la regarder et était suspendu à ses lèvres. Son charme strict et sa sécheresse semblaient lui lancer autant de défis, à lui, le séducteur.

—Alors je suis revenue chez les Seconds et j'ai entrepris de réétudier le passage que je n'avais pas réussi à traduire dans un premier temps. La dernière zone d'incertitude dans votre plan, tu te souviens ? dit-elle, les yeux rivés sur le feu.

D'un geste de la main, elle força les flammèches tourbillonnantes à former des lettres en langue commune. Des mots apparurent, qui disparurent aussitôt.

—« La Lame de Feu, forgée par les Chtoniens, ne sera efficace contre le Mal que si elle est maniée par l'ennemi des Chtoniens », lut Rodario à haute voix. (Il ramassa un morceau de bois carbonisé à côté du feu et griffonna quelques mots-clés pour lui-même.) Il faut que je prenne des notes. Je me donnerais des gifles si j'oubliais tout cela.

—Des gifles ? Compte sur moi pour te les donner si tu oublies, se proposa Bavragor.

—Les dieux me gardent de ces battoirs ! rétorqua-t-il. Ce sera la meilleure pièce qu'on ait jamais jouée au Pays Sûr, dit-il, s'y voyant déjà, tandis qu'il continuait à gratter son bout de charbon de bois sur sa feuille. Nous ferons salle comble…

Furgas lui donna un coup de coude pour le faire taire.

—L'ennemi des Chtoniens, dit Tungdil tout bas, sans pouvoir dissimuler la déception dans sa voix. *Qu'est-ce que cela peut bien vouloir dire ?*

—Ce ne sont pas les ennemis qui manquent, dit Boëndal, perplexe : les Orcs, les Ogres (il regarda brièvement Djerůn), les Bogglins et tout ce que Tion a créé contre nous, les Hommes et les Elfes. Tu n'as pas une idée, l'érudit ? Ton savoir nous serait vraiment utile, cette fois, dit-il en le taquinant à moitié.

Bavragor prit son outre d'eau-de-vie.

—Ça va être coton. Devons-nous capturer un Orc et le retourner contre le Mage ? Ou bien devons-nous demander à un Ogre de bien vouloir en retourner une à Nôd'onn avec notre arme ?

—Et voilà que notre expédition tombe à l'eau, dit Goïmgar, pessimiste, pour résumer le passage traduit par Andôkai. (Il pâlit soudain.) Mon roi ! Il ne le sait pas, lui !

Tungdil poussa un bruyant soupir.

—Êtes-vous sûre de votre traduction ? demanda-t-il, hésitant.

Elle hocha la tête.

—Malheureusement, oui. J'y ai passé trop de temps pour me tromper.

—Que nous proposeriez-vous ?

Il regarda Djerůn. Elle sourit.

—Djerůn n'est ni un monstre, ni un ennemi, je te le garantis. Non, il est hors de cause.

Tungdil se gratta la barbe, qui avait bien poussé.

—Alors nous sommes vraiment en difficulté. (Il regarda ses amis et les Hommes dans les yeux.) Je ne vois pas ce que nous pourrions faire. (Il se coucha et remonta sa couverture.) Peut-être Vraccas va-t-il m'inspirer durant mon sommeil. Reposons-nous, nous allons avoir besoin de toutes nos forces.

Ils se couchèrent autour du feu, veillés par Djerůn.

Il faut que je trouve une solution, après tout c'est moi le chef de cette expédition. Il se tourna et se retourna, inquiet. S'il n'avait aucun éclair de génie, les perspectives d'avenir du Pays Sûr seraient plus que sombres. Une pensée qui ne l'aida pas à trouver le sommeil.

* * *

Ils se remirent en route tôt le lendemain matin, sans que Tungdil ait reçu une quelconque inspiration de Vraccas. Ils décidèrent malgré cela de gagner les Montagnes Rouges : peut-être trouveraient-ils une solution en chemin, ou bien chez les Premiers.

Nous y arriverons, se dit Tungdil pour se convaincre alors qu'il enfilait par-dessus son pourpoint de cuir sa cotte de mailles fraîchement dérouillée et traitée à l'huile.

Rodario et Andôkai se partageaient le même cheval. Rodario s'était réjoui à l'idée de faire asseoir la Mage devant lui sur la selle afin de pouvoir la tenir à la manière des héros et la toucher, mais c'est l'inverse qui se produisit. Elle retira la selle pour avoir plus de place et exigea de lui qu'il s'asseye devant elle tandis qu'elle tiendrait les rênes, ce qui lui valut des remarques moqueuses de la part de Furgas.

Il était tombé une coudée et demie de neige durant la nuit, si bien que les chevaux devaient ouvrir la voie aux poneys. Les montures trottaient ainsi en file indienne et Djerůn en arrière fermait la marche. Il ressemblait à une statue devenue vivante qui leur aurait couru après parce qu'elle s'ennuyait trop entre les murs du temple en ruine.

La progression de cette étrange troupe devenait de plus en plus difficile. L'hiver réduisait sensiblement leur moyenne et il tardait à Tungdil de retrouver les tunnels et leurs voies rapides afin de gagner rapidement les Montagnes Grises. À pied ou même à dos de poney, un tel voyage prendrait bien trop de temps : il leur faudrait en effet une semaine pour parcourir les deux cents milles qui séparaient les deux massifs montagneux, contre une ou deux lunes avec leurs wagonnets.

Alors qu'ils offraient à leurs montures une pause dans l'après-midi, il redemanda à la Mage comment elle avait fait pour les retrouver.

—Ça n'a pas été particulièrement difficile, expliqua-t-elle. De retour de l'Outre-Pays, j'ai négocié avec les Nains le droit d'emprunter le même tunnel que vous. J'en suis sortie à Mifurdania, Djerûn a retrouvé votre trace et vous connaissez la suite. Un groupe de Nains ne passe pas inaperçu. D'ailleurs c'est aussi ce qui facilite la tâche aux Albes.

Elle observa Narmora, qui aidait Furgas à remplir une casserole de neige pour la faire fondre sur le feu.

Puis la Mage regarda Rodario.

— Ces comédiens… comment les avez-vous rencontrés ? (Tungdil lui en fit le récit.) Ha, ha ! donc, cette Narmora est une femme aux talents multiples, rit-elle doucement en apprenant son habileté à crocheter serrures et cadenas. Et toi, as-tu vu leur pièce de théâtre ?

— Oh ! que oui. Elle s'intitule *La Véritable Histoire de Nudin le Curieux, devenu dans d'atroces circonstances Nôd'onn le Dédoublé, le Mage qui précipite le Pays Sûr dans le malheur*. À noter que le Curiosum a fait salle comble ce jour-là.

— Voilà un bien long titre, dit-elle avec un rictus.

C'était la première fois qu'il voyait ses commissures s'étirer vers le haut. Il la trouva bien plus sympathique ainsi, plutôt qu'avec l'expression sévère qu'elle avait l'habitude d'afficher. À ce moment précis, Rodario regarda dans sa direction et rendit le sourire qu'il supposait lui être adressé.

— Et lui, c'est le type même du comédien, « l'Incroyable Rodario », et ce n'est pas un titre usurpé. Au sens où il a une liaison dans chaque ville, à ce que j'ai compris, expliqua-t-il.

— Cela colle avec le personnage. Et lequel d'entre eux jouait mon rôle ?

— Je n'ai pas pu voir la pièce jusque-là, car j'ai dû poursuivre un voleur, honorable Mage. (Il fit signe à Rodario d'approcher.) Mais on peut le lui demander.

L'acteur accourut, et la femme l'interrogea.

— Vous avez là les meilleurs comédiens du Pays Sûr, honorable Mage, et en l'occurrence, c'est Narmora qui a interprété votre illustre rôle, y compris dans les scènes de combat.

À sa demande, il lui fit le récit de la pièce, jusqu'au moment où elle l'interrompit.

— Comment t'est venue l'idée de jouer l'histoire de l'avancée du Pays Mort et de la métamorphose de Nudin ?

— Disons que j'en ai beaucoup entendu parler, que j'ai relu d'anciennes légendes, et que j'ai mélangé librement le tout, expliqua-t-il, rayonnant. Cela vous plaît-il ?

— C'est en tout cas incroyablement près de la vérité, du moins en ce qui concerne la métamorphose de Nudin, fit remarquer Tungdil.

— Oh ! fit Rodario, sincèrement stupéfait. Cela veut dire que l'art a une fois encore démontré qu'il recelait un fond de vérité, alors ?!

— Merci, tu peux retourner à ton feu, dit Andôkai d'un ton peu amène. Et n'oublie pas de réécrire la pièce, vu que je suis encore vivante.

— Et comment ! que vous êtes vivante, honorable Mage, dit-il, tout sucre tout miel, en la regardant droit dans les yeux pour conquérir son cœur. Un homme, à la vue de vos…

— Va-t'en, lui ordonna-t-elle avant de se tourner vers Tungdil.

Le splendide sourire de Rodario s'effaça brusquement. On aurait presque pu croire un instant que son bouc pendait tristement jusqu'au sol.

— Puisque vous insistez, dit-il sans plus aucun charme dans la voix.

— Ha, ha ! le paon éconduit ramasse ses plumes et disparaît, dit en riant Bavragor, qui avait observé la scène. Il n'a pas fini de perdre des plumes, avec elle.

Il chercha son outre, tout en chantonnant.

— Oh ! que non, dit avec assurance Furgas, qui se laissa retomber en arrière. Rodario n'abandonne que rarement devant une femme qu'il désire. Et la froideur de celle-ci ne fait que l'exciter encore plus. (Il donna un baiser à Narmora, la serrant tout contre lui.) Un jour, il cessera de jouer avec les femmes.

— S'il ne se fait pas battre à mort avant par des maris furieux, ajouta en hurlant Boïndil. Il doit être bon coureur, parce que le combat et lui, ça fait deux.

Après cette courte halte, ils se préparèrent à repartir. Tungdil et la Mage interrompirent leur conversation eux aussi. Djerůn revint auprès d'elle et mit un genou à terre. La Mage s'assit sur les paumes jointes du guerrier, au grand dam de Rodario, qui se retrouvait de nouveau tout seul sur le cheval.

Ils passèrent les jours qui suivirent à chevaucher à travers les congères du Weyurn, s'efforçant de suivre un itinéraire sûr. Là où les chevaux s'enfonçaient jusqu'au ventre, les poneys ne passaient plus du tout ; Djerůn, lui, portait sa maîtresse, et leur poids cumulé le faisait s'enfoncer jusqu'aux hanches dans la blancheur glacée.

Plus d'une fois, ils durent rebrousser chemin pour chercher une voie plus praticable, mais les Montagnes Rouges ne pouvaient plus leur échapper. Avec leurs flancs vermeils bien visibles, celles-ci leur montraient le chemin. Et durant les rares moments où le soleil d'hiver perçait le gris des nuages, elles s'illuminaient comme si elles étaient en flammes.

Enfin, ils découvrirent l'entrée d'une étroite vallée, située au pied d'une montagne aux versants vermillon. À l'entrée ainsi qu'à chacun des cinq méandres que décrivait la vallée se dressaient des murailles, signe que l'ennemi ne passerait pas facilement à cet endroit, et que les Nains de la Maison de Borengar étaient du genre prudent.

— On a réussi, se réjouit Tungdil.

Épuisé, il se frotta la barbe, libérant au passage les petits cristaux de glace emprisonnés dans sa moustache. Sa peau était froide, il ne sentait presque plus ses pieds et s'il s'aventurait à toucher sa cotte de mailles à main nue, il ne pourrait plus l'en retirer. *Je boirais bien une bonne bière pour chasser le froid de mon corps.*

—Là, devant nous, l'entrée! s'écria-t-il.

Les guerriers jumeaux jetaient des regards sceptiques sur les six obstacles qu'il leur fallait franchir.

—Je me demande pourquoi tant de précautions, dit Boëndal pour exprimer son malaise vis-à-vis des nombreuses murailles. (Il avait enroulé sa natte autour du cou comme une écharpe pour se protéger du froid.) À croire que les créatures de Tion viennent de ce côté-ci et pas du côté du passage de l'Ouest.

—Pouvons-nous y réfléchir quand nous serons au chaud? pria Rodario en claquant des dents. Je n'arrive plus à tendre mes orteils, ils sont à deux doigts de geler.

Il avait lui aussi de petites stalactites sous le nez.

—Qu'est-ce qu'ils sont douillets, ces comédiens, on dirait des fillettes, ou Barbe-brillante, ce qui ne fait absolument aucune différence.

—Bois donc encore un peu de ta gnôle, histoire de tomber saoul dans la neige et de mourir, siffla Goïmgar, furieux. Avec tes mains qui tremblent, je parie que tu seras incapable de confectionner le moindre crochet pour la Lame.

—Et moi, je parie que cette pression que tu ressens entre les fesses, c'est l'envie permanente de faire dans ton froc, mon petit, répliqua Bavragor sans même daigner le regarder.

Boëndal donna la consigne au groupe d'avancer en formant un demi-cercle avec les montures. Prudemment, les armes tirées, ils longèrent la vallée, atteignant finalement le premier rempart abîmé par le temps, qui se dressait vers le ciel hivernal, quarante pas devant eux. Une porte de fer ornée de runes leur interdisait le passage. Les Premiers ne s'étaient pas préoccupés outre mesure d'orner la muraille. Elle était constituée de simples pierres de taille empilées les unes sur les autres.

Tungdil lut les anciens signes à haute voix, le portail s'illumina brièvement, les battants s'ouvrirent, leur permettant d'entrer.

—Ah! si tout était aussi simple que lire et forger.

La petite troupe se remit en mouvement.

—C'est facile pour toi. Comme quoi, cela paie parfois, d'être un érudit, fit Boëndal, riant et couvrant leurs arrières. Et le pire, c'est que tu ne cesses de me le prouver. Sans toi… (Les anneaux de sa cotte tintèrent doucement. Il se tut brusquement, et écarquilla les yeux.) Par Vraccas! qu'est-ce que…, balbutia-t-il en cherchant quelque chose derrière lui.

Une flèche noire dépassait de son dos, suivie immédiatement d'une deuxième, qui transperça sa main et disparut dans son corps malgré son armure. Le projectile l'atteignit avec une telle violence que la pointe ressortit par-devant. Boëndal tomba de sa selle en glissant dans un gémissement.

— Stop ! s'écria Rodario, terrifié, pour attirer l'attention des autres, avant de tirer sur la bride de son cheval.

Il entendit quelque chose voler dangereusement près de son cou et toucher à la nuque l'animal. Dans un hennissement, la bête s'effondra, et le comédien disparut dans un nuage de poudreuse.

Djerůn fit volte-face, et reçut également un projectile. Avec un bruit étrange, la longue flèche transperça son armure, juste à côté de la poitrine d'Andôkai, et même à ce moment-là, on n'entendit aucun son sortir du casque. Il se retourna de nouveau instantanément pour éviter que sa maîtresse soit atteinte.

La Mage jura et lança un sort.

— Qu'y a-t-il ? cria Furgas, qui se retourna, comme tous ceux du groupe.

— Là ! cria Narmora, désignant la silhouette élancée aux longs cheveux blonds qui se tenait à l'entrée de la vallée, un arc long à la main.

Au même moment, l'Albe décochait la flèche suivante. Elle fila droit vers Tungdil.

Celui-ci voulut sauter de sa selle pour échapper à la mort empennée, mais il se prit les pieds dans les étriers et fut incapable d'esquiver. La flèche fila avec un léger bourdonnement, pour s'immobiliser dans les airs à un doigt de lui, la pointe dirigée exactement sur son cœur. Il tressaillit.

— Vite, emmenez Boëndal et partons d'ici, dit la Mage hors d'haleine. Je ne pourrai pas maintenir ce sort très longtemps.

— Maudit Albe ! cria Boïndil, le regard brûlant de rage. (Il tenta de faire avancer son poney vers l'assaillant.) En voilà un autre ! Ils sont à moi !

— Non, dit Tungdil en le retenant et en regardant devant lui. (Et en effet, il y avait bien à présent deux Albes côte à côte, qui attendaient que le sort de protection cesse d'agir.) Tu quitterais la zone de protection d'Andôkai et te ferais transpercer de flèches. Ton frère est plus important qu'une vengeance aveugle.

Il prit les rênes du poney.

— Arrière !

Furibard le regarda fixement sans le reconnaître. Il brandit un de ses couperets.

Boëndal se redressa, en sang.

— Frérot, non ! Ne refais pas ça ! s'écria-t-il en essayant de prendre appui sur son bec-de-corbin pour se relever, sans succès.

La flèche lui avait littéralement cloué la main dans le dos. La douleur lui arracha des larmes, puis il se tut, et son corps se détendit.

— Non ! Vraccas, fais qu'il ne meure pas ! (Boïndil sauta de sa selle et s'agenouilla près de lui.) Son cœur bat encore. (Il se hâta de couper la hampe des flèches et de relever son frère.) Il faut l'emmener dans la forteresse.

Ils hissèrent en vitesse le Nain inanimé sur le poney et tirèrent à toute force l'animal, rendu complètement hagard par les cris, vers la porte suivante.

Tungdil fut saisi d'horreur en voyant la traînée de sang que laissait le Nain dans la poudreuse. *Même les guerriers ne sont pas épargnés dans cette expédition.*

Il leva les yeux en direction des Albes. Il crut reconnaître Sinthoras en la personne du blond. *Maudite bête ! Il aura survécu à l'attaque de Djerůn dans l'oasis.* Et à présent, il revenait se venger, et venger sa compagne qu'ils avaient tuée à Vertbois.

Sinthoras arracha un foulard de son cou, l'enroula autour de son prochain trait et les mit en joue. La distance qui les séparait était de deux cent cinquante pas, mais Tungdil ne doutait pas un instant que la flèche mortelle les atteindrait. Sinthoras décocha et le compagnon de Sinthoras tira dans la foulée.

—Attention ! s'écria Tungdil.

Il perdit les flèches de vue. Elles étaient trop rapides pour qu'on puisse suivre leur trajectoire.

Le bouclier magique dressé par Andôkai vacilla lorsque la première flèche le brisa, la seconde flèche s'enfonça dans le dos de Djerůn, perçant le métal.

Cette fois, un bruit sourd émana du casque du guerrier, et de la blessure jaillit un fluide jaune vif, comme si la pointe de la flèche avait atteint une vessie ou une vésicule pleine à craquer.

Tungdil reconnut cette substance : c'était celle qu'il avait vue dans la flaque à Pierre-du-Roi peu après que Djerůn l'avait sauvé. *Il a donc vraiment été blessé ce jour-là.* Le guerrier chancela, secoua la tête, hébété, et reprit sa marche, beaucoup plus lentement cette fois.

—Ne restez pas là !

À toute allure, ils coururent et galopèrent vers la seconde porte. Tungdil l'ouvrit, et lorsque le portail se referma derrière eux, ils se sentirent un peu plus en sécurité.

—Plus vite !

Boïndil les pressait ; le sang de son frère imbibait le flanc du poney.

Le fluide jaunâtre qui s'écoulait de la blessure de Djerůn était devenu vert foncé. Et le guerrier perdait de la vitesse.

Les jambes des Nains, des Hommes et des animaux s'enfonçaient profondément dans la neige à mesure qu'ils se frayaient un chemin sur le versant en pente douce en direction de la porte suivante.

En revoyant la vallée, Tungdil se souvint de la petite colline située près du repaire de Lot-Ionan en Ionandar, sur laquelle il était allé faire de la luge avec Frala et Sunja en hiver. Sans plus réfléchir, il s'empara du bouclier de Goïmgar et le retourna.

— Posez Boëndal dessus. Nous allons dévaler la pente en glissant dessus, cela ira plus vite.

Ils posèrent le blessé sur le bouclier, Furibard se blottit contre lui, et c'est ainsi que les deux frères filèrent sur la surface immaculée directement vers le troisième passage, lequel, contre toute attente, s'ouvrit devant eux à leur approche.

Le bouclier, lisse, glissait de plus en plus vite sur la neige, et Boïndil ne pouvait ni le freiner, ni le diriger. Il vit alors qu'il fonçait droit sur un groupe de Nains qui s'étaient mis en position derrière la porte. Ils attendaient les nouveaux arrivants la hache à la main.

Tungdil plaça ses mains en porte-voix autour de sa bouche.

— Par Vraccas ! nous sommes des Nains de la tribu des Seconds, cria-t-il à l'adresse des défenseurs. (Son haleine produisit un panache blanc dans l'air froid). Baissez vos armes !

Les Premiers s'aperçurent *in extremis* que ceux qui approchaient ainsi n'étaient pas des ennemis, et formèrent une haie pour laisser entrer l'étrange véhicule, qui passa leurs rangs, les bords constellés d'écume scintillante, à toute vitesse. Comme par miracle, aucun blessé ne fut à déplorer.

Le reste de la troupe arriva hors d'haleine, observé avec suspicion par les gardes, dont on ne pouvait distinguer que les yeux à cause de leurs armures et des peaux qu'ils portaient contre le froid. Une forêt de lances, de haches et de marteaux de guerre se hérissa devant eux.

— Que Vraccas notre créateur vous bénisse ! Puisse la flamme de la forge de vie ne jamais s'éteindre. Mon nom est Tungdil Main-d'Or, se présenta-t-il en reprenant son souffle et en regardant par-dessus son épaule si les Albes ne les avaient pas suivis. Voici mes amis et compagnons. Nous devons parler à votre roi, le Conseil des Maisons nous a envoyés pour discuter avec vous du salut du Pays Sûr.

La forêt de fer et d'acier s'éclaircit. Un Nain en cotte de mailles, vêtu d'un pantalon de cuir et d'une cape de fourrure blanche très joliment travaillée, s'avança.

— Cela fait des cycles et des cycles que nous n'avons plus eu aucune nouvelle des autres tribus et clans, et maintenant que le Pays Mort s'est réveillé, voilà qu'un ramassis de longs-sur-pattes et de Nains vient nous trouver ?

La voix de ce Nain était inhabituelle.

— En voilà une façon de nous parler, Nain qui semble ne pas avoir de nom ?! gronda Bavragor en s'avançant. (Il dépassait le porte-parole d'une tête.) Je suis Bavragor Poing-Marteau, du clan des Poings-Marteaux, Enfant du Forgeron de la Maison de Beroïn, et donc ton égal. Est-ce là toute l'hospitalité des Premiers ?

— Il n'y a bien qu'un Nain pour faire pareil esclandre, répliqua l'autre en rabaissant son écharpe de manière à laisser voir son visage.

Ce qu'il vit laissa Tungdil pantois. C'était le visage d'une Naine ! Ces traits doux étaient manifestement des traits féminins, et à la place d'une barbe, elle avait un duvet souple brun qui devenait plus foncé et plus épais sur les joues.

— Mon nom est Balyndis Doigt-de-Fer, du clan des Doigts-de-Fer. En tant que responsable de la défense de la porte principale des Premiers, il est de mon devoir d'inspecter de près les invités avant de les faire entrer, dit-elle, nullement intimidée.

Chapitre 7

Le Pays Sûr, Royaume nain du Premier Père, Borengar, en l'hiver du 6234e cycle solaire

— Mais… tu es une bonne femme, dit Bavragor, abasourdi.

— Bien vu, Bavragor Poing-Marteau du clan des Poings-Marteaux, répondit-elle, un sourire moqueur aux lèvres. Tu as l'œil vif.

Elle donna ensuite l'ordre que l'on s'occupe de Boëndal. Quatre Nains le soulevèrent avec son bouclier et le portèrent jusqu'à la quatrième porte. Son frère ne le quitta pas un seul instant, après que Tungdil, d'un hochement de tête, l'eut autorisé à les suivre.

— Nous allons vous conduire dans la grande salle où vous rencontrerez notre reine.

La gardienne observa Tungdil avec curiosité avant de se retourner, et ils la suivirent. Tungdil l'ayant mise en garde contre l'Albe, Balyndis ordonna aux guerriers d'occuper les remparts du troisième mur, sur lequel de grandes balistes et des trébuchets avaient été installés.

— À quoi servent ces engins ? s'enquit Tungdil.

— Il y a de nombreux cycles, nous avons dû combattre des Trolls que Tion avait envoyés dans notre dos. Nos ancêtres ont bâti ces murs pour contrer leurs attaques et ces bêtes ont fini par capituler.

Elle regarda vers le haut. Une sentinelle lui fit signe que tout était calme.

— On dirait que les Albes ont levé le camp. Que vous voulaient-ils ?

— Je m'excuse, mais je préfère en parler à ta reine, répliqua-t-il en évitant son regard inquisiteur.

— Voilà qui est hautement instructif, déclara Rodario, très agité. On dirait que ce sont les femmes qui portent la culotte ici. Une révolte des

Naines ! Si seulement ma maudite encre n'était pas gelée, se plaignit-il. Je ne pourrai jamais me souvenir de tout !

— Une révolte ? répondit Balyndis en riant. Non. Plutôt un nouveau partage des tâches entre les hommes et les femmes.

Djerůn avait reposé Andôkai au sol et les suivait en vacillant. Puis il s'arrêta sous le dernier porche et s'appuya contre un pilier.

Le guerrier va très mal, constata Tungdil. Il se sentait responsable, car Djerůn avait déjà été blessé à cause de lui, à Pierre-du-Roi.

— Encore quelques pas, dit la Naine, et nos guérisseurs s'occuperont de lui.

Elle ne semblait pas se poser de questions sur sa taille, pourtant inhabituelle pour un Homme.

— Non, ce n'est pas nécessaire. Vous pouvez continuer, je dois m'occuper moi-même de lui, répondit Andôkai.

Djerůn glissa lentement le long du mur de pierre et s'effondra dans la neige.

— Laissez, nous vous rattraperons. Vos guérisseurs ne suffiront pas à soigner ses blessures ; seule ma Magie peut l'aider.

Sans se soucier de sa propre faiblesse, elle s'agenouilla à côté de lui et rassembla ses dernières forces.

— Partez ! leur ordonna-t-elle durement.

Les autres se retournèrent sans protester.

La voici donc, la patrie des Premiers. Tungdil contempla les versants rouges de la montagne. À ses pieds, les Premiers avaient édifié une fortification qui ne comptait pas moins de neuf tours, vertigineuses de surcroît. Le style architectural était différent de celui des Seconds, moins abrupt et moins anguleux, mais plus galbé, sans pour autant être moins résistant et moins solide. Ils avaient renoncé à toute forme d'ornements dispendieux.

Le groupe abandonna ses chevaux et monta sur une plate-forme en bois à l'extrémité de l'une des tours.

— Ne bougez pas et tenez-vous tranquilles. La première fois, c'est vraiment déroutant.

Balyndis actionna un levier, et ils s'élevèrent bientôt dans les airs en frôlant d'étroits et abrupts escaliers en colimaçon.

En chemin, Tungdil entendait le cliquetis de chaînes qui se déroulaient et d'autres qui s'enroulaient. *Un palan pour les habitants de la montagne et leurs visiteurs !*

— Vous en aviez assez de monter des escaliers ? demanda-t-il à la Naine.

Balyndis lui décocha un sourire qui la rendit encore plus jolie à ses yeux.

— Disons que cela nous facilite la vie.

Ils rejoignirent un chemin de ronde après avoir atteint la plus haute des neuf tours, et le parcoururent avant de traverser un large pont suspendu qui menait à l'entrée.

Sur leur droite et leur gauche, il y avait deux cents pas de dénivelé. Ils étaient entourés de corneilles et de choucas, et le vent était plus glacial que jamais. Narmora veillait à ce que son foulard rouge ne s'envole pas.

Les grands portails larges d'au moins dix pas pour quinze de haut restèrent fermés. Balyndis ouvrit à la place une porte qui les conduisit dans la grande salle.

Bavragor avait l'air très content.

— Je me disais bien, grommela-t-il sans avoir besoin d'ajouter quoi que ce soit : tous avaient en effet compris qu'il venait d'exprimer un jugement sur la qualité du travail effectué par les tailleurs de pierre des Premiers.

Ce qui ne l'impressionnait pas outre mesure déclencha toutefois un enthousiasme et une surprise manifestes chez Furgas, Rodario et Narmora.

— J'en avais toujours entendu parler, mais je n'avais jamais cru que l'on pouvait creuser de telles salles dans la roche, dit Furgas avec déférence tout en baissant la voix.

— Il faut absolument que nous ayons un nouveau théâtre, décida le comédien. Il devra être encore plus grand pour que nous puissions transmettre à notre public cette impression de majesté. (Il toucha la pierre du bout des doigts.) Elle est bien réelle. Ce n'est pas du carton. C'est fabuleux, non, féerique !

Ils admirèrent les statues et les statuettes de bronze et de cuivre dont la richesse en détails réjouissait surtout les Nains. Il s'agissait de représentations de batailles contre les créatures de Tion, mais aussi de Nains, tels que le Père des Cinquièmes, ou de guerriers et guerrières célèbres de la tribu des Premiers.

— Par ici, les héla leur guide.

Celle-ci avait pris un peu d'avance et leur montrait la merveille suivante.

Cette fois, Bavragor dut admettre que les ingénieurs des Premiers étaient sans égaux. Là où la pierre n'avait pas suffi à créer un pont au-dessus des gorges sans fin, ils avaient comblé les vides par d'étincelantes plaques d'acier, dotées de magnifiques rambardes forgées et ornées de décorations en argent.

Sur le dernier pont, leurs bottes cloutées émirent des sons ensorcelants, chaque plaque produisant une sonorité différente. Le bruit résonnait dans les hauteurs de la grotte et les tonalités se mêlaient en un concert simple, mais néanmoins magnifique.

— Je capitule, déclara Rodario, terrassé par tant de sensations. Laissons tomber ce projet et jouons n'importe quelle farce idiote. La meilleure des illusions ne saurait imiter ce que l'on voit ici.

— Mais si, nous y arriverons, dit Furgas, plein d'assurance. Seulement, ce sera très cher…

La glace et la neige finirent de fondre sur leurs vêtements et leurs amures. Ils se sentaient mieux, mais très fatigués.

Balyndis resta debout devant l'une des grandes portes, à laquelle elle frappa. Un éclat doré s'échappa de l'ouverture et leur donna un avant-goût du faste qui les attendait à l'intérieur.

La salle rectangulaire était entièrement recouverte de feuilles d'or. Les murs reflétaient la chaude lumière des bougies et des chandeliers ; toutes les statues étaient en or, en argent, en vraccasium et en d'autres métaux précieux que les clans des Premiers avaient extraits du ventre de la montagne. Les sculptures étaient dotées de décorations et de bijoux amovibles que l'on pouvait changer selon ses envies.

La reine était assise à vingt pas d'eux sur un trône d'acier pur. Sa garde était constituée de Naines et de Nains en armure dorée. De splendides mosaïques en carreaux laminés d'argent, d'or et de vraccasium scintillaient au-dessus de leurs têtes.

— Ai-je dit « très cher » ? chuchota Furgas à l'oreille de Rodario. Je voulais dire : « très, très cher ».

— Approchez, et soyez les bienvenus dans le Royaume des Premiers, dit la maîtresse des lieux pour les accueillir.

Tungdil prit la tête du petit cortège. Il s'inclina respectueusement devant la reine, puis mit un genou à terre. Les autres Nains l'imitèrent, seuls les Humains se contentèrent d'une profonde révérence. Il les présenta ensuite les uns après les autres sans oublier de mentionner les jumeaux et la Mage.

— Pour ma part, je suis Tungdil Main-d'Or, de la tribu des Quatrièmes, dit-il pour clore son bref discours, en espérant avoir tout fait convenablement. C'est une affaire de la plus haute importance qui nous a fait traverser le Pays Sûr pour venir jusqu'à toi.

— Fort bien, Tungdil Main-d'Or. Je suis la reine Xamtys II Frontdur du clan des Frontdurs et depuis trente-deux cycles, souveraine des Montagnes Rouges. Votre visite a éveillé ma curiosité, car cela faisait longtemps que je n'avais plus de nouvelles des royaumes de mes frères.

Elle portait une armure faite d'anneaux d'or et une massue à quatre pointes en guise de sceptre, ses yeux noirs brillaient de curiosité et de cordialité mêlées.

On leur servit des boissons chaudes dans des coupes fumantes. Rodario avala le contenu de la sienne en soupirant d'aise. Il y avait longtemps qu'il n'avait plus ressenti une telle chaleur se répandre dans son ventre.

— Et quelle est donc cette affaire qui vous amène, toi et tes amis, dans mon royaume ? demanda la souveraine.

— Rien de bien réjouissant, malheureusement.

Tungdil commença son récit, décrivit à la reine les changements qui avaient eu lieu au Pays Sûr, lui apprit la mort des Mages. Il lui parla également des querelles qu'engendrait la question épineuse de la succession du Grand-Roi. Enfin, il en vint à la Lame de Feu.

— Et pour ce faire, nous avons besoin du meilleur forgeron que ton royaume puisse nous offrir. Il doit être en mesure de forger l'arme qui permettra de tuer Nôd'onn, dit-il d'un ton implorant. Aide-nous et sauve ton royaume par la même occasion, ô reine !

Xamtys le toisait de ses yeux noirs tout en jouant avec une mèche de son épais duvet blond, jusqu'au moment où elle déclara brusquement :

— Ce que tu dis a l'air sérieux, Tungdil, dit-elle d'un air pensif. L'autre prétendant, Gandogar, ne s'est pas encore présenté. Cela me fait craindre le pire pour lui. Peut-être a-t-il reçu moins d'aide de Vraccas que vous face aux Albes ?

— Sûrement pas ! s'emporta Goïmgar. Vraccas le protège ! Il est le seul prétendant légitime au trône !

— Ce n'est pas à moi d'en décider, répondit-elle amicalement, avant de se tourner vers Tungdil. Mais c'est volontiers que je donne suite à ta requête. Peut-on trouver un meilleur moment pour raviver l'ancienne communauté des tribus ?

Elle désigna Balyndis de sa massue.

— Elle vous accompagnera. Non seulement c'est ma meilleure combattante, mais c'est aussi ma meilleure forgeronne.

— Pardonnez mon intervention, ô grande reine ! mais comment se fait-il qu'une Naine soit montée sur le trône ? demanda Rodario, curieux. J'ai toujours pensé que c'étaient les mâles qui...

— Il semble que nous ayons là un long-sur-pattes bien curieux. Je vais t'expliquer. Tout a commencé par une querelle. Boragil, mon père, appréciait beaucoup les conseils de ma mère, mais lui déniait toute capacité à diriger le royaume. Elle s'emporta et exigea d'avoir la possibilité de lui prouver le contraire. Ils convinrent finalement qu'elle présiderait au destin des Premiers pendant quatorze cycles. C'est précisément à ce moment qu'eut lieu l'attaque des Trolls, mais ma mère ne pensa alors pas un seul instant à abandonner sa charge. Elle tint tête aux monstres avec son armée et les fit battre en retraite en utilisant la force autant que la ruse. Elle démontra ainsi qu'elle pouvait régner mieux encore que mon père. Lorsque celui-ci exigea de remonter sur le trône quatorze cycles plus tard, elle s'y opposa, avec le soutien des clans. (Elle se leva.) Et quand ma mère est morte, il y a trente-deux cycles, c'est moi qui lui ai succédé.

— Merci beaucoup, ô grande reine ! Vous jouerez un rôle prépondérant dans ma pièce.

Une messagère entra dans la salle et annonça que Boëndal allait très mal ; elle expliqua que la magicienne était avec lui et essayait de l'aider. L'inquiétude des Nains grandit.

— On va vous montrer vos quartiers, où vous pourrez vous détendre. Je vous ferai ensuite fabriquer des vêtements et des manteaux de fourrure pour vous protéger du froid, dit Xamtys. Je suppose que vous voulez repartir dès demain matin ? Je vous ferai guider jusqu'aux entrées des tunnels quand vous serez reposés.

— Tu connais le secret ? lui demanda Tungdil, l'air étonné, en étouffant un bâillement. Alors que les Premiers n'y sont jamais entrés ?

— Ma mère craignait que sa prise de pouvoir soit mal vue des autres tribus. Pour éviter les querelles, elle s'est tenue tranquille et c'est aussi ce que j'ai fait.

— Alors, au nom du Conseil des Maisons naines, je te demande d'envoyer au moins une légation de tes clans dans les Montagnes Bleues pour prendre part aux délibérations. (Tungdil mit beaucoup d'insistance dans son discours.) Tu as mentionné tout à l'heure la communauté des tribus. Aide les autres tribus à la faire renaître.

— Il n'a pas exagéré quand il vous a décrit le Pays Mort, ô grande reine ! dit Rodario pour le soutenir. Nous avons vu de quoi les Orcs sont capables. Seul votre peuple peut les arrêter, eux et Nôd'onn. Parlez avec les rois et les chefs de clan des Quatrièmes et des Seconds et ne craignez pas ce qu'ils pourraient vous dire. Le temps n'est plus aux hésitations.

Tungdil lui adressa un regard de reconnaissance. *Qui l'aurait cru ?*

Xamtys les regarda d'un air bienveillant.

— Dès que vous partirez pour les Montagnes Grises, mes clans et moi-même irons retrouver nos frères et sœurs, pour la première fois depuis tant de cycles. (Elle avait l'air décidée, sa massue heurta son trône.) Vous avez raison, cette affaire ne souffre plus aucun délai.

* * *

— C'est très aimable à toi, articula Boëndal d'une voix hésitante à cause de la douleur, mais je ne veux pas de ton aide. Je survivrai à la blessure sans ta Magie.

Les aides l'avaient porté dans une chambre chauffée, lui avaient retiré sa cotte de mailles et avaient découvert ses blessures pour pouvoir les soigner. Les premiers bandages étant entièrement imbibés de sang, il attendait maintenant de nouveaux pansements.

Andôkai, qui était tout aussi livide que lui, était assise à côté de son lit. Elle examinait les points d'impact. Son corps luttait contre les effets des flèches des Albes : certains organes internes avaient été touchés par les pointes, d'où l'importante perte de sang.

— Je m'y connais en blessures, et je ne partage pas ton optimisme, dit-elle avec franchise. (Ses yeux bleus reflétaient son inquiétude.) Ravale ta fierté et rappelle-toi que nous avons une mission à remplir.

— La fierté n'a rien à voir là-dedans, s'écria son frère qui se tenait au pied du lit et surveillait attentivement la scène.

Il n'avait toujours rien mangé depuis leur arrivée et avait seulement enlevé son manteau.

— Nous ne voulons pas de ta Magie, c'est de la mauvaise Magie. Tu implores Samusin, mais tu pourrais faire entrer le mal en lui.

— C'est absurde, répliqua-t-elle.

Boëndal ferma les yeux, sa respiration s'accéléra.

— Je… ne… veux… pas.

— Si ton corps de Nain n'était pas si robuste et que ta tête ne soit pas si dure, tu serais déjà mort, dit-elle froidement. Pendant combien de temps veux-tu encore jouer avec ta vie ? Laisse-moi t'aider tant que je le peux encore. Mes forces diminuent, elles aussi.

Mais il ne répondit plus ; au lieu de quoi Boïndil désigna la porte d'un signe de tête.

— Occupe-toi de ton blessé, magicienne, et laisse les Nains se charger eux-mêmes des leurs.

La Mage se leva, une main posée sur la poignée de son épée, et se dirigea en silence vers la porte.

— Ce n'est pas ce qu'il a voulu dire, murmura Boëndal. Je te remercie de ton offre mais Vraccas veillera à ce que je survive.

Andôkai jeta son manteau sur ses épaules.

— Puisse ton dieu t'entendre !

La porte claqua en faisant tinter la serrure, puis la chambre fut de nouveau plongée dans le silence.

— Quoique, je n'en suis plus aussi sûr…, dit Boëndal au bout d'un moment.

— Sois tranquille, mon frère, l'interrompit Boïndil. Vraccas t'a vu et te donnera une longue vie. Si l'un de nous mérite la mort, c'est moi. Ne t'inquiète pas.

Il lui redonna une gorgée d'eau et quitta aussi la chambre pour aller chercher les infirmiers et des bandages propres.

Vraccas soit avec lui !

Son armure était mille fois plus lourde que d'habitude, il avait l'impression que ses jambes portaient des tonnes et toutes ses pensées allaient à Boëndal. Son visage cireux l'effrayait, ainsi que ses blessures, il était maintenant à deux doigts de rejoindre la Forge Éternelle. La magicienne avait raison au sujet de la résistance de son peuple. Un Homme n'aurait pas survécu à de telles blessures, mais il n'était pas certain qu'un Nain les supporte beaucoup plus longtemps.

Dans le couloir, il rencontra Tungdil qui s'apprêtait à rendre visite au blessé.

— Comment va-t-il ? demanda-t-il nerveusement.

— Il dort. Ses pansements sont imbibés de sang, il a besoin de nouveaux bandages de toute urgence, dit le guerrier, au comble de l'agitation.

La lueur démente dans ses yeux avait disparu pour faire place à une immense inquiétude.

— Je pensais qu'Andôkai voulait s'occuper de lui ? Sa Magie n'a pas eu d'effets ? s'étonna Tungdil.

— Nous ne voulons pas de son aide, répondit Furibard. La Magie, c'est rien que de l'esbroufe. Et Samusin, nous ne voulons rien avoir à faire avec lui.

Il passa devant lui et appela les infirmiers qui arrivèrent en courant avec de nouveaux bandages.

Tungdil savait qu'il pouvait s'épargner une querelle au sujet de la Magie avec les jumeaux. La frontière entre conviction et rigidité n'était que trop ténue. *Boëndal préférerait mourir plutôt que d'être soigné par la Mage.*

Il entra silencieusement dans la chambre et examina le Nain qui était étendu, comme mort, sur les coussins. Son visage était pâle, sa poitrine se soulevait à peine quand il respirait. Les infirmiers lavèrent délicatement les croûtes de sang, recousirent les plaies béantes puis les recouvrirent de mousses amollies par trempage. Le suc apaisa les douleurs du blessé.

— Nous allons devoir continuer sans lui, dit Tungdil à mi-voix. Dans son état, il ne ferait pas cent pas qu'il mourrait dans nos bras.

— Non… j'y arriverai, l'érudit, articula Boëndal doucement, mais sur un ton décidé. (Il lui jeta un regard implorant et prit sa main.) Encore deux lunes, et nous pourrons repartir. Ce ne sont que des égratignures !

Tungdil jeta un coup d'œil interrogateur à l'un des infirmiers qui secoua la tête.

— Non, ça n'ira pas. Ce ne sont pas les blessures visibles qui posent un problème, mais les blessures internes. Chaque mouvement aggrave son cas. Il tomberait à terre en se tordant de douleur. Il ne peut pas reprendre la route.

— Reste ici et soigne-toi, Boëndal. Nous nous retrouverons en temps voulu pour le grand combat contre Nôd'onn, décida Tungdil à regret. Tu as fait ta part.

— Je vous accompagne ! Là où va l'un, l'autre va aussi. C'est la plus grande mission que notre peuple ait jamais… (Il voulut se redresser, mais dès que son buste bougea un peu, il poussa un gémissement et une tache rouge foncé apparut sur les bandages tout propres.) On dirait que tu as raison, l'érudit, balbutia-t-il les dents serrées. (Il se tourna vers son frère.) Tu devras les protéger, lui et les autres, tout seul.

Boïndil se tenait raide comme un piquet à côté du lit, ne sachant que dire.

— Pour la première fois de notre vie, nous allons être séparés, dit-il d'une voix mal assurée tout en prenant la main de Boëndal. Tu me manqueras pendant les combats. Les cent premières faces de groin seront pour toi.

— Tu as de grands projets, dit son frère en souriant faiblement. Mais ne présume pas trop de tes forces. Je ne pourrai pas assurer tes arrières. (Ils s'étreignirent, des larmes coulèrent le long de leurs joues barbues. Ils n'avaient encore jamais connu une telle séparation.) Et calme ta folie, mon frère. Tu devras plus que jamais contrôler ta colère, promets-le-moi !

— Je te le promets, jura solennellement Furibard. Et maintenant, repose-toi.

Il quitta la pièce en même temps que Tungdil.

— Quand partons-nous ?

— Dès que possible, répondit Tungdil. Andôkai a retapé Djerůn avec sa Magie. Il est maintenant en état de voyager, même si je ne sais pas encore exactement comment nous le ferons monter dans un wagonnet.

— Nous aurons de toute façon besoin de plusieurs wagonnets, estima Boïndil. Poing-Marteau, Barbe-brillante, les trois comédiens, nos métaux, la Mage et son âme damnée, tous ne tiendront jamais dans une seule voiture.

— Et Balyndis, ajouta Tungdil.

— Qui ?

— La forgeronne.

— Une bonne femme, donc.

— Tu as l'air aussi enthousiaste que Bavragor, dit Tungdil sur un ton acerbe.

— Oh ! je suis le dernier à dénigrer les femmes. J'aime les Naines bien faites sur lesquelles on peut compter pour se réchauffer, avec ce qu'il faut de poitrine et un visage bien rond, mais…

— On trouve aussi maintes forgeronnes dans les clans des Seconds. Et à ce qu'on raconte, Smeralda savait aussi bien se battre que… *Nom d'un chien !*

Boïndil se figea en entendant le nom de son amour défunt.

— Oh ! et puis, qu'elle nous accompagne. Je suis fatigué.

Il parcourut le couloir à pas lourds jusqu'à sa couche.

Tungdil le regarda partir, inquiet. *C'était stupide. Une sacrée gaffe*, se tança-t-il.

— Crois-le ou non, mais je sais très bien me servir d'un marteau et d'une enclume, dit une voix féminine derrière lui.

Tungdil se retourna, effrayé.

— Pardonne-moi, je ne voulais pas te faire peur. (Balyndis se tenait devant lui, elle portait toujours sa cotte de mailles, ses longs cheveux bruns encadraient son visage rond.) Je voulais juste te dire que je me réjouis de me joindre à vous.

Le cœur de Tungdil se mit à battre un peu plus vite. L'idée de passer avec elle les prochaines lunes à sillonner le Pays Sûr lui plut tellement qu'elle dissipa ses inquiétudes au sujet de Boëndal. Charmé, il plongea son regard dans ses yeux noirs et fut incapable de parler.

— Tu sais, je manie la hache aussi bien et aussi sûrement que le marteau. (Tungdil sourit, ne parvenant toujours pas à parler. Balyndis ne savait pas comment interpréter son silence.) Tu me crois, ou tu veux que nous combattions, pour voir... ?

— Par Vraccas non ! cria-t-il en levant les bras. Je te crois ! Je sais que les Naines savent se battre.

Mais la forgeronne s'offusqua tout de même de ses paroles.

— Puisque c'est comme ça, Tungdil, j'insiste pour que tu me mettes à l'épreuve, dit-elle en dégainant sa hache.

Les muscles de ses bras et de sa poitrine se bandèrent.

— Non, je le pensais sincèrement, dit-il pour se rattraper. J'ai juste... peur... de... te blesser.

— Ah ? Parce que tu crois que tu arriverais à me blesser ?

C'est fou, elle retourne tout ce que je dis contre moi !

— Par inadvertance surtout, hasarda-t-il encore pour se tirer de ce mauvais pas. (Elle faisait tournoyer le manche de sa hache avec l'air de vouloir en découdre.) Je te crois, Balyndis...

— Eh bien, moi pas, dit Bavragor de sa voix de ténor en s'approchant, la main droite sur son marteau. J'aimerais voir si elle sera un poids pour nous lors des combats ou si elle se bat comme le petit Goïmgar.

Elle pencha la tête.

— Tu vas bientôt voir des étoiles avec l'œil qui te reste, lui prédit-elle.

Tungdil recula juste à temps pour ne pas être pris entre le marteau et la hache.

Leurs armes s'entrechoquèrent. Bavragor grogna d'admiration, et se trouva bientôt dans une situation difficile, car il ne s'attendait pas à une telle force ni à une telle rapidité. Elle l'attaquait sans cesse de son côté aveugle ce qui l'obligeait à tourner la tête. Tandis qu'il repoussait la hache, elle en leva subitement le manche, qui atteignit Bavragor au casque. Étourdi, il chancela contre le mur et tomba sur les fesses.

Ébahi, il regarda Balyndis qui ricanait, puis se tâta le crâne, incrédule. Ses épaules se mirent à trembler, d'abord lentement, puis de plus en plus fort jusqu'au moment où un puissant rire surgit de son gosier et retentit dans le couloir.

— Bien fait pour moi ! dit-il d'un air amusé. (Il se remit debout et lui tendit la main, rêche et couverte de durillons, qu'elle serra volontiers.) Voilà une femme épatante. Elle sait y faire.

— Maintenant que l'affaire est entendue et que nous savons que tu sais très bien te battre, nous devrions aller nous coucher pour nous reposer et être en forme pour reprendre la route demain.

Tungdil lui fit un signe de la tête, se réjouissant d'avoir échappé au combat.

Balyndis sourit et allait se retourner lorsque Bavragor lui agrippa le bras.

— J'ai une meilleure idée. Tu pourrais me montrer la meilleure taverne des Montagnes Rouges, et je pourrais goûter la bière des Premiers. Je te chanterai même une petite chanson.

Elle accepta sans hésiter, et le suivit dans le couloir dans l'autre direction.

— Tu viens avec nous, Tungdil ? demanda-t-elle peu avant de bifurquer.

— Non, il ne vient pas. C'est notre chef, il doit sûrement consulter des cartes pour savoir dans quel état sont les tunnels, dit Bavragor en plaisantant à moitié.

— Ne bois pas trop de bière, lui dit Tungdil. Les tunnels sont pleins de virages serrés.

Il leur souhaita une bonne soirée d'un signe, puis se retira dans sa chambre pour réfléchir aux événements. Il était hors de question pour lui de rêver à une aventure avec Balyndis, si séduisante soit-elle. Cela ne ferait que le distraire.

Dans sa chambre brûlait une lampe à huile solitaire, qui n'éclairait que modestement le mur en pierre. L'ambiance était à la détente avant le départ.

— Tungdil ?

Il sursauta en entendant la voix dans son dos et attrapa sa hache pour se défendre, puis il scruta, méfiant, la niche obscure qui se trouvait à côté de la porte.

— Narmora ?!

Elle portait son armure de cuir noir et semblait étrangement dangereuse. Instinctivement, Tungdil pensa à Sinthoras.

Il ne lâcha pas son arme, et son aversion latente contre cette femme s'intensifia. *C'est insensé. C'est une femme.*

— Que puis-je pour toi ? demanda-t-il, se forçant à sourire.

—J'ai réfléchi, commença-t-elle, hésitante. À propos des versets qu'Andôkai a fait apparaître dans le feu.

—Ceux qui disent que les ennemis des Nains doivent manier la Lame ? (Il tendit l'oreille.) Tu as une solution ?

—Les Albes, dit Narmora précautionneusement. Les Albes aussi sont vos ennemis, non ?

—Les vrais, concéda Tungdil, pas les Albes d'opérette. Mais ta proposition t'honore.

Elle enleva son foulard, laissant apparaître deux oreilles en pointe.

Tungdil recula encore, empoignant sa hache plus fermement encore.

—Toi, une Albe ? C'est impossible, parvint-il à articuler après un long et profond silence. Mais tes yeux ne deviennent pas noirs pendant la journée. (Il rit, soulagé.) J'ai bien failli te croire, pendant un moment.

Narmora tourna ses mains vers la lampe, paumes vers le haut et murmura des paroles incompréhensibles. La flamme faiblit aussitôt, jusqu'à ce que seule la mèche rougeoie encore.

Comment a-t-elle fait ça ? Alchimie ? Empli d'effroi, il contempla la source de lumière en train de s'éteindre. Il se tourna vers elle, elle avait disparu.

—Où... ?

Elle se redressa tout d'un coup de toute sa hauteur derrière lui.

—Moitié humaine, moitié albe, lui chuchota-t-elle à l'oreille. Ma mère m'a légué ses dons et ses armes. De mon père, je n'ai pas reçu grand-chose, mais ses yeux sont un grand atout.

En un battement de cils, la menace qu'elle représentait disparut, elle se leva et ralluma la lampe d'un mouvement doux.

—Excuse-moi si je t'ai fait peur. Me crois-tu maintenant ?

Tungdil sortit de sa paralysie. *Cela explique mon aversion à son égard.*

—Et comment ! dit-il. Au moins la question de savoir qui doit porter la Lame de Feu est réglée. (Il gratifia Narmora d'un regard reconnaissant.) C'était courageux de ta part de me révéler tout cela. Et en plus, tu as une sacrée mission à accomplir, maintenant.

Elle le regarda, la sauvagerie et le danger s'étaient estompés.

—Qui d'autre aurait pu convenir ? Un Orc ? Un vrai Albe ? J'en doute. (Elle posa les mains sur les poignées de ses armes.) L'un de vous autres Nains va devoir m'apprendre à me servir d'une hache, si vous voulez que je fasse bonne figure face au Mage.

—Nous devrions en parler aux autres.

Narmora réfléchit.

—Oui, il va bien falloir. Je suis curieuse de savoir comment ils vont le prendre.

En disant cela, elle pensait surtout à Boïndil.

Tungdil lui fit un sourire réconfortant.

—Il ne t'arrivera rien, je te le promets.

Elle eut un rictus mauvais qui rendit ses traits encore plus albiques.

Ils convoquèrent rapidement leurs compagnons et se réunirent dans sa chambre, où il leur expliqua ce revirement de situation.

—Et alors, nous réussirons à vaincre Nôd'onn, dit-il pour conclure.

Il attendit avec impatience les premières réactions.

—Je devrais la tuer, dit pensivement Furibard, sans avoir l'air de vouloir mettre ses paroles à exécution.

—Ou alors, tu ne devrais tuer qu'une seule moitié d'elle. Et dans quelle moitié se cache l'Albe ? La partie droite ou la gauche ? En haut ou en bas ? Vraccas nous pardonnera de devoir sauver le royaume avec son aide, répliqua Tungdil. Il n'y a pas d'autre solution.

Furgas tenait Narmora dans ses bras et avait l'air préoccupé, ce que le Nain comprit parfaitement. Sa dulcinée allait être confrontée à un Mage que l'on tenait pour invincible.

—Vous deux, dit-il en désignant Rodario et Furgas, vous pouvez rester parmi les clans des Premiers et à notre retour...

—Jamais je ne la laisserai seule, déclara Furgas d'un ton décidé. Vous aurez sûrement besoin d'un technicien en route.

—Et aussi d'un acteur et comédien hors pair, glissa Rodario, qui se rendit compte qu'il ne pouvait pas vraiment expliquer à quoi il allait bien pouvoir servir durant ce voyage.

Pour étayer ses dires, il afficha un sourire conquérant sur son visage aux traits fins.

—C'est vrai, dit Boïndil à la surprise de tous. Il distraira nos adversaires par ses bavardages.

Les Nains ricanèrent, seul Goïmgar garda son sérieux avant d'exploser.

—Gandogar est sûrement déjà arrivé aux Montagnes Grises, dit-il depuis le coin où il se tenait. Il sera le premier à forger la Lame de Feu et deviendra Grand-Roi, et vous ne pourrez pas l'en empêcher. (Il regarda Narmora avec mépris.) Ça ne marchera jamais, avec elle. Elle n'est qu'à moitié Albe.

Sur ces paroles, il se leva et sortit. Tous gardèrent le silence.

—Alors elle tuera Nôd'onn à moitié, grogna Bavragor après quelque temps. (Il avala une gorgée du hanap qu'il avait apporté avec lui.) Et nous nous chargerons du reste.

Cette remarque détendit l'atmosphère et ils se mirent tous à rire, soulagés.

* * *

Le lendemain matin, en compagnie de la reine Xamtys et des délégués de ses clans, ils parcoururent les galeries qui sillonnaient les Montagnes Rouges, guère différentes de celles creusées par les Seconds, empruntant au passage les ponts miroitants qu'ils avaient vus à leur arrivée.

Bavragor ne pouvait s'empêcher de passer ses doigts sur les murs, de tâter par ici, de tapoter par là.

— Pas mal, mais sans plus, dit-il d'une façon étonnamment diplomatique.

Ils firent bientôt face à une massive porte en acier dans laquelle des runes d'or scintillaient. La reine les lut à haute voix et la porte s'ouvrit pour elle. La salle qu'elle dissimulait ressemblait dans les moindres détails à celle d'où Tungdil et sa troupe étaient partis ; les chaudières à vapeur et les roues dentées étaient identiques aux autres, tout comme les huit rails. Les ingénieurs mirent les machines en marche. Celles-ci se mirent bientôt à siffler, à bouillonner et à crépiter, et l'air ne tarda pas à être empli d'une odeur de métal brûlant et de graisse.

— Les Premiers ont bien entretenu le système de tunnels, dit Furgas en voyant tout cela. Pas de rouille, pas de poussière. Ils auraient pu l'emprunter à tout moment par le passé, j'imagine.

— Ce fut une erreur de ne pas le faire, regretta Xamtys tout en donnant ses ordres pour que les wagonnets soient préparés et chargés pour l'expédition.

L'un d'entre eux était destiné à Djerůn, dont on ne remarquait presque plus les blessures. Les endroits endommagés sur son armure avaient été réparés la nuit même par les forgerons ; une personne non avisée aurait eu du mal à voir une différence avec son équipement habituel. Ils démontèrent pour lui les rangées de sièges de la voiture afin qu'il puisse s'y allonger. Il devait garder cette position pour éviter d'être pendu ou décapité à cause de sa taille.

Les Nains prirent place dans un autre wagonnet. Les comédiens, Andôkai et les matériaux dont ils avaient besoin pour fabriquer la Lame de Feu allèrent dans le dernier de ces véhicules.

Elle a l'air fatiguée. Tungdil s'approcha d'Andôkai.

— Comment allez-vous ? Et vos forces ? Vous disiez que vous étiez épuisée ?

La Mage attacha sa chevelure blonde avec une lanière de cuir pour ne pas être gênée pendant le trajet.

— Préfères-tu entendre la vérité ou dois-je te mentir ?

— La vérité.

Elle s'assit au bord d'un wagon et observa les préparatifs.

— Mes pouvoirs magiques seront bientôt complètement épuisés. Cela fait trop longtemps que je ne suis pas allée dans une région de champs magiques d'où je pourrais tirer de nouvelles forces.

— Est-ce la raison pour laquelle les Mages ne quittaient jamais leurs royaumes ?

Elle observa le visage barbu de Tungdil.

— Oui, tel est le secret des Mages. Naturellement, nous pouvons aussi utiliser notre Magie à l'extérieur de ces champs, mais les énergies que nous portons en nous faiblissent vite et sont encore plus rapidement utilisées. Imagine une outre en cuir trouée. Elle perdra de l'eau sans que tu boives. Quelques sorts puissants, et c'est fini. (Elle regarda Djerůn.) C'est pourquoi j'ai appris à me battre et l'ai toujours à mes côtés. Je ne veux pas être totalement démunie sans mes pouvoirs magiques.

Tungdil réfléchit.

— Pourrait-on y voir un moyen de vaincre Nôd'onn ?

Elle secoua la tête

— Je n'y compterais pas. L'être qui l'habite lui a conféré un pouvoir inégalé à ce jour.

Le Nain regarda Narmora et repensa à ce qu'elle avait fait avec la lampe.

— Et elle ? Elle maîtrise la Magie...

— Non, sûrement pas. Je n'en sais certes pas beaucoup au sujet de son peuple, mais il ne doit pas s'agir de pouvoirs bien puissants. Je pense qu'il s'agit de capacités innées... Créer de l'obscurité, éteindre une flamme, modifier les rêves. De petites choses qui effraient les Hommes et servent à alimenter les légendes sur les Albes.

— Rien de plus ? Sinthoras a pourtant brisé votre bouclier de protection magique.

— C'était de la ruse, pas de la Magie. Tu te rappelles que nous avons trouvé des cristaux près du corps de l'Albe ? (Tungdil hocha la tête.) C'est Nôd'onn qui les lui a donnés pour le protéger des pouvoirs des Mages. Il en a attaché un à sa flèche, qui a ensuite annulé mon sortilège. (Andôkai se leva.) Tout est prêt. Nous pouvons partir. (Les préparatifs étaient terminés et même le wagonnet de la reine avait été posé sur les rails.) N'oublie pas, Tungdil : je vais ménager mes forces. Ne comptez pas sur moi pour intervenir à tout bout de champ.

— Je le dirai aux autres. *Tout ira bien, même sans Magie.*

Ils retournèrent vers les rampes, où Xamtys inspectait les véhicules.

— J'ai hâte de connaître l'effet d'un tel voyage. (Elle passa la main dans son duvet clair.) Et je me réjouis de voir les visages de tous ces gaillards. (Elle sauta sur son siège et lâcha le frein.) Nous vous attendrons avec la Lame de Feu. Que Vraccas soit avec vous !

Ils roulèrent sur les rails et disparurent dans le tunnel.

— Et avec toi ! cria Tungdil dans sa direction tout en marchant vers la rampe suivante pour s'asseoir dans son wagonnet. Il glissa sous sa cotte de mailles la carte que la reine lui avait donnée et sur laquelle figuraient les liaisons entre les tunnels. Boïndil était assis à côté de lui ; derrière eux, Bavragor et Balyndis riaient.

—Tenez-vous tranquilles, là derrière, leur dit Furibard, énervé.

Il n'était du reste pas difficile de voir qu'il était de mauvaise humeur ; sans son frère, il se sentait mal et irritable.

Rodario écrivit à la hâte ses dernières lignes et reboucha soigneusement la bouteille d'encre, qui avait dégelé, pour éviter qu'elle s'ouvre pendant le voyage et tache ses vêtements.

—On va bien s'amuser ! se réjouit-il. Nous devrions aussi construire un truc comme ça, Furgas. Les clients pourraient faire un tour avec, comme les héros de notre pièce.

—Oh non ! ça ne va pas être amusant, le contredit amèrement Goïmgar. Ton estomac va se retourner, ta barbe va te chatouiller le visage et tu n'auras plus qu'une seule envie : vomir.

—Allons, allons… J'ai déjà vécu pas mal de choses, dit Rodario tout en essayant d'attacher le cordon de sécurité sur son ventre, et je serais étonné que ce soit si terrible.

Lorsque le convoi eut atteint la voie d'accélération et fut précipité dans le vide pratiquement à la verticale, Rodario hurla de terreur et dut lutter contre une insupportable nausée. Cela faisait longtemps que l'on n'avait plus vu un large rictus éclairer le visage de Goïmgar.

Le Pays Sûr, Royaume nain du Second Père, Beroïn, en l'hiver du 6 234e cycle solaire

Balendilín se tenait dans ses appartements, soupesant sa hache d'armes et exécutant quelques coups d'essai pour s'assurer qu'il était encore capable de manier sa lame suffisamment rapidement même avec un seul bras.

—Ils sont de plus en plus nombreux, mon roi, lui cria-t-on avec inquiétude depuis l'extérieur. Viens voir par toi-même.

À croire que c'est le discours de Bislipur qui les a attirés. Il sortit, et longea les rangs interminables des guerriers des Seconds et des Quatrièmes qui gardaient le silence. Depuis la terrasse la plus élevée de la forteresse d'Ogremort, il regarda en contrebas, juste devant les portes. Ils grouillaient de partout. Des milliers de points, petits et grands, qui bougeaient dans tous les sens. L'air empestait la graisse rance et les miasmes des Orcs, qui s'étaient installés un mille plus loin et se préparaient à l'attaque. Leurs hurlements lui parvenaient, étouffés.

Au loin, Balendilín vit de gigantesques tours d'assaut en bois, que l'on faisait rouler en direction de la forteresse. Leur progression était inexorable. Elles mesuraient bien quarante pas de haut. *Assez pour parvenir aux créneaux du premier rempart.*

Ces affreuses constructions en bois n'étaient même pas droites. Ce qui ne dérangeait pas ces brutes, tant qu'elles remplissaient leur fonction et les aidaient à passer le premier obstacle sur la voie qui menait au cœur du Second Royaume nain. Les tours avaient été revêtues de peaux humaines, qui seraient arrosées sitôt la bataille commencée afin d'éviter que le bois prenne feu trop vite sous le coup des projectiles incendiaires.

— Je ne pensais pas qu'ils allaient attaquer les Royaumes nains si vite, dit Bislipur, qui l'avait rejoint et observait leur rassemblement. (Il portait une armure intégrale et donnait l'image d'un guerrier comme il y en avait peu dans le Royaume nain.) Ils sont au moins dix mille. J'ai bien fait d'appeler les miens en renfort.

Il escomptait une louange de la part du roi, mais celle-ci ne vint pas.

— Des Orcs, des Bogglins, une poignée d'Ogres, des Trolls et quelques Albes, dit Balendilín en les dénombrant. Tungdil n'a pas menti en nous avertissant des intentions de Nôd'onn.

Il observa les Nains qui prenaient position aux premières ceintures de défense et qui se préparaient à l'assaut de ces bêtes. *Si le magicien nous envoie ses serviteurs en si grand nombre, c'est parce qu'il est sûr de conquérir les Royaumes des Hommes. Je n'aime pas ça du tout.*

— Si les premières défenses tombent, nous nous retirerons au fond des montagnes.

— Et ça changera quoi ?

— S'ils nous suivent, ils sont perdus. Nous connaissons les montagnes bien mieux qu'eux.

— Tu penses que nous n'arriverons pas à tenir les bastions ? demanda Bislipur, étonné. Les cinq mille guerriers de nos tribus respectives devraient pourtant suffire à rendre la forteresse inexpugnable quoi qu'ils fassent.

— Depuis que c'est le Mal qui fait la loi au Pays Sûr, je m'attends à tout.

Le roi donna comme consigne à ses meilleurs guerriers de renforcer la garde à l'entrée des tunnels. *Oui, je m'attends à tout.*

Il se rendit ensuite au chemin de ronde, où il put contempler la masse des ennemis dans toute son ampleur : un ramassis bigarré et hétéroclite de ce que Tion avait engendré de pire, qui piaffait d'impatience d'anéantir les Nains et d'ouvrir la Porte Haute à leurs parents.

Les armures des Orcs et des Bogglins sont celles des mercenaires de la reine Umilante. Les mercenaires n'ont pas réussi à vaincre ces monstres. Balendilín observa les brutes qui se rassemblaient en groupes désordonnés pour participer à la première vague d'assaut et voir quel accueil leur réservaient les Nains.

— Que deux mille combattants aillent derrière la grande porte ! ordonna-t-il d'une voix ferme. Tenez-vous prêts.

Lorsque les Orcs, grognant, soufflant et écumant, se furent approchés suffisamment, il fit ouvrir le portail et ses guerriers tentèrent une sortie.

Il constata avec une grande satisfaction que les haches de sa tribu faisaient des ravages au sein des Orcs. Ces derniers ne s'étaient pas attendus à une contre-attaque aussi violente et ils cherchèrent leur salut dans la fuite avant d'être renvoyés au combat par des Trolls.

Mais les Nains étaient déjà de nouveau à l'abri derrière les murailles d'Ogremort, ne comptant qu'à peine trente blessés légers, contre des centaines de morts et de mutilés dans les rangs ennemis, étendus sur le sol poussiéreux du parvis. L'allégresse au sein des armées naines unifiées était immense.

— Vous voyez ce dont nous sommes capables quand nous combattons ensemble ?! clama Balendilín, plein de fierté, depuis sa position.

Puis il chercha Bislipur du regard, espérant que ce dernier s'adresserait lui aussi à ses guerriers.

Mais il ne le vit nulle part.

Le Pays Sûr, Royaume de Weyurn, sous terre, en l'hiver du 6 234e cycle solaire

Les wagonnets filaient à toute allure le long des tunnels, déchirant au passage les toiles d'araignées et soulevant des siècles de poussière. De temps à autre, une ombre de grande taille courait se réfugier dans l'obscurité des couloirs adjacents, fuyant la lueur des torches à l'approche de ces véhicules qui dévalaient les rails avec fracas ; preuve qu'il y avait bel et bien de la vie dans les sous-sols du Pays Sûr. Une vie craintive, toutefois, qui ne représentait aucun danger pour eux, car leur trajet ne fut émaillé d'aucun incident.

Tandis qu'ils approchaient du Cinquième Royaume nain par l'ouest, Tungdil comptait les marques sur les parois. À la fin de leur première journée de voyage, il avait calculé qu'ils avaient parcouru plus de deux cent cinquante milles.

— À ce rythme, nous serons chez les Cinquièmes dans quatre lunes, annonça-t-il avec joie à ses amis réunis autour du feu. Nous progressons rapidement.

Le groupe avait décidé de faire halte dans une grande salle traversée de deux voies et qui servait de jonction et de gare de triage. Le plafond était soutenu par des colonnes de pierres naturelles et des arcs maçonnés. Les runes naines sur les murs et les colonnes ne laissaient aucun doute sur l'identité des bâtisseurs. Le bois qui leur dispensait de la chaleur en crépitant provenait de restes de poutrelles inutilisées qu'ils avaient trouvés.

— Je ne crois pas que nous parviendrons à duper le Dragon, dit Goïmgar, découragé. Il va plutôt nous carboniser avec son souffle.

— Allons, allons ! On n'aura qu'à lui fourrer le long-sur-pattes dans le gosier, et comme ça, il ne pourra plus rien en sortir, fit Boïndil sans cesser de mâcher. Balyndis, c'est délicieux. Les Premiers s'y connaissent en charcuterie et en salaisons.

Il enleva du bout des doigts quelques fines herbes qui formaient une couche sur le jambon et qui avaient éveillé sa curiosité.

Bavragor donna une bourrade à Tungdil.

— Regarde-la ! Si ce n'est pas une beauté de forgeron... euh, de forgeronne ? (Son œil brun-rouge brillait de bonheur.) Cette cotte de mailles, ces brassards, ces jambières, c'est l'œuvre d'une maîtresse.

— Depuis quand t'y connais-tu en travaux de forge, toi ? (Tungdil fit un large sourire, et donna tacitement raison à Bavragor pour ce qui était de la qualité des ouvrages.) J'avais cru comprendre tout à fait le contraire.

— Oui, mais c'était avant le combat, se défendit-il. Là, j'ai été touché en plein cœur.

On le dirait. Depuis qu'elle l'avait vaincu lors de ce duel, c'était comme s'ils étaient plus proches d'heure en heure. Tungdil était content pour le borgne.

— Ce ne serait pas plutôt la tête, qu'elle t'a fait tourner ?

— Pas si vite, je n'arrive pas à suivre. (Rodario, qui avait écouté leur petite conversation, était assis tout près du feu et griffonnait fébrilement.) Je veux que la pièce soit aussi fidèle et réaliste que possible.

Pendant ce temps, Furgas inspectait la voie, avec Narmora qui montait la garde à côté de lui. Djerůn, lui, était accroupi, son arsenal déployé sur le sol, et se tenait immobile, comme toujours.

— Elle aurait frappé un peu plus fort que cela ne m'aurait pas dérangé, murmura Goïmgar tout bas, si bien que Tungdil fut le seul à l'entendre. Si je n'aimais pas tant mon roi, je devrais le haïr de m'avoir envoyé avec vous dans cette expédition.

Comme la plupart des autres soirs, il fut le premier à se terrer sous sa couverture et à fermer l'œil.

Le comédien ne se séparait jamais de son sac à costumes, le gardant toujours à portée de main. Bavragor s'en aperçut et ricana.

— Tu ne pouvais pas laisser ce sac chez les Premiers ?

Rodario le gratifia d'un regard réprobateur.

— Jamais de la vie ! Son contenu est bien trop précieux, et qui sait si nous n'aurons pas encore besoin de ces costumes ?

Un coup sonore leur fit dresser l'oreille. Un bruit qui ressemblait à un coup de marteau sur la pierre résonna dans les couloirs avant de faiblir peu à peu.

Ils interrogèrent Furgas du regard, toujours occupé à inspecter les rails de métal.

— Je n'ai rien fait, dit-il tout de suite. Ça vient du tunnel, là, devant nous.

Goïmgar se redressa.

— J'ai déjà entendu ce bruit-là ! (Il s'empara de son bouclier, soudain angoissé.) Ce sont les esprits des ouvriers morts, marmonna-t-il avant de se faire tout petit sous sa couverture. Vraccas, protège-nous !

Tungdil aussi s'en souvint.

— C'était peu avant d'arriver à Mifurdania, dit-il tout bas, et c'était exactement le même bruit.

Un signal ? Pour qui ? Pour quoi ?

— Taisez-vous.

Les instincts guerriers de Boïndil s'étaient éveillés. Il se leva, et courut vers l'entrée du tunnel tandis que Narmora gardait l'autre côté. Là, il tendit l'oreille en direction des ténèbres. Il y eut un long moment de silence, durant lequel personne n'osa seulement respirer.

Seule Andôkai demeurait impassible, se contentant de bourrer sa pipe et de l'allumer avec une braise. Balyndis lui fit un grand sourire, et suivit son exemple. Tout aussi tranquille, elle ramassa une braise avec son gant pour allumer son tabac. Les visages de ces deux femmes si différentes disparurent derrière le même nuage de fumée.

Furibard revint enfin près du feu.

— Rien. Je n'ai rien senti, rien entendu.

— Nous devons rester vigilants. La dernière fois que j'ai entendu ce bruit, la moitié du plafond s'est écroulée peu après, les prévint Tungdil, sur le point de se coucher.

Furgas et la demi-Albe rejoignirent le groupe en toute hâte.

— Il se peut que nous ne soyons pas les seuls à utiliser ces tunnels, confia Furgas au Nain. Les rails que j'ai inspectés ne présentent aucune trace de rouille, ni aucune patine.

— Ce qui veut dire que des wagonnets passent encore régulièrement dessus.

— Je voulais juste que tu le saches.

— Merci, Furgas. Mais garde cela pour toi. Je ne voudrais pas que Barbe-brillante nous claque dans les doigts, le pria-t-il.

Le Pays Sûr, Royaume nain du Second Père, Beroïn, en l'hiver du 6 234e cycle solaire

— Je peux faire quelque chose pour toi, Bislipur ? demanda aimablement le garde de droite en voyant le boiteux s'approcher de lui et de la porte qui donnait sur les tunnels.

— Oui. Mourir sans un bruit, lui répondit celui-ci tout aussi gentiment.

Mais Bislipur avait déjà brandi sa hache, et il l'abattit en oblique sur le cou non protégé du garde, qui mourut dans un léger râle. Un tel coup assené des deux mains ne pardonnait pas.

L'autre guerrier de faction avait à peine eu le temps de poser sa main droite sur le cor d'alarme et sa main gauche sur le manche de sa masse d'armes que la lame sanglante lui trancha la gorge et remonta jusqu'au cerveau, passant même à travers le casque.

Ça n'a pas été difficile. Bislipur essuya le sang de son visage, se retourna et émit un bref sifflement. À ce signal, deux cents de ses plus fidèles guerriers sortirent du couloir.

— Vous savez ce que vous avez à faire, leur dit-il, laconique, avant de prononcer la formule d'ouverture de l'accès à la salle qui menait aux voies. Pas de pitié pour ceux qui ont trahi Gandogar. D'ailleurs, ils ne vous feraient pas de quartier non plus.

Le Pays Sûr, Royaume de Weyurn, sous terre, en l'hiver du 6 234e cycle solaire

Cela se produisit alors qu'ils venaient de passer la marque du trois centième mille parcouru et de quitter les tunnels, pour passer par-dessus un pont étroit, sous lequel il n'y avait rien d'autre que de l'air et d'insondables ténèbres.

Le wagonnet de tête, qui transportait les Nains, se mit à sautiller alors qu'il était à pleine vitesse. C'est alors que deux des roues quittèrent les rails. Dans un déluge d'étincelles, le véhicule continua en équilibre sur deux roues. Mais malgré tous les efforts de ses occupants, il finit par basculer et fit un tonneau.

Les wagonnets suivants eurent juste le temps de freiner pour ne pas écraser les passagers du premier.

Tungdil, Balyndis et Boïndil s'en tirèrent plutôt bien : ils atterrirent sur le pont après plusieurs tours sur eux-mêmes. Leurs gants et leurs armures leur avaient épargné de vilaines écorchures.

Tungdil, pour sa part, finit sa course sur la forgeronne, ce qui ne manqua pas de l'embarrasser : il en devint même tout rouge. Elle le regarda dans les yeux et voulut dire quelque chose, mais se retint, se contentant de le regarder fixement.

C'est alors que les appels désespérés de Goïmgar lui parvinrent.

— Excuse-moi, dit-il, tout gêné.

Il se releva pour rejoindre Goïmgar.

Le frêle Nain était suspendu au-dessus du vide. Il glapissait, cherchant désespérément une prise sur la surface lisse du parapet, mais le poids de son sac à dos et de son armure l'entraînait impitoyablement vers le gouffre.

— Mais faites quelque chose ! Je tombe !

Tungdil se mit à courir à toute allure. Bavragor, qui était étendu à quelques pas de Goïmgar contre le rebord, se relevait en grommelant, les mains sur le crâne.

— C'est sûrement un Ogre qui m'a donné un coup de pied par-derrière.

Ce ne fut qu'à ce moment qu'il s'aperçut de la situation critique dans laquelle se trouvait son compagnon. Il se rua en avant pour l'agripper par le bras.

Trop tard.

Le visage horrifié de Goïmgar disparut, et son cri déchirant faiblit au cours de sa chute.

— Par Vraccas !

C'est tout ce que le tailleur de pierre fut capable de dire.

Boïndil, Tungdil et Balyndis ne parvinrent en bordure du parapet que pour voir le corps de Goïmgar englouti par les ténèbres.

— Place !

C'était Andôkai, qui passa soudainement devant eux, se jucha sur le muret d'un bond gigantesque. Elle prit son élan afin de plonger dans le vide, les bras étendus comme pour un saut de l'ange. Son manteau écarlate flotta comme un étendard dans son dos, puis elle disparut à son tour dans l'abysse.

Les Nains entendirent le tissu flotter et claquer, mais ils demeurèrent impuissants. Rodario alluma une torche, mais la lumière était insuffisante pour éclairer un tant soit peu le gouffre.

Au bout d'un long moment, ils virent une minuscule lueur bleu ciel dans le noir, loin en contrebas ; lueur qui s'éteignit aussitôt.

— Elle s'est écrasée ? demanda Boïndil. Cette étincelle, c'était son âme ?

Tungdil regarda Djerůn. Ce dernier était aussi immobile qu'une statue, comme à son habitude. À en juger par son comportement, il ne semblait pas se faire beaucoup de souci pour sa maîtresse, ce qui redonna espoir au Nain. *Je suppose qu'elle sait ce qu'elle fait.*

—La lueur se rapproche ! s'écria Balyndis. Elle remonte !

Un vent violent souffla des profondeurs, rapportant deux corps à hauteur du pont. C'étaient Andôkai et Goïmgar. La bourrasque les déposa en douceur sur le pont avant de retomber.

La longue chevelure blonde de la Mage était tout ébouriffée, et la barbe brillante du Nain donnait l'impression qu'une portée de souris avait farfouillé dedans à la recherche de nourriture. Le Nain était blanc comme un linge, mais indemne.

—C'était… indescriptible, dit Rodario, sidéré. Je n'arrive pas à y croire, honorable Mage ! Quelle abnégation, quel courage ! Jeter votre précieuse vie dans la balance pour le sauver… (Il gratifia Goïmgar d'un regard d'excuses.) Ce qui ne veut pas dire que ta vie vaut moins que la sienne…

—Il faudrait que tu jettes un coup d'œil au wagonnet, dit Andôkai à Furgas comme s'il ne s'était rien passé. (Elle rajusta son manteau avant de refaire sa tresse.) Tu penses que tu pourras le remettre en état ?

L'homme se rendit près du véhicule et secoua la tête avant même de l'avoir inspecté.

—Les roues sont voilées, et les essieux aussi sont tordus. (Il se baissa pour regarder en dessous.) Il y a des traces de coups sur la voie, nous avons eu de la chance de ne pas être éjectés nous aussi.

—L'or ! Le tionium ! s'écria Furibard, qui contourna le wagonnet à la recherche du chargement. Ils ont disparu !

Mécontent, Bavragor plongea son regard dans le gouffre.

—Je peux te dire, moi, où ils sont passés. Ils sont quelque part là-dessous, et sont toujours en train de tomber. Ils ne s'arrêteront qu'à l'autre bout du monde !

Il interrogea la Mage du regard.

—Sûrement pas, dit-elle pour décliner son invitation muette. Nous allons devoir trouver une autre solution.

Tous se turent. Il leur manquait désormais deux ingrédients essentiels à la fabrication de l'arme magique.

—Je savais bien qu'on n'y arriverait pas, dit Goïmgar, non sans satisfaction.

—Ben voyons ! Alors on peut te rejeter dans le gouffre, toi aussi, fit remarquer Boïndil dans un grognement. Maintenant qu'on n'a plus les lingots, on n'a plus besoin d'un tailleur de gemmes pleurnichard.

—Ce n'est pas dit ! s'écria Tungdil dans une tentative pour détendre l'atmosphère, devenue particulièrement pesante. Personne ne me fera croire qu'il n'y a pas assez d'or et de tionium dans un Royaume nain pour fabriquer la Lame de Feu.

—La voilà, la solution, approuva Andôkai, qui terminait d'ajuster son armure de cuir.

— Très bien. Fini les frayeurs, on repart. Répartissez-vous dans les véhicules qui restent, ordonna Tungdil, qui se sentait de mieux en mieux dans son rôle de chef. Nous allons nous relayer pour pousser les wagonnets, jusqu'à la prochaine pente.

— Pas la peine, dit la Mage, en pensant à Djerůn.

Le Pays Sûr, Royaume nain du Second Père, Beroïn, en l'hiver du 6 234e cycle solaire

Pour cette deuxième vague d'assaut, l'armée de Nôd'onn voulut attaquer sur les flancs. Au fur et à mesure que les tours de siège approchaient, les Nains criblaient de projectiles les peaux humaines humides et le bois qu'elles recouvraient, quand ils n'arrachaient pas l'une ou l'autre poutre, sans toutefois parvenir à renverser toutes les tours, ni à les faire s'effondrer.

Finalement, trois d'entre elles parvinrent aux créneaux. Les rampes d'assaut se baissèrent, et les tours vomirent leurs flots d'Orcs braillards. Mais c'était compter sans la féroce défense naine, orchestrée par Balendilín avec une telle habileté que pas un seul adversaire n'en réchappa.

— Versez du pétrole sur le bois, et tirez sur les tours, ordonna-t-il après avoir exterminé la première vague d'assaut et tandis que la suivante approchait.

Son plan fut couronné de succès. Peu de temps après, les tours étaient la proie de flammes aux couleurs vives. Le bois résineux brûlait comme de l'amadou. Les cordages cédèrent et les engins de siège s'effondrèrent avec fracas au pied du rempart. Les survivants de la première vague d'assaillants battirent en retraite dans un concert de couinements apeurés.

Mais cette fois, il y avait aussi des pertes du côté des Nains. Quatorze défenseurs avaient été tués par les flèches d'un Albe tireur d'élite, resté embusqué sur la dernière tour malgré les flammes. Sa cape avait pris feu mais il continuait à décocher ses traits. Il ne mit fin à son œuvre macabre que lorsque la corde de son arc brûla.

Malgré ces pertes, le moral des Nains était encore bon. Rien n'indiquait qu'Ogremort tomberait.

— Vous avez bien combattu, dit Balendilín, félicitant ses guerriers. Nous n'oublierons jamais nos frères tombés aujourd'hui. Leurs noms seront gravés en lettres d'or sur les murs de la Salle du Conseil. (Il contempla la foule de défenseurs barbus qui levaient les yeux vers lui, en sueur, mais heureux et encore loin d'être épuisés.) Vraccas nous a…

— Les Orcs ! s'écria un Nain qui se trouvait dans la tour d'observation et qui s'était brièvement retourné en direction de l'enceinte. Les Orcs sont dans nos murs !

Des centaines de ces créatures se jetaient en hurlant sur tout ce qui leur résistait. Elles occupèrent bientôt la totalité de la première terrasse. Elles agitèrent ensuite leurs boucliers, leurs haches, leurs épées et leurs lances pour railler les Nains.

Les tunnels ! Ils sont passés par les tunnels !

— Il faut les anéantir avant qu'ils ouvrent la Porte Haute ! Allez, Enfants du Forgeron ! dit Balendilín pour faire sortir ses guerriers de leur stupeur. Aucun Orc ne survivra à cette journée !

Un sursaut parcourut l'armée naine, qui prit immédiatement d'assaut la terrasse et se jeta sur ses ennemis de toujours. Son roi manchot participait aux combats, véritable exemple de bravoure.

C'est alors qu'un Ogre surgit de la salle d'accès aux tunnels, les lèvres posées sur l'embouchure d'un gigantesque buccin. Un son assourdissant retentit, salué par des cris de joie débordante de l'autre côté de la forteresse. Le deuxième assaut commençait.

Chapitre 8

Le Pays Sûr, Royaume nain du Second Père, Beroïn,
en l'hiver du 6 234e cycle solaire

Comment est-ce possible ? Les tunnels étaient verrouillés et gardés. Balendilín combattait à la tête de ses hommes contre un flot d'Ogres, d'Orcs et de Bogglins qui ne voulait pas tarir. Il n'avait pas le temps de jeter le moindre coup d'œil sur l'entrée du réseau souterrain et distribuait des coups de hache à l'aveuglette. Chaque ennemi tué par le roi était remplacé par deux autres.

Toutefois, ses guerriers et lui parvinrent à faire reculer les bêtes qui avaient attaqué par surprise jusque dans les couloirs souterrains. À l'issue d'une sanglante bataille qui coûta la vie à de nombreux Nains, ceux-ci parvinrent à refouler les assaillants jusque dans la salle de triage. Mais pas plus loin.

Il y en a trop ! Balendilín fut saisi d'effroi en voyant le nombre d'ennemis qu'ils étaient parvenus à emprisonner, sans toutefois les vaincre. Sans compter qu'un flux ininterrompu d'Orcs frais continuait à remonter des tunnels.

Derrière lui, un messager approcha, porteur d'une terrible nouvelle.

— Les monstres nous ont pris à revers, haleta-t-il. Ils nous ont attaqués par-derrière, ils ont ouvert les portes d'Ogremort, et la première et la deuxième ligne de défense sont tombées.

Balendilín flaira une trahison.

— Inondez les terrasses extérieures d'huile bouillante. Cela devrait les…

— Impossible. Ils ont détruit les dispositifs.

Détruit ? Son assurance de finir vainqueur vacilla. *Quelqu'un leur aura révélé l'emplacement des différents dispositifs. Ce n'est pas possible autrement.*

— Dis aux nôtres de battre en retraite après avoir fermé l'accès aux tunnels. Qu'ils abandonnent la partie extérieure de la forteresse, nous allons défendre notre royaume de l'intérieur. (Il lui administra une tape sur l'épaule.) Vite !

Le messager hocha la tête et partit en courant.

Le roi était certain que tous ces événements malencontreux ne devaient rien au hasard. Comment expliquer autrement l'arrivée des Orcs par des tunnels dont ils avaient oublié l'existence depuis des centaines de cycles, la mise hors d'usage des mécanismes de défense des terrasses extérieures de la forteresse et la prise à revers des défenseurs nains ?

On les a renseignés. Quelqu'un les avait préparés à cet assaut, et leur avait révélé dans les moindres détails tous les points faibles de la forteresse. *Quel Nain digne de ce nom commettrait un acte si ignoble ?* Il n'arrivait pas à imaginer un Nain, qui qu'il soit, capable de s'allier aux Orcs de son plein gré. *Nôd'onn ! Peut-être a-t-il ensorcelé l'un d'entre nous !* Chaque instant comptait. Il devait prendre une décision, et vite.

— Deux cents guerriers avec moi, les autres restent ici, et tiennent ces bêtes en respect, ordonna-t-il avant de remonter le couloir à toute allure en direction de la Porte Haute.

Son objectif était de détruire le pont-levis avant que les Orcs l'abaissent pour leurs frères de l'Outre-Pays. Sa rage et sa haine à l'égard de Nôd'onn augmentaient à chacun de ses pas.

Le Pays Sûr, quelque part en dessous du Royaume de Weyurn, hiver du 6234ᵉ cycle solaire

— Il ne se repose donc jamais ? demanda Rodario, curieux, à la Mage. Cela fait déjà un bon moment qu'il pousse.

— Djerůn est habitué à travailler, contrairement à toi, répliqua-t-elle sèchement.

Le comédien eut l'air outré, et en resta presque bouche bée.

— Mais qu'ai-je bien pu faire à l'honorable Mage pour qu'elle ne cesse de me…

Elle se retourna.

— Monte, Djerůn, nous arrivons sur un tronçon en pente.

Toujours aussi obéissant, le guerrier cuirassé sauta dans le dernier wagonnet, en prenant soin de s'y faire aussi petit que possible pour ne blesser personne et surtout pour ne pas se cogner la tête au plafond.

— Vous pouvez toujours tenter de m'ignorer si cela vous chante, poursuivit l'acteur, mais cela ne vous servirait à rien. Dites-vous bien que si vous faites mauvaise impression sur moi, votre rôle dans la pièce que je vais quand même écrire ne pourra que s'en ressentir, vous comprenez ?

La Mage le foudroya du regard.

— Le jour de la première, Djerůn sera là. Et tu verras à son comportement si cette pièce m'agrée ou non. S'il brandit sa hache, tu auras intérêt à prendre tes jambes à ton cou. (Rodario tenta de soutenir son regard, en vain.) Je n'ai rien contre toi personnellement, mais je ne supporte pas tes manières et ton affectation.

Il fit la moue. Sa bonne humeur l'abandonna.

— Mais dites-le, que vous ne me considérez pas vraiment comme un homme. Car, bien sûr, un homme, c'est quelqu'un qui sait manier une épée, soulever un cheval et lancer des sorts.

— Je te prie de m'excuser, dit-elle d'un ton moqueur. Tu me comprends mieux que je l'aurais cru. Comme tu vois, tu ne remplis aucun des trois critères. Tu peux donc t'épargner la peine de solliciter mes faveurs avec la lourdeur qui te caractérise et qui nous dérange, moi comme les autres.

Comme toujours, la Mage ne jugea pas nécessaire de baisser le ton. Rodario devint pivoine, et il préparait sa réplique lorsque le wagonnet se pencha vers l'avant et accéléra brutalement. Le contenu de son encrier déborda, tachant sa feuille et ses vêtements. Vexé et humilié, il décida de ne pas répondre.

Tungdil, lui, avait la main serrée autour du levier de frein et guettait les éventuels obstacles en scrutant les ténèbres. Toutefois, il ne se faisait aucune illusion sur sa capacité à percevoir à temps un rail tordu et à arrêter le véhicule. Boïndil, qui était assis à côté de lui, regardait droit devant lui avec tout autant d'appréhension.

Circulant à une distance respectable les uns des autres, les wagonnets atteignirent bientôt leur vitesse maximale. La fraîcheur environnante disparut, faisant place à une odeur âcre d'œuf pourri.

— Là devant ! De la lumière ! s'écria subitement Furibard. De la lumière orange !

Les wagonnets sortirent du tunnel comme autant de projectiles pour emprunter un pont de construction assez récente. Les piles étaient en basalte et enjambaient un immense lac dont le fond émettait une lumière intense. De la lave jaillissait au fond de ce lac, faisant bouillonner l'eau cristalline. La vapeur qui en résultait rendait l'air étouffant. La chaleur les faisait suer de tous leurs pores. Ils avaient des difficultés à respirer, et les odeurs désagréables de soufre n'arrangeaient rien.

C'était cette lave incandescente qui éclairait les parois irrégulières de la caverne. Cette dernière devait bien mesurer deux milles de diamètre. Et sa hauteur, depuis la surface du lac jusqu'au plafond, avoisinait les cinq cents pas.

Joli panorama, mais je ne suis pas mécontent de regagner les tunnels, se dit Tungdil.

C'est alors qu'ils entendirent de nouveau le martèlement.

D'abord en un coup isolé et perçant qui couvrit les gargouillis et les bouillonnements de l'eau.

Goïmgar tourna la tête dans toutes les directions, par saccades, s'efforçant d'en découvrir l'origine.

— Ce sont les esprits de nos ancêtres, chuchota-t-il. Mon arrière-grand-mère me racontait que les Nains qui avaient enfreint les lois de Vraccas se voyaient refuser l'entrée dans la Forge Éternelle après leur mort. Ils sont condamnés à errer dans les souterrains et à guetter les vivants pour se venger sur eux de leurs tourments.

— Ne me dis pas que tu y croyais, à ses histoires ? Et pourquoi pas des histoires d'Orcs mangeurs d'Hommes, tant qu'on y est ? s'esclaffa Bavragor en croyant le ridiculiser.

— Le problème, c'est qu'elles sont vraies, celles-là, grommela Boïndil depuis son siège. (Goïmgar se fit tout petit, si bien que seuls ses yeux dépassaient encore du bord du wagonnet.) Alors il y a peut-être aussi du vrai dans ses histoires de fantômes.

— Arrêtez, leur ordonna Tungdil, au moment où le son produit par le deuxième coup emplit la caverne naturelle baignée de lumière rougeâtre.

Mais ce ne fut pas tout.

D'autres coups suivirent, le martèlement s'intensifia, s'accélérant jusqu'à former un staccato sonore et régulier dont le volume suffit à détacher de grosses pierres du plafond. Elles plongèrent dans le lac bouillant, manquant le pont de quelques pas chaque fois.

— Là ! s'écria Goïmgar, qui n'en pouvait plus de peur. Par Vraccas ! Les esprits ! Ils viennent nous chercher !

Suivant l'index de Goïmgar, ils aperçurent les êtres en question. Ils venaient de surgir de derrière la roche, comme sortis du néant, et ils les observaient. À trois cents, Tungdil cessa de compter.

Or, ils étaient beaucoup plus, et il s'agissait bien de Nains et de Naines, les uns en armure, les autres en habits civils, certains avec presque rien d'autre sur eux qu'un tablier de cuir. Ces guerriers, ces forgerons, ces artisans au visage blafard les regardaient d'un air accusateur, tandis que le tapage ne cessait toujours pas. Tous levaient les bras, indiquant la direction opposée à celle que suivait le groupe.

— Ils veulent que nous partions, chuchota Goïmgar. Faisons demi-tour, s'il vous plaît. En échange, je jure d'arpenter le Pays Mort et de me battre contre les Orcs.

Des esprits. Tungdil sentit un frisson glacial lui parcourir l'échine lorsqu'il vit les regards vides des apparitions. La lumière rougeâtre de la lave colorait leurs visages d'un rouge qui évoquait du sang. Lire les livres de Lot-Ionan parlant de fantômes était une chose, en voir pour de vrai en était une autre. *Mais vous ne me ferez pas changer d'avis.*

Les spectres disparurent aussi vite qu'ils étaient apparus. Les wagonnets s'enfoncèrent à vive allure dans le tunnel suivant, laissant derrière eux la caverne au lac et aux esprits. Le martèlement finit par diminuer peu à peu lui aussi.

Le Pays Sûr, Royaume nain du Second Père, Beroïn, en l'hiver du 6234e cycle solaire

Balendilín avait eu raison de craindre le pire.

Lorsqu'il atteignit le rempart de la Porte Haute avec ses guerriers, ils découvrirent les premiers cadavres de Nains sur les dalles. Leur sang s'écoulait sur la pierre grise. Ils n'avaient même pas eu le temps de dégainer leurs armes pour se défendre, ce qui signifiait qu'ils avaient été tués par un allié. *Un allié que Nôd'onn a ensorcelé pour en faire un traître ! Maudite Magie !*

Le vent leur porta la puanteur des Orcs. Ils entendirent le cliquetis des roues dentées et le grondement des dalles de pierre qui s'imbriquaient les unes dans les autres. Le traître avait été plus rapide qu'eux.

— Courez ! cria Balendilín.

Il n'eut pas besoin d'en dire davantage, car tous ses compagnons savaient très bien ce qui se passait.

Ils dévalèrent l'escalier de la forteresse pour atteindre la salle dans laquelle le mécanisme du pont était actionné. Les créatures qui se trouvaient de l'autre côté du ravin produisaient un vacarme assourdissant.

Soudainement, ils se retrouvèrent face à une centaine d'Orcs ; de grandes bêtes puissantes, armées jusqu'aux dents, contre lesquelles ils allaient devoir mener un violent combat s'ils voulaient se frayer un passage jusqu'à la pièce décisive.

Les deux groupes se battirent avec acharnement, chacun souhaitant la mort de l'autre plus que toute autre chose. Le sang, rouge comme vert, gicla de toutes parts, des membres et des dents volèrent en tous sens et au tumulte de cet affrontement bestial s'ajoutaient les hurlements des hordes qui attendaient de l'autre côté de la fosse et dont l'ardeur ne cessait de croître.

Le bras de Balendilín pesait de plus en plus lourd, les coups répétés l'épuisaient toujours plus et pourtant sa fierté triomphait encore de sa fatigue.

— Massacrez-les ! hurla-t-il. Si nous ne détruisons pas le pont-levis, tout est perdu !

— La partie est déjà perdue, Balendilín. (C'était la voix de Bislipur, répercutée par les murs. Il n'avait pas l'air de regretter ce constat.) Les clans des Seconds disparaîtront avec les meilleurs éléments des Quatrièmes. Un vrai jeu d'enfant. Il suffisait de parler des tunnels aux Orcs.

— C'était donc toi ?

Le roi frappa l'un de ses ignobles adversaires au visage ; ses os craquèrent, sa tête ne fut bientôt plus qu'une masse sanglante et l'Orc s'effondra. Le passage était libre, les Nains s'y engouffrèrent et y trouvèrent encore une dizaine de créatures qui les attendaient. Elles défendirent les machines avec opiniâtreté. Balendilín resta en arrière, haletant.

— Pourquoi ?

— J'avais imaginé que les choses se passeraient différemment, mais cette histoire grotesque de pseudo-prétendant au trône a ruiné mes projets. Le Grand-Roi et toi m'avez forcé à improviser. Mais ce n'est pas grave. Les Orcs vont maintenant faire ce que les Elfes auraient fait en cas de guerre contre eux. Et ils le feront peut-être même beaucoup mieux.

Balendilín essaya de découvrir où se cachait Bislipur, mais l'écho était trompeur.

— Je te tuerai de mes propres mains pour cette trahison, jura-t-il, haineux.

Il entendit un rire malfaisant.

— J'ai déjà entendu cela bien des fois, mais personne n'est parvenu à mettre sa menace à exécution. Et tu n'y arriveras pas non plus, roi Balendilín, bientôt sans royaume et sans peuple.

Balendilín ne se préoccupa plus du traître et s'élança dans la forteresse pour aider ses derniers guerriers. Il osa enfin jeter un œil par la meurtrière pour constater l'avancement du pont.

Il était déjà déployé et assemblé aux deux tiers et les premières créatures impatientes essayaient de s'y agripper en sautant. Certaines tombèrent dans le gouffre, d'autres parvinrent à s'agripper au rebord avant de glisser, et de tomber aussi dans les profondeurs.

Non ! Ils ne doivent pas y arriver. Poussant un cri terrible, Balendilín se jeta contre le dernier Orc et lui planta de toutes ses forces sa hache dans le flanc. L'arme pénétra dans l'armure graissée, le sang vert foncé jaillit. Balendilín arracha l'arme de la blessure, se protégea de l'épée de son adversaire et lui assena un deuxième coup du même côté. La créature s'effondra au troisième assaut et périt.

Balendilín se rendit alors compte que les nombreux leviers et poignées, qui, lorsqu'ils étaient intacts, servaient à commander le pont, étaient tordus et cassés.

— Le pont-levis s'est abaissé, lui rapporta un Nain. Les bêtes envahissent le Pays, mon roi.

Balendilín observa, pétrifié, les équipements détruits qui scellaient à présent le destin de son peuple et du Pays Sûr. Il tenta en vain d'actionner le levier principal, qui ne bougeait plus d'un pouce.

— Par Vraccas ! ce n'est pas possible ! s'écria-t-il, au comble du désespoir.

Il appuya de toutes ses forces sur le levier et réussit finalement à le casser. Il glissa sa hache dans la fente et l'utilisa à la place du levier. Il osa enfin regarder vers l'extérieur.

Ç'avait marché ! Les piliers de soutien se rétractèrent, le pont s'affaissa en son milieu. Le fracas des dalles en train de céder leur parvint, mêlé aux cris d'angoisse stridents des créatures qui se trouvaient à mi-chemin et qui avaient compris qu'elles allaient tomber dans le gouffre. Le pont finit par s'effondrer complètement, et les bêtes périrent. Des centaines d'Orcs attendaient de l'autre côté, au seuil du fossé de la Porte Haute, hurlant leur déception.

— Tu es blessé, mon roi, lui fit remarquer l'un des guerriers.

Balendilín vit que le sang coulait de son flanc gauche. La cotte de mailles était entaillée.

— Ce n'est rien, gronda-t-il.

Il dégagea sa hache du mécanisme.

— Écrasons les monstres qui ont réussi à traverser le pont et retournons auprès des autres, ordonna-t-il. Nous partirons ensuite à la recherche de ce traître de Bislipur.

Sur le chemin du retour, ils constatèrent qu'il n'y avait plus un seul endroit sûr dans les Montagnes Bleues. Dans chaque couloir, dans chaque passage, dans chaque salle, ils tombèrent sur des groupes plus ou moins nombreux d'Orcs et de Bogglins qui se battaient avec des Nains.

Combien de temps encore tiendrons-nous contre eux ? pensa-t-il. *Vraccas, viens-nous en aide !*

Alors qu'ils approchaient de la salle de triage qui menait aux tunnels, Balendilín entendit les cris bestiaux et les hurlements des Orcs qu'on abattait en grand nombre.

— Bon sang ! je leur avais dit de les contenir, pas de les attaquer de front ! Ils sont trop nombreux pour un combat ouvert.

Il se hâta d'avancer avec ses compagnons pour aller aider les derniers gardes et découvrit quelque chose de totalement incompréhensible.

Une troupe de Nains, arrivant par l'autre côté, essayait de se frayer un chemin à travers les rangées d'Orcs, surpris par l'arrivée impromptue de ces ennemis. Ses propres guerriers avaient alors lancé une offensive pour exterminer les Orcs entre deux fronts.

Balendilín ordonna à ses compagnons d'attaquer et se précipita dans la mêlée. Les deux groupes de Nains se rejoignirent rapidement au milieu de la salle, leurs derniers adversaires coupés en deux par les haches rutilantes.

— J'aime arriver à temps à la bataille, lui lança un Nain vêtu d'une magnifique cotte de mailles en guise de salutation.

La voix était un peu aiguë, la barbe très fine et l'armure présentait deux protubérances sur le haut du corps, c'était étrange pour un homme. Il tenait dans la main droite une masse d'armes dorée couverte de sang d'Orc.

— Je suis Xamtys II Frontdur, du clan des Frontdurs, reine des Premiers et souveraine de la tribu de Borengar.

Elle retourna un cadavre du bout de sa botte.

— Je voulais me rendre à une Assemblée du Conseil et que vois-je ? Des Orcs. Avaient-ils été conviés pour apporter un peu de distraction entre les débats ?

Balendilín surmonta rapidement sa surprise initiale.

— Je me réjouis de voir que les Premiers se souviennent de la communauté de nos tribus en ces heures sombres et nous apportent leur aide, dont nous avions un urgent besoin. Je suis Balendilín Unbras, du clan des Forts-Doigts, roi des Seconds. Qui est arrivé jusqu'à vous ? Tungdil ou Gandogar ?

Il espérait secrètement qu'elle répondrait « Tungdil ».

— J'ai parlé à Tungdil et il m'a convaincue. (Elle lui tendit la main, il la serra.) Et que s'est-il passé ici ?

En toute hâte, il lui fit le récit des événements qui avaient eu lieu à Ogremort et de la trahison de l'un des Nains. Alors qu'il était encore en plein récit, on vint leur annoncer que la grande porte était sur le point de céder sous les assauts.

— Vous devez quitter ces montagnes, lui conseilla Xamtys. Si vous avez été trahis, ils connaissent sûrement chaque coin où vous pourriez leur résister. (Elle posa sa main sur son épaule.) Venez avec nous, nous vous offrons l'hospitalité jusqu'à ce que nous vainquions Nôd'onn et jetions ces monstres hors de vos frontières.

— Non, répliqua-t-il immédiatement.

— Roi Balendilín, ce n'est pas le moment de te montrer obstiné. Toi et ta tribu allez être anéantis par leur supériorité numérique. Et que se passera-t-il ensuite ? Mes Premiers et moi aurons deux fois plus de travail pour sauver le Pays Sûr, dit-elle amicalement. Nous allons emprunter les tunnels pour retourner chez nous. Des messagers iront prévenir Tungdil et Gandogar de ce revirement de situation.

Elle remarqua, soulagée, qu'il avait déjà accepté sa proposition en son for intérieur.

— Qu'on conduise les femmes et les enfants jusqu'ici et qu'on en installe autant que possible dans les wagonnets, ordonna-t-il. Ceux que nous n'arriverons pas à trouver à temps devront tenir bon jusqu'à ce que nous revenions pour les libérer. Les mines sont assez vastes pour qu'ils se cachent. Qu'on détruise aussi les ponts les plus importants. Les Orcs auront ainsi plus de mal à les trouver.

Pour Balendilín, battre en retraite représentait une amère défaite, mais il ne voyait aucune autre solution pour échapper à la menace. *Sans Bislipur, nous n'en serions jamais arrivés là*, pensa-t-il, plein de haine.

Déterminé, il organisa la retraite et désigna les volontaires qui devraient se rendre dans les régions les plus éloignées du Royaume nain afin d'avertir les familles des clans et de les préparer au pire.

— Dites à ceux qui restent qu'ils n'auront pas longtemps à attendre, leur expliqua-t-il. Nous reviendrons dans quelques semaines tuer les Orcs. J'en fais la promesse.

Il se rendit ensuite dans la Salle du Conseil pour prendre le marteau de cérémonie et le soustraire ainsi aux profanations. Jamais les envahisseurs ne trouveraient le trésor de sa tribu ; seuls Gundrabur et lui-même connaissaient les runes qui indiquaient et ouvraient la voie pour y accéder.

Il s'empara du marteau ouvragé qui se trouvait à côté du trône abandonné. Le vacarme que les assaillants faisaient en tapant sur la grande porte lui parvenait. Ce bruit le fit frissonner, car il était porteur de funestes présages pour le Royaume des Seconds.

Mélancolique, il regarda le trône, les tribunes de pierre, les stèles gravées des lois de sa tribu, les colonnes. Il contempla les scènes sculptées avec art sur les murs baignés d'une chaude lumière dorée. Celle-ci était dispensée par les rayons du soleil qui s'infiltraient par les ouvertures. *Tout sera-t-il encore là quand je reviendrai ?*

— Ce n'est pas très digne d'un roi que de prendre ainsi la fuite, je me trompe ?

— Bislipur !

Balendilín fit volte-face, puis regarda les panneaux de pierre. Le traître s'était caché derrière l'un d'entre eux, les anneaux et fibules de pierre dans les mèches de sa barbe s'entrechoquaient en cliquetant doucement.

— J'attendais le moment de te rencontrer, seul à seul, sans tes zélés compagnons. Tu as anéanti tous mes projets sur le pont. Je trouve cela vraiment dommage que tu aies réussi à le saboter. (Il prit sa hache d'armes et frappa les tables de la loi, qui se fendirent avant de tomber en morceaux.) Mais je suis plutôt patient, comme Nain. Comme je brise les lois des Seconds, les Orcs vous briseront bientôt le crâne.

Le roi descendit les marches.

— Tout ce que tu brises, c'est de la pierre gravée. Et ces paroles sacrées, nous les graverons de nouveau. Tu vas échouer ! Les Nains ont retrouvé une cohésion. Les clans des Premiers sont arrivés et ont exterminé une grande partie de tes alliés. Le savais-tu ?

— Ce ne sont pas mes alliés, ce ne sont que des hommes de main, les outils de ma vengeance, constata-t-il calmement en achevant de détruire les tables. Fêtez votre petite victoire ! Mais vous ne pourrez pas résister longtemps à Nôd'onn. Il est trop puissant et trop fou.

Déjà, la deuxième table explosait sous ses coups, le granit poli heurta bruyamment le dallage et se fracassa.

— Assez ! (Balendilín se tenait au pied de l'escalier du trône et se rapprocha du traître. Tout en marchant, il posa le marteau de cérémonie et dégaina sa hache, sachant pertinemment que le boiteux était plus fort que lui ; par bonheur, il était aussi moins agile.) Dis-moi pourquoi tu as fait ça !

— Quel combat cela va être ! le railla Bislipur. Deux estropiés qui s'affrontent.

— Et pas uniquement avec des mots, cette fois, ajouta le roi, courroucé.

Bislipur ricana.

— Et les clans des Seconds devront encore élire un nouveau roi.

Il frappa sans armer son coup, mais le souverain plongea et profita de l'élan pour porter un coup à son tour.

Bislipur sauta en arrière en jurant, mais la pointe à l'extrémité du manche de l'arme l'atteignit au mollet, qui n'était pas protégé. Le cuir et l'étoffe se déchirèrent, le sang coula de la blessure.

— Pourquoi nous as-tu trahis ? demanda de nouveau Balendilín. Parce que ton protégé n'est pas devenu Grand-Roi et qu'il n'y a pas eu de guerre contre les Elfes, c'est ça ? La souhaitais-tu tant que ça ?

Bislipur fit un bond en avant et l'attaqua avec une série de fentes, mais Balendilín, devinant la feinte, recula et attendit patiemment que la véritable attaque survienne. Ils avaient traversé la vaste salle et se battaient dans un corridor, qui les mena sur un pont. En dessous duquel béait un gouffre de vingt pas de profondeur.

— Cela m'est égal de savoir qui est sur le trône, répondit Bislipur. Je voulais juste qu'il y ait la guerre. Les Elfes vous auraient anéantis.

Son attaque arriva avec une violence impossible à contrer. Balendilín réussit cependant à dévier la trajectoire de la lame, mais en perdit presque sa propre hache.

— Je ne comprends toujours pas, Bislipur. Nôd'onn t'a-t-il ensorcelé ? Pour quelle raison t'opposes-tu à ta propre tribu ?

— Ma propre tribu ? Oh non ! les Quatrièmes ne sont certainement pas ma tribu. Un jour, tu as été si près de deviner la vérité que j'ai un moment pensé m'être trahi. (Sa hache fendit de nouveau l'air. Balendilín la bloqua avec une contre-attaque, mais le choc et les vibrations laissèrent sa main sans force.) Tu l'as toi-même dit, le manchot. Je suis trop fort et bien trop bon guerrier pour pouvoir être l'un de ces faiblards de Quatrièmes. (Il frappa de nouveau, les doigts du roi s'ouvrirent et sa hache tomba en cliquetant sur le pont.) Je fais partie de la tribu de Lorimbur, et j'entrerai dans l'histoire comme celui qui a initié la chute des autres tribus, gronda-t-il. Je réussirai là où tous ont échoué.

Balendilín contra le bras qui allait frapper et bloqua l'assaut suivant, mais le traître lui porta un coup de tête avec son casque dans le visage. Il tituba en arrière. Un nuage rouge et des étoiles tournoyaient devant ses yeux. Le rire victorieux de Bislipur résonnant dans ses oreilles.

— Dommage que Tungdil soit un Troisième, sinon il aurait pu prétendre à ton poste à son retour. Oh ! il va pleurer quand il verra les ruines d'Ogremort. Peut-être que je me cacherai à proximité pour l'attaquer par surprise et les tuer, lui et ses compagnons. Ce serait amusant.

— Tungdil, de la tribu de Lorimbur ? Jamais.

Balendilín se releva avec difficulté.

— Je reconnais l'un des nôtres quand j'en vois un, nous avons un sixième sens pour cela. Et crois-moi, ton favori pour le trône fait partie de ma tribu, un Tueur de Nains, aussi vrai que je te tue maintenant et que je vais regarder les Orcs dévorer tes entrailles encore chaudes.

— Tu mens !

Le roi s'appuya à la balustrade, ses jambes fléchirent sous lui.

Bislipur ricana méchamment et frappa.

— Peut-être. Mais cela ne fait plus aucune différence pour toi.

Balendilín ne perçut rien de plus qu'une ombre fugitive lorsque la hache s'abattit sur lui.

Le Pays Sûr, quelque part en dessous du Royaume de Tabaîn, en l'hiver du 6 234e cycle solaire

Prévenu par le grondement de la roche en train de s'effondrer, Tungdil eut juste le temps d'actionner le levier de frein, ce qui n'empêcha pas le wagonnet de heurter les roches entassées avec une violence suffisante pour qu'il déraille et éjecte ses passagers.

— Voilà au moins cinq Nains que les esprits n'auront pas, dit Bavragor en essuyant la poussière de son visage. (Balyndis attrapa la main qu'il lui offrit pour l'aider à se relever.) Nous avons bien failli nous retrouver enterrés sous ces décombres.

Il chercha son outre d'eau-de-vie et but un coup.

— Allons, c'est juste un petit déraillement, dit Rodario, qui quitta le véhicule d'un bond. Le temps pour ce brave Djerůn de s'échiner un peu à déblayer, et nous serons repartis. Mais peut-être que l'honorable Mage détient encore un peu de vent dans ses poches pour souffler tous ces gravats ?

Le ton de Rodario était devenu nettement plus incisif. Le fait que la Mage l'ait éconduit en public l'avait plus qu'offensé et cela se sentait.

Seul Goïmgar, blanc comme un linge, ne bougeait plus, préférant scruter le plafond d'un air suspicieux. Andôkai le rejoignit, et ordonna à son compagnon de dégager la voie, mais elle ne tarda pas à reconnaître qu'il y avait bien trop de rochers à déblayer.

— J'ai bien l'impression que c'est l'ensemble du tronçon qui s'est effondré, dit Bavragor, grimpant de bloc en bloc et inspectant la paroi du tunnel. On dirait même que cet effondrement a été provoqué.

Furgas se hâta de le rejoindre pour observer la roche de plus près. Après avoir soulevé quelques cailloux et tâté la paroi à son tour, il adressa un signe de tête de confirmation au Nain.

— C'est aussi mon avis. Quelqu'un a fait des petits trous dans la roche à l'aide d'une pioche de manière que tout s'écroule sitôt les étançons retirés.

— Ce sont les esprits qui ont fait céder le bois, chuchota Goïmgar avec un tremblement dans la voix. Ils ont voulu nous anéantir parce que nous n'avons pas tenu compte de leur avertissement.

— C'est dur à dire, mais je préfère mille fois les chansonnettes de l'ivrogne à tes incessantes jérémiades, lui dit sèchement Furibard.

C'était signe que son tempérament bouillant et son besoin de se défouler refaisaient surface.

— Boïndil, calme-toi, l'adjura Tungdil. Je sais que c'est de plus en plus difficile pour toi de dompter ta fureur, mais tu dois y arriver. (Il sortit de son sac la carte que lui avait donnée Xamtys et l'étudia.) Nous allons devoir revenir un peu sur nos pas. Il y a une issue à un mille d'ici. (Il se tourna vers Goïmgar.) On dirait que les fantômes ont exaucé ton désir de retourner te promener à la surface.

— Où sommes-nous ? s'enquit Andôkai.

— D'après mes calculs, nous nous trouvons dans le sud-est du Royaume de Tabaîn, dit-il. Rejoindre le prochain accès ne devrait pas nous coûter trop d'efforts : cette partie du royaume est également appelée le Pays Plat, car elle ne consiste qu'en une seule et vaste plaine.

— Formidable, grommela Bavragor, peu enthousiaste à cette idée. Tout ce que cette demi-portion désire, elle l'a. Eh bien moi, je ne suis pas fait pour me promener à la surface, et je n'aime pas spécialement le soleil non plus. Notre petite traversée à dos de poney m'a suffi.

— On s'y habitue, au soleil, tu sais, rétorqua Boïndil. Si tu avais plus souvent été de garde à la Porte Haute, tu saurais que sa chaleur peut faire du bien aussi, parfois.

— Si je n'ai jamais été de garde à la Porte Haute, c'est parce que je ne voulais pas finir comme ma sœur, répliqua-t-il, acerbe.

Cette soudaine tension entre les deux Nains suscita l'attention de Balyndis. Elle voulut s'interposer pour empêcher que cela dégénère, mais Bavragor la saisit par le bras et la repoussa sur le côté.

— Surtout pas. Ne lui tourne jamais le dos quand il a la haine et la fureur en lui, dit-il pour la mettre en garde contre Furibard. Il aurait vite fait de te tuer, et sans hésiter.

Les muscles du jumeau se tendirent, ses mains enserrèrent les manches de ses couperets.

— Alors c'est comme ça que tu me vois, le borgne ? gronda-t-il, baissant agressivement la tête.

— Assez ! Taisez-vous tous les deux ! intervint Tungdil. Puisque vous avez de l'énergie à revendre, vous allez porter les lingots de métal jusqu'à ce que vous n'en puissiez plus et que Djerůn les reprenne.

Ils s'exécutèrent en renâclant.

— L'un, c'est la douleur, l'autre, c'est la fureur qui l'aveugle, expliqua-t-il à Balyndis après s'être approché d'elle.

Il lui fit ensuite un rapide résumé des raisons de cette hostilité larvée.

— Voilà une bien triste histoire, regretta-t-elle. (Son visage rebondi exprimait de la compassion.) Triste pour tous les deux.

— Ce n'est pas que je le souhaite, mais je crois que le mieux pour Boïndil serait encore qu'il rencontre des ennemis sur lesquels passer sa rage, lui confia-t-il à voix basse.

En se penchant pour lui dire cela, Tungdil put sentir l'odeur de Balyndis. C'était un divin parfum d'huile fraîche et d'acier poli.

— Bon, tu viens ?! lui lança Goïmgar, qui sortait du wagonnet pour rejoindre les autres. Les chefs, c'est censé marcher en tête, je me trompe ?

— Non, tu ne te trompes pas.

Tungdil se hâta de le dépasser et de rattraper Boïndil et Bavragor, qui portaient leur faix en silence. Aucun des deux ne voulait passer pour un faiblard devant l'autre en confiant sa charge à Djerůn.

Soudain, ils entendirent un grand bruit de ferraille venir droit sur eux. Un wagonnet dévala la voie à toute vitesse, manquant de justesse de les heurter de plein fouet.

Djerůn bondit sur le côté et frappa le wagonnet dans le même mouvement, ce qui le fit dérailler et s'écraser contre la paroi rocheuse. Mais déjà le guerrier était en train de le redresser pour voir s'il transportait un passager. Il était vide.

— Il était sans doute stationné dans un couloir secondaire et se sera détaché, dit Rodario. Une chance que j'aie des réflexes de chat, autrement il m'aurait aplati comme une crêpe.

Furgas lui adressa un regard qui en disait long.

— C'étaient les esprits, dit Goïmgar, qui ne voulait pas en démordre. Ils ont voulu nous tuer.

— Mais oui, c'est ça. (Boïndil reposa ses lingots, s'approcha du wagonnet et le flaira de plus près.) Ce ne sont sûrement pas des Orcs qui nous l'ont envoyé. Je verrais et sentirais la graisse de leurs armures, sinon. (Il grimpa dans le wagonnet et ne cessa de le fouiller que lorsqu'il trouva quelque chose.) Une boucle de chaussure, annonça-t-il en la tendant aux autres. Du mauvais argent étiré. Elle n'est pas ancienne, mais très usée. Elle est pleine de boue et de saletés.

Il la mit dans sa poche.

J'ai déjà vu une boucle de ce genre quelque part.

— Mystère, trancha Tungdil. Tant pis, on continue.

Furibard remit son chargement sur l'épaule, et le groupe se remit en route sans perdre de temps.

Le Pays Sûr, Royaume nain du Second Père,
Beroïn, en l'hiver du 6 234e cycle solaire

Au dernier moment, Balendilín se laissa tomber au sol. Le tranchant de la hache passa en sifflant au-dessus de sa tête et heurta le parapet de pierre du pont dans un tintement sonore. Il donna alors à Bislipur un coup de pied dans les parties, dégaina son poignard et le lui planta de toutes ses forces dans la pointe de la botte. Instantanément, le gémissement initial du traître fit place à un cri déchirant.

Le voile qui couvrait son champ de vision se dissipa, et Balendilín put de nouveau voir nettement son ennemi ; juste à temps pour voir venir un coup furieux de la part de ce dernier. Il roula sur lui-même vers la droite, et la hache frappa le pont.

Mais cette fois, Bislipur s'attendait à une telle esquive, et il fit suivre la même trajectoire à son arme, qu'il mania comme un bâton de croquet pour intercepter le roi. La lame fendit les anneaux de la cotte de mailles et pénétra douloureusement dans son flanc déjà blessé ; la pointe resta prise dans le maillage.

— Je te tiens, le manchot ! s'écria Bislipur avec un rire sardonique. (Il empoigna à deux mains le manche de son arme, tira dessus de toutes ses forces et envoya voler Balendilín au-dessus de sa tête. Le roi s'écrasa durement sur le parapet derrière lui, penchant dangereusement du côté du rebord extérieur avant de voir soudainement le gouffre qui l'attendait.) Oh ! j'avais oublié que tu aurais plus de mal à recouvrer l'équilibre, avec ton bras en moins.

— Voyons voir si un Troisième vole aussi bien qu'un Second, lança le roi, qui s'étendit de tout son long pour frapper de son poignard, et planta celui-ci à travers l'avant-bras du traître.

Balendilín se sentit basculer de l'autre côté du parapet. Il se cramponna au manche du poignard, entraînant un Bislipur hurlant avec lui dans le gouffre. *Que le traître meure avec moi !*

À sa grande surprise, sa chute se termina deux pas plus bas, le poignard glissant au passage du bras de son adversaire. Balendilín avait atterri sur les vestiges d'un arc maçonné qui avait autrefois servi d'ornement au pont et qu'on avait abattu en raison de son instabilité.

Bislipur relâcha instinctivement le manche de son arme pour attraper le rebord de l'arche. Il n'avait plus que son bras droit pour cela, car le poignard lui avait entaillé l'avant-bras gauche sur toute la longueur.

— Ce n'est pas encore terminé, haleta-t-il dans son effort pour se hisser d'un bras, les yeux brillants de haine. J'ai encore cinq doigts, et cela me sera suffisant pour t'étrangler, Balendilín, dit-il en se hissant lentement sur le promontoire de fortune.

Le roi arracha la hache de sa cotte de mailles, qui en retour lui arracha un cri.

— Si, c'est terminé, s'écria-t-il, avant d'enfoncer le tranchant de la hache dans le crâne du traître, à travers le casque. (Il y eut un bruit de grincement et un craquement. Du sang s'écoula sur le front de Bislipur.) J'avais promis de te tuer, et je tiens toujours mes promesses.

Il lâcha le manche, et donna un coup de pied au visage du mourant. Le corps fut précipité dans le vide. Puis il s'écrasa sur la pierre avec un son mat, plus de vingt pas en contrebas.

Vraccas, brûle son âme dans ta forge. Balendilín ferma les yeux et s'adossa à l'arc. La douleur lui fit perdre connaissance.

Il était sur le point de glisser de son siège de fortune, à demi inconscient, lorsque les autres Nains le trouvèrent et l'emmenèrent aux tunnels rapides. Son wagonnet fut le dernier à se mettre en branle.

Le Pays Sûr, Royaume de Tabaîn, en l'hiver du 6 234e cycle solaire

Le soleil qui se couchait à l'horizon dégagé fit étinceler une dernière fois les flocons de neige, avant de céder la place au crépuscule. Des milliers de diamants scintillèrent sur la plaine immaculée.

Au beau milieu de cette blancheur, un rocher se mit à bouger. Secouant sa coiffe de neige, il glissa sur le côté, découvrant un trou béant duquel surgit une silhouette féminine, dont les empreintes de pas allaient ruiner la perfection de ce tableau hivernal.

— Par Samusin ! laissa échapper Andôkai après s'être redressée et avoir jeté un coup d'œil sur la plaine qui s'étendait à perte de vue. (Des colonnes de fumée s'élevaient de chaque point noir correspondant à une colonie humaine au loin. Elle s'accroupit pour être moins repérable et ajusta son manteau sur ses épaules pour se protéger du froid mordant.) Les Orcs sont déjà ici. Ils ont dû venir du nord.

L'air hivernal, incisif et pur à la fois, emplit ses poumons, lui infligeant une quinte de toux.

Elle vit de grosses taches noires qui se déplaçaient lentement çà et là en direction tantôt d'une ville, tantôt d'un village, tantôt d'une ferme encore intacte.

Andôkai ferma les yeux et se concentra. Immédiatement, elle détecta un faible champ d'énergie dans le sol. Mais il était voué au mal à cause de Nôd'onn.

— Nous sommes dans ce qui reste du Royaume de Turguria, dit-elle lentement. La terre que nous foulons était autrefois riche en Magie. Mais c'est tout juste si je peux l'utiliser, maintenant.

Elle voulut néanmoins profiter de l'occasion pour augmenter ses réserves, mais se tordit de douleur durant cette opération.

Un casque de Nain apparut dans l'embouchure du trou, suivi d'une paire d'yeux vigilants qui jetaient des coups d'œil alentour.

— Bon, ne traînons pas ici, dit Boïndil, de mauvaise humeur, avant de se hisser hors du trou. (Les autres le suivaient sur les dernières marches de l'escalier.) Maintenant je sais pourquoi je ne me sens pas bien depuis tout ce temps. C'est parce qu'il y a de la Magie dans l'air. Pouah ! tout ça, c'est esbroufe et compagnie. (Il se secoua et remit en place la pierre qui dissimulait l'accès aux tunnels souterrains.) Allons-y.

—Attends. (Tungdil regarda dans la même direction qu'Andôkai. Il frissonnait. Son haleine produisait déjà de petits panaches blancs, et les poils de sa barbe se couvraient d'un film de gel.) Je suis d'accord avec vous. Ils doivent provenir du Pays Mort. Les Orcs de Toboribor ne seraient jamais parvenus si vite jusqu'ici.

—Ce qui n'est pas pour arranger nos affaires, dit Goïmgar avec son ton habituel. Je…

—Toi, tu vas te taire, sinon il va t'arriver des bricoles, gronda Boïndil d'un air menaçant. On est en train de réfléchir.

—Et pourquoi ? Tout ça parce que je…

Furibard fit volte-face et se rua sur lui en criant. Goïmgar leva presque immédiatement son bouclier, et cria au secours.

—Non, Boïndil !

Mais le Nain n'entendait plus rien. *Il va le découper en morceaux !* Sans hésiter, Tungdil se jeta sur Boïndil, suivi de Bavragor, et les trois Nains disparurent dans un tourbillon de neige d'où ne sortaient plus qu'injures, bruits de claques et de coups, et halètements.

Il fallut l'intervention de Djerůn pour les séparer. Furibard avait renoncé à tirer ses couperets dévastateurs, et c'était un vrai miracle. Les autres Nains s'en tiraient ainsi avec seulement quelques bleus et le nez en sang, ce qui était déjà un indice de la dangerosité à mains nues du guerrier fou.

—Désolé, dit Boïndil qui reprenait son souffle. C'est tout moi, ça, dit-il en cherchant son casque et une excuse dans la neige. C'est lui, il m'a poussé à bout avec ses…

—C'est bon, on a compris. (Tungdil s'épargna la peine de le sermonner. La moitié droite de son visage était douloureuse et brûlante au toucher.) De toute façon, nous allons bientôt tomber sur des Orcs. Comme ça, tu les auras pour toi tout seul.

Balyndis s'occupa de leurs blessures. Elle fit des boules de neige qu'elle appliqua sur les plaies et les bosses. La compagnie se remit en marche vers le nord-est en silence.

Andôkai se joignit à Tungdil.

—Je ne vois aucune colonne de fumée dans cette direction. Les Orcs ont dû recevoir pour ordre de briser toute résistance dans les Royaumes magiques avant de s'en prendre aux Royaumes temporels. (Elle indiqua l'est.) Dans les marches de Tabaîn, il y a une ville fortifiée. Nous devrions y passer la nuit. La température va chuter, et nous ne sommes pas équipés pour dormir en pleine campagne. Les gens de cette ville se réjouiront d'accueillir tous ces bras armés.

Tungdil acquiesça, et c'est ainsi qu'ils entrèrent, bien après la tombée de la nuit, dans une ville qui d'après la carte s'appelait Grischamps.

Le Pays Sûr, Royaume nain du Second Père, Beroïn, en l'hiver du 6 234e cycle solaire

En chemin, les Nains furent confrontés à une nouvelle difficulté : les troupes de Nôd'onn avaient commencé d'investir les tunnels et de couper les voies de communication.

Après un premier barrage facilement franchi, un second barrage les attendait, constitué non seulement d'Orcs, mais aussi d'Ogres et de Trolls, qui les accueillirent avec une pluie de cailloux et de rochers qui leur fit perdre quatre wagonnets. Par bonheur, ils réussirent à manœuvrer un aiguillage et à repartir, mais en direction du nord plutôt que de l'ouest.

Xamtys fit signe au convoi de s'arrêter avant la prochaine rampe de prise d'élan pour discuter de la situation avec Balendilín.

— Impossible de retourner dans mon royaume, dit-elle en grinçant des dents tandis qu'elle rejoignait le wagonnet où se trouvait le roi. Il est devenu trop dangereux de continuer à utiliser les tunnels. Les Orcs peuvent très bien avoir dévié la voie pour nous mener droit dans un précipice.

— Bislipur a dû leur révéler l'existence du réseau souterrain depuis un certain temps déjà, dit Balendilín, tandis que ses compagnons profitaient de cet arrêt pour renouveler ses bandages. *Cruelle ironie du sort. L'invention de notre peuple devait servir à la défense du Pays, et voilà que ce sont les créatures de Tion qui s'en servent pour le conquérir plus rapidement.* (Il réfléchit.) Envoyons des éclaireurs à la surface.

— Nous ne pouvons nous permettre de marcher, Balendilín. (Xamtys considéra sa blessure et secoua la tête.) C'est l'hiver, et jamais nous ne trouverons suffisamment de vivres en chemin. Sans compter que nous ne sommes pas préparés à une marche forcée à travers la neige et la glace. La moitié d'entre nous périraient de faim ou de froid. (Elle retira son casque. Ses deux nattes lui tombèrent sur les épaules.) Nous devons trouver une autre solution. Les Montagnes Rouges…

— Non, Xamtys. (Il retint son souffle. Sa blessure le faisait souffrir. Il s'agrippa de sa large main au rebord du wagonnet jusqu'à ce que sa blessure soit entièrement pansée.) Mon objectif n'est pas de regagner les Montagnes Rouges. (Balendilín ramena la carte générale du Pays Sûr devant lui et désigna un endroit situé presque en plein milieu.) C'est là que nous irons, même si je répugne à le faire. C'est un lieu maudit au passé douteux, mais c'est le seul refuge sûr qui nous reste.

— Comment ça ?

Elle passa la main sur son visage, comme pour chasser les idées noires et la fatigue.

—Parce que aucun tunnel, aucune galerie, aucun couloir n'y est relié. Tout ce que nous avons à faire pour mettre au moins les femmes et les enfants en sécurité, c'est marcher quelques milles à la surface. Les alentours sont plats et aisément contrôlables. Nous y serons en sécurité et pourrons tenir jusqu'à ce que Tungdil ou Gandogar nous retrouvent.

Il maudit encore Bislipur pour cette blessure qui l'entravait et l'affaiblissait.

—Le Pays est vaste, et il n'est pas très sûr de leur envoyer des messagers. (Xamtys considéra l'endroit que le roi des Seconds pointait sur la carte.) Et je n'ai encore jamais entendu ce nom.

—Pas besoin de messagers. Il suffira de faire savoir à qui le veut où s'est retirée l'armée des Nains. Tungdil et Gandogar ne vont sûrement pas tarder à se rendre compte que les tunnels ont été envahis.

—Hmm. (La Naine ne semblait pas très convaincue.) Mais en faisant cela, nous attirerons également ces bêtes là-bas. Est-ce bien judicieux ?

—C'est bien plus que cela. C'est même ce que je veux qu'elles fassent, dit-il avec un hochement de tête en la regardant de ses yeux bruns. (Il n'avait pas du tout l'air de plaisanter.) Je veux que Nôd'onn en personne mène son armée contre nous.

Xamtys le regardait comme s'il avait perdu la raison.

—Je ne crois pas qu'il viendra en personne. Et s'il le fait, nous sommes morts, Balendilín. Tu veux donc précipiter notre perte ? Alors nous aurions pu nous épargner cette fuite, et rester aux Montagnes Bleues.

—Non, Xamtys. Je fais cela pour appâter Nôd'onn. S'il croit que nous avons en notre possession les artefacts et les grimoires sur lesquels il désire tant mettre la main, alors il jettera toutes ses hordes contre nous.

—Oui, mais la raison, Balendilín, l'adjura-t-elle en s'appuyant sur le bord du wagonnet. Pour quelle raison devrais-je mener mes guerriers à leur perte ?

Il soutint son regard inquiet.

—Si nous voulons que Tungdil et Gandogar aient une chance d'utiliser la Lame de Feu contre Nôd'onn, nous devons l'attirer et le retenir dans un endroit bien précis. C'est le seul moyen.

La reine comprit son plan.

—Le hic, c'est que nous ne savons pas quand reviendra Tungdil. Ou Gandogar.

—S'ils en reviennent, ajouta-t-il franchement avant de fermer les yeux un moment. (Il eut un accès de vertige. Il avait perdu beaucoup de sang.) Et pourtant, nous n'avons pas d'autre possibilité.

—Bien. (Xamtys retira ses mains du wagonnet.) Mais d'abord, je dois avertir les clans des Premiers.

— Trop tard. Les Orcs les ont sans doute déjà attaqués par surprise en profitant des tunnels. Je n'aurais pas fait autrement à leur place. (Il lui prit la main.) La seule armée capable de tenir tête à Nôd'onn est ici, ô reine ! Notre mission n'en devient que plus importante.

Elle prit une profonde inspiration, et contempla la main crevassée du roi.

— Qu'il est cruel de savoir ce qui se passe dans les Montagnes Rouges sans rien pouvoir y faire ! (Une larme coula dans sa barbe duveteuse.) Nous vengerons nos morts. Au centuple, Balendilín. Les champs du Pays Sûr seront imbibés du sang de ces bêtes immondes, et ma masse d'armes ne trouvera le repos que lorsqu'elle éclatera sur le crâne d'un Ogre. (Le roi savait que cette arme ne se briserait jamais. Un doute s'empara de la reine.) Que ferons-nous si nous sommes vaincus avant que l'un des deux revienne avec la Lame de Feu ?

Il lui sourit, d'un sourire censé dissimuler le peu d'espoir qu'il avait encore.

— Tant que l'un ou l'autre n'est pas revenu, nous n'avons pas le droit de nous laisser vaincre.

Xamtys releva la tête. Elle regarda les véhicules, les visages, angoissés ou décidés ; les petits enfants criaient, les cottes de mailles et les armes cliquetaient à cause de la nervosité et de l'impatience de leurs propriétaires. L'air du tunnel était vicié.

— Très bien, Balendilín. Je te suis.

Elle lui tendit la main, puis retourna à son véhicule.

La nouvelle du changement d'objectif se répandit comme une traînée de poudre. Cette fuite n'inspirait déjà pas confiance aux Nains, mais quand ils surent à quel endroit Balendilín comptait les emmener ils furent pour la plupart stupéfaits ou terrorisés.

Le Pays Sûr, Royaume de Tabaîn, Grischamps, en l'hiver du 6 234e cycle solaire

Une fois de plus, les gardes de la ville laissèrent entrer ce groupe de voyageurs plus que singulier, sans poser la moindre question quant à la taille ou à la nature de Djerůn.

La ville en question était en fait une immense cité. Tungdil se souvint avoir lu un jour le nombre de soixante-dix mille âmes dans un ouvrage de Lot-Ionan à son sujet, et encore était-ce là un livre assez ancien.

— Ho ! ho ! pas étonnant que les Orcs ne s'en soient pas encore pris à celle-ci, dit Boïndil. Un appel aux armes, et les faces de groin auraient à faire face à trente mille combattants, au bas mot.

— L'ennui est qu'elles ne mettront plus très longtemps à rassembler une horde équivalente, sans compter les Albes et leurs ruses, dit Andôkai, qui avait encore l'exemple de Mifurdania en tête. Dans le pire des cas, Nôd'onn envoie l'un de ses apprentis abattre magiquement les murailles pour les Orcs, et une fois dans la cité, plus rien ni personne ne peut les arrêter. Ils sont trop forts au corps à corps. (Elle désigna une taverne dans la salle à manger de laquelle de la lumière brillait encore.) On entre ?

— Je n'aimerais pas vivre dans pareille plaine, confia Bavragor à Balyndis. Impossible de se mettre à l'ombre. Du soleil, rien que du soleil. Il doit y faire chaud comme dans un four en certaines saisons.

— Moi, je n'ai rien contre la chaleur, surtout si elle vient de ma forge, dit-elle en lui cédant le pas.

— Oh oui ! rien n'est plus beau que de faire danser et chanter le marteau sur le fer rouge, enchérit Tungdil. Ma forge me manque beaucoup.

— Ah bon ? Toi ? Je pensais que tu étais un Quatrième, s'étonna-t-elle. N'êtes-vous pas plutôt lapidaires ?

— Ha ! fit Goïmgar qui sauta sur l'occasion. Oui, c'est bien nous, les lapidaires. Mais encore faut-il que…

— Je suis un Quatrième, certes, mais je me sens plus attiré par le métier commun à toutes les Maisons, avoua Tungdil.

— Ce n'est *pas* un Quatrième, dit Goïmgar avec condescendance pour terminer sa phrase. C'est un Nain abandonné que les longs-sur-pattes ont recueilli. Il a grandi et vécu parmi eux jusqu'au jour où on lui a mis en tête qu'il pourrait être l'un des nôtres et qu'il pourrait contester le droit au titre de Gandogar.

— Ah bon, dit-elle, troublée. Et c'est parmi les Hommes que tu as découvert ta passion pour la forge ?!

— J'ai du mal à imaginer plus belle activité, avoua Tungdil, malgré la sueur qui vous brûle les yeux, malgré les bras qui pèsent aussi lourd que du plomb, et malgré les étincelles qui vous brûlent les poils.

Elle rit, et ses yeux pétillèrent.

— Oh oui ! je connais cela. (Balyndis retroussa sa cotte de mailles au niveau de la manche droite et lui montra une brûlure.) Regarde. Je me la suis faite en voulant forger une épée. Il n'a pas plu à Vraccas de me voir forger autre chose qu'une hache ou une masse d'armes, et il m'a envoyé cet avertissement. Depuis lors, je n'ai plus jamais essayé de forger une épée.

Tout excité, Tungdil retira son gant gauche et lui montra à son tour une longue marque rouge sombre en travers de sa paume.

— Tiens. Cela vient d'un fer à cheval, dit-il. Il allait tomber par terre dans les saletés, et je l'ai rattrapé sans réfléchir. C'était le meilleur fer à cheval que j'aie jamais forgé et je ne voulais pas perdre mon chef-d'œuvre.

La Naine se laissa entraîner par cet enthousiasme inopiné à parler métier avec Tungdil et à oublier complètement le contexte, jusqu'au moment où Andôkai se racla la gorge pour les arracher à leur conversation passionnée.

— Il faudrait peut-être d'abord nous occuper des chambres, proposa-t-elle.

Ce ne fut qu'à cet instant que Tungdil se rendit compte qu'ils se trouvaient dans une vaste salle remplie d'Hommes qui les toisaient avec curiosité. Djerůn le géant faisait l'effet d'une statue posée au mauvais endroit. Celui-ci avait davantage sa place sur une foire que dans la bonne salle d'une auberge.

L'aubergiste leur attribua le grand dortoir, réservé d'ordinaire aux marchands ambulants. Les échanges commerciaux étant pratiquement paralysés en raison de l'instabilité qui régnait au Pays Sûr, le groupe n'eut pas à dépenser beaucoup pour la nuitée. Ils s'installèrent confortablement, et commandèrent leur repas depuis le dortoir. Aucun d'entre eux ne souhaitait particulièrement converser avec les Hommes ce soir-là.

Voyant avec quelle vitesse il avait été mis à l'écart, Bavragor tenta d'éveiller l'intérêt de Balyndis pour la taille de la pierre, mais ce fut laborieux.

Il en était à entonner une chanson du clan des Poings-Marteaux lorsque Tungdil déballa le morceau de bois de sigurdacia pour l'observer de plus près. Balyndis le vit faire, et se tourna avec curiosité vers lui. Bavragor referma son clapet et marmonna quelque chose d'incompréhensible pour lui tout seul.

— Est-ce un métal ? (La Naine fronçait les sourcils, tandis que son regard fasciné glissait sur la surface du morceau.) Je n'ai encore jamais vu pareille matière. En tout cas, il n'y en a pas dans les Montagnes Rouges.

Tungdil lui expliqua en quelques mots de quoi il s'agissait et le lui tendit.

— Et comme ces arbres n'existent plus, tu as là le dernier morceau de ce bois. Si nous le perdons, impossible de fabriquer la Lame de Feu. Seul Gandogar en possède un autre.

Elle le toucha, le tâta, le soupesa respectueusement. Bavragor contemplait la scène avec envie.

— Regardez, il y a le borgne qui va bientôt perdre son dernier œil ! Goïmgar rit à gorge déployée. Tu n'as pas compris ?! Tu l'ennuies, maintenant. Tu es un tailleur de pierre, rien à voir avec la forge, dit-il méchamment. Si tu veux la conquérir, il va te falloir changer de métier ! (Il se bourra une pipe puis désigna Tungdil du tuyau.) Ainsi en va-t-il des imposteurs : ils obtiennent trop souvent ce qui ne leur revient pas.

Tungdil devint rouge de honte et de fureur à la fois.

— J'en ai assez d'entendre ta langue de vipère, Goïmgar ! Tu ne vois donc pas qu'elle ne te fait que des ennemis ?

— Que vous étiez mes ennemis, je le savais déjà, merci, poursuivit ironiquement Goïmgar. Et puis d'abord, vous non plus, vous n'avez cessé de casser du sucre sur mon dos.

— Tu n'as toujours pas compris que l'enjeu était le Pays Sûr, et non le titre de Grand-Roi, commença Tungdil pour le sermonner avant de changer d'avis : il allait lui dire ses quatre vérités. Non, en fait, tu ne *veux* pas comprendre ! Car c'est un rôle qui te *plaît* !

— Mes opinions ne regardent que moi. C'est contre mon gré que j'ai dû venir avec vous, et si j'ai envie de me le rappeler, c'est mon droit.

— Non, ça suffit, Goïmgar ! Si j'entends encore une seule récrimination, une seule remarque désobligeante ou la moindre médisance sortir de ta bouche, je te couds moi-même les lèvres avec du fil de fer chauffé au rouge ! dit Tungdil. Nous avons besoin de tes mains et de ton savoir-faire, mais certainement pas de tes réflexions ! (Les yeux flamboyants de colère, il se tourna vers Bavragor et Boïndil.) Et vous, vous allez le laisser tranquille. Les piques et les railleries, c'est terminé !

Goïmgar tira rapidement quelques bouffées sur sa pipe, produisant des volutes de fumée bleue, avant de se lever et de se diriger vers la porte.

— Pas de panique, je ne vais pas me sauver, dit-il avec condescendance lorsqu'il vit le regard soucieux de Tungdil. Je vais juste arpenter la rue pour y faire mes récriminations et mes remarques désobligeantes, je peux ?

Il sortit en faisant exprès de claquer la porte.

— Quelqu'un veut cette délicieuse saucisse ? demanda prudemment Rodario, brisant le silence tendu. J'ai encore faim, mais par politesse, je voulais m'assurer de ne priver personne…

Il se tut, car personne ne lui répondit, ce qu'il interpréta comme une autorisation tacite de savourer les restes. Il se lava ensuite avec l'eau chaude et le savon que leur avait apportés l'aubergiste.

Boïndil le gratifia d'un regard de stupéfaction, avant de soupirer doucement et d'exprimer sans fard ce qu'il pensait de ce spectacle. Puis il leva les yeux vers Djerůn, assis par terre, tandis qu'Andôkai, qui avait enlevé son manteau, jetait des coups d'œil par la fenêtre et tirait les rideaux grossiers.

— Dis-moi, le long-sur-pattes, toi aussi, tu as envie de te farcir des faces de groin, hein ? demanda-t-il au guerrier. Mais n'oublie pas : les dix premières que l'on rencontrera sont à moi.

Comme à son habitude, le guerrier demeura muet.

Furibard haussa les épaules, ouvrit la fenêtre et grimpa sur le toit pour surveiller Goïmgar.

— Il avait dit vrai : il arpente bel et bien la ruelle, dit-il à l'attention des autres.

— Dis-lui de rentrer, lui demanda Tungdil, qui était accroupi au-dessus de la carte.

Il n'avait pas confiance dans les murailles de la cité. *Les Albes nous ont déjà prouvé qu'il en fallait davantage pour les arrêter.* S'ils ont envoyé des éclaireurs dans la région ou des espions dans la cité même, ils doivent savoir depuis longtemps qu'un étrange groupe de voyageurs est arrivé à

Grischamps. *Auquel cas ils ne vont pas tarder à venir à leur tour, et ils n'auront de cesse de remplir la mission qu'on leur a confiée.*

— Il ne veut pas, dit le jumeau bien fort à travers la fenêtre.

— Dis-lui que tu as vu un Albe, tu vas voir s'il ne va pas rentrer, lui conseilla Bavragor, qui partageait avec Balyndis un morceau de véritable fromage nain.

Andôkai fit une grimace de dégoût en sentant les effluves corsés du fromage, mais s'abstint de tout commentaire.

Quelques battements de cils plus tard, ils entendirent le tailleur de gemmes monter les marches quatre à quatre ; il entra en trombe dans le dortoir, claqua la porte et la barricada avec une épaisse poutre en chêne.

Boïndil revint de son poste d'observation. Sa cotte de mailles cliqueta doucement lorsqu'il atterrit sur le plancher.

— Tu as eu de la chance, dit-il en s'efforçant de garder tout son sérieux tandis qu'il enroulait sa natte pour s'en servir comme oreiller. Il était juste derrière toi.

Goïmgar devint blanc comme un linge.

Chapitre 9

**Le Pays Sûr, Royaume de Tabaîn, Grischamps,
en l'hiver du 6234e cycle solaire**

Un léger bruit de frottement métallique réveilla Tungdil.

Djerûn s'était levé et se tenait devant l'entrée du dortoir. Il tenait son énorme épée à l'horizontale, la pointe tournée en direction de la porte. Andôkai était encore couchée. Elle était également réveillée, et regardait Tungdil, à qui elle signifia de faire semblant de dormir.

C'est alors qu'il vit un mince bout de bois passer à travers l'une des fentes de la porte, remonter jusqu'à atteindre la poutre de chêne et la soulever. Puis la porte fut poussée pouce à pouce sans le moindre grincement. Un faible rai de lumière fut projeté dans la chambrée, dessinant une ombre trapue sur le plancher.

La silhouette était de la taille d'un Nain, portait un casque et une barbe très crépue et broussailleuse. C'est du moins ce qu'entrevit Tungdil à la faveur du contre-jour. La créature tenait une sorte de bourse dans la main gauche. Elle fut saisie de frayeur en apercevant Djerûn, et c'est à ce moment qu'Andôkai donna un bref ordre au géant.

Celui-ci fit un vif mouvement de sa main libre vers l'avant afin d'agripper l'intrus. Mais malgré sa célérité surhumaine il n'y parvint pas. Le Nain plongea pour esquiver la main, et fonça à l'intérieur de la chambrée au lieu de fuir vers l'extérieur.

— Pas si vite !

Tungdil bondit hors de son lit pour intercepter le mystérieux Nain, mais c'était sous-estimer l'agilité de ce dernier. À son grand étonnement, tout ce que Tungdil put attraper fut une boucle de barbe rêche.

Le mystérieux Nain bondit en direction de la fenêtre et jeta le petit sac de cuir à Tungdil, qui le reçut de plein fouet, avant de fuir par les toits. Le contenu de ce qui était une bourse se répandit en tintant sur le plancher grossier.

Ce bruit suffit à réveiller les autres : Boïndil parcourut la pièce les couperets tirés, criant aux Orcs d'approcher, tandis que tous dégainaient leurs armes.

Balyndis était debout en sous-vêtements sur son lit, étreignant des deux mains le manche de sa hache. Le clair de lune, qui perçait entre les deux rideaux, permettait de voir à travers ses sous-vêtements. Tungdil vit bien qu'elle ne l'avait pas fait exprès, mais les rondeurs qu'il aperçut ne lui déplurent pas du tout.

— Qu'est-ce que c'était ? exigea de savoir Furibard, désireux d'en découdre.

— Quelqu'un s'est invité dans notre chambrée, un Nain, dit Andôkai en regardant par la fenêtre. Un Nain sur lequel mon sort n'a eu aucun effet, et qui est parti.

— De l'or, dit Tungdil, surpris de voir les disques de métal qui jonchaient le plancher.

Il se pencha pour les ramasser. Certaines pièces collaient, humectant ses doigts.

— Et un poignard, leur fit remarquer Goïmgar, terré dans un coin du dortoir.

Boïndil le ramassa et l'examina.

— C'est du travail de Nain, ça, dit-il en le tendant à Balyndis. Qu'en penses-tu ?

Ils entendirent un martèlement de lourdes bottes dans l'escalier. Des gardes de la cité en armure firent irruption dans la pièce, leurs hallebardes pointées sur le groupe d'un air menaçant.

— Qu'on apporte de la lumière ! s'époumona quelqu'un.

D'autres Hommes en armes apportèrent de quoi éclairer.

Il ne faut surtout pas qu'ils voient cet or. Tungdil voulut jeter les pièces par la fenêtre et dire à Boïndil de se débarrasser du poignard, mais il faisait déjà trop clair pour agir à la dérobée. Il vit à la lueur des lampes qu'il avait les doigts tout rouges ; les pièces et la lame du poignard étaient humides du sang d'un autre.

— Par Palandiell ! voilà ce que j'appelle avoir du culot ! tempêta le capitaine des gardes, un Homme de belle carrure d'une quarantaine de cycles avec une petite cicatrice sur la joue gauche. Ces coquins étaient justement en train de partager leur butin. (Son regard tomba sur le poignard.) Et voici l'arme du crime ! (Il fit signe aux gardes.) Arrêtez-les. Tous. Le grand, aussi, et tous les autres. Nous verrons bien à l'interrogatoire ce qu'ils ont à voir dans cette affaire.

— Mais quelle affaire, monsieur le gardien de la paix ? s'enquit Rodario sur un ton prévenant et poli, comme s'il allait parler de la pluie et du beau temps avec les Hommes en armure. (Il remit en place ses sous-vêtements comme l'aurait fait un noble.) Auriez-vous l'amabilité de bien vouloir m'éclairer sur cette sombre histoire ?

— Un vol à main armée vient juste d'avoir lieu, à trois ruelles d'ici. Le patricien Darolan a été poignardé en voulant défendre son bien. (Il se tourna vers Boïndil.) Manque de chance pour toi, nous t'avons vu et poursuivi jusqu'ici. (Il s'adressa à un sous-officier.) Il semble que nous soyons tombés sur toute une bande. Peut-être même que ce sont des professionnels.

— Tout cela est un regrettable malentendu, protesta Tungdil, qui leur expliqua ce qui s'était passé dans la pièce avant l'arrivée de la garde.

Il voulut prouver ses dires en montrant la boucle arrachée à la barbe du Nain, qui, en y regardant de plus près, s'avéra être de la laine crue. Le capitaine lui rit au nez.

— Mais bien sûr, Troglodyte ! Tu crois peut-être que je vais avaler ces fadaises ?!

— J'avoue que c'est assez rocambolesque…

— Rocambolesque ? Ridicule, oui ! Je vous arrête, toi et tes complices, au nom du roi. Nous finirons bien par trouver lequel d'entre vous est le meurtrier. Jusqu'à maintenant, tous les suspects de meurtre que nous avons soumis à la question ont avoué.

— Ainsi que je le disais, nous n'avons rien à voir avec ces Nains, poursuivit Rodario sur le ton de l'évidence, tout en adressant un rapide clin d'œil à Tungdil. Nous accompagnons cette dame, nous sommes sa suite, et nous avons rencontré…

— Nous verrons tout cela à la citadelle, l'interrompit sans ménagement le capitaine. (Son visage se fit tout d'un coup beaucoup plus aimable.) D'un autre côté… les preuves de votre innocence sont manifestes. (Il prit la fausse mèche de barbe, fit demi-tour et désigna la porte.) Demi-tour. Nous avons été menés par le bout du nez. Le meurtrier court toujours.

— Mais, mon capitaine ?! s'étonna franchement son sous-officier. Nous avons pourtant vu de nos propres yeux le Nain entrer dans cette auberge…

— Le meurtrier court toujours, répéta-t-il. Dépêchons, ou il risque de nous échapper pour de bon.

Ses subordonnés ébahis finirent par obéir et retournèrent dans la ruelle. Peu après, les compagnons entendirent le bruit des armures par la fenêtre ouverte.

— C'était tout juste. Une chance qu'il soit revenu à la raison, dit Rodario, soulagé. Et maintenant, que faisons-nous ? Nous nous rendormons ?

Andôkai était en train de ramasser ses affaires.

— Nous quittons les lieux. Mon sort ne tiendra pas longtemps, et il ne va pas tarder à recouvrer ses esprits.

Boïndil se gratta la barbe.

— Qui va recouvrer ses esprits ? Le comédien ?

— Mais non, le capitaine, expliqua Tungdil, qui ne put s'empêcher d'afficher un large sourire. (Il venait de comprendre pourquoi Djerůn passait si souvent inaperçu : la Mage semblait capable d'influencer les esprits.) Elle l'a envoûté. Comment expliquer le changement d'attitude du capitaine, sinon ? (Il examina pensivement un brin de laine grossière qui était resté coincé entre ses doigts.) *Quelqu'un a voulu nous tendre un piège, et a bien failli réussir.* C'était un piège démoniaque, en tout cas.

—Oui, et on a bien failli tomber dedans ! Le meurtrier s'était déguisé en Nain, s'exclama Furibard, qui commençait de comprendre. Si je lui mets la main dessus, je le découpe en rondelles.

—En tout cas, ce n'est sûrement pas un enfant qui a fait le coup, il était bien trop agile, dit Balyndis, qui se préparait elle aussi à repartir. Peut-être qu'un Gnome, ou un Kobold…

Tungdil eut une inspiration.

—Swerd ! L'âme damnée de Bislipur ! C'est un Gnome ! (Tous se précipitèrent vers la porte et dévalèrent l'escalier. Tungdil poursuivit.) Sur ordre de son maître, il nous aura suivis et aura attendu une occasion de nous nuire.

—Un beau fumier, concéda Bavragor, qui resserrait les bretelles de son sac à dos. Il doit avoir un sacré flair.

—Ne dis pas de bêtises, c'était un jeu d'enfant que de nous suivre, rétorqua Boïndil avant de passer la salle à manger au crible.

—Un jeu d'enfant, peut-être pas. Il lui a quand même fallu s'immiscer chez les Premiers et emprunter les tunnels, dit Balyndis, impressionnée.

—Le wagonnet fou, avec la boucle de chaussure, vous vous souvenez ? (Tungdil se glissa jusqu'à la porte pour jeter un coup d'œil dehors.) Je savais que j'avais déjà vu cette boucle quelque part. (Il passa rapidement la porte de l'auberge, couvert par Boïndil.) La voie est libre, ils nous cherchent dans une autre rue, lança-t-il aux autres.

—Et ne détale pas comme un lièvre, dit Furibard à Goïmgar en guise d'avertissement. Courir en pleine nuit, c'est suspect.

Ils flânèrent donc le long des rues de Grischamps comme des désœuvrés, s'entretenant à voix basse, faisant tout pour ne pas donner l'impression de faire quelque chose de défendu et pour ne pas avoir l'air de suspects en fuite. Djerůn se tenait dans l'ombre et se faisait aussi discret que possible.

Peu avant la porte, ils croisèrent une patrouille de gardes en train de faire leur ronde habituelle.

—Gardez votre sang-froid, murmura Boïndil.

—Cesse de dire ça, tu ne fais que le rendre encore plus nerveux, lui souffla Balyndis, à qui les tremblements de Goïmgar n'avaient pas non plus échappé.

Les deux groupes se trouvaient à même hauteur lorsqu'une petite voix s'écria :

—Arrêtez-les ! Ce sont des meurtriers recherchés ! Arrêtez-les ! Gardes, par ici ! Ils s'enfuient !

— Vous pouvez compter sur moi pour tordre le cou de Swerd, gronda Furibard, avant de brandir ses couperets pour se défendre contre les gardes, qui interrogeaient leur chef du regard.

C'est alors qu'accourut le capitaine du premier peloton, hurlant de tous les arrêter. Des bougies s'allumèrent derrière les carreaux, des volets s'ouvrirent ; la cité se réveillait au beau milieu de la nuit.

— Pas le temps de tout leur expliquer, dit Andôkai en tirant son épée. Ils ne nous croiraient pas et nous feraient pourrir dans un cachot de toute façon.

— Qu'est-ce qu'on fait ? s'enquit Bavragor, les mains autour du manche de son marteau, paré à se frayer un chemin à travers la porte.

— Bon… ben… moi, je pars dans une autre direction, histoire de les dérouter. On se retrouve de l'autre côté du mur ! dit Rodario en emportant à la hâte son précieux sac marin de costumes et d'accessoires. (Il disparut dans une ruelle avant que les gardes les encerclent complètement.) Je ne ferais que vous gêner, de toute façon.

— Ah ! ces comédiens, dit Narmora avec un gros soupir, avant de dégainer ses armes.

— Ne tuez que si c'est nécessaire, leur lança Tungdil en guise de consigne. (Il brandit sa hache, le plat vers l'avant.) Nous quittons Grischamps. Avec ou sans autorisation.

* * *

Tungdil se rendit vite compte que les gardes n'avaient qu'une piètre expérience du combat réel. Ceux-ci, à force de courir après des voleurs ou d'emmener des ivrognes au poste, avaient perdu toute notion de ce que signifiait se battre contre des Nains déterminés, une Mage, une demi-Albe et un gigantesque guerrier.

Ranger Furgas au nombre des combattants aurait été exagéré. Toutefois, celui-ci s'efforçait sincèrement de faire diversion pour permettre à Narmora de porter un coup. Goïmgar, quant à lui, surveillait ce qu'il leur restait de lingots.

À l'issue d'une mêlée somme toute assez brève, ils parvinrent à la porte, devant laquelle se tenait Rodario, en pleine discussion avec un garde, lequel était trop distrait pour donner l'alarme. Lorsqu'il s'aperçut de la présence de la Mage, il était trop tard.

— Tu vas nous laisser sortir et tu ne diras à personne que tu nous as vus, lui dit Andôkai d'une voix sombre.

Et de fait, le garde, comme dans un accès d'ivresse, partit ouvrir la porte.

— Alors ? Comment étais-je ? Ne l'ai-je pas superbement endormi de mes bonnes paroles ? Je dois quand même reconnaître que la Magie, c'est bien pratique, dit Rodario. Si vous pouviez lancer un petit sort de temps en temps depuis les coulisses, notre pièce serait inégalable. N'avez-vous jamais pensé à…

— Ferme ton clapet, veux-tu ? dit Furgas d'un ton réprobateur.

— J'ai quand même bien le droit de poser des questions, non ? Moi au moins, je pense à notre avenir, quand toutes ces aventures seront terminées.

Bavragor éclata de rire.

— Encore faut-il que tu en réchappes.

Le broutage de la herse réveilla de nouveaux gardes, dont Boïndil s'occupa avec zèle. Le Nain eut beau ne les frapper qu'avec le dos de ses couperets, Tungdil entendit plus d'un os craquer.

C'est à peine s'il retient ses coups ! Inquiet, Tungdil observa le visage ensanglanté et étrangement difforme d'un garde qui s'était effondré après avoir reçu un vilain coup de Furibard. Après quelques convulsions, le garde mourut. Ce qui signifiait qu'ils allaient être recherchés pour meurtre.

Tandis que la herse se levait, Swerd suivait discrètement la scène des yeux, se tenant prêt à relancer la garde à leurs trousses.

— Par ici ! À la porte ! Ils sont là ! Les meurtriers tentent de s'enfuir ! s'écria-t-il depuis une ruelle adjacente plongée dans l'ombre.

Ses hurlements eurent tôt fait de réveiller les derniers endormis. Sa voix éraillée finit par ameuter les premiers membres de la milice, vêtus et armés à la va-vite.

— Faites quelque chose, ô Mage ! s'écria Tungdil, craignant que Boïndil s'en prenne aux citoyens piètrement armés et équipés de Grischamps et provoque un véritable carnage. Ils sont trop nombreux !

Mais cette fois, elle ne lança pas de sort.

— Djerůn, dit-elle, ajoutant ensuite quelques syllabes incompréhensibles.

Le guerrier s'avança. Illuminant son armure, les flambeaux qu'agitaient les Hommes insufflèrent un semblant de vie à la sinistre grimace qui lui tenait lieu de visière. C'est alors qu'un son retentit de derrière le casque, un son que Tungdil n'avait encore jamais entendu de sa vie. C'était un mélange de sifflement reptilien et de grondement sourd de tremblement de terre, un son agressif, menaçant des pires tourments quiconque oserait encore approcher. Les poils de Tungdil se hérissèrent sur sa nuque. Pris de peur, il fit involontairement un pas en arrière.

La lueur violette que l'on pouvait apercevoir derrière les fentes de vision s'intensifia jusqu'à atténuer la lumière des flambeaux. Les visages horrifiés des Hommes furent bientôt baignés d'une clarté plus vive que celle du soleil, une clarté aveuglante, à la limite du douloureux.

Djerůn émit encore le même son, mais celui-ci fut si retentissant et si effrayant que les miliciens, les citoyens, et même les gardes prirent la fuite dans les rues et les ruelles.

La herse était suffisamment haut.

—Allons-y, ordonna non sans hésitation Tungdil, encore intimidé par la voix de Djerůn. *Si tant est que c'était bien sa voix.*

Ils se précipitèrent hors de la ville, suivirent la route enneigée et s'assurèrent à plusieurs reprises que personne ne les suivait, même si la prestation de Djerůn avait dû suffire à dissuader les citadins de les prendre en chasse.

Tungdil n'était plus très sûr de vouloir vraiment connaître la vérité au sujet de ce qui se cachait sous cet habit de fer et d'acier. *En tout cas, ce n'est pas un Homme.*

Au bout d'un moment, Bavragor, qui trottait derrière Goïmgar, s'aperçut que celui-ci ne transportait rien sur son dos.

—Il est où, le sac avec les lingots ? demanda-t-il, sans obtenir de réponse. Hé ! je t'ai posé une question !

Le tailleur de gemmes hâta le pas pour mettre un peu de distance entre eux avant de répondre.

—L'un des gardes me l'a arraché des mains, et je n'ai plus eu l'occasion de le récupérer dans la mêlée. Désolé, avoua-t-il sur un ton plaintif. Je ne l'ai pas fait exprès.

—Pas fait exp… ?! Je t'en ficherais, moi, du « pas fait exprès » ! s'exclama Bavragor qui voulut se jeter sur le Nain, mais Tungdil le retint d'une poigne de fer.

—Arrête.

Le tailleur de pierre, dont l'œil brun rougeâtre lançait des éclairs de colère, n'en revint pas.

—Mais comment on va faire pour forger la Lame de Feu, si on n'a plus les lingots ?! On ne peut plus retourner les chercher, maintenant !

—Nous allons au Royaume des Cinquièmes. Là-bas, nous trouverons ce qu'il nous faut, dit Tungdil pour étouffer la querelle dans l'œuf.

Sa voix avait l'assurance et la fermeté d'un chef.

—Mais tu as dit toi-même qu'il ne fallait pas compter là-dessus, et maintenant…

—… on ne peut plus rien y faire. On ne peut que se faire une raison. (Il lâcha son bras et lui donna une tape d'encouragement sur l'épaule.) Qu'importe ce qui nous attend, nous ne nous laisserons pas abattre ! Pourquoi ? Parce que nous ne pouvons pas nous le permettre ! Qui d'autre que nous pourrait sauver le Pays Sûr ?

—Il fait tout pour nous en empêcher, en tout cas, grommela Bavragor en regardant Goïmgar. Tout serait beaucoup plus facile si nous ne l'avions pas avec nous.

—Si Vraccas a voulu que je le choisisse, c'est qu'il doit y avoir une raison. Et maintenant calme-toi et ménage ton souffle. Tu vas attraper des points de côté, sinon. Voilà au moins une chose que Goïmgar sait faire mieux que toi : courir.

— Les lâches ont toujours su bien courir, fut la dernière remarque de Bavragor, qui devint raide comme une planche lorsque retentit un bruit de casserole qu'on perce.

Ses jambes fléchirent, et il s'effondra dans la neige, face contre terre, soulevant un nuage de poudreuse étincelante, qui le recouvrit d'une mince couche. La hampe d'un carreau d'arbalète dépassait de sa nuque.

Instinctivement, ils se jetèrent au sol, sauf Djerůn. Andôkai lui donna un ordre dans une langue inconnue. Le guerrier parcourut la plaine du regard et partit en coup de vent sans prévenir.

Ce n'étaient pas des Albes. Contrairement à Djerůn, Tungdil ne parvenait pas à repérer leur perfide agresseur. *Des gardes ? Non, on verrait leurs torches.*

La Mage rampa dans la neige pour s'approcher du tailleur de pierre et examiner sa blessure. Balyndis la rejoignit.

— La pointe a manqué l'échine de justesse, déclara-t-elle. Son manteau et le protège-nuque en cuir ferré de son casque ont ralenti le carreau. (Sans l'ombre d'une hésitation, elle empoigna la partie saillante du projectile, et retira celui-ci de la plaie. Elle appliqua ensuite sa main droite sur le trou d'où avait commencé de jaillir le sang de Bavragor.) Je pense qu'il ne m'en voudra pas d'avoir recours à la Magie de Samusin pour lui sauver la vie, dit-elle avant de fermer les yeux pour mieux se concentrer. La guérison des Nains n'est pas la discipline que je maîtrise le mieux. J'espère que cela marchera.

Je l'espère aussi. Quelque chose frôla la tête de Tungdil dans un sifflement, un troisième projectile rebondit contre le bouclier de Goïmgar. Un cri strident retentit, qui s'interrompit brusquement : Djerůn avait trouvé le tireur.

Le guerrier revint avec sa maigre proie, et la jeta dans la neige, qui se teinta de jaune verdâtre à cet endroit. Djerůn jeta ensuite la tête aux longues oreilles pointues juste à côté du corps. Goïmgar fit une grimace horrifiée.

— Swerd ! (C'était bel et bien l'âme damnée de Bislipur. Goïmgar jeta d'abord un coup d'œil au cadavre en frissonnant, puis à l'impact laissé par le carreau sur son bouclier.) Pourquoi a-t-il voulu me tuer moi auss… Il s'interrompit brusquement.

— Oui, pourquoi ? reprit Tungdil. (Il observa le regard éteint du Gnome. Il aurait bien aimé obtenir une réponse à cette question.) Il aura dû se dire que tu aidais un imposteur.

Il se pencha pour ramasser le mince collet, devenu inutile. Le Gnome aurait sans doute souhaité qu'on l'affranchisse autrement. Il le mit dans sa poche, songeant à l'exhiber au visage de Bislipur la prochaine fois qu'il le rencontrerait. Il aperçut alors une tache jaune et brillante sur son cou. *De l'or !* C'était donc bien le Gnome qui lui avait fait un croc-en-jambe pendant le concours.

— Ce boiteux est la lie du peuple nain, résuma Boïndil en essuyant la neige de sa barbe et de ses vêtements. Envoyer un laquais à nos trousses pour nous tuer ! Tuer volontairement un autre Nain, c'est le pire des crimes dont peut se rendre coupable un Nain !

— Dans un certain sens, il n'a pas voulu nous tuer, dit Tungdil encore songeur, il a juste fait faire le sale boulot par son Gnome. Bislipur a sûrement des excuses toutes prêtes.

— Vraccas, je t'en prie, fais que nous retrouvions Gandogar pour que je puisse le battre comme plâtre, supplia ardemment le jumeau.

Goïmgar secouait encore la tête, l'air absent.

— Non, jamais Gandogar ne se serait abaissé à jouer pareil jeu en chargeant Bislipur de nous tuer. Bislipur est un dément, c'est lui qui a dû agir de sa propre initiative. Il…

Le Nain se tut, ne sachant que penser. Sa confiance en son roi était sévèrement ébranlée.

— Eh bien quoi ? Tu veux voir Gandogar monter sur le trône, ou pas ? insista Furibard.

— Bien sûr. Je ne m'en suis jamais caché. Mais tuer un membre de notre peuple ? (Il frémit.) Il est devenu fou, répéta-t-il tout bas, les yeux tournés vers le corps immobile de Bavragor. Bislipur a dû se laisser aveugler par l'idée de faire sacrer Gandogar Grand-Roi, je ne vois pas d'autre explication.

Balyndis prit la main du tailleur de pierre dans la sienne pour qu'il sente qu'on prenait soin de lui. Peu à peu, la plaie ouverte dans la nuque du Nain diminua, puis se résorba, jusqu'à ce qu'il ne reste plus qu'une petite cicatrice. Épuisée, Andôkai se laissa choir dans la neige et s'y rafraîchit le visage.

— J'ai soigné la blessure, déclara-t-elle faiblement. Il ne devrait pas tarder à…

— La Magie de Samusin, marmonna Bavragor, j'y ai réfléchi. Ce n'est pas que de l'esbroufe.

Encore un peu étourdi, mais on ne peut plus sérieusement, il adressa un signe de tête à la Mage à bout de forces. Il ne lui en fallut pas davantage pour exprimer sa reconnaissance.

* * *

— J'aurais une question à poser au chef de notre glorieuse troupe, dit Rodario au lever du soleil après avoir rattrapé Tungdil. (Claquant des dents et refusant de se séparer de son sac à costumes, il désigna discrètement Djerůn. Comme tous les autres, il s'était souvenu depuis les événements de la nuit passée que le guerrier ne pouvait pas être un Homme, même de grande taille.) Quelle est cette *chose* qui nous accompagne ?

C'était tout juste si l'on pouvait le comprendre, car il s'était emmitouflé la tête dans son écharpe.

—Aucune idée, avoua franchement Tungdil, sans cesser de marcher.

Comme chaque fois, Rodario ne se contenta pas de la réponse obtenue.

—Ah bon? Mais depuis le temps qu'ils t'accompagnent, je pensais que…

—Tout ce qu'elle nous a dit à son sujet, c'est qu'il n'était pas un monstre.

Il repensa involontairement à ce qu'il avait entrevu cette nuit-là derrière la visière grimaçante, à l'oasis. Il secoua la tête pour chasser ce sentiment de malaise. Le comédien souffla sur ses doigts bleuis pour les réchauffer.

—Ah bon? Et si ce n'est pas un monstre, qu'est-ce que c'est, alors? Je ne connais aucun Homme capable d'éclairer mieux que le soleil une ruelle sombre avec ses yeux. S'il y a un truc, il faut absolument que je sache lequel pour le réutiliser dans notre théâtre.

Tungdil ne répondit rien, espérant juste que Rodario le laisserait tranquille. Après quelques pas lourds mais décidés dans la neige, il sortit la carte pour s'orienter.

—Bon, eh bien, je supposerai en attendant que c'est un quelconque rejeton de Tion. (Rodario eut l'air très satisfait, et remit les mains dans les poches de son manteau de fourrure.) Cela donnera encore un peu plus d'intensité à la pièce. Dieux du ciel! plus j'y pense, et plus cette pièce est brillante! Inégalée! Tout le Pays Sûr viendra aux représentations! (Il poussa un juron.) Si seulement l'encre ne gelait pas à cause du froid. D'ici à notre retour, vous pouvez être sûrs que j'aurai tout oublié.

—Tu n'as qu'à porter l'encrier tout contre toi, lui conseilla le Nain. Cela devrait empêcher l'encre de geler.

Rodario lui administra une bourrade amicale.

—Mais c'est que se cache un esprit vif, sous tous ces cheveux! J'aurais sans doute fini par y penser aussi, mais merci quand même, mon petit ami.

La route enneigée qu'ils suivaient ne présentait pas la moindre empreinte de pas. L'hiver, les Orcs… Tout incitait les habitants de Tabaîn à rester cloîtrés, barricadés dans leurs chaumières.

Sur ces plates étendues, on pouvait voir venir l'assaillant de très loin. Par temps clair, les tours de guet pouvaient couvrir des distances allant jusqu'à cent milles à la ronde. Mais rien ne servait de prévenir ni de courir: les Orcs venus du nord ne comprenaient que le langage des armes, et ce pays manquait cruellement de bons combattants.

Tungdil détermina leur position sur la carte. Ils approchaient de plus en plus des anciennes limites du Pays Mort. *S'il n'a pas encore gagné du terrain ces derniers mois. Et avec l'hiver, impossible de savoir où commence et où finit sa zone d'influence.*

— Des Orcs, cria Boïndil. À environ vingt milles à l'ouest. Ils… reviennent sur leurs pas et se dirigent vers l'est ? s'étonna-t-il. Ils marchent vite. Mais pour aller où ? Est-ce nous qu'ils cherchent ?

Bavragor attira l'attention de ses compagnons sur une ferme qui se trouvait au bord de l'ancienne route, et qu'ils n'auraient même pas remarquée sans son œil de lynx.

— C'eût été une proie facile pour eux, mais ils n'y ont même pas touché.

Il essuya la sueur de son front. Son visage était devenu tout rouge.

— Tout va bien ? s'enquit Balyndis. On dirait que tu as de la fièvre.

— La gangrène, tu veux dire, corrigea Furibard. Tout ce tralala magique, et voilà le résultat.

Andôkai ne réagit pas à son accusation. Au lieu de quoi, elle alla trouver le tailleur de pierre et le pria de pencher la tête en avant pour qu'elle puisse examiner sa blessure. Boïndil la rejoignit immédiatement. Tous deux firent le même constat.

— La blessure s'est refermée correctement, certifia-t-il. Rien à redire à ce niveau-là.

— J'ai perdu beaucoup de sang, voilà tout, avança Bavragor, visiblement mal à l'aise, essayant de dissiper l'inquiétude dont il était l'objet.

Mais la forgeronne avait décidé de ne pas le laisser dans cet état.

Elle retira un gant et posa sa main gauche sur le front du Nain.

— Par Vraccas ! Je pourrais forger un fer à cheval sur son front tellement il est brûlant de fièvre ! s'exclama-t-elle, inquiète.

— Et vu comme il a la tête dure, tu pourrais marteler sans problème, dit Tungdil pour taquiner Bavragor. Il en faut davantage pour le renverser, notre Poing-Marteau.

— Il a de la fièvre. Il est brûlant. Il s'est peut-être refroidi, dit-elle. Il faut que nous nous arrêtions quelque part pour faire tomber la fièvre si nous ne voulons pas risquer sa vie.

— Mais non, dit Bavragor, comme pour écarter d'un revers de main le conseil de la Naine. Je suis…

Il fut pris d'une quinte de toux si violente qu'il se tordit de douleur. Tungdil le soutint pour l'empêcher de retomber dans la neige.

— C'est bien ce que je pensais. (Balyndis jeta un coup d'œil à la ronde.) Il faut l'emmener au chaud.

Tungdil acquiesça.

— La ferme dont tu nous as parlé devrait faire l'affaire. Mort, tu ne nous sers plus à rien, vieux tailleur de pierre.

— Le pauvre, il s'est refroidi, gloussa Goïmgar avec une joie maligne. Qui de nous deux est le plus faible, maintenant ? Je suis peut-être moins bien bâti, mais je suis plus endurant que toi.

Il ne faisait rien pour cacher sa satisfaction de ne plus être le souffre-douleur pour une fois. La tête bien droite, il passait et repassait devant le malade, un sourire narquois aux lèvres, ce qui lui valut de recevoir une boule de neige dans la figure de la part de Furgas.

Le groupe dut déchanter : il ne trouva ni ferme ni village, et Bavragor refusait tout détour. La troupe dut donc marcher presque sans répit pour gagner l'accès aux tunnels le plus proche.

Une surprise désagréable les y attendait : le conduit d'accès avait été transformé en véritable congère.

— Tant pis. On fera le reste du chemin à pied, dit Bavragor, qui s'efforçait de paraître en forme malgré son état, sans s'apercevoir que son visage cramoisi et les gouttes de sueur qui perlaient de sous son casque malgré le froid réduisaient à néant sa petite comédie. Je peux voir d'ici les Montagnes Grises.

— Nous pouvons les voir depuis que nous sommes en Tabaîn, dit Goïmgar, peu enthousiaste à l'idée de devoir encore arpenter la surface. Nous allons tous devenir aveugles à cause de la neige, si ça continue.

Renfrogné, il prit la tête du groupe d'un pas lourd et marcha ainsi jusqu'au soir. C'est alors qu'ils passèrent à proximité d'une grange abandonnée dans laquelle on avait entassé de la paille.

Ils s'y installèrent confortablement et allumèrent précautionneusement un feu. Ils couchèrent ensuite Bavragor près des flammes, l'ensevelissant sous trois couvertures pour le faire transpirer. Rodario se glissa près du feu à son tour, seul Djerůn montait la garde à l'entrée de la grange, permettant ainsi aux autres de veiller le malade à tour de rôle.

— Ce n'est rien. (Il toussa, crachant un caillot de sang au passage. Sa respiration était bruyante, il gémissait plus qu'il inspirait, et son état se détériorait à vue d'œil. La chaleur ambiante ne semblait rien arranger, bien au contraire.) Un coup d'eau-de-vie, et cela ira mieux.

— Ce n'est pas qu'un refroidissement, dit Boïndil avec conviction en se levant. C'est sûrement la gangrène, qui se sera répandue sous la peau.

— Impossible. J'ai moi-même désinfecté la plaie, rétorqua Andôkai, irritée.

Tungdil eut un doute affreux. Il se leva à son tour, se dirigea vers Goïmgar et lui prit son bouclier pour examiner de plus près le point d'impact du carreau d'arbalète. Tout autour de celui-ci, il découvrit une légère décoloration, ainsi qu'un liquide clair et gelé que ni lui ni Goïmgar n'avaient remarqué. Cela ne pouvait être que de mauvais augure.

Vraccas, protège-le !

— Votre Magie peut-elle quelque chose contre le poison ? demanda-t-il à Andôkai d'une voix enrouée. J'ai bien l'impression que Swerd ne comptait pas uniquement sur ses talents d'arbalétrier.

— Du poison, dit Bavragor en toussant avec un large sourire. (Tous purent voir que ses dents étaient pleines du sang qui s'écoulait de ses gencives.) Vous voyez bien que ce n'était pas un refroidissement. Moi, je parie que Goïmgar serait mort depuis longtemps. L'eau-de-vie et la bière ont fait de moi un dur à cuire.

La Mage ferma les yeux.

— Non, je ne peux rien contre le poison. Ce n'est pas… ce genre de Magie que je maîtrise, dit-elle à voix basse pour s'excuser. D'autant que j'ai donné presque tout ce que j'avais pour le soigner.

Un terrible silence s'abattit sur le groupe. Chacun devina ce que cela signifiait pour le borgne. Balyndis prit sa main calleuse et crevassée et la serra pour l'encourager, la gorge nouée par l'inquiétude.

— Vous pouvez le dire, hein, que le vieil ivrogne n'en a plus pour longtemps, dit au bout d'un moment Bavragor d'une voix rauque. De toute façon, je ne comptais pas rentrer au Royaume des Seconds. (Il adressa un regard à Tungdil.) Ce que je voulais, c'était arriver aux Montagnes Grises et y accomplir ma mission pour mourir dans la gloire. Et voilà que je finis ici, dans une grange misérable, loin de mes montagnes chéries.

Les premières gouttelettes de sang sortaient de ses pores, formant de minces ruisselets qui s'écoulaient dans la paille. Ses vêtements en furent bientôt imbibés.

— Tu ne vas pas mourir, dit Tungdil d'une voix étranglée. (Son sourire, censé inspirer confiance, se transforma en grimace. Il prit l'autre main du Nain dans la sienne.) Tu n'as pas le droit de mourir, ajouta-t-il, désespéré. Nous ne pourrons fabriquer la Lame de Feu sans toi ! Tu es le meilleur tailleur de pierre de tous les Seconds.

Bavragor ravala son sang pour pouvoir parler.

— Si, vous la fabriquerez. Et même que je serai avec vous à ce moment-là. (Il tourna son regard vers la porte.) Portez-moi jusqu'au Pays Mort. Il n'y a que de cette façon que je pourrai vous être utile après ma mort.

— Mais tu… deviendras un mort-vivant, s'exclama Boïndil avec une nuance de dégoût dans la voix. Ton âme…

— Mais je pourrai accomplir ma mission, et c'est ce qui compte, s'emporta Bavragor.

Il fut pris d'une nouvelle quinte de toux.

— Et qu'est-ce qui nous dit que tu ne vas pas te retourner contre nous et essayer de nous tuer ou de nous manger, comme l'ont fait tous les autres ?

Furibard se retourna et contempla les visages émus des uns et embarrassés des autres.

— Ligotez-moi bien et attendez, leur recommanda-t-il. Ma tête de bois sera plus forte que l'envie de faire le mal. Jamais un Nain ne s'abandonnera au Mal. (Il se mit à battre des paupières.) Je crois que vous devriez vous dépêcher…, haleta-t-il avant de rendre le contenu sanglant de son estomac, contenu que filtra sa barbe taillée avec art.

Andôkai appela Djerůn et lui donna des instructions. Celui-ci enveloppa soigneusement le Nain agonisant et le prit doucement dans ses bras comme une mère le ferait pour bercer son enfant, puis il quitta la grange au pas de course.

Ses longues jambes infatigables transportèrent Bavragor vers le nord, là où le Pays Mort avait déployé toute sa puissance et où tout ce qui mourait ressuscitait, mais au service du Mal. Le reste de la compagnie rassembla ses affaires et suivit le guerrier aussi vite que le lui permettaient la neige et les courtes jambes des Nains.

Les yeux levés vers les étoiles, Tungdil pleurait Bavragor en silence : celui qui avait sacrifié sa précieuse vie pour leur permettre de fabriquer l'arme capable de libérer le Pays Sûr. Malgré son caractère difficile et tous ses défauts, il avait fini par lui faire une place dans son cœur.

Tungdil entendit Balyndis renifler à côté de lui, et se tourna vers elle. Les yeux rougis, elle lui adressa un sourire et lui tendit la main. Ce geste lui redonna le courage qu'il avait failli perdre dans la grange.

Que de choses avaient-ils déjà vécues ! Trop de choses, peut-être. Ce qui ne devait être au départ qu'une expédition, certes aventureuse, avait fait place à une quête dont l'enjeu dépassait de loin tout ce que pouvaient imaginer les membres du groupe. Même Rodario, encore si imbu de sa personne peu de temps auparavant, avait pris conscience à la fois de l'importance et de la dangerosité de leur périple et s'abstenait dorénavant de parler pour ne rien dire, préférant assimiler les événements.

— J'espère que les habitants du Pays Sûr en valent la peine, Vraccas, marmonna Tungdil à l'adresse du firmament étoilé. Quand tout cela sera terminé, tu pourras compter sur moi pour que notre peuple se parle et cesse de vivre en tribus coupées les unes des autres dans les montagnes.

Balyndis lui serra la main de nouveau, mais pas longtemps, car Tungdil se hâta de rejoindre Boïndil à la tête du groupe. Ce n'était pas le moment de penser à autre chose qu'à la Lame de Feu.

— Elle te plaît, lui dit le Nain en guise d'accueil sans cesser de regarder droit devant lui.

— Il ne manquait plus que cela.

— Allez, avoue. Elle est jolie, en plus. Pour quelqu'un comme toi, qui n'a encore que peu d'expérience avec les femmes, une aventure avec elle serait comme étreindre une des filles de Vraccas.

— Pas avant d'avoir vaincu Nôd'onn. Le Pays Sûr a la priorité.

— Oh ! mais c'est que l'érudit est quelqu'un de réfléchi. (Il ne le regardait toujours pas. On aurait pu croire qu'il parlait tout seul, ou qu'il s'adressait à la neige ou aux empreintes de pas de Djerůn.) Écoute. Quand tu as trouvé quelque chose qui signifie beaucoup pour toi, efforce-toi sans attendre de le garder, ne le laisse pas sans soins, car nombreuses sont les choses qui changent plus vite qu'une hache coupe un Orc en deux.

— Pourquoi me dis-tu cela ?

— Oh ! pour rien. Juste comme ça. (Il pinça les lèvres.) Là, voilà notre Homme de fer. (Il tira ses couperets.) On va bien voir si l'esprit de l'ivrogne chantant a résisté à la puissance du Pays Mort.

Et si ce n'était pas le cas, ce serait aux couperets de jouer.

Sur ordre de la Mage, Djerůn tendit son bras cuirassé et leur fit signe d'approcher. Bavragor se tenait debout à côté de lui, les bras pendant le long du corps, et regardait fixement les Montagnes Grises de ses yeux inexpressifs.

— Bavragor ? dit Tungdil pour lui adresser prudemment la parole, tandis qu'il guettait un signe quelconque sur son visage livide.

Le visage de Bavragor avait l'air vieilli, cireux, mort.

— Je ne sens… rien, dit-il avec difficulté, comme si ouvrir la bouche et prononcer quelques mots lui coûtait toute son énergie. Je ne sens plus mon corps. Ma tête… est étrangement vide. (Ses yeux éteints roulèrent lentement dans toutes les directions et finirent par se tourner vers Tungdil.) Tout ce que je ressens est… mauvais. Je hais ce que j'adorais avant. Et ce que je haïssais avant (il regarda Tungdil sans le voir), j'ai envie de le déchirer en morceaux et de le dévorer. Mieux vaudrait que vous me ligotiez, car je ne sais pas combien de temps je résisterai encore à cette envie, les pressa-t-il. Le Mal m'habite.

— Si tu le souhaites.

Tungdil prit la sangle de cuir avec laquelle Goïmgar arrimait son bouclier sur son dos, puis ligota les mains de Bavragor dans le dos.

— Serre plus, gronda celui-ci. Tu ne peux plus me couper la circulation, vu que mon cœur s'est arrêté de battre. (Bavragor eut l'air soulagé après que Tungdil eut obtempéré. Son corps se détendit. Il regarda Tungdil.) Quand j'aurai terminé mon travail, il faudra que tu me tranches la tête. Je ne veux pas finir comme serviteur du Pays Mort et errer jusqu'à la fin des temps à travers les galeries abandonnées des Cinquièmes. Je ne veux pas non plus tuer des Hommes simplement parce que la terreur venue du nord me l'ordonne.

— Aucun Nain ne servira les forces des ténèbres, lui promit Tungdil. Tu peux compter sur moi.

— Quant à toi, s'écria le tailleur de pierre à l'adresse de Furibard, ne t'approche pas trop de moi. Je ne me réjouirais que trop de pouvoir planter mes dents dans ta gorge et de la déchiqueter ! (Il baissa la tête ; son œil rouge-brun était empli de cruauté, jusqu'au moment où il détourna le regard pour contempler la neige. Il mit ensuite un pied devant l'autre.) Venez. Je ne tiens pas à être une chose sans âme plus longtemps que nécessaire.

D'un signe, Andôkai chargea Djerůn de le surveiller. Celui-ci emboîta le pas au Nain métamorphosé, formant un véritable mur de fer sur lequel Bavragor devait se briser les dents en cas de crise.

* * *

Jour après jour, ils parcoururent les plaines du Royaume de Tabaîn, qui s'étendaient à perte de vue. « La Plaine aux Épis », ainsi qu'on l'appelait en été, était si froide que tout ce qui y restait immobile un certain temps se figeait en statue de glace.

Tungdil se souvint avoir lu que la blancheur éclatante de la neige pouvait provoquer une cécité permanente si l'on n'y prenait garde. Il ordonna donc aux membres du groupe de se confectionner des bandeaux pourvus de minuscules fentes de vision.

Cette marche était éreintante. Les seuls à ne pas en souffrir étaient Djerůn et Bavragor le mort-vivant, qui leur ouvraient la voie à travers les congères. Leurs provisions gelaient, et devaient être patiemment dégelées auprès du feu avant de pouvoir être consommées. Sans les vêtements chauds que leur avait fournis la reine Xamtys, ils seraient certainement tous morts de froid.

Furibard était de plus en plus impatient de se battre, contrairement à Bavragor, qui avait perdu tout intérêt pour quoi que ce soit. Il ne buvait plus, ne chantait plus, ne riait plus, se contentant de regarder droit devant lui obstinément. Il apaisait sa faim en dévorant vivants des lièvres des neiges que l'on capturait pour lui, ne laissant chaque fois que la peau et les os. Les bruits de succion qu'il produisait en mangeant et le craquement des os rendaient Goïmgar encore plus craintif, si bien qu'il avait la main constamment posée sur la poignée de son épée courte.

Les Montagnes Grises se rapprochaient chaque jour davantage. Bientôt leurs sommets donnèrent l'impression d'être à portée de main, mais il leur fallut encore bien des jours de marche éreintante pour quitter enfin le Tabaîn, franchir la frontière du Gauragar et atteindre les premiers contreforts du massif aux flancs couleur de plomb.

En chemin, ils n'avaient repéré ni Orcs, ni autres monstres, seulement les traces toutes fraîches laissées par d'immenses armées parties pour le Sud.

Enfin ils approchèrent du premier rempart de défense de la forteresse des Cinquièmes. Le groupe vit rapidement que celle-ci n'était pas gardée.

Les créatures venues du nord n'avaient laissé presque aucune pierre intacte. Les murailles avaient été abattues et les tours démontées afin que plus rien ne subsiste de l'ancienne puissance des habitants de ce royaume. Les monstres avaient tant et si bien fait œuvre de destruction que Tungdil et ses compagnons furent bien incapables de s'imaginer à quoi pouvait bien avoir ressemblé la vie dans les Montagnes Grises du vivant de Giselbart Œil-de-Fer, le Père fondateur de la Cinquième Maison. Seuls quelques fragments témoignaient d'un art consommé en matière d'architecture. Mais le reste de la forteresse n'était plus que ruines dont la vue attristait les Nains.

Ceux-ci ne relâchèrent toutefois pas leur vigilance lorsqu'ils gravirent l'étroit sentier qui menait à l'entrée principale, craignant que cette paix soit trompeuse.

— Faites moins de bruit, leur dit Furibard. Narmora et moi allons voir s'ils ont ou non laissé des sentinelles.

L'un et l'autre s'éclipsèrent, et se dirigèrent vers l'immense porte ouverte qui menait directement à l'intérieur de la montagne, profitant des abris que constituaient les pans de mur et les roches grises qui dépassaient des neiges.

Tungdil regarda autour de lui et tendit l'oreille. Le vent glacial murmurait le long des parois crevassées et sifflait des mélodies aléatoires. Des stalactites de glace pendaient comme des lustres de verre aux promontoires rocheux et à cinquante pas sur leur gauche, une chute d'eau s'était figée en une étrange sculpture.

Personne. Ni Orc, ni Ogre, ni Albe ni aucun autre agresseur en vue.

— Faites moins de bruit, qu'il a dit, fit Goïmgar en riant jaune. Il ne s'est pas regardé. Ni écouté, surtout.

— Ce n'est certes pas un parangon de grâce, et la présence de la ravissante Narmora ne l'avantage pas particulièrement, dit Rodario pour confirmer.

Tungdil avait observé leur méthode d'approche. Le Nain comptait sur sa petite taille là où la demi-Albe bondissait d'un bloc à l'autre avec l'élégance d'une danseuse. Elle était parfaitement silencieuse et donnait l'impression qu'elle ne faisait que survoler les obstacles, comme une plume. On ne pouvait pas en dire autant de Boïndil avec sa cotte de mailles, et ce malgré la fourrure qu'il portait en dessous.

Narmora atteignit l'entrée la première. Elle se plaqua contre la paroi et tendit l'oreille en direction du couloir obscur, puis elle entra. Sa silhouette se fondit dans les ténèbres et elle disparut.

Furgas tripotait sans arrêt ses gants.

— Sa témérité la perdra, murmurait-il.

— Mais non, mais non. C'est une femme qui connaît ses capacités et qui en use, mon vieil ami, dit Rodario pour le rassurer. Tu connais pourtant ses antécédents. Ce n'est pas cette petite mission de reconnaissance qui va avoir raison d'elle.

— Oui, eh bien, moi, je ne tiens pas à les connaître, ses antécédents, dit rapidement Goïmgar. Je la trouve déjà bien assez inquiétante comme ça.

Entre-temps, Boïndil avait atteint à son tour l'entrée du royaume de ceux qui avaient succombé à la puissance du Pays Mort plus d'un millénaire auparavant. Quelque peu perplexe, il guetta çà et là sans rien découvrir.

Narmora surgit soudain de l'obscurité. Les ténèbres du gigantesque tunnel s'agrippèrent encore un moment à elle comme des toiles d'araignées, ne la relâchant qu'à contrecœur. Elle leur fit signe. Son attitude détendue indiquait qu'il n'y avait rien à craindre.

— Vous avez vu ça ? C'était comme de l'encre qui glissait sur un parchemin sans l'imprégner, murmura Goïmgar, effrayé. C'est…

— Une forme de Magie. C'est une capacité innée, dit la Mage. Les Albes sont les enfants des Ténèbres.

— Elle changera sûrement de camp quand nous rencontrerons des Albes, prédit-il, angoissé. Mauvais sang ne sait que mentir.

— C'est faux, protesta Furgas avec véhémence. Nous nous aimons. Elle mourrait plutôt que de me trahir, tout comme je mourrais plutôt que de la voir souffrir.

Le Nain chétif marmonna quelque chose dans sa barbe avant de suivre le groupe jusqu'à l'entrée, le bouclier levé, prêt à parer.

— Il n'y a personne, ici, dit-elle sans juger nécessaire de baisser la voix. Ils se sont contentés d'effacer les inscriptions sur les murs et d'abîmer les portes pour qu'on ne puisse plus les refermer.

— Mais où est-ce qu'ils sont tous passés, ces bestiaux ?

Boïndil faisait tournoyer ses couperets, avide d'en découdre.

— Au passage de Pierre probablement, dit Tungdil, qui avait en tête une carte qu'il avait vue dans l'un des nombreux ouvrages de la bibliothèque de Lot-Ionan. Et c'est une chance qu'ils y soient. (Il se tourna vers l'entrée.) Venez. Allons allumer cette forge qu'on appelle « Dragonhaleine ».

C'était la première fois qu'un Nain vivant entrait dans le Royaume des Cinquièmes depuis tout ce temps. Son premier pas fut donc empreint de crainte, de respect, de circonspection, mais aussi d'une bonne dose d'excitation.

Rodario et Furgas allumèrent des lampes, dont la lumière jaune rougeâtre redonna vie à la montagne. Toutefois, les parois brillèrent avec une clarté si aveuglante qu'ils ne tardèrent pas à diminuer l'intensité de la flamme des lampes.

Ils se trouvaient dans un couloir aux parois recouvertes de palandium trempé et poli. Malgré mille cycles passés dans la solitude, le métal n'avait rien perdu de son éclat. Les plaques murales avaient été gravées à l'effigie des anciens rois ; les souverains barbus les regardaient amicalement, et les saluaient en brandissant leurs haches jaune rougeâtre faites de vraccasium coulé.

— Quelle richesse, s'étonna Rodario.

Saisis d'émotion, les Nains s'agenouillèrent et prièrent Vraccas. Bavragor lui-même, malgré sa transformation, ne put résister à l'effet produit par les effigies. Il ne parvint toutefois à formuler sa prière qu'en se concentrant du mieux qu'il put. Le Mal qui l'habitait n'avait de cesse en effet de briser sa volonté, d'annihiler ses convictions et d'effacer sa mémoire pour prendre le contrôle de son être, mais c'était sans compter la légendaire opiniâtreté des Nains et l'imperméabilité de leur esprit à toute influence extérieure.

Les Hommes, Andôkai et Djerůn attendirent patiemment.

Tungdil se releva et inspira profondément. Il émanait du couloir une odeur respectable de vieille poussière que n'avaient pas réussi à lui ôter les hordes d'Orcs et d'autres bêtes qui étaient passées par là.

— Il va falloir ouvrir l'œil si nous voulons trouver le chemin du lac de feu, déclara-t-il avant de se mettre en marche, accompagné de Boïndil.

Leurs pas soulevaient de petits nuages de poussière. Une bestiole s'enfuyait de temps en temps à leur approche. Des ossements gisaient çà et là, ainsi que des restes de cottes de mailles et de boucliers.

Ils suivirent le couloir en silence, jusqu'à ce qu'ils aient atteint une grande porte sortie de ses gonds qui ouvrait sur une salle hypostyle. Celle-ci, creusée en forme de pentagone dans la pierre, était gigantesque. Pas moins de quinze couloirs en partaient, dont on avait brisé les plaques indicatrices.

— Voilà ce que j'appelle avoir l'embarras du choix, dit Rodario d'un air malheureux. Et dire que nous sommes pressés. Comme si nous avions toute la journée pour parcourir les couloirs en tous sens comme des souris.

— Alors nous devrions choisir le couloir qui présente le moins de traces de pas, proposa Tungdil. J'imagine mal les Orcs se rendre régulièrement au lac de feu alors qu'ils n'ont aucun intérêt à cela.

— Bonne idée, approuva Furibard, qui se mit immédiatement à inspecter le sol des nombreux couloirs, aidé en cela par Narmora, Djerůn et Andôkai.

Les autres en profitèrent pour chercher un endroit sûr dans la salle et se reposer.

Rodario prit quelques notes avant de partager son repas avec Furgas. Bavragor se contenta de rester debout et de regarder droit devant lui, impassible. Goïmgar se dissimula à moitié derrière son bouclier et mâchonna un morceau de viande séchée aux herbes tout en restant en alerte. Tous ces couloirs qui débouchaient dans la salle ne lui inspiraient pas confiance.

— Je parie qu'il se demande ce qui a bien pu arriver à Gandogar, dit Balyndis tout bas à Tungdil.

— Il n'est pas le seul, répliqua ce dernier, pensif. Nous n'avons pas eu la moindre nouvelle de l'autre groupe pendant tout notre périple, et il n'est pas arrivé non plus chez les tiens. J'espère qu'il ne lui est rien arrivé.

Son inquiétude était sincère. Fatigué, il ferma les yeux, pour les rouvrir aussitôt. Il déboutonna son manteau de fourrure. Il faisait bien meilleur dans les galeries des Cinquièmes, et la chaleur le fatiguait davantage.

— Allez, endors-toi, le rassura la Naine. Je monte la garde, et je te réveille s'ils trouvent quelque chose.

— Je suis le chef, je ne devrais pas dormir, normalement.

— Les chefs qui ne dorment pas commettent des erreurs, rétorqua-t-elle fermement avant de tirer sur les épaules de Tungdil pour le forcer à se coucher, ce qu'il fit non sans résistance. Voilà, couche-toi. Dors, et rêve que nous sauvons notre pays natal.

Balyndis lui adressa un sourire, poussa une mèche de cheveux qui traînait sur son visage et se retourna en direction de la salle.

La main sur le manche de sa hache, elle était assise juste à côté de lui et surveillait la salle d'un œil vigilant. Elle était l'image même de la guerrière.

* * *

— C'est sûrement ce couloir.

Boïndil avait fait son choix et plus rien ne pouvait le faire changer d'avis, ce qui n'étonna personne.

— Eh bien, commençons par celui-là, dit Tungdil en faisant signe aux autres. Si tu t'es trompé, nous essaierons celui qu'a proposé Andôkai.

Le temps n'était plus au repos. S'ils s'étaient octroyé une sieste, c'était uniquement afin de reprendre quelques forces pour le combat contre le Dragon femelle.

— Elle s'appelle Argamas, et c'est la femelle de Branbausíl le Grand Dragon qui vivait dans les Montagnes Grises, expliquait Tungdil à Balyndis. Avant de le tuer et de s'emparer de son trésor, les Cinquièmes parvinrent à lui dérober sa flamme blanche et à allumer leur forge avec. Argamas, elle, se réfugia dans le lac de feu…

— … et jamais plus on ne la revit, ajouta Goïmgar avec soulagement. Pour être honnête, cela ne me déplairait pas que ce gros lézard reste dans son lac. Les écailles des Dragons sont dures comme de l'acier.

— Nous voulons prendre son feu, pas sa vie, dit Andôkai, que cette perspective ne semblait pas inquiéter outre mesure. Cela devrait te rassurer, non ?

— Et c'est bien dommage, dit Furibard, frustré. Savez-vous au moins quelle taille ils ont, ces bestiaux ? Il n'y a pas plus grandes et plus dangereuses créatures au Pays Sûr que les Dragons, et il faudrait laisser passer l'occasion de donner le coup de grâce à cette fichue race ?!

— C'est pourtant ce que nous allons faire, dit Rodario pour soutenir la Mage.

— J'avais bien compris que tu n'étais pas le plus courageux d'entre nous, répliqua Boïndil. Et toi, Balyndis ? Qu'est-ce que tu en penses ? Un Dragon, ce n'est quand même pas…

— Silence, dit Tungdil. (L'air se réchauffait, et commençait de sentir le soufre. Après avoir descendu d'innombrables marches et suivi de nombreux conduits, ils touchaient enfin au but.) Je ne veux plus entendre un son tant que nous n'avons pas reconnu les environs. Inutile d'annoncer notre venue à Argamas pendant qu'elle prend son bain de lave.

Le frêle Goïmgar se cramponna à la poignée de son bouclier.

— Et si on lui demandait de nous aider, plutôt ? Un Dragon, c'est intelligent, et peut-être qu'elle nous écouterait.

Furibard lui adressa un regard plein de reproche.

— Tu n'oserais quand même pas me gâcher le plaisir en la suppliant de nous donner volontairement son feu ?! Ne fais jamais ça, tu entends ?!

— Ce sont des Nains qui ont tué son compagnon. Alors, ne t'attends pas à une trop grande affabilité de sa part, dit Tungdil. Qu'elle crache son feu, c'est tout ce que nous voulons.

Il cogna contre les flambeaux qu'il avait sur lui.

— Et voilà, grommela Boïndil, encore un défi qui s'envole.

Ils quittèrent le couloir, et furent baignés d'une lumière jaune sombre. L'air empestait l'œuf pourri. Âcre et piquant, il était difficilement respirable, mais ce qu'ils virent les dédommagea de ces désagréments.

Une vague de chaleur étouffante leur parvint des berges du lac de lave en ébullition, à la surface duquel se dessinaient des bulles qui tantôt éclataient, tantôt se dégonflaient.

Tungdil eut du mal à estimer l'étendue du lac, mais il devait faire au minimum quatre mille pas de diamètre. Des îlots dépassaient çà et là de la lave, et au plafond pendaient d'étranges stalactites de basalte, qui s'étaient formées au fil des cycles à partir du magma projeté et auxquelles la lueur du lac conférait des reflets couleur de miel.

— Et c'est là-dedans qu'est censé vivre ce Dragon ? s'étonna Goïmgar, que le spectacle avait également subjugué. Ce n'est pas plus mal que nous ne le combattions pas. Que pourraient nos armes contre une créature qui nage dans cet enfer comme un canard dans une mare ? demanda-t-il avec le secret espoir que le Dragon femelle ne se montrerait pas.

Djerůn tira son épée et désigna un point situé à quelque mille pas de l'endroit où ils se trouvaient, sur la berge du lac.

— Inutile de se soucier plus longtemps d'Argamas, dit Andôkai. Regardez là-bas.

Le groupe aperçut avec horreur le gigantesque squelette. À en juger par sa forme, c'était celui d'un Dragon.

Chapitre 10

Le Pays Sûr, Royaume nain du Cinquième Père, Giselbart, en l'hiver du 6 234e cycle solaire

Furibard inspecta du bout des bottes les gigantesques ossements, jonchés de bris de flèches, de lances, d'épieux, ainsi que d'os de plus petite taille.

— Les faces de groin. Ce sont elles qui ont tué le Dragon. Et cela ne date pas d'hier, apparemment. Cela a dû être un beau combat, dit-il, le regard nostalgique, après avoir examiné le squelette de plus près.

Goïmgar haussa les épaules.

— Tout cela n'a aucun sens ! Rentrons chez nous. J'aimerais bien être parmi les miens lorsque Nôd'onn sera aux portes de notre royaume et que la bataille commencera.

— Toi ? Te battre ?! dit Boïndil d'un ton moqueur.

Il voulut briser une des côtes du Dragon. Sans succès.

— Je préfère mourir avec ceux de mon peuple plutôt qu'en compagnie d'un berserk à moitié abruti, d'un imposteur et d'un mort-vivant. (Il adressa un signe de tête à la forgeronne.) Je n'ai rien contre toi.

— Et si nous allumions la forge avec du feu normal ? proposa Furgas.

Tungdil contempla la lave.

— Nous n'avons pas d'autre possibilité. Nous devons essayer, dit-il. Du reste, avons-nous le choix ? Je ne vais tout de même pas rentrer les mains vides et regarder Nôd'onn nous anéantir sans rien faire. (Il examina de plus près les flammèches qui dansaient à la surface de la lave et essuya la sueur de son front. Il avait vu toutes sortes de flammes dans sa forge, mais celles-ci lui semblèrent différentes.) Je me trompe, ou les flammes sont plus claires que la normale ? demanda-t-il à Balyndis, qui s'y connaissait tout autant que lui en la matière.

— On dirait bien, confirma la Naine, qui comprit où il voulait en venir.

Elle prit une des torches, l'alluma à l'une des flammes, et dut constater que la torche produisait bel et bien une lumière plus vive qu'à l'accoutumée.

— Narmora, vois si tu peux éteindre la torche avec tes pouvoirs, demanda Andôkai à la demi-Albe.

La femme aux cheveux de jais acquiesça, se concentra puis ferma les yeux pour les rouvrir aussitôt. La torche était toujours allumée.

— Ça n'a pas marché, s'étonna-t-elle. D'habitude, les flammes…

— Justement, dit la Mage avec un rire de soulagement. L'intuition de Tungdil ne l'a pas trompé. Argamas a imprégné le lac de son souffle et de sa flamme.

Débordante de joie, Balyndis ne put s'empêcher d'embrasser Tungdil sur la joue. Il eut un sourire gêné.

— Voici ce que nous allons faire, dit-il. Nous allons allumer toutes les torches et revenir sur nos pas. Ensuite, nous rallumerons la forge.

— Comme c'est mignon ! commenta Rodario. Une chance qu'il fasse si chaud, ici. Mon encre coule à merveille, et cela tombe bien : je ne pouvais pas ne pas coucher sur le papier ce moment émouvant. (Il continua à écrire en suivant Tungdil.) Furgas, mon cher ami et complice, vu la tournure que prennent les événements et vu leur ampleur, j'ai bien peur qu'il nous faille donner des représentations beaucoup plus longues. Il faudrait commencer dès le matin, dit-il en réfléchissant à haute voix. Et si nous doublions le prix des places et le nombre de figurants, qu'en penses-tu ?

Furgas observa encore une dernière fois le lac de feu.

— Oublie le lac de feu, trancha-t-il. Il nous coûterait trop cher en charbon.

— Oui, tu as raison. Pas trop de dépenses. En plus, avec cette puanteur, des rangées entières du public auraient envie de vomir.

— Si ce n'est pas ton jeu qui leur fait cet effet, dit Boïndil sèchement en lui mettant d'autorité une torche dans la main. Tiens, comme tu ne dois pas combattre, tu as les mains libres. Gare à toi si tu la laisses s'éteindre.

— Je jure sur les vents, les dieux et même le Mal que si pareil malheur doit jamais m'arriver – et je prie ces mêmes divinités de m'en garder –, qu'importe où je me trouve, tu seras foudroyé sur-le-champ, déclara-t-il solennellement.

Le Nain fut satisfait, jusqu'au moment où il saisit le sens de cette logorrhée.

— Très drôle, gronda Boïndil, qui en resta là alors que Rodario et Goïmgar étaient à deux doigts de se tordre de rire. Je note, dit-il d'un air menaçant.

* * *

Le comportement de Bavragor devenait de plus en plus inquiétant.

Depuis leur entrée dans le Royaume nain, il ne disait absolument plus rien, se contentant de rouler de l'œil dans toutes les directions, poussant parfois des grognements ou des gémissements sans raison apparente. Les liens qui retenaient ses poignets se tendaient et crissaient dangereusement. Djerůn veillait à ce que personne ne l'approche de trop près.

Furibard ne cessait de se plaindre que les torches allaient les faire repérer, sans proposer de meilleure solution pour autant.

Il n'avait pas tout à fait tort. Éclairant de leur vive flamme les couloirs aux parois recouvertes de plaques de vraccasium, de palandium, d'or et d'argent, les torches leur permettaient de percevoir n'importe quel détail à vingt pas de distance, mais cela valait également pour les monstres.

À croire qu'ils savaient que nous en aurions besoin un jour. Tungdil toucha du doigt les plaques gravées. Au risque d'offenser les ancêtres, il prit la décision d'en emporter quelques morceaux. Grâce à la force de Djerůn, le prélèvement eut lieu sans difficulté, si bien qu'ils en eurent bientôt suffisamment pour les runes et le damasquinage de la hache. Il ne leur manquait plus que du fer. Tungdil contempla la hache que lui avait offerte Lot-Ionan. *Dans le pire des cas, je la fondrai elle aussi.*

Après qu'ils eurent marché longuement à travers le Royaume abandonné des Cinquièmes, Boïndil leur fit soudainement signe de s'arrêter.

—Il y a quelque chose droit devant, dit-il pour justifier sa décision tout en prenant une attitude de fauve aux aguets. Je sens l'odeur puante de bêtes, mais ce ne sont pas des Orcs.

Tungdil renifla, et sentit l'odeur à laquelle Boïndil faisait allusion.

—Ils ne sont qu'à quelques pas d'ici, dit-il en regardant Narmora, qui comprit et s'apprêta à partir en éclaireur.

—Approchez! Il y a ici un Nain qui n'a pas peur de vous! dit soudain une voix forte à travers le couloir. (On entendit des armes se fracasser sur des boucliers; de petits cris aigus retentirent.) Je suis peut-être le dernier, je vais peut-être succomber, mais j'emporterai au moins quarante d'entre vous dans la mort! Vraccas est avec moi!

Je connais cette voix, pensa Tungdil, qui n'eut pas le temps de retrouver le nom du Nain qui parlait ainsi.

—Gandogar! s'écria Goïmgar, au comble du bonheur. Tiens bon, mon roi! J'arrive!

Il jeta son lourd manteau, s'empara de son bouclier, dégaina son épée et se précipita au secours de son souverain.

—Si on m'avait dit un jour que Barbe-brillante réagirait ainsi, s'étonna Rodario. Où a-t-il bien pu trouver tout ce courage?

—J'en suis le premier surpris, mais bon, on ne va pas le laisser y aller tout seul, hein? demanda Furibard, qui se réjouissait d'avoir enfin un vrai combat contre les créatures de Tion. Quant à toi, la grande perche, tu connais la consigne. Et fais bien attention au borgne, histoire qu'il ne m'attaque pas dans le dos.

Il jeta à son tour son encombrant manteau et interrogea Tungdil du regard.

Celui-ci tira sa hache, espérant que le roi des Quatrièmes méritait son aide.

— Allons aider fraternellement notre rival, et coupons les têtes de nos ennemis ! s'exclama-t-il avant de partir au combat en courant.

Ils parvinrent dans une salle de dimensions modestes, faiblement éclairée, mais remplie de créatures bossues et velues ayant l'apparence de Bogglins. Criaillant, brandissant des massues et des épées ébréchées et pourvues d'armures trop grandes pour elles, celles-ci prenaient d'assaut un escalier de pierre au sommet duquel se dressait une statue en or de Vraccas.

Au pied de celle-ci se tenait Gandogar, qui dans son armure lourde ressemblait à une incarnation du dieu des Nains. Tenant sa hache à double tranchant des deux mains, il prit un large élan et abattit la première rangée d'assaillants d'un seul coup. Les diamants dont son casque était incrusté réfléchissaient la lumière sur les parois et les colonnes, lui conférant une aura presque surnaturelle, pour ne pas dire divine.

Dix pas plus bas de part et d'autre de l'escalier gisaient les bêtes décapitées ou mutilées par le roi. Le sang vert clair et vert foncé dégoulinait le long des marches de pierre, ce qui rendait l'assaut des créatures encore plus difficile.

Mais celles-ci ne voulaient pas renoncer. Dans un épouvantable vacarme, elles gravissaient les marches, se pressaient en première ligne comme pour mieux se faire faucher par la lame de Gandogar.

Boïndil, qui était arrivé sur les lieux le premier, souffla dans son cor pour attirer leur attention.

— Hé ! ho ! voici un autre Nain pour vous !

Après un dernier rire dément, il se jeta dans la mêlée, devenant l'irrésistible Furibard, dont les couperets trouvent d'eux-mêmes les failles dans les défenses et les armures. Il n'avait porté qu'une seule attaque que déjà six ennemis étaient hors de combat, couinant ou palpitant.

Véritable abattoir ambulant, il ouvrit une brèche dans laquelle s'engouffrèrent Tungdil et les autres. Même Goïmgar, d'ordinaire si pusillanime, était de la partie. Pour la première fois depuis longtemps, sinon de sa vie, il avait un objectif pour lequel il était prêt à se battre, et même à mourir s'il le fallait.

Bavragor était parvenu à se défaire de ses liens de cuir. N'ayant pas d'arme à sa disposition, il déchiqueta à mains nues les premiers assaillants qui se trouvèrent à sa portée, leur perforant les chairs de ses puissants doigts, malgré leurs coups d'épée. Enfin il ramassa deux masses d'armes et distribua des coups d'une puissance terrifiante autour de lui.

La massue de Djerûn projetait à travers la salle ces créatures qui lui arrivaient tout juste au niveau du genou ; celles-ci heurtaient leurs congénères avec une telle violence qu'elles en entraînèrent un bon nombre dans la mort.

— En haut de l'escalier ! ordonna Tungdil, qui avait vu que la situation devenait critique pour Gandogar.

Celui-ci semblait être le dernier survivant de son groupe, Tungdil ne parvenant pas à repérer d'autres Nains dans cette cohue.

Ils se frayèrent un chemin comme un seul Nain parmi les créatures. Djerûn interdisait l'accès à l'escalier avec une violence meurtrière, tandis qu'Hommes et Nains attaquaient les Bogglins par-derrière. Enfin, les derniers Bogglins qui étaient sur les marches tombèrent, et le groupe se retrouva, haletant, face au roi des Quatrièmes.

Gandogar avait une mine épouvantable. Pâle, amaigri, il avait l'air à bout de forces. Deux profondes entailles, dues certainement à une puissante arme, parcouraient sa cotte de mailles maculée de sang coagulé.

— Mon roi ! le salua Goïmgar, qui prit le temps de mettre un genou à terre devant lui.

Tungdil lui adressa un bref signe de tête.

— Où sont les autres ?

— Morts, répondit-il, luttant pour ne pas perdre sa contenance. Il faut partir d'ici avant que les…

Cinq immenses silhouettes firent leur apparition de l'autre côté de la salle ; hautes de quatre pas et d'une largeur incroyable, elles étaient plus repoussantes et plus redoutables que n'importe quel Orc.

— Des Ogres ! jubila Furibard. On va bien s'amuser ! Hé ! la grande perche, je te laisse les autres petites saletés. (Il entrechoqua ses armes et se pourlécha les babines.) Voilà enfin des adversaires à ma hauteur.

Les petites créatures reculèrent, et s'empressèrent de laisser le passage aux Ogres.

— Courez, Djerûn et moi allons les retenir. Ne discutez pas ! ordonna Andôkai. Voyons ce que je peux encore faire avec ce qui me reste de Magie.

Elle rengainait son épée et commençait de marmonner des formules magiques lorsqu'un géant de basalte surgit avec fracas de la paroi qui jouxtait le monument. Le géant de pierre au visage grimaçant et sans yeux se tourna vers la Mage, cherchant à l'écraser de son poing.

Andôkai eut juste le temps de percevoir la menace et de diriger ses pouvoirs contre cet assaillant inattendu. Elle parvint à arrêter le coup, qui la mit néanmoins à genoux.

— Un Golem, dit-elle, haletante. Il y a un Mage avec eux. Trouvez-le et tuez-le avant que j'aie épuisé toutes mes ressources.

Quand les Bogglins survivants virent que l'ennemi qui les avait repoussés si aisément donnait désormais des signes de faiblesse, ils se mirent à piailler de nouveau et à se donner mutuellement des ordres stridents, jusqu'à ce qu'ils ne forment plus qu'une marée de bras, de jambes, de dents et d'armes tournoyantes.

Cette masse, désireuse de retenter sa chance au combat, força même Djerůn à remonter quelques marches. C'est alors qu'il releva sa visière et plongea les premiers rangs dans une lueur violette éblouissante. De nouveau, on entendit le cri terriblement menaçant qu'il avait poussé à Grischamps. Apeurée, la horde battit en retraite devant le guerrier, qui en profita immédiatement pour contre-attaquer simultanément de son épée et de sa masse d'armes afin de reconquérir le terrain perdu.

— Il est là-haut ! s'écria Narmora, qui désigna une silhouette d'Homme vêtue d'une robe comme seuls en portaient les *famuli* de Nôd'onn.

Celui-ci se tenait à quelque cent pas de là, entouré d'une meute d'Orcs musculeux qui lui servaient de gardes du corps. Les compagnons virent à ses gestes que c'était lui qui commandait au Golem.

— On dirait qu'ils veulent nous empêcher d'atteindre la forge, dit Tungdil. *C'est donc que le Mage craint la Lame de Feu. Nous sommes sur la bonne voie.*

Gandogar considéra les créatures, dont le nombre ne cessait de croître et qui formaient un véritable rempart vivant.

— C'est sans espoir. La porte de la forge se trouve de l'autre côté de la salle suivante. Des runes empêchent ces bêtes d'y pénétrer, dit-il pour expliquer brièvement la situation. Nous étions à deux doigts d'y entrer lorsque nos ennemis nous ont attaqués par surprise. Ils savaient que nous viendrions.

Tungdil réfléchit fébrilement.

— Il faut que l'un de nous deux passe la porte avec ceux dont il a besoin pour forger la Lame de Feu, annonça-t-il. Gandogar, mon intention n'a jamais été de monter sur le trône. Je te cède volontiers cet honneur. La seule chose qui compte pour moi, c'est le salut du Pays Sûr et de notre peuple. (Il le regarda droit dans les yeux.) Promets-moi que tu combattras Nôd'onn avec Narmora que voici et la Lame de Feu. Ils t'expliqueront pourquoi tu as besoin de l'une comme de l'autre.

Gandogar baissa la tête.

— Par Vraccas et Giselbart Œil-de-Fer, dans le royaume duquel nous nous trouvons, je jure de ne trouver le repos que lorsque Nôd'onn aura été tué. (Ils se serrèrent la main.) Mais tu seras à mes côtés à ce moment-là, ajouta-t-il.

Ils se tournèrent vers les marches et brandirent leurs armes en même temps. Tungdil porta son cor à ses lèvres et sonna la charge.

Le Pays Sûr, Royaume nain du Cinquième Père, Giselbart, en l'hiver du 6 234e cycle solaire

Djerůn se mit en mouvement, constituant dès lors le fer de lance de leur sortie désespérée. Les Nains le secondaient sur ses flancs, tandis qu'à l'arrière suivaient Rodario et Furgas, qui protégeait son ami et les précieuses flammes des attaques des Bogglins.

Andôkai était encore occupée à se défendre contre le Golem. Les attaques de celui-ci ne lui laissaient aucune occasion de s'en prendre au Mage qui le commandait et de couper ainsi le mal à la racine.

— Faites vite ! Je n'en ai plus que pour un ou deux sorts tout au plus, s'écria-t-elle.

— Je m'en charge, annonça Narmora.

Sans élan aucun, elle se percha sur les épaules de Djerůn, puis fit un bond de cinq pas à travers la salle pour atterrir sur la tête d'un Bogglin, sur lequel elle prit de nouveau appui pour s'élancer. Utilisant les crânes et les épaules de la troupe ennemie désorientée comme autant de marchepieds, elle fut bientôt en vue du Mage. Or, avant qu'elle ait pu le rejoindre, un poignard l'atteignit au mollet. Elle fit un faux pas et s'écroula dans la masse, qui jubila.

— Narmora ! s'écria Furgas horrifié, qui délaissa sa tâche.

Les créatures en profitèrent aussitôt pour s'en prendre à Rodario.

— Allez-vous-en ! leur cria-t-il, utilisant les torches pour les frapper et les éloigner.

D'abord peu impressionnées, les créatures se contentèrent de pousser des cris perçants, jusqu'au moment où des étincelles jaillirent, et où certaines d'entre elles prirent feu. Ces dernières s'éloignèrent en vacillant, mais n'allèrent pas bien loin. Le feu du Dragon réduisait instantanément en cendres les créatures de Tion.

Rodario parvint ainsi à se défendre tout seul, mais au prix de torches éteintes ou détruites par les épées des Bogglins, si bien qu'il n'eut bientôt plus qu'une seule torche allumée.

— Furgas ! s'écria-t-il pour attirer l'attention de son ami sur sa situation. Au secours ! (Mais ce dernier était trop occupé à observer avec inquiétude l'endroit où avait disparu sa compagne.) Furgas, bon sang !

Ce fut Balyndis qui sortit du rang pour maintenir les bestioles à distance du comédien.

Soudain, la demi-Albe surgit derrière le premier garde du corps du Mage et le décapita d'un coup bien placé. Les autres Orcs moururent avant d'avoir pu comprendre la situation.

— Impressionnant, dit le Mage, furieux, qui pointa son bâton vers elle, mais pas assez rapide !

Un large rayon jaillit vers Narmora. Celle-ci esquiva, mais le trait d'énergie suivait ses mouvements.

Celui-ci heurta un obstacle invisible et fut dissous avant que Narmora soit touchée. Immédiatement, un autre éclair, en provenance de la statue, foudroya l'Homme sur place. L'instant d'après, le Golem tombait en morceaux, dont les plus gros écrasèrent des dizaines de Bogglins et tuèrent trois des cinq Ogres, qui n'avaient pu se mettre à l'abri suffisamment rapidement.

Les deux Ogres restants hésitèrent. Finalement, ils préférèrent prendre la fuite devant la Mage victorieuse.

Narmora tendit le bras en guise de salut à l'adresse de la Mage. Celle-ci lui rendit son salut, et tira son épée d'un geste fluide. Elle n'avait dorénavant plus rien d'autre pour se défendre.

— Là, tu vois ? Narmora est vivante. Cela te dérangerait-il maintenant de me venir en aide ? À moins que tu aies déjà choisi quelqu'un d'autre pour le rôle principal de la pièce et que tu préfères me laisser mourir d'une mort héroïque ?! dit Rodario à Furgas sur un ton faussement affable.

Andôkai dévala les marches. Sa lame portait des coups terrifiants.

— Malédiction ! Ces lâches d'Ogres se sont enfuis ! Ta maîtresse a tout fichu par terre ! s'énerva Boïndil, qui se jeta avec d'autant plus de rage sur les Bogglins en déroute. Tant pis, je m'amuserai avec eux.

Sans prêter attention aux avertissements de Tungdil, Furibard poursuivit les créatures, leur rompant le cou de ses couperets, courant derrière elles pour les effaroucher comme un troupeau d'oies. Parvenu au seuil de la salle suivante, il s'immobilisa soudainement.

— Qu'est-ce qu'il y a ? Tu viens de recouvrer tes esprits ? demanda méchamment Goïmgar.

Lorsque le groupe eut rejoint Boïndil, il fut pétrifié à son tour.

— On laisse tomber cette scène, articula Rodario, la bouche sèche. Elle ne me plaît pas.

La salle en question devait bien faire trois mille pas de long sur deux mille de large. Les hauts-fourneaux, les rampes et les treuils abandonnés, les poches de coulée désaffectées ou effondrées et les terrils qui se dressaient çà et là indiquaient assez clairement quelle avait été la fonction de cette salle autrefois.

Or, il fallait croire qu'elle avait changé de fonction, car pas moins de mille Orcs, Bogglins et Trolls étaient à présent cantonnés devant l'entrée de la grande forge.

Le groupe n'était pas encore remis de sa stupeur que déjà les Bogglins et les Ogres mis en déroute se hâtaient de mettre les premiers rangs au courant de ce qui s'était passé dans l'autre salle, provoquant un véritable sursaut au sein de l'armée. Les premiers contingents se levèrent, et s'emparèrent de leurs armes en beuglant. Ils étaient prêts à se battre.

—C'est…

Même Boïndil ne sut que dire. Les bras lui en tombèrent. Ces horribles cohortes représentaient pour les braves compagnons bien plus qu'un de ces « grands défis » qu'il affectionnait. Même lui dut reconnaître qu'ils ne pourraient pas passer.

—Vous serait-il possible de vous envoler et de nous emporter par la même occasion, comme vous l'avez fait pour sauver Goïmgar ? demanda Tungdil à la Mage d'une voix enrouée.

—Le combat contre le Golem et le Mage m'a épuisée. J'ai utilisé toutes mes réserves de Magie. (Andôkai contempla la masse de monstres avec amertume.) Si j'avais su ce qui nous attendait, je me serais ménagée tout à l'heure. Et même dans ce cas…

—Rentrons chez nous, supplia Goïmgar, qui se tourna vers Gandogar. Mon roi, tu es…

Un regard de Tungdil suffit à le faire taire.

—Nous ne pouvons plus faire demi-tour. Nous mourrons sans doute si nous restons, dit-il, baissant la tête avant de se reprendre. Mais nous sommes déjà sur place, et sommes le dernier rempart contre Nôd'onn.

—Nous restons, approuva Gandogar. Je suis des vôtres, dit-il en brandissant sa hache d'armes à deux tranchants.

—Nous sommes des Nains, ajouta dans un grondement Furibard, qui s'était ressaisi. (Il baissa la tête d'un air décidé, leva les épaules et prit une profonde inspiration.) Nous n'abandonnerons jamais ! cria-t-il à l'adresse des monstres. (Puis il entrechoqua les dos de ses couperets de façon que les tintements se répandent dans toute la fonderie.) Vous entendez ce son, répugnantes créatures ? ! Je sonne votre glas !

Tungdil pria Vraccas en silence.

—Je ne vois pas d'autre solution que de tenter de passer en force. (Il regarda ses compagnons dans les yeux.) Certains d'entre nous n'atteindront sans doute pas l'autre côté de la salle. En tout cas, protégez Narmora, Balyndis, Bavragor et Goïmgar. (Il se tourna vers Balyndis.) Contrairement à toi, je ne suis pas indispensable. Aussi donnerai-je ma vie pour le Pays Sûr et tous ses peuples.

Furgas donna un baiser passionné à Narmora, qui avait les larmes aux yeux et qui lui caressa le visage tendrement.

—Nous sommes à un contre cent, estima Boïndil. Cela aurait pu être pis. (Il s'empara du cor pour faire retentir un vieil appel nain, auquel leurs adversaires répondirent par des cris de défi.) Le premier arrivé de l'autre côté a gagné.

* * *

Au bout de cinq cents pas, leur avance fut stoppée. Encerclés par les plus immondes créatures, ils en étaient réduits à défendre leurs vies côte à côte, épuisés.

Ils ne pouvaient même plus compter sur Rodario, qu'ils avaient perdu dès les premiers pas, englouti par une meute d'Orcs en armure, ce dont Tungdil ne s'aperçut que trop tard.

Avec Rodario, ils avaient également perdu le feu du Dragon dont ils avaient besoin pour allumer la forge.

Vraccas, je suis si prêt du but.

— Nous devons faire demi-tour, lança-t-il aux autres par-dessus son épaule. Il faut retrouver Rodario et récupérer les torches.

Andôkai s'apprêtait à protester lorsque des flammes claires et vives s'élevèrent dans la foule.

— Arrière ! fit une voix autoritaire et croassante. Ils sont à moi !

Les bêtes se turent brusquement, et se dispersèrent de part et d'autre de la fonderie pour former une parodie de haie d'honneur. Tungdil reconnut la silhouette obèse en robe couleur malachite qui avançait en traînant. Son dernier espoir s'envola.

Un murmure empreint de respect parcourut les rangs des monstres, qui suivaient la silhouette des yeux, subjugués : Nôd'onn. Quelques monstres se prosternèrent devant lui, d'autres se mirent à genoux.

— Je me disais bien que je vous trouverais devant la forge, dit-il pour saluer les compagnons d'une voix nasillarde, avant de tousser. (Un épais crachat rouge clair atteignit en plein visage le Bogglin le plus proche, qui se fit une joie de le lécher.) J'ai donc bien fait d'y placer mes serviteurs pour vous accueillir. (Il approchait d'eux pas à pas.) Mais je ne voulais pas me priver du plaisir de vous anéantir personnellement.

Un Orc zélé bondit hors du rang et tira son épée.

— Je vais le faire pour toi, seigneur ! dit-il en couinant.

— Insolent ! (Le Mage tendit la main ; il y eut un bref éclair lumineux, et l'Orc fut frappé d'une gerbe de flammes. Celui-ci tituba, aveuglé, avant de s'écrouler de douleur.) Arrière ! ordonna-t-il de nouveau. Place, afin que je puisse utiliser mes pouvoirs !

Le visage blafard qui se cachait sous la capuche n'était plus guère qu'une tache claire.

— Je vais tenter quelque chose, chuchota Andôkai à Tungdil. Pendant ce temps-là, courez.

Elle chassa les derniers cheveux blonds qui tombaient sur son visage sévère, brandit son épée et s'apprêta à frapper, mais s'interrompit aussitôt. Tungdil remarqua son hésitation.

— Qu'y a-t-il ?

La Mage avait l'air troublée.

— Il n'a pas son bâton. Jamais le véritable Nôd'onn n'abandonnerait son bâton, tout comme je ne confierais jamais mon épée à qui que ce soit. C'est une mystification...

—Par tous les dieux! C'est Rodario! lui souffla Furgas en s'efforçant de ne pas laisser transparaître sa joie et ruiner ainsi la mise en scène de son ami. Nous devons jouer le jeu, quoi qu'il dise ou fasse.

Le Nain écarquilla les yeux. Une fois de plus, Rodario avait parfaitement réussi à se métamorphoser en Nôd'onn le traître. Mais cette fois, il jouait devant un public qu'il avait intérêt à convaincre s'il ne voulait pas se faire embrocher. *Mais comment a-t-il fait?*

—Quant à vous, dit-il en s'adressant au groupe d'une voix de crécelle, vous allez souffrir. Je vous accorde le droit de toucher la porte de la forge tant espérée avant de vous découper en mille morceaux! N'est-ce pas cruel?! s'écria-t-il à l'intention des bêtes qui l'entouraient, lesquelles beuglèrent leur approbation.

La masse des Orcs et autres monstres forma un étroit couloir pour laisser passer le groupe jusqu'à la porte verrouillée de la forge. Rodario les suivait en chancelant, en toussant, et en proférant les pires menaces, saluées avec frénésie par sa horde de serviteurs.

Ils n'étaient plus qu'à dix pas de l'entrée lorsque le comédien en fit un peu trop et tomba.

—Ne bougez surtout pas, dit Tungdil à Furgas et Narmora qui s'apprêtaient à aller le relever. Cela nous trahirait.

Le faux Mage se releva avec peine. Un casque roula de dessous sa robe, et sa jambe gauche parut soudainement bien plus courte que l'autre. Il était découvert, même s'il fallut encore un temps aux créatures pour comprendre ce qui se passait.

—Ce n'est pas le Maître! aboya un Orc, qui sortit du rang l'arme au poing. Rodario se hâta de rejoindre ses amis en boitillant, et le combat reprit de plus belle.

—Où est la torche? lui demanda Tungdil.

Le comédien se tint le flanc et cracha de nouveau du sang. Du vrai sang, et non un quelconque colorant. Le visage déformé par la douleur, il lui tendit une petite lampe-tempête dont la mèche rougeoyait encore.

—J'ai pensé que ce serait mieux. Nôd'onn aurait eu l'air bête avec une simple torche.

Avec un courage renouvelé, ils se frayèrent un chemin à coups d'épée et de hache en direction du portail, tandis que les Orcs refoulaient les créatures de plus petite taille et se préparaient à lancer une attaque massive et sans merci. Plus rien ne devait sauver ces Hommes et ces Nains, cette fois.

Les Nains faisaient face, inflexibles, malgré les coups successifs d'épée, de hache ou de hachette, malgré les blessures et les entailles plus ou moins profondes. Tungdil s'évertuait à déchiffrer les runes d'accès à la forge, mais en vain.

— Je n'arrive pas à les comprendre, s'écria-t-il, désespéré, à l'adresse d'Andôkai. On dirait une énigme.

— Voilà qui est fâcheux, dit Rodario d'une voix étranglée. (Incapable de se tenir plus longtemps sur ses jambes, il s'appuya contre la porte.) Ce n'est peut-être pas grand-chose pour vous, mais le Pays Sûr et l'art dramatique perdent un immense comédien, dit-il dans un dernier gémissement avant de fermer les yeux.

Son corps s'affaissa sur la lampe-tempête, menaçant d'éteindre la mèche.

— Non ! s'écria d'une voix presque éteinte Gandogar, qui avait suivi la mort de l'acteur du coin de l'œil. La flamme ! Elle ne doit pas s'éteindre !

Il se retourna pour tenter de la sauver, mais un Orc gigantesque en profita pour s'engouffrer dans la brèche ainsi créée. Il brandit son épée ébréchée et l'abattit en hurlant dans le dos du Nain.

— Mon roi ! voulut le prévenir Goïmgar, mais un peu tard.

Sans hésiter, il se jeta en travers du corps de son souverain, le bouclier levé et la tête rentrée.

La lame heurta le bord du bouclier, et s'y planta. La violence du coup fut telle que le bouclier fut ramené au sol, découvrant la tête de Goïmgar.

L'Orc ouvrit grand la gueule pour lui montrer ses énormes défenses et hurla. Le Nain put sentir son haleine fétide, tandis que sa barbe se soulevait sous l'effet du souffle. Le monstre donna ensuite un coup d'épée de droite à gauche en suivant le bord du bouclier pour lui couper la tête.

Goïmgar voulut parer avec son épée courte, qui se brisa sous la force du coup, laissant la lame adverse trancher peau, tendons, muscles et vertèbres dans la foulée.

Le crâne séparé du corps de Goïmgar tomba vers la droite, son torse encore palpitant vers la gauche contre Balyndis, qui de rage poussa un cri et redoubla de combativité.

Gandogar se retourna et vit Goïmgar mourir pour lui. La tête du mort, en heurtant le sol, éteignit la mèche, dont ne s'éleva plus qu'un mince filet de fumée.

— Va rejoindre Tion !

Gandogar fendit le meurtrier de Goïmgar de la tête au nombril.

Ces deux morts et l'extinction de la flamme du Dragon sapèrent le moral des survivants. Leur défense s'en ressentit.

— Est-ce pour nous voir mourir ici que tu nous as laissé arriver si loin, Vraccas ? lança Tungdil sur un ton accusateur, tandis qu'il enfonçait sa hache dans la gueule ouverte d'un Orc.

C'est alors que retentit un grincement salvateur, et que le battant droit de la porte s'ouvrit brusquement.

* * *

Un son de cor puissant et grave retentit, répétant la mélodie qu'avait sonnée Boïndil au début de leur attaque. Des silhouettes trapues jaillirent du portail et se jetèrent sur les monstres. Les haches et les marteaux de guerre firent des ravages dans les rangs adverses.

Il fallut plus d'un battement de paupières à Tungdil pour voir qu'il s'agissait de Nains.

L'un d'entre eux, porteur d'une armure polie étincelante que seuls surpassaient en clarté les diamants de son ceinturon, leur désigna la porte ouverte d'un signe de tête.

— Vite. Nous ne pourrons pas les retenir très longtemps, ordonna-t-il d'une voix qui donna des frissons à Tungdil.

Il avait en effet reconnu ce Nain, pour en avoir vu plus d'une fois l'effigie sur les parois d'or et de vraccasium du Royaume des Cinquièmes. Ce Nain n'était autre que Giselbart Œil-de-Fer, Père fondateur de la Cinquième Maison.

— Mais tu es…

— Plus tard, l'interrompit le patriarche. Entrez, mais entrez donc.

Tungdil obéit. Furgas prit Rodario sur son épaule, et Gandogar ramassa le cadavre de Goïmgar. Lorsqu'ils furent de l'autre côté, les Cinquièmes battirent en retraite et refermèrent vivement la porte de la forge. Les bêtes ne tardèrent pas à tambouriner furieusement contre le battant, sans toutefois lui occasionner le moindre dégât.

— Je vous salue, dit gravement Giselbart, qui que vous soyez. J'espère que vous êtes porteurs de bonnes nouvelles.

Dix Nains se tenaient devant eux, le visage blême, le regard légèrement absent, comme s'ils étaient en transe. Leurs armures étaient splendides. Leurs barbes leur arrivaient jusqu'à la ceinture, et la détermination proverbiale des fils de Vraccas se lisait sur chacun de leurs visages.

— Nous sommes les derniers des Cinquièmes, et nous résistons aux hordes du Mal depuis la chute de mon royaume, il y a maintenant plus de onze cents cycles, déclara Giselbart, qui avait le port le plus altier de tous. Le Pays Mort nous a ramenés à la vie après que nous avons succombé aux Albes, mais au lieu de le servir, nous nous sommes dressés contre lui.

Tungdil jeta un rapide coup d'œil sur Bavragor, qui était couvert des pieds à la tête de sang d'Orc et de Bogglin. Le sang dégouttait de ses avant-bras dans toutes les nuances de vert.

— Même s'il était devenu encore plus difficile de nous tuer, la plupart d'entre nous ont quand même fini par mourir définitivement, et nous avons donc décidé de nous retirer dans ce que notre tribu avait de plus sacré : notre forge.

Il regarda Tungdil dans les yeux.

— Et vous n'éprouvez aucune haine envers les autres Nains et tout ce qui vit ? demanda Tungdil, méfiant.

Giselbart secoua la tête.

— Nous avons appris. Onze cents cycles, c'est bien assez pour faire taire toute haine en soi. (Il tourna son regard vers l'entrée.) Pendant longtemps, ces créatures se sont contentées de nous surveiller, mais voilà que depuis quelques jours, elles tentent d'investir la forge. Est-ce à cause de vous ?

— Oui, c'est bien possible. (Après de brèves présentations, il leur fit un résumé succinct des événements qui secouaient le Pays Sûr et leur expliqua hâtivement la raison de leur présence en ces lieux.) Mais tout espoir est perdu, maintenant. La flamme du Dragon que nous avions apportée pour allumer la forge a été éteinte devant la porte.

Giselbart lui mit une main sur l'épaule. Son visage, vieux de plus d'un millénaire et qui semblait ne plus consister qu'en plis et en rides, s'éclaira d'un sourire amical.

— Au contraire, garde espoir, Tungdil Main-d'Or, car la flamme de notre forge est aussi claire et brûlante qu'autrefois. (Tungdil dressa l'oreille.) Dès le début, nous l'avons protégée contre les intrus. Vraccas a dû prévoir que nous en aurions de nouveau besoin un jour.

Ses compagnons s'écartèrent pour les laisser admirer la forge dans son ensemble.

Celle-ci faisait bien cinquante pas de long pour une largeur de trente. Vingt fourneaux éteints étaient disposés en deux rangées de dix, auxquels venaient s'ajouter quatre fois plus d'enclumes. Les fourneaux comme les enclumes étaient disposés de part et d'autre d'un foyer aux dimensions impressionnantes, dont les braises rougeoyaient sous l'action de vives flammes blanches.

Entre les innombrables colonnes supportant le plafond haut de quatre-vingts pas étaient suspendus des pinces, des marteaux, des limes, des burins et d'autres outils de forgeron soigneusement alignés. Le sol était recouvert de sable fin, tandis qu'au plafond et au sommet des parois s'était formée une épaisse couche de suie. Des marches de pierre conduisaient à la cheminée, située plus en hauteur.

Des chaînes sortaient de plusieurs ouvertures pratiquées dans la roche. Elles étaient reliées à des soufflets et à des meules qui jouxtaient les fourneaux, par le biais de treuils et de palans, qui semblaient fonctionner de la même manière que les dispositifs de levage des wagonnets.

Tungdil était tout à fait prêt à croire que les Cinquièmes aient été les meilleurs forgerons du Pays Sûr jusqu'à leur chute. Soulagé et heureux de voir tous ces équipements, il demanda en silence à Vraccas de lui pardonner d'avoir douté.

— C'est la première fois que les choses tournent bien pour nous depuis notre départ des Montagnes Bleues, dit-il. *Nous n'aurons pas fait tout cela en vain. Et dire que nous étions à deux doigts d'abandonner.*

— Rodario ! Il est vivant ! s'exclama Furgas avec joie. J'entends son cœur battre !

— Laisse-moi le voir. (Andôkai rejeta ses cheveux en arrière, s'agenouilla près de lui puis examina sa blessure, qu'elle désinfecta avec un peu d'eau-de-vie de Bavragor.) Il a juste reçu un coup de couteau au flanc et un coup de poing au visage, diagnostiqua-t-elle.

Rodario rouvrit soudainement les yeux.

— Merci beaucoup, honorable Mage, dit-il sans desserrer les dents. (L'alcool versé sur sa plaie encore fraîche avait provoqué de terribles picotements.) J'aurais dû demander à un Orc de me frapper sur la bouche. Vous m'auriez ainsi ramené à la vie par le seul pouvoir de vos lèvres.

— Si seulement tu étais un guerrier..., répondit-elle contre toute attente.

— Un comédien peut aussi être un guerrier.

— En apparence, uniquement.

— J'en ai l'apparence et le tempérament. Cela ne vous suffit-il pas ?

— Oh oui ! tu en as le tempérament. Un tempérament si conquérant que ton arme sort de son fourreau chaque fois que l'occasion se présente. Or, ce que j'apprécie chez un guerrier, c'est sa loyauté indéfectible. (Andôkai lui fit un clin d'œil et lui pinça la joue.) Retourne donc auprès de tes admiratrices, mon grand.

Giselbart désigna une alcôve aménagée dans une paroi de la forge.

— Allez vous reposer. Rassurez-vous, le portail ne tombera pas. Nous y veillons, dit-il à Tungdil. Dormez aussi longtemps que nécessaire. Ensuite, au travail. Il y a beaucoup à faire.

— Que veux-tu dire par là ?

Giselbart rit de bon cœur.

— Reprenez d'abord des forces. Nous ne pouvons malheureusement rien vous proposer à manger, mais au moins, vous êtes ici en sécurité.

Le groupe ne se fit pas prier pour aller se reposer. Même Boïndil était trop épuisé pour se méfier encore de ces Cinquièmes devenus des morts-vivants. Ceux-ci leur avaient sauvé la vie ; ils n'étaient donc pas mauvais.

Tungdil alla trouver Gandogar, qui se tenait sans mot dire près de la dépouille de Goïmgar. Le roi avait retiré son casque tout bosselé, et ses longs cheveux bruns tombaient désormais sur ses larges épaules.

— Il a donné sa vie pour moi, dit-il, l'air pensif. Sans hésiter, il s'est opposé à cet Orc alors qu'il savait très bien qu'il n'était pas de taille. Je ne l'aurais jamais cru capable d'un tel acte. (Il se tourna vers Tungdil.) Je le prenais pour un grand artisan, mais pas pour un véritable Nain. Aussi étais-je bien content que tu l'aies choisi. Mais il faut croire que je me trompais.

Tungdil mit la bourse qui contenait les diamants dans la main du roi.

— À toi d'accomplir sa mission, maintenant.

— Je l'accomplirai, même si mes talents de lapidaire étaient loin d'égaler les siens.

Tungdil eut une hésitation.

— Ce que je vais te dire ne va pas te plaire, Gandogar. C'est au sujet de Bislipur.

Tungdil lui expliqua en peu de mots le plan du Grand-Roi. Il lui parla aussi de la perfidie du boiteux. Pour preuve de ses accusations, il lui tendit le collet qu'ils avaient récupéré sur le corps de Swerd.

Gandogar le reconnut sur-le-champ.

— Inutile de se voiler la face. Ce collet est suffisamment éloquent. Jamais le Gnome n'aurait été capable d'agir sans l'aval de son maître. (Il secoua la tête, perplexe.) Qu'est-ce qui a bien pu l'aveugler à ce point ? Et comment ai-je pu *moi* me laisser aveugler à ce point ?

— Tiens-tu toujours à partir en guerre contre les Elfes ?

— Partir en guerre ? En une heure si grave ? (Il prit une profonde inspiration.) Certainement pas, Tungdil. J'ai enfin compris ce que voulait dire Gundrabur. Nous en avons trop vu en chemin pour vouloir encore faire la guerre aux Oreilles-pointues. Il avait raison. Nous devons faire alliance avec eux. (Il haussa les sourcils.) Ce qui ne veut pas dire que nous allons fraterniser avec eux. Je n'ai pas oublié ce qu'ils ont fait aux Cinquièmes…

— Les Elfes n'ont jamais trahi les Cinquièmes, l'interrompit un Nain qui s'était approché d'eux et avait écouté d'une oreille leur conversation.

L'épaisse barbe noire de celui-ci avait été savamment tressée en nattes qui lui tombaient jusqu'à la poitrine.

— Bien sûr que si, rétorqua Gandogar. J'ai lu le parchemin.

— Celui que t'a donné Bislipur ? lui demanda Tungdil.

Le troisième Nain esquissa un sourire.

— Je suis Glandallin Coup-de-Marteau, du clan des Coups-de-Marteau, et contrairement à toi, j'étais là le jour où le passage de Pierre est tombé à cause d'un traître.

— Donc, il y a bien eu trahison, dit Gandogar, qui ne voulait pas en démordre.

— Ce traître, c'était un Nain, dit calmement Glandallin. (Les deux Nains et Balyndis n'en revenaient pas.) Et ce Nain s'appelait Glamdolin Fort-Bras, du clan des Forts-Bras. C'est lui qui prononça la formule de déverrouillage du portail.

— Mais pourquoi ?

— Cela faisait très longtemps qu'il attendait le moment propice. Ce jour-là, il fit semblant d'être atteint par la mystérieuse fièvre que les Albes avaient propagée dans nos rangs, et nous l'avons laissé sans surveillance.

Il en a profité pour se glisser jusqu'au portail et livrer le Pays aux hordes du Pays Mort. Ce fut également lui qui indiqua aux Albes l'un de nos passages secrets afin qu'ils nous prennent à revers.

— Je ne comprends pas…

— C'était un Troisième, dit laconiquement Glandallin. Glamdolin était un membre de la tribu de Lorimbur, un Tueur de Nains qui avait réussi à se faire passer pour un des nôtres. Le jour de la bataille, je l'ai tué de mes propres mains, mais il s'est relevé grâce au pouvoir du Pays Mort et a pu prononcer la seconde formule. Après notre résurrection, nous l'avons interrogé, et avons décidé de le décapiter.

— Il faut que tu notes tout cela pour moi, murmura Rodario à l'oreille de Furgas. La pièce sera un succès sans précédent !

— Donc, les Elfes n'ont rien à voir là-dedans ?

Tungdil était heureux : cette nouvelle allait faciliter un rapprochement avec les Elfes. *Bislipur a échoué !*

* * *

Ils ensevelirent la dépouille de Goïmgar sous un cairn dans un coin de la forge afin de renvoyer son âme à Vraccas. Dès qu'ils se furent tous reposés, ils commencèrent les préparatifs pour la fabrication de la Lame de Feu.

— « La lame est faite de l'acier le plus pur et le plus dur, les crochets opposés sont en pierre, le manche en bois de sigurdacia, les incrustations et les runes sont faites de tous les métaux précieux que l'on peut trouver dans les montagnes, le tranchant étant pour sa part garni de diamants », dit Tungdil.

Il venait de relire les anciens versets. Puis il sortit le parchemin sur lequel avaient été recopiées les runes qu'il s'agissait de reproduire sur l'arme enchantée.

Ils disposèrent soigneusement sur la table tout l'or, l'argent, le palandium et le vraccasium qu'ils avaient pu trouver, ainsi que le petit sac contenant les diamants et le morceau de bois de sigurdacia qui devait servir pour le manche. Les Cinquièmes se chargèrent de fournir le fer destiné à la lame et le granit destiné aux crochets.

Soudain, Tungdil s'aperçut qu'il leur manquait un ingrédient, et il s'en voulut de s'être laissé distraire.

— Il nous faut du tionium ! s'écria-t-il, horrifié. En avez-vous ?

— Oui, mais pas ici, répondit Glandallin après un moment d'hésitation. Nous n'avons jamais aimé manipuler le métal de Tion, et ne l'avons utilisé qu'en de très rares occasions.

Narmora retira une amulette qu'elle portait autour du cou et la posa sur la table.

— Elle est faite de tionium pur. Je la tiens de ma mère, qui me l'avait offerte pour me protéger des forces du Bien. Mais maintenant que je suis passée de l'autre côté, elle ne me servira plus, déclara-t-elle. J'espère que ce sera suffisant.

Tungdil la gratifia d'un regard reconnaissant. Cet acte lui fit oublier toutes ses réserves et toute son aversion à l'égard de la demi-Albe.

— Même si c'est nous qui aurons forgé l'arme, c'est à toi que devra revenir toute la reconnaissance des peuples du Pays Sûr. Notre savoir-faire est inutile, sans toi.

— Le peuple dont est issue ma mère est responsable d'une bonne partie des malheurs qui frappent le Pays. Ce que je fais n'est que justice, répondit-elle modestement.

Tungdil regarda le foyer dont les braises rougeoyaient encore légèrement.

— Pouvons-nous commencer ?

— Ce n'est malheureusement pas si simple, dit Giselbart. Dragonhaleine brûle toujours, mais sa température est insuffisante. Et l'appareillage qui sert à actionner le grand soufflet pour raviver la flamme du foyer est complètement grippé par la rouille.

— Mince, alors ! (Furgas se releva.) Et dire que je pensais n'être que le compagnon de la femme qui allait sauver le Pays Sûr ! s'exclama-t-il avant de rire de manière communicative. Voilà enfin l'occasion pour moi de montrer mes talents de *magister technicus*.

Narmora l'embrassa, puis empoigna une hache pour aller s'entraîner au maniement de cette arme avec Furibard. Andôkai était assise sur sa couche, et Djerůn était accroupi à ses côtés, immobile comme à son habitude. Tungdil s'attendait à tout moment à voir une lueur violette derrière ce visage d'acier.

— Tu te demandes ce qu'il y a derrière ce masque ? demanda Narmora, qui faisait une pause.

Elle prit une outre d'eau et but une longue rasade.

— J'ai l'impression que tu as ta petite idée à ce sujet.

Narmora s'adossa à la paroi et reprit son souffle. Furibard était très exigeant, et elle avait beaucoup donné durant ces quelques heures d'entraînement.

— Quand j'étais encore enfant, ma mère me racontait des histoires au sujet d'un roi. Le roi des créatures de Tion et de Samusin. On dit de lui qu'il ne connaît aucun prédateur, qu'il est même le chasseur parfait, tuant les faibles de son espèce et luttant contre les forts pour les rendre encore plus forts, ou pour les tuer à leur tour s'il estime qu'ils ne méritent pas leur statut de dominants. (Elle épongea les gouttes de sueur de son front.) On raconte également que ses yeux brillent d'une lueur violette tirant sur le bleu et que sa vue seule suffit à faire fuir les faibles. Ce roi craint de tous, c'est le fils de Samusin. (Narmora afficha un rictus.) Comme tu peux l'imaginer, j'étais terrorisée chaque fois qu'elle me racontait ces histoires à son sujet. (Elle évitait de regarder dans la direction du compagnon d'Andôkai.) Je te laisse donc imaginer ma frayeur lorsque je compris qu'il existait bel et bien.

L'hypothèse de Narmora était plausible. Andôkai, en bonne adepte du dieu Samusin, devait sans doute considérer comme un honneur de se promener accompagnée d'une créature que les légendes disaient être le fils de son dieu. Tungdil renonça en revanche à s'interroger sur la nature véritable des rapports qu'entretenait la Mage avec Djerůn.

— Rien d'étonnant dès lors à ce qu'il ait fait fuir les Bogglins.

— Il ferait fuir n'importe qui.

Narmora se releva, et retourna s'entraîner.

Tungdil observa Balyndis allumer un fourneau avec du feu ordinaire. Elle ôta ensuite sa cotte de mailles et son pourpoint de cuir pour enfiler un tablier de cuir, ne conservant que ses sous-vêtements, qui dissimulaient le minimum. Mû par la curiosité, il la rejoignit, non sans faire quelques détours.

— Qu'est-ce que tu fais, là ?

— De l'acier. (Elle le pria de l'aider à nouer les cordons de cuir du tablier dans son dos. Ce fut la première fois de sa vie qu'il entraperçut la peau nue d'une Naine. La peau était rose, et recouverte d'un mince duvet de couleur claire. N'ayant guère eu, comme tous les autres, l'occasion de se laver, elle dégageait une odeur intense, mais absolument pas repoussante, odeur qu'il trouva même très attirante.) Comme nous n'avons pas accès aux hauts-fourneaux, j'utilise un truc tout simple pour en obtenir.

Ayant fini depuis longtemps de faire le nœud, c'est presque tout naturellement que ses doigts se posèrent sur les puissantes hanches de Balindys, dont la peau était lisse et chaude, ainsi qu'il put le constater en voulant toucher du bout des doigts les petits poils dont elles étaient tapissées.

— Viens, sinon tu ne verras pas ce que je fais. (Il s'exécuta.) Je fais chauffer le métal dans un moule plat pour en chasser les impuretés, ou du moins pour en brûler la plus grosse partie. L'inconvénient, c'est qu'on ne peut en obtenir que de toutes petites quantités à la fois. Mais cela devrait suffire pour une tête de hache. (Elle observa patiemment le métal qui fondait au fur et à mesure que la température augmentait.) As-tu déjà fait ce genre de choses auparavant ?

— Non, hélas. Je me contentais de forger, tout simplement.

— Combien de coups te faut-il pour forger un clou à ferrer ?

— Quand je suis concentré : sept, sinon neuf.

— Mais c'est très bien, Tungdil, lui dit-elle avec un sourire qui le fit fondre sur place comme un fer. Tu es aussi bon que moi.

— Et toi ? Combien de temps te faut-il pour une hache ?

— Quand je suis concentrée : sept, sinon neuf, répondit-elle malicieusement. Lunes, bien sûr. Mais comme nous n'avons que peu de temps devant nous, je ne ferai aucune pause. Nous devrions pouvoir terminer la hache en cinq lunes sans que la qualité en pâtisse. (Elle désigna le portail.) Giselbart voudrait te voir. Il te fait signe de venir.

Tungdil répondit à Giselbart en tendant la main pour lui signifier qu'il arrivait.

—Ne trouves-tu pas cela étrange de rencontrer des Nains dont l'âge dépasse tout ce que nous connaissons, nos montagnes mises à part ?

—Ce que je trouve étrange, c'est de les savoir privés de leur âme, rétorqua-t-elle. C'est étrange, mais c'est triste, aussi. Si seulement nous pouvions trouver un moyen de les aider à arracher leurs âmes au Pays Mort.

—Seul Vraccas en a le pouvoir, et je le regrette beaucoup.

Il courut rejoindre Giselbart, qui l'attendait, l'air inquiet.

—Les bêtes préparent un assaut.

Tungdil observa les massives portes de métal ferrées auxquelles les runes gravées de leur dieu offraient un surcroît de protection.

—Ne disais-tu pas que nous étions en sécurité dans la forge ?

—Maintenant qu'ils vous savent ici en train de forger l'arme qui pourrait entraîner la chute de Nôd'onn et la leur, ils vont tout faire pour s'en emparer.

Il lui montra un discret judas, à travers lequel Tungdil jeta un coup d'œil dans la salle. En l'espace d'une lune, la horde désordonnée avait fait place à une armée disciplinée, emmenée par des Albes.

Les Ogres rapportaient des colonnes effondrées et des stalactites pour les utiliser comme béliers. Autour d'eux, diverses compagnies du génie s'affairaient à transformer différents appareils en palans et autres engins de siège improvisés.

—Tout cela ne me dit rien qui vaille. Je vais en aviser mes amis, déclara Tungdil. Quels dispositifs de défense avons-nous, ici ?

Sans mot dire, Giselbart brandit sa hache.

—Rien d'autre ?

Il brandit une seconde hache avec un rictus mauvais.

—Je comprends que cela ne te suffise pas. Nous…

Des cris étouffés et des bruits d'armures l'interrompirent soudainement. Les Ogres beuglèrent, les Orcs poussèrent des cris d'alarme, et les Bogglins criaillèrent d'énervement.

Que se passe-t-il, là-dehors ? Tungdil se hâta de rejeter un coup d'œil par le judas, et vit s'éteindre les feux du campement ennemi tandis que des guerriers aux visages crayeux et de la taille des Nains fondaient sur les monstres, décimant des sections entières, et prenant bien soin de viser les têtes afin de ne pas créer de morts-vivants.

Mais cette attaque fut de courte durée. Les assaillants disparurent sans laisser de traces sitôt que les feux de camp furent rallumés.

Les esprits des Nains défunts ! Il se souvint parfaitement de ces pâles apparitions qui leur avaient adressé leur mystérieux avertissement dans les tunnels. Sauf que cette fois-ci, elles se jetaient sur tous ceux qui demeuraient encore dans leur royaume.

— Que sais-tu au sujet des esprits des ancêtres ?

— Des esprits ? Rien, si ce n'est que je n'ai rien contre eux tant qu'ils sont de notre côté, dit Giselbart avant d'aller avertir les autres de l'assaut imminent des troupes de Nôd'onn.

Ceux qui n'étaient pas occupés à la forge se mirent à arracher des blocs de pierre des parois pour les entasser devant le portail.

Il s'agissait en priorité d'empêcher les Orcs d'entrer. Il serait toujours temps de réfléchir à la façon dont ils allaient pouvoir sortir de la forge avec la Lame de Feu.

* * *

Furgas mit très peu de temps à dégripper le mécanisme. Celui-ci avait mis à peine une lune pour comprendre le fonctionnement des contrepoids du soufflet, système qu'il se plut à comparer à celui d'un rideau de théâtre.

Ayant tôt fait de repérer les parties endommagées, Furgas improvisa avec la même assurance que lorsqu'un dispositif lui claquait dans les doigts lors d'une représentation. Même les meules se remirent à tourner grâce à lui.

Le reste du groupe avait passé cette même lune à empiler pierre après pierre, pendant que les monstres avaient lancé leur premier assaut. Les stalactites se fracassèrent en vain contre le portail.

Gandogar passa la seconde lune à tailler les diamants dans les pires conditions. Seuls les outils de Goïmgar lui furent d'une quelconque aide. Bavragor, lui, resta assis à une table et donna progressivement forme aux crochets de pierre, avec les mouvements mécaniques et saccadés d'un automate.

Giselbart prépara les moules à métaux précieux, tandis que Balyndis effectua tous les préparatifs nécessaires au forgeage de la hache, préparant notamment les matrices longues d'une coudée qui allaient donner à l'arme sa forme définitive.

Pour ce faire, elle se rendit au milieu de la pièce, là où se trouvait le foyer Dragonhaleine. Les braises feulaient à chaque expiration du soufflet actionné mécaniquement, faisant jaillir de blanches flammèches à intervalles plus ou moins réguliers.

Utilisant trois enclumes de formes différentes en même temps, elle eut à choisir parmi plus d'une soixantaine de pinces, tenailles, molettes, triquoises, étrangues et autres pinces à angle pour retirer les morceaux d'acier des braises, les marteler et les replacer dans le foyer brûlant lorsque la température tombait trop bas.

Tungdil n'avait jamais vu pareille forge. Alors qu'il s'était toujours contenté de quatre marteaux chez Lot-Ionan, il y en avait ici pas moins de cinquante, tous différents. Sans même parler des burins, limes, scies et autres outils que la Naine manipulait avec précision. Sa maîtrise ne faisait plus aucun doute.

— Viens m'aider, exigea-t-elle soudainement en lui mettant une pince dans la main. Aplatis l'acier jusqu'à ce qu'il ait à peu près l'épaisseur d'une lame de couteau. Tranche-le ensuite avec le coin et forge les deux moitiés l'une sur l'autre.

Tungdil s'exécuta. Saisissant une des pinces longues, il s'approcha des braises blanches, qui dégageaient une chaleur qu'il n'avait encore jamais ressentie, et suivit les instructions de Balyndis.

Tungdil ne se tenait plus de joie de pouvoir enfin manier de nouveau un marteau de forge et produire ces tintements sonores qu'il aimait tant. Les Mages avaient leur Magie, les Nains avaient la métallurgie, et l'art des uns était trop complexe pour être compris des autres.

Il jeta un coup d'œil satisfait en direction de Balyndis. Tous deux s'étaient spontanément mis à battre le métal simultanément et en cadence.

Au bout d'un moment, il reposa sa pièce.

— Je retourne aider les autres à entasser des pierres avant qu'ils me soupçonnent de gâcher ton travail, dit-il. Combien de couches aura la hache, une fois prête ?

— Environ trois cents. L'acier est très bon, il tiendra le coup. Merci de ton aide, répondit-elle sans cesser de marteler.

Tungdil lui adressa un signe d'encouragement, puis il se joignit aux traîneurs de pierres. Si les Cinquièmes n'avaient pratiquement besoin d'aucune pause, il n'en allait pas de même pour Tungdil et Boïndil, qui se répartissaient très précisément leurs tâches. Leurs provisions touchaient à leur fin, et il n'y aurait pas de ravitaillement.

— Tu sais, j'ai réfléchi. Et je me suis dit que Vraccas devait avoir une sacrée clairvoyance pour faire se croiser les destins de personnes si différentes, dit Furibard après un certain temps.

— Comment cela ?

Tungdil était stupéfait d'entendre de telles réflexions dans la bouche de ce Nain, qui se tourna vers lui.

— Tous ici auront apporté leur contribution à la fabrication de la Lame de Feu. Sans toi, nous n'en aurions jamais appris l'existence. Sans les autres Nains, nous n'aurions jamais réussi à la créer. Sans les comédiens, nous n'aurions jamais passé les faces de groin vivants. Sans Furgas, nous n'aurions sans doute jamais su réparer toute cette mécanique, et c'est son Oreille-pointue de compagne qui va porter le coup fatal au Mage. (Il s'assit sur une pierre.) Qui aurait cru que nous étions…

— Et Goïmgar ?

— Mh… Oui, bon, sans lui, Gandogar ne serait plus en vie.

— Tu as oublié ton frère et toi. C'est vous qui nous avez infatigablement ouvert la voie à travers les rangs ennemis, là où d'autres auraient abandonné depuis longtemps, dit Tungdil très sérieusement. Sans vous, nous n'aurions jamais atteint la forge.

Il lui donna une tape dans le dos.

Furibard eut un large sourire.

— Qui aurait cru que nous ferions de l'érudit un véritable Nain ? Bah ! tu devais sans doute avoir les bonnes prédispositions. Toutes ces années chez les longs-sur-pattes avaient endormi tes instincts ; nous n'avons fait que les tirer de leur sommeil. (Il taquina Tungdil avec de petits coups.) Et en plus, tu sais drôlement bien te battre, maintenant.

— C'est l'instinct, répéta Tungdil, qui se demandait toujours en son for intérieur à quelle tribu il appartenait.

Et pour une fois, Boïndil devina ce qui le chagrinait.

— Ne t'en fais pas. Si les Quatrièmes ne veulent pas de toi, c'est avec plaisir que nous t'accueillerons dans nos rangs, lui promit-il avec un clin d'œil. Je pourrais toujours affirmer que tu es le cousin illégitime de ma tante au trente-quatrième degré par alliance que je ne connais pas.

Ils éclatèrent de rire.

Giselbart revint du judas par lequel il jetait un coup d'œil à l'extérieur à intervalles réguliers afin de surveiller l'évolution de la situation, et son visage ne présageait rien de bon.

— Ils se sont fabriqué de nouveaux béliers. Et j'ai bien peur que cette fois, le portail n'y résiste pas.

— Y a-t-il un autre moyen de sortir d'ici ? s'enquit Tungdil. Le coup du faux Mage ne prendra pas une deuxième fois. (Son regard tomba sur la cheminée du foyer central.) Ne pourrions-nous pas sortir par là ?

— Et encore une bonne idée de l'érudit ! dit Furibard pour le féliciter.

— Ce serait possible, mais ce serait une ascension très difficile.

— Nous en avons vu d'autres, répondit immédiatement Tungdil. Et ce n'est pas maintenant que la Lame de Feu est presque prête que nous allons nous laisser décourager.

Il y eut un bruit sourd, accompagné d'un tremblement, comme si la montagne allait s'effondrer sur eux.

Le portail tressaillit, une partie de leur muraille improvisée s'écroula. Le métal des battants du portail poussa un son de douleur. L'attaque avait commencé.

Chapitre 11

**Le Pays Sûr, Royaume nain du Cinquième Père, Giselbart,
en l'hiver du 6 234e cycle solaire**

Les coups de boutoir résonnèrent dans la forge trois jours durant, inlassablement. Petit à petit, les efforts des bêtes de Tion furent récompensés. Enfoncé de toutes parts, le portail semblait désormais à deux doigts de céder à la violence énorme des impacts.

Tungdil avait bien forgé de grossières barres de fer pour consolider les battants du portail, mais ce n'était qu'une solution provisoire.

Balyndis, pour sa part, avait bien avancé, et allait bientôt pouvoir entamer les travaux de finition. Giselbart avait tracé les sillons pour les runes et le damasquinage dans l'acier encore chaud, Gandogar avait taillé ses précieuses pierres sur sa meule de fortune, réussissant même à les tailler en pointe pour qu'elles percent la peau du Mage d'un seul coup, et Bavragor avait terminé de sculpter ses crochets de granit noir, de la grosseur d'un index d'Homme.

Tungdil avait aussi taillé le morceau de bois de sigurdacia selon les indications de Narmora, sciant, limant et passant à la pierre ponce ce bois presque aussi dur que du métal au toucher, afin de l'adapter parfaitement à la forme des doigts de la demi-Albe. Il lui laissa le soin de le polir, devant retourner s'occuper des tiges de renfort de la porte. Au quatrième jour, les crochets étaient enchâssés, et le tranchant d'acier encore brûlant était garni de diamants.

Balyndis ne se déconcentra pas un instant. Chaque coup devait faire son effet, sans aucune pitié pour le matériel. Un coup mal ajusté à un endroit crucial, et tout était à recommencer, ce qu'ils ne pouvaient en aucun cas se permettre. Ce glas continuel n'aida pas les autres artisans à se concentrer.

Giselbart se prépara à fondre en un seul et même alliage les métaux précieux, alliage que seul Dragonhaleine permettait d'obtenir. Les Nains furent fascinés par le processus, contemplant avec des yeux ébahis les poches dans lesquelles bouillonnaient l'or jaune sombre, l'argent étincelant, le vraccasium jaune rougeâtre, le palandium blanchâtre et le morceau, de la taille d'une pièce de monnaie, de tionium noir.

Giselbart versa consciencieusement le contenu de chaque récipient dans une cornue à la paroi interne revêtue de sable comprimé. Lorsqu'il y versa le métal noir, il y eut un grésillement inquiétant. Ce métal foncièrement mauvais et la pureté du palandium ne se combinaient qu'à contrecœur.

L'instant d'après, les tiges de fer cédèrent dans un bref grincement. Le bélier avait entrebâillé d'un demi-pas l'un des battants. C'est alors qu'un Bogglin entra de force à travers l'ouverture avant de parcourir la salle du regard avec de grands yeux, couinant d'excitation.

— Oh ! le vilain petit cochon ! le salua Boïndil, tout joyeux de pouvoir enfin laisser libre cours à sa fureur. Pour la peine, tu vas goûter à l'un de mes couperets ! lui dit-il en se précipitant dessus.

— Tous avec lui, ordonna immédiatement Tungdil. Narmora, tu restes à l'écart.

Balyndis, Giselbart, Andôkai et Djerůn se rendirent au portail pour prêter assistance à Boïndil, quoique contre son gré.

Les colonnes-béliers redoublèrent de violence, jusqu'à ce que la brèche soit assez large pour laisser passer un Orc. Une volée de flèches siffla à travers celle-ci, qui ne leur occasionna heureusement rien de plus que des égratignures.

Tungdil s'aperçut que tant que la brèche ne serait pas plus large, ils pourraient tenir le passage. *Et moi, c'est avec le feu d'un Dragon que je vais vous repousser.* Il courut à toute vitesse vers Dragonhaleine, l'alimenta en charbon et actionna sans relâche le soufflet, jusqu'à faire craquer les braises blanches.

Il s'empressa ensuite d'en jeter quelques pelletées dans un foyer mobile avant d'apporter celui-ci près de l'entrée. D'un air décidé, il projeta avec force une bonne pelletée au-dessus des têtes et des boucliers des monstres qui se pressaient aux premiers rangs.

Cette pluie de feu retomba en crépitant sur ces bêtes, passant à travers les anneaux des cottes de mailles et les boucliers, atteignant les créatures au cou et au visage. Des hurlements de douleur paniqués retentirent, qui se multiplièrent après la deuxième salve. L'air empesta bientôt le cuir brûlé, les poils et les cheveux roussis ainsi que la chair grillée. À peine les Orcs levaient-ils leurs boucliers pour se protéger de cette pluie mortelle que les Nains leur enfonçaient leurs haches et leurs marteaux dans le bas du corps.

Furgas rechargea le foyer mobile en nouvelles braises jusqu'au moment où les Orcs se retirèrent, se contentant de leur envoyer de nouvelles volées de flèches.

— Ils ne vont pas tarder à revenir, mais en formant une tortue, cette fois, dit Andôkai. Nous devons partir d'ici. Ils finiront de toute façon par entrer dans la forge.

Ils essayèrent tous ensemble de refermer l'entrée, mais les bêtes avaient eu l'intelligence de caler des coins en dessous du battant.

Andôkai a raison. Nous devons quitter ces lieux sans attendre. Tungdil retourna au foyer.

— Combien de temps encore pour que l'alliage soit prêt ? demanda-t-il à Giselbart.

— Il faut une demi-lune au tionium pour se combiner au palandium, et c'est seulement alors que les autres métaux sont intégrés au mélange, déclara-t-il. Je pourrai ensuite remplir les sillons et m'occuper du damasquinage, mais il faudra encore un certain temps pour que l'alliage refroidisse. Qu'en est-il de la porte ? Tient-elle bon ?

— Il le faudra bien, gronda Tungdil, décidé à ne pas céder. Et nous allons y pourvoir.

Mais les serviteurs de Nôd'onn ne leur laissaient plus aucun instant de répit, revenant sans cesse à la charge. Puis ils adoptèrent une formation en tortue, comme la Mage l'avait prédit.

Revenant à l'assaut, ils décapitèrent deux des Nains de la Cinquième Maison, les tuant ainsi définitivement. Le nombre des défenseurs diminuait dangereusement, tandis qu'un nouveau bélier entrait en action. C'était comme si le Mal lui-même exhortait ces créatures au combat.

* * *

— Le mélange est prêt.

Après une attente aussi longue qu'usante pour les nerfs, Giselbart commença de remplir les sillons et symboles nains qu'il avait lui-même tracés avec le mélange de métaux que leur avait donné la montagne. Tungdil fut incapable de dire de quelle couleur était exactement l'alliage en question. Celui-ci oscillait entre le jaune et l'orange, mais scintillait étrangement et était parsemé de points noirs. Comme s'il savait ce qu'il avait à faire, l'alliage emplit les gravures destinées à le recevoir, à la goutte près. Giselbart avait calculé au plus juste la quantité nécessaire.

— Voilà qui est fait, dit le patriarche, soulagé. Il va maintenant falloir une demi-lune au mélange pour refroidir. Ensuite seulement nous pourrons enchâsser la tête sur le manche et la claveter. Il…

La tête du bélier passa au travers de la porte de fer. Les assaillants retirèrent en hâte l'extrémité de la colonne pour un nouveau coup de boutoir, dirigé cette fois un peu au-dessus du trou afin de l'élargir davantage. Ils étaient en train de créer une deuxième brèche.

Tungdil inspira profondément. Il avait mal aux bras, faim et envie de dormir comme jamais auparavant. Et pourtant, il brandit de nouveau sa hache.

— Nous devons les retenir jusqu'à ce que le métal ait refroidi.

Soucieux de donner l'exemple, il ignora les signaux de douleur que lui adressaient son dos et ses épaules. Gandogar suivit ses ordres à la lettre et se joignit au groupe de combattants sans chercher le moins du monde à lui disputer sa place de chef. Tungdil lui en sut gré.

— Grouïk, grouïïïïk! hurla Furibard, dont la rage combative semblait ne jamais devoir s'éteindre.

Le guerrier s'en prit aux premiers Orcs entrés par la brèche avec une telle violence que les éclats d'armures et les lambeaux de chair volèrent dans toutes les directions.

Mais même sa relative percée porta peu à conséquence. Plus le combat s'éternisait, plus les assaillants prenaient le dessus. C'était grâce au seul Djerůn et aux Cinquièmes, lesquels semblaient presque invulnérables, que le groupe parvenait encore à interdire l'entrée aux hordes qui se pressaient de l'autre côté de la porte; désormais ouverte au tiers. Le temps jouait contre eux.

Giselbart rejoignit Tungdil.

— Vous pouvez partir, les runes de la Lame de Feu ont suffisamment refroidi. (Il brandit sa hache.) Nous allons les retenir jusqu'à ce que vous ayez suffisamment remonté le conduit de la cheminée. Puis nous fermerons les clapets et détruirons tout le mécanisme. Cela devrait suffire pour vous donner une certaine avance. Il leur faudra plusieurs lunes pour rouvrir manuellement les clapets.

Tungdil acquiesça et ordonna la retraite à ses amis.

La tête de hache était prête elle aussi. Elle brillait d'un éclat mystérieux posée ainsi sur la grande enclume à la lueur de Dragonhaleine. Les diamants scintillaient, le damasquinage et les runes émettaient une lumière chaude et semblaient s'animer à proximité du foyer.

— Voyez ce que nous avons pu accomplir, avec la bénédiction de Vraccas. (Tungdil contempla l'œuvre collective avec un grand respect.) Et maintenant, parachevons notre ouvrage, dit-il solennellement à Balyndis, qui s'empara du manche et le glissa dans le centre du fer, long d'une coudée.

Elle blêmit.

— Par Vraccas, il est trop petit! s'exclama-t-elle d'une voix déformée par l'émotion. Nous avons trop taillé le manche, il y a du jeu dans le fer! La tête risque de voler dès le premier coup. Je ne comprends pas, nous avions pourtant parfaitement…

C'est alors que les runes s'illuminèrent l'une après l'autre. Le manche et le fer se mirent à briller de mille feux, puis le bois s'épaissit comme par enchantement, remplissant le fer dans un bruit de craquement et de grincement pour ne former plus qu'un avec celui-ci.

Tungdil interpréta ce prodige comme un signe que leur dieu était satisfait de leur travail. Un agréable sentiment l'envahit lorsqu'il effleura le métal, et ce n'est qu'à contrecœur qu'il tendit la Lame de Feu à Narmora.

Giselbart tendit la main à son tour en direction de l'arme.

— Puis-je ? demanda-t-il d'une voix tremblante.

— Certainement. Nous n'aurions pas pu la forger sans vous.

Le Père fondateur de la Cinquième Maison se contenta dans un premier temps de la tenir respectueusement en main, avant d'exécuter quelques coups d'essai et de la remettre solennellement à la demi-Albe.

— Tous ces cycles de résistance, de combat, tous ces tourments endurés depuis notre mort… enfin récompensés, dit-il, ému. Loué soit Vraccas. (Il tendit la main à chacun d'entre eux, serrant celle de Tungdil un peu plus longtemps.) Reprenez possession de nos salles et de nos galeries lorsque vous aurez débarrassé le Pays Sûr du Mal qui le ronge. Que le Cinquième Royaume nain ne soit plus la proie de ces bêtes. (Son regard se fit plus pénétrant.) Promets-le-moi, Tungdil Main-d'Or !

Ne pouvant guère faire autrement, celui-ci acquiesça, subjugué par le regard empreint de fanatisme du Père des Cinquièmes.

Giselbart ôta sa ceinture incrustée de diamants et la mit autour de la taille de Tungdil.

— Garde-la en souvenir des Cinquièmes et fais savoir que nous avons défendu notre royaume jusqu'au dernier, même au-delà de la mort.

Tungdil déglutit.

— C'est trop d'honneur que tu me fais.

— Après tout ce que j'ai vu et entendu, tu la mérites plus qu'aucun autre Nain.

Ils se donnèrent une accolade fraternelle. Le moment des adieux approchait.

— Allons-y, ordonna Tungdil.

Levant la tête, il aperçut les étroites marches qui menaient au sommet du conduit et qui disparaissaient dans l'obscurité. Puis il jeta encore un coup d'œil vers la porte, là où les derniers Cinquièmes livraient un combat acharné contre les Orcs.

— Et vous, qu'allez-vous faire ? demanda Boïndil à Giselbart.

Celui-ci se redressa et désigna le portail du regard.

— Nous allons couvrir votre fuite jusqu'à ce qu'ils nous submergent et nous coupent la tête, ce qui scellera enfin notre destin, annonça-t-il avec fierté. Partez, maintenant ! Les marches s'étrécissent dans la partie supérieure du conduit. Djerůn devra faire attention.

Narmora passa devant pour tester la solidité des marches, suivie des Hommes et des Nains, Djerůn fermant la marche. Seul Bavragor ne bougea pas. Un nouveau marteau de guerre à la main, il se tenait immobile près du foyer.

— Tu ne viens pas avec nous ? lui demanda prudemment Tungdil.

Bavragor secoua la tête.

— Je t'avais dit que si je vous accompagnais dans cette expédition, c'était pour ne jamais en revenir et connaître une fin glorieuse. Or, je suis arrivé là où je voulais. (Le Nain demeurait tout à fait détendu ; l'inquiétude qui le caractérisait depuis sa transformation en mort-vivant l'avait abandonné. Il tourna son œil rouge-brun vers Tungdil.) Je te remercie de m'avoir emmené avec vous et de m'avoir permis d'apporter ma contribution à votre entreprise.

— Je t'avais donné ma parole.

— Tu aurais pu la reprendre à tout moment. Personne ne t'en aurait voulu d'avoir renvoyé l'ivrogne chantant, mais tu ne l'as pas fait. (Il s'approcha et regarda Tungdil droit dans les yeux.) Cette mission m'a permis de couronner de façon inégalable l'œuvre de toute une vie. J'espère seulement que le Pays Sûr n'aura jamais besoin d'une seconde Lame de Feu.

— Je suppose qu'il est inutile d'essayer de te faire changer d'avis, mon ami ?

Bavragor rit d'un rire joyeux, dans lequel on retrouvait la gaieté de ses chansons.

— Faire changer d'avis un Nain ?! Cela fait déjà bien des lunes que j'ai pris ma décision. (Il désigna la brèche d'un signe de tête.) Je dois aller les rejoindre. Je vais mourir aux côtés des ancêtres des Cinquièmes, les plus vénérables et les plus anciens de notre peuple. Que demander de plus ? (Il prit Tungdil dans ses bras.) Tu es un bon Nain. C'est cela qui compte, pas ta lignée. Ne m'oublie pas. Et le petit Barbe-brillante non plus.

Tungdil le prit dans ses bras à son tour, sans honte aucune pour les larmes qu'il versait. Une fois de plus, il devait dire adieu à un ami.

— Comment le pourrais-je ? Non, Bavragor Poing-Marteau, je ne t'oublierai pas. (Il jeta un long regard sur la sépulture de Goïmgar.) Je ne vous oublierai jamais.

Le tailleur de pierre lui sourit, et se hâta de gagner la porte pour prêter main-forte aux Cinquièmes. Il s'immobilisa de nouveau après deux pas, puis chercha Furibard du regard.

— Dis à Boïndil que je lui pardonne, dit-il doucement, à la grande surprise de Tungdil.

— Il ne me croira pas, si je le lui dis comme ça. Il croira que je lui mens pour soulager sa conscience.

— Alors dis-lui que j'avais bien compris qu'il aimait ma sœur autant que moi. C'est seulement que je n'ai jamais supporté de l'avoir perdue. J'ai donc préféré haïr celui qui avait manié la hache plutôt que l'accident lui-même. Car j'ai toujours su que c'était un accident et qu'il l'aimait vraiment. Au lieu de porter le deuil, j'ai cherché un coupable par facilité. (Il rit doucement.) Il semble que la mort rende sage, Tungdil. Vraccas soit avec vous, et avec toi, surtout.

Bavragor se rua sur la horde, une chanson sur les lèvres. Il fracassa de son marteau de guerre le genou d'un Orc, puis le crâne de celui-ci dans la foulée, sans cesser pour autant de chanter.

Tungdil déglutit, et entreprit de rejoindre ses compagnons, qui étaient déjà loin.

Les chansons de Bavragor les accompagnèrent un long moment avant que Giselbart actionne les dispositifs de fermeture. De lourdes plaques d'acier plongèrent le conduit dans une obscurité totale. Un bruit de chaînes qu'on déroule et un cliquetis retentirent : le mécanisme venait d'être saboté.

Le groupe pouvait encore entendre Bavragor. Ses chants leur parvenaient de façon beaucoup plus étouffée, mais Bavragor était toujours là.

Escaladant les marches en silence, ils écoutaient les paroles de ses chansons, qui parlaient de l'héroïsme des Nains et de batailles glorieuses contre les Orcs. Indifférent à leur nombre, il les provoquait, les bafouait, les attirait vers lui pour mieux les tuer.

Puis il se tut.

* * *

— La voie est libre. Il n'y a que nous et les montagnes, lança Narmora à l'attention de ses compagnons.

Tungdil aperçut brièvement la silhouette élancée et noire de la demi-Albe se détacher du fond gris clair du ciel avant de disparaître.

Ils se hissèrent l'un après l'autre hors du conduit de la cheminée, assez large à son extrémité pour engloutir une petite maison.

Les jambes lourdes et fatiguées, le Nain gravissait encore le dernier escalier. À trois mille, il avait cessé de compter les marches gris foncé couvertes de suie qui longeaient en colimaçon la paroi du conduit. L'ascension s'était déroulée sans problème, y compris pour Djerûn, malgré sa carrure et son armure.

Nous avons réussi à leur échapper. Tungdil sortit à son tour du conduit, et se retrouva au sommet d'une élévation couverte de neige au beau milieu des Montagnes Grises. Le vent glacial se joua de sa barbe et donna des frissons au Nain.

Il fut littéralement ébahi à la vue des innombrables gorges et vallées qui s'étalaient à ses pieds. Il contempla le puissant sommet de la Grande Lame, il aperçut la pointe de la légendaire Langue-du-Dragon et il vit les versants crevassés du Mur d'Or. Tous ces nobles massifs se dressaient majestueusement vers les nuages, éternels et immuables, les joues battues par les vents, les flancs vêtus de congères. Il dut se faire violence pour s'arracher à ce panorama d'une beauté réservée à de rares privilégiés.

Tungdil envoya la demi-Albe en éclaireur. Pareille décision n'était pas évidente : trop importante pour être mise en danger, Narmora était en même temps celle qui courait le moins de risques d'être repérée. Cette mission ne sembla pas la déranger outre mesure, contrairement à Furgas, qui en devint presque malade d'inquiétude. Et c'est ainsi que le groupe suivit l'itinéraire que leur traça Narmora dans la neige.

Ils empruntèrent des ponts étincelants, formés par des glaciers, passèrent devant des parois qui se dressaient à la verticale, et longèrent de véritables précipices. Ils durent même escalader des montagnes d'éboulis et passer à plusieurs reprises sous des arcs naturels en pierre qui menaçaient de s'effondrer à tout moment.

Personne ne parlait. Les langues étaient liées par la fatigue et par ce qu'ils avaient vécu. Tous se concentraient pour éviter de glisser ou de tomber dans une crevasse.

Sauf Tungdil, qui pensait encore à Giselbart et Bavragor. Il les imaginait combattant les Orcs et les Albes, et lorsqu'il fermait les yeux, il pouvait encore entendre chanter le tailleur de pierre. *L'ivrogne chantant*, pensa-t-il avec tristesse.

Le soir venu, ils se réfugièrent dans une grotte et allumèrent une torche. Furibard ne semblait pas souffrir du froid. Andôkai secoua la neige de son manteau, le rajusta et s'appuya contre la roche nue, exténuée. Elle ferma les yeux en poussant un juron.

— Il faut absolument que je trouve un champ de Magie, dit-elle, brisant le silence. Je suis à bout de forces. Jamais je n'aurais cru cela possible. C'est une sensation très désagréable.

— D'autant que nous allons sûrement avoir encore besoin de votre Magie. (Tungdil déplia en tremblant le plan sur lequel figuraient les différents accès aux tunnels.) Mais il est risqué d'emprunter les tunnels, maintenant que Nôd'onn connaît leur existence. Il doit se douter que nous voudrions les emprunter pour rentrer chez nous. (Il parcourut la carte d'un regard attentif, et s'arrêta sur un point d'accès situé à deux cents milles de là.) *Mais oui ! Il ne s'attend sûrement pas à nous trouver là !* Nous irons en Âlandur.

— Hein ?! Chez les Oreilles-pointues ?! protesta Boïndil, qui était occupé à dégivrer soigneusement sa barbe. Pour quoi faire ?

— L'accès aux tunnels est situé dans la partie du Royaume elfique qui n'est pas encore tombée aux mains du Pays Mort, dit-il pour expliquer sa décision. Nous demanderons aux Elfes de s'allier avec nous contre Nôd'onn, comme le souhaitait Gundrabur. À moins que tu aies une meilleure idée, Boïndil ?

— Non, avoua Furibard après une brève hésitation. C'est juste que… je dois me faire à l'idée. Ce sont nos ennemis de toujours, tu comprends ?

— Moi, je te comprends, dit Balyndis en tendant les mains vers la flamme de la torche.

— La facilité avec laquelle certains décident de ne pas aimer tel ou tel peuple m'étonnera toujours, fit remarquer un Rodario philosophe tout en se frottant le ventre, lequel ne cessait de gronder.

Il avait faim, et il n'était pas le seul. Faute de mieux, il cassa et suça une stalactite.

— C'est la faute des dieux. Ils nous ont créés trop différents. Sitalia, la créatrice des Elfes, leur a donné le goût de la verdure et la beauté, tandis que Vraccas nous a fait préférer les montagnes. (La forgeronne étendit les jambes.) Ils nous regardent de haut, ils nous méprisent parce que nous n'avons pas leur beauté.

— Et c'est pour cela que vous les méprisez en retour ? demanda le comédien. Alors il suffirait que les uns cessent de mépriser les autres pour que les autres n'aient plus aucune raison de leur rendre leur mépris. C'est pourtant simple. (Il eut un large sourire, qui fit place à une grimace lorsqu'il posa la main sur sa blessure.) Maudit Orc ! Y a-t-il encore d'autres peuples que vous haïssez ?

— Les Troisièmes, dit lentement Furibard. La tribu de Lorimbur dont a parlé Giselbart. Mais s'il y a un peuple avec lequel je ne ferai jamais la paix, c'est bien eux. (Il serra le poing.) Surtout depuis que je connais la cause véritable de la chute des Cinquièmes.

Rodario s'assit contre la paroi.

— Et pourquoi êtes-vous ennemis avec eux ? (Il prit de quoi écrire.) Mais en deux mots, hein ? Je n'ai bientôt plus d'encre. Je m'aperçois que nous autres Hommes en savons malheureusement bien trop peu sur les Nains.

Balyndis ricana.

— En trois mots : nous les haïssons.

La plume de Rodario s'immobilisa.

— Cette version est peut-être un peu courte, estimée forgeronne de la tribu des Premiers, dit-il avec un sourire charmeur.

— Je me disais bien.

Elle lui raconta toute l'histoire.

— Lorsque Vraccas créa les Pères des Cinq Maisons, il leur donna à chacun un nom. Mais le fondateur de la Troisième Maison n'en voulut pas, préférant choisir le sien. Dès lors, il se fit appeler Lorimbur.

» Vraccas octroya à chacune des quatre Maisons la maîtrise d'un métier particulier : ainsi les Nains se firent-ils tailleurs de pierre, lapidaires, forgerons et orfèvres. À Lorimbur, il dit : « Tu t'es donné toi-même un nom, alors acquiers toi-même un don, car tu n'en recevras aucun de moi. »

» Lorimbur s'efforça d'apprendre un métier, fit son apprentissage chez ses quatre frères, mais rien ne lui réussissait. Le fer, l'or, la pierre, les gemmes, tous brûlaient ou éclataient dans ses doigts.

» Et c'est ainsi qu'il se mit à jalouser ses frères. Son cœur conçut une haine grandissante pour tous les Nains.

» Il se consacra alors en secret à l'art de combattre. Non seulement pour vaincre les ennemis du Pays Sûr, mais aussi pour surpasser les Nains dans cette discipline et les tuer tous, afin qu'il ne reste plus un membre de sa race qui soit meilleur que lui.

Rodario avait tout noté.

— Grandiose, répéta-t-il pour lui tout seul. Il y a de la matière pour les cent prochains cycles.

Balyndis se racla la gorge.

— Maintenant, tu sais pourquoi nous nous méfions des Troisièmes. Ils sont capables de tout.

Andôkai tenta de prendre une posture plus confortable.

— Que nous importent les Troisièmes pour le moment ? Ce sont les Elfes qu'il faut convaincre en priorité, dit-elle. On dit que leur prince, Liùtasil, refuse toute nouvelle alliance. Alors, avec des Nains…

Elle croisa les bras derrière la tête.

Tungdil sourit en observant les ombres qu'elle projetait à la lueur de la torche.

— Notre voyage m'a appris que beaucoup de choses sont possibles, y compris celles auxquelles on ne croyait pas initialement. C'est pourquoi j'ai confiance.

Balyndis pria Narmora de lui passer la Lame de Feu. Après avoir ébarbé précautionneusement les incrustations de Giselbart avec une lime, elle se mit à polir le métal. Tungdil la regarda faire, fasciné, jusqu'au moment où elle s'interrompit.

— Mes doigts, dit-elle comme pour s'excuser. Ils sont trop froids pour un travail de précision.

Tungdil loucha en direction de Furgas et Narmora, qui s'étaient réfugiés sous leur couverture.

— Tu peux te blottir contre moi, si tu as froid, proposa Furgas à Narmora.

Tungdil eut soudainement la bouche sèche.

Narmora se blottit contre son compagnon.

— Oh ! mais tu es aussi chaud qu'un fourneau, dit-elle avec un soupir de soulagement.

Avec le plus grand tact, Tungdil passa son bras autour des épaules de la Naine. La proximité de Balyndis lui fut plus qu'agréable.

Le Pays Sûr, Royaume du Gauragar,
en l'hiver du 6234e cycle solaire

Ils marchèrent à une allure soutenue, avançant presque au pas de course chaque fois que le terrain le permettait, et traversèrent ainsi d'une traite les contreforts méridionaux des Montagnes Grises. Bientôt, ils atteignirent les collines du Gauragar.

Cette marche forcée ne laissa guère d'occasions de discuter aux membres du groupe, du reste trop fatigués pour une conversation suivie. Lorsque Tungdil fit part à Furibard des dernières paroles de Bavragor, le guerrier ne réagit pas. Seules ses lèvres se changèrent en minces traits, tandis que ses yeux se mirent à briller.

Ils contournèrent le plus possible les colonies, n'envoyant qu'une seule fois Furgas et Rodario travailler dans une ferme comme cordonniers ambulants afin de pouvoir acheter des provisions. Rodario aurait préféré se faire passer pour un noble désargenté, mais Tungdil insista pour qu'ils se fassent remarquer le moins possible.

La nourriture n'avait franchement pas bon goût. Le Pays Mort avait gâté les maigres céréales, les pommes d'hiver toutes fripées et le pain dur leur donnaient l'impression d'avoir du plomb dans l'estomac, mais suffirent à leur rendre une partie de leurs forces. Ils étanchaient leur soif en buvant de la neige fondue, qui avait meilleur goût que l'eau des sources.

Djerůn abattit une biche amaigrie, dont ils dévorèrent la chair après l'avoir rôtie sommairement. Ils s'efforcèrent de ne pas prêter attention à son arrière-goût de moisi.

Ils ne rencontrèrent aucun Orc. Au bout de sept lunes, le soulagement fit place à une certaine perplexité. Ils étaient encore en plein Pays Mort, mais n'avaient toujours pas croisé le moindre Bogglin.

Alors que les environs devraient grouiller de monstres. Tungdil trouva cela si curieux qu'il envoya Furgas et Rodario aux nouvelles vers la ville la plus proche, dont ils revinrent porteurs d'informations alarmantes.

— On les a rappelés, dit le comédien avec force gestes, toujours soucieux d'adopter une attitude théâtrale. Tous les camps où s'étaient rassemblés les Orcs pour la conquête des Royaumes humains sont vides. Les Orcs sont partis par milliers vers le sud, prendre d'assaut une forteresse de pierre, à ce qu'on nous a dit. (Il fit la grimace de celui qui ne retrouve plus une information capitale.) Bon sang ! comment s'appelait cette forteresse, déjà ?

— Le sud ? Alors ce ne peut être que la forteresse d'Ogremort ! s'écria Furibard. Vous avez entendu ça ?! Les faces de groin ont mobilisé des milliers des leurs pour défaire le Royaume des Seconds ! Rah ! comme j'aimerais être là-bas pour aider nos frères et nos sœurs !

— Non, ce n'était pas ce nom-là, le contredit Rodario, à la grande surprise de tous. Sombretruc… Brunmachin… Flûte, et dire que j'arrive toujours à parfaitement mémoriser mes textes. Ç'avait un rapport avec un bœuf. (Il gesticulait.) Allez, la chose qu'on met sur le cou des bœufs…

— Un joug ! s'écria Balyndis.

— Le Noirjoug ! compléta Tungdil. Ils sont partis assiéger le Noirjoug !

Andôkai réfléchit.

— Ce nom ne me dit rien. Qu'y a-t-il, là-bas ? Et qu'est-ce que le Noirjoug ?

— C'est une montagne à sommet plat que les Troisièmes avaient transformée en forteresse pour partir en guerre contre les autres tribus. Elle se trouve en plein centre du Pays Sûr. *Mais pourquoi y envoyer tant d'Orcs ?*

— Nôd'onn tient peut-être à capturer des Hommes importants qui s'y seraient réfugiés ? avança Narmora. Les rois d'Idoslân et du Gauragar, peut-être ?

Tungdil se souvint avoir parlé de sa découverte à Balendilín et à Gundrabur, mais ne put s'expliquer pourquoi ils avaient choisi de se rendre dans cet endroit maudit.

— Il n'y a plus qu'à aller voir. C'est sur notre route, de toute façon.

Le groupe se remit en marche.

* * *

Ils foulèrent le sol de l'Âlandur douze lunes après avoir quitté le Royaume des Cinquièmes. Point n'était besoin de consulter une carte pour s'en assurer : la seule vue de la nature environnante suffisait.

Alors qu'ils traversaient une vallée peu encaissée couverte de neige, ils aperçurent au loin l'intense vert des hêtres, des chênes et des érables, protégés par un mur de conifères. Tous ces arbres et toutes ces plantes bien vivaces faisaient mentir les rumeurs selon lesquelles le dernier Royaume elfique serait tombé face aux hordes de Nôd'onn. Ici finissait le Pays Mort.

— Qui aurait cru que je me réjouirais un jour de voir des arbres, dit Furibard. (Tous ces jours passés en territoire ennemi avaient fini par entamer son moral. Il contempla les troncs, qui formaient une palissade naturelle contre les intrus. Comme par réflexe, il voulut tirer ses couperets.) Je crois qu'il va falloir jouer de la hache pour se frayer un chemin.

— Histoire de donner aux Elfes un prétexte pour entrer en guerre ? dit Andôkai. Inutile de jouer d'une arme pour entrer dans la forêt. Ils ne tarderont pas à nous repérer. Nous n'avons qu'à attendre. (Elle observa la lisière du bois.) Nous n'aurons pas attendu très longtemps, corrigea-t-elle, au moment où quatre silhouettes élancées surgirent de derrière les arbres. (Des flèches étaient déjà encochées à la corde de leurs arcs longs.) Qui souhaite leur parler ?

— Moi, répondit immédiatement Tungdil.

Il fit un pas en avant et déposa sa hache de façon bien visible. Puis il s'avança lentement vers eux.

— Les forêts de l'Âlandur ont déjà vu beaucoup de choses, dit l'un des gardiens, mais jamais encore de Troglodyte. Reste où tu es. Que veux-tu ?

Tungdil observa les quatre membres du peuple sylvestre. Ceux-ci portaient une armure de cuir et une cape de fourrure blanche, ainsi qu'une épée sur le côté. Leurs longs cheveux clairs tombaient librement sur leurs épaules, et leurs traits étaient si semblables que Tungdil eut du mal à percevoir une quelconque différence entre eux. Bref, il les trouvait antipathiques.

— Je suis Tungdil Main-d'Or, de la tribu des Quatrièmes. Je suis parti avec mes amis forger la Lame de Feu, l'arme qui détruira Nôd'onn le Dédoublé, répliqua-t-il d'une voix ferme. De bons amis à nous ont déjà donné leur vie pour cette arme. Nous souhaitions seulement vous demander le libre passage à travers votre territoire.

— Pour quoi faire ? Ce n'est pas chez nous que tu trouveras Nôd'onn.

— Dans votre royaume se trouve un accès à un labyrinthe souterrain conçu par mon peuple. Tout ce que nous souhaitons, c'est rejoindre le Noirjoug par ces tunnels, leur expliqua-t-il brièvement. On dit que le Mage est là-bas.

— Et vous voudriez le tuer avec cette prétendue « Lame de Feu », vous, une poignée de guerriers ? demanda l'Elfe, incrédule. Moi, je crois plutôt que c'est Nôd'onn qui vous envoie.

— Ah oui ! ce serait un plan épatant ! s'exclama Tungdil, qui aurait bien giflé cette arrogante Oreille-pointue. Envoyer des Nains chez les Oreilles-pointues, mais bien sûr ! Par ma barbe, cela tombe sous le sens ! Nos peuples s'entendent tellement bien que vous nous auriez à coup sûr accueillis à bras ouverts ! Et comme ça, nous n'aurions eu aucune difficulté pour vous trahir !

— Il est malin, le Mage, hein ?! grogna Balyndis doucement, mais pas assez pour ne pas être entendue.

Tungdil ne put s'empêcher de sourire, et sauf erreur de sa part, il crut déceler également l'esquisse d'un sourire sur les visages des Elfes. Ce qui ne les rendait pas plus sympathiques pour autant.

— Que pouvons-nous faire pour vous convaincre de notre bonne foi ?

Les Elfes délibérèrent dans leur langue.

— Rien. Vous allez attendre, répondit froidement leur interlocuteur, et rester où vous êtes. Celui ou celle qui entrera dans la forêt mourra.

Sur ces paroles, les archers disparurent entre les puissants troncs.

— Ah ! quand même, fit le jumeau, qui affichait un rictus et croisait les bras sur sa large poitrine. On a au moins réussi à leur faire perdre leur belle assurance.

Le groupe fit contre mauvaise fortune bon cœur et en profita pour s'octroyer une halte. Ils ramassèrent des branches éparses pour allumer un feu. Presque une demi-journée passa, et le soleil disparaissait déjà derrière les sapins lorsque les Elfes réapparurent. Ils avaient ramené avec eux une vingtaine de guerriers, dont un officier de haut rang, à en juger par son armure de palandium étincelante.

— Mes éclaireurs m'ont parlé d'un groupe étrange, au comportement non moins étrange, dit-il, s'efforçant de parler avec diplomatie. (Son visage était parfait, si parfait qu'il donnait une impression de morgue. Ses cheveux rouge sombre dénoués encadraient son visage et faisaient ressortir ses yeux bleu foncé.) Nous allons voir si vous dites la vérité.

Il leva les bras, et ses doigts dessinèrent des symboles. Andôkai réagit instantanément en se préparant à lancer un sort de défense.

L'Elfe s'en rendit compte, et interrompit ses préparatifs. Il parut fort surpris.

— Rares sont les mortels capables d'utiliser la Magie. On nous avait pourtant dit qu'ils avaient tous été tués par Nôd'onn. (Il la toisa.) Votre apparence correspond à celle de la Mage que l'on appelait Andôkai.

— Je *suis* Andôkai l'Impétueuse. (Elle exécuta un semblant de révérence.) Et ta Magie n'aurait pas eu beaucoup de mal à me terrasser, prince Liùtasil, tant notre voyage m'a affaiblie. (Elle tapota la poignée de son épée.) Mais puisque je jouis également d'une certaine notoriété en combat à l'épée, je suis tout à fait disposée à croiser le fer avec toi pour te prouver mon identité.

Tungdil haussa les sourcils. *Les éclaireurs nous ont bel et bien amené leur souverain.*

Liùtasil rit. D'un rire doux, amical, mais néanmoins hautain.

— Vous êtes bien celle que vous dites être, je n'en doute plus un instant, mais je tiens quand même à m'assurer de certaines choses. Les Albes ont déjà essayé tant de ruses pour venir à bout de notre résistance...

Le prince exécuta des gestes gracieux. Une lueur dorée jaillit de ses doigts, qui enveloppa l'ensemble du groupe.

En un battement de cils, l'épuisement que ressentait Tungdil dans chacun de ses os s'évanouit. Il ne ressentit même plus aucune faim. Par contre, il entendit Narmora pousser un gémissement de douleur et Djerůn pousser le terrible cri qu'il avait déjà poussé à la porte de Grischamps.

Les Elfes mirent l'un et l'autre en joue. La corde des arcs et les nerfs se tendirent.

Leur prince leur fit signe de baisser leurs armes.

— Eh bien, Andôkai, il semble que vous soyez accompagnée de deux personnes que je ne puis laisser entrer en Âlandur, dit-il, sans relâcher son attention.

— Nous savons que ce ne sont pas des créatures de Palandiell et de Vraccas, objecta Tungdil. Mais elles sont de notre côté, et nous avons besoin d'elles pour anéantir Nôd'onn. (Il désigna la demi-Albe.) C'est elle qui devra manier la Lame de Feu, et ses talents de guerrière valent pratiquement ceux de mon ami Boïndil ici présent (il en rajouta un peu pour flatter le Nain), dont la vue suffit à mettre en fuite les monstres de Tion.

Liùtasil réfléchissait en silence, tandis qu'un Elfe ne cessait de lui parler à voix basse d'un air décidé.

— Vous êtes une troupe de voyageurs bien singuliers, dit-il sur un ton qui laissait présager une bonne nouvelle. Eh bien, je ne peux guère faire autre chose que vous croire. Alors, allez en Âlandur rejoindre vos tunnels.

Il allait s'éloigner.

Tungdil, lui, ne voulut pas laisser passer l'occasion.

— Prince Liùtasil, pardonnez-moi de vous adresser de nouveau la parole de cette manière. Mais nous savons que les Albes vous menacent et que votre situation est devenue très difficile. Ce n'est plus qu'une question de temps avant que votre royaume tombe à son tour. Mais si vous nous aidez à vaincre Nôd'onn et à anéantir le Maître du Pays Mort, nous vous aiderons à reconquérir votre pays.

L'Elfe adressa un regard plein de gravité à Tungdil.

— Ta proposition t'honore. Mais il faudra davantage que quelques haches et couperets pour reconquérir notre pays.

— Il ne parlait pas de nous, les quelques Nains que vous voyez ici, rectifia Gandogar. Il parlait au nom des clans de la Quatrième Maison, dont je suis le roi. Et vous pouvez être assuré que les clans de la Seconde Maison ne refuseront pas une invitation à enfoncer leurs lames dans le corps des Albes.

— C'est qu'on en connaît un rayon, nous autres, se crut obligé d'ajouter Boïndil. C'est nous qui avons débarrassé Vertbois de leur présence.

Liùtasil ne put dissimuler sa surprise plus longtemps.

— Un roi nain ? Eh bien, on peut dire que vous avez réussi à éveiller ma curiosité, avoua-t-il. J'ai hâte d'entendre pour quelles raisons les ennemis jurés des Elfes se proposent de les aider à sauvegarder leur royaume.

Il prit les devants, et le groupe le suivit, encadré par l'escorte du prince.

— Ce fut très sage de ta part, dit Tungdil à Gandogar.

Ce dernier sourit.

— C'était la seule chose à faire si nous voulions convaincre les Elfes de notre souhait de faire la paix avec eux. Et cela m'a coûté, tu peux me croire.

La troupe se faufila entre les troncs d'arbres. Seul Djerûn eut des difficultés à passer à cause de son armure. Liùtasil prononça alors une formule en langue elfique, et les sapins se penchèrent pour lui faciliter la marche.

Après avoir quitté le rempart de conifères, ils pénétrèrent dans la forêt des feuillus qui conservaient leur frondaison malgré l'hiver et dont les branches ne ployaient pas sous le poids de la neige. Les chênes, les hêtres et les érables, immenses, leur montraient leurs plus beaux atours avec fierté. Du moins était-ce ainsi que Tungdil et Furibard les connaissaient avant que le Pays Mort s'empare de Vertbois et inocule aux arbres la haine du vivant.

Les Nains écarquillèrent les yeux à la vue de certains arbres, si gigantesques qu'il fallait au moins dix Hommes adultes pour former un cercle bras tendus autour de leur tronc.

Le calme et la paix régnaient au cœur de la forêt, chassant peu à peu leurs mauvais souvenirs. Chaque pas qu'ils faisaient les détendait un peu plus.

La nuit tombait lorsqu'ils parvinrent en vue d'un bâtiment qui leur évoqua les immenses salles de leur peuple, à ceci près que les piliers étaient ici des arbres, et que c'était leur feuillage qui constituait le plafond, à deux cents pas au-dessus de leurs têtes. D'innombrables lucioles produisaient une agréable lumière.

L'architecture elfique, parfaitement intégrée au paysage, venait parachever la beauté et la noblesse naturelles de ce tableau. Tungdil se souvint des voûtes de bois et des poutres polies avec soin, ornées de nombreux signes et runes elfiques, qu'il avait vues à Vertbois.

La partie non conquise de l'Âlandur était un parfait exemple d'harmonie. De riches mosaïques d'or et de palandium aux tesselles guère plus épaisses que la peau scintillaient et miroitaient à la lueur des étoiles. Ils se dirigèrent ensuite vers une mosaïque de runes dont la magnificence leur coupa le souffle.

— Il faut reconnaître qu'ils savent y faire, en matière de mosaïques et de marqueterie, dit Balyndis en désignant furtivement la mosaïque. Et je ne dis pas cela par amour des Oreilles-pointues.

— Des arbres en guise de maisons, dit Furibard, dubitatif. Je ne m'y sentirais pas à l'aise. Je préfère avoir un vrai toit au-dessus de la tête, en pierre, qui résiste aux tempêtes et qui ne brûle pas.

— Quitte à vivre dans un volcan ? demanda Rodario avec l'air de ne pas y toucher.

— Quand bien même, ce serait la lave qui brûlerait, et non la montagne elle-même, dit Tungdil pour le remettre gentiment à sa place.

— D'accord, mais qu'est-ce que la lave, sinon… (Le comédien croisa le regard mauvais de Narmora et se tut.) De toute façon, rien ne sert de discuter avec un Nain, ajouta-t-il en guise de conclusion.

Les Elfes qu'ils croisaient en chemin les suivaient du regard, ébahis. Jamais un Nain ne s'était rendu dans leur royaume, et jamais ils n'avaient vu de Nains de leur vie.

— Ils se ressemblent tous, dit Boïndil, exprimant sa pensée à haute voix, mais dans la langue de son peuple. Des visages ovales, entièrement glabres et d'une suffisance que l'on pourrait croire innée. (Il secoua la tête. Sa natte noire frétilla.) Même s'ils n'ont rien à voir avec la trahison des Cinquièmes, il me faudra du temps pour m'habituer à les voir.

La forgeronne approuva.

Tungdil, la main posée sur la ceinture de Giselbart, n'était pas mécontent d'avoir été élevé par Lot-Ionan. Cette aversion instinctive pour les Elfes était beaucoup plus latente chez lui que chez les autres Nains, et ne représentait rien d'insurmontable à ses yeux.

Liùtasil monta sur son trône de bois sculpté, richement incrusté de palandium, d'ambre et de pierres semi-précieuses. On apporta des tabourets pour les hôtes. Seul Djerůn resta debout.

Rodario n'en finissait pas d'écrire, de faire des croquis et d'exprimer son admiration pour ce qu'il voyait par des exclamations sans cesse renouvelées. Furgas se contentait de s'émerveiller en silence, tandis que

Narmora ne se sentait visiblement pas à l'aise. S'agrippant à son siège, elle pinçait les lèvres et semblait plus que nerveuse.

Liùtasil donna quelques ordres, qui furent exécutés sans trop de zèle. On apporta malgré tout à ces invités plus qu'inhabituels du pain, de l'eau et d'autres choses, sans doute des victuailles. Furibard goûta les unes et les autres avec méfiance.

— Qu'importe que tu aimes ou pas, avale ce qu'on t'a donné, lui conseilla Tungdil d'un ton sévère. Et gare à toi si tu fais la grimace ou si tu recraches ce que tu as mis en bouche.

Le visage ridé du Nain, qui avait commencé d'afficher les premiers signes du dégoût, arbora soudain un sourire forcé. Boïndil avala péniblement et bruyamment ce qu'il avait en bouche avant de tendre le bras en direction de l'eau pour en rincer le goût.

— Touche pas aux trucs jaunes, souffla-t-il à Balyndis.

Il ne mangea finalement que le pain.

Tandis qu'ils reprenaient des forces, d'autres Elfes vinrent s'asseoir sur des sièges à droite et à gauche de leur souverain et les toisèrent sans vergogne.

Rodario prit un peu d'eau pour diluer son encre, dont il ne restait guère que quelques gouttes.

— C'est pour qu'elle dure plus longtemps, dit-il avec un clin d'œil.

— Bien, fit le prince des Elfes, parlons à présent de ce qui vous amène en Âlandur. Racontez-nous votre aventure dans les moindres détails afin que nous puissions prendre une décision. Mieux vaut que vous disiez la vérité, car aucun mensonge ne nous échappe.

Je dois parvenir à les convaincre. Tungdil se leva, après avoir jeté un bref coup d'œil à la ronde, sur les visages attentifs de ces êtres qui passaient pour les pires ennemis de son peuple quelques lunes auparavant, jusqu'à ce que Giselbart lui révèle la vérité. C'était à lui qu'il incombait désormais de forger l'alliance dont rêvait le Grand-Roi Gundrabur. *Pour une fois, fais l'érudit*, se dit-il. Il avait un tel trac qu'il dut d'abord boire une gorgée d'eau avant de pouvoir commencer son récit, la main à la ceinture des Cinquièmes.

Il parla, et parla encore, et vit évoluer les étoiles à travers les fenêtres encadrées de mosaïques ; il vit le ciel noir passer au bleu nuit, les astres pâlir et céder la place aux lueurs de l'aube, ainsi que le soleil se lever entièrement sur le Pays Sûr et percer de ses rayons les nuages gris. C'est à cet instant qu'il termina le récit de leurs aventures.

À aucun moment Liùtasil ne l'avait quitté des yeux, l'écoutant attentivement toutes ces heures durant.

— Ainsi donc, ce qui ne devait être au départ qu'une course au trône de Grand-Roi est devenu une quête d'une importance capitale, résuma-t-il lentement. Vous avez subi de nombreuses épreuves, on le voit à vos visages.

— Oui, c'est vrai, nous avons vécu et survécu à bien des épreuves. (Andôkai se leva, incapable de supporter plus longtemps cette attente.) Nous n'avons plus le temps de parler, prince Liùtasil. Il nous faut trancher et agir, si nous voulons encore infléchir le destin de notre Pays. (Elle fit un pas en avant, tout à fait consciente de l'effet produit par son intervention.) Quelle est ta décision, Liùtasil ? (Elle contempla le visage de l'Elfe d'un air de défi.) Quelle est la décision des Elfes ?

Chapitre 12

Le Pays Sûr, Royaume elfique d'Âlandur,
en l'hiver du 6234e cycle solaire

— Je n'arrive pas à y croire ! (Boïndil ne cessait de s'énerver et de s'agiter dans le wagonnet.) Un temps de réflexion ! Les Oreilles-pointues ont demandé un temps de réflexion ! Qu'est-ce qu'il ne faut pas entendre ! Réfléchir jusqu'à quand ? Jusqu'à ce que Nôd'onn ait remporté la victoire et rasé leur belle forêt ? (Il donna un coup rageur sur la poignée qui était de son côté.) Heureusement que nous sommes partis à temps, parce que sinon…

Le Grand-Roi sera déçu. Tungdil prit place à côté de Boïndil dans le wagonnet, plus calme, mais non moins désabusé.

— Je suis bien de ton avis, lui avoua-t-il. J'avais cru que Liùtasil ferait taire les indécis, mais il faut croire que je me suis trompé sur son compte.

Pendant ce temps, Furgas avait fait quelques pas dans le tunnel pour inspecter l'état des rails et de la voie.

— Elle a l'air en bon état. Les rails sont certes rouillés, mais ils sont encore solides, et les traverses sont dures comme le fer. (Il revint s'asseoir à côté de Narmora, satisfait.) En voiture, tout le monde.

Ils avaient passé la nuit chez les Elfes et dormi dans les lits les plus souples qui soient au Pays Sûr. Autant les Hommes avaient bien dormi, autant ces couches inhabituelles avaient donné des courbatures aux Nains. Après un repas frugal, Tungdil et ses compagnons n'avaient pas tardé à trouver l'accès aux tunnels, dont le mécanisme d'ouverture, dissimulé sous d'épaisses fougères, fonctionnait encore parfaitement. Ils descendirent donc les échelons, et trouvèrent une voie ferrée sur laquelle étaient stationnés quatre wagonnets basculants.

— Voilà, dit Rodario en rangeant son nécessaire. Les Elfes n'auront pas le beau rôle, dans la pièce, annonça-t-il, le visage rayonnant. Tout le Pays Sûr saura qu'ils se sont dérobés au moment de partir en guerre.

— Au moins avons-nous trouvé l'accès aux tunnels, dit Balyndis pour tenter de détendre l'atmosphère.

Furibard vérifiait le tranchant de ses couperets.

— Oui, c'est toujours ça. On verra bien jusqu'où nous emmèneront ces véhicules. Si ça se trouve, les faces de groin nous ont déjà préparé des comités d'accueil. (Un rictus mauvais se dessina sur son visage.) Auquel cas ce serait enfin un jour gras comme je les aime. Vous pouvez compter sur moi pour dégager la voie.

Comme chaque fois dans ces moments-là, il se tourna vers Djerůn pour le prier silencieusement de bien vouloir jouer les seconds couteaux lors du prochain combat.

Tungdil observa Narmora, qui avait l'air beaucoup plus à l'aise depuis qu'ils avaient quitté le pays d'Âlandur.

— On dirait que tu vas mieux ?

Elle sourit.

— Tous ces Elfes… Désolée, c'était instinctif. L'héritage de ma mère, tu comprends…

Tungdil se racla la gorge.

— Tu as… le trac ?

— Parce que mon heure de gloire approche ? (Elle prit la main de Furgas.) « Trac » n'est peut-être pas le bon mot. Je serai en tout cas bien assez excitée quand je serai face au Mage. Mais si tout se passe comme prévu, je dois pouvoir y arriver.

— Bien sûr que tu y arriveras ! On se faufile à travers leurs lignes, et avant que les faces de groin aient compris ce qui se passe, tu enfonces la hache dans le buffet du Mage, dit Furibard. J'aime ce plan.

— Pour être honnête avec vous, je pensais à quelque chose d'un peu plus osé, leur dit-elle. Le plus simple serait que je me fasse passer pour une Albe. Je pourrais ainsi passer ses gardes du corps et ses *famuli* sans éveiller de soupçons.

— Ne le prends pas mal, dit Andôkai, dubitative, mais pourquoi accorderait-il une audience à une simple Albe ?

Narmora noua son foulard autour de sa tête.

— Je trouverai bien un prétexte.

Mais bien sûr ! Tungdil souriait. Il venait de se souvenir d'une histoire qu'il avait lue dans un ouvrage de la bibliothèque de Lot-Ionan. Dans cette histoire, les héros usaient d'un stratagème simple mais efficace qui pouvait également fonctionner dans leur cas.

— Pourquoi ? Parce qu'elle lui amènerait des prisonniers qu'il attendait avec impatience !

— Mais lesquels ? s'étonna Boïndil, sans se douter qu'on parlait indirectement de lui. Hein ?! Tu voudrais nous livrer à ces bêtes ? protesta-t-il. Ah non ! ça, jamais ! Par ma barbe, je préfère encore me frayer un chemin jusqu'à la tente de Nôd'onn à coups de hache !

— Puis-je me permettre de te rappeler ce qui s'est passé au Royaume des Cinquièmes ? intervint Rodario tout sucre tout miel. Je doute que tu y arrives.

— Justement, dit Tungdil. Désolé, mon ami, mais il va falloir te faire à cette idée. Rodario, Furgas et Andôkai se feront passer pour des mercenaires qui auront aidé Narmora à nous capturer. Djerůn attendra dans l'ombre. Sa présence nous trahirait immédiatement.

— C'est un plan risqué, mais c'est un bon plan, approuva gravement Andôkai. Je marche avec vous.

Rodario tapotait sa lèvre inférieure.

— Je jurerais avoir déjà lu cela quelque part.

— Je tiens cette ruse d'un livre intitulé *La Mort d'Herengard*. Il y est question d'un attentat perpétré par des conspirateurs. Les héros procèdent exactement comme nous, et parviennent à leurs fins, dit Tungdil pour révéler sa source.

— Et c'est tiré d'un livre, en plus ?! s'exclama Boïndil. Je...

— Je t'avais bien dit, lors de notre première rencontre, que cela peut servir, de lire ! le railla Tungdil en lui administrant une tape sur l'épaule. On passe au vote ?

Il n'y eut qu'une seule voix contre. Vexé, Furibard bouda et ne jubila même pas lorsque le wagonnet dévala la première pente à toute vitesse.

Tungdil s'était bien gardé de leur préciser que les héros de l'histoire se faisaient tuer par les gardes du corps d'Herengard après l'avoir assassiné. *Mais l'idée est bonne.*

* * *

Une fois de plus, le groupe traversait le Pays Sûr par la voie souterraine, à destination cette fois du Noirjoug, où s'était assemblée l'armée disparate de Nôd'onn.

Nos héros firent en route une étrange découverte.

Ils atteignirent en effet un tronçon jalonné de cadavres. Les corps d'au moins deux cents Orcs, ainsi que les wagonnets que ceux-ci avaient utilisés, gisaient de part et d'autre de la voie. Désireux de profiter de l'élan et de toute façon incapable de freiner, le groupe se contenta d'observer les bêtes en passant.

— Ce sont des haches qui ont fait ça, grommela Boïndil. Ces faces de groin sont tombées sur des Nains qui n'en ont fait qu'une bouchée. La situation de nos amis n'est pas si désespérée, apparemment.

— Mais qu'iraient-ils faire dans les tunnels ? (Tungdil suivit du regard les cadavres, que l'on avait bien pris soin d'ôter de la voie.) *On a voulu nous faciliter le passage.* (Il repensa immédiatement aux esprits des ancêtres.) Les esprits ! Ils sont de nouveau venus à notre aide, comme au Royaume des Cinquièmes !

Balyndis désigna une niche dans laquelle était recroquevillée une silhouette de plus petite taille, un épieu d'Orc dans le flanc.

— Et ça ? C'est un Nain mort, pas un fantôme ! s'écria-t-elle pour attirer l'attention sur sa découverte. Un esprit ne craint pas les épieux !

— Et si d'autres Nains vivaient dans ces galeries ? intervint Furgas. Cela fait déjà un certain temps que les rails ne sont plus rouillés, preuve qu'on les utilise encore plus ou moins régulièrement.

D'autres Nains. Étant donné qu'aucune des tribus de son peuple n'avait plus utilisé le réseau de tunnels depuis un millénaire, Tungdil émit une hypothèse, assez fumeuse au demeurant : *des Nains se sont installés dans les tunnels à l'insu des anciennes tribus et ont créé leur propre communauté !*

Cette idée fit frissonner Tungdil de tout son être. Il était tout à fait pensable que des réprouvés des différentes Maisons naines aient découvert les voies ferrées souterraines par un heureux concours de circonstances et aient fondé leur propre royaume. *Ces exilés seraient donc restés ici, au lieu de regagner leurs tribus respectives.*

— Vite, du papier et une plume, demanda-t-il à Rodario, qui les lui passa.

Avec une terrible écriture, à cause des cahots du wagonnet, Tungdil rédigea à la hâte un message les remerciant de leur aide. Il piqua ensuite la feuille sur une stalactite toute proche.

— Qu'est-ce que c'était ? s'enquit Andôkai. Un message à l'attention des ancêtres ?

— Non, pas des ancêtres, répliqua-t-il. Si mon hypothèse se vérifie, ce sont des Nains, des réprouvés des différentes tribus qui ont érigé ici leur propre royaume, dans lequel les Orcs ont fait intrusion. Et nous aussi, d'ailleurs. (Il s'expliqua.) Rappelez-vous : ils nous ont avertis à plus d'une reprise. Les coups sur les parois, l'effondrement, leurs apparitions. Je pense qu'ils voulaient nous faire quitter leur territoire.

— J'ai compris ! Et quand les Orcs ont fait irruption dans les tunnels, ils ont cessé d'hésiter et ont décidé de nous aider plutôt que de continuer à nous faire peur. Chassez le naturel, il revient au galop. Grandiose, tout simplement grandiose ! (Rodario reprit immédiatement sa plume et son papier.) Donne. Il faut que je note tout ça.

— Tant de choses en un seul voyage, dit doucement Balyndis. Si le Bien pouvait finir par l'emporter, il me verrait ravie.

— Et il l'emportera, tu verras, dit-il pour la rassurer.

Au moment où le wagonnet tournait au coin du tunnel et où la stalactite allait disparaître de leur champ de vision, Tungdil crut voir une silhouette s'emparer du message.

* * *

Andôkai profita de leur passage à travers l'ancien Lios Nudin pour renouveler ses pouvoirs magiques. Peu après qu'elle eut fermé les yeux, les parois se mirent à rougeoyer, la roche à luire et ses inclusions et ses veinures apparurent. Le souffle de la Mage s'accéléra, la lumière devint aveuglante, puis s'éteignit brusquement.

Andôkai ouvrit les yeux avec hésitation, pencha la tête sur la droite et rendit plusieurs fois par-dessus le bord du wagonnet.

— Que se passe-t-il ?

Tungdil voulut interrompre la course du wagonnet, mais elle lui fit signe de n'en rien faire.

— Continuez, ce n'est rien. Nôd'onn a rendu les champs d'énergie pratiquement inutilisables pour moi. (Elle se pencha en arrière. Balyndis lui tendit une outre d'eau.) Cela allait encore pour cette fois, mais je ne puis absorber davantage d'énergie sans me tuer.

Elle pinça les lèvres, luttant contre une nouvelle nausée.

Deux lunes plus tard, alors que la voie venait de se dédoubler quelques pas après qu'ils eurent franchi un aiguillage, un second wagonnet arriva en sifflant à leur hauteur sur la voie parallèle à la leur. La dizaine d'Orcs qui y était accroupie fut éberluée de voir ces Nains et ces Hommes, et réciproquement.

Furibard fut le premier à surmonter sa surprise, et il fit ce que l'on pouvait attendre de lui.

— Grouïk, grouïk ! Par ici, mes petits cochons ! s'écria-t-il avec enthousiasme, ses couperets volant comme d'eux-mêmes dans ses mains. Ils sont à moi !

Prenant tout le monde de vitesse, il se jeta d'un bond gigantesque dans le véhicule des Orcs, atterrissant au beau milieu du groupe, et laissa libre cours à sa rage guerrière. Comme il tua d'abord le préposé au freinage dans sa furie, le wagonnet continua sa course de plus belle, et fila bientôt à travers un couloir rempli de stalactites, que Furibard utilisa à son profit.

D'une feinte, il força un Orc imprudent à esquiver son couperet de manière que sa tête heurte de plein fouet une des stalactites de calcaire. Un flot de sang jaillit, et le Nain éjecta le monstre du wagonnet en riant méchamment.

Furibard tailla en pièces les rangées de Peaux-Vertes, qui se défendaient tant bien que mal. L'effet de surprise et l'exiguïté du wagonnet jouaient en faveur du Nain. Au fracas du véhicule s'ajoutaient les rires joyeux, les grognements et les cris du guerrier. Il se retrouva enfin face au dernier de ses adversaires, un spécimen de belle carrure, muni d'une meilleure armure que ses infortunés congénères.

— Non ! Laisse leur chef en vie ! lui lança Tungdil. Nous devons l'interroger !

Mais l'ivresse du combat avait complètement gagné le jumeau, dont les couperets s'abattirent sur l'Orc, incapable de parer deux attaques en même temps.

Andôkai donna un ordre à Djerůn. Tendant son bras cuirassé, celui-ci saisit la bête condamnée à mort par le col et la transborda comme une grue, avant de lui mettre son épée sous la gorge. L'Orc n'offrit plus aucune résistance.

— Hé ! c'est pas du jeu !

Sans se laisser intimider le moins du monde par la vitesse, Boïndil revint à sa place d'un bond et voulut gagner l'arrière du wagonnet pour fendre le crâne de l'Orc, mais Andôkai lui barra la route.

— Reprends-toi, Boïndil. J'ai récupéré suffisamment de pouvoirs magiques pour te calmer contre ton gré, le prévint-elle avec un regard glacial. Nous devons d'abord savoir ce qui se trame au-dessus de nos têtes.

Tous virent clairement la raison et la folie se livrer un combat sans merci dans le crâne de Furibard, qui se laissa tomber sur la banquette en bois en haletant. La raison l'avait emporté.

— Bon, d'accord. Je me suis bien amusé, et il y aura bientôt d'autres occasions.

Tungdil se tourna vers l'Orc d'un œil inquisiteur.

— Que se passe-t-il au Noirjoug ? demanda-t-il à la créature dans sa propre langue.

— Je ne te dirai rien, Troglodyte, gémit-il.

Le Nain ouvrit la visière de Djerůn. Le visage repoussant de leur prisonnier fut éclairé d'une lueur violette, puis se mua en faciès déformé par l'effroi.

— Et maintenant ? (Tungdil évita soigneusement de regarder lui-même ce qu'il y avait dans le casque du guerrier. Il se souviendrait toute sa vie de ce qu'il avait brièvement entraperçu à l'oasis.) Dois-je lui dire de t'arracher un bras ?

L'Orc couina d'une voix suraiguë un mot que Tungdil ne comprit pas.

— Non ! Retiens-le !

— Que faites-vous au Noirjoug ?

— Nous assiégeons les Troglodytes qui s'y sont retranchés, expliqua-t-il d'une voix de fausset. Nôd'onn veut les voir anéantis.

— Pourquoi ?

— Je n'en sais rien. C'est lui qui veut ça !

— Il est là-bas ?

L'Orc ne répondit pas. Il ne quittait pas Djerůn des yeux. Tungdil pouvait sentir sa peur.

— « Lui », c'est le Mage ? Est-il au Noirjoug ? redemanda Tungdil.

Comme l'Orc ne répondait toujours pas, le guerrier prit l'initiative. Sa tête fit un vif mouvement vers l'avant, et il y eut un craquement sonore. L'Orc glapit, et regarda fixement un moignon sanguinolent, vestige de ce qui était encore son avant-bras l'instant d'avant.

— Il y est ! Il y est ! répondit l'Orc dans un hurlement de douleur.

— Quand commencera l'assaut ? voulut savoir Tungdil, impitoyable.

— Je ne sais pas. Je devais être là-bas dans quatre lunes, avec mes soldats, dit le monstre en gémissant et en tentant d'arrêter l'hémorragie de sang vert de sa main valide, mais la pression sanguine était trop forte. Je n'en…

Djerůn semblait affamé, et la perspective d'un repas de chair fraîche lui avait aiguisé l'appétit. Sans attendre la permission d'Andôkai ou de Tungdil, il se jeta sur l'Orc pour l'achever et dévorer son cadavre encore palpitant. Comme il tournait le dos à la compagnie, personne ne vit son visage.

La Mage lui ordonna quelque chose. Instantanément, il délaissa le cadavre, rabattit sa visière et s'accroupit à sa place. Son plastron et son casque étaient maculés de sang vert, et empestaient les entrailles de l'Orc qu'il avait déchiqueté.

— Jette-le, lui ordonna-t-elle encore.

Djerůn s'exécuta, en projetant les restes de la Peau-Verte avec violence hors du wagonnet.

— Si l'on n'avait pas besoin de lui…, dit Furibard d'une voix sourde. C'est une bête fauve, un fauve dressé, rien de plus. (Il regarda Andôkai.) Espérons que ton dieu aura la clémence de ne jamais le laisser échapper à ton contrôle. (Le Nain rangea ses couperets.) Dans le cas contraire, fais-moi signe, et je te donnerai un coup de main.

Elle renonça à répondre.

Le fils de Samusin dévore les créatures de son père. Fasciné, Tungdil contempla un instant la gueule de Démon grimaçante derrière laquelle brillait toujours une lueur violette tirant sur le bleu, comme s'il y brûlait un feu inextinguible, avant de se tourner vers Narmora.

— Si les Orcs ont quatre lunes pour arriver au Noirjoug, nous devrions pouvoir y arriver avant eux.

Il tourna de nouveau la tête vers l'avant. Le vent du trajet chassait la puanteur de l'Orc mort. *L'heure de vérité approche.*

Le Pays Sûr, Royaume du Gauragar,
en l'hiver du 6 234ᵉ cycle solaire

En cours de route, ils tombèrent sur une autre troupe d'une cinquantaine d'Orcs, massacrée par leurs anges gardiens invisibles, lesquels ne voulaient toujours pas se montrer.

Ils quittèrent ensuite les tunnels sans être inquiétés pour remonter à la surface à proximité presque immédiate du Noirjoug, dans l'ancien Gauragar.

Tungdil reconnut immédiatement la région.

— C'est dans cette direction.

Il les mena à la douce colline d'où il avait aperçu pour la première fois la sinistre montagne à plateau. Le groupe rampa avec prudence jusqu'au sommet de l'élévation pour ne pas attirer l'attention des gardes. Leur mascarade n'était pas encore prête.

— Par Vraccas ! chuchota Tungdil. Nous arrivons juste à temps.

La sombre sapinière qui entourait autrefois la montagne avait disparu, au profit de constructions de bois sur les plates-formes desquelles allaient et venaient de petits points noirs. Les Orcs étaient occupés à bâtir des rampes d'accès d'une hauteur vertigineuse afin de découvrir d'éventuels accès à la forteresse situés à flanc de montagne, à moins que ce soit pour investir la forteresse depuis le sommet plat du Noirjoug. Ils avaient probablement dû se casser les dents sur les versants de la montagne ou être précipités par dizaines dans le vide par les tremblements furieux de la roche lors de précédentes tentatives.

Ce sinistre rocher a l'air encore plus menaçant sans les sapins.

De temps à autre, du liquide noir et fumant s'écoulait d'ouvertures dérobées, éclaboussant et brûlant mortellement les Orcs en contrebas. Ailleurs, des crevasses projetaient des boulets rougeoyants qui atterrissaient peu après au beau milieu des pelotons d'assaillants, avant d'éclater et de répandre une huile qui enflammait tout ce qui se tenait à proximité.

Ils ont réussi à réactiver les anciens dispositifs de défense.

Malheureusement, rien ne semblait pouvoir faire abandonner les troupes de Nôd'onn. Comme des fourmis, ces créatures sillonnaient le plat pays alentour en quête de bois pour la construction de nouveaux engins de siège.

Les Ogres abattaient les sapins pour construire des tours de siège et des rampes, que les défenseurs parvenaient à chaque assaut à incendier ou à renverser à l'aide de longues chaînes de fer avant que les Orcs puissent les utiliser efficacement.

Inlassablement, ces gigantesques créatures ramassaient les débris et s'en servaient pour reconstruire de nouvelles rampes, tandis que les Orcs réclamaient de pouvoir enfin pénétrer dans la forteresse.

— Quelle ironie, dit Tungdil à Balyndis et à Boïndil sans détourner le regard de la montagne. Les Troisièmes avaient aménagé cette montagne pour se défendre contre les autres tribus, et voilà qu'elle sert d'ultime refuge aux Nains contre le Pays Mort.

Les anciens versets qu'il avait lus dans la montagne lui revinrent à l'esprit. *« Réveillé un jour par les Trois contre la volonté des Trois. Trempé de nouveau du sang de tous les enfants. » Que peuvent-ils bien signifier ?*

— Combien sont-ils, à votre avis ? demanda la forgeronne, qui observait la masse grouillante des assaillants les yeux écarquillés.

Ces derniers avaient installé leur campement tout autour de la montagne, à un mille de distance du pied du Noirjoug. Leurs tentes sommaires ne suffisaient pas à les protéger de la neige et du vent, et des colonnes de fumée noire s'élevaient çà et là.

— Quatre-vingt mille, au bas mot, estima posément Boïndil, avant de poser la main sur l'épaule de Tungdil. Tu avais raison. Même s'il est tiré d'un livre, c'est encore ton plan le meilleur. Les faces de groin auraient tôt fait de nous submerger, si l'on suivait le mien.

Rodario indiqua l'ouest.

— Regardez là-bas, ce sont peut-être les appartements de Nôd'onn ? (Ils aperçurent une fastueuse tente couleur malachite dont les dimensions dépassaient celles de toutes les autres.) Si j'étais le Mage, c'est là-dedans que je voudrais dormir, et non dans les tentes misérables de la populace.

— De toute façon, tu as toujours eu des goûts de luxe et tu as toujours été d'une suffisance insupportable, dit Furgas. Si tu étais né noble, tes sujets t'auraient lynché depuis longtemps.

— Et tu aurais conçu un dispositif pour que mon agonie dure plus longtemps, je sais.

Ils échangèrent un sourire entendu.

— À propos de dispositif. (Furgas attira leur attention sur un endroit situé à l'écart des combats, et où les Ogres étaient en train d'ériger une tour beaucoup plus solide que les autres, de presque deux cents pas de haut.) Celui-là est bien parti pour atteindre son objectif, dit-il. Ils ont disposé des tuiles le long des entretoises pour se protéger des projectiles incendiaires.

Des centaines d'Orcs accoururent pour escalader les différentes plates-formes. Ils chargèrent et armèrent des balistes de deux types différents, tandis que les Ogres effectuaient leurs dernières manœuvres et se plaçaient contre les roues à rayons de la tour pour l'acheminer vers la montagne. Des cors stridents sonnèrent de partout, donnant le signal d'une attaque générale.

— Il est plus que temps d'agir, décida Tungdil. Narmora, conduis à Nôd'onn ses prisonniers.

Elle répondit par un signe de tête résolu et enfila son armure albique.

En quelques battements de cils, la femme se métamorphosa en l'une des créatures les plus redoutées du Pays Sûr. Et ce n'était pas qu'une question de costume. À chaque pièce d'armure qu'elle revêtait, son visage se transformait, pâlissait, adoptait des traits plus durs et surtout plus cruels. Elle retira son foulard rouge et se passa la main dans les cheveux. Puis elle se redressa.

— Et maintenant le plus important, dit-elle d'une voix grave.

Ses yeux devinrent troubles, le blanc fit place à ce noir de jais qui permettait d'identifier les Albes de jour.

Heureusement que je sais que c'est elle. Tungdil n'aurait autrement pas pu faire la différence avec une véritable Albe. De cette ressemblance dépendait la réussite de son plan.

— Parfait, Narmora.

Andôkai lui passa autour du cou la mince amulette de cristal bleu foncé qu'elle avait prise à un Albe pendant l'attaque de l'oasis.

— Elle te protégera des attaques magiques de Nôd'onn, expliqua-t-elle. Juste au cas où nous serions séparés.

Narmora sourit à la Mage.

— Attends ici. Je vais aller chercher les armures des mercenaires.

Elle partit sans faire le moindre bruit et disparut de leur champ de vision après seulement quelques pas.

Tungdil s'aperçut que Balyndis avait inconsciemment empoigné le manche de sa hache.

— Elle est... devenue très inquiétante, dit-elle pour justifier son geste. Sinistre, menaçante. Comme une vraie Albe.

— Que faisons-nous si son côté obscur la fait changer de camp? demanda ouvertement Furibard. Elle possède la Lame de Feu, le pouvoir de détruire Nôd'onn et l'amulette l'immunise contre les sorts de la Mage. Comment en viendrions-nous à bout si elle décidait de nous trahir?

— Nous trahir? Jamais! C'est Narmora! s'exclama Furgas avec véhémence pour les rassurer tout en prenant la défense de sa compagne. Et c'est une actrice de premier ordre. Qu'importe ce qu'elle dira ou fera en chemin, ayez confiance en elle. Si elle avait voulu nous trahir, elle l'aurait fait depuis longtemps. Ce ne sont pas les occasions qui ont manqué...

Narmora revint en apportant les armures souillées du sang d'une patrouille imprudente. Elle jeta son butin dans la neige.

— Il faudra les nettoyer un peu.

Ce fut son unique commentaire.

* * *

Rodario prit encore « quelques dispositions spéciales », comme il appelait cela, puis ils entamèrent la partie la plus délicate de tout leur périple.

Tungdil, Balyndis et Boïndil marchaient au milieu, encadrés par les pseudo-mercenaires, qui avaient dissimulé leurs visages sous les casques puants que leur avait fournis Narmora. Celle-ci ouvrait la marche et portait sur le dos la Lame de Feu enveloppée dans des hardes. Djerůn attendait au sommet de la colline et se tenait prêt à intervenir au signal de sa maîtresse.

Boïndil ne se sépara de ses chers couperets et ne se laissa attacher les poignets qu'à contrecœur, mais il lui avait fallu se rendre à l'évidence : il n'y avait pas d'autre moyen d'approcher Nôd'onn vivant.

— Au fait, elle se termine comment, l'histoire de ton bouquin? demanda-t-il encore.

Rodario ouvrit la bouche, mais Tungdil le devança.

— Bien. Elle se termine plutôt bien, prétendit-il, en suppliant du regard le comédien de se taire.

Celui-ci roula des yeux, mais ne dit heureusement rien.

— Tant mieux, grommela Boïndil, qui en resta là.

Furgas avait entassé leurs armes dans un sac qu'il tenait de façon à pouvoir les leur jeter à tout moment. Les sangles de cuir qui ligotaient les poignets des prisonniers avaient été prédécoupées de manière qu'un simple mouvement brusque suffise à les rompre. Ils étaient prêts.

Ils entrèrent dans le camp ennemi dans l'après-midi, au moment où la luminosité commençait de baisser.

Les gardes, trois Orcs et quatre Bogglins, leur laissèrent le passage. Il avait suffi à Narmora de les regarder d'un air ténébreux et de leur dire qu'elle souhaitait voir Nôd'onn pour lui livrer en mains propres ses prisonniers.

L'un des Bogglins partit ventre à terre informer le Mage de la venue de cette Albe héroïque. Ils se faufilèrent entre les tentes, sans perdre de vue le messager.

— J'avais raison, dit Rodario d'une voix étouffée par son casque. Ce ne pouvaient être que les quartiers de campagne de Nôd'onn.

— Silence, lui ordonna l'Albe d'une voix grave, altérée.

Le comédien se tut immédiatement.

Ils approchaient peu à peu des parois de tissu vert sombre derrière lesquelles se trouvait le Mal incarné. Lorsqu'ils ne furent plus qu'à vingt pas de la tente, les tentures de l'entrée s'écartèrent, et une vieille connaissance fit son apparition : oreilles pointues, traits réguliers et longs cheveux blonds.

— Sinthoras, ne put s'empêcher de dire Tungdil, horrifié.

Boïndil se pencha vers lui.

— Il était dans le bouquin, lui aussi ? murmura-t-il.

L'Albe eut un sourire forcé. Son buste était engoncé dans une lourde armure de tionium noir, ses jambes étaient protégées par une cotte de mailles du même métal, qui lui arrivait jusqu'aux genoux. Il était paré au combat.

— C'est toujours un plaisir pour moi de te rencontrer, dit-il pour saluer le Nain avec une légère révérence avant de se tourner vers Narmora. Félicitations pour cette prise… ?

— Morana, improvisa-t-elle.

— Morana, répéta Sinthoras. Tion doit t'apprécier mieux que moi ou que Caphalor, car nous avons écumé le Pays Sûr dans tous les sens, sans jamais mettre la main sur eux. (Il observa les membres du groupe de ses yeux froids et cruels.) Ils ont subi quelques pertes, à ce que je vois. C'est toujours ça…

— Certes, mais ils nous seront plus utiles vivants que morts, dit-elle sur un ton méprisant, décidée à jouer l'Albe antipathique jusqu'au bout et à ne pas se laisser intimider.

— Oui, hélas, soupira Sinthoras en feignant les regrets. Va, laisse-les-moi. Je vais les conduire à Nôd'onn.

Narmora ne bougea pas.

— C'est moi qui les ai capturés, et je tiens à récolter personnellement les éloges du Mage, ainsi que tu l'aurais fait toi-même.

Sinthoras tourna autour d'elle, sans la quitter des yeux.

— Tu as du cran, jeune Albe. Comment se fait-il que je n'aie encore jamais entendu ton nom ?

— Dsôn Balsur n'est pas un petit village où tout le monde se connaît.

— Alors, tu viens de Dsôn Balsur ? Cela tombe bien, je connais chaque recoin de notre royaume. Après tout, c'est moi qui l'ai créé. (Il s'immobilisa devant elle.) Qui est ta mère ? Qui est ton père ? Où vis-tu, Morana ?

— Cela ne te regarde pas, répondit-elle, toujours aussi intrépide. Va m'annoncer à Nôd'onn ou disparais.

— Le Maître dort.

— Alors, va le réveiller.

Tungdil était toujours paralysé par la peur. *Que faire ? Passer en force ? Plusieurs d'entre nous mourraient avant de l'avoir passé,* pensa-t-il tout en portant son regard sur l'entrée de la tente toute proche. Ils ne pouvaient se permettre d'attendre trop longtemps. Plus ils restaient ainsi, plus ils attiraient l'attention, et plus leurs chances de réussite s'amenuisaient. *Tant pis, nous devons courir ce risque.*

— Tu entends cela, Caphalor ? (Sinthoras releva la tête et éclata de rire.) Elle a du cran. Un peu trop, même. Cela pourrait lui être fatal, un jour.

— Je lui aurais appris le respect depuis longtemps, à ta place, répondit-on dans leur dos.

Effrayé, Rodario se retourna, manquant d'éborgner Balyndis avec la pointe de sa lance et faisant cliqueter son armure un peu trop grande pour lui.

Derrière eux se tenait un Albe aux longs cheveux noirs, que Tungdil avait déjà vu aux abords de Bonsprés et du Royaume des Premiers. Les idées se bousculaient dans la tête du Nain, il ne savait plus quoi faire, quoi décider.

— J'ai connu une Morana, mais elle est morte il y a longtemps, et elle ne lui ressemblait pas, de toute façon, dit Caphalor, dont les orbites noires restèrent rivées sur la guerrière albe. (Il portait une armure de cuir renforcée de plaques de tionium qui absorbait toute lumière.) Tu ne viens pas de Dsôn Balsur. (Il posa ses doigts décharnés sur la poignée de ses épées courtes.) Alors d'où viens-tu, et pourquoi as-tu menti ?

Furibard commença lui aussi de s'agiter. Il jetait de rapides coups d'œil autour de lui, cherchant le regard de Tungdil, attendant un ordre.

Attaquer ? Ils sont trop forts. Tungdil était complètement perdu. Il n'était pas prévu de tomber sur ces Albes, et il semblait que ni Sinthoras ni Caphalor n'avaient réellement l'intention de conduire Narmora et ses prisonniers au Mage.

—Vous m'ennuyez. Puisque vous ne voulez pas me conduire au Mage, je vais l'appeler, dit-elle avec un très léger tremblement dans la voix.

Malgré tous ses talents de comédienne, la peur s'était emparée d'elle. Elle appela Nôd'onn.

Les Albes rirent.

—Tu n'as vraiment pas de chance, Morana, dit Sinthoras. Je t'ai menti, moi aussi. Le Maître est avec ses troupes, à la tour. Nous allions justement l'y rejoindre lorsque tu es arrivée. Cela fait longtemps que mon épieu n'a plus bu de sang nain.

—À la tour ? (Elle se retourna vers les Nains et les mercenaires.) Eh bien, je vais les y emmener. (Elle s'apprêtait à passer devant Sinthoras lorsque celui-ci tira son épée d'un mouvement vif pour la lui placer sous la gorge, mais Narmora para le coup avec son arme.) Si tu refais cela encore une fois, je te tue, le menaça-t-elle.

Un couteau de jet vola au-dessus des têtes des Nains en sifflant. La pointe acérée alla se planter sous l'aisselle de la demi-Albe, qui poussa un cri.

—La Morana que je connaissais, dit Caphalor d'un air sombre, avait également un autre timbre de voix.

Hors de lui, Furgas se retourna pour l'empaler sur sa lance. L'Albe esquiva le coup avec élégance tout en tirant ses épées courtes avant de feindre un coup à la tête de l'Homme. Furgas s'y laissa prendre, et l'Albe aux cheveux de jais lui enfonça ses lames dans le corps avant même qu'il ait pu parer le premier coup. Il s'effondra dans un gémissement.

—Vite ! cria Tungdil à Rodario, lequel dut encore surmonter sa frayeur avant de leur jeter le sac qui contenait les armes.

Les Nains rompirent leurs liens, s'emparèrent de leurs haches et se ruèrent sur ces odieux adversaires.

* * *

Rodario recula face à un Sinthoras souriant. Boïndil s'interposa, et fit tournoyer ses couperets.

—Alors comme ça, l'œil noir, tu voulais tremper ton cure-dents dans du sang de Nain ? (Il l'attaqua à hauteur de hanches pour le forcer à s'éloigner du comédien. Cela donna à Rodario le temps dont il avait besoin.) Ça tombe bien, mes couperets avaient soif de jus d'Oreille-pointue.

Un violent combat s'engagea entre eux deux. Balyndis accourut pour prêter main-forte à Boïndil, sans faire attention aux vives protestations du Nain, qui disait vouloir s'occuper de cet Albe tout seul.

Andôkai se joignit à Tungdil afin d'occuper Caphalor le temps pour Narmora d'examiner son compagnon.

Elle avait eu de la chance. Un pouce plus à droite, et l'arme de jet atteignait l'artère, ce qui lui aurait valu davantage qu'une simple plaie. Furgas s'en tirait beaucoup moins bien. Son souffle faiblissait, et était devenu bruyant. Il tenta, mais en vain, de soulever sa visière pour avoir de l'air.

— Mon chéri, dit-elle en tentant de le rassurer tout en faisant pression sur sa blessure pour arrêter l'hémorragie, sans succès. (Ses yeux redevinrent humains. Elle poussa un cri rageur, se releva d'un bond, évinça Andôkai en plein combat et assena une pluie de coups à l'Albe.) Laisse-le-moi ! Occupe-toi de Furgas, ordonna-t-elle laconiquement à la Mage. Il va mourir si on ne fait rien.

Ses yeux devinrent noirs de nouveau. Andôkai acquiesça et se retira du combat.

— Comme c'est émouvant ! dit Caphalor d'un ton sarcastique. N'aie crainte, tu vas bientôt le rejoindre. Mais d'abord (esquivant ses attaques, il en profita pour donner un coup de pied gracieux à la poitrine de Tungdil, qui se retrouva sur le derrière), on va s'amuser un peu, toi et moi.

Parant un autre coup de Narmora, il lui donna un coup de poing en plein visage. Elle tituba, mais parvint à plonger sous ses estocades, ce qui lui valut de recevoir son genou sur le nez. Par un mouvement réflexe, elle recula la tête, pour la placer directement à portée de lame de Caphalor.

Tungdil n'hésita pas un instant, et jeta sa hache à toute volée alors qu'il n'avait pas d'arme de secours, ignorant ainsi le conseil que lui avait donné le jumeau lors de leur première rencontre.

Le sifflement de l'arme avertit toutefois Caphalor du danger.

Sans que le Nain puisse voir comment il y était parvenu, l'Albe attrapa l'arme par le manche en plein vol et la lui renvoya directement. Il tournoya autour de Narmora dans la foulée et lui faucha les jambes pour lui donner en pleine chute le coup de grâce avec ses épées.

Le Nain ne parvint pas à esquiver sa propre arme. Par bonheur, ce fut le côté non tranchant de sa hache qui lui heurta la poitrine. Quelques côtes craquèrent. La douleur fut atroce.

— Arrière, Caphalor ! Elle est à moi, dit une voix rauque et sonore à la fois.

L'Albe interrompit son mouvement et regarda fixement un Nôd'onn surgi du néant.

— Seigneur ? Vous…

Narmora profita de cet instant d'inattention pour enfoncer les pointes de ses armes dans le cou de son adversaire, qui se tenait encore penché au-dessus d'elle. L'Albe, bien que presque décapité, eut le réflexe de lui porter une dernière estocade qui la blessa au cou avant de s'effondrer sur elle.

Un cri déchirant retentit. Sinthoras, qui venait d'assister à la mort de son ami, comprit que le responsable de cette diversion fatale n'était pas le véritable Mage, et que les chances de vaincre seul et sans amulette pour le protéger des pouvoirs de la Mage s'amenuisaient dangereusement. Il opta donc pour la retraite.

— Nous nous reverrons ! Votre mort portera mon nom !

Sur ces mots, il courut se réfugier sous la tente, poursuivi par Tungdil et ses compagnons, qui se retrouvèrent dans des appartements vides. *Malédiction ! cet Albe a encore réussi à nous échapper.*

Pendant ce temps, Rodario, qui une fois de plus avait eu l'audace d'incarner Nôd'onn, était resté à sa place. Tout en renvoyant au front les monstres qui arrivaient en courant, il leur ordonna de punir immédiatement de mort tout acte de lâcheté dans les rangs.

— Quant à cette traîtresse, je vais m'en occuper personnellement. Voyez !

Il tendit le bras en direction d'Andôkai en prononçant des syllabes incompréhensibles. Andôkai joua le jeu, et s'effondra dans la poussière. Impressionnés, les Orcs et les Bogglins s'inclinèrent, puis retournèrent sur leurs pas pour exécuter son ordre.

— Un public simple est une bénédiction des dieux, murmura Rodario sous sa capuche, soulagé. (Son cœur battait la chamade au point de résonner dans ses tempes.) Ils sont partis, plus personne ne nous regarde, lança-t-il à la Mage en se plaçant devant Narmora pour la couvrir de son ample costume. Vite, occupez-vous d'elle. (La Mage rampa vers la demi-Albe et soigna magiquement ses blessures.) Sinon, vous avez vraiment du talent, dit le comédien par-dessus son épaule. J'ai rarement vu quelqu'un s'écrouler aussi bien sur scène.

— Si tu pouvais cesser de bavarder, cela m'aiderait beaucoup, persifla-t-elle avant de se concentrer de nouveau.

Ils emportèrent les blessés et l'Albe mort en toute hâte et aussi discrètement que possible sous la tente avant d'y tenir conseil, à l'abri des regards et des oreilles indiscrets. Furibard se tenait à l'entrée et montait la garde.

— Si Sinthoras a fui, c'est pour prévenir le Mage, estima Tungdil.

Il observait le corps immobile de Furgas, qu'Andôkai avait plongé dans un sommeil magique sans lequel il n'aurait pas survécu à sa grave blessure.

Narmora lui tenait la main, et tremblait de tout son corps, le cou luisant du rouge de son propre sang.

— Ce qui n'est pas pour nous faciliter la tâche, ajouta Andôkai, qui passait la tente au peigne fin. Mais nous avons une armure albique. (Sans hésiter plus longtemps, elle en débarrassa l'Albe mort pour la revêtir à son tour. Trop étroite à certains endroits, l'armure était également trop large à d'autres, mais un casque fermé et la compagnie de Narmora devaient suffire à ses yeux à faire illusion un certain temps.) Nôd'onn découvrira trop tard la supercherie dans la mêlée.

— Rodario, il va falloir que tu te redéguises en faux Nôd'onn et que tu nous emmènes là où se trouve le vrai. Penses-tu pouvoir y arriver ? demanda Tungdil.

— Bien sûr. C'est toujours agréable d'être un Mage redouté, dit-il avec un large sourire en resserrant les sangles des casques sur lesquels il était juché pour paraître plus grand. (Il remit ensuite en place les sacs de cuir qui servaient à imiter la panse de Nôd'onn. Il n'oublia pas non plus de vérifier le bon fonctionnement de son lance-flammes.) Le spectacle peut commencer. Notre méprisable public nous attend.

— Garde-toi de trop en faire, ou ils risquent de te tomber dessus plus rapidement encore qu'au Royaume des Cinquièmes. Si l'on nous pose des questions, nous (il désigna Balyndis et Boïndil) sommes des transfuges, que tu contrôles magiquement et qui désirent guider les Orcs jusqu'à l'entrée de la montagne.

Andôkai prit le casque de Furgas et le coiffa. Il n'allait pas vraiment avec l'armure finement ciselée qu'elle portait, mais elle n'avait rien d'autre sous la main.

— Malheur ! s'exclama Furibard. Ils ont mis la tour en position ! Ça risque de mal finir. (Il plissa les yeux.) Je crois voir le Mage ! Il est sur la plate-forme centrale, et...

Il se tut, absorbé par le spectacle.

Ils se précipitèrent à l'entrée de la tente pour voir de leurs yeux ce que préparait Nôd'onn.

La montagne tremblait sous les coups que lui infligeait le Mage. Des éclairs noirs jaillissaient de l'onyx et parcouraient la roche. On pouvait entendre les craquements et les grondements jusque dans le camp.

Le Noirjoug opposa une résistance acharnée, refusant d'éclater, jusqu'au moment où la Magie le pénétra de force et le fit exploser, provoquant des avalanches d'éboulis accompagnées de nuages de poussière. Celles-là firent s'effondrer à leur tour les saillies qui protégeaient les galeries d'accès au cœur de la montagne.

Les soldats de la tour déployèrent immédiatement les rampes d'assaut. De chaque étage sortirent des passerelles construites à la hâte comme autant de langues tirées, qui vinrent buter contre l'entrée des galeries dégagées. Ces pontons de fortune n'étaient pas encore tout à fait déployés que les premiers Orcs les franchissaient déjà à toute allure pour se jeter dans les couloirs, où les accueillaient les haches des Nains.

Nôd'onn attendit que la plus grande partie des premières vagues d'assaut soit entrée dans la forteresse pour s'y rendre tranquillement à son tour.

Au moins savons-nous maintenant où il est. Tungdil respira à fond.

— Laissons Furgas ici, je ne vois pas d'autre endroit plus sûr pour lui. Êtes-vous prêts, tous les deux ?

Narmora et Rodario hochèrent la tête.

Tandis qu'ils avançaient parmi les bêtes, lesquelles, trompées par leur mascarade, s'agenouillaient avec un respect mêlé de crainte, Boïndil eut l'impression qu'ils avaient oublié d'emporter quelque chose d'important dans le feu de l'action. Il eut beau se concentrer, il ne parvint pas à retrouver ce que cela pouvait bien être.

* * *

Pas un seul instant ils ne relâchèrent leur vigilance, s'attendant à tout moment à une possible embuscade de Sinthoras. Leur seul avantage était qu'il ne pouvait les attaquer à distance tant il y avait de monde et d'agitation autour d'eux. Mais l'Albe ne se manifesta pas.

Ils atteignirent la plus avancée et la plus imposante des cinq tours de siège, en gravirent les larges marches menant aux plates-formes et empruntèrent la même rampe que Nôd'onn sans encombre.

Comme par miracle, ils parvinrent indemnes à l'intérieur du Noirjoug, malgré la grêle de flèches et de pierres que lançaient les défenseurs. Le bruit des combats, et notamment les hurlements des Orcs qui se mêlaient au fracas des épées, des massues et des haches, leur parvinrent assez vite.

— Je vais veiller à ce qu'ils ne reçoivent plus de renforts, dit Andôkai, qui se retourna vers la gigantesque tour.

Des Ogres en escaladaient les parois latérales pour gagner le sommet en plateau de la montagne, les tunnels étant trop exigus pour eux.

— Ne te dépense pas trop, la prévint Tungdil, après s'être assuré qu'aucun Orc n'était en vue. Nous allons sûrement avoir besoin de toutes tes forces contre Nôd'onn.

— Rassure-toi.

La Mage dessina devant elle des runes aux reflets bleutés, qui formèrent ensuite une sphère. Elle envoya celle-ci au pied de la tour, où elle explosa sur son ordre.

Une violente tempête se leva. Une rafale hurlante rompit les amarres et les troncs d'arbres comme des brindilles mortes. La force du vent fit voler en éclats la première plate-forme, privant de stabilité la tour, qui pencha vers la gauche en grinçant.

D'autres entretoises cédèrent sous l'immense pression, et les Ogres tombèrent comme les fruits mûrs d'un arbre qu'on secoue, agitant les bras, et s'écrasant au beau milieu de la masse grouillante d'Orcs, de Bogglins et d'autres créatures qui s'activaient en contrebas. Puis la tour s'effondra, emportant avec elle des centaines de monstres. Les Nains se réjouirent d'entendre ces hurlements de terreur et ces cris d'orfraie.

Les décombres obstruaient désormais idéalement l'entrée de la montagne, et il faudrait des heures et des heures à ces créatures pour les déblayer avant de pouvoir apporter les autres tours de siège.

— Cela devrait les occuper un moment, dit Andôkai, satisfaite.

— Il faut maintenant parvenir jusqu'au traître, dit Tungdil, abandonnant son rôle d'esclave docile de Nôd'onn. Je te conseille de retirer ton costume avant que les Nains te prennent pour le véritable Mage et te découpent joyeusement en morceaux.

Rodario descendit de ses échasses de fortune et ôta sa robe de Mage, sous laquelle il portait une armure. Il se hâta de ranger ses accessoires dans son sac à dos.

— Il en arrive d'autres ! s'écria Balyndis, qui avait observé les événements au pied de la montagne, d'où s'élevait un épais nuage de poussière. Dépêchons-nous ! Par Vraccas ! cela ne finira-t-il donc jamais ?

Elles sont si nombreuses qu'il faudrait l'ensemble des tribus naines et toutes les armées du Pays Sûr pour en venir à bout. Il prit la forgeronne par la main. Ce contact lui procura confiance et force.

— Occupons-nous d'abord de Nôd'onn. On verra le reste plus tard, dit-il, s'adressant plus à lui-même qu'à la Naine.

Ils brandirent leurs armes, et se préparèrent à prendre à revers les Orcs qui les avaient précédés dans le tunnel, à la grande joie de Boïndil.

— Grouïk, grouïk, grouïk, chuchota-t-il, la fameuse lueur démente dans les yeux. Un tunnel étroit, et un ennemi nombreux. Voilà qui est tout à fait à mon goût. Ô Vraccas ! les dix premiers sont pour mon frère, tous les autres sont pour toi.

— Quoi qu'il arrive, protégez Narmora, les adjura leur chef.

Gandogar empoigna sa hache à double tranchant.

— Je donnerai ma vie pour elle s'il le faut. La mort du Mage, c'est tout ce qui compte pour le Pays Sûr et pour moi.

Rodario les laissa passer devant, priant les autres de ne pas lui en vouloir s'il restait à l'arrière. Il jeta encore un rapide coup d'œil à l'extérieur.

— Attendez un peu ! (Il vit les bannières d'une armée venant de l'est.) Ces couleurs, ce sont celles… des Ido ? s'étonna-t-il à haute voix. Le prince Mallen serait-il devenu mégalomane ? (Il reconnut les étendards de cette impressionnante armée les uns après les autres.) *Ces combattants viennent des quatre coins du Pays Sûr !*

Il observa, ébahi, l'avant-garde de cette armée se jeter sur les troupes de ravitaillement de l'armée de Nôd'onn et les mettre en déroute, jusqu'à ce que le gros des Orcs comprît qu'il n'avait pas affaire à des alliés, et qu'un second front était en train de se créer. C'est alors que, non loin de là, une pluie de flèches obscurcit le ciel, avant de s'abattre sur les cohortes de Nôd'onn comme une nuée de criquets s'abat sur les récoltes, répandant la mort. Un nouvel adversaire, inattendu, se dressait face aux hordes du

Mal. Des bombes incendiaires fendirent l'air en sifflant, explosant au beau milieu des Orcs et les noyant dans les flammes. La panique s'empara de ces bêtes.

—Les Elfes ! Ce sont les Elfes ! Excellent ! jubila Rodario, qui cria la nouvelle à ses compagnons d'armes.

Gandogar ricana.

—Eh bien, il semble que les Hommes et les Oreilles-pointues aient repris courage.

—Bon, on y va ? demanda Boïndil, impatient de verser du sang d'Orc. On a un Mage à tuer.

Ils partirent à l'assaut, confiants.

* * *

Prendre les Orcs à revers s'avéra très facile. L'attaque du groupe les prit au dépourvu à un tel point que quarante de ces monstres moururent avant qu'ils puissent réagir. Les amis se trouvaient désormais au beau milieu d'un carrefour, et n'avaient toujours pas vu l'ombre d'un Nain.

—Qu'est-ce qu'on s'est amusés ! Où va-t-on, maintenant, Tungdil ? haleta Furibard, heureux. Tu connais l'endroit. Où penses-tu que le Mage soit allé ?

—Il a dû aller là où sa présence était indispensable, réfléchit-il fébrilement. (Il espéra que ce maudit Noirjoug communique de nouveau avec lui, mais rien ne se produisit.) Mais de là à dire où exactement...

Un grondement sourd fit trembler la roche sous leurs pieds. Les parois du couloir de gauche s'illuminèrent, reflétant un feu qui s'alluma à l'autre bout et s'éteignit de nouveau.

Ils se précipitèrent dans ce tunnel. Il y avait une odeur de chair brûlée dans l'air. Une épaisse fumée noire leur piqua les yeux et les fit tousser.

Ils parvinrent dans la première de trois salles en enfilade, séparées seulement par d'étroits corridors de pierre aux parois grossièrement polies et pourvus d'arcades de neuf pas de haut qui leur permettaient de voir jusque dans la dernière salle.

Partout des Nains se battaient contre les intrus, défendant une large porte au fond de la dernière salle. C'était devant celle-ci que le cliquetis des armes était le plus intense. Les nombreuses bannières des clans des Seconds et des Quatrièmes flottaient à côté de celles des Premiers.

Le plafond, haut de cinquante pas, était soutenu par des colonnes de couleur noire aux finitions approximatives. Des escaliers en colimaçon lézardés et dépourvus de rampe s'enroulaient autour des colonnes. De ces dernières partaient, à mi-hauteur environ, des passerelles qui parcouraient toute la salle et sur lesquelles on se battait également.

— Continuons. Il ne doit pas être loin d'ici, dit Tungdil d'une voix déterminée.

Ils aperçurent Nôd'onn dans la dernière salle. Celui-ci contemplait depuis l'une des passerelles les défenseurs nains, que ses guerriers refoulaient progressivement vers la porte.

— Là ! Le voilà ! Il s'apprête sûrement à les attaquer avec sa Magie !

Boïndil prit les devants et se précipita vers l'escalier qui menait à cette passerelle. Mais c'était compter sans le destin.

Une flèche noire fendit l'air dans un sifflement. Sa pointe perça la cuisse droite de Tungdil. Il éprouva une telle sensation de brûlure qu'il ne put retenir un gémissement plaintif.

— Votre mort a pour nom Sinthoras, leur dit l'Albe avec mépris et colère à la fois. (Il était à la tête d'un détachement d'une cinquantaine d'Orcs particulièrement massifs, et il avait déjà encoché la flèche suivante.) Je vais vous ôter la vie, et le Pays Mort vous ôtera l'âme.

La mienne, sûrement pas. La seconde flèche fondit sur lui. Tungdil eut juste le temps de lever son bouclier, qui absorba la plus grande partie de la puissance de cette mort à empennage.

Sinthoras jura, et se rua sur eux en ordonnant à ses créatures d'attaquer.

— Narmora et Boïndil, vite, montez l'escalier, ordonna Tungdil. Anéantissez Nôd'onn tant qu'il ne nous a pas encore repérés. On vous couvre.

Il cassa la hampe de la flèche plantée dans sa cuisse en réprimant un autre gémissement, puis se prépara à affronter ses adversaires. Il adressa une prière instante à son dieu : *Vraccas, fais que tout finisse bien*, et s'apprêta à frapper le premier Orc au genou.

* * *

De nombreuses marches se fendirent sous leurs pas. Les Troisièmes les avaient taillées dans une pierre de mauvaise qualité, qui était devenue cassante au fil des cycles et rendait l'ascension du Nain et de la demi-Albe pour le moins dangereuse.

Tournant encore et encore autour du pilier, ils gravirent les marches quatre à quatre, sans regarder en bas. Seule comptait pour eux la silhouette colossale en robe couleur malachite qui apparaissait à intervalles réguliers dans leur champ de vision. L'air devenait plus chaud. La salle tout entière baignait dans une odeur de sang et d'entrailles d'Orc.

Alors qu'ils s'apprêtaient à gravir les dernières marches qui les séparaient de la passerelle, un *famulus* surgit du néant devant eux.

— Que viens-tu faire ici ? demanda-t-il sèchement à Narmora, qu'il prenait manifestement pour une Albe. Tu es censée commander aux Orcs, et non...

D'un bond, Boïndil lui enfonça son couperet gauche dans les parties, et le droit dans le flanc droit, ce qui projeta l'apprenti Mage sur le pilier, contre lequel il s'écroula.

— La surprise est l'ennemi du magicien, dit-il à Narmora avec un large sourire. (Il risqua un œil en direction du Mage.) Nôd'onn est seul. Moi, je reste ici pour éviter d'éveiller les soupçons. (Il chercha à croiser le regard de Narmora, dont les yeux avaient de nouveau changé à la faveur de l'obscurité.) S'il y a le moindre problème, je suis là. (Furibard hésita.) Tu crois que tu y arriveras ?

Narmora débarrassa la Lame de Feu de ses hardes et desserra le col de son fourreau de façon à pouvoir la saisir immédiatement.

— Tu crains que mon côté obscur fasse de moi une traîtresse ?

Il hocha la tête.

— Oui.

— Eh bien, Boïndil Deux-Lames, voilà qui est honnête de ta part (elle se pencha vers lui et posa une main sur son épaule), même si c'est un peu tard pour avoir des doutes.

Son visage n'avait en rien perdu de la dureté et de la cruauté de sa nature albique. Elle était plus inquiétante que jamais.

Boïndil frotta nerveusement les têtes de ses couperets l'une contre l'autre. Son comportement l'avait rendu nerveux et inquiet.

— Eh bien, vas-y, fais quelque chose, que je voie ce qu'il en est vraiment, dit-il, renfrogné.

Elle sourit et se redressa.

— D'accord. J'y vais, et je vais faire quelque chose, dit-elle, le visage de nouveau impassible.

* * *

Nôd'onn se tenait au milieu de la passerelle, tendant son bras droit et décrivant des runes en vue de lancer un sort dévastateur contre ces Nains de la Première et de la Seconde Maison qui ne voulaient pas rendre les armes. Sa main gauche toute gonflée tenait son bâton d'érable blanc. L'onyx noir aux reflets d'argent enchâssé à l'extrémité du bâton rougeoyait de façon inquiétante.

Une attaque frontale n'aurait rien donné, mais une attaque furtive n'aurait aucune chance de réussir non plus. Il ne restait donc plus à Narmora que la ruse afin de pouvoir approcher suffisamment le plus dangereux et le plus puissant des Mages du Pays Sûr.

Elle appuya une main sur la plaie encore auréolée de sang séché qu'elle avait au cou, et simula une blessure. S'efforçant de paraître aussi crédible que possible, elle se mit à avancer en titubant et en chancelant.

— Maître, gémit-elle. Ils ont réussi à détruire la tour de siège... Andôkai...

Il s'interrompit, et tourna la tête vers elle. Ce mouvement rapide fit trembler son visage bouffi comme s'il n'y avait plus que de l'eau et non de la chair sous sa peau cireuse.

— Andôkai ? croassa-t-il. Où l'as-tu vue ?

— Elle est dehors, Maître, devant la montagne, et nous inflige de terribles pertes, s'efforça-t-elle d'articuler tout en continuant à chanceler vers le gros Homme. (Dix pas la séparaient encore de lui. Dix pas qui lui en paraissaient cent.) Que devons-nous faire ?

Nôd'onn se tourna entièrement vers elle. Elle vit son corps boursouflé, ses traits distendus, qui n'avaient plus rien de commun avec ceux de Nudin. Elle vit aussi le sang suinter de ses pores, formant de petits ruisselets qui imbibaient sa robe. Le tissu de celle-ci disparaissait presque entièrement sous la crasse, et était constellé de taches brunes, tantôt humides, tantôt sèches. Le Mage empestait tellement qu'elle en avait la nausée.

— Vous ne pouvez rien contre elle, lui dit-il de sa voix dédoublée. Mène-moi à l'endroit où elle vous a attaqués pour la dernière fois, je vais m'occuper d'elle personnellement. Vous n'êtes pas de taille contre sa Magie. Va, je te suis.

Cinq pas.

Je suis encore trop loin. Narmora tomba à genoux.

— Maître, je suis grièvement blessée. Pourriez-vous me faire l'honneur de soigner mes blessures afin que je puisse vous servir de mon mieux ?

— Plus tard, dit-il, rejetant sèchement sa requête. Lève-toi, et... (Son regard tomba sur le groupe de Tungdil et de Gandogar, qui se défendait bec et ongles contre les Orcs et contre Sinthoras.) Eux ici ?! Comment est-ce possible ? Je pensais que les artefacts... (Il se tut et se concentra de nouveau.) Tant mieux, après tout.

Lorsqu'il ferma les yeux, la demi-Albe décida d'agir. Elle se releva, lentement, sans bruit pour éviter d'attirer l'attention sur elle, puis mit prudemment un pied devant l'autre.

Quatre pas, trois pas, deux pas, elle empoigna le manche de la Lame de Feu. *Plus qu'un seul pas...*

— Maître, prenez garde ! lui cria-t-on.

Narmora dégaina la hache et frappa. C'est à cet instant précis que Nôd'onn lança contre elle le sort qu'il avait prévu de lancer contre Tungdil.

* * *

La lumière fut si éblouissante que Narmora eut l'impression de voir exploser le soleil. Douloureusement aveuglée, elle fut projetée en arrière. Elle atterrit lourdement sur la passerelle, aveugle, sans relâcher la Lame de Feu, malgré la violence du choc.

Elle n'était pas parvenue à atteindre Nôd'onn, et elle en payait à présent le prix. *Mais pourquoi suis-je encore en vie?* Vérifiant si elle était blessée, ses doigts entrèrent en contact avec l'amulette de protection que lui avait donnée Andôkai. *Voilà la raison!*

—Occupe-toi de cela, entendit-elle dire, et apporte-moi cette hache.

Les claquements secs du bâton du Mage sur le sol de pierre s'éloignèrent.

Elle recouvra la vue, et distingua vaguement les contours de la robe couleur malachite à l'autre bout de la passerelle. Elle se releva dans un gémissement, désireuse de rattraper le Mage et d'en finir avec lui. L'amulette lui procurait un sentiment de sécurité.

Soudain une ombre vola au-dessus de sa tête. Elle atterrit avec souplesse trois pas plus loin, dirigeant vers elle les pointes de deux épées courtes.

—Le Pays Mort m'a donné une chance de me venger de toi, dit Caphalor, dont la grave blessure au cou était encore bien visible.

—Si nous ne t'avons pas tranché la tête tout à l'heure, répliqua froidement Narmora, c'est pour te prouver à quel point tu es insignifiant à nos yeux. Nous n'avons fait qu'une bouchée de toi. (Elle brandit la Lame de Feu, s'efforçant de ne pas laisser transparaître sa peur.) Cette fois-ci, tu ne t'en relèveras pas.

Caphalor montra les dents et attaqua. Narmora se rendit vite compte qu'elle ne suivrait pas longtemps le rythme que lui imposait le guerrier mort-vivant. Elle ne se contenta donc pas de parer ses attaques, et réussit même à l'atteindre. La hache s'enfonça dans l'épaule gauche de son adversaire, sans produire le moindre effet.

L'Albe recula d'un bond et brandit ses armes.

—Quand j'en aurai fini avec toi, je te dévorerai morceau par morceau, et avec ton sang, je peindrai un tableau de ce qui restera de ton corps, lui promit-il avant de se lancer dans une nouvelle attaque.

Par une série de coups habiles, il parvint à la faire reculer dangereusement jusqu'au bord de la passerelle, ce dont elle ne s'aperçut qu'*in extremis.*

Caphalor plongea avec la vitesse de l'éclair pour la frapper à la cuisse. Narmora bondit, fit un tour sur elle-même tout en visant le cou de l'Albe pour lui porter un coup fatal.

Mais celui-ci se laissa tomber, fit une roulade et frappa instantanément à la verticale, en plein dans l'attaque de Narmora.

Le tranchant de la hache raya le sol de la passerelle dans un jet d'étincelles, puis se planta soudainement à l'horizontale dans le cou de l'Albe, accomplissant son œuvre macabre. De surprise, Caphalor écarquilla les yeux.

Car il était certain de l'avoir touchée.

Et de fait, Narmora était empalée sur les épées courtes qui lui avaient perforé la poitrine et qui étaient ressorties un peu en dessous des omoplates, traversant son armure de part en part. La douleur était insoutenable. La vue brouillée par un voile sombre, elle vit néanmoins l'amulette tomber de son cou. Le cordon tranché net et le cristal rebondirent sur l'Albe et tombèrent dans le vide.

Il faut que... Elle tenta de crier, d'attirer l'attention, mais sans succès. Elle était trop affaiblie, et trop grièvement blessée. Réduite à l'impuissance la plus totale, Narmora se sentit perdre peu à peu connaissance.

Elle s'évanouit, pesant ainsi de tout son poids sur le cadavre raidi de Caphalor. Les épées de celui-ci l'empêchèrent néanmoins de toucher le sol. Un froid glacial l'envahit. Incapable de faire le moindre mouvement, elle se rapprochait toujours plus de son adversaire.

Furgas... Ses forces l'avaient abandonnée. Ses doigts, qui se cramponnaient au manche de la Lame de Feu, s'ouvrirent involontairement. La hache tomba en produisant un son métallique sur la passerelle, rebondit, et bascula dans le vide.

Chapitre 13

Le Pays Sûr, Royaume du Gauragar, le Noirjoug,
en l'hiver du 6 234e cycle solaire

Tungdil avait suivi du coin de l'œil le combat de Narmora, sans pouvoir intervenir. La voir mourir le mit dans une rage folle.

Nôd'onn avait entre-temps descendu l'escalier qui entourait l'autre colonne, et allait très bientôt être sur eux. *Sans la Lame de Feu, toute résistance contre le Mage est inutile.*

— Je vais chercher la hache, cria-t-il à Balyndis. Tenez les Orcs à distance et ne perdez pas Nôd'onn de vue ! Il faut qu'Andôkai l'occupe le temps que je revienne.

Elle hocha la tête, et abattit la bête qui allait se jeter sur lui d'un seul coup féroce.

— Va !

Après avoir rompu le combat et saisi son cor, Tungdil appela à l'aide les guerriers des Premiers, des Seconds et des Quatrièmes qui se battaient à l'autre bout de la salle, lesquels répondirent sporadiquement. Le cliquetis des armes gagnait en intensité en de nombreux endroits. Tungdil espéra que cette diversion ferait son effet.

Il fit une courte prière :

— Vraccas, si tu veux que ton nom soit encore vénéré au Pays Sûr, viens-moi en aide.

Puis il se jeta dans la forêt de jambes et d'armures puantes qui se dressait devant lui.

Renonçant à déboiser ladite forêt, ce qui n'aurait fait qu'attirer l'attention sur lui, il se contenta de se faufiler le plus souplement possible entre ces monstres. Si un Gnome comme Swerd n'aurait eu aucune peine à se glisser ainsi, on ne pouvait en dire autant du Nain trapu qu'était Tungdil.

Il y eut bien quelques monstres pour remarquer son petit jeu, mais chaque fois, Tungdil s'esquiva avant qu'ils puissent l'attraper par le col. Il ne dut faire usage de son arme qu'à deux reprises, pour couper deux mains à peau verte qui l'agrippaient.

C'est ainsi qu'il parvint à l'endroit où il avait vu tomber la Lame de Feu. Il eut beau scruter attentivement le sol, elle avait disparu.

— Ohé ! Tungdil ! J'ai quelque chose pour toi ! cria-t-on derrière lui. (Il fit volte-face, et eut juste le temps d'apercevoir un corps de Nain qui se fondait dans la masse, ainsi que les runes étincelantes de la Lame de Feu.) Mais il faut venir le chercher !

Ce n'est pas le moment de plaisanter. Il se mit à sa poursuite, malgré sa jambe douloureuse, et se réfugia derrière une colonne, délaissant la horde d'Orcs, qui avait de toute façon bien assez à faire contre les guerriers nains.

À sa grande surprise, il se retrouva nez à nez avec un Nain qu'il ne s'attendait pas le moins du monde à revoir un jour, et qui lui tendait la hache.

— Toi ?!

— C'est bien ça que tu cherches ? demanda Bislipur, qu'une chute avait affreusement défiguré.

Du reste, c'était son corps tout entier qui était déformé, et la vue de son visage fracassé et de la plaie béante qui laissait entrevoir son crâne était à la limite du supportable.

— Tu as été châtié pour tes intrigues, à ce que je vois, répliqua froidement Tungdil en brandissant sa hache. *Le Pays Mort s'est emparé de lui.* Gandogar…

— Je me moque de Gandogar.

— Depuis quand te moques-tu de ton seigneur et maître ? C'est pourtant bien pour le voir monter sur le trône de Grand-Roi que tu as usé des méthodes les plus perfides ?

— Depuis toujours. Tout ce qui m'importait, c'était de placer une marionnette sur ce trône, dit-il en s'amusant à faire tournoyer la hache. Partir en guerre contre les Elfes, tel était mon objectif. C'est pour cela que j'ai tué le père et le frère de Gandogar et que j'en ai accusé les Elfes pour attiser sa haine. (Il rit, et désigna les combats autour d'eux.) Mais je n'ai plus besoin des Elfes, maintenant. En fait, la situation dépasse toutes mes espérances. (Tungdil demeurait incrédule.) Je suis un Troisième, Tungdil. Tout comme toi.

— Non, dit celui-ci d'une voix éteinte. (Les rumeurs du combat et les cris faiblirent ; il ne voyait plus que le sourire hautain de ce Nain qui se tenait devant lui, et pour lequel il avait ressenti une inexplicable sympathie lors de leur toute première rencontre.) Je ne suis pas un Troisième… Je suis un Quatrième.

— Comme moi, alors ?! dit Bislipur avec ironie. La vengeance, voilà notre vocation, Tungdil. Rappelle-toi comment les autres tribus se sont moquées de Lorimbur, comment elles se sont moquées de nous. Elles se croient meilleures que nous, alors qu'elles n'ont jamais réussi à nous apprendre quoi que ce soit. Leurs savoir-faire les ont rendues aussi arrogantes que les Elfes. Dois-je te rappeler aussi ce qu'elles t'ont fait? (Il s'approcha.) Le bon Balendilín et le noble Gundrabur… Ils t'ont manipulé! Ils se sont servis de toi parce que cela arrangeait bien leurs affaires! Crois-tu qu'ils se seraient souciés un instant de toi s'ils n'avaient pas eu besoin d'un idiot utile pour leur farce? Sûrement pas! Tu serais encore chez Lot-Ionan, à l'heure qu'il est. Ils auraient tout simplement jeté la lettre, et ils ne se seraient pas davantage inquiétés de savoir qui tu étais et d'où tu venais. (Le regard de Bislipur avait quelque chose d'hypnotique, et ses paroles résonnaient dans l'esprit de Tungdil.) Tout ce que mérite cette détestable engeance, c'est notre mépris. Et la mort.

—Non, dit Tungdil, hésitant. Balyndis…

Bislipur éclata de rire.

—Une bonne femme dont tu t'es entiché? Que fera-t-elle quand elle saura que tu es de la race des traîtres, un Tueur de Nains, tout comme moi? Ta place est parmi les Troisièmes, pas ici. Ici, tu ne trouveras que la mort.

—Un traître… (Pétrifié, Tungdil contemplait le massacre dans la salle. Il lui fallut un moment pour saisir la portée des paroles de Bislipur.) S'il y a un traître, ici, c'est toi! C'est toi qui as fait entrer ces bêtes dans les Royaumes nains…

—J'ai trouvé en Nôd'onn mon meilleur allié. Je lui ai promis que les Troisièmes ne se mettraient pas en travers de son chemin s'il exterminait les autres tribus. Je ne pouvais pas laisser passer cette chance.

Tungdil déglutit, et se cramponna au manche de son arme.

—Tu es fou. Tu as livré le Pays Sûr au Mal juste pour…

—Non! s'écria aussitôt Bislipur. Si j'ai fait tout cela, c'est seulement pour accomplir notre destinée et pour faire enfin ce que notre tribu s'est juré de faire il y a des millénaires! C'est tout ce qui comptait pour nous! Quand les tribus seront anéanties, toutes les montagnes seront nôtres!

—Cesse de m'inclure dans tes projets. Si je fais tout cela, c'est seulement pour faire obstacle à Nôd'onn et sauver les tribus naines. Je *ne peux pas* être un Troisième! s'exclama-t-il, désespéré.

—Et pourtant, tu es bien l'un des nôtres, répondit Bislipur, toujours aussi convaincu. Je l'ai su dès que tu es entré dans la Salle du Conseil. Mais tu refuses d'écouter la haine qui est en toi. Plonge en toi-même, et tu verras que je dis la vérité.

—Un traître qui dit la vérité? (Tungdil le gratifia d'un regard méprisant et inspira profondément.) Donne-moi la Lame de Feu.

—Pour quoi faire?

—Pour abattre Nôd'onn. Après quoi Gandogar et les autres décideront de ton sort.

—Alors tu vas devoir me la prendre de force. Tu as choisi la mort, Tungdil, et c'est bien dommage, dit-il, l'air contrit, en tapotant la hache. Toutes ces privations, juste pour forger l'arme de ton exécution, c'est…

Tungdil attaqua le traître sans prévenir, mais son coup fut bloqué. Les deux Nains se livrèrent alors un combat acharné, sans qu'aucun prenne l'avantage.

— Tu ne me crois toujours pas, n'est-ce pas ? demanda le boiteux. Alors, comment expliques-tu la rapidité avec laquelle tu as appris à si bien te battre ?

— Assez ! cria Tungdil, en lui assenant un coup furieux. Je *ne veux pas* être un Troisième !

Bislipur para, faisant voler l'arme de Tungdil en éclats. Le manche se brisa net, et la lourde tête rebondit, heurtant le nasal du casque de Tungdil et l'étourdissant.

Bislipur profita immédiatement de l'occasion. Tungdil esquiva, mais fit un faux pas et se sentit tomber. Il s'agrippa à son adversaire et l'entraîna avec lui dans sa chute.

Les deux adversaires roulèrent sur le sol, luttant tant et si bien que Bislipur finit par lâcher la Lame de Feu. Il réagit en tirant un poignard et en l'enfonçant profondément dans le bras de Tungdil, qui poussa un cri étouffé et riposta en lui plantant la lame de son couteau dans la gorge.

— Tu ne peux plus me tuer, lui rappela sarcastiquement Bislipur. Balendilín a déjà essayé avant toi, mais c'était compter sans le Pays Mort, comme tu vois. (Il donna un violent coup de poing au visage de Tungdil, qui en perdit son casque, et parvint à se relever avant lui. D'un dur coup de pied, il fit voler le couteau des mains de Tungdil.) Ce combat inégal, tu vas bientôt le perdre. (Il saisit Tungdil par les cheveux et le redressa.) Parce que tu es l'un des nôtres, je te le demande une dernière fois, dit-il d'une voix nasillarde. Veux-tu périr avec le reste de cette racaille, ou rentrer avec moi au Royaume des Troisièmes et fêter notre triomphe ?

Désarmé et en mauvaise posture, Tungdil n'avait plus qu'une seule et dernière chance. Tâtant sa bourse de cuir pour retrouver le collier de Swerd, il l'en retira et le passa autour du cou de Bislipur, médusé.

— Le collet du Gnome ? Qu'est-ce que ça veut dire ? Eh bien, vas-y, essaie de m'étrangler, si tu crois que j'ai encore besoin d'air pour respirer !

— Non, mais tu as besoin de ta tête pour vivre.

Tungdil le repoussa, perdant au passage une bonne touffe de cheveux, et tira d'un coup sec sur le fil d'argent attaché à sa ceinture. Le collier se rétrécit instantanément, comprimant brusquement le cou de Bislipur, qui comprit ce qu'il voulait faire.

Il cria quelque chose d'incompréhensible, le larynx déjà complètement obturé, et voulut poignarder Tungdil, qui tira sur le fil d'un autre coup sec. Le collier d'argent trancha la peau, les artères, puis les vertèbres de Bislipur. Lorsque le fil fut en fin de course, la tête tranchée du traître roula sur la pierre. La fermeture de l'horrible collier se cassa, et le collier lui-même se volatilisa. Le sort était brisé.

Tungdil n'avait pas le temps de jubiler. Il ramassa la Lame de Feu et courut aussi vite qu'il put rejoindre ses amis afin de les aider contre Nôd'onn.

Il ne leur restait plus qu'à trouver un ennemi de la race naine, pour manier l'arme enchantée.

* * *

Les Orcs s'écartèrent pour faire place à Nôd'onn, qui interrompait ainsi le combat.

—Andôkai, dit-il d'une voix éraillée en penchant sa tête boursouflée. Tu ferais mieux de t'allier à moi, au lieu de me résister inutilement. Quand le grand péril viendra de l'ouest, nous aurons besoin de toutes nos forces.

—C'est toi, le grand péril, Nudin, répliqua la Mage, qui dépensait ses dernières réserves à maintenir le sort de protection qu'elle venait de lancer. C'est l'être démoniaque qui t'habite, qui te donne ces idées aberrantes et qui te manipule à l'envi.

—C'est mon ami, et c'est aussi l'ami du Pays Sûr, rétorqua-t-il, désespéré. Vous ne comprenez pas ! *Pourquoi ?*

Elle hocha la tête.

—Il y a un point sur lequel nous sommes d'accord : nous ne te comprenons pas. Pour le reste, laisse-moi te dire ceci : précipiter les Hommes, les Nains et les Elfes dans la mort et la désolation pour les protéger d'une prétendue menace qui n'existe que dans ton esprit embrumé, je trouve que c'est un peu trop cher payer, Nudin.

—Je suis *Nôd'onn* ! cria-t-il d'une voix perçante. Quand la menace dont je parle arrivera par l'ouest, vous serez bien contents que nous vous protégions, mon ami et moi. En attendant, déposez les armes, et je vous épargnerai. (À entendre sa voix dédoublée, c'était comme si Nôd'onn les suppliait de le croire. Il avait l'air on ne peut plus convaincu.) Si j'ai fait tout cela, c'est parce que vous m'y avez forcé. Nous n'en serions jamais arrivés là si vous aviez renoncé volontairement à votre puissance.

Andôkai brandit son épée, dont le tranchant brilla un court instant.

—Tu as causé trop de souffrances et de destructions pour que nous puissions te croire.

—Alors, qu'on en finisse, dit-il, chagriné. Vous aviez pourtant le choix.

Un seul geste lui suffit à faire voler en éclats dans un bruit de verre cassé la barrière magique d'Andôkai.

Au même instant, Sinthoras se précipita sur elle et la frappa de son épieu. Elle para son attaque, mais elle fut prise à partie par trois Orcs, qui l'éloignèrent des Nains.

Soudain, l'Albe surgit comme du néant au-dessus d'elle, et planta son épieu en plein milieu de la poitrine de la Mage… qu'un bouclier poli sauva d'une mort certaine.

Tout à coup, une lueur violette enveloppa Sinthoras. Un grondement sourd résonna dans la salle, et l'épée de Djerůn s'abattit sur l'Albe, qui parvint à la contrer *in extremis* avec la hampe de son arme.

Toutefois, aucun bois au monde n'aurait pu arrêter ce coup, pas même celui d'un sigurdacia. D'un coup en arc de cercle, la lame de l'énorme épée sectionna d'abord la hampe, puis son propriétaire, dont la tête fut séparée des épaules. Sinthoras s'écroula sur la pierre, décapité et bien mort.

Les Orcs reculèrent en poussant des couinements angoissés devant Djerůn, lequel se redressa en poussant un hurlement, la visière relevée et le visage dissimulé par la lueur criarde qu'il produisait. La terreur qu'il répandit dans les rangs orcs procura aux amis le répit dont ils avaient urgemment besoin.

Tungdil rejoignit Andôkai en clopinant, la Lame de Feu dans les mains.

— La voici. (Il désigna Djerůn.) Est-il lui aussi un monstre ennemi des Nains ? demanda-t-il, haletant.

— Je ne saurais le dire, répondit-elle. Tu voudrais lui confier la Lame de Feu ?

— Avons-nous seulement le choix ?

Il lui jeta l'arme.

Djerůn, qui venait juste de pourfendre deux Orcs de son épée, laissa son arme plantée dans le corps du second Orc pour attraper la hache.

C'est le moment de vérité. Tungdil s'empara de son cor et sonna de tout son souffle ; les Nains de la Première, de la Seconde et de la Quatrième Maison lui répondirent par des sons de cors et des cris de joie.

— Pour le Pays Sûr, au nom de Vraccas ! s'exclama-t-il avant de se jeter sur le Mage, flanqué de ses amis.

Le sang des Orcs et des Bogglins gicla sans relâche, jusqu'à ce qu'enfin Djerůn soit suffisamment près du Mage pour tenter de le frapper, sur un bref ordre d'Andôkai. Celle-ci créa un éclair dont la seule fonction était d'aveugler Nôd'onn le temps nécessaire.

Sans attendre plus longtemps, le guerrier frappa avec une telle puissance le corps non protégé de Nôd'onn que la Lame de Feu traversa celui-ci de part en part. Un flot de liquide noir nauséabond éclaboussa tous les vivants alentour.

Le Mage poussa un hurlement qui résonna à travers les trois salles. Toutefois, son cri n'était pas encore terminé que déjà ses blessures se refermaient.

— Non ! murmura Tungdil, horrifié. C'est… Ce coup aurait dû le tuer !

Nôd'onn prononça un sort contre le gigantesque guerrier, qui fut frappé d'éclairs noirs et projeté au milieu des Orcs, où il resta étendu sans bouger.

—Même cela ne vous a pas réussi! leur lança l'Homme, qui ne présentait plus la moindre trace de blessure.

On ne peut pas avoir fait tout ça pour rien! Tungdil repartit à l'assaut, furieux. Et tandis que ses amis se donnaient toutes les peines du monde pour occuper le Mage, il alla encore chercher la Lame de Feu.

D'un geste vif, il arracha celle-ci des doigts de fer crispés de Djerůn. C'est alors qu'il ressentit de très étranges fourmillements dans les doigts. *Qu'est-ce que… ?*

Les runes se mirent à rougeoyer, et les diamants à briller et à rayonner comme mille soleils. Se croyant d'abord victime d'un sortilège de Nôd'onn, il finit rapidement par comprendre que ce phénomène provenait exclusivement de la hache, comme si cette dernière avait senti que l'on avait besoin d'elle pour terrasser le Démon.

Par Vraccas! je suis bel et bien un Troisième, conclut-il. *Mais quelles que soient mes origines, je ne jouerai pas le jeu du Mal, je le jure.*

Il rentra légèrement la tête dans les épaules et se précipita sur le Mage en brandissant à son tour la Lame de Feu. Les Orcs qui voulurent lui barrer la route et qu'il atteignit de son arme étincelante périrent instantanément dans une gerbe de flammes blanches. À chaque coup, la hache laissait derrière elle une brève traînée de lumière aveuglante. Tungdil sentit émaner de lui une chaleur semblable à celle que dégageait la forge des Cinquièmes.

Nôd'onn comprit immédiatement le danger. Son visage, jusqu'alors si plein d'assurance, exprima tout à coup la peur. Les sorts qu'il lança contre le Nain demeurèrent sans effet; les runes de la Lame de Feu protégeaient le porteur de l'arme.

—Si tu me tues, c'est le Pays Sûr que tu anéantis! Un danger que vous ne sauriez arrêter se prépare à nous attaquer par l'ouest, prédit-il avant de tenter de frapper Tungdil de la pointe de son bâton d'érable, en vain. Tu seras responsable de sa chute! Tu dois me laisser en vie!

Tungdil brisa le bâton; l'onyx éclata en mille morceaux sur le sol.

—Non. Nous protégerons le Pays Sûr de la même façon que nous l'avons protégé contre toi, rétorqua Tungdil dans un terrible élan avant de frapper. *Pour Lot-Ionan, Frala, et ses filles!*

Le mouvement d'esquive du magicien bouffi fut trop tardif, et sa Magie invoquée à la hâte ne put rien pour lui. La Lame de Feu dissipa les symboles de protection, puis la lame garnie de diamants s'enfonça dans la panse de Nôd'onn.

* * *

Son ventre éclata comme un fruit trop mûr. Son estomac, ses intestins, ses poumons, tout un brouet à demi décomposé d'organes humains se répandit violemment sur le sol sous l'effet d'une énorme pression. Ce flot répugnant rejeta au passage un éclat de malachite de la taille d'un doigt.

De la flaque de sang se leva un brouillard étincelant aux reflets noirs, argentés et rouges. Celui-ci se dilata rapidement, s'éleva à quelque cinq pas au-dessus du sol et prit progressivement forme. Deux orbites noires se dessinèrent, dans lesquelles apparurent deux étoiles qui rougeoyaient de haine à l'égard du Nain. Elles se tournèrent ensuite avec la rapidité de l'éclair vers Andôkai.

Le Démon a choisi une autre victime !

La brume tourbillonna en direction de la Mage, qui recula, tentant vainement de la dissiper à coups d'épée. Le nuage se comprima de nouveau. Des protubérances translucides en forme de bras enserrèrent la femme.

— Tungdil !

Elle poussa un gémissement, tourna de l'œil et tomba à genoux, tandis que les doigts de brume cherchaient déjà à lui écarter les mâchoires. L'être démoniaque s'apprêtait à prendre possession d'un nouveau corps, contre le gré de sa propriétaire cette fois.

Tungdil bondit, et frappa au moment même où la brume vivante et tourbillonnante allait pénétrer dans la bouche d'Andôkai.

Les runes de la Lame de Feu s'illuminèrent de nouveau, et la Lame déchira l'espèce de toile spectrale. Un sifflement retentit, la brume se rétracta comme un animal blessé. Mais Tungdil la poursuivit, tranchant de ses coups les traînées plus minces que les autres, qui se dissipèrent après avoir virevolté à travers la salle, sans en finir pour autant avec le Démon, qui parut vouloir fuir en direction du plafond.

Alors on va procéder autrement. Tungdil grimpa sur une colonne renversée, sans tenir compte de la douleur. Il courut à toute allure pour prendre de l'élan et bondit de toutes ses forces, l'arme brandie au-dessus de sa tête.

— Vraccas !

Le tranchant de la Lame atteignit la brume en plein centre, laissant derrière elle une traînée lumineuse particulièrement criarde.

Tungdil eut pendant un instant la sensation d'être absorbé par le brouillard, jusqu'à ce qu'un bruit de toile qu'on déchire se fasse entendre, suivi d'un mugissement de douleur.

Tungdil atterrit de l'autre côté de la brume, sans pour autant retomber sur ses jambes. *Ai-je réussi ?* Regardant par-dessus son épaule, il vit le trou qu'il avait percé au cœur de la brume. Le nuage retomba au sol, devint gris, puis noir, et se dissipa, ne laissant aucune trace.

À l'intérieur du Noirjoug, c'était le silence total. Les deux camps restaient là, immobiles, pétrifiés par ce qu'ils venaient de voir.

Un des Albes, qui l'heure d'avant encore combattait les Nains à la tête de sa troupe, agrippa son cristal de protection en poussant un cri. L'instant d'après, l'amulette disparut dans une violente explosion qui déchiqueta le guerrier. Les cadeaux du Mage s'autodétruisirent, tuant un Albe après l'autre, ainsi que quelques chefs et meneurs orcs.

Une puissante sonnerie de cor retentit, donnant le signal de l'attaque aux guerriers nains des trois Maisons.

Les Bogglins furent les premiers à opter pour une fuite éperdue, bientôt suivis par les Orcs, mais les Nains ne voulurent pas les laisser leur échapper et les rattrapèrent dans les étroits tunnels, où ils ne firent aucun quartier. Les coups furieux et les bruits de métal des haches résonnèrent jusqu'au plafond de la salle.

Tungdil se redressa. Balyndis l'aida à se relever.

— Tu as réussi ! s'écria-t-elle, avant de lui plaquer un long baiser sur la bouche.

Il n'éprouva pourtant que peu de plaisir à ce baiser, qu'il avait pourtant si longtemps espéré. Une certitude le taraudait.

— Mais je suis un Troisième, dit-il amèrement. *Un membre de la tribu de Lorimbur, un Tueur de Nains.*

Elle hocha la tête.

— Et c'est bien ainsi. Loué soit Vraccas ! Comment aurions-nous pu vaincre Nôd'onn, sinon ? dit-elle en souriant. Qu'importent tes origines ? Tu es un Nain, un vrai de vrai. Et mon cœur me dit que je peux te faire confiance. C'est tout ce qui compte, pour moi.

Il lui prit la main d'un geste plein de gratitude. *Pourvu que les autres soient du même avis.*

Andôkai était montée sur la passerelle, et s'occupait de Narmora et de Boïndil, que Caphalor avait également blessé. Plusieurs Nains l'assistaient. Djerûn était de nouveau sur pied, et avait rabaissé sa visière, entretenant toujours le mystère au sujet de son visage.

Les premiers guérisseurs nains accoururent avec de l'eau, des pommades et des bandages pour examiner leurs blessures. À présent que la tension du combat était retombée, Tungdil avait mal partout. C'est avec reconnaissance et soulagement qu'il se laissa soigner. Il avait passé la Lame de Feu dans le ceinturon de Giselbart Œil-de-Fer.

Il commençait seulement de penser à prendre du repos lorsque Rodario vint le trouver, l'air inquiet.

— Je sais que le moment est mal choisi, ô brave héros blessé du Pays Sûr ! Il faut absolument faire quelque chose pour Furgas, dit-il. Il est toujours étendu sous la tente, sans soins…

— Un héros, moi ? Tungdil ricana. *C'est fou tout ce qu'un érudit peut devenir, dans ce Pays. Si Frala et Lot-Ionan me voyaient…* (Il se leva, et vérifia si ses bandages étaient correctement serrés.) Eh bien, si je suis un héros, alors je suppose qu'il faut que je reparte au combat, comme dans les livres.

— Maudits Albes, ce sont de vrais chats. Je n'ai même pas entendu venir cette Oreille-pointue ! Elle m'a poignardé dans le dos. (Boïndil descendait les marches en boitant et en ricanant, un large bandage blanc autour de la poitrine.) C'est ça, l'érudit. Comme dans les livres. Mon frère serait fier de toi.

— Heureux de te savoir en vie. (Tungdil lui administra une tape prudente sur l'épaule. Il ressentait un immense soulagement de ne pas avoir perdu ce compagnon-là.) Eh bien, allons voir comment se porte Furgas.

Tungdil, Rodario, Balyndis, Boïndil et Djerůn s'empressèrent de descendre les marches en colimaçon, bientôt rejoints par Andôkai. Quand ils avaient commencé cette quête, ils étaient des étrangers les uns pour les autres : ils souhaitaient désormais rentrer de leur aventure en amis.

Le Pays Sûr, Royaume du Gauragar, le Noirjoug, en l'hiver du 6234e cycle solaire

Un vent froid balayait le plateau, mais les rayons du soleil qui perçaient la couche de nuages étaient tièdes, et donnaient un avant-goût du printemps tout proche.

— La montagne qui devait autrefois sceller le destin des Nains est devenue ce jour un lieu d'espoir. L'espoir de voir bientôt le Pays Sûr renaître et prospérer dans une communauté et une unité recouvrées.

Gandogar parcourut du regard le sommet de la montagne, contemplant la foule bigarrée qui s'y était rassemblée.

Si on lui avait dit un demi-cycle auparavant qu'Hommes, Elfes et Nains se retrouveraient sur le plat sommet du Noirjoug, après avoir livré bataille dans le même camp, il aurait éclaté de rire et taxé l'augure de fou.

Le prince Mallen d'Ido était assis à côté de Liùtasil le prince des Elfes d'Âlandur, lui-même assis à côté de Balendilín Unbras du clan des Forts-Doigts de la tribu des Seconds et de Xamtys II Frontdur du clan des Frontdurs de la tribu des Premiers. Derrière eux avaient pris place les rois et les reines des six autres Royaumes des Hommes, mais aussi Andôkai l'Impétueuse.

À quelque distance des souverains se tenaient les meilleurs guerriers des trois peuples, sous les ordres de leurs officiers, meneurs et chefs respectifs. Gandogar reconnut parmi eux les visages de Tungdil et de Balyndis. Djerůn dépassait de la foule comme un rocher.

— Nôd'onn, fruit de l'union de Nudin le Curieux et d'une créature venue du nord, a été vaincu et anéanti. La puissance du Pays Mort a été brisée, et la nature reprend partout ses droits, dit-il, poursuivant son discours. Et cela n'a été possible que parce que les Hommes, les Elfes et les tribus naines ont su unir leurs efforts, taire enfin leurs vieilles querelles et, pour la première fois depuis très longtemps, oublier leur haine pour vaincre le Mal. (Il leva les bras.) Et avec quel succès ! N'est-ce pas là le signe qu'il est grand temps pour nous d'enterrer nos vieilles inimitiés ? (Il se tut un moment pour laisser ses paroles faire leur effet.) Vous, prince Mallen d'Ido, avez réuni autour de vous les combattants des différents royaumes après la défaite de Porista et reconstitué une armée pour prendre d'assaut le Noirjoug afin de tenter courageusement de terrasser Nôd'onn, dit-il en désignant l'Homme blond, avant de se tourner vers Liùtasil. Vous, Liùtasil, prince des Elfes d'Âlandur, avez entendu notre appel à l'aide et êtes venu à notre secours en dépit de tous les doutes et toutes les réserves que formulait votre cœur. (Il se tourna vers les Nains.) Et vous, mes frères et sœurs des différentes tribus, vous vous êtes souvenus de la mission qui cimente notre peuple et que Vraccas nous confia autrefois. (Il serra le poing.) Tous, nous avons protégé le Pays Sûr. (Les guerriers de chaque peuple tambourinèrent avec leurs armes sur leurs boucliers.) La haine doit disparaître de nos cœurs, les guerres font désormais partie du passé. Dorénavant, les chroniques du Pays Sûr seront des chroniques de paix, de coopération et d'amitié.

Il brandit sa hache d'une main, les souverains se levèrent, et les différents royaumes se jurèrent une amitié éternelle.

C'est alors que les hourras retentirent. Balyndis embrassa Tungdil dans un élan d'exubérance, heureuse que l'aventure se termine ainsi, elle qui avait douté jusqu'au bout de l'issue de leur quête.

— Tu peux être fier de toi, lui dit-elle.

— Fier de quoi ? d'être un Troisième ? dit-il d'un air mi-amusé, mi-désabusé.

— Non. D'être le premier Troisième à avoir voulu sauver les autres tribus naines plutôt que de les détruire, répondit-elle avec un sourire. Cesse d'y penser, et réjouis-toi plutôt que nous en soyons sortis vivants.

Il repensa à Narmora et à Furgas, que l'on avait confiés aux bons soins de guérisseurs au Noirjoug. Seules les dernières réserves magiques et les plantes médicinales d'Andôkai avaient empêché la mort d'emporter ce couple pour le réunir de nouveau. Puis il eut une pensée pour leurs morts. *Salut à vous, Bavragor et Goïmgar ! Vous avez bien mérité votre place dans la forge de Vraccas.*

Gandogar tendit la main dans sa direction. Tungdil eut un sursaut de frayeur.

— Et voici le Nain qui mérite plus que tout autre notre gratitude. Avance, Tungdil Main-d'Or. (Le Nain s'exécuta, quoique d'une démarche mal assurée.) Voyez ! Sans lui, sans son intelligence, sa ténacité et sa foi en la réussite de notre entreprise, nous serions tous devenus des morts-vivants, serviteurs de Nôd'onn.

Tungdil eut la sensation que tous les regards sans exception étaient braqués sur lui. Incroyablement gêné, il ne put s'empêcher de rougir. Il gardait la main sur la tête de la Lame de Feu, qui lui procurait un sentiment d'assurance.

— Jamais nous ne pourrons effacer la dette que nous avons envers toi, dit le roi des Quatrièmes d'une voix ferme. Mais je te promets, Tungdil, d'exaucer chaque souhait que je serai en mesure d'exaucer jusqu'à la fin de tes jours.

Liùtasil s'adressa à son tour au Nain.

— Nous savons que les Elfes ne comptent pas parmi les amis les plus intimes de ton peuple, Tungdil Main-d'Or, mais nous savons néanmoins ce qu'est la gratitude. Quoi que tu désires, nous te le donnerons.

L'un après l'autre, les rois et les reines des Hommes formulèrent des vœux similaires, plongeant le Nain dans un immense embarras. Il leva les mains en signe de refus.

— Non, attendez, ô souverains, princes et rois !

Boïndil roula les yeux.

— Ça y est, vous l'entendez ?! Le voilà qui recommence à parler comme un érudit !

Tungdil prit une profonde inspiration.

— Je ne veux rien de vous. Ce que j'aurais pu vous demander, vous me l'avez déjà donné : votre parole que les peuples du Pays Sûr ne se rencontreraient plus que pour célébrer des fêtes communes et non plus pour se battre. Je ne souhaite rien de plus. À quoi bon posséder tout l'or du Pays si c'est pour que l'hostilité continue d'y régner ? Si j'accepte votre gratitude, c'est au nom de Bavragor Poing-Marteau du clan des Poings-Marteaux, de la tribu des Seconds et de Goïmgar Barbe-brillante, du clan des Barbes-brillantes, de la tribu des Quatrièmes, qui, comme moi, ont risqué leur vie mais l'ont perdue, et sans lesquels la Lame de Feu n'aurait jamais pu être forgée.

L'Elfe à la chevelure rousse s'inclina devant le Nain.

— Tu parles comme un souverain plein de sagesse, Tungdil Main-d'Or. Si tu penses un jour nous voir reprendre nos vieilles habitudes, du moins en ce qui concerne nos rapports avec les autres peuples, alors viens nous trouver, et rappelle-nous ce jour faste. L'Éternelle Forêt te sera toujours ouverte.

Les guerriers frappèrent de nouveau sur leurs boucliers en guise d'applaudissements, il y eut un véritable concert de cors, tandis que les hourras semblaient ne plus vouloir s'arrêter ; Tungdil regagna rapidement sa place à côté de Balyndis.

— Fais voir un peu tes chevilles, dit Boïndil en feignant la réprobation. Elles ont enflé, non ?

Tungdil fit un large sourire. Malgré sa gêne, cela lui avait fait plaisir de prendre la parole en public et de démontrer au passage sa maîtrise de l'art oratoire. Lot-Ionan aurait été fier de lui.

L'assemblée se dispersa. Les troupes humaines, naines et elfiques se rendirent sous la montagne pour y fêter leur victoire commune et tenter de timides rapprochements.

Gandogar et Balendilín se joignirent au groupe de Tungdil.

— Quelle journée ! dit joyeusement le manchot. Qui aurait cru que tout finirait si bien pour nous tous ? (Il donna à Tungdil une tape sur épaule.) Vraccas nous a envoyé son meilleur Nain. Et celui qui affirme le contraire, je le défie à la course.

Il rit, et les autres firent chorus. Gandogar remarqua que le rire de Tungdil était légèrement forcé.

— Qu'as-tu donc ?

— Ce n'est rien.

— Ah si ! c'est quelque chose. Est-ce en rapport avec ton appartenance présumée à la tribu des Troisièmes ?

— Je *suis* un Troisième ! Comment expliquer autrement que la Lame de Feu ait fonctionné ?

— Alors sois un Troisième, et sois la preuve que tous les Troisièmes ne sont pas systématiquement des parangons de traîtrise comme l'étaient Bislipur et Glamdolin, dit solennellement Balendilín. À moins qu'une autre tribu te fasse de l'œil ? demanda-t-il malicieusement.

— Je pars avec Balyndis, en effet, mais pas chez les Premiers, dit-il pour répondre à l'allusion de Balendilín. Notre prédilection commune pour la forge et les péripéties de notre voyage nous ont rapprochés, pour ne pas dire soudés. Nous allons nous rendre au Royaume des Cinquièmes. Boïndil nous accompagne, et Boëndal nous rejoindra en route. J'ai fait une promesse à Giselbart Œil-de-Fer, et je compte la tenir.

Le vent se leva, charriant une odeur de putréfaction en provenance du champ de bataille qui s'étendait tout autour du Noirjoug, et sur lequel gisaient les cadavres des Orcs, des Ogres, des Bogglins et des Albes tués par les armées alliées. Le peu d'Orcs qui avaient réussi à leur échapper ne représentaient plus aucune menace : privés des pouvoirs du Pays Mort, ils avaient été réduits à l'état de cadavres à leur tour. Le soleil réchauffant les corps gelés, ceux-ci commençaient à se décomposer. L'odeur ne disparaîtrait qu'avec le gel de la nuit.

— Il va falloir du temps pour tous les enterrer, dit Gandogar, troublé. Espérons que le sol supporte autant de morts.

Rodario s'approcha d'eux, couchant une fois encore sur le papier ce qu'il voyait et entendait.

— Très beau final pour une pièce. Il faudra juste que je fasse abstraction de tous ces cadavres. Autant de morts sur une scène, cela ferait désordre. (Il tendit la main à Tungdil.) Ce fut un honneur pour moi de voyager avec toi. Si tu repasses par Mifurdania, viens jeter un coup d'œil dans le Curiosum, que nous allons bientôt rebâtir. (Il lui fit un clin d'œil.) En qualité de personnage principal, l'entrée est gratuite pour toi. Et pour Balyndis aussi, bien entendu.

— Quand repartez-vous ?

— Sitôt que mon machiniste et mon Albe pourront remonter en selle. C'est-à-dire dans deux semaines. On nous a offert le gîte et le couvert d'ici là.

Andôkai les rejoignit.

— Nous repartons également, Djerůn et moi-même, annonça-t-elle à la cantonade pour prendre congé. Je dois rétablir l'ordre dans mon royaume et rouvrir une école de Magie le plus vite possible.

— Pourquoi tant de hâte, ma belle ? la taquina Rodario.

La Mage garda tout son sérieux.

— Je ne voudrais pas troubler vos réjouissances.

— Allez, dites-le-nous. Vous aurez du mal à jouer les rabat-joie après une si éclatante victoire ! dit-il, un peu trop optimiste.

— Je ne parierais pas là-dessus, à ta place. (Elle pinça les lèvres.) Et s'il y avait une once de vérité dans les paroles de Nôd'onn ?

— La « menace-qui-viendrait-de-l'ouest » ? dit le comédien, avec la jovialité des incrédules. Et vous avez cru à ce grossier subterfuge, honorable Mage ? Vous me décevez.

— Disons que je tiens à rester vigilante, c'est tout. (Elle posa sa main sur l'épaule de Tungdil.) En tout cas, l'homme et l'arme de la situation ne seraient pas loin de la porte à laquelle viendrait frapper le Mal si Nudin devait avoir dit la vérité. (Andôkai finit tout de même par sourire.) Et avec ta tête de bois, tu serais bien capable de repousser la menace tout seul, Tungdil.

Elle les gratifia tous d'une longue accolade. Seul Rodario fut en reste. Il fit la moue et partit en boudant, pour se retourner quand même à mi-chemin et leur faire signe à tous.

— Partez donc, charmante Mage. Comme vous me l'avez conseillé, je m'en vais rejoindre des femmes qui m'apprécieront. *Et comment !* qu'elles m'apprécieront !

Andôkai partit, suivie comme toujours de Djerůn. Perdu dans ses pensées, le reste du groupe contempla un moment cet étrange couple, jusqu'à ce que Balendilín se racle la gorge.

— Je pars à mon tour, mes chers amis. Je dois préparer la prochaine Assemblée des tribus naines, qui aura lieu bientôt. (Il adressa un signe de tête à Gandogar.) Il n'est pas difficile de deviner qui sera élu Grand-Roi. Tu es sorti de l'ombre de Bislipur, tu as fait tes preuves. Tu seras un bon successeur de Gundrabur.

— Même moi, je voterai pour lui, dit Tungdil avec un large sourire. (Le roi des Quatrièmes topa, avant de lui serrer la main. L'émotion se lisait sur le visage de ce dernier.) N'oubliez pas de demander à chaque tribu d'envoyer cent de ses meilleurs guerriers et artisans au Royaume des Cinquièmes, histoire que Balyndis et moi-même nous sentions moins seuls et que nous puissions refermer le passage de Pierre. Il faut ranimer les Montagnes Grises. (Il leur rappela la promesse qu'il avait faite à Giselbart.)

Leurs salles et galeries ne doivent pas rester désertées plus longtemps. J'irai parler aux Nains des tunnels. Peut-être accepteront-ils un meilleur foyer que leurs couloirs venteux.

—Nous n'avons rien à perdre à le leur demander, en tout cas, approuva Gandogar.

—Ainsi, une nouvelle tribu serait créée, sans même l'intervention de Vraccas. Et que faisons-nous des Troisièmes ? s'enquit Balendilín.

Tungdil regarda vers l'est, en direction des Montagnes Noires, là où vivaient les descendants de Lorimbur.

—Je ne suis sûrement pas le seul parmi eux à ne pas avoir le cœur rempli de haine, répondit-il doucement. Quand nous aurons remis de l'ordre au Royaume des Cinquièmes, j'irai leur parler. (Il regarda les rois dans les yeux.) J'étais sérieux, lorsque je disais ne vouloir que la paix. Et cette paix ne doit pas exclure les Troisièmes.

Balyndis sourit, et lui prit la main. Il serra la sienne.

Hommes, Nains et Elfes quittaient peu à peu le haut plateau. Balyndis et Tungdil restèrent jusqu'à ce que le soleil se couche. Puis les étoiles illuminèrent le ciel du Pays Sûr, et l'air fraîchit à en devenir glacial. C'était encore l'hiver.

Pas un instant leurs doigts ne s'étaient démêlés, et Tungdil ne voulait laisser repartir la forgeronne pour rien au monde.

Une étoile fila d'est en ouest. Sa traînée blanche vira progressivement au rouge, puis brilla une dernière fois de tous ses feux avant de s'éteindre, laissant derrière elle de petits points rouge sombre qui s'évanouirent peu à peu comme des gouttes de sang.

—Était-ce un bon, ou un mauvais présage ? demanda Balyndis, qui ne savait trop comment interpréter ce phénomène.

Tungdil haussa les épaules, se mit derrière elle et la prit dans ses bras.

—Un bon, répondit-il au bout d'un moment, en caressant son duvet.

—Comment le sais-tu ?

Son regard vagabonda dans l'obscurité. Il aperçut les lumières des diverses colonies. Il goûta au silence que leur avait apporté la paix. Le Nain attendait le printemps avec impatience, se réjouissant à l'idée que le Pays Sûr reverdirait enfin en tous lieux. *Pour la première fois depuis plus d'un millénaire.*

—Nous avons vécu tant de malheurs et de moments difficiles, cela ne pouvait qu'être de bon augure, lui murmura-t-il à l'oreille. La queue de l'étoile était rouge, la couleur de l'amour, alors ne t'inquiète pas. Viens, allons rejoindre les autres. J'ai bien envie de festoyer, après tout ce temps.

Main dans la main, ils regagnèrent l'intérieur du Noirjoug, qui n'était dorénavant plus un lieu de terreur pour les tribus naines.

Tandis qu'ils descendaient les marches qui menaient au cœur de la montagne, un second corps céleste fit son apparition dans le ciel. Ils ne le remarquèrent pas.

Lui aussi chuta en direction de l'ouest dans un sifflement. Sans se volatiliser dans l'atmosphère, il traversa la couche de nuages en laissant une longue traînée rouge sombre derrière lui, puis disparut à l'horizon, derrière les montagnes des Premiers. Lorsqu'il heurta le sol avec un grondement sourd, le Pays Sûr vibra, presque imperceptiblement, et le Noirjoug trembla également.

Puis tout redevint calme…

Remerciements

Le « cycle d'Ulldart » terminé, un autre projet m'attendait, auquel je m'attelai non sans une certaine appréhension et avec une sensation bizarre au niveau de l'estomac : les Nains. Or, s'attaquer, en tant qu'auteur, à un sujet souvent associé à des représentations bien précises parmi les lecteurs et lectrices de Fantasy, c'est courir le risque de les décevoir dans leurs attentes, ou de tomber dans l'arbitraire, ou encore dans la complaisance.

C'est ainsi que j'ai décidé de créer « mes » Nains. Je les ai répartis en tribus et en clans, je leur ai attribué diverses aptitudes, sans perdre de vue le Nain classique, mais en conférant au passage à son peuple et à sa personnalité de nouvelles facettes et de nouveaux aspects. Puis il y eut l'idée de faire des Nains les héros de l'histoire, plutôt que de les ramener au rang de faire-valoir, ou de simples donneurs de répliques aux Elfes et aux Humains. Ce sont eux les premiers rôles, eux les protecteurs du Pays Sûr, et ils s'acquittent de cette tâche même si elle doit leur coûter la vie.

Faire vivre toutes ces aventures à Tungdil et à ses compagnons a été une grande source de plaisir pour moi. Altruisme, amour, opiniâtreté, humour, combats et mort, tels sont les ingrédients que vous, chers lecteurs et lectrices, allez retrouver au fil des pages qui vont suivre, et j'espère que vous éprouverez autant de plaisir à les lire que j'ai eu à les écrire.

Cette fois-ci, j'aimerais remercier d'abord ceux qui m'ont aidé à améliorer cet ouvrage, et à le rendre plus intéressant encore. Parmi les premières personnes à l'avoir lu, j'aimerais mentionner tout particulièrement Nicole Schuhmacher, Sonja Rüther, Meike Sewering et M. Patrick Müller, qui m'ont une fois de plus apporté un soutien précieux grâce à leurs remarques rigoureuses et à leurs indications précises.

Mes remerciements vont également à ceux qui m'ont confié le sort de ces Nains, et qui ont donné à ce petit peuple la chance qu'il attendait.

Markus Heitz, juin 2004

Aubin
IMPRIMEUR

Achevé d'imprimer en mai 2022
par Aubin Imprimeur à Ligugé
N° d'impression 2202.0021
Dépôt légal, juin 2022
Imprimé en France
2812105-1